나를 품어줘

나를 품어줘

Hold me in your arms

차해솔 장편 소설

SCARLET ROMANCE STORY

CONTENTS

1. 수상한 대표님

어둠이 내려앉은 주말 밤. 세찬 빗줄기가 매섭게 바닥을 내리쳤다. 거리를 활보하는 행인들은 극히 드물었고, 자영업을 하는 사람들은 일찍 셔터 문을 내렸다. 사람 냄새가 하나둘씩 사라지고, 거리는 몰아치는 폭풍우 속에 천천히 잠식되어 간다.

그렇게 얼마나 흘렀을까.

자정이 넘은 고요한 시각. 골목길을 빠져나오는 설우의 숨소리가 꽤나 거칠었다. 그는 평소보다 두 배의 운동량을 해결했다. 이렇게 비가 미친 듯이 쏟아지는데.

하지만 이런 우중충한 날씨가, 짙은 어둠으로 뒤덮인 이 시각만이 그에게는 유일하게 자유를 선사해 주는 조건이었다. 그 누구의 시선도, 그 누구의 구속도, 하물며 벗어날 수 없는 숙명조차도 그를 방해할 수 없는 순간. 축축한 머리칼을 털어 낸 그는 능숙하게 대문을 넘어 자택 안으로 들어섰다.

그러나 현관에서 낯선 구두를 포착한 순간, 고운 얼굴 위로 작은 균열이 일어났다.

오늘 같은 날은 쉬실 줄 알았더니.

거실에 다다르자 어둠에 익숙한 설우의 눈동자 안으로 한 남자가 스며들었다. 흰머리가 듬성듬성 난 남자는 창밖을 향해 서서 뒷짐을 진 채 폭풍 같은 장대비를 감상하고 있었다. 설우가 센서 등 버튼에 손을 대려던 찰나, 남자가 말했다.

"켜지 마세요."

"윤 비서님."

"켜지 말라고 했습니다."

젊게 보아야 쉰에 가까운 남자, 그러니까 윤 비서라고 불리는 그가 돌아서며 고요히 설우를 직시했다. 그 적막한 시선에 설우는 난감하다는 듯 어깨를 으쓱였다.

"윤 비서님. 사실은……."

변명을 하기도 전이었다. 갑자기 섬광 같은 빛줄기가 번쩍이더니 우르르 쾅, 거센 굉음이 귓가로 찢을 듯 파고들었다. 한 발, 한 발 묵직하게 다가온 윤 비서가 싸늘하게 식은 눈으로 설우를 타박하기 시작했다.

"제가 누누이 말씀드렸을 텐데요. 정식 취임식이 있기 전까지는 회사를 제외한 그 어느 곳에도 대표님, 흔적. 일체 남기지 않는 걸로."

귀가 닳도록 당부했던 경고를 그가 모를 리 없다. 오늘 오전에 급하게 잡힌 회의가 끝날 때까지만 해도 그는 진지한 얼굴로 화답했다.

'당연하죠. 염려 마세요. 주말 저녁은 집에만 처박혀 있을 거라서.'

한데 입가에 미소까지 문 모습이 영 수상치 않았다. 혹시 몰라 불시에 집에 쳐들어오니 역시나. 그의 흔적은 일절 찾아볼 수 없었다.

"자, 어디 한번 그 잘난 입으로 떠들어 보시죠."

"변명할 게 있을까요. 사실인걸."

"뻔뻔한 구석은 날이 갈수록 일취월장해져 갑니다?"

"그거 칭찬입니까? 그럼 더 날뛰어야겠다는 생각이 절실히 드는데."

"대표님!"

간신히 이성을 붙잡고 있던 윤 비서가 큰 소리로 다그쳤다.

"지금 저랑 여유롭게 말장난이나 할 때입니까!"

"말장난? 칭찬인 줄 알았는데, 꽤 서운한데요?"

한쪽 눈꺼풀을 찡그리며 서운한 티를 냈지만 윤 비서에게 통할 리 만무했다. 그런데도 설우는 이 상황이 그저 즐겁기만 한 듯 축축한 셔츠를 단숨에 벗어젖혔다.

갈증이 났다. 냉장고에서 생수를 꺼내 벌컥, 벌컥 들이켰다. 그중 한 방울이 또르르, 각진 턱선을 타고 흘러내리자 다소 투박하게 닦아 내며 윤 비서를 향해 미소 지었다.

"한 모금 하시겠어요?"

"오늘 최 전무가 어떤 연락을 한 줄 아십니까?"

"최 전무님이요? 글쎄요. 제게 무슨 볼일로."

"알면서도 모르는 척하는 겁니까, 아님 진짜 몰라서 묻는 겁니까."

딱히 최 전무를 깊이 생각해 본 적은 없다. 그를 마주하는 것은 회사에서뿐. 그마저도 회의를 제외하고는 드물었다. 설우는 제 몫을 해치우느라, 최 전무는 초기 회장 '김성범'의 오른팔이었다는 걸 증명하듯 원체 바쁜 사람이었다.

"만찬을 대접하고 싶다더군요. 나, 원 기가 차서. 부사장이랑 벌써부터 손을 잡은 게 확실합니다. 어쩐지 잠잠한 게 수상하다 싶었지."

"그래서 윤 비서님은 뭐라고 답하셨는데요?"

"그야 당연히 안 될 것 같다고 했죠. 그것밖에 더 있겠습니까? 이제 어쩌실 겁니까. 곧 있으면 해외 출장도 가야 하는데, 막막해서 원."

예정대로라면 설우가 중동 지역으로 떠나야 했지만 애초부터 무리였다. 떠나고 싶어도, 떠날 수 없다는 게 맞는 말일 것이다. 그래서 그를 대신해 윤 비서가 2년째 해외 출장을 소화하는 중이었다. 하필 이럴 때 최 전무가 접촉을 시도해 오니 마음이 조급해질 수밖에.

"제발 주말에는 집 안에만 있으라고요. 간곡히 부탁하면 좀 들어주는 척이라도……."

"분명 윤 비서님도 허락하신 부분일 텐데요."

말허리가 잘리자 윤 비서의 시선이 날카로워졌다. 설우가 팔짱을 끼며 냉장고에 비스듬히 몸을 기대었다.

"저한테 자유라고 할 시간은 주말밖에 없습니다. 그 시간을 제외하곤 회사, 집. 그게 전부죠. 그리고 말은 바로 하셔야죠. 윤 비서님이 간곡히 부탁하실 부분은 그게 아니잖아요? 하루빨리 누군가를 찾아야 하는 거라면 모를까."

안 그렇습니까. 미소 짓는 얼굴을 보며 윤 비서는 또 한 번 분노가 치솟았으나 쉽게 물러서지 않았다.

"오호, 거 말 한번 잘하셨습니다. 그래서 찾으려는 노력은 하셨고요? 아아, 초반에는 그런 척이라도 해서 이 늙은이가 속아 주기라도 했지. 지금은 뭐죠? 저번주에는 뒷산을 뛰어다니지 않나, 저번달에는 회사 주변을 뛰어다녔다죠?"

출장을 끝내고 돌아오는 길. 윤 비서는 무언가를 보곤 기함했다. 집에 얌전히 있어야 할 설우가 회사 주변을 돌아다니고 있었던 것이다. 그것도 그의 얼굴이 아닌 완전히 다른 모습으로. 그 변화를 자신이 먼저 발견해서 망정이지, 누군가에게 들키기라도 했다면…….

상상만으로 현기증이 일자 윤 비서가 빙그레 웃으며 씹어뱉었다.

"그냥 이 늙은이를 죽이세요. 누구 때문에 고혈압으로 쓰러지기 직전이라. 노년에 아파서 뭐 하나. 콱 죽어 버리는 게 낫지."

"극단적으로 상황 몰아가지 마세요. 보기 안 좋습니다. 그리고 들으면 기뻐할 소식도 있습니다."

"웃기지 마세요. 또 변변찮은 말로 넘어가려는 수작을 내가 모를 줄……."

"찾았습니다."

윤 비서가 멈칫하며 미간을 구겼다.

"뭘 말입니까?"

"과연 뭘까요? 아마도 지금 생각하시는 게 맞을 것 같은데."

설마…….

"……거짓말하지 마십시오. 늙은이 이래도 귀 안 먹었습니다."

부정하면서도 윤 비서의 가슴이 잔뜩 부풀었다. 어떠한 기대감. 그것이 단숨에 그의 전신을 지배했다.

"진, 진짜예요? 정말로 그 사람을 찾은 겁니까?"

"맞는 거 같아요."

"그걸 어떻게 장담하죠?"

설우는 두 손가락으로 제 눈을 가리켰다.

"그때와 똑같은 게 보였거든요."

말로 설명할 수 없는 괴이한 광경이었다. 제 머리와 등을 쓰다듬던 그 여자의 손길, 그리고 그 손에서만 느낄 수 있었던 주황빛의 어슴푸레한 온기.

설우가 설핏 미간을 구기며 덧붙였다.

"대신 문제가 좀 있습니다."

"문제요? 그게 뭡니까."

윤 비서의 손안 가득 긴장감이 맴돌았다. 어쩐지 좋지 않은 직감이 들었다. 제발 엇나가길 바랐지만 신은 결코 자비롭지 않았다.

"그 사람 말입니다. 아무래도 우리 회사 신입 사원인 것 같던데."

……신이시여. 제발.

"그것도 우리가 개설한 인테리어 부서 말입니다."

✳

"주희 씨, 뭐 하자는 거야?"

아침부터 신경질적인 목소리가 인테리어 부서를 울렸다. 장본인은 고 대리였다. 제 기준에 엇나가는 행동을 보일 시 야비하게 업무적인 일로 상 대방을 걸고넘어지는 게 그녀의 특기라면 특기였다. 오늘도 죄 없는 인턴이 희생당하는 중이었다. 다만 고 대리가 무슨 폭언을 쏘아붙여도 여자는 한결같이 무표정을 유지했다.

"일을 처리할 거면 동등하게 처리하던가. 사람 차별하는 것도 아니고. 양 대리한테는 후다닥 달려가면서 나한테는 이런 식으로 나온다 이거지?"

저거, 저거 또 시작이네. 다른 사람들이 하나둘씩 쯧쯧, 혀를 찼다. 성실히 일하는 사람을 못 잡아먹어서 안달이라니까. 보다 못한 오 과장이 나서려는데, 주희가 불쑥 입을 열었다.

"그 정도로 고 대리님이 무능력한 분이라고는 생각 안 하는데요."

"뭐?"

"결재 서류 찾는다고 하셨죠? 여기 있네요."

주희가 가리킨 곳은 고 대리의 책상 왼쪽이었다. 종이 한 장이 떡하니 놓여 있었다. 그 위에는 큼지막하니 '이번 달 결제'라고 적혀 있다.

"늦게 온 건 죄송하게 생각합니다. 근데 오른쪽은 뒤지면서 왜 왼쪽은 뒤질 생각을 안 하셨을까요. 몇 초도 아니고 3분이란 시간 동안."

꼭 일부러 작정한 것처럼. 그 차가운 시선에 얼이 빠진 건 고 대리만이 아니었다. 다른 팀원들도 하나같이 입을 벌렸다. 고 대리가 뒤늦게 정신을 차리며 버벅거렸다.

"그러니까 주희 씨 말은 뭐야, 내가 작정하고 그랬다는 거야? 사람을 뭘로 보고!"

"어허, 고 대리. 여기 회사야. 곧 있으면 팀장님 돌아오실 시간에 이게 무슨 추태야."

"추태요? 오 과장님 지금 말 다 하셨어요? 추태라뇨! 누가 먼저 열받게 했는데. 저는 저 계집애가 하도 괘씸해서……!"

저 계집애? 팀원들의 눈이 휘둥그레졌다. 그제야 고 대리는 자신이 무슨 실수를 저질렀는지 깨닫고 황급히 입을 틀어막았다. 하아, 오 과장이 한숨을 길게 내쉬며 그녀의 귓가에 속삭였다.

"제발 조용조용히 좀 살자고. 안 그래도 회사 상대로 눈칫밥 먹고 다니는 상황에 고 대리까지 이래야겠어."

고 대리의 눈썹이 부르르 떨렸다. 정작 주희는 신경도 쓰지 않는 눈치였다. 자리로 돌아가서는 무심한 눈으로 오늘 처리해야 할 일들을 차근차근 정리하기 시작했다.

✳

오전 일정을 마치고 돌아오는 설우의 발걸음이 분주했다. 서둘러 엘리베이터에 올라타 남은 스케줄을 확인하려는데, 휴대폰이 손에 잡히지 않았다. 재킷 안쪽과 바지 주머니를 더듬는 분주한 손짓에 윤 비서가 눈살을 찌푸렸다.

"왜 그러는데요?"

"휴대폰을 차에 두고 온 것 같습니다."

"칠칠맞기는. 기다려요. 금방 가지고 올 테니까."

"됐습니다. 윤 비서님은 미팅부터 잡으세요."

"그래도 혼자 가기에는."

"이런 사소한 것까지 신경 쓰면 몸에 해롭습니다. 그리고 전 집착하는 거 굉장히 안 좋아합니다."

"누가 집착을 한다고……!"

엘리베이터가 금세 목표 층에 도달하자 설우가 재빨리 윤 비서를 문밖으로 밀어 냈다. 그리고 빠른 속도로 줄어드는 층수를 바라보는데, 띵 소리와 함께 엘리베이터가 멈췄다.

숫자는 '8.'

눈에 익은 숫자였다. 2년 전, 설우가 추진한 인테리어 부서가 있는 곳이었다. 그리고……. 스르륵. 문이 열리며 한 여자가 나타났다. 설우의 눈이 잠시나마 호기심으로 반짝였다.

반면 주희의 시선은 바닥에 고정돼 있었다. 엘리베이터 안으로 들어서는 그녀의 구둣발 소리가 딱딱했다. 여자는 마치 곧은 소나무 같았다. 하얀 피부와 굳게 닫힌 입술로부터 풍기는 분위기가 서늘했다. 혼자만의 감상을 끝낸 설우가 나직이 내뱉었다.

"우리 구면이죠?"

주희의 미간이 움찔거렸다. 그제야 제 옆에 서 있는 설우의 얼굴을 확인한 갈색 눈동자가 얕게 흔들린다. 단숨에 그가 누구인지 안 듯싶었다.

그런데 구면이라니? 그 어디서도 설우를 본 적은 없다. 다른 인턴들의 말을 빌리자면 운 좋게 로비에서 그를 스쳐 본 게 전부라지만, 주희에게는 해당 사항이 아니었다. 영문을 알 수 없는 얼굴로 그를 바라보는데, 엘리베이터가 3층에 도달했다.

주희는 그 틈을 타 재빨리 빠져나갔다. 찰랑, 거리는 그녀의 포니테일 머리를 지켜보며 설우가 담백한 목소리로 속삭였다.

"만나서 반가웠어요."

"......"

"서주희 씨."

주희의 어깨가 딱딱하게 경직됐다.

내 이름을 어떻게…….

문이 서서히 닫히기 시작했다. 그리고 작은 틈새가 만들어진 순간, 그사이로 의미심장한 한마디가 떨어졌다.

"조만간 또 보도록 하죠."

✻

"잘 다녀오세요."

윤 비서의 얼굴이 떨떠름했다. 예정대로 해외 출장이 잡힌 그는 지금 출발해야 늦지 않게 공항에 도착할 수 있었다. 그러나 세상 순수하게 웃고 있는 설우를 보고 있자니, 도무지 발이 떨어지지 않았다.

"사고 치지 마세요."

단단히 경고하자 넓은 어깨가 뻔뻔하게 위로 솟았다 아래로 떨어진다.

"윤 비서님도 없는데, 누구 좋으라고 사고를 치겠습니까."

전과가 있으니까 하는 말이지! 윽박지르고 싶은 걸 간신히 참으며 다시
한번 으름장을 놓았다.

"최소 일주일 안에는 꼭 돌아올 겁니다. 무슨 일이 있어도 돌아올 테니
까, 그사이에 혹시라도."

사고를 쳤다가는 가만두지 않겠다는 살벌한 시선에 설우가 담백하게 받
아쳤다.

"염려 마세요. 절대, 어떤 일도, 일어나지 않을 겁니다."

윤 비서는 마지못해 발걸음을 떼기 시작했다. 설우는 여전히 입가에 미
소를 피우고 있었다. 하지만 윤 비서가 눈앞에서 사라지고, 문이 닫히는
순간 입에 머금고 있던 한마디를 툭 내뱉었다.

"호기심을 자극하는 일은 빼고 말이죠."

느긋하게 돌아선 그가 책상 위 키폰을 눌렀다. 삐이, 소리와 함께 고즈
넉한 음성이 집무실을 울렸다.

"인테리어 부서, 강 팀장에게 연결 부탁합니다."

✳

"오늘 하루만 주희 씨가 올라가도록 해. 보고서 관련된 내용은 걱정하
지 말고. 그냥 이것만 대표님께 전해 드리면 돼."

주희는 건네받은 보고서를 조용히 응시했다. 팀원들이 전부 점심을 먹
으러 간 사이, 파티션 너머로 뻗은 강 팀장의 손짓이 은밀했다. 용건은 간
단했다. 다만 그 용건이 주희에게는 난감하기 그지없었지만.

"기다리고 계실 거야. 지금 올라가 봐."

"……네. 알겠습니다."

주희는 갑갑한 마음으로 부서를 나섰다. 강 팀장을 대신해 설우에게 보
고를 올리는 일은 그렇다 쳐도, 그게 왜 자신인지 이해가 되지 않았다. 설
마…….

'조만간 또 보도록 하죠.'

도무지 그 의미를 찾지 못해 잠시 잊고 있었는데. 아닐 거야. 그때 본 게 처음인데, 어떻게 날…….

주희는 애써 호흡을 가다듬으며 집무실로 향했다. 데스크에 앉은 비서의 안내에 따라 집무실에 다가서자 들어오라는 목소리가 어렴풋이 귓가를 스쳤다. 비로소 홀연히 집무실에 들어서게 된 주희는 가장 먼저 눈에 띄는 책상 위 명패를 바라봤다. 그곳엔 대표 '김설우'라는 이름이 정교하게 박혀 있었다.

쏟아지는 햇빛 탓일까. 음영 진 그의 얼굴은 전에 봤던 것보다 훨씬 더 날카로웠다. 가장 인상 깊은 것은 눈매였다. 쌍꺼풀 없는 눈치고 뚜렷하면서도 시원하게 뻗은 눈매가 사뭇 고양이를 연상케 했다.

"편하게 앉아요."

설우가 서류에서 눈을 떼지 않은 채 말했다. 주희는 주춤거리며 마련된 자리에 앉으려다가 허리를 곧게 폈다.

"강 팀장님께서 대신 보고서를 전하라고 하셨는데, 이쪽에 내려 두면 될까요?"

흘러나온 목소리가 딱딱했다. 설우가 보고 있던 서류를 옆으로 젖히며 시선을 던졌다. 차분하면서도 정교함이 흐르는 까만 눈동자. 그것이 찬찬히 주희의 머리부터 발끝까지 훑어 내려갔다.

"서주희 씨는 내가 불편한가 보죠?"

속내를 꿰뚫는 듯한 말투에 주희는 침묵했다. 당연한 소리 아닌가. 이 회사를 대표하는 상사와 대면하는 게 어디 쉬운 일일까. 무엇보다 엘리베이터 안에서부터 기분 나쁘게 뛰어 대던 심장이 어느 순간 거칠게 울렁거리고 있었다. 그만큼 그녀는 이 상황이 부담스러웠다.

불길한 직감. 그게 자꾸만 붉은 경고 등을 울려 댔다.

"알고 있을지 모르겠지만, 내가 직접 서주희 씨를 이곳으로 불렀어요."

어째서? 주희의 눈동자에 의아함이 떠오르자 담백한 음성이 따라붙었다.

"확인해 보고 싶은 게 있었거든요."

"……."

"당사자가 꽤 불편해하는 것 같으니 바로 본론으로 들어가도록 하죠."

주희는 눈을 가늘게 떴다. 그가 무슨 말을 하는 건지 파악할 수 없었다. 그러던 찰나 머리 위로 큰 그림자가 드리웠다. 단 몇 초밖에 흐르지 않은 것 같았는데, 어느새 설우가 코앞까지 다가와 있었다.

"서주희 씨."

냉혈한 눈매가 전신을 찔렀다. 본능적으로 한 발짝 물러서려는데.

"손 한 번만 내밀어 볼래요?"

주희가 흠칫거리며 눈을 깜빡거렸다. 설우가 팔짱을 끼며 덧붙였다.

"괜찮다면 왼손이었으면 좋겠는데."

갑자기 손은 왜? 묻고 싶었으나 이미 제 손은 설우를 향해 내밀어져 있었다. 고요한 시선이 손안 가득 머무른다. 꼭 살을 도려내는 것처럼 예리한 시선에 어깨가 경직된 순간, 그가 갑자기 무릎을 굽혀 같은 눈높이를 유지했다. 훅 치고 들어오는 낯선 타인의 향기에 주희가 당황하며 고개를 뺐지만, 그 전에 먼저 손목이 붙잡혔다. 부드럽고 단단한 악력이었다. 꼼짝없이 그에게 붙들린 입장이 되자 머릿속이 하얗다.

무엇보다……. 너무 가깝잖아.

서로의 숨소리가 적나라하게 들릴 만큼 거리가 가까웠다. 앞뒤 볼 것 없이 뭐 하는 짓이냐고 따지려는데, 설우가 진중한 얼굴로 운을 뗐다.

"혹시."

"……."

"그 손으로."

그 손으로? 주희는 신경을 바짝 곤두세우며 그의 말을 곱씹었다. 그리고 머지않아 전혀 예상치 못한 제안이 정수리 위로 떨어졌다.

"내 머리 좀 쓰다듬어 줄 수 있습니까?"

아주 깊은 침묵이 흘렀다. 주희는 몇 번이나 설우가 뱉은 말을 되새겼다. 어딜 쓰다듬어…… 줘?

"그게 무슨……."

도통 상황 파악을 할 수가 없었다. 급작스레 대표실로 온 것도 이해할 수 없지만, 지금 이 남자의 변설은 더 이해할 수 없었다. 뜬금없이 자신의 머리를 쓰다듬어 달라니.

"잠깐이면 됩니다. 아주 잠깐만."

설우가 본래의 차분한 페이스로 돌아와 설득했다. 그러나 주희는 이미 경계심을 품은 터였다. 주춤주춤 물러나는 폼이 꽤나 겁을 먹은 모양이다.

"죄송하지만, 그건 안 될 것 같은데요."

일순 설우의 눈빛에 실망감이 어렸다. 그 모습에 주희는 기가 차 싸늘하게 식은 눈으로 일갈했다.

"다시는 이런 일로 절 부르지 마세요. 그럼 이만 나가 보겠습니다."

"저, 서주희 씨."

주희가 쏜살같이 대표실을 빠져나갔다. 그녀를 붙잡지 못한 설우의 기다란 팔이 허공에 처량히 매달렸다. 한동안 주희가 머문 흔적을 응시하던 그가 제 왼손을 바라보았다.

"역시 무리인 건가."

✳

윤 비서는 잡혀 있던 해외 일정을 끝내자마자 부리나케 본사로 돌아왔다. 마음이 조급했다.

달칵―!

평소 같았으면 노크 정도는 했을 텐데, 오늘은 무조건 생략이다. 문을 열고 들어가자마자 보이는 뒤통수를 향해 냅다 소리쳤다.

"왜 이렇게 막무가내입니까!"

"아, 왔어요."

"아, 왔.어.요? 지금 뭘 잘했다고 여유가 넘쳐흘러요?"

더 격하게 반겨 줘야 하는 건가. 윤 비서의 까칠함을 그렇게 해석한 설우가 자리에서 일어나 그의 어깨를 툭툭 두드렸다.

"먼 길 오느라 고생하셨습니다."

"누가 그런 소리 듣자고 숨도 못 쉬고 달려온 줄 알아요?! 아니, 일을 저지를 거면 최소한 저랑 상의 정도는 하셨어야죠. 무턱대고 실행하는 게 어디 있습니까!"

조금만 더 언성을 높였다간 혈압이 오를 기세인데. 윤 비서는 평소 고혈압을 달고 살았다. 종종 약을 처방받고 돌아오는 그를 볼 때면 새삼 깨닫는다. 단정하게 올라간 머리가 언제 저리 하얗게 바랬었나. 눈가는 언제부터 주름이 이렇게 자잘했었나.

"윤 비서님."

설우의 부름에 윤 비서가 눈을 치켜떴다.

"왜요."

"윤 비서님도 이제 퇴직할 시기가 다가오신 것 같아서요."

"그걸 이제야 아셨습니까. 내가 지금 누구 때문에 사직의 사 자도 못 꺼내고 있는 건데."

원칙적으로 사직서는 벌써 내고도 남았어야 했다. 올해로 그의 나이, 쉰여덟. 그에게 살면서 단 하나의 로망이 있다면 앞자리 수가 '5'로 바뀌는 해, 당당히 사직서를 내고 그간 모아 둔 돈으로 여유로운 노년을 즐기자는 것이었다.

그런데 이 남자 때문에, 김설우 때문에 모든 게 산산조각 났다. 노후는 커녕 이러다가 평생 그의 옆을 지켜야 할지도 모른다. 그것만은 싫다. 눈에 흙이 들어가도 그것만큼은 절대 두고 볼 수 없단 말이다. 어떻게 모아 둔 돈인데. 그걸 한 푼도 쓰지 못하고 관에 갇히라니.

"그래서 그 여직원이랑은 어떻게 된 거예요. 아니, 도대체 뭐라고 말했길래 대표실 문을 박차고 나가냐고요."

탑승하기 전에 급히 통화를 한 탓에 뒷이야기까지는 듣지 못했다. 그러나 설우가 사고를 쳤다는 것만큼은 확실했다.

"그러니까 그게 말입니다."

머뭇거리는 걸 보아하니 단단히 큰일인가 보다.

"똑바로 말하세요."

날카롭게 쏘아붙이자 설우가 금세 이실직고했다.

"머리 좀 쓰다듬어 달라고 했습니다."

"……뭐요?"

"왼손으로 머리 좀 쓰다듬어 달라고 했습니다. 그랬더니."

자신을 바라보던 주희의 눈빛이 생각난다. 설우는 그 기억을 더듬어 비슷하게나마 주희와 같은 눈으로 윤 비서를 바라봤다.

"이런 눈으로 날 보더군요."

윤 비서는 날카롭게 설우의 눈동자 속에 담긴 것을 캐내었다. 정확히 3초 후, 불벼락이 떨어졌다.

"융통성을 밥 말아 드셨습니까!"

그렇다. 주희의 두 눈에 비추었던 것은 경멸감인 것이다. 갑자기 제 머리를 쓰다듬어 달라니. 그 누가 거기서 암요, 쓰다듬어 드려야죠, 하고 고개를 끄덕이겠는가. 미친놈으로 보지 않았으면 다행이지.

"내가 그렇게 사고를 치지 말라고 누누이 말했는데, 왜 말귀를 못 알아먹어요, 말귀를!"

설우의 미간이 설핏 구겨졌다. 그러다가도 아이고야, 아이고. 뒷목을 잡는 윤 비서의 상태에 다급히 그를 소파에 앉혔다.

"윤 비서님, 일단 진정하세요. 그러다 혈압 올라갑니다."

"지금 안 올라가게 생겼어요?! 도대체 어쩌려고 그런 짓을 저질렀냐고요! 아이고야, 아이고……. 동해물과 백두산 마르고 닳다가 내가 닳게 생겼네."

윤 비서는 한참 동안이나 곡소리를 냈다. 이제 나의 노후는 날아갔네, 나는 이렇게 죽을 운명인가 보네, 끊임없이 한탄을 쏟아 내더니, 울먹이는 목소리로 설우를 다그쳤다.

"대표님, 이제 어떡하려고 그러십니까."

"뭘 어떡하다니요. 무슨 일이 생긴 것도 아닌데."

"무슨 일이 생길 것 같으니까 하는 소리죠. 그 여직원이 혹시나…… 혹시나 대표님과 있었던 일을 회사 내에 퍼트리고 다니면……."

그것만큼 아득한 것도 없었다. 그렇게 되면 그동안 쌓아 왔던 설우의 이미지가 모래성 허물어지듯 부서지는 건 물론이고, 김 회장을 볼 면목조차 없어진다.

김 회장은 현재 병상에 누워 있는 상태였다. 실질적으로 회장 자리는 비어 있었고, 임시직으로 그 자리를 그의 외아들인 설우가 대신했다. 얼마나 많은 반발이 빗발쳤는지 모른다. 그 자리를 채우기엔 설우의 경험이 부족하다는 것부터 시작해 나이가 적절치 않다, 신뢰성이 떨어진다, 별별 이유들을 들먹이며 그를 밀어내려 애썼다.

그러나 김 회장에게 자식이라고는 설우뿐이었고, 회사의 지분을 상당량 가진 대주주들이 책임감을 갖고 일하기엔 외아들 쪽이 낫지 않겠냐며, 설우의 손을 들어주었다.

그 믿음에 보답하듯 설우는 물 흐르듯이 제게 놓인 업무들을 해치워 나갔다. 반발하던 이들도 그의 능력 앞에서는 하나같이 합죽이가 되었다. 그렇게 모든 것이 바라는 대로 돌아가는 줄 알았다. 그에게 치명적인 약점이 생기기 직전까지는.

"그 여직원 이름이 뭐라고 했죠?"

윤 비서는 이 사태를 수습하기 위해 열심히 두뇌를 회전시켰다.

"서주희라고 알고 있습니다."

"서주희 씨와는 그 후로 어떤 접촉도 없으셨어요?"

접촉이라. 그 후로 한 번도 그녀와 대면하지 않았으니까. 설우가 고개를 끄덕였다. 그 모습에 윤 비서가 의아함을 띠었다.

"아니, 왜요?"

"불쾌하다고 말하는 사람을 더 이상 부를 수는 없으니까요."

"불쾌하다고 했어요?"

"네. 다시는 부르지 않았으면 좋겠다는 말도 했습니다."

"그, 그래서 그대로 내버려 뒀다는 말입니까?"

아니겠지, 설마. 그 정도로 사람이 융통성 없진 않겠지. 일말의 희망을 품었으나, 설우가 그것을 처참히 무너트렸다.

"그 후로 한 번도 부르지 않았습니다."

맙소사. 윤 비서의 얼굴이 절망감으로 부서져 내렸다. 그는 흐느끼며 힘 없이 탁상을 내리쳤다.

"……당장 붙잡아서 해명을 해도 모자랄 판에 불난 집에 부채질을 해요? 서주희 씨가 대표님을 뭐라고 생각하겠습니까. 아, 이 회사의 대표가 사실은 변태였구나, 사이코였구나! 그렇게 혼자만 생각하면 다행이게요? 누구한테 말이라도 해 봐요. 그게 어디 한 명이겠냐고요. 이제 망했어요. 모두 망했다고요."

윤 비서가 또다시 곡소리를 내기 시작하자 설우가 깍지 낀 손에 턱을 묻으며 심각한 어조로 말했다.

"그거 큰일이군요."

그걸 이제야 알았냐, 이 양반아!

"제가 보기엔 이번에도 틀린 것 같습니다. 여기서 그만두는 게……."

"아니요. 그 여자는 다릅니다."

꽤나 단호하게 설우가 말을 자르자 윤 비서의 눈이 큼지막해졌다.

"뭔가가 달라요."

고심한 표정을 지은 그가 한쪽 눈꺼풀을 찡그렸다.

"온기가 보여요. 그 여자 손에서. 그리고……."

제 기억이 확실하다면, 비가 쏟아질듯이 퍼붓던 그 날.

'미안해. 흐윽……. 정말 미안해. 이제 다시 못 올 거 같아. 잘 살아.'

그 여자는 울고 있었다.

"그럼 차라리 이실직고하시지 그러셨어요. 그냥 모든 걸 다 사실대로 말해 버리지. 이게 뭡니까. 지금 겪고 있는 일도 벅차 죽겠는데, 왜 감당하지도 못할 일을 하나 더 만들어 버렸냐고요."

사실대로 말한다라……. 그 생각을 설우도 하지 못한 건 아니다.

하지만 어떻게 그럴 수 있을까. 과연 그 사실을 감당할 수 있는 이가 몇 이나 될까. 어쩌면 차라리 윤 비서가 걱정하는 사이코 변태 이미지가 더 나을지도 모른다.

설우는 느긋하게 소파에서 일어나 창가 쪽으로 다가섰다. 어둠에 깔린 건물들을 바라보던 그의 시선이 어두웠다. 해가 저물어 가는 하늘에서는 노란 빛이 흩뿌려지고 있었다. 오늘은 평소보다 많은 빛이 하늘에서 부서져 내릴 것이다. 그럼 곧 어둠 속에 잠길 저 건물들 또한 환히 빛을 발할 테고, 나는 당연하듯이 변하겠지.

"윤 비서님."

윤 비서가 못마땅한 눈으로 설우를 흘겼다.

"진심으로 하시는 말씀은 아니죠?"

"뭘 말입니까."

설우가 힐끗 윤 비서를 돌아보고는 짧게 웃었다.

"진심으로 바라는 건 아니잖아요."

"아, 그러니까 뭘요."

"제가 이런 모습으로 사람들 앞에 나타나는 걸……."

설우는 말을 마저 이을 수 없었다. 그는 어느새 밝게 스며 들어오는 달빛을 품으며 눈을 감았다.

윤 비서는 마른침을 꼴깍 삼켰다. 어디선가 하얀 빛이 부서지듯 그의 두 눈을 찔렀다. 너무 새하얘서 눈을 뜨는 게 버거울 정도였다. 눈꺼풀을 한참 동안 비빈 후에야 겨우 눈을 뜬 그는 숨을 혹 들이켰다.

수십 번을 봐도 익숙해지지 않는 장면. 그의 앞에 서 있던 남자는 어디에도 존재하지 않았다. 마치 신기루처럼 사라져 버렸다. 그 대신 '김설우'라는 명패 곁에 꼬리를 농염하게 흔드는 생물체 하나. 청회색으로 물든 것이 그린 사파이어와도 같은 눈동자로 윤 비서를 직시했다. 그리고 날름거린다.

"니야옹."

그 소리에 등줄기가 주뼛 선 윤 비서는 창밖 너머를 바라봤다. 보름달이 어느 때보다 하얗게 빛을 발하고 있었다.

2. 인연 혹은 운명

'오지 마. 제발, 오지 말란 말이야!'

주희는 사색이 된 얼굴로 넓은 대지를 달렸다. 악몽이란 걸 알고 있다. 그럼에도 눈이 떠지지 않았다. 그저 뒤쫓아 오는 거센 어둠에 삼켜지지 않기 위해 뛰고, 또 뛰었다. 머지않아 사람들로 추정되는 실루엣이 하나둘씩 보이기 시작했다.

'도, 도와주세요.'

간곡히 애원하자 그들의 고개가 주희에게로 향했다. 이제 살았구나, 안도한 순간. 날카로운 비수가 가슴에 내리꽂혔다.

'왜 그랬어?'

주희는 주춤했다. 사람들의 눈빛이 살쾡이처럼 날카롭게 변해 있었다. 마치 한입에 저를 잡아먹고 말겠다는 듯 성큼성큼 다가오는 걸음걸이가 흉포했다.

'왜 해선 안 될 짓을 했어. 그렇게 굴지 말았어야지. 네가 그런 식으로

굴지 않았으면 그런 일은 일어나지도 않았잖아.'

하나의 비수는 곧 수십 개가 되어 심장을 할퀴었다. 끊임없이 같은 말이 반복되며 그녀를 괴롭혔다. 이건 네 잘못이야. 이건 다 너로 시작된 일이 야. 반복되는 아우성을 들으며 주희는 어깨를 바르르 떨었다.

'……아니야. 그런 게 아니에요. 나는 아무 짓도 하지 않았어요.'

'거짓말하지 마! 다 너 때문이야, 다 네가 자초한 일이라고!'

그런 게 아니라니까! 주희는 돌아섰다. 저들 중에 자신을 도와줄 사람은 아무도 없었다. 그럼 어디 있지? 어딜 가야 만날 수 있는 걸까. 도대체 어 딜 가야…….

두 발이 어느새 벼랑 언저리에 닿았다. 그 끝에는 한 남자가 서 있었다. 남자의 뒷모습만으로도 주희는 그가 누군지 알 수 있었다. 마지막 희망을 품고 목소리를 쥐어짰다.

'……선배, 도와주세요.'

남자가 서서히 몸을 틀었다. 시선이 맞물렸고, 남자의 기다란 눈매가 부 드럽게 휘었다.

'역시. 선배는 아니죠. 선배는 다르죠.'

주희가 눈물을 머금고 한 발짝 내딛던 찰나였다.

'네가 그럴 줄은 몰랐는데.'

남자의 얼굴에서 미소가 사라졌다. 가슴이 쿵, 내려앉았다.

'……선배.'

'다시는 보지 않았으면 좋겠다.'

일말의 희망이라고 생각했던 남자가 미련 없이 돌아서자 주희는 그를 붙잡기 위해 벼랑 끝으로 달려갔다.

'강욱 선배, 잠깐만요. 제 말 좀 들어 주세요. 그게 아니에요. 그 게……!'

남자에게 닿기도 전에 몸이 앞으로 기울었다. 우직, 소리가 들리더니 두 다리가 밑으로 하강했다. 절벽이었다. 죽음이 그녀에게로 손을 내밀고 있었 다. 심장이 밑으로 곤두박질쳤다. 그 아픔 속에서도 주희는 끝없이 외쳤다.

내가 그런 게 아니에요. 나는 그런 게 아니야. 제발. 내 잘못이 아니라고 말해 줘요. 제발…….

"하아!"

주희는 이불을 걷어차며 일어났다. 하아, 하아, 터져 나오는 숨소리가 거칠었다. 커튼 밑으로 스며 들어오는 빛을 보고 나서야 그녀는 얼굴을 두 손으로 가리며 탄식했다.

"……왜 또 이러는 건데."

한동안은 잘 꾸지 않던 악몽이었다. 호흡을 가다듬으려 숨을 크게 들이 켰다. 그 순간 진동이 느껴졌다.

[엄마]

주희는 휴대폰을 쥐고 침대에서 일어나 부엌으로 향했다. 생수를 한 모 금 마시고 나서야 간신히 진정된 심장을 붙잡으며 통화 버튼을 눌렀다.

"네, 엄마."

— 딸, 자고 있는데 깨운 거 아니지?

"아니에요."

— 다른 게 아니라. 그, 이번에는 내려오는 거지?

이른 아침부터 전화가 울린다 싶더니.

"내려가야죠. 아빠는 좀 어떠세요?"

— 네 아빠야 늘 한결같지. 그래도 이번에는 내심 내려오길 바라는 눈치 더라. 직접 물어보면 될 걸, 꼭 나를 시켜요. 보고 싶다고 말하는 게 뭐 그 리 어렵다고.

주희의 입가에 연한 미소가 피어올랐다. 원체부터 아빠는 표현하는 데 있어서 서투른 남자였다.

— 저 주희야.

전과 달리 정희의 목소리가 어두웠다. 묻고 싶은데, 물을 수 없다는 수 심. 이를 눈치챈 주희가 덤덤하게 말했다.

"말씀하세요."

한참의 정적 끝에 조바심 섞인 음성이 들려왔다.

— 요새 만나는 사람은 없지?

어색한 침묵이 흘렀다.

— 어머, 내 정신 좀 봐. 미안. 내가 너무 성급했다. 아니, 요새 가는 곳마다 결혼 이야기가 나와서. 자식은 너 하나뿐이어서 그런지, 자꾸 이런 식으로 이야기가 나가네. 미안해.

주희는 멋쩍게 웃기만 했다. 더 이상의 통화는 무리라는 생각이 들었다.

"엄마, 제가 오늘 약속이 있어서요. 지금 나가 봐야 할 것 같은데."

— 어, 그래, 그래. 마지막 주에 내려오는 걸로 알고 네 아빠한테 귀띔해 놓으마.

"네, 알겠어요. 또 연락드릴게요."

통화를 끊자마자 주희는 천장을 멍하니 바라봤다.

결혼이라…….

두 글자가 아득히 느껴진다면 이상한 걸까. 결혼은커녕 연애조차 이제는 낯설기만 하다. 가슴 불타게 누군가를 좋아해 본 적이 언제더라. 아니. 내가 다시 사랑 같은 걸 할 수 있을까? 막연함에 마음이 가라앉던 찰나, 어젯밤 보고 펼쳐 둔 잡지가 눈에 들어왔다.

「김설우, 그가 추구하는 시온이란?」

주희의 눈빛이 심란했다. 솔직히 충격을 받지 않았다면 거짓말이다. 김설우가 어떤 인물이던가. 매사에 차갑고 속내를 알 수 없는 얼굴로 회사를 이끄는 남자였다. 사내에서는 언제나 그의 이름이 입방아에 올랐고, 내색하지 않았지만 주희도 그를 관심 있게 주시하는 사람들 중 한 명이었다. 김설우 때문에 시온에 입사한 것도 없지 않아 있으니까.

그런데…….

"남자는 다 똑같아."

결국 김설우도 권력을 남용하는 놈들과 다를 게 없다고, 단정 지으려다가도 주희는 생각을 멈췄다. 정말 이상했다.

'내 머리 좀 쓰다듬어 줄 수 있습니까?'

그런 말을 그렇게나 정중한 얼굴로 하는 남자는 생전 처음이었으니까

✳

"이 정도면 되려나."

주희는 현관문 앞에 서서 무언가를 골똘히 바라봤다. 봉지에 손수 담은 사료와 몇 개의 간식용 참치 캔이 바닥에 놓여 있었다. 지금의 동네로 이사 오면서 주희는 가장 먼저 높은 담장과 공원, 주차된 차 밑을 꼼꼼하게 살피고 다녔다.

"저번에 보니까 두 마리 더 돌아다니는 것 같던데."

그녀에게는 유일한 취미가 있었다. 길고양이에게 아무런 대가 없이 밥을 챙겨 주고 다니는, 일명 캣 맘이었다.

"후딱 주고 한 시간 내로 와야겠다."

생각보다 이 동네는 많은 길고양이들이 먹이를 찾아다녔다. 쓰레기통 주변에 떨어진 찌꺼기를 먹는 걸 볼 때면 내심 마음이 쓰렸다.

공원에 도착하자마자 준비한 참치 캔을 따서 아이들이 먹을 만한 곳에 내려놓았다. 그러자 샤샤샤, 풀잎을 가르는 소리가 들리더니 한 마리가 금세 모습을 나타냈다.

"안녕."

퇴근길에서 몇 번 봤던 아이다. 몸통은 까만색이면서 네 발바닥은 글러브를 찬 것처럼 하얀 고양이.

"다시 보니까, 얼굴에 점박이가 있네. 괜찮으니까 이리 와서 먹어."

살뜰하게 굴었지만, 녀석은 경계 태세를 갖추며 한 발짝도 움직이지 않았다. 배가 고픈지 노란 눈동자는 황망하게 흔들리며 참치 캔을 주시한다. 그 모습에 주희가 웃음을 터트리며 물러섰다.

"혼자만 먹지 말고, 다른 친구들 것도 남겨 둬야 해. 알았지?"

이곳저곳에 먹이를 주다 보니, 어느새 해가 저물었다. 마지막으로 음식

물 쓰레기를 버리는 곳을 찾았다.

이 근방쯤이면 될 것 같은데. 아이들이 쉽게 먹이를 찾되 사람들 눈에는 띄지 않는 곳에 그릇을 내려놓으려던 찰나였다. 어디선가 부스럭 소리가 들렸다. 또 금세 먹이를 알아차린 녀석인가 싶어 몸을 돌린 주희는 몇 번이나 눈을 깜빡였다.

예상한 대로 그녀의 앞에 나타난 건 고양이였다. 그런데 생김새가 다른 녀석들과는 많이 달랐다. 길에서는 흔히 볼 수 없는 아이.

"너는⋯⋯."

러시안블루다. 흔히 애완용으로 키우는 고양이였다. 하지만 그녀가 놀란 건 다른 부분이었다. 녀석의 생김새. 같은 러시안블루여도 턱선이 유난히 날카롭고, 몸 곳곳마다 선이 유려했다. 무엇보다 사람을 홀릴 것처럼 영롱하게 빛나는 초록색 눈동자는 도저히 잊으려야 잊을 수가 없는 것이었다.

주희가 홀린 듯이 속삭였다.

"⋯⋯브릿지."

그 소리에 반응하듯 녀석의 눈동자가 가늘어졌다.

"⋯⋯브릿지, 너 브릿지 맞는 거야?"

주희가 믿지 못하겠다는 눈으로 녀석의 곁으로 다가갔다. 그 순간 녀석의 몸이 허공으로 튀어 올랐다. 높은 담장에 착지한 녀석은 고요히 주희를 응시했다. 그 눈빛이 살을 꿰뚫는 것처럼 날카롭고 예리했다.

주희는 혼란스러웠다. 어떻게 이 녀석이 이곳에 있을 수 있을까. 이사를 하면서 자연스레 멀어져 볼 수가 없게 되었는데. 다시는 가고 싶지 않은 동네. 두 번 다시 발도 딛고 싶지 않은 곳이었다.

그러나 어둠 속에서도 한 줄기의 빛이 존재하듯 안 좋은 기억만 있던 건 아니었다. 비록 딱 하나지만. 그래서 더 특별할 수밖에 없는 기억이, 그리고 그 기억 속의 주인공인 녀석이 눈앞에 떡하니 나타났다. 정말로 그 아이가 맞긴 한 걸까. 어둠 속이라서 그런지 깊은 확신이 들지 않았다. 그때였다.

"니야옹."

하얀 달빛이 녀석의 등 뒤로 쏟아지며 녀석이 웅얼거렸다. 그 소리에 주희는 등 뒤로 소름이 돋았다. 확신과 의심. 그 경계선에 서 있던 중심축이 확 기울어진 순간, 달빛에 안기듯 녀석이 튀어 오르며 눈 깜짝할 새에 자취를 감췄다.

❀

설우가 고심함에 빠져 테이블을 두드렸다. 그는 잠시 어제 일을 회상했다.

'……브릿지, 너 브릿지 맞는 거야?'

가늘게 떨리던 여자의 목소리, 황망하게 흔들리던 눈동자. 그건 분명 고양이로 변한 저를 안다는 듯한 눈빛이었다. 브릿지. 그게 이 녀석의 이름인 건가.

"그렇게 염두에 두고 있습니다."

말을 끝마친 하 상무의 낯빛이 좋지 않았다. 입을 연 순간부터 설우의 표정이 어두웠다. 어떻게든 최 전무의 눈독에 들어야 하는 프로젝트이건만, 이리 초를 치면 어쩌자는 거야.

"김 대표 생각은 어떤가."

하 상무를 대신해 부사장이 물었다. 설우는 여전히 생각에 잠겨 있었다.

"김 대표."

브릿지, 브릿지.

"대표님."

윤 비서가 속삭였다. 그때까지도 설우는 미동이 없었다. 부사장이 언짢은 티를 낸 순간이었다.

"크흠, 김 대표."

"브릿지."

응? 저녁 만찬에 초대된 임원들이 일제히 동작을 멈추었다. 설우의 고개는 정확히 부사장을 향해 있었다.

"대표님."

유일하게 사태 파악을 한 윤 비서가 눈칫밥을 주었다. 그제야 정신을 차린 설우가 부사장을 보며 가볍게 웃었다. 마치 내가 무슨 소리를 했냐는 듯이.

부사장이 이 기회를 놓치지 않고 물고 늘어졌다.

"하긴 김 대표가 줄곧 쉬지 않고 달리긴 했지. 아무리 젊다고 해도 체력이 고갈될 때가 있는 법이야. 이러다가 중간에 지쳐 나가떨어질까 봐 걱정이네."

우스갯소리로 던진 소리에 가시가 돋아 있었다.

"그래도 성심성의껏 준비한 하 상무를 생각해서라도 듣는 성의는 보였어야지. 그리고 이 자리가 취향이 아닌 건 알겠는데, 그게 얼굴에 나타나면 쓰나. 초대한 최 전무는 뭐가 되나."

부사장의 시선이 왼편으로 돌아갔다. 그곳에는 얼마 전, 설우를 저녁 만찬에 초대하고 싶다던 최 전무가 앉아 있었다. 예순을 앞두고 있는 이답지 않게 희고 멀끔한 인상이 인상적이었다.

최 전무가 입가에 미소를 걸치며 말했다.

"괜찮습니다, 부사장님. 젊은 사람 취향 고려도 않고, 무작정 초대하려고 했던 제 실수도 있죠. 안 그런가, 김 대표?"

이런 요물들. 두 사람을 지켜보는 윤 비서의 눈에 스파크가 튀었다. 최 전무는 그렇다 쳐도 어떻게든 설우를 짓밟고 말겠다는 부사장의 속내에 진절머리가 났다.

"그럼 먼저 일어나도 될까요?"

어느새 자리에서 일어난 설우가 무심한 눈길로 임원들을 훑어 내렸다.

"쭉 지켜보니까 별다른 이야기가 오가는 것도 아닌 것 같은데. 계속 있자니 조금 지루해져서요. 괜찮겠죠, 최 전무님?"

최 전무의 얼굴에는 표정이 없었다. 속내를 알 수 없는 눈으로 설우를 응시하더니 입가를 끌어 올렸다.

"그럼. 초대에 응해 준 것만으로도 고맙게 여기고 있네."

"김 대표."

보다 못한 부사장이 신경질적으로 그를 불러 세웠다. 그건 다른 임원들도 마찬가지였다. 그때 방 밖을 나서려던 설우가 돌연 멈추며 누군가를 직시했다.

"아, 그리고 하 상무님."

갑작스러운 호명에 하 상무가 움찔거리며 고개를 치켜들었다. 설우가 나긋하게 웃으며 말을 이었다.

"말씀하신 프로젝트는 기반적으로 실행되기가 어려운 거 아시죠?"

하 상무는 아리송했다. 당연히 흘려들은 줄 알았던 이야기를 제대로 인지하고 있다는 것이 뜻밖이었다. 그뿐일까. 뒤이어 들려오는 그의 말을 가만히 듣고 있노라면, 그는 프로젝트에 담긴 의도를 정확히 캐치하고 있었다. 한마디로 듣지 못한 게 아니라, 이미 생각을 끝내 놓고 다른 생각을 하고 있던 것이다.

"터무니없이 높은 예산이 예상되는데, 이 부분을 당연히 염두에 두지 않았을 리 없으실 테고. 그래서 여쭙는 건데 부사장님 의견은 어떠십니까?"

꽂았던 화살이 제게 돌아오자 부사장은 꿀 먹은 벙어리가 되었다. 오늘은 무슨 수로 김설우에게 엿을 먹일 수 있을까, 그것만 내내 골몰했으니 다른 놈의 말이 귀에 박힐 리가.

"하 상무님의 노력을 생각해서라도 최소한의 답안은 준비해 두셨어야 되는 게 아닌가 싶습니다만."

설우는 토씨 하나 틀리지 않고, 부사장의 언행을 그대로 돌려주었다. 당황한 부사장의 얼굴이 잘 익은 토마토처럼 붉으락푸르락해졌다.

"다음에 있을 회의에서는 부사장님의 유익한 의견, 꼭 들을 수 있었으면 좋겠습니다."

마지막 한 방까지 꽂고 나서야 설우는 느긋하게 방을 나섰다.

＊

어떻게 거기에 있던 거지.

주희의 머릿속은 온통 어제 본 고양이로 가득 찼다. 푸르스름한 은회색이 우아한 광택을 드러내던. 몇 번이나 생각해도 그 아이는 분명 브릿지였다. 어떻게 확신할 수 있냐고 묻는다면, 거의 동고동락하다시피 그 아이의 밥을 챙겨 주고 출근길과 퇴근길을 함께했다 하겠다.

특히 그 눈. 반달 같으면서도 날카로운 그 눈매는 누가 봐도 브릿지다. 하지만 어떻게? 어떻게 녀석이 그곳에 있는 걸까. 전에 살던 동네와 지금 사는 동네는 자그마치 지하철로 30분 이상이 걸렸다. 그 먼 거리를 녀석이 찾아 나설 리도 없고. 고양이는 특성상 제 영역이라고 생각한 곳의 일정 거리 이상은 잘 벗어나질 않는 법이다.

역시 내가 잘못 본 건가?

"주희 씨, 퇴근 안 해?"

고심에 한층 빠져 있을 무렵이었다. 불쑥 들린 목소리에 고개를 들자 주희의 사수인 소연이 의아한 얼굴로 서 있었다.

"다른 사람들은 벌써 내려갔는데, 왜 아직까지 이러고 있어? 설마 고 대리가 따로 일이라도 시켰어?"

소연의 표정이 사뭇 날카로웠다. 전에 있던 부서에서부터 고 대리의 행실을 겪은 탓인지, 고 대리가 목소리를 높이기만 해도 신물을 내곤 했다.

"아니요. 잠깐 다른 곳에 정신이 팔려서."

"그럼 같이 내려가자."

부서를 나서고, 1층에 도착할 때까지도 주희는 고양이를 머릿속에서 지우지 못했다. 엘리베이터에서 내려 스피드게이트에 사원증을 막 찍은 찰나였다.

"저기 대표님 맞지?"

주희는 퍼뜩 시선을 들었다. 저 멀리서 훤칠한 실루엣이 걸어 들어왔다. 그 행보가 로비 중앙 부분에까지 이르자, 설우임을 알아볼 만큼 얼굴이 확연히 드러났다.

"근데 왜 우리 쪽으로 오는 것 같은 느낌이 들까."

소연이 고개를 갸웃하며 말했다. 기다란 두 다리가 움직이는 방향이며, 꽂혀 있는 시선이며 모두 다 주희를 향해 있었다. 주희는 본능적으로 주변부터 살폈다. 정말로 설우의 목적지가 자신이라면 어떻게든 피해야만 한다.

혹시나 그가 알은척이라고 했다가는 이목을 받는 것은 물론, 사람들의 입방아에 오를 게 뻔했다.

"이 대리님, 죄송한데 저 급한 일이 있어서 먼저 가 볼게요."

소연을 뒤로하고 주희는 서관 쪽으로 몸을 틀었다. 그러나 몇 걸음도 걷지 못하고 멈춰 서야 했다. 이곳에 당도할 것이라고 예상했던 설우가 쌩하니 주희를 스쳐 지나갔기 때문이다. 어떤 눈길조차 주지 않았다. 찬바람이 쌩쌩 불다 못해 싸늘하기까지 했다.

"……뭐야, 방금. 대표님 표정 봤어? 완전 쌔한데."

소연만큼이나 당황스러운 건 주희도 마찬가지였다. 아주 잠깐의 스침이었지만, 허공에 두는 시선과 일자로 다물린 입술. 그리고 서늘한 분위기까지. 며칠 전 모습과는 확연히 대조됐다. 꼭 다른 사람을 보는 것 같았다.

※

지하철을 타고 오는 내내 주희의 머릿속은 설우로 가득 찼다. 이중적인 그의 면모가 도무지 잊히지 않았다. 화가 난 걸까. 그렇지 않으면 그런 눈으로 사람을 볼 순 없는 거잖아. 역시 그날이 원인인 건가. 그의 제안을 단칼에 잘라 냈던 그날 말이다. 복잡한 마음으로 역을 빠져나와 골목길로 들어선 때였다.

부스럭.

주희는 흠칫거리며 뒤를 돌아보았다. 무슨 소리가 들렸던 것 같은데. 막상 돌아보니 아무도 없다. 잘못 들은 건가 싶어 금세 고개를 돌리는데. 부스럭. 또다. 잘못 들은 게 아니다.

열 시가 조금 넘은 시각. 주변이 어둠으로 자욱했다. 단순히 바람이 나뭇잎에 흔들리는 소리라기엔 그 세기가 거칠다.

설마, 아니겠지.

주희는 팔뚝을 쓰다듬으며 호흡을 크게 들이켰다. 불안감이 묻어 나오는 행위였다. 벌써 2년이 지났는데도, 왜 이런 사소한 것에 의해 신경이 곤두서는 건지. 주위를 경계하며 걸음 속도를 높이는데, 부스럭, 소리가 심해지더니 무언가가 툭, 뛰어나왔다.

주희는 흠칫거리며 걸음을 멈추었다. 그 순간 달을 가리고 있던 구름이 멀어지며 눈앞의 존재가 모습을 드러냈다.

"브릿지?"

몇 번이나 두 눈을 깜빡거렸다. 소리를 낸 장본인은 다름 아닌 어제 보았던 청회색 고양이였다. 녀석의 머리에 낙엽 잎이 붙어 있었다. 그걸 아는지 모르는지 녀석은 어제와 같은 고요한 눈으로 주희를 응시했다.

"설마 나, 기다리고 있었던 거야?"

금세 주희의 얼굴에 화색이 돌아났다. 녀석이 브릿지인지 확실한 증거가 없음에도 불구하고 서슴없이 녀석에게로 다가섰다.

"밥은 먹었니?"

살가운 목소리로 물었지만, 녀석은 여전히 그 자리, 그대로 서서 주희를 묵묵히 바라봤다. 그 눈빛이 어딘가 모르게 애틋해 보이기도 하고 서글퍼 보이기도 한다면 제 착각이려나.

주희는 손을 뻗었다. 브릿지는 평소 머리와 얼굴 옆을 쓰다듬는 것을 좋아하는 아이였다. 이 녀석도 그러지 않을까. 이 아이가 만약 브릿지라면 반기지 않을까. 손끝이 녀석의 머리 위에 다다랐을 무렵이었다.

"아이고, 복길아!"

난데없는 외침이 등 뒤로 크게 울려 퍼졌다. 골목길 어디선가 중년의 남자가 튀어나오더니, 소매를 걷어붙이며 부리나케 이곳으로 뛰어왔다.

"복길이, 이놈 녀석!"

남자는 단숨에 녀석을 안아 들었다. 신기하게도 녀석은 어떤 거부 반응도 없이 남자의 어깨에 앞발을 철썩, 올렸다. 남자는 주희의 눈치를 살피며 허겁지겁 말하기 시작했다.

"허허, 그게 말이야. 아가씨. 이 녀석이 며칠 전에 집을 나갔지 뭐야. 내가 아주 울고불고 난리도 아니었어. 남은 노후를 함께할 이라고는 요놈 하나뿐인데, 잠깐 문을 열어 둔 사이에 금세 사라져 버린 거야. 그날만 생각하면 아직도 요, 심장이 벌렁거린다니까?"

말을 건 것도 아닌데, 제 사정을 술술 말하는 남자의 고백에 주희는 당혹스러웠다. 뒤늦게 상황 파악을 하고 나서야 한 가지 의문점이 들었다.

"저기 실례지만 이 아이 이름이 복길이인가요?"

남자가 재빠르게 고개를 주억거리며 대답했다.

"그래요. 잘 먹고 잘 자라라고 내가 직접 지어 준 이름이지."

"아……, 네. 죄송한데 한 가지만 더 여쭤봐도 괜찮을까요?"

"암, 물어봐요, 물어봐."

"혹시 2년 전에도 이 친구를 아저씨가 키우셨나요?"

2년 전? 그건 갑자기 왜? 남자의 두 눈이 매섭게 가늘어졌다. 그러나 금세 주름이 질 정도로 눈꼬리를 접어 보인다.

"아무렴. 이 녀석이랑 나랑 함께한 지 벌써……."

남자가 힐끔, 녀석의 눈치를 살피며 말을 이었다.

"10년이라우."

"10년이요? 전혀 그렇게 안 보이던데. 꽤 나이가 있는 친구네요."

고양이의 수명은 개보다 긴 편이긴 했지만, 10년을 살았다면 중년은 훌쩍 넘었을 터였다. 그런데 녀석은 많이 봐야 여섯 살 이상으로 보이지 않았다. 눈빛도 새초롬하고, 이따금씩 드러나는 송곳니 색도 좋았다. 그러나 2년 전에도 녀석을 남자가 키우고 있었다는 건, 녀석이 브릿지가 아니란 걸 증명했다.

"이제 복길이도 찾았고, 나는 그만 가 봐야겠네."

남자가 서둘러 몸을 틀었다. 그 모습이 어딘가 모르게 초조했다.

"아가씨도 밤길 어두운데 이만 들어가 봐요. 내일 일찍 출근도 해야 할 텐데, 피곤할 거 아니야."

"네. 아저씨도 살펴 가세요. 그리고 다시는……."

별안간 주희의 두 눈이 서글프게 빛났다. 그녀가 입꼬리를 부드럽게 말아 올렸다.

"다시는 잃어버리지 마세요."

"그, 그럼 당연한 소리를. 무튼 여러모로 고마웠어요."

남자는 몇 초도 되지 않아 모습을 감췄다. 한동안 자리를 떠나지 못하고 있던 주희는 문득 의아함을 느끼며 중얼거렸다.

"근데 내 얼굴에 바쁘다고 써 있나? 내일 일찍 출근하는 건 어떻게 아셨지?"

❋

윤 비서는 화가 나면서도 그 분노를 표출할 수가 없었다. 평소와 달리 설우가 차디찬 시선으로 그를 직시하고 있었기 때문이다.

"지금 뭐 하자는 겁니까, 윤 비서님. 다 된 밥에 재 뿌리기라뇨."

거의 코앞이었다. 주희의 손이 스스럼없이 제게 뻗어졌고, 그 손이 닿기만 한다면 무슨 일이 일어날 거라고 설우는 직감했다. 그런데 이 모든 것을 윤 비서가 망쳤다. 어디서 튀어나온 건지, 갑작스럽게 나타난 그의 등장이 설우로서는 퍽 당황스러웠다.

"대표님이야말로 왜 자꾸 무리수를 두십니까. 이건 그야말로 도박이라고요, 도박."

"도대체 어느 부분이 도박이라는 거죠."

"정말 몰라서 묻습니까? 서주희 씨가 대표님 몸에 손을 댔다가 무슨 일이라도 생기면. 그래서 혹시나 이 일이 누군가의 귀에 들어가기라도 한다면……."

고의적으로 설우의 뒤를 밟으려고 했던 건 아니다. 만찬이 끝난 후, 곧

장 자택으로 향해야 할 그가 따로 가 볼 곳이 있다는 말에 윤 비서는 어쩐지 뒤가 찜찜했다. 비단 그뿐만이 아니었다. 그의 얼굴에는 표정이 없었다. 마치 다른 사람이 그의 영혼에 들어간 것처럼 기계적인 목소리와 움직임이었다.

"대표님, 서주희 씨가 이곳에 거주한다는 건 어떻게 아신 거죠? 따로 뒷조사라도 하신 겁니까?"

알아낼 수 있는 방법은 여러 가지였다. 그리고 설우에게는 그리 어려운 일이 아니었다. 하지만 윤 비서가 아는 최소한의 그는.

"남 뒷조사는 하지 않습니다."

그래, 이렇게 도덕적인 면에서 답답하리만큼 철칙을 지키는 남자였다.

"그 말씀은……."

설우가 씁쓸히 웃으며 제 손을 바라봤다. 덩달아 윤 비서의 얼굴도 흙빛으로 변해 갔다.

"이 녀석에게 서서히 잡아먹히고 있다는 거겠죠. 이곳을 처음 발견했을 때도 눈 깜짝할 새였으니까요."

어느 순간부터 설우에게는 의식이 흐려지는 현상이 종종 나타났다. 제대로 정신을 차리고 눈을 떴을 땐 제 두 발이 낯선 땅에 붙어 있었다.

여기가 어디지? 의문을 품기도 전에 목구멍에서 '냐옹' 소리가 흘러나왔다. 녀석이 제 몸을 빌린 것이었다. 녀석은 늘 설우의 몸을 빌려 어딘가로 가기를 원했다. 그럴 때면 사람들 눈에는 설우의 모습이 고양이로 변해 있었다.

눈을 떠 보면 매번 낯선 곳이었다. 이를테면 지하철역과 몇 걸음 떨어진 구석진 곳이라든가, 흙과 풀잎이 가득한 공원이라든가, 골목 모퉁이를 지나면 나오는 비좁은 길이라든가. 녀석은 늘 그런 곳에 가기를 원했다. 어째서? 그 이유를 찾고 싶었으나 쉽지 않았다. 그러다 그 여자를 만났다. 서주희를.

2년 전이었을까. 그날은 하늘에서 구멍이 났나 싶을 정도로 비가 잔뜩 쏟아졌다. 고양이로 변한 설우는 멍하니 비를 맞으며 허공을 바라보았다.

어느 순간 타인의 발걸음 소리가 들리기 시작하자 설핏 고개를 들었다.

여자였다. 모자를 잔뜩 눌러쓴 여자가 그를 보고 있었다. 여자는 갑자기 그를 껴안더니, 울먹이며 서글프게 속삭였다.

'미안해. 정말 미안해. 너를 혼자 두고 갈 수밖에 없어서……'

그 속삭임을 끝으로 여자는 순식간에 달아났다. 설우는 빗물로 흐리멍덩해진 시야 속에서 결코 잊으려야 잊을 수 없는 것을 목격했다. 여자의 얼굴도 아니었다. 그녀의 체취도 아니었다. 손. 제 머리를 쓰다듬던, 정확히는 녀석의 머리를 매만지던 그 여린 손에서 희미한 빛줄기를 보았다.

무어라 설명하기 벅찬 그 따스한 온기. 그리고 기적처럼 다시 만나게 되었다. 다른 곳도 아닌 그가 대표직을 달고 있는 회사에서 말이다.

"이제 이걸로 확실해졌네요."

가벼워진 설우의 어감에 윤 비서는 마음이 초조해졌다. 또 무슨 일을 저지르려고. 어느새 반달이 된 달을 주시하며 설우가 중얼거렸다.

"오늘따라 달이 참 예뻐요."

윤 비서는 문득 겁이 났다. 영혼을 잡아먹히기 시작하면 뇌도 잡아먹히는 건가? 그 순간 설우가 돌아서며 언짢은 목소리로 타박했다.

"그래도 복길이는 너무하셨습니다. 복길이가 뭡니까, 복길이가."

멍…….

뭐야, 지금 심기 불편한 게 고작 복길이 때문이었어? 이런!

"아, 같이 가요!"

윤 비서가 부리나케 설우의 뒤를 따랐다. 그들을 비추는 달빛이 유난히도 짙은 밤이었다.

✳

"주희 씨, 어디 아파?"

소연은 올라오는 길에 산 비타민 음료를 내려놓으며 주희의 안색을 살폈다. 그녀의 낯빛이 좋지 않았다. 원체 말수가 없고 조용조용한 편이라

미처 살피지 못했는데, 형광등 아래 드러난 하얀 얼굴이 불그스름하게 달아올라 있었다.

"좀 쉬엄쉬엄 하지. 양 볼이 빨개."

"오늘 정리할 문서들이 많아서요."

"저번에 다 처리했다고 하지 않았어?"

그렇기야 한데…….

"인턴은 인턴이지."

인기척 없이 나타난 고 대리가 두 여자를 보며 빙긋 웃었다.

"열심히 해. 우리 부서가 언제 사라질지도 모를 마당에 설렁설렁 하면 되겠어? 조직 개편되기 전에 인사기록부에 한 문장 정도는 인상 깊게 남겨 줘야지. 그래야 어딜 가든 눈칫밥은 안 먹고 다닐 거 아니야."

"그게 무슨 소리야, 고 대리. 조직 개편이라니?"

난데없는 개편 소식에 소연이 눈살을 찌푸리자 고 대리가 쯧, 혀를 찼다.

"뭐야, 새삼스럽게. 전혀 몰랐다는 그 눈빛은. 설마 우리 부서가 승승장구할 거라고 생각했어?"

그녀가 콧방귀를 끼며 말을 이었다.

"지금 회사 내에서도 라인을 잘 타야 한다는 소리로 시끄러운 마당에 누가 우리를 달갑게 보겠어. 눈엣가시 아닌 게 다행이지."

어느 회사에나 사내 정치는 존재하는 법이다. 김설우와 최 전무. 사내에서 심심찮게 언급되고 있는 두 개의 큰 라인에서 굳이 누군가의 뒤에 서야 한다면 물을 것도 없이 설우였다. 그가 대표 자리에 앉는 것만으로 사내 정치, 라는 그 권력 싸움 또한 수심 밑으로 가라앉았으니까.

그런데 갑자기 조직 개편이라니?

소연과 주희가 미심쩍은 눈길을 비치자 고 대리가 어깨를 으쓱였다.

"솔직히 툭 까놓고, 이미 화공이니 제철 플랜트니 떼돈 벌고 있는 회사 입장에서 인테리어가 가당키나 하겠어? 이름만 들어도 그쪽 분야로 유명한 기업들이 몇 곳인데. 그리고 인테리어 부서를 만든 사람도 김 대표잖

아. 만약 김 대표가 완벽히 대표 자리를 꿰차지 못해 봐. 그럼 우린 개밥에 도토리 되는 건, 식은 죽 먹기라고."

고 대리의 말은 한바탕 쓸고 간 쓰나미와도 같았다. 조직 개편도 감당하기 벅차 죽겠는데, 부서가 해체될 수도 있다는 말은 그야말로 청천벽력이었다.

"그러니까 살아남으려면 이 악물고 열심히 해, 그래야 미운 놈 떡 하나라도 더 주지. 그럼 수고!"

이번에 구입한 신상 백을 툭툭 두드리며 고 대리가 부서를 빠져나갔다. 소연은 얼빠진 얼굴로 철썩, 자리에 앉으며 탄식했다.

"말도 안 돼. 내가 무슨 생각으로 전에 있던 부서를 포기하고, 여길 들어왔는데."

당황스러운 건 주희도 마찬가지였다. 그런 이야기가 나돌았으면 어느 정도 눈치를 챘을 텐데, 어떠한 낌새도 알아챌 수 없었다.

"설마 그런 일이 쉽게 일어날까요. 아시잖아요. 우리 대표님……."

별안간 입술이 다물어졌다. 우리 대표님? 자연스레 설우의 얼굴이 생각나자 주희는 황급히 말을 정정했다.

"김 대표님, 그렇게 능력 없는 분 아니시잖아요."

"그거야 맞는 말이지만."

실제로 김설우는 언제나 화젯거리를 몰고 다녔다. 그는 그 어렵다는 중동 지역의 EPC를 한 번에 따내는 성과를 내보였다. 그 결과, 나라 대 나라의 교류가 활성화되었으며 방송 언론을 비롯해 유명한 잡지사, 경제 신문사에서 한동안 그에 대한 이야기로 떠들썩했다.

"근데 고 대리는 이런 이야기를 왜 우리한테 해 줘? 남들 다 퇴근한 마당에 심지어 그것도 은밀하게."

소연이 입술을 부루퉁하게 내밀며 불만을 표출했다.

"그러게요. 그래도 이거 하나만큼은 확실히 알겠는데요."

"뭐?"

주희가 제 앞에 널브러진 종이들을 바라보며 마른 한숨을 내쉬었다.

"어쨌든 전 오늘 야근이라는 거."

"헐. 잠깐만, 이거 다시 보니까 고 대리가 작성해야 할 결재 서류들 아니야? 이게 왜 주희 씨한테 가 있어?"

"글쎄요."

어쩐지 그냥 넘어간다 싶었다. 이건 명백한 보복이다.

"으! 이 마녀! 심보가 이렇게나 고약해서 누가 데려가기나 하겠어!"

"먼저 퇴근하세요."

"낯빛이 안 좋은데, 괜찮겠어?"

"내일 아침에 변변찮은 말로 시달리는 것보다는 낫겠죠."

"무리는 하지 말고."

소연이 나가자 비로소 혼자가 된 주희는 빙그르르, 의자를 돌리며 고개를 높이 쳐들었다.

"하아……."

진짜 몸살이라도 나려고 그러나. 입 안이 텁텁한 게 침을 삼킬 때마다 목 안이 따끔거렸다. 아무래도 잠을 깊이 자지 못한 게 원인인 듯싶은데. 불면증이 도진 건가. 한동안 잠잠하다 싶더니.

"세수라도 좀 하고 와야겠다."

퇴근 시간이 한참 지난 부서 밖이 어둑했다. 또각또각, 낮은 굽 소리가 유난히도 선명히 울려 퍼지는 걸 의식하던 차였다.

"니야옹."

……응?

"니야옹."

이게 무슨 소리야? 주희가 화들짝 놀라며 주위를 경계했다. 누가 들어도 이건 고양이 울음소리였다. 한데 이 소리가 왜 이 복도에서 들리는 걸까.

"어? 너는……."

주희의 두 눈이 크게 팽창되었다. 모퉁이 구석에서 자그마한 것이 저를 바라보고 있었다. 고요하지만 서글퍼서 더 빛을 발하는 초록색 눈동자.

"……복길이?"

소리를 내자마자 녀석이 돌아섰다.

"잠깐만. 거기로 가면 안 되는데."

녀석은 듣는 척도 않고, 가볍게 몸을 털어 내며 앞으로 나아갔다.

"복길아, 잠깐만."

얼마나 쫓고 쫓는 추격전을 벌였을까. 어느새 눈앞에 막다른 길이 들이닥쳤다.

"이상하다. 분명 이쪽으로 간 것 같았는데."

그새 길이 엇갈린 걸까. 서둘러 몸을 돌리려는데.

"서주희 씨."

소름이 돋을 만큼 낮은 음성이 귓가에 떨어졌다. 익숙하면서도 낯설기만 한 부름. 이 목소리를 내가 어디서 들었더라. 눈을 가늘게 뜨며 돌아선 주희는 숨을 크게 들이켰다.

"……!"

눈동자.

어느새 밝아진 복도 한 켠에서 복길이와 똑같은 색을 머금은 눈동자가 저를 바라보고 있었다. 문제는 그것이 짐승의 것이 아니라 인간의 것이라는 것. 눈이 마주친 순간 주희는 그대로 정신을 놓았다. 그 여린 몸을 설우가 단숨에 받아 들었다. 창백한 주희의 상태를 살핀 그가 흐음, 고적한 숨을 흘렸다.

"기절시킬 생각은 전혀 없었는데."

"이게 뭔 일이래요!"

모퉁이에서 상황을 지켜보던 윤 비서가 입을 쩍, 벌리며 다가왔다. 한 소리 하려던 그는 설우와 눈이 마주치자 히익, 소스라치며 바닥에 주저앉았다.

"눈…… 눈깔이!"

다소 천박한 말투에 설우가 눈가를 구겼다. 윤 비서는 금세 말을 정정했다.

"눈동자, 눈동자 색깔이 시퍼래서는, 아니 퍼런 것은 또 아닌 것 같고. 이게, 이게……. 도대체 뭔 일이래요."

경황이 없는 그를 대신해 설우가 창가에 비쳐진 제 모습을 바라봤다. 세로로 가늘어진 검은색 동공과 그 옆으로 영롱하게 빛나는 여섯 개의 녹색 선. 설우에게는 익숙한 것이었다. 그래서인지 그는 덤덤했다. 두방망이질 치던 심장을 간신히 진정시킨 윤 비서가 멀찍이서 소곤거렸다.

"어쩌시려고요."

"일단 가죠."

본격적인 이야기는 나중에 해도 늦지 않다는 듯, 설우가 아주 가볍게 주희를 안아 들었다.

✳

눈을 뜨자 보이는 희미한 잔상에 주희는 인상을 찌푸리며 몸을 일으켰다. 동시에 허벅지 위로 무언가가 툭 떨어졌다.

"……손수건?"

손에 감기는 면의 감촉이 촉촉했다. 마치 열이 나는 사람을 위해 적신 것처럼. 잠깐만, 열? 주희가 화들짝 놀라며 제 이마를 짚었다. 희미하게나마 열기가 느껴졌다.

"일어났어요?"

주희의 동공이 크게 팽창됐다. 거무스름한 어둠 아래 정체를 알 수 없는 검은 인영이 서 있었다. 그때 달빛 한 줄기가 창 안으로 스며 들어오며 인영의 정체가 드러났다. 김설우였다. 그는 집무실 책상에 엉덩이를 걸친 채 자신을 바라보고 있었다. 쉽사리 상황 파악이 되지 않던 주희는 슬그머니 소파 구석으로 몸을 물렸다.

"열이 좀 있더군요. 급한 대로 해열제랑 손수건으로 대처는 했지만, 아직도 볼이 붉은 걸 보면 몸살기인 것 같은데."

주희는 아무 말도 하지 않은 채 슬쩍 옆을 봤다. 테이블 위에 가지런히 놓인 해열제와 물컵이 보인다.

"제가 왜 여기에……."

"글쎄요."

설우가 팔짱을 끼며 옅게 미소 지었다.

"왜 이곳에 있을 것 같아요?"

그걸 모르니까 묻는 거 아니야. 주희는 가능한 빨리 기억을 더듬거렸다. 밀린 서류들을 보자니, 어깨가 무거워 화장실에 가려고 했던 것 같은데. 그러다 고양이 울음소리…….

맞아. 복길이. 복길이를 회사 안에서 발견한 후, 녀석을 잡으려 열심히 뛰어다녔다. 끝내 막다른 길에 다다랐고, 헤매던 사이 누군가가 저를 불렀다.

'서주희 씨.'

익숙한 음성이었다. 왜냐하면 그 사람은…….

"서주희 씨."

지금 눈앞에 서 있는 이 남자의 목소리였으니까.

"그때 일은 미안하게 됐어요. 동의 없이 무작정 불러낸 부분도, 그리고 다짜고짜 쓰다듬어 달라고 했던 발언도 모두 경솔했습니다. 진심으로 사과할게요."

사과하는 그의 눈빛이 올곧고 정직했다. 그러나 주희는 쉽게 경계심을 풀지 못했다. 무엇보다 이 상황 자체가 정리되지 않았다.

"그래서 말인데, 그때 미처 하지 못한 말이 있어요. 기회를 줄 수 있을까요?"

"……기회라뇨?"

터벅터벅. 다가오는 그의 걸음걸이가 차분하면서 정적이다. 이내 크나큰 상체가 숙여지더니, 흐트러짐 없는 까만 시선이 주희를 꿰뚫듯 파고들었다.

"필요합니다."

"……."

"나는 서주희 씨가, 당신이 꼭 필요해요."

주희는 입술을 꾹 깨물었다. 필요가 어떤 의미에서의 필요인지, 이 남자는 당최 어떤 류의 사람인지 파악이 되지 않았다.

그의 첫인상에서 상사로서 칼같고 위압적인 면을 느꼈다면, 이유 없이 대표실로 부른 순간부터는 이상한 취미를 가진 자가 아닐까, 별의별 생각이 다 들었다. 하지만 지금은 또 다르다. 아니, 잘 모르겠다.

"그 말을 제가 어떤 의미로 받아들여야 하나요."

"의미는 여러 가지겠지만, 지금은 말할 수 없습니다."

주희는 지그시 설우를 바라봤다. 원하는 게 있다면 무슨 수를 써서든 간에 독해지고 악해지는 게 인간이다. 수도 없이 겪고 짓눌려 봤으니까. 그런데 왜일까. 그에게서는 그런 면을 찾아볼 수도, 느껴지지도 않았다. 적어도 견고한 시선만큼은 주희가 겪었던 누군가들하고는 확연히 달랐다.

설우가 정중한 목소리로 말했다.

"우리가 조금이나마 가까워진 후에 하나둘씩, 털어놓도록 하죠. 모든 걸 말하기엔 서주희 씨가 벅찰 것 같아서."

벅차다니? 주희는 어이가 없다가도, 가까워지는 그의 체취에 몸이 굳었다. 그때였다. 기절하기 직전 보았던 무언가가 덜컥, 떠오른 것은. 비로소 완전한 이미지가 머릿속에 각인된 순간.

"······!"

거센 충격에 휩싸인 것처럼 그녀의 동공이 파르르 떨렸다. 남자의 등 뒤로 하얀 달빛이 눈부시게 쏟아지고 있었다. 그리고 그 빛에 물들어 가듯이 자신을 바라보는 남자의 두 눈은······. 인간의 것이 아니었다. 그렇다고 짐승의 것도 아니다. 푸른 숲을 머금은 듯한 눈동자는 마치 에메랄드와도 같았다.

이게 도대체······. 숨조차 쉬지 못하는 간극 사이로 두 가지의 깨달음이 스쳐 지나갔다. 하나는 이 눈을 보고 자신이 기절을 했단 것이고, 또 다른 하나는.

"지금도 감당하기는 충분히 벅찬 것 같은데."

그는 거짓말을 하지 않았다는 것이다. 쨍그랑. 무거운 정적 사이로 난데없는 파열음이 울려 퍼졌다. 두 사람의 고개가 동시에 돌아갔다. 열린 문 사이로 한 남자가 서 있었다.

주희가 눈을 가느다랗게 뜨며 중얼거렸다.

"……복길이 주인분?"

주희를 위해 따스한 모과차를 준비해 온 윤 비서는 펼쳐진 광경에 그만 찻잔을 놓치고 말았다. 아무렴 상관없었다. 지금 당장 윤 비서에게 급박한 건 설우의 돌발 행동이었다.

'저한테 좋은 방법이 있습니다.'

퇴근 전, 나직이 뱉던 그의 말을 철석같이 믿어선 안 되는 것이었다. 끝까지 물고 늘어져서라도 의심했어야 했다. 함께 엘리베이터를 타고 내려가던 중 설우가 인테리어 부서가 있는 층수를 누른 걸 보곤 기분이 찝찝했다. 그것도 모자라 주희를 발견하자마자 그가 고양이로 변했을 때는 심장이 반으로 쪼개지는 줄 알았다.

그때 무조건 그를 부둥켜안고 도망쳤어야 했던 건데. 그랬더라면 이런 비정상적인 장면은 펼쳐지지 않았을 것이 아닌가.

"대표……. 야 이! 김설우!!"

그동안의 쌓인 게이지를 참지 못한 윤 비서가 냅다 설우에게로 달려들었다. 윤 비서? 이분이 윤 비서님이시라고? 복길이 주인이라고 생각했던 남자가 윤 비서라는 사실에 주희는 어안이 벙벙했다. 그러거나 말거나 윤 비서는 설우의 멱살을 간신히 붙잡으며 소리쳤다.

"내 고혈압을 아는 것이 내 뒤통수를 쳐? 네가 진짜 내 노후를 망치려고 작정을 했지. 너 때문에 제명에 못 살고 죽게 생겼어, 이것아!"

가차 없이 그의 멱살을 흔들었지만 설우는 꿈쩍도 하지 않았다. 그의 두 눈은 다른 곳을 향해 있었다. 서주희. 그녀에게 박힌 시선을 확인한 윤 비서가 한숨을 푹 내쉬며 고개를 떨궜다. 몇 번이나 당해 봤으면서 왜 자꾸 경계심을 잃는 걸까.

"서주희 씨."

그는, 김설우는.

"저랑 친해지기로 약속한 겁니다."

어떠한 문제가 됐든 물러서기를 모르는 남자라는 걸.

설우는 어느 때보다 바쁜 하루를 보내고 있었다. 몇 주 후 있을 재건축 관련 회의와 2년 전 큰 성과를 이룬 'EPC' 문제 관련으로 쌓인 업무량이 한가득이었다. 하지만 두 눈은 서류에 박혀 있으면서도 신경은 다른 곳에 머물러 있었다. 몇 시간 전부터 그를 죽일 듯이 노려보고 있는 한 사람에게로.

"윤 비서님, 그렇게 노려보셔도 소용없습니다. 마음 바꿀 의향 전혀 없으니까요."

제 정체를 조금이나마 주희에게 들킨 날부터 윤 비서는 험악한 인상으로 설우를 노려보기 일쑤였다.

"바꿀 의향이 애초부터 있긴 하셨고요? 이렇게라도 보지 않으면 제 속이 타들어 가다 못해 잿더미가 될 것 같으니까 신경 끄시죠."

설우가 픽, 웃으며 받아쳤다.

"이미 벌어진 일에 대해 후회하는 것만큼 독이 되는 게 없다는 걸, 아시면서. 왜 그러실까요."

"지금 그 독을 만든 장본인이 누군데요. 아니, 해도 해도 너무하잖습니까! 거기서 꼭 그렇게까지 나오셨어야 해요? 찾아보면 괜찮은 방안이 수두룩한데! 하, 뭐? 서주희 씨. 저랑 친해지기로 약속한 겁니다? 나, 원 기가 차서. 눈이 시퍼런 남자랑 잘도 친해지겠습니다. 그냥 살살 구슬리면 되는 일을 가지고 배로 부풀려서는……."

탁. 가만히 귀 기울이고 있던 설우가 펜을 내려놓으며 어깨를 으쓱였다.

"아시잖아요. 살살, 구슬리는 그런 거."

그는 살짝 미간을 구기며 고개를 저었다.

"전 못 합니다."

"못 하긴 왜 못 해요! 그 멀쩡한 허우대는 장식품도 아니고! 나 같으면 여자를 벌써 여럿 울리고 다녔겠구만!"

"죄송하지만 여자를 여럿 울릴 생각도 없을뿐더러, 처음부터 연애한다는 것 자체가 저한테 불가능이어서요. 만났다가……"

일순 설우의 표정이 흐려졌다.

"저 대신 떠나 버리면 안 되니까요."

또 시작이네, 또. 저런 얼굴로 말하면 더 이상 내가 무슨 말을 하라고. 그가 애써 화제를 돌리며 구시렁거렸다.

"내가 진짜 통장에 쌓인 공만 몇 개인데, 그걸 편히 써 보지도 못하고. 이제라도 발 뻗고 편히 잘 수 있나 싶었더니."

"지금이라도 연애하시라니까요."

"아이, 연애할 시간을 줘야 하든가 할 거 아닙니까! 가만히 있으면 하늘에서 없던 인연이 뚝 떨어지기라도 한대요? 거, 말이 되는 소리를……"

"퇴직."

나직이 떨어진 두 글자에 윤 비서의 어깨가 굳었다.

"윤 비서님이 원한다면 지금 당장 그만두셔도 됩니다. 저는 언제든지 마음의 준비가 되어 있으니까요. 명예퇴직 하셔야죠. 잊으셨나 본데, 그때 주신 사직서 아직 이 서랍에 잘 모시고 있습니다만?"

윤 비서는 뻣뻣하게 고개를 치켜들었다. 설우와 대면하는가 싶더니, 버석한 나뭇잎처럼 그의 고개가 힘없이 추락했다. 보잘것없는 인생. 윤 비서에게 인생은 스물여덟, 전과 이후로 나뉘었다.

까칠한 지금과 다르게 20대의 윤 비서는 순수한 청년이었다. 때가 묻지 않아 반짝이는 반면 그래서 때가 타기도 쉬운 사람. 나쁘게 말하면 타인에게 이용당하기 딱 좋은 먹잇감이었다. 그 타인이 제 하나뿐인 '아버지' 란 게 문제였지만.

원체부터 정상적인 사고를 갖지 못한 인간이었다. 어머니가 벌어 온 돈 전부를 노름으로 날려 먹은 적이 한두 번이 아니었고, 알코올 중독도 모자라 손찌검도 마다하지 않았다. 아마 어머니는 아버지가 죽인 것이나 다름 없을 것이다. 과로사. 어머니의 목숨을 앗아 간 병명이었다.

어떻게든 제 식구들을 먹여 살려 보겠다고, 성치 않은 몸으로 일을 나간 그녀는 한순간에 차가운 시체가 되어 돌아왔다. 그래도 무너지지 않았다. 그런 어머니를 위해서라도 보란 듯이 성공하겠다고, 괜찮은 사람이 돼 보이겠다고 이를 악물고 버텨 냈다.

세상을 바라보는 그의 눈은 희망차고 깨끗했다. 그러나 새하얀 도화지도 색을 덧입히면 순식간에 그 깨끗함을 잃는다고, 아버지가 끝까지 인생에 걸림돌이었다. 몸이 좋지 않다며, 돈을 빌려 달라는 요구에 벌어 둔 돈의 반을 쪼개 드렸다. 그래도 꼴에 천륜이라고 그런 아버지가 안쓰러웠던 것일까.

하지만 결코 현혹돼서는 안 되는 것이었다. 어느 날, 아버지가 구속될지도 모른다는 연락이 걸려 왔다. 죄목은 미성년자와의 성매매. 눈앞이 하얗게 바랬다. 그래도 쓰레기는 아니라고 했던 아버지가 사실은 재활용조차 불가능한 인간이었다는 현실이 그를 시궁창으로 내몰았다.

합의금으로 한순간에 통장에 있는 돈이 다 바닥났다. 윤 비서는 다시는 내 앞에 나타나지 말라고, 그럼 죽여 버리겠다는 말을 끝으로 아버지와의 천륜을 끊었다. 그리고 한 손에 농약을 들고 어렸을 적 살았던 고향으로 내려가 눈물을 펑펑 쏟아 냈다.

나는 무엇을 위해 달려왔는가. 나는 무엇을 위해 이토록 악착같이 살아왔던 것인가. 끊임없이 되뇌었지만, 답은 내려지지 않았다. 단지 드는 생각은 하나뿐. 이런 삶에 의미를 둘 바엔 차라리 죽어 버리는 게 나을지도 모른다고.

그 위태로운 경계선에 서 있을 때 손을 내민 사람이 바로 설우의 친아버지자 현재 병환 중인 시온의 회장 '김선우' 였다. 아주 잠깐이었지만 연이 닿아 그의 운전기사로 지낸 적이 있었다. 그 찰나의 인연을 가지고 선우는 수소문 끝에 윤 비서를 찾아와 이렇게 말했다.

'당신만큼 성실한 사람도 찾기 힘들 것 같아서요.'

그 말이 얼마나 가슴을 울렸는지 모른다. 미련할 정도로 앞만 보며 달려왔다고 자부할 수 있는 삶을 살아왔다지만, 이를 누군가가 가치 있게 여겨 줄 것이라고는 상상도 못 했다.

윤 비서가 겪은 세상은 그랬다. 높은 곳에 올라가야지 사람들은 비로소 '노력' 이란 두 글자에 의의를 두었다. 그도 한때는 그렇게 살지 않으면 실패한 인생이라고 생각한 적이 있었다.

하지만, 아직 그가 보지 못한 세상이 있었던 모양이다. 그날부터 건설의 '건' 자도 모르는 촌뜨기가 '비서실장' 이라는 직책에 담긴 무게를 감당하기 위해 얼마나 피나는 노력을 한지 모른다.

늘 변함없는 시선으로 저를 바라봐 주는 선우에 대한 동경심, 능력이 되는 한 악착같이 돈을 끌어모으겠다는 욕망. 그렇게 해서 지금의 윤 비서가 탄생한 것이었다. 비록 순수했던 청년의 모습에서는 색이 바랬지만. 그때로 돌아가고 싶은 마음은 추호도 없다.

세상의 물정을 모르고 바보처럼 산다는 것. 하염없이 순둥이로 산다는 것. 그렇게 살다 보면 언젠가는 빛을 발할 거라고 철석같이 믿는 것. 그것만큼 세상에 미련한 짓도 없을 테니까.

하지만 그도 어느덧 예순을 앞두고 있었다. 자연스레 이제는 조금 내려놓아도 되지 않을까, 이제는 내 몫을 다하지 않았나, 마음을 정리하던 찰나 일이 터졌다.

선우가 쓰러져 버린 것이다. 결국 아직 세상의 때가 묻었다고 하기엔 앳된 설우가 그 자리에 올랐고, 윤 비서의 퇴직 또한 물거품이 될 수밖에 없었다.

그런데 또 머지않아 더 큰 폭풍이 몰아치고 말았다. 비바람이 왕창 부는 날, 열린 창 틈새로 청회색 고양이가 들어왔다. 그 고양이가 눈 깜짝할 새에 김설우로 변했다고 하면 누가 믿겠는가. 아직도 소름이 돋는다. 당황한 자신을 향해 퍽 덤덤한 목소리로 속삭이던 그의 얼굴이.

'이런. 들켜 버렸네요. 놀라게 해 드렸다면 죄송합니다. 하긴 재미있는 사실을 저만 알고 있는 것도 예의는 아니니까요. 그럼 앞으로도 잘 부탁드리겠습니다, 윤 비서님.'

이런 망할 놈의 타이밍. 윤 비서는 그날, 깡소주를 쉬지 않고 들이켜야만 했다. 꿈에 그리던 노후가 태평양 너머로 달아나 버렸다. 어쩌면 평생 꿈꿀 수 없을지도 모른다.

"어디 가십니까?"

업무를 보던 설우가 어느새 집무실 문 쪽에 서 있었다. 그는 손목시계를 한 번 확인하며 대답했다.

"식사하셔야죠. 벌써 시간이 이렇게 됐는데, 모르셨어요?"

"밥이 목구멍으로 넘어갈 여유는 있나 보죠?"

"다 먹고 살려고 하는 일인데요. 아, 오늘은 같이 식사 못 하니까 드시고 싶은 거 드세요."

아니, 왜? 윤 비서가 인상을 와락 구겼다.

"설마, 서주희 씨랑 먹으려고요?"

"그럼 안 되는 건가요?"

"밖에 보는 눈이 몇 명인데요! 누가 두 사람 같이 있는 모습이라도 발견해 봐요. 대표님이 입방아에 오르는 건 물론, 서주희 씨가 어디 편한 회사 생활이나 할 수 있겠습니까. 그건 예의가 아니라고요!"

여기저기서 불을 켜고 설우를 주시하는 적들이 한둘이 아니었다. 3년 전, 그가 상무 자리를 지키고 있을 때와는 비교도 할 수 없었다. 특히 부사장, 김현욱. 고놈은 툭하면 태클을 걸기 일쑤다.

"그래서 따로 준비해 뒀습니다. 다녀와서 뵙도록 하죠. 식사 맛있게 하세요."

"아니, 저 잠깐만요. 아, 대표님!"

부리나케 말렸지만, 설우는 듣는 척도 않았다. 윤 비서가 고개를 저으며 중얼거렸다.

"하여간에 저 꼴통."

막상 저렇게 보내도 걱정이 태산이었다. 준비를 하면 뭐 하냐고. 대화 자체가 불가능할 텐데. 김설우, 모든 면에서 뛰어난 그에게도 유일한 단점이 있었으니. 단 한 번도 연애를 해 본 적이 없다는 것이다. 그러니까 한마디로 '모태 솔로'였다.

✳

하늘이 높고 푸르다. 큼지막하던 건물들도 이곳에서는 축소된 모형처럼 느껴졌다. 설우는 기분 좋은 얼굴로 숨을 들이쉬다가, 등 뒤에서 느껴지는 인기척에 몸을 틀었다.

"안 올 줄 알았는데, 와 줬네요."

"그 말은 꼭 제가 당연히 올 수밖에 없었을 거란 소리로 들리는데요."

주희는 옥상 난간 틀에 팔을 걸치고 있는 설우를 조용히 응시했다. 애초부터 옥상에서 만나자는 문자를 본 순간부터 기분이 좋지 않았다. 회의가 끝나 갈 무렵이었을까. 주머니에서 연달아 진동이 울려 퍼졌다.

[김설우입니다.]

[함께 점심을 하고 싶은데, 시간 괜찮을까요?]

[그럼 옥상에서 기다리고 있겠습니다.]

메시지를 확인한 주희는 잠시 두 눈을 의심했다. 서로의 연락처를 알지 못하는 사이였다. 그렇다는 건 김설우가 일방적으로 제 연락처를 알아냈다는 것밖에 되지 않았다.

"용건만 듣고 내려가도록 하겠습니다."

일갈하는 주희의 목소리가 차가웠다. 어떤 이유가 됐든 그와 엮이고 싶지 않았다. 이번에야말로 칼같이 선을 긋겠다고 다짐하는데, 무슨 일인지 설우가 아무 말도 하지 않은 채 지그시 그녀를 주시했다.

"원체 사람을 경계하는 편이에요?"

"경계라뇨?"

"웃는 걸 본 적이 없는 것 같아서. 그래도 이왕 마주 볼 때는 가까워졌으면 싶은데."

순식간에 설우가 코앞까지 다가왔다. 그대로 눈이 마주친 주희는 흠칫, 어깨를 떨며 시선을 피했다. 수상함을 느낀 설우가 한 발짝 더 다가오며 주희의 안색을 살폈다.

"어디 안 좋아요?"

"아니요. 그런 게 아니라……."

아무것도 아니라고 말하려다가도, 다시 눈이 마주치자 주희는 심장이 펄쩍 뛰었다. 당연했다. 당연히. 당연히…… 이러는 게 정상이잖아.

눈을 감을 때마다 떠오르는 설우의 잔상에 잠을 설치기가 다반사였다. 내가 도대체 무얼 본 건지, 단순한 환영이었던 건지, 아님 하다못해 귀신이라도 쓰인 건 아닌지. 시퍼렇게 빛나던 그의 눈동자가 깊게 각인되어 밤새 그녀를 괴롭혔다.

그래서일까, 전보다 김설우가 더 불편하게만 느껴졌다. 혹시나 사람이 아니면 어떡하나 싶어서. 흡사 드라마에서만 나올 법한 외계인이라든가, 아님 다른 세계에서 온 사람이라든가.

"서주희 씨."

별안간 정중한 음성이 귓가를 울렸다.

"잠시만 실례하죠."

주희의 입이 작게 벌어졌다. 큼지막한 손이 제 이마를 감싸더니, 어젯밤 충격으로 몰아붙였던 까만 동공이 붉게 달아오른 얼굴을 구석구석 뜯어보기 시작했다.

"열은 거의 다 떨어진 것 같은데."

긴 스캔 끝에 설우가 감상평을 내놓았다. 주희는 황급히 물러섰다. 이마에서 느껴지는 그의 온기가 선명하다.

"그래도 혹시 모르니까 병원은 가 보도록 해요. 그리고 이거."

봉지 하나가 내밀어졌다. 이게 뭐냐는 듯 눈을 깜빡거리자 설우가 덧붙였다.

"간단한 해열제랑 진통제입니다."

"이걸 왜……."

"어제 병원 갈 시간도 없었을 거 아니에요."

주희는 멍하니 봉지에 담긴 약들을 바라봤다. 진통제는 물론이고, 해열제와 처음 보는 약들이 수두룩했다. 그러자 문득 의구심이 생겨났다.

"이렇게까지 챙겨 주시는 이유가 뭐예요?"

여전히 김설우가 어떤 사람인지 추측하고 싶어도 도무지 감이 오지가 않았다. 처음엔 제 머리를 쓰다듬어 달라는 해괴망측한 말로 사람을 거북하게 만들더니, 이젠 또 생각지 못한 배려와 세심함으로 사람 마음을 흔들어 놓는다. 도대체……. 도대체 당신 진짜 모습은 뭐야?

"몸이 아프면 자연스레 생각이 부정적으로 변하게 되는 법이죠. 그것만큼 서러운 것도 없더군요. 그리고 서주희 씨는."

서주희 씨는……? 특별한 미사여구가 붙을까, 그 속에서 원하는 답을 찾을 수 있지 않을까, 주희의 두 눈이 바짝 굳었다. 그 순간 설우가 빙긋 웃으며 말했다.

"저희 회사에 소중한 일원 중 한 명이니까요."

"그게 무슨 소리……."

"몸이 성치 않으면 당연히 집중력도 떨어지지 않겠습니까? 그럼 더욱 아파선 안 되죠. 앞으로 시온의 무궁한 발전을 위해서라도."

지금…… 이걸 내가 어떻게 해석해야 하는 거야. 그러니까 내가 걱정돼서 그런 게 아니라 업무 능력이 하향될까 봐, 그래서 이렇게 나오는 거다?

"근데 배 안 고픕니까? 일단 밥부터 먹죠. 도시락 괜찮죠?"

설우가 성큼 앞으로 나아갔다. 주희는 다급히 그를 불러 세웠다.

"잠시만요. 저는 점심을 먹으러 온 게 아니라."

"궁금한 거죠? 자꾸만 내가 당신을 찾는 이유가."

돌아보는 그의 시선이 차가웠다. 갑작스러운 온도 변화에 주희가 마른 침을 삼키자 설우가 다시 미소를 머금으며 손에 들린 봉지를 가볍게 흔들었다.

"그럼 일단 밥부터 먹는 걸로."

그는 옥상 왼편에 위치한 문으로 다가갔다. 삑, 카드키를 입력하자 철제 문이 손쉽게 열린다. 그가 주희를 향해 손짓했다. 괜찮으니까 이리 오라고.

그러나 주희는 단 한 걸음도 쉽게 뗄 수 없었다.

철제문에 적힌 문구.

'관계자 외 출입 금지.'

그 빨간 글자가 가슴에 콕 박혀 두 발을 놓아주지 않았다.

✳

"도시락 싫어합니까?"

제대로 먹지 못하는 주희를 보며 설우는 미트볼 하나를 젓가락으로 집고 요리조리 살펴보았다.

"잘 나가는 상품이라고 해서 고른 건데, 혹시 입맛에 맞지 않으면."

"아니요. 그게 아니라."

주희는 주위에 펼쳐진 광경에서 눈을 떼지 못했다. 어떻게 뗄 수 있을까. 한눈에 담기엔 이렇게나 벅차고 아름답기만 한데. 푸른 정원이 드넓게 펼쳐져 있었다. 이곳저곳 다양한 꽃들이 만개하고 있었고, 고개를 치켜들면 손을 뻗어 잡고 싶을 만큼 하얀 뭉게구름이 유유히 흘러간다.

이런 걸 실내 꽃밭이라고 하던가? 아닌가. 실내 하우스라고 하던가. 그렇다고 하기엔 그 규모가 상당히 크고 대범했다. 광활하게 돌아가는 주희의 시선에 설우가 뒤늦은 설명을 붙였다.

"굉장히 아름답죠."

이곳은 설우에게도 특별한 공간이었다. 언제부턴가 그의 손으로 직접 돌보는 곳이기도 했다.

"아버지가 어머니를 위해 만든 특별한 공간이에요."

"회장……님이요?"

주희의 낯빛이 놀라움으로 물들었다. 시온의 회장인 선우를 직접적으로 대면한 적은 없지만 종종 가십거리에서 본 모습과는 전혀 매치가 되지 않았다. 외형만 봐도 냉기가 절로 흐르는 사람이었다. 이따금씩 인터뷰를 한 적이 있었는데, 풍겼던 이미지와 대등하게도 말하는 음색과 어감이 딱딱하고 서늘했다.

그러고 보니까 이 남자, 아버지를 많이 닮았구나. 거친 듯하면서도 부드러운 이목구비의 선도, 가끔씩 무슨 생각을 하는지 알 수 없는 까만 눈동자도.

남몰래 설우의 얼굴을 훑던 주희는 그만, 눈이 마주치자 흠칫 시선을 내렸다. 설우가 부드럽게 웃으며 품고 있던 이야기를 꺼내기 시작했다.

"아버지는 워낙 장기 출장이 일상이셨던 분이라 집에 머무는 시간이 그리 많지 않았어요. 길어 봤자 고작 하루, 아님 이틀 정도였죠. 그래서 어머니는 매번 도시락을 싸 들고, 회사에 찾아오셨어요. 그런데 아버지는 그게 싫으셨던 모양입니다. 회사의 딱딱한 분위기 속에서 어머니를 반겨야 한다는 게 신경이 쓰였던 거겠죠. 그래서 이곳을 만든 게 아닐까, 싶은데……. 어머니가 평소 화분 가꾸는 걸 좋아하시거든요."

주희는 무슨 말을 해야 할지 난감했다. 이런 이야기를 왜 저한테 스스럼없이 들려주는 건지, 여기서 어떻게 반응해야 하는 건지. 특별한 사연이 있는 이곳에, 과연 자신이 있어도 되는 걸까.

"이런 귀중한 곳에 절 왜……."

"다른 사람들의 시선."

"……."

"그걸 꽤 신경 쓰는 것 같더군요."

그래서 이곳으로 날 안내한 건가. 이 도시락 또한 그래서 준비한 거고? 마음에 잔잔한 파동이 일었다. 그러나 뒤따라오는 말에 미간이 움푹, 패였다.

"솔직히 난 상관없지만, 서주희 씨를 불편하게 만들면 안 되죠. 어쨌든 난 절대적으로 당신이 필요한 입장이니까."

진짜 사람을 들었다 났다 하는 것도 아니고. 주희는 흘깃 설우를 노려보다가 고개를 저었다. 경각심이 일었다. 왜 자신이 이곳에 찾아온 건지. 그를 보자마자 하고 싶던 말이 무엇이었는지.

"이제 점심은 해결했으니까, 말씀해 주시죠. 제가 왜 대표님에게 필요한 건지."

밤새 생각해 봤다.

'나는 서주희 씨가, 당신이 꼭 필요해요.'

그 말의 의미에 대해서. 그와 내가 인연이 있던가? 아무리 머리를 굴려 봐도 옷깃 한 번 스친 기억조차 없는 상황에서 마땅한 실마리를 찾기란 불가능한 일이었다.

"서주희 씨가 꼭 필요한 이유라……."

설우가 고심하듯 중얼거렸다. 그는 문득 윤 비서와 나눈 대화를 떠올렸다.

'그냥 이실직고하시죠?'

'싫습니다.'

'아니, 왜 또 싫대요. 툭 까놓고 어? 나는 서주희 씨가 필요하다, 그렇지 않으면 내가 죽는다. 그러니까 어떻게든 당신이 원하는 걸 말해라.'

최근 들어서 정신을 잃는 것도 잃는 것이고, 아버지인 선우가 언제 일어날지도 모르는 마당에 하루빨리 회사에 뿌리를 박아야 했다.

그는 어디까지나 임시 대표였다. 그렇다고 모든 것을 말하기엔 마음 한구석이 불편했다. 더군다나 주희는 아무것도 모르는 입장이었다. 모든 걸 밝혔을 때 그녀는 어떤 반응을 보일까? 안 봐도 답은 뻔했다.

믿지 못할뿐더러 부담스럽겠지. 최악의 경우 회사를 퇴사할지도 모른다. 그래서 설우는 한 가지 제안을 생각해 냈다.

"서주희 씨."

다소 조심스러운 음성이었다.

"우리 친구 할래요?"

주희는 멀뚱히 설우를 바라봤다. 여기서 그 말이 왜 나오냐는 듯.

"서주희 씨가 꼭 필요한 이유를 지금은 말해 줄 수 없습니다. 말하고 싶어도 말할 수가 없죠."

그거야말로 설우가 알고 싶은 것이었다. 도대체 제 몸 안에 있는 녀석이 뭘 원하는 건지 그걸 알아야 그도 속 시원하게 입을 열 수 있었다. 그러기 위해선 주희와 가까워져야만 한다. 어떻게든 그녀와 가까워져 그 실마리를 찾아내야만 한다.

"매번 느끼는 거지만 참 유별나세요."

주희가 자리에서 일어나 설우를 내려다봤다. 어딘가 질린 듯한 눈빛이었다.

"원하는 게 있다면 최소한 상대방을 설득할 수 있을 말을 준비해 둬야 하는 거 아닌가요? 그리고 친구가 어떤 의미인지 알고 말씀하시는 거세요?"

"서주희 씨가 생각하는 친구는 어떤 의미죠?"

"그야……"

주희는 잠시 머뭇거렸다. 한 번도 '친구'란 것에 의미를 둔 적이 없었다. 그냥 남들이 생각하는 것처럼 기쁠 때나 슬플 때나 옆에 있어 주는 것. 어떤 일이 있어도…….

"……내 편이 되어 주는 거요."

주희가 나직이 중얼거렸다.

"너무 슬퍼서 그래서…… 아무것도 못 하고 있는데, 어떤 것도 묻지 않고 달려와 주는, 그런 사람."

그녀는 자신도 모르게 알 수 없는 감정에 흠뻑 젖어 들었다. 그게 무슨 의미냐는 듯, 진지하게 빛나는 설우의 눈을 보고서야 현실을 자각했다. 내가 지금 무슨 말을 한 거야.

"그러니까 제 말은……"

"그렇게 하죠."

"네?"

"서주희 씨가 원하는 친구. 그런 사람이 되도록 노력하겠다는 말입니다."

"아니……."

도무지 다음 말이 나오지 않았다. 사람이 뭐 이렇게 단순해? 일단 던지고 본 말은 아닐까, 그를 바라보는데 또 그 눈빛이다. 진중하기 짝이 없는 까만 눈동자. 그 시선을 유지하며 설우는 누구에게도 하지 못했던 말을 살며시 터트렸다.

"많이 서툴지도 모릅니다."

"……."

"누군가에게 다가가는 게 처음이라 어떤 게 옳은 건지, 어떻게 하면 좀 더 가까워질 수 있을지 솔직히 잘 몰라요."

처음. 말 그대로 누군가에게 다가가는 것이 설우는 처음이었다. 어렸을 적부터 지금까지 친구를 사귀고 싶었던 적은 여러 번이었다.

그러나 번번이 마음을 접어야만 했다. 곧 죽을 운명이니까, 인연이 닿아도 이어 나갈 수 없을 테니까. 혹시나 사이가 깊어져 버리기도 한다면, 그런 와중에 죽어 버린다면. 상대는 괴로워하겠지, 힘들어하겠지. 설우는 그게 싫었다. 그건 부모님만으로도 충분히 벅찼다.

"맨입으로 하는 소리 아닙니다. 원하는 걸 들어줄게요."

"원하는…… 거라뇨?"

"제안에 응해 준다면, 내 선에서 해결할 수 있는 모든 걸 들어주죠."

모든 걸 들어준다고? 달콤한 제안에 주희의 눈이 고심에 빠졌다. 왜인지 모르겠으나 부모님의 얼굴이 떠올랐다. 무엇보다 이제는 까마득한 아빠의 미소가 생각나자 멋대로 입이 움직였다.

"······정직원이요."

어쩌면 지금 자신에게 절대적으로 간절한 것.

"정규직으로 시온에 취직하고 싶습니다."

그 말을 끝으로 적막한 침묵이 흘렀다. 너무 비겁한 방법인 건가? 주희는 초조함에 입술을 깨물었다. 하지만 포기하자니 절실했다. 너무 절박해서 취소하겠다는 말이 선뜻 나가지 않았다. 애써 불안감을 억누르는데, 설우가 담백한 목소리로 대답했다.

"좋아요. 보장하도록 하죠."

주희는 멍하니 눈을 깜빡거렸다. 믿을 수 없었다. ······뭐가 이렇게 쉬운데? 얼떨떨한 그녀를 향해 설우가 한 손을 슥, 내밀었다.

"그러니까 오늘부터 우리 친구인 겁니다?"

주희는 그 손을 말없이 바라보았다. 긴 망설임 끝에 천천히 손을 뻗었다. 서로의 온기가 맞닿은 순간, 찌릿한 통증이 맞물린 살갗을 강타했다. 깜짝 놀라 손을 빼려고 하자, 설우가 포개진 손을 꽉 움켜쥐며 미소 지었다.

"그럼 앞으로 잘 부탁합니다, 서주희 씨."

그 얼굴이 어찌나 새하얀지. 뒤늦게 정신을 차린 주희는 속으로 탄식했다. 어쩌다가 내가. 다른 사람도 아닌 대표랑 친구 먹는 꼴이 돼 버린 거야?

4. 파동

"그래서 결국 친구 먹었다는 거야?"

오랜만에 대학 동기인, 윤주가 집에 출몰했다. 연락도 없이 찾아온 그녀는 헤드라인을 정하느라 꼴딱 밤을 샜다는 한마디만을 남긴 채 침대 위로 전사했다. 그리고 오늘 아침. 주희로부터 그간 있었던 일들을 전해 듣더니, 배를 부여잡고 박장대소를 했다.

"그만 좀 웃어."

"웃긴 걸 어떡하라고. 와, 살다 보니 이런 경우도 다 있네. 너희 대표 진짜 골 때린다. 정체가 뭐냐?"

"그걸 모르니까 이러고 있는 거 아니야."

설우의 정체가 가장 궁금한 사람은 주희 바로 자신이었다. 차마 그의 눈 색깔이 변했다는 것까지는 말하지 못했지만, 신경이 쓰이는 건 어쩔 수 없었다. 설우와 헤어지고 나서 한동안 제 손을 멍하니 바라봤던 것 같다.

……나, 도대체 무슨 짓을 한 거야? 그렇게도 그와 엮이고 싶지 않아 경계하던 게 바로 엊그제이건만.

"너, 혹시나 이 이야기, 어디 가서 입도 뻥긋하면 안 돼."

직업이 기자인 만큼 윤주가 입을 열면 그 파장도 컸다. 노파심에 입단속을 시키자 그녀가 픽, 웃으며 반박했다.

"내가 미쳤냐? 다른 건 다 건드려도 기업은 함부로 건드리는 거 아니다. 특히 나같이 나부랭이 기자는 더. 내 밥그릇도 챙기기 힘든 마당에 스스로 목숨을 끊으라고? 아이고, 의미 없다. 그래도 구미가 댕긴단 말이야. 그 김대표, 그러니까 김설우. 그 사람 실은……."

윤주가 눈을 가늘게 뜨며 추궁했다.

"너한테 관심 있는 거 아니야?"

"절대 아니야."

"뭐야. 그 확신에 찬 대답은. 수상해, 서주희."

"무슨. 아니니까 아니라고 하지."

차라리 이성적으로 그가 호감을 보인 거라면 답답하지도 않겠다. 김설우의 얼굴에서 그런 감정은 결코 보이지 않았다. 말 그대로 '친구'를 하고 싶다는 의지가 전부였다.

"그래서 친구 먹을 거야? 하긴 너한테 선택권이 어디 있겠냐. 대표님이 친구 하자는데, 암요. '전하, 성은이 망극하옵니다.' 하고 떠받들어 드려야지. 혹시 알아? 친해진 의미로 보너스를 두둑이 챙겨 준다든가, 살아생전에 한 번 있을까 말까 하는 호화로운 일상을 보내게 해 줄지."

주희는 호들갑 떠는 윤주를 가만히 노려보며 부엌으로 들어섰다. 테이블을 정리하기 위해 부엌으로 들어서는데, 그녀의 뒷모습을 보는 윤주의 시선이 어쩐지 날카로웠다.

"혹시 흑심 품고 너한테 다가온 거라면……"

"그런 거 아니야."

주희가 차갑게 말꼬리를 잘라 냈다. 당황한 윤주가 주희의 눈치를 살피며 말을 이었다.

"그런 의미로 한 말 아닌 거 알잖아. 혹시 모를 상황에 대비하라는 거지."

주희가 어떤 마음으로 지금의 직장을 다니고 있는지 잘 알고 있었다. 그래서 더 걱정이 됐다. 어딜 가든 또라이는 있기 마련이니까. 그 또라이가 혹시나 김설우는 아닐까, 윤주는 신경을 곤두세웠다.

"나도 그런 줄 알았는데, 그건 아닌 것 같아."

"확신하기는 너무 이른 거 아니야? 그 회사를 오래 다닌 것도 아니면서."

주희는 선뜻 반박하지 못했다. 대신 바구니에 담아 둔 약봉지를 바라보았다. 우습게도 설우가 준 약을 먹자마자 두통 없이 잠에 빠져들었다. 평소와 달리 뒤척이지도 않았다.

"말로 설명하기 힘들어. 그냥……. 좀 이상하긴 한데, 나쁜 사람은 아니야."

"이상한 놈은 맞는데, 나쁜 놈은 아니다? 뭐, 소시오패스라도 돼? 아님 사이코?"

"그런 거 아니라니까."

주희가 언성을 높이자 윤주는 입을 다물었다. 하긴 그놈한테서 그런 증상이 보였다면 서주희가 감싸 줄 리 없지. 어찌 됐든 나쁜 놈은 아니란 소리다. 내심 안도하며 윤주가 측은한 눈길을 보내왔다.

"병원은."

"……."

"이제 안 가지?"

테이블을 정리하던 주희의 손길이 뚝 멈추었다. 그녀가 퉁명스레 대답했다.

"발길 끊긴 지가 언제인데."

"그러게. 벌써 시간이 그렇게 흘렀네."

한때 주희는 우울증 약을 복용하고 다녔다. 그리고 작년 겨울. 완치 판정을 받았다는 소식에 윤주는 간절히 기도했다. 앞으로 그녀의 인생에 있어서 어떤 걸림돌도 있지 않기를.

그러나 삶이란 마음처럼 흘러가지 않는 것이었다. 어젯밤, 동료로부터 달갑지 못한 소식을 듣게 된 그녀는 그 말을 언제 꺼내야 하나, 타이밍을 재고 있는 중이었다.

윤주가 조심스레 입을 열었다.

"강욱 선배, 이번 달에 귀국한다더라."

개수대를 붙잡은 주희의 손이 미세하게나마 움찔거렸다. 이내 이해할 수 없다는 눈빛이 윤주를 향했다.

"그 사람 이야기가 갑자기 왜 나와."

"왜라니. 이제 너랑 아무 상관 없는 인간이잖아. 설마 아직도 그 자식 좋아해?"

"뭐?"

사람이 어이가 없으면 헛웃음이 나온다던데, 정반대였다. 절로 이가 물렸고, 눈 밑에 힘이 들어갔다.

"야, 배윤주. 너 지금 무슨 소리를 하는 거야."

"나도 그 인간 소식 안 궁금해. 근데 이 바닥이 그래. 가만히 있어도 남의 집 식탁에 금숟가락이 올라갔나, 은숟가락이 올라갔나, 별 시답잖은 것까지 알게 된다고. 동료 중 한 명이 그러더라. 잘난 한채영 전 남친 귀국하신다고."

윤주가 한숨을 푹 내쉬며 인상을 찌푸렸다.

"외국에 처박혔으면 쥐 죽은 듯이 살 것이지, 뭐 좋을 게 있다고 한국 땅을 밟는다는 건지. 자나 깨나 꼴 보기 싫은 인간인 건 여전해? 그치?"

이죽거리는 태도에 주희는 할 말을 잃은 얼굴이었다. 그녀의 말속에는 묘한 모순이 숨겨져 있었다. 자신을 위한 척 그 사람을 깎아내리는 것 같지만, 결국 바라는 것은.

"내가 무슨 말을 해 주길 바라는 거야?"

머릿속이 복잡했다. '강욱' 두 글자가 가슴에 콕 박혀 사라지지 않았다. 금기어인 걸가, 여전히. 2년이 흐른 지금도 그 남자의 이름을 곱씹으면 여전히 가슴이 울렁거렸다.

그러나 이 감정이 짝사랑에 대한 미련이냐고 묻는다면 절대적으로 '아니'라고 말할 수 있었다. 풋내기 같던 사랑은. 이것이 사랑인지 존경심인지 분간하지 못하던 그날의 서주희는.

'네가 그럴 줄은 몰랐는데.'

'……선배.'

'다시는 보지 않았으면 좋겠다.'

싸늘하게 식은 그의 얼굴을 본 순간 종지부를 찍은 지 오래였으니까.

"노파심에 말하는 거야. 너도 겪어 봐서 알잖아. 같은 계통에 발 담고 있으면, 한 번쯤은 마주치기 마련인 거."

"그래서 걱정된다는 거야? 그런 거면 너무 앞서갔어. 그 우연이 나한테 닥칠 거라고 누가……."

"피하지 마."

나직하게 떨어진 경고에 주희의 어깨가 움찔했다. 윤주가 표정 하나 변하지 않은 채 밀어붙였다.

"그 우연이 너한테 닥친대도 피하지 말라고. 죄지은 척 굴지도 말고, 눈치는 더더욱 보지 마. 네가 무슨 잘못을 저질렀다고? 서주희. 넌, 엄연히 피해자야."

피해자. 그 세 글자가 에코처럼 주희의 귀를 에워쌌다. 그러자 악몽 같았던 지난날의 기억들이 밀려든다. 손가락질하는 사람들, 저를 벌레처럼 바라보던 날것의 시선들, 손쓸 수 없을 정도로 부풀어져 간 소문들.

'그래서 서주희는 김강욱 대리님이랑 하룻밤 잔 거야?'

'어머, 진짜요? 그냥 떠도는 소문인 줄 알았는데.'

주희는 눈을 질끈 감았다. 이젠 좀 덤덤해졌을 거라고 생각했는데. 아직도 그날의 악몽들이 선명히 떠오르자 불현듯 회의감이 치밀었다. 어떻게 내가 이 자리까지 올 수 있었는데. 어떤 마음으로 버티고 버텨 낸 건데. 그 피나는 노력들이 수포로 돌아갈지 모른다는 생각에 숨이 벅찼다.

"내 말 듣고 있어? 서주희, 넌 피해자라니까?"

"……그만."

"혹시나 그 인간 만나게 되면 나한테 당장 연락해. 있는 수단, 없는 수단을 동원해서라도 물먹이고 말 테……"

"그만해, 윤주야."

차갑게 떨어진 한마디에 윤주의 입이 다물어졌다.

"이미 다 끝난 일이야. 그리고 나 진짜 아무렇지도 않아. 과거에 머무를 만큼 여유롭지도 못하고. 너도 알잖아, 살다 보면 어떻게 좋을 일만 있을 수 있겠어. 가끔씩은 날벼락도 맞고 그러는 거지."

"야! 그 일을 어떻게 고작 날벼락 따위랑 비교할 수가 있어!"

"그럼."

주희가 싸늘하게 말을 잘라 내며 되물었다.

"뭐랑 비교할까. 비교해 봤자 나한테 뭐가 남는데? 지난 과거를 물고 늘어져 봤자 그때로 돌아갈 수 있는 것도 아니잖아."

주희의 어조는 부드러우면서도 강경했다. 윤주는 어떤 말도 할 수 없었다. 지나간 일을 물고 늘어져 봤자 다시 그 순간으로 돌아갈 수 있는 방법은 없다. 그럼에도 어떻게든 도와주고 싶었다. 과거의 그녀에게 안 된다면, 지금의 그녀에게라도. 그런데 욕심이었을까. 단지 그때 주희를 도와주지 못했던 과거의 '나'를 무마하고 싶은 얄팍한 마음에서 비롯된.

"……미안하다. 내가 괜한 소리를 꺼냈네."

마음이 좋지 못한 건 주희도 마찬가지였다.

"윤주야. 내가 하고 싶은 말은."

지이이이잉— 갑자기 울리는 진동 소리에 윤주가 바지 주머니를 뒤적거렸다. 발신자를 확인한 그녀의 표정이 사뭇 어두웠다.

"네, 찬영 선배. 알겠어요. 지금 당장 들어가 볼게요."

통화가 끝나고 어색한 침묵이 맴돌았다.

"미안한데 어떡하지. 나, 이만 가 봐야겠다."

"괜찮으니까 어서 가 봐."

"무슨 일 있음 꼭 연락하고."

주희는 대답 대신 미소 지었다. 윤주가 현관문을 열고 나가자 바람 빠진 풍선처럼 어깨가 늘어졌다. 바닥에 주저앉다시피 무릎을 굽힌 채 심장에 손을 얹었다. 쿵쿵쿵, 빠르게 뛰는 박동만으로 자신이 얼마나 불안해하고 있는지 깨달을 수 있었다.

"……선배가 돌아온다고?"

강욱과 마주칠 가능성은 희박했다. 둘 다 전에 다니던 회사를 그만둔 지 오래였고, 두 귀로 똑똑히 들었지 않나.

'미친놈 아닌 이상 누가 다시 발을 디디겠어. 난 골치 아픈 거 딱 질색이야. 그러니까 서주희랑 내가 마주칠 일도 더 이상 없다는 소리야.'

그래, 그 남자가 그랬잖아. 다시는 디자인 따위 하지 않겠다고.

주희는 고개를 털며 시선을 바로 했다. 식탁에서 진동이 울렸다. 윤주는 아닐까, 빠른 걸음으로 다가가는데, 액정에 떠오른 이름을 본 순간 어깨가 또 한 번 늘어졌다.

"……네, 엄마."

― 주희야, 내일 내려오는 거지?

벌써 시간이 그렇게 흘렀나.

"그럼요. 내려가야죠."

― 그래, 기다리고 있을게. 조심해서 내려와.

온정이 묻어 나오는 엄마의 목소리 덕분이었을까. 기분 나쁘게 두근거리던 심장이 서서히 진정되었다. 그 타이밍을 빌미 삼아 주희는 버릇처럼 되새기던 문장들을 곱씹었다. 괜찮아, 서주희. 이미 다 끝난 일이야. 너는 아무 잘못도 없어. 그러니까 괜찮아. 그래. 그렇게, 모든 게, 다 괜찮아질 거야.

✲

윤 비서는 룸 미러를 힐끗거렸다. 자택을 나선 순간부터 설우의 두 눈이 액정에서 떨어질 줄 몰랐다.

"그렇게 궁금하면 연락을 취해 보시든가요."

설우의 고개가 움찔거렸다. 금세 차분한 얼굴로 돌아온 그는 단호히 고개를 저었다.

"아닙니다."

"아니긴 무슨. 거 사람이 참 답답하게 사네. 교우 사이에 문자 정도는 할 수 있지 않습니까."

다시 말하고 나니 어이가 없는 건 마찬가지네. 이틀 전이었나. 주희와의 관계 진전이 어떻게 됐나 궁금해 살포시 묻자 설우가 망설임도 없이 대답했다.

'친구 하기로 했습니다.'

처음엔 하도 기가 차서 웃음도 나오지 않았다. 기껏 좋은 수가 있나 했더니, 과연 대표라고 하는 자의 입에서 나올 수 있는 소리인지 한참을 의심했다. 그러나 김설우니까. 다른 사람도 아닌 그니까 가능한 것이었다.

"왜 하필 친구입니까?"

설우가 창밖에 흘러가는 풍경을 보며 운을 뗐다.

"그냥. 그것밖에 떠오르지 않았습니다."

"그걸 지금 말이라고."

"적어도."

설우가 제 배 위에 손을 얹으며 씁쓸한 미소를 지었다.

"이 녀석이 머물러 있는 동안은 죽을 고비는 찾아오지 않을 테니까요."

"그래서 친구가 하고 싶었던 거다?"

설우는 선뜻 입술을 움직이지 못했다. 윤 비서가 한숨을 깊게 내쉬었다.

두 사람의 관계가 돈독해지는 게 꼭 나쁜 것만은 아니다. 그렇게라도 이 말도 안 되는 상황을 해결할 수 있다면 어떤 방안이든지 최대치로 동원하는 게 옳다. 단 공과 사는 철저히 구분할 줄 안다는 전제 조건에서였다.

그런데 지금 설우의 행보는 사적인 욕심이 없지 않아 있었다. 한 번도 친구를 가져 보지 못해서, 그런 것에 닿고 싶어도 닿을 수가 없어서 저도 모르게 탐심이 난 것이다.

"대표님."

목적지에 도달한 윤 비서가 차를 세우며 말했다.

"지금 우리에게 가장 시급한 건 개인적인 사욕을 채우는 게 아니라 육안으론 해결할 수 없는 이 난관을 어떻게든 헤쳐 나가는 겁니다."

그러니까 정신 차리란 소리였다.

"잘 알고 있습니다."

깊어진 윤 비서의 음성만큼이나 설우의 음색에도 무게가 실렸다. 무엇보다 이 사태가 빠른 시일 내에 해결되길 바라는 사람은 설우였다. 지속적으로 찾아드는 죽음. 그 명제에서 해방될 수 있는 처음이자 마지막 기회였다. 설우는 잠시 눈을 감았다. 그러자 수십 년이 지났는데도, 선명하면서 뾰족한 기억의 파편들이 살을 도려내듯 파고든다.

'안 돼, 설우야!'

'왈왈! 왈왈왈!'

절규하다시피 비명을 지르던 어머니의 음성과 목줄을 끊고 달려드는 개가 생생하게 스쳐 지나간다. 그 기억이 물감처럼 흐려지기 무섭게 다섯 살, 옥상에서 떨어진 화분이 얼굴 옆을 스치며 바닥으로 곤두박질 쳤다. 산산조각 난 잔해를 떠올리며 설우는 씁쓸하게 웃었다.

그것만이 아니었다. 수도 없이 그를 죽음으로 내몰았던 순간들이 마치 어제의 일처럼 생생하게 그려졌다. 그리고 누군가 그 엉망진창인 삶의 자국들을 보며 덤덤하고 사무적인 투로 정의 내렸다. '기구한 운명일세.' 라고. 그래서 그 누구도 제 곁에 두지 않으려 했다. 이런 거지 같은 운명 앞에 다른 사람을 끌어들일 수는 없었으니까.

한데 이번에는 사적인 감정이 들어가 버리고 말았다. 아닌 척 굴면서도 주희에게 친구가 돼 줄 수 있냐고 한 발언은 충동적인 게 없지 않아 있었다. 인연이 닿는 거라면, 그 첫 대상이 '서주희'여도 나쁘지 않을 거라는 생각이 들었다.

하지만 처음이라서 그런 걸까. 그녀와 연을 맺고 나니 알 수 없는 호기심이 생겨났다. 뭔가 하고 싶기는 한데, 뭘 해야 하는 거지. 주말에 연락하는 건 예의가 아니려나. 결국 설우는 아무것도 하지 못한 채 휴대폰을 집어넣었다.

"염려 마세요. 윤 비서님의 퇴직이 올해를 넘기는 일은 결코 없을 겁니다."

"그야 당연하죠! 올해도 넘기면 콱 마포 대교에서 뛰어내려 버릴 거예요!"

"그건 무리일 것 같은데요."

"왜요. 이 늙은이가 못 할 것 같습니까?"

"아니요. 그게 아니라."

차에서 내린 설우가 옷매무새를 가다듬으며 말을 이었다.

"모르셨어요? 엊그저께 투신 방지 문제로 쉼터 지붕을 철거했다고 하더군요. 뛰어내리고 싶으셔도 운동량 부족으로 무릴 겁니다."

"이······이."

윤 비서의 눈 밑이 잘게 경련했다. 절대 한 마디를 안 지지. 설우가 열린 창 틈새로 다가와 물었다.

"바로 귀가하실 거죠?"

"알아서 뭐 하게요."

"아버지한테 가시는 거라면 다음 주에 저랑 같이 동행하시죠."

"싫습니다."

윤 비서가 단호하게 받아쳤다. 그는 시간이 날 때마다 틈틈이 선우가 입원해 있는 한신 병원으로 찾아갔다. 3년 전, 아버지가 쓰러지시면서 어머니도 어머니였지만 한동안 실의에서 빠져나오지 못한 이가 윤 비서였다. 그만큼 선우와 그의 사이는 각별했다.

"가 봤자 얼마 뵙지도 못하실 텐데요."

면회 시간이 정해져 있어 길게 봐야 이십 분이었다. 최근 해외 출장을 다녀온 윤 비서에게는 휴식이 필요했다.

"보면 보러 가는 것에 의의를 둬야. 이것저것 다 따지면 세상에 해결되는 일 하나도 없습니다."

윤 비서가 운전대를 잡으며 시선을 틀었다.

"그러니까 대표님도 확 질러 버리란 말입니다. 어? 이왕 이렇게 된 거 서주희 씨와 허물없이 가까워져 버리라고요."

"제 일은 제가 알아서 할 테니, 운전 조심하세요. 하늘이 흐린 걸 보면 곧 비가 올 것 같습니다."

"그깟 비 좀 내린다고, 20년 베테랑 운전 경력이 어디 땅으로 꺼지기라도 하겠습니까."

윤 비서가 액셀을 밟는가 싶더니, 무언가가 번뜩 생각났다는 듯 창문을 내리며 은밀히 속삭였다.

"재차 강조하지만 이 비밀은 대표님과 저 이외에는 절대 누설해서는 안 됩니다. 특히 김성범 초기 회장님 앞에서는 더더욱 조심해야 합니다. 그분 귀에 들어갔다는 대표님도, 저도."

쓰읍, 깍. 윤 비서가 제 목을 내리치듯 손을 사선으로 움직였다. 네 목숨, 내 목숨 함께 아웃이란 소리였다. 그걸 증명하듯 저택을 향해 돌아선 설우의 눈앞에 높은 담장이 그림자처럼 드리워졌다.

✻

주희는 마을버스에서 내려 주변을 둘러보았다. 모처럼 찾은 고향 길은 예나 지금이나 변함이 없었다.

"또 깜빡하셨나 보네."

얼마나 걸었을까. 굳게 닫혀 있어야 할 푸른색 대문이 반쯤 열려 있었다. 엄마가 깜빡하신 건가? 젊었을 때부터 건망증으로 아빠와 자주 다툰 이력이 있었다.

"엄마, 저 왔어요."

역시나. 정희가 마당 한편에 서 있었다. 주희를 발견한 그녀가 손에 든 빨랫감을 제쳐 두고 부리나케 달려왔다.

"아이구, 우리 딸내미!"

"죄송해요. 더 빨리 오고 싶었는데, 주말이라서 차가 꽤 밀렸어요."

"괜찮아. 무사히 왔으면 됐지. 배 많이 고프지? 엄마가, 우리 딸 좋아하는 꽃게탕 해 놨어."

"근데 아빠는요?"

아빠의 실루엣이 보이지 않았다. 제 기척이 들리면 현관문을 열고 나오거나, 아님 뒤뜰에 있는 작업실에서 모습을 드러내기가 부지기수였다.

"저, 그게 말이야."

정희의 낯빛이 좋지 않았다. 수상함을 느낀 주희가 눈을 가늘게 뜨며 물었다.

"무슨 일 있어요?"

정희가 한숨을 푹 내쉬었다.

"너 오기 전에는 갈 줄 알았는데, 또 저 사달이네. 하여간에 그 고약한 심보 어디 간다고. 연락도 없이 찾아와서는 글쎄, 김치를 가져왔다는 거야. 언제부터 그런 걸 챙겨 줬다고. 일단 그이가 돌려보낸다고 뒤뜰로 데려갔는데, 어머, 주희야. 가지 마. 가서 좋을 거 없어. 얘!"

정희의 말림에도 주희는 뒤뜰로 향했다. 작업실과 가까워질수록 작은 말다툼이 귓가에 선명히 박히기 시작했다.

"그만 가시라니까요."

"하나뿐인 조카 좀 오랜만에 보겠다는 게 뭐 대수라고 나를 이렇게 못 잡아먹어서 안달이야."

"다음에. 다음번에 보시라고요. 오늘은 날이 아니라고 몇 번이나 말씀드렸잖습니까."

이건 분명 아빠 목소리가 맞는데. 왜 화가 난 걸까? 모퉁이를 돌고 작업실 앞에 다다른 찰나였다.

"어, 주희야!"

주희의 얼굴이 단박에 굳어졌다. 덩달아 등지고 서 있던 현석의 표정에도 난감함이 스쳤다. 주희는 애써 경직된 입가를 풀며 한 남자를 향해 고개 숙였다.

"······안녕하세요. 큰아빠."

✳

"게살이 아주 꽉 찬 게 맛도 일품이네."

예정대로였다면 세 식구가 도란도란 이른 저녁 식사를 맞이할 터였다. 하지만 불청객의 등장으로 보이지 않는 냉기가 식탁 위에 머물렀다. 정작 당사자는 눈치도 없이 신나게 게살을 맛보는 중이었다.

"매번 느끼는 거지만 제수씨 음식 솜씨는 어딜 가질 않네. 감탄사가 막 흘러나와. 내가 이것 때문에 두 사람 결혼을 허락한 거 아니야."

장난기 묻은 말투였지만 그 누구 하나 편히 웃지 못했다. 당연했다. 어려서부터 형제는 자주 부딪쳤다. 판이한 성격 탓이었다.

그러나 본질적인 원인은 다른 곳에 숨겨져 있었다. 자격지심. 현석을 볼 때마다 주석이 갖는 감정이었다. 어려서부터 표현하고 주목받기를 좋아했던 그는 사람들에게 무언가를 내보일 수 있을 만한 직업을 선택했다. 반면 현석이 택한 것은 목수의 길이었다.

가진 직업만 놓고 봤을 때 사람들의 이목은 주석에게 쏟아질 법했지만, 언제나 관심의 종착지는 현석이었다. 무뚝뚝하고 정이 없어 보이는 사람, 그래서 쓸데없는 호의를 바라선 안 될 것 같은 사람. 아이러니하게도 사람들은 오히려 그런 면을 좋아했다. 적어도 선입견을 가지고 누군가를 상대하는 건 아니란 소리니까.

그게 주석은 늘 못마땅했다. 저렇게 꽉 막힌 놈이 어디가 좋다고. 거기서 그치면 다행일 텐데, 현석이 목수로 이름을 날리던 해 주석의 사업이 반토막 나는 지경에 이르렀다.

갈무리되지 못한 감정은 주희에게까지 이어졌다. 뭐 하나라도 이겨 보겠다고, 나아 보이겠다고 제 딸인 서현을 들먹이며 밥 먹듯이 저울질을 했다. 그러니 그가 이곳에 발걸음을 했다는 건, 자랑거리를 가지고 온 게 분명했다.

75

"그래, 주희는 요새 만나는 사람은 없고?"

생각을 끝마치기 무섭게 주석이 눈을 빛내며 물었다.

"아직은요."

호오, 그래? 아쉬운 듯 입맛을 다시며 주석의 입매가 비스듬히 올라갔다.

"이쯤이면 진지하게 결혼 이야기를 꺼낼 때가 된 것 같은데."

주희는 입 안 가득 한숨이 고였다. 굳이 묻지 않아도 알 것 같았다. 그가 무슨 말을 하고 싶은지. 보다 못한 정희가 수습에 나섰다.

"아주버니, 이제 막 취직한 아이한테, 결혼이 웬 말이에요, 아직은 시기가 좀 이르죠."

"제수씨야말로 뭘 모르시네. 이르긴요. 할 것 다 하면서 연애하는 게 요새 애들인데. 어? 우리 서현이도—"

"서현이, 만나는 사람 있나 봐요?"

주석의 말을 자르며 주희가 물었다. 아니나 다를까, 그가 활짝 웃으며 품고 있던 이야기를 꺼내기 시작했다.

"아직 확실한 건 아니지만 서현이, 이르면 내년 봄에 식을 올릴 것 같구나."

"네?"

세 사람 중에서 가장 크게 놀란 이는 정희였다. 근래 들어 나가는 모임마다 누가 언제 식을 올린다더라, 누가 상견례 자리를 잡았다더라, 죄다 그런 이야기들뿐이었다. 평소 마뜩잖던 식구 쪽에서 식을 올린다는 소식에 속이 쓰렸다.

"신랑 쪽이 워낙 급해야지. 우리 서현이를 애지중지하는 것도 모자라서 누가 업고라도 갈까 주책도 그런 주책이 없어. 너도 알잖니. 서현이 그게 틱틱거리는 것 같아도 제 할 일은 똑 부러지게 하는 거."

주희는 고개를 갸웃거렸다. 매사에 불퉁거리고 틱틱거리는 건 기억이 나는데, 똑 부러진 면을 본 적은 없던 것 같다. 그 아버지의 그 딸이라고 주희가 하는 것들은 모조리 하고 말겠다는 듯 입 안 가득 심통의 공기를 머금고 다니던 아이였다.

"뭐 하는 사람인데요?"

"아, 그게 말이야."

주석이 코를 슥, 비비며 목에 힘을 주었다.

"한신 병원 알지?"

한신 병원이라면 우리나라에서 손꼽히는 병원 중 한 곳이었다.

"거기 외과 소속 레지던트야."

마치 '어때? 감당하지 못하겠지?' 다그치는 듯 그의 두 눈이 형형하게 번뜩였다. 주희가 고개를 끄덕이며 담백하게 받아쳤다.

"잘됐네요."

설마 그게 끝이야? 주석의 입이 못마땅하게 벌어졌다.

"근데 식은 좀 이르지 않나요? 아직 스물여섯밖에 안 됐는데. 또래 친구들은 이제 막 사회에 적응해 갈 때라서 추후에 외로움을 느낄 수도 있어요."

주희는 별다른 의도 없이 제 의견을 내뱉었다. 순전히 친척 동생을 위한다는 마음으로. 그런데 주석의 안색이 좋지 못했다. 눈 밑이 미미하게 경련했고, 입술 끝이 부자연스럽게 말아 올라가 있었다.

"그게 뭐 어떻다는 거냐."

잠깐의 정적 끝에 그가 말문을 열었다. 낮고 어두운 음색이었다.

"결혼 좀 일찍 하는 게 집에 먹칠을 하는 일도 아닌데. 오히려 서른 넘어서까지 자리 못 잡고 있는 게 부모 속 애태우는 거야. 어? 아주 시커멓게 태우다 못해 잿더미 만드는 거라고!"

누군가 불씨를 붙인 듯 주석이 한순간에 타올랐다. 맥락 없는 그의 분노에 정희가 겁을 먹으며 자리에서 벌떡 일어났다.

"아, 아주버니. 뭐 이렇게까지 성을 내고 그러세요. 그럴 일도 아닌 것 같은데. 주희는 단지 서현이가 걱정돼서……."

안 말리고 뭐 하냐는 듯 정희가 가만히 앉아 있는 현석에게 눈치를 주었다.

"주희, 너도 이러는 거 아니다. 부러우면 부럽다고 솔직하게 말하면 될 것이지. 애가 그렇게 꼬여서는 원. 그래, 재취업에 성공했다고? 우리나라에서 알아주는 건설 회사라고? 네 능력, 큰아버지도 인정 못 하는 거 아니다. 근데 사람이 융통성이 있어야지. 전에 다니던 회사에서 그런 일을 당해 놓고 또 그쪽으로 발을 디뎌? 누누이 말했잖니. 남자들만 바글거리는 우리 속에 여자는 함부로 들어가는 거 아니라고. 그랬다가 또 전처럼 사내왕……!"

쾅! 거센 마찰음이 울려 퍼졌다. 모두가 소리를 낸 당사자를 바라보았다. 현석이었다. 그의 양손이 식탁 위를 무겁게 짓누르고 있었다.

"그만 좀 하세요."

식탁을 잡고 있는 손등에 굵은 핏대가 섰다.

"그만 좀 하시라고요! 겨우 취직한 애한테, 그게 할 소리입니까?"

주석은 마른침을 삼키며 눈을 크게 끔뻑였다. 화를 쉽게 내지 않던 아우였다. 그런데 당장이라도 저를 패대기치고 싶다는 감정이 까만 동공 속에 널뛰었다.

"서현이가 속도위반으로 결혼하는 게 왜 우리 주희 탓입니까."

속도위반? 전혀 예상치 못한 사실이 현석의 입에서 튀어나오자 주석의 안색이 새하얗게 질렸다.

"서현이, 형님 딸입니다. 형님 자식이라고요. 잘못을 따지고 싶으면 그쪽에 따져야지, 왜 아무 잘못도 없는 우리 애를 들쑤시느냐 말입니까! 안 그래도……."

안 그래도 간신히 버티고 있는 애한테. 현석은 차마 그 말을 뱉지 못했다. 꾹 삼키며 돌아섰다. 그 뒤를 정희가 황급히 뒤따랐다.

"여보! 주희 아빠!"

두 사람이 사라져도 치부를 들킨 게 수치스러운지 주석은 쉽게 얼굴을 들지 못했다. 신경질적으로 주희를 흘기고는, 의자를 부서지듯이 밀치며 자리를 박찼다. 홀로 남게 된 주희는 가만히 곱씹었다.

속도위반. 어느 정도 머릿속에 정황이 그려졌다. 딱히 별다른 생각은 들지 않았다. 지금 가장 신경 쓰이는 건……. 뒤뜰로 걸어 나가자 현석이 구석에 마련된 의자에 앉아 먼 곳을 바라보고 있었다. 기분 탓일까. 축 늘어진 둥근 어깨가 새삼 야위어 보였다.

"날씨가 많이 차요. 들어가세요."

주희가 조심스럽게 말했다.

"국 다 식겠어요. 이러다가 또 엄마한테 한 소리 듣는……."

"주희야."

현석이 나직이 입을 떼자 주희가 몇 초의 틈을 두고, 대답했다.

"말씀하세요."

"오늘은 이만 올라가거라."

선뜻 그러겠다는 말이 나가지 않았다. 누구보다 딸이 오기를 바라던 현석이었다. 주희는 가만히 시선을 내려 아빠의 손을 바라보았다. 군데군데 트인 살과 거칠고 울퉁불퉁한 손가락이 나무를 만지는 사람답게 볼품이 없었다. 그래도 주희에게만큼은 더없이 값지고, 존경스러운 손이었다. 한때 아버지의 손을 바라보며 꿈을 키웠고, 끝내 원하던 회사에 취직을 할 수 있었다.

그리고 또 한때는 저 손을 가장 미워하기도 했다. 이 손을 좋아하지 않았더라면, 인테리어 따위, 가구 따위, 눈길도 주지 않았을 테니까. 그랬더라면 그런 불행이 제게 들이닥치지도 않았을 테니까.

하지만 이제는 부질없는 걸 안다. 어떻게 해도 그날 겪었던 일들이 사라질 수 있는 방법은 없다. 그러니까 그냥 묻어 버리면 된다. 그러려니 넘겨 버리면 된다. 아주 조금.

……그래. 아주 조금 많이 힘들었던 악몽을 꿨다고 치부해 버리면 된다.

"아빠, 그날 일은……."

"다음에."

"……."

"다음번에 내가 직접 올라가도록 하마. 오늘은 늦기 전에 어서 올라가."

주희는 어떤 말도 뱉지 못했다. 저도, 아빠도 암묵적으로 알고 있던 것이다. 그 누구도 그날 일을 입 밖에 꺼내고 싶지 않다는 걸. 여전히 아프고, 또 아프기만 한 상처란 걸.

✳

"아가씨, 뭐 줄까?"

"소주 한 병이랑 우동볶음이요."

주희는 서울로 올라오자마자 동네에서 조금 떨어진 포장마차를 찾았다. 기분이 꿀꿀했다. 심지어 날씨까지 칙칙한 걸 보니 이유 없이 술이 당겼다.

"진짜 이젠 괜찮아졌다고 생각했는데."

그럴 때가 있다. 아무리 발버둥 쳐도 벗어날 수 없다는 걸 깨닫고 체념해 버리는 것. 주희가 가진 상처는 그런 것이었다. 그래서 피하고, 또 부정했다.

그러나 울분으로 뒤덮인 아빠의 얼굴을 보니 가슴 한구석이 아렸다. 제 선에서 마무리 지어야 할 상처가 죄 없는 가족들에게까지 피해를 입힌 것 같아서.

"좋은 생각만 하자. 지금까지 잘해 왔잖아."

주희는 흐트러지려는 마음을 굳게 다잡았다. 현재 그녀는 새로운 길을 걷고 있었다. 다시 펜을 들고, 피나는 노력으로 시온이라는 회사에 입사까지 했다.

"윤주한테 연락이나 해 볼까."

막상 혼자 술을 마시려 하니 옆구리가 허전했다. 휴대폰을 꺼내 윤주의 번호를 눌렀다. 잠깐의 기다림 끝에 신호음이 끊겼다.

— 으으, 여보세요.

"자고 있었어?"

— 어, 일이 오전에 끝나서. 무슨 일이야?

"아니, 그때 그렇게 보낸 게 마음에 걸려서."

— 참나, 뭘 그런 걸 가지고. 그것보다 진짜 무슨 일 있는 거 아니야?

난감하다는 듯 주희가 입술을 말아 물었다. 낮과 밤 구분 없이 일에 매달리는 윤주였다. 상태를 보아하니, 그동안 미뤄 둔 숙면을 취하다가 전화를 받은 모양이다.

"아니, 별다른 건 없고. 그냥 해 봤어. 피곤할 텐데 더 자."

— 그럴까? 한동안 취재한다고 뛰어다녔더니 종아리 두께 장난 아니야. 조만간 또 연락할게. 밥 한 끼 먹자.

"그래."

통화를 끊자마자 주희는 냉큼 소주를 입에 털어 넣었다. 그러고는 의미 없이 스크롤을 내리고, 올리기를 한참. 익숙한 이름이 눈 안에 담겨 왔다.

「김설우 대표.」

벌써 취기가 올라오는 건가. 잠시나마 그에게 연락을 해 볼까, 생각한 제 자신이 우스웠다. 아무리 그가 친구를 하자고 했어도 주제 파악은 해야지. 그런데 왜일까. 현실에서 벗어나지 말자면서도, 그 남자의 목소리가 떠오르는 건.

'서주희 씨가 원하는 친구, 그런 사람이 되도록 노력하겠다는 말입니다.'

✳

"여기저기서 들려오는 덕담 때문에 이 늙은이 어깨가 곧 있으면 하늘로 치솟게 생겼어."

다른 날보다 성범의 컨디션이 좋았다. 굳이 누군가를 시켜 회사의 실적을 파악하지 않아도, 여러 가지의 이야기들이 흘러들어 왔다. 그중 반 이상이 설우에 관한 호평이었다.

"과찬이십니다."

설우의 차분한 응대에 성범이 미소를 거두며 흐음, 낮은 숨을 흘렸다.

"설우, 너는 말이다. 가끔은 흐트러질 필요가 있어. 다른 건 다 좋은데

인간미가 너무 없단 말이야. 사람이 한결같이 철갑이어도 옳지 못해."

살아 보니 그랬다. 무언가를 지키기 위해서, 이루기 위해서, 바르게 가기 위해서 성범도 지금의 설우처럼 다소 차갑게, 아니, 어쩌면 더욱 냉혹하게 회사를 이끌어 왔다.

옳을 시(是), 쌓을 온(蘊). 옳을 때 쌓아 올리겠노라. 시온은, 그의 신념이 담긴 회사였다. 더불어 '시온'이라는 두 글자가 생겨날 때까지 동료들의 땀과 피나는 노력이 섞인 곳이기도 했다.

하지만 몸집이 커질수록 인간의 욕망도 커진다고, 가끔씩 회사 내부에서 엇갈린 길로 가려는 놈들이 나타났다. 성범은 그럴 때마다 가차 없이 쳐 내고, 싹을 잘랐다. 어차피 모든 욕망의 끝은 돈이었으므로. 그런 자들과 치열하게 싸우다 보니, 이룬 것도 많았지만 잃은 것도 만만치 않았다.

그중 하나가 핏줄이었다. 첫째 아들, 현재 시온의 부사장을 지키고 있는 현욱과는 거의 소통을 끊은 상태였다. 임시 대표로 설우가 이름을 올렸을 때 그는 연락도 없이 찾아와 길길이 날뛰었다.

'아버지, 지금 어떤 짓을 저지른 줄 아십니까? 저한테 대놓고 엿 먹이신 거예요. 저 무능력한 놈이라고 동네방네 자랑하고 다니신 꼴이라고요! 어떻게! 머리에 피도 안 마른 조카 녀석한테 그 자리를 내줄 수가 있습니까. 부사장은 접니다! 그럼 당연히 공석을 채우는 사람도 제가 돼야 하는 거 아닙니까? 그게 절차이자 아버지가 신물이 날 정도로 지키려고 한 순리 아니냐고요!'

어렸을 적부터 욕심이 많던 녀석이었다. 둘째도 다를 건 없었다. 더불어 둘째 놈은 동생만 생각하는 집구석이 징글징글하다며 외국으로 거처를 옮긴 지 오래였다. 물론 무언가를 쟁취하기 위해서는 적당한 욕심도 필요한 법이다.

그러나 욕망은 다르다. 근본부터가 잘못되었다. 언제부턴가 입만 열었다면 명예, 돈, 권력, 이 세 가지를 밥 먹듯이 나열하는 현욱을 보면서 성범은 일찌감치 후계자를 점찍어 놓았다. 그것이 얼마나 파격적이고 후폭풍을 몰고 올지 알면서도.

그래서 셋째 아들, 선우를 대신해 암묵적으로 설우를 뒤를 봐주고 있었다. 오늘 그를 부른 것도 다 그런 연유에서였다.

"새겨듣도록 하겠습니다."

"쯧쯧, 이런 걸 보면 선우, 그놈이랑 판박이란 말이야."

정을 붙이는 데는 전혀 소질이 없는 놈.

"그래. 만나는 여인은 없고?"

무심하게 던진 말에 설우의 고개가 들렸다.

"없습니다."

"만날 생각은 있긴 하고?"

"아직은 생각 안 해 봤습니다."

"일에 매달리고 싶은 거냐, 아님 들리는 소문처럼 그쪽에는 전혀 흥미가 없는 거야."

설우의 여자관계에 대해 궁금한 사람이 여럿이었다. 그건 성범도 포함이었다. 단 한 번도 손자가 이성을 만나는 것을 보지도 듣지도 못했다.

"죄송하지만 둘 다 아닙니다."

있는 그대로를 고하자 성범의 표정이 마뜩잖게 구겨졌다. 그는 잠시 생각에 잠겼다.

"얼마 전, W호텔 강기진 대표와 식사 자리를 가졌다. 아직 논의 중이라곤 하지만 조만간 허가가 떨어지는 대로 제주도 쪽에 호텔을 세울 계획인 것 같더구나. 그 이야기가 오가면서 우리 쪽에서 시공을 맡아 주길 바라는 눈치였고."

"그거 잘된 일이네요."

W호텔의 명성은 이미 파다했다. 그런 의미에서 마다할 게 없었다. 득과 실을 따지자면 전적으로 득을 보는 일이었다.

"보아하니, 그쪽 막내딸도 마음을 못 잡고 있는 모양이야. 수소문에는 유명한 연예인이라고 하더군. 이것도 인연이라고, 이렇게 엮이는 것도 썩 나쁘지는 않지."

그래서 자신을 부른 것인가. 많으면 한 달에 네 번, 적으면 두 번씩 성범이 머무는 자택에 들렀다. 만남의 주제 대부분은 업무 보고였다.

"가끔은 타인의 손을 잡는 것도 나쁘지 않은 법이지. 어떠냐, 네 생각은."

W호텔의 시공을 맡고, 거기에 결혼까지 성사되면 설우에게는 엄청난 시너지로 작용할 터였다. 그렇게 되면 김현욱 부사장도, 그 밑으로 이어진 최 전무 라인들도 한발 물러날 수밖에 없었다. 이래도 굳이 고된 길을 택하겠냐는 성범의 눈길에 설우는 침묵을 지켰다.

그때였다. 지이이잉— 설우의 휴대폰에서 진동이 울렸다. 성범이 괜찮다는 듯 고개를 끄덕이자 설우가 조용히 휴대폰을 집어 들었다. 그리고 메시지를 확인한 순간 그가 자리에서 조용히 일어났다.

"죄송하지만, 오늘은 이만 일어나 보겠습니다."

"급한 일이라도 생긴 게야?"

설우는 대답 대신 엷게 미소 지었다.

✳

"……미쳤나 봐."

슬픔에 빠졌던 주희는 그 어디에도 없었다. 초조하게 발을 동동 굴리는 행동이 애처로웠다. 그 모습을 지켜보던 포장마차 주인이 쯧쯧, 혀를 찼다.

"믿었던 반쪽한테 차였네, 차였어."

하지만 주희가 겪는 감정은 그런 게 아니었다. 차여서 슬픈 거라면 이렇게 안절부절못하지도 않을 것이다.

"무슨 생각으로 보낸 건데."

정황을 짚자면 이러했다. 혼자서 술잔을 기울이면서도 주희는 설우의 연락처에서 눈을 거두지 못했다. 심란한 마음을 털어놓고 싶었던 걸까. 정신을 차리고 보니 '뭐 하세요?' 라는 네 글자가 그에게 전달되어 있었다. 불행 중 다행인 것은 문자를 보낸 지 10분이 넘었는데도, 답장이 오지 않는다는 것이다.

"그래, 역시 그냥 해 본 소리였던 거야."

지이이잉—

울려 오는 진동에 주희의 심장이 쿵 내려앉았다.

[김설우 대표]

한참을 머뭇거리다가 조심히 스피커를 귀에다 가져다 댔다.

— 김설우입니다.

주희는 선뜻 입술이 열리지 않았다. 머릿속이 온통 하얗다.

— 서주희 씨?

"……네, 대표님. 문자 보고 전화하신 거예요?"

— 그런 셈이죠. 그것보다 지금 어디입니까? 밖인 것 같은데, 얼굴 보면서 이야기하죠.

"아니요. 괜찮습니다. 시간도 늦었고, 저도 이제 막 집 들어와서……"

변명하기가 무섭게 두 명의 남자가 천막 안으로 들어왔다. 그러곤 우렁차게 말했다.

"이모, 여기 소주 한 병이랑 곱창볶음이요!"

……안 돼.

— 집에서 소주랑 곱창볶음도 파나 봅니다?

옅은 웃음소리가 귓가를 간지럽히자 주희는 민망함에 입술을 잘근 깨물었다.

— 이야기는 얼굴 보면서 하도록 하죠. 주소 찍어 주는 대로 출발할 테니까, 조금 있다 봐요.

뚝. 무슨 일로 연락을 한 거냐고 물어볼 법도 한데, 그런 것도 없이 통화가 끊겼다. 원래 이렇게 매사에 진취적인 건가.

"아무리 생각해도 이건 아닌 것 같아."

그를 만난다고 해도 할 말이 없었다. 무슨 소리를 할 건데. 오늘 굉장히 꿀꿀하니까, 그래서 술 한잔 하자고 말할 거야? 생각에 잠긴 사이, 천막 위로 토독, 토도독, 빗방울 소리가 떨어졌다. 그러더니 단숨에 쏴아아아, 굵은 소리로 뒤바뀌었다.

주희의 얼굴에 작은 수심이 피어났다.

"……우산 안 가져왔는데."

쉽게 그칠 비가 아니었다. 일단 계산부터 하자며 자리에서 일어나는데, 누군가가 천막 안으로 뛰다시피 들어왔다. 툭툭. 또 한 번의 물방울 소리가 눈앞에서 떨어졌다. 아주 미세한 진동이었으나, 주희에게만큼은 선명히 박혀 왔다.

"하아……. 조금 늦었습니다."

설우가 비에 흠뻑 젖은 채로 서 있었다. 젖은 머리칼을 털어 내던 그가 고개를 들었다. 시선이 맞물렸고, 그의 눈매가 둥글게 접혔다.

"설마 가려고 한 건 아니죠? 친구끼리 만났는데, 한잔해야죠."

✳

"자, 곱창볶음이랑 우동볶음 추가, 그리고 소주 한 병!"

테이블에 안착한 안줏거리와 소주를 바라보는 설우의 두 눈이 흥미로웠다. 반면 주희는 어떻게 이 상황을 헤쳐 가야 하나 골몰했다. 그리고 또 한 사람. 포장마차의 주인이 두 사람에게서 눈을 떼지 못했다.

"인물이 훤칠한 게 아가씨가 울적할 만했네."

주희가 당황하며 눈을 크게 끔뻑거렸다.

"딱 봐도 아가씨가 더 좋아하는 것 같은데, 그럴수록 잘해야 해, 잘생긴 총각. 실의에 빠진 게 아주 못 봐 주겠더라고."

난데없는 상황에 주희의 입이 점점 벌어졌다. 설우가 흘긋 주희를 바라보며 물었다.

"실의에 빠졌었습니까?"

"아, 그렇다니까. 총각 오기 전에 아주 난리도 아니었어. 어디 젊은 처

86

자가 혼자 술 먹으러 오는 게 흔한 줄 알아?"

주희가 자리에서 벌떡 일어났다.

"저 아주머니, 뭔가 단단히 오해를 하신 것 같은데요. 저랑 이분은 그런 사이가 아니거든요."

"잉? 그럼 뭔디. 뭐길래 문자 하나 보내 놓고 나라 잃은 사람마냥 앉아 있었을까."

"제가 언제 나라 잃은 사람처럼 있었다고 그러세요. 그리고 문자는……."

"이모, 여기 소주 한 병만 더 주세요."

"예이, 금방 갑니다."

"저 아주머니."

주희는 다급히 손을 뻗었다. 그러나 아주머니는 냉정했다. 갈 길을 잃은 손이 허공에서 파르르 떨렸다.

"식기 전에 앉죠."

주희가 움찔하며 시선을 내렸다. 설우가 그녀를 올려다보고 있었다. 주희는 다급히 변명했다.

"그런 거 아니에요."

설우는 어떤 반응도 보이지 않았다. 그저 빤히 시선을 던지기만 할 뿐. 그 눈빛에 담긴 의미를 당최 알 수 없어 목소리에 힘이 들어갔다.

"나라 잃은 사람이니 뭐니, 그런 표정 절대 짓지 않았다고요."

주희는 부끄러운 마음에 두 손에 얼굴을 묻으며 한숨을 내쉬었다. 그 순간 나긋한 음성이 귓가를 간지럽혔다.

"난 좋았는데."

"……."

"서주희 씨가 먼저 연락해 줘서 좋았다는 소리입니다."

주희는 하염없이 눈꺼풀만 끔뻑거렸다. 당황한 마음을 정리할 새도 없이 설우가 말을 이었다.

"덕분에 이런 곳도 오게 되고. 누군가와 이렇게 단둘이서 술 마시는 거

처음이거든요.”

그가 시선을 맞추며 엷게 웃었다.

“역시 친구는 좋은 거네요.”

주희는 마른침을 꿀꺽 삼켰다. 새하얀 그의 미소에 놀란 건지, 아님 친구가 좋다는 말에 멈칫한 건지 심장이 요동쳤다. 그러다 불현듯 그의 머리가 축축하게 젖어 있는 걸 깨달았다.

“안 추우세요? 차는요?”

“안 가지고 왔습니다.”

“왜요?”

설우는 적당한 대답을 꺼내기 위해 고민했다. 운전은 할 수 있으나 되도록 자제하는 편이었다. 이곳까지는 택시로 오긴 했지만 정확한 포장마차의 위치를 알지 못해 결국 큰길에서 내려 주변을 탐색했다. 그 결과, 비에 쫄딱 젖은 생쥐 꼴이 되어 버린 것이고.

“되도록 운전은 자제하는 편입니다. 불안한 것도 있고, 다른 사람들이 노심초사하는 것도 있고.”

“아……. 운전에 소질이 별로 없는 편인가 봐요.”

말이 그렇게 되는 건가. 설우는 순순히 고개를 끄덕였다. 되게 의외네. 주희는 순응하면서 별생각 않고 소주의 뚜껑을 땄다. 빈 잔에 액체를 또르르, 채우려는데 그가 퍽 단호한 얼굴로 제지했다.

“술은 딱 세 잔만 마시겠습니다.”

주희가 놀란 얼굴로 설우를 바라봤다.

“설마…… 주량이 딱 세 잔이란 소리는 아니죠?”

“그럼 안 됩니까?”

“아니 뭐, 굳이 안 될 거라곤 없는데, 조금 의외라서요.”

조금이 아니라 매우 많이. 두 병은 거뜬히 먹을 덩치인데.

“적당히 취하는 걸 좋아합니다. 그 이상으로 마셨다가 인사불성이 되면 서주희 씨가 감당하기 힘들 텐데요. 확인하고 싶은 거라면 더 마시도록 하죠.”

"아니요. 사양할게요."

여자도 아니고, 덩치 큰 남자를 내가 무슨 수로 감당해. 그리고 술에 취하면 그가 무슨 짓을 할 줄…… . 불쑥 든 생각에 주희는 입술을 짓씹었다.

또 이러네. 잠잠하면 나타나는 송곳 같은 생각들. 그러나 당연한 증상이었다. 다만 설우를 그런 대상에 빗댔다는 게 어쩐지 미안했다.

"대표님."

주희가 마저 잔에 술을 채우며 턱을 괴었다.

"대표님은 왜 저랑 친구가 되고 싶은 거예요?"

그때는 상황을 판단할 여력이 없어 우선 넘어갔지만 이제 와 생각하면 수상한 것들이 한두 가지가 아니다.

"솔직히 대표님이 의심스럽지 않다면 거짓말이에요. 저도 원하는 게 있으니까 뭐라 더 말은 하지 않겠지만 그래도…… ."

여전히 그를 경계하고, 그의 정체가 궁금하다. 혹여 흑심을 품고 다가온 게 아닐까, 의심스럽고 겁이 난다. 설우만이 아니었다. 과거에 겪은 일로 주희는 남녀노소랄 것 없이 다가오는 사람, 전부를 의심했다. 단순한 호의가 악의를 품은 것 같았고, 웃는 얼굴로 인사해도 돌아서면 길모퉁이에서 제 흉을 보는 것처럼 느껴졌다.

상담한 의사는 말했다. 주희 씨는 현재 공황 장애를 겪고 있다고. 그래서 심리적으로 매우 불안한 상태며 극심한 우울증까지 겹쳐 안 그래도 메마른 자아를 갉아먹고 있으니 집중적인 치료가 필요하다고.

그때는 아무 생각도 들지 않았다. 미쳐 버린다는 게 이런 것인가. 그저 길 잃은 아이처럼 허공에 먼 시선을 둘 뿐이었다. 누군가 그랬다. 마음의 상처는 어떤 것을 덧발라도, 상처일 뿐이라고. 무뎌질 순 있어도 사라질 수는 없는 거라고.

그래도 무사히 치료를 마치며 세상 밖으로 나올 수 있었다. 단 사람 관계에 있어서는 날을 세웠다. 쉽게 누군가를 믿지 않았으며, 믿고 싶지도 않았다. 그래서 시온에 입사하자마자 택한 것이 쥐 죽은 듯이 살자는 것이었다.

나름의 생존 방법이었다. 존재감을 드러내지 않는 것. 그렇게 되면 누군 가에게 특별해질 일도, 실망할 일도 없을 테니까.

그런데 이 남자는 잘 모르겠다. 고작 문자 한 통에 달려온 그의 행보가 원인인 건지, 아님 비에 홀딱 젖은 그의 모습 때문인지는 몰라도 그를 향해 펼쳐 둔 경계가 조금은 느슨해지려고 한다. 그러자 꽁꽁 묻어 두었던 감정이 서서히 피어올랐다.

어쩌면 나는 혼자 있고 싶으면서도, 사람을 절대 믿지 않을 거라고 다짐 했으면서도. 한편으론 늘 기다렸던 걸까. 누군가와 다시 편히 대화를 나누고, 다시 웃어 보이고, 다시……. 누군가에게 특별해지는 관계를.

"그러니까 제 말은 이왕 이렇게 된 거 친구끼리는 솔직해져도 되는 거잖아요. 어떤 이유라도 괜찮으니까……."

"욕심이 생겼다고 해야 할까요."

의아함을 품기도 전에 설우와 눈이 마주쳤다. 마치 자석에 끌려가는 것처럼 몸이 바짝 굳어 말을 듣지 않았다.

"제대로 된 인연을 만든 적이 없거든요. 근데 이번에는 그러고 싶지가 않아서. 참을 만큼 참아서 그런가, 자꾸 욕심이 생겨요."

뒤죽박죽. 그가 지금 무슨 말을 하고 있는지 분간이 서지 않으면서도 주희는 그다음 말이 기다려졌다. 그 순간 설우의 입가에 잔잔한 미소가 퍼져 나갔다.

"이미 한 번 말했던 것 같은데."

"……."

"서주희 씨가 정의 내린 친구."

내가 정의 내린 친구?

"너무 슬퍼서 그래서 아무것도 못 하고 있는데, 어떤 것도 묻지 않고 달려와 주는, 그런 사람."

설우가 토씨 하나 틀리지 않고, 제가 했던 말을 그대로 뱉어 내자 주희의 입이 작게 벌어졌다.

"그리고 나는 그런 사람이 되도록 노력하겠다고. 서주희 씨가 내게 특별한 존재인 것처럼 나도 서주희 씨한테 특별해지고 싶어졌으니까."

친구는 그런 거 아닌가, 혼잣말이라기엔 대놓고 말하는 설우를 바라보며 주희는 아무 말도 할 수 없었다.

"그래서."

설우가 상체를 낮게 숙이며 다가왔다. 눈 밑에 그의 손가락이 닿더니, 뭘 했는지 깨닫기도 전에 멀어졌다. 그의 검지에 적은 양의 물기가 묻어 있었다. 설우가 다시금 입가에 미소를 물렸다. 그리고 이내.

"서주희 씨가 왜 슬퍼하는지 알고 싶습니다. 그래야 당신을 위로해 줄 수 있을 것 같거든요."

주희의 심장을 쿵, 내리쳤다.

5. 첫 번째 품

"그만 일어날까요."

설우가 갈 채비를 했다. 그는 예고한 주량보다 두 잔을 더 꺾었다. 그래 봤자 다섯 잔. 그러니 테이블에 덩그러니 놓인 두 개의 빈 병은 주희 혼자 꼴딱 해치운 셈이었다.

'서주희 씨가 왜 슬퍼하는지 알고 싶습니다. 그래야 당신을 위로해 줄 수 있을 것 같거든요.'

그 말을 듣고 머릿속이 하얗게 바랜 기분이었다. 결국 아무것도 말하지 못했지만 설우는 묵묵히 곁을 지켜 주었다. 잔이 비워지면 술을 채워 주고, 이따금씩 안주로 나온 우동볶음을 그릇에 놓아 주기도 했다.

아무런 조건 없이 곁을 내준다는 게 이렇게 따뜻한 거였나.

"비가 쉽게 그칠 기미를 안 보이네요."

설우가 천막 입구 쪽을 바라보며 말했다.

"잠깐만 혼자 있을 수 있겠어요? 이 앞에 편의점이 있던데, 금방 다녀올게요."

불그스름하게 달아오른 양 볼이 주희가 언뜻 취했다는 걸 알려 주었다. 그때 주인아주머니가 곁으로 다가오며 언짢다는 듯 훈계를 놓았다.

"저녁부터 하루 종일 쏟아붓는다고 했는데, 우산도 안 챙겨 들고 나온 거야? 쯧쯧, 요새 젊은이들답지 않게. 휴대폰은 폼으로 두고 다니나. 괜찮으면 이거라도 가져가요. 아쉽게도 하나밖에 없네."

그녀가 내민 건 인근 편의점에서 쉽게 볼 수 있는 비닐 재질의 우산이었다.

"사장님께서도 필요하실 텐데요."

"나야 문 닫고 들어갈 때 되면 집에 있는 양반이 데리러 나와서 괜찮어. 보아하니 술은 아가씨 혼자 다 마시더만. 얼마나 속이 탔으면 그랬겠어. 있을 때 잘해, 잘생긴 총각."

"그런 거 아니라니까요, 아주머니."

주희가 반박했지만 아주머니는 듣는 척은커녕 어서 가 보라며 두 사람을 천막 입구로 내보냈다. 주희는 얼떨떨한 얼굴로 서 있다가도 설우를 흘긋거리며 말했다.

"왜 아무 말도 안 하세요."

"뭘 말입니까."

"기분, 나쁘지 않으세요?"

저조차도 당황스러운 판국인데, 정작 여자 친구 속이나 썩이고 다니는 남자로 오해받은 그는 덤덤하기만 하다.

"서주희 씨는 불쾌했나 보죠."

"아뇨. 불쾌했다기보다는."

"그럼."

낮게 운을 깐 설우가 눈을 맞추며 말했다.

"좋았다는 건가."

주희는 난감하다는 듯 입술을 깨물었다. 왜 또 이런 순간에 짓궂게 나오는 건지.

"빨리 가죠. 시간도 늦었는데."

애써 퉁명스럽게 말하는 그녀의 모습에 설우가 소리 없이 웃으며 우산을 펼쳤다.

*

얼마쯤 걸었을까. 주희는 힐끔거리며 설우의 상체를 주시했다. 그의 어깨 위로 툭툭, 빗방울이 떨어졌다. 급한 대로 왼쪽을 가리켰다.

"별로 멀지 않은 곳에 택시 승강장이 있어요. 저 코너만 꺾으면 금방 나오니까."

"괜찮습니다. 서주희 씨 먼저 들어가는 거 보고 갈게요."

"아니요. 전 괜찮으니까 대표님 먼저 들어가 보세요. 차도 안 가져왔고, 옷 상태도 이래서. 감기라도 걸리면 어떡해요."

"서주희 씨도 딱히 괜찮은 것 같진 않은데요."

"제가 왜?"

"비틀거립니다."

"뭐가요?"

"걸음이 비틀거린다는 소리입니다. 못 느꼈습니까?"

비틀거리기는 무슨……이라고 말하려던 찰나, 주희는 발끝을 힘껏 오므렸다. 하마터면 뒤로 넘어갈 뻔했다. 그제야 자신이 평소 주량을 넘어섰다는 걸 인지했다.

"이 정도는 괜찮아요. 걱정 말고 먼저 가 보세요."

애써 덤덤한 척 굴었지만 설우의 입은 열릴 기미가 보이지 않았다. 오히려 차가운 냉기가 그의 눈동자에 떠올랐다.

"원래 고집이 센 편입니까?"

"네?"

"난 서주희 씨가 집에 들어가야 직성이 풀릴 것 같은데, 어려운 부탁인가요?"

어려운 부탁이라니. 오히려 미안할 지경이었다. 주희는 마지못해 고개를 끄덕였다.

"그럼 코너 돌면 보이는 슈퍼 앞까지만 데려다주세요. 거기서부터는 진짜 금방이에요. 걸음은 좀 이래도 정신은 멀쩡하니까."

설우는 이번에도 묵묵부답이었다. 그저 앞만 보고 걷기 시작했다. 주희도 다시 걸음을 재촉했다. 하지만 또다시 얼마 가지 못해 신경이 곤두섰다. 우산이 작은 탓에 서로의 어깨가 주기적으로 부딪힌 탓이었다.

슬며시 어깨를 안쪽으로 굽히며 걷는데 설우가 걸음을 멈추며 시선을 내렸다. 주희의 몸이 자연스레 옆으로 밀려나 있었다. 그는 잠시 좁은 우산과 물기가 어린 주희의 어깨를 번갈아 봤다. 그리고 한순간이었다. 주희의 어깨가 단단한 품 안으로 끌려 들어간 것은.

"……!"

흠칫거리는 주희와 달리 설우는 덤덤했다. 마치 이런 행동을 취하는 데, 어떤 의미를 갖게 되는지 모르는 사람처럼 평온한 얼굴로 덧붙였다.

"이렇게 하면 조금이라도 덜 젖을 것 같아서."

그래서 주희는 입을 다물 수밖에 없었다. 괜히 혼자만 의식하는 것 같아서. 이런 식으로 남자와 스킨십을 한 게 몇 년 만이더라. 기억이 가물가물하다. 더 놀라운 건 거부감이 전혀 들지 않았다는 것이다. 단지 가슴이 쿵쿵, 묵직하면서 빠르게 울릴 뿐.

주희는 어깨에 둘러진 설우의 손을 조용히 내려다봤다. 건장한 체격을 가진 남자답게 손등을 타고 흐르는 혈관과 힘줄이 도드라졌다. 의식하지말자며 코너에 다다를 무렵이었다.

"니야옹."

자그마한 울음소리가 고요한 골목길에 울려 퍼졌다. 주희는 걸음을 멈추며 소리가 들린 쪽을 바라봤다.

"어? 점박아."

설우의 두 눈이 가늘어졌다. 불이 꺼진 마트 지붕 아래 고양이 한 마리가 앉아 있었다. 그는 본능적으로 느낄 수 있었다. 녀석의 노란 눈동자가 제게 향해 있다는 것을.

"아는 고양인가 보죠?"

"아, 제가 밥 주는 길고양이 중 한 마리예요. 비가 와서 피신처가 필요했나 봐요. 요새 잘 안 보여서 걱정했는데."

최근 들어 녀석을 볼 수 없었다. 반가운 마음에 주희는 슬며시 설우의 품에서 빠져나왔다.

"잠깐만 보고 올게요."

어디 아프지 않나, 상태만 살펴볼 생각이었다. 그런데 한 발짝을 딛자마자 구두 밑창이 빗물에 미끄러졌다. 종이 쪼가리처럼 주희의 상체가 너풀거렸다. 두 눈이 질끈 감겼다. 이대로 넘어지나 싶은 순간.

탁. 짧고 굵은 마찰음이 울리며 단단한 품이 그녀를 감쌌다. 쏴아아아, 쏟아지는 빗줄기를 의식하며 주희는 천천히 눈꺼풀을 들어 올렸다. 갈색 동공이 완전하게 가로등 불빛 아래 드러나는 순간, 그녀는 호흡하는 것을 멈추었다. 한 뼘도 안 되는 거리에 설우의 얼굴이 있었다. 놀란 건 설우도 마찬가지였다. 약속이라도 한 것처럼 숨 막히는 침묵이 두 사람을 팽팽하게 조였다.

"괜찮아요?"

"……아, 네. 죄송해요."

주희의 입술이 파르르, 떨렸다. 어쩌다가 이런 사태가 일어나 버린 걸까. 술기운 때문인지 양 볼이 화끈거렸다. 그런데 무슨 영문인지 서로의 거리가 멀어질 기미가 보이지 않았다. 여전히 설우의 시선이 주희의 콧등과 입술 그 언저리에 박혀 있었다. 그 노골적인 시선에 심장이 쿵쿵쿵, 거센 방망이질을 해 댔다.

"서주희 씨는."

설우가 운을 떼며 한 뼘 더 다가왔다. 그 아슬아슬한 거리 속에서 그가 손을 뻗어 온다. 기다란 손가락이 코랄빛으로 물든 입술에 닿기 직전이었다.

"……!"

별안간 그의 동공이 크게 팽창되었다. 예고 없는 통증. 그것이 그의 심장을 내리치며 온몸을 경직시켰다. 윽, 입 밖으로 터져 나오려는 신음을 설우는 간신히 삼키며 주희의 상체를 일으켰다.

"……대표님?"

수상함을 느낀 주희가 연신 설우의 안색을 살폈다. 심지어 그는 심장 부근을 부여잡고 있지 않나.

"대표님, 왜 그러세요. 어디 안 좋으세요?"

"서주희 씨, 잠시만요. 아주 잠시만."

다가오는 주희의 손길을 저지하며 설우는 주변을 살폈다. 숨을 곳, 몸을 숨길 곳이 필요했다. 그는 몸을 틀어 무작정 뛰기 시작했다.

"대표님, 어디 가세요. 대표님! 김설우 씨!"

등 뒤로 울리는 주희의 부름에도 설우는 속도를 높였다. 한시라도 빨리 그녀의 시야에서 멀어져야 했다. 이대로 있다가는…….

"하아……."

급한 대로 멀지 않은 골목길에 몸을 숨겼다. 설우는 숨을 크게 내쉬며 고개를 들었다. 시간이 흐를수록 가슴을 옥죄이는 강도가 높아졌다. 다른 때도 아니고 왜 하필이면 지금.

"……젠장."

이제는 눈을 뜨기조차 버거울 지경이었다. 결국 그는 체념하며 눈을 감았다. 그 몇 초도 되지 않은 시간에 설우의 실루엣은 찾아볼 수 없었다. 머리카락 한 올조차 발견할 수 없었다. 대신 자그마한 청회색 고양이가 자리를 지키고 있었다.

설우는 대뜸 자신의 오른쪽 발을 들어 올렸다. 역시나. 언제 보아도 낯설기만 한 핑크색 발바닥이 그를 반겼다.

"대표님, 김설우 씨!"

그리고 이 모습을 가장 들키고 싶지 않던 상대가 떡하니 눈앞에 나타났다. 설우는 빗물에 흠뻑 젖은 눈으로 주희를 바라보았다. 그녀가 놀라움을 금치 못하며 중얼거렸다.

"……브릿, 아니. 복길이?"

그가 체념하다시피 옹알거렸다.

"……니야옹."

＊

"윤 비서님 번호를 몰라서 연락을 할 방법이 없네."

주희는 집에 도착하자마자 보일러를 켜고 온수가 나오는지부터 확인했다. 그래야 제 손안에 들린 녀석의 몸을 따스하게 씻길 수 있을 터였다.

반면 설우는 이 상황을 어떻게 모면할지 궁색했다. 도망치려는 저를 주희가 단숨에 안아 들더니, '우리 집에 가자.'는 말을 한 순간부터 그의 머릿속은 정전이었다.

"또 집을 나온 거야?"

마른 타월 위로 설우를 내려놓은 주희가 곰곰이 쳐다보며 물었다. 그는 대답 대신 커다란 눈망울을 깜빡거렸다.

"네 마음은 이해하지만 그래도 이렇게 자주 외출하면 안 돼. 아무것도 모르는 윤 비서님은 얼마나 애가 타시겠어."

주희가 코앞까지 얼굴을 들이밀며 질타했다. 그 거리가 너무 가까워 설우는 고개를 뒤로 빼며 움츠렸다.

"아, 미안. 술 냄새 나지. 내 정신 좀 봐."

주희가 탄식하며 입술을 손으로 가렸다. 그러다 문득 떠오른 설우의 잔향에 인상을 찌푸렸다.

"근데 그 사람은 어디로 사라진 거야? 신경 쓰이게. 말도 없이 가 버리고."

여기, 여기 있습니다, 서주희 씨. 설우가 망연한 시선으로 주희를 응시했다. 그녀는 금세 굳은 표정을 풀며 방긋 웃었다.

"그래도 지금은 네가 급선무지."

욕실로 들어서자마자 주희는 온수가 나오는 것을 확인하며 단숨에 설우를 안아 들었다.

"비를 심하게 맞아서 그런가, 귀가 계속 떨리네. 너나 나나 오늘 꼴이 말이 아니다."

설우를 찾는 내내 거의 비를 맞다시피 뛰어다닌 탓에 머리부터 시작해 발끝까지 멀쩡한 곳이 없었다. 쥐도 새도 모르게 욕실로 들어서게 된 설우는 알 수 없는 두근거림에 꾸욱, 주희의 팔목을 붙잡았다.

"많이 춥지. 잠깐만 기다려. 금방 따듯하게 해 줄게."

주희는 세숫대야에 온수를 받기 시작했다. 그러던 와중, 거울에 비추는 제 몰골이 석연치 않은 걸 보고는 탐탁지 못한 시선으로 젖은 옷가지들을 훑어 내렸다. 그래서 생각을 바꾸기로 했다. 그리고 그 발언은 곧 청천벽력이 되어 설우에게 날아들었다.

"아니다. 그냥 같이 할까?"

설우의 초록색 눈동자 위로 거센 지진이 일어났다. 그는 몇 번이나 자신의 두 귀를 의심했다. 같이……. 같이 뭘 한다는 거죠, 서주희 씨? 묻고 싶었지만 그의 성대에서 울리는 소리라고는 '냐아앙…….' 아득한 울음이 전부였다. 거기서 끝이면 다행일 텐데, 주희는 품에서 설우를 내려놓으며 비에 젖은 니트를 양손으로 붙잡았다.

"이것만 벗고 바로 샤워하자."

파룽. 안 그래도 뻣뻣했던 설우의 귀가 쫑긋 세워졌다. 그는 이제 두 눈이 아득해지는 현상까지 맛보았다. 안절부절 고개를 돌려 댔다. 문, 문을 찾아야 한다. 어떻게든 여길 나가야만 해. 애석하게도 욕실 문은 진즉에 굳게 닫혀 있었다. 그 찰나, 하얗고 뽀얀 주희의 살결이 설우의 망막에 맺히기 시작했다.

설우는 화들짝 소스라치며 냅다 문 쪽으로 달려들었다. 안 된단 걸 알면서도 발악적으로 욕실 문을 발톱으로 긁어 댔다.

"……냥! 냥!"

"왜 그래, 복길아!"

깜짝 놀란 주희가 옷을 벗다 말고 달려왔다. 설우는 멈추지 않았다. 볼이 화끈거리고 심장이 거세게 두근거렸다. 주희가 마지못해 문을 열어 주자 이때다 싶어 죽기 살기로 뛰쳐나갔다. 그는 가장 구석진 곳으로 파고들었다. 어느새 코앞까지 다가온 주희를 올려다보며 젖은 눈망울로 간절히 바랐다.

부탁입니다, 서주희 씨. 더 이상은, 더 이상은 나를 저기로 끌고 가지 마요. 그 마음이 통하기라도 한 걸까. 주희가 무릎을 굽혀 설우의 작은 코를 톡톡 치며 말했다.

"샤워가 그렇게도 하기 싫었어? 이 정도면 완전 발악 수준인데. 그래도 그렇지. 문을 저 지경으로 만들어 놓으면 어떡해. 여기 내 집도 아니란 말이야."

한숨을 내쉰 그녀가 여전히 벌벌 떨고 있는 설우를 보며 측은한 눈빛을 비추었다.

"잠깐만 여기 있어 봐. 타월로 닦기만이라도 하자."

그녀는 금세 마른 수건과 온수를 머금은 타월을 들고 나타났다. 조심스레 설우의 한쪽 다리를 잡아당기며 제 품으로 인도했다. 스윽, 스윽. 몸 구석구석을 닦아 주는 손길이 한없이 섬세하고 따스하다. 특히 그녀의 하얀 손가락이 배 부근이나 엉덩이 부근을 스칠 때면 설우는 주뼛, 신경을 곤두세우며 터지려는 신음을 꿍, 참아 내야 했다.

"다 됐다."

주희가 만족스럽다는 듯 미소를 머금었다. 그제야 긴장감이 놓인 설우가 바닥에 축 늘어졌다. 그러나 주희가 욕실로 들어서고, 그녀의 몸을 타고 흐르는 물줄기 소리가 귓가를 적셔 오자 두 눈을 질끈 감아 버렸다. 다시금 온몸의 신경이 곤두서며 양 볼이 화끈거리는 순간이었다.

✳

"거기서 자려고? 추울 텐데."

평소보다 늦은 잠자리였다. 주희는 화장실과 현관문 사이에 앉아 있는 설우에게서 눈을 떼지 못했다. 그로서는 최선의 선택이었다.

브릿지의 몸으로 바뀐 지 두 시간째. 돌아갈 기미를 보이지 않았다. 그러니 이 상황에서 바랄 수 있는 최상의 시나리오는 주희가 어서 빨리 숙면에 취하는 것이었다. 이런 애타는 마음도 모르고 주희가 몸을 일으켰다. 그녀는 툭툭, 제 옆자리를 두드리며 부드럽게 타일렀다.

"이리 와, 같이 자자."

설우는 못 이기는 척 그녀의 곁으로 다가갔다. 폴짝, 침대 위로 올라가서는 적당한 거리를 두며 몸을 말았다. 주희도 다시 침대에 몸을 누였다. 자연스레 서로의 시선이 맞물리자 그녀가 중얼거렸다.

"보면 볼수록 브릿지랑 판박이란 말이야."

브릿지. 그 세 글자에 설우의 두 눈이 가늘어졌다. 불현듯 윤 비서의 언질이 머릿속을 강타했다.

'지금 우리에게 가장 시급한 건 개인적인 사욕을 채우는 게 아니라 육안으론 해결할 수 없는 이 난관을 어떻게든 헤쳐 나가는 겁니다.'

그제야 설우는 이 상황이 기회라는 걸 깨달았다. 주희를 통해 브릿지란 녀석이 원하는 걸 알 수 있을지도 모른다. 조금 더 그녀의 이야기를 듣고자 용기 내 한 걸음 다가갔다. 그 행동에 주희가 푸스스, 미소를 머금었다.

"너도 궁금한가 보구나? 하긴 내가 볼 때마다 브릿지라고 불러 댔으니."

살포시 눈을 감은 주희가 혼자만 간직하고 있던 추억을 조심스레 꺼내었다.

"브릿지는 예전에 살던 동네에서 밥을 챙겨 주던 길고양이였어. 걔도 너랑 같은 종이었거든. 내가 출근을 하면 같이 지하철역까지 걸어가 주고, 또 퇴근 시간은 어떻게 알았는지 거짓말처럼 나타나서 귀갓길을 함께한 친구랄까. 진짜 신기하지?"

그래서 녀석이 몸을 빌리면 그 지하철역과 공원을 찾았던 거군.

"되게 똑똑한 아이였어. 다른 길고양이처럼 낯을 가리지도 않고, 애교도 많고. 처음 만났을 때는 많이 아픈 친구였지만……."

주희의 입가에 쓴 미소가 번졌다. 그 감정을 들키고 싶지 않은 건지 그녀는 금세 미소를 띠우며 이야기를 마무리 지었다.

"근데 지금은 잘 모르겠다. 이사를 오고 나서부터는 볼 수 없게 돼 버렸거든. 그렇다고 내가 그 동네를 가 본 적이 있는 것도 아니고."

거짓말. 그녀는 지금 거짓말을 하고 있다. 녀석이 죽고 나서, 그 동네에서 그녀를 대면한 건 브릿지를 대신한 설우였다. 즉, 그녀는 그 동네에 간 적이 있었다. 굳이 왜 거짓말을 하는 거지. 파고들고 싶었으나 주희가 먼저 선수를 쳤다.

"내일 윤 비서님 보면 당장 말씀드릴 테니까, 그때까지 여기서 얌전히 있어야 해. 회사로 데려가자니 내 입장도 윤 비서님 입장도 난처해질 것 같아서. 이해해 줄 수 있지?"

설우는 대답을 하자니 애매해 어설픈 짓을 흉내 내기로 결심했다. 여느 고양이라면 주인을 향해 표현하는 자세. 주희의 팔뚝에 이마를 대고는 도리도리 얼굴을 비벼 댔다. 그걸 지켜보던 주희가 귀여움을 참지 못하고 덥석 설우를 품에 끌어안았다. 그의 심장이 쿵, 내려앉았다. 머리 부근이 그녀의 가슴에 맞닿았다. 동공이 빳빳하게 굳으며 발가락이 부채를 펼친 것처럼 쫘악, 펴졌다.

"근데 잘 들어갔겠지?"

머리 위로 떨어진 걱정스러운 음색에 설우는 귀를 쫑긋 세웠다.

"그 사람, 안 그래도 온몸이 다 젖은 채로 왔었는데."

그거 지금 날, 말하는 건가. 주희가 푸념하듯이 말했다.

"조금 이상한 사람 있어. 김설우라고 우리 회사 대표님인데, 윤 비서님이 키우는 고양이니까 너도 잘 알겠구나. 사실 너한테만 말하는 건데 나 그 사람, 처음에는 미친 사람인 줄 알았어. 완전 비호감이었거든."

……비호감. 설우의 동공이 파르르 떨렸다. 제 모습이 그 정도로 최악이었나, 문득 자괴감이 들었다.

"근데."

전과 달리 그녀의 음색이 나긋했다. 주희는 눈을 감고 가만히 설우의 얼

굴을 그려 보았다. 각진 듯 자리 잡은 턱선, 날카롭게 뻗은 눈매와 고집스
럽게 다물린 입술. 그러나 전혀 어울리지 않는 진솔하면서 수수한 눈빛.
거기까지 실루엣이 그려지자 풉, 저도 모르게 웃음이 터져 나왔다.

"알고 보면 참 좋은 사람 같아."

주희가 부드럽게 설우의 등을 쓰다듬으며 속삭였다.

"다시는."

"……."

"다시는 그 누구하고도 가까워질 수 없을 거라고 생각했거든. 아무도
받아들이지 못할 거라고 단념했던 적이 있었어."

타인의 온기가 그리워도 막상 그 현실이 밀어닥치면 스스로가 거부할
거라고 예감했다. 그런데. 김설우 그 남자는.

"이상하게도 오늘 그 사람이랑 함께 있는데, 마음이 편해지는 거야. 그
러고 보니까 고맙다는 말도 제대로 못 했네."

설우는 멍하니 주희와 시선을 마주했다. 참 좋은 사람, 그 구절에서 그
의 마음속에 꽃 한 송이가 피어났다. 그동안 설우가 지켜본 주희는 차갑고
딱딱한 이미지가 강했다.

하지만 지금은 뭐랄까. 부드럽게 휘어진 눈꼬리며 발그레 달아오른 하
얀 볼이며 꼭 수줍은 여학생을 보는 듯했다. 그 모습이 사랑스럽고 귀엽게
느껴진다면 혼자만의 착각이려나.

"이제 진짜 자야겠다. 너랑 더 놀아 주고 싶은데, 하필 내일이 월요일이
라서."

이불을 턱 끝까지 끌어 올린 주희는 품 안에 안긴 설우를 보며 작별 인
사를 건넸다.

"복길아, 좋은 꿈 꿔."

그녀는 금세 잠 속으로 빠져들었다. 새근새근, 옅은 숨소리가 귓가를 간
지럽히고 나서야 설우가 주희의 품속을 빠져나왔다. 처음으로 누군가의
품에 안겼다는 사실 때문일까. 질리도록 그녀의 얼굴을 뜯어보았으면서
아쉬움이 남는 건 왜인지.

열린 창문으로 빠져나가기 직전, 그는 핑크색 발바닥으로 바람결에 흘러내린 그녀의 머리칼을 넘겨 주며 작별 인사를 고했다. 서주희 씨도 좋은 꿈 꾸길 바랍니다.

"니야옹."

작은 울림을 끝으로 설우가 창문을 열고 뛰어내렸다. 그리고 그녀의 집을 나서자마자 거짓말처럼 원래의 모습으로 돌아올 수 있었다.

무사히 자택으로 귀가하기가 무섭게 침대 위로 무너졌다. 무척이나 길었던, 그래서 더 특별하게 느껴진 하루였다. 알 수 없는 뿌듯함에 취하며 설우는 눈을 감았다. 누가 최면이라도 건 것처럼 금세 깊은 숙면이 그를 찾아왔다. 그러나 애석하게도 단잠은 그리 오래 머물지 않았다.

무거운 압박감이 어깨를 누르더니, 낯선 광경이 그의 눈앞에 펼쳐졌다. 뿌연 안개가 시야를 가득 메웠고, 정체를 알 수 없는 불빛이 땅거미처럼 길게 늘어지며 길목을 비추었다. 꿈인가, 무의식적으로 생각한 순간 저 멀리서 누군가가 걸어 나오기 시작했다.

누구지? 안개 탓에 얼굴이 자세히 보이지 않았다. 단지 윤기가 흐르는 청회색 머리칼과 전체적으로 곱고 호리한 몸매 같지만 넓은 어깨를 보며 저 누군가가 남자라는 것만 파악할 수 있었다. 남자는 일정 거리를 유지하며 설우를 마주 보았다. 궁금증을 참지 못하며 한 발짝 다가서려는데.

"허튼수작 부리지 마."

무게감 있는 음성이 설우의 양쪽 어깨를 짓눌렀다. 그는 다급히 심장을 부여잡았다. 또 그 격통이다. 주희에게 정체를 들키게 할 뻔했던 그 고통 말이다. 송곳 같은 것이 살을 깊숙이 뚫고 오는 통증을 느끼며 간신히 고개를 들었다. 그제야 그는 알 것 같았다. 눈앞의 상대가 누구인지. 익숙한 초록색 눈동자. ……녀석이다. 저를 대신해 죽음을 맞은 브릿지, 그 녀석이 설우를 날카롭게 바라보고 있었다.

이런 식으로 녀석과 대면한 적은 단 한 번도 없었다. 하물며 녀석은 고양이가 아니던가. 실루엣의 정체는 언뜻 봐도 남자였다. 그저 꿈에서 만들어진 허상인 건가. 아님 정말로 브릿지, 이게 녀석의 본모습인 걸까. 낮고 깊은 울림이 설우를 힐난했다.

"잊었나 본데, 넌 하루라도 빨리 내가 원하는 걸 찾아야 하는 입장 아니었나. 근데 감히 수작을 부려?"

수작이라니. 종잡을 수 없는 발언에 설우는 단도직입적으로 물었다.

"원하는 걸 말해. 뭐든지 들어줄 테니까."

그 말에 남자가 가소롭다는 듯 픽, 코웃음을 쳤다.

"그거야 나도 모르지."

"……."

"나도 알고 싶어서 헤매던 입장이라. 근데 어떻게? 나는 이미 죽어 버렸잖아? 그러니까 찾아. 어떻게든 찾아내. 그렇지 않으면 순식간에 너의 모든 것을 끝내 버릴 거야. 야금야금, 네 영혼을 갉아먹다 못해 난도질을 해 버릴 거라고."

멀찍한 거리에서 남자가 시선 하나만으로 설우의 숨통을 조이기 시작했다. 숨이 턱 막히며 눈앞이 새카매졌다. 머리로 피가 쏠린 탓인지 이마에는 핏줄이 한 줄기씩 솟아났다. 그렇게 의식이 흐려지려던 찰나, 탁. 목을 졸라매던 압박이 사라졌다. 설우는 주저앉다시피 목을 부여잡았다. 잔기침이 의지와 상관없이 터져 나왔다.

남자가 물러나며 읊조렸다.

"다시 한번 경고하는데, 또다시 허튼수작 부렸다가는 지금처럼 곱게 넘어가지 않을 테야."

그것이 마지막이었다. 그 경고를 끝으로 남자는 순식간에 사라졌다. 그때서야 설우는 고통 속에서 헤어 나올 수 있었다. 겨우 정신을 차렸을 때는 '쨱쨱쨱' 참새 지저귀는 소리가 창 틈새로 스며 들어왔다. 어느새 아침이었다. 몸뚱어리가 물에 적신 솜처럼 무거웠다. 힘겹게 상체를 비튼 순간.

"……콜록."

설우의 입술 새로 뜨거운 기침이 터져 나왔다. 지독한 열이 그의 전신을 지배한 지 오래였다.

6. 돌아온 첫사랑

    월요일이 헬요일이라는 걸 증명하듯 주희는 아침부터 발바닥에 불이 나게 뛰어다녔다. 거기다 복길이가 감쪽같이 사라졌다.

    열린 창문을 보니, 그곳으로 빠져나간 것 같은데. 도중에 길을 잃어버린 건 아닌지, 딴 길로 새 버린 건 아닌지. 마음 한편에 걱정을 껴안고 집중력을 쏟으려다 보니, 평소보다 많은 정신력을 소모해야 했다. 겨우 점심시간이 찾아오고 나서야 주희는 한숨 돌릴 수 있었다.

    "많이 힘들지? 장담하는데, 우리 부서가 다른 부서보다 세 배는 빡셀 거야."

    소연이 물 한 잔을 건네며 고개를 저었다.

    "아, 맞다. 그 소식 들었어? 오 과장님이 그러던데 우리 잘하면 인력 충원 될 수도 있대."

    "인력 충원이요?"

    "내 추측으론 인사부에서 흘려들은 것 같은데, 아직 확실히 결정 난 건 아닌가 봐. 그래도 그게 어디야. 이왕 들어오는 거 능력 있는 사람이었음 좋겠다. 그래야 다른 부서들 콧대를 납작 눌러 주지. 얼추 남자라는 이야기가 도는 거 보면 이쪽 계통에 있던 사람인 것 같은데, 주희 씨 생각은 어때?"

"글쎄요."

딱히 이거다 싶은 게 떠오르지 않았다. 누가 들어와도 주희에게는 상관없는 일이었다. 친근하게 굴 일도 가까워질 일도 절대 없을 테니까. 그때였다. 불현듯 윤주가 던진 충고가 날카롭게 가슴을 찌른 것은.

'그 우연이 너한테 닥친대도 피하지 말라고. 죄지은 척 굴지도 말고, 눈치는 더더욱 보지 마. 네가 무슨 잘못을 저질렀다고? 서주희. 넌, 엄연히 피해자야.'

설마, 아니겠지. 주희는 고개를 잘게 저었다. 풍선처럼 부풀어 오르는 불안감을 애써 무시하며 차가운 냉수를 들이켰다.

✳

이러다가 숨 막혀 죽는 거 아닌지, 원. 강 비서는 두 남자의 눈치를 살피기 바빴다. 좌편에는 부사장 현욱이, 우편에는 이틀 전 귀국한 그의 외아들 강욱이 서로를 응시하며 숨 막히는 침묵을 이끌어 가고 있었다.

"승질머리 하나, 유별난 건 여전하구나."

현욱이 먼저 침묵을 깨트리며 찻잔을 들었다. 그는 매우 심기가 불편한 상태였다. 평소 잘 쓰지도 않던 인내심 하나만으로 겨우 버티는 중이었다. 그렇게 해야지만 저 망할 놈의 자식을 상대할 수 있었다.

강 비서로부터 강욱이 입국했다는 소식을 들은 게 불과 이틀 전이었다. 당연히 본가로 귀가할 거라고 예상했던 것과 달리 놈은 이후로 연락 한 통 없었다. 그래 놓고는 성범을 찾아가 담소를 나눴다고 한다.

"아버지도 여전하시네요."

강욱이 한쪽 입꼬리를 올리며 말했다.

"뭐?"

"남자는 쉰이 넘어가면서부터 인정할 줄 알고 스스로를 다스릴 줄 알게 된다는데, 아직 그쪽으로는 소식이 없나 보죠?"

저걸 그냥! 현욱의 손에 들린 찻잔이 덜덜덜, 흔들렸다. 덩달아 강 비서의 동공에도 지진이 일어났다. 저 성깔에 저대로 뒀다가는 강욱의 얼굴 어딘가에 찻잔이 날아드는 것은 순식간이다.

"한국에 왔으면 바로 이 애비한테 연락할 생각부터 해야지, 감히 청담동으로 흘러들어 가? 거기가 어딘 줄 알고."

"찬물도 위아래가 있는데, 예의는 지켜야죠. 그리고 착각하고 계신 것 같아서 말씀드리는 건데, 할아버지와 원수로 돌아선 건 아버지지 저한테 해당 사항은 아니잖아요? 아주 예뻐해 주시던데요. 밥은 먹었냐며, 타지에서 생활은 힘들지 않았냐면서 눈에서 꿀이 떨어지시더라고요."

그러니 할아버지와 이를 갈든 말든 나와는 상관없는 일이라며 강욱의 두 눈은 태연했다. 그 모습이 건방지다 못해 얄미웠다. 후, 거칠게 숨을 내쉰 현욱은 말머리를 돌렸다.

"그래서 하고 싶은 말이 뭐야. 어? 용건이 있으니까 연락도 없이 여길 기어들었을 거 아냐."

연락 한 통 없기에 아들의 반항이 여전히 진행 중인 줄 알았다. 그런데 강 비로서부터 강욱이 찾아왔다는 소식을 듣고는 이게 무슨 일인가 싶었다.

"아…… 용건. 용건이라, 그게 그러니까."

강욱은 여유롭게 집무실을 훑어 내렸다. 현욱의 취향대로 꾸며진 곳은 인테리어가 올드하고, 구식적인 면이 없지 않아 있었다. 취향 한번 여전하시네. 낮게 중얼거린 그가 흘리듯 통보했다.

"저 여기 취직하려고요."

"그래, 취…… 뭐야?"

"못 들으셨어요? 시온에 취직한다고요."

이놈이 방금 뭐라고 지껄인 게야? 현욱이 소곤거리자 '취직한다고 한 것 같은데요.' 강 비서가 대답했다. 그러자 두 남자의 눈이 동시에 커다래졌다.

손에 잡힐 듯 절대 잡히지 않는 아들놈이었다. 큰소리를 내며 자기가 원하는 곳에 취직하고 말 테니, 그 문제에 대해서는 일절 참견하지 말라고 엄포를 놨더랬다. 기어코 한 인테리어 회사에 취직을 했고, 대리의 자리까지 단숨에 올라갔다.

그런데 그게 끝이었다. 녀석은 갑자기 회사를 그만두더니, 외국으로 도주하다시피 자취를 감춰 버렸다. 그게 벌써 2년 전이다. 그랬던 놈이 이곳에 발자취를 남기겠다고 하니 당연히 놀랄 수밖에.

현욱은 다소 무거운 음성으로 상황을 명시했다.

"지금은 때가 아니야."

"그걸 왜 아버지가 판단하죠?"

"조금만 기다려라. 곧 최 전무와 자리를 만들도록 할 테니 그때까지……"

"우리 아버지, 또 착각하시네."

강욱이 말허리를 자르자 현욱의 미간 위로 굵은 선이 패었다. 강욱은 늘 그랬던 것처럼 장난스럽지만 단호한 얼굴로 이곳을 방문한 연유를 깊이 새겨 박았다.

"저는 여기 일하러 온다는 거지, 아버지가 만든 구상에 발맞출 생각으로 온 게 아니라고요."

"그럼 취직이니 뭐니 그딴 소리는 왜 입 밖으로 올리고……"

잠깐만. 불현듯 불길한 직감이 척추를 타고 흘러내렸다. 현욱이 불안한 눈빛을 숨기지 못하자 강욱이 빙그레 웃으며 대답했다.

"설우 형."

"……"

"대표 자리에 앉게 되면서 부서 하나 만들었다던데."

"너, 이놈의 자식. 설마……"

"설마가 사람 잡는다는 말을 모르실 리는 없을 테고. 저랑 함께한 세월이 몇 년인데, 이 정도면 덤덤하실 때도 되셨잖아요?"

"이놈이 진짜!"

현욱이 등지고 있던 쿠션을 거세게 내던졌다. 강욱은 한 마리의 우아한 나비처럼 아주 사뿐히 피해 갔다.

"그러니까 낙하산이니 뭐니 그런 소리 듣게 하지 마세요. 그리고 최 전무님이라고 하셨나요?"

안 봐도 뻔하다. 아버지가 어떤 수로 저를 이곳에 묶어 둘지. 고작 새장에 갇히고자 다시 한국 땅을 밟았다고 여기면 큰 오산이다.

"그런 골 아픈 자리에는 더더욱 부를 생각 마시고요. 면역력이 없어서 자칫 피부병이라도 일어나면 큰일이니까."

집무실을 빠져나가는 강욱의 발걸음이 가벼웠다. 그 모습을 망연히 바라보던 강 비서가 분노를 감추지 못하는 현욱을 발견하곤 재빨리 찬물을 들이밀었다.

"부사장님, 일단 이것 좀 드시고 화를 가라앉히시는 게……."

"하나밖에 없는 자식 놈이 저리 골에 빠져서야……. 아휴, 내 팔자야."

현욱이 뒷목을 잡으며 고개를 젖혔다. 그의 탄식은 그리 오래가지 않았다. 번뜩 스친 깨달음에 절망으로 뒤덮인 눈매가 날카롭게 번득였다.

"아니지, 오히려 녀석을 잘 구슬리기만 한다면."

승산이 될 수 있을지는 그 누구도 장담할 수 없지 않나?

*

하늘 한번 더럽게 파라네. 입에 물고 있던 담배를 꺼내며 강욱은 인상을 찡그렸다. 가을이 찾아왔다더니, 여름 날씨와 별반 다를 게 없다. 눈가가 시큰할 만큼 햇볕이 강렬했다. 그렇다고 굳이 피하고 싶진 않았다.

이것이 그리워서 한국 땅을 밟은 게 아니었던가. 아닌가, 이 땅에서나 저 땅에서나 똑같은 풍경, 이렇게라도 의미를 부여해서 돌아오고 싶은 거였나. 뭐니 해도 조국 땅만큼 아름다운 게 없다면서.

"……병신같이."

강욱의 입가에 쓴웃음이 번졌다. 그는 마저 피우던 담배를 태우며 회사 건물에 적힌 문구를 바라봤다.

'시온.'

이곳에 발을 디딜 거라고는 전혀 생각지 못했었다. 매일같이 현욱과 치고받던 기억이 생생하기만 하다. 끝내 아버지의 황소 같은 고집을 꺾고 둥지를 틀었지만, 그 둥지가 그를 나락으로 내몰게 될 줄은 아무도 몰랐다. 강욱은 그 일로 모든 것에 신물이 났다.

하지만 이제는……. 글쎄, 잘 모르겠다. 가장 사랑하는 일로 상처를 받아서, 그래서 디자인을 하는 게 두려웠던 건지, 아님 그 고통을 버티지 못하고 자꾸만 나약해져 가는 스스로를 인정하기 싫었던 건지. 그것도 아니면.

'강욱 선배.'

자신을 불러 주던 그 나긋한 목소리가 그립기라도 했던 걸까. 어찌 됐든 중요한 건 그는 돌아왔다는 것이다. 습관이 무섭다고, 시간이 흐르면서 결국 낯선 땅에서도 그는 디자인을 구성했다. 그리고 끝내 스스로와 합의를 봤다. 무의미한 시간을 보낼 바엔 다시 한국으로 돌아가자고. 문제는 선뜻 용기가 나지 않았다. 그러던 중 가장 존경하는 상대에게서 뜻밖의 소식을 듣게 되었다.

지이이이잉— 걸려 온 전화에 강욱의 눈매가 반달처럼 휘어졌다. 양반 되기는 틀렸네, 그가 히죽거리며 통화 버튼을 눌렀다.

"오랜만이야, 설우 형."

✻

"그래. 그럼 거기서 보도록 하자."

통화를 마친 설우를 바라보는 윤 비서의 눈빛이 언짢았다. 설우가 한쪽 눈썹을 치켜올리며 물었다.

"왜 그런 눈으로 바라보시는 거죠."

"신경 쓰지 마세요. 대표님 보는 거 아닙니다."

그럼 누굴 본다는 거지? 엘리베이터 내부를 훑어보던 설우는 문득 윤 비서의 시선이 제 손에 들린 휴대폰에 꽂혀 있다는 걸 깨달았다.

"강욱이 때문에 그러세요? 설마 녀석을 견제하시는 겁니까?"

"외국이 좋다고 떠났으면 거기서 살림이나 차릴 것이지, 돌아와도 꼭 이런 애매한 시기에 돌아오니까 그렇죠."

그래서 심통이 나신 거군. 윤 비서는 전적으로 부사장네 식구들을 달갑지 않아 했다. 야망 덩어리들이라며 가까이해서는 하나도 좋을 게 없다고 핀잔을 놓기 다수였다.

"아, 그것뿐이냐고요. 어제 어디를 싸돌아다녔길래 잘 걸리지도 않는 감기에 걸려서는……."

"제가 강욱이를 이곳으로 불렀다면요."

비죽이던 윤 비서의 입술이 단숨에 다물어졌다. 믿을 수 없다는 눈빛이 설우를 향했다.

"방금 뭐라고 하셨습니까? 부디 이 노인네 귓구멍이 노쇠해져 헛것을 들었다고 바라 봅니다만?"

설우가 주머니에 양손을 꽂아 넣으며 시선을 바로 했다.

"쓸 만한 녀석이니까 불렀습니다. 그리고 지금이 가장 적절한 때라는 판단이 섰고요."

"……하."

윤 비서는 기가 차다 못해 정신이 아득했다. 어제 연락이 되지 않은 문제로 골머리를 썩인 게 불과 몇 시간 전이다. 근데 그새를 못 참고 또 사고를 쳐?!

"이 인간이 진짜!"

설우의 멱살을 낚아채는 찰나였다. 띵— 8층에서 엘리베이터가 멈춰 서며 문이 활짝 열렸다. 그곳에는 두 남자를 당황스럽게 바라보는 주희가 서 있었다. 그녀는 금세 자세를 바로 하며 시선을 곧게 뻗었다.

"안녕하십니까."

차분한 인사에 윤 비서가 허공에 떠 있던 양손을 냉큼 내렸다. 언제 그랬냐는 듯 그의 눈빛이 사무적으로 돌변했다.

"타죠."

"네."

주희가 엘리베이터에 올라타자 설우의 시선이 자연스레 그녀에게로 쏠렸다. 세 사람 사이에 무거운 침묵만이 맴돌 무렵이었다.

"저 실례되는 말씀이지만 복길이는 잘 들어갔나요?"

사뭇 조심스러운 음색에 윤 비서가 주희를 바라봤다.

"복길이요? 복길이가 누구……."

윤 비서의 얼굴이 단박에 굳어졌다. 그는 문을 통해 반사된 설우를 바라봤다. 눈이 마주치자 그가 획, 왼편으로 눈을 돌린다. 평소라면 눈 하나 깜빡이지 않을 인간이……. 그제야 윤 비서는 이 두 사람 사이에 뭔가가 있다는 걸 눈치챘다.

"갑자기 복길이, 그 녀석 안부가 왜 궁금한 걸까요. 녀석이야 집에 잘 있습니다만."

"아, 다행이다. 잘 찾아서 들어갔구나."

주희가 가슴을 쓸어내리며 안도하자 의구심은 배로 늘어났다.

"잘 찾아서 들어가요? 실례지만 그게 무슨 말인지 물어봐도 괜찮을까요?"

"실은 어젯밤에 복길이가 저희 동네를 돌아다니고 있더라고요. 비를 흠뻑 맞은 게 안쓰러워서 일단 제 집으로 데려갔는데."

"집으로 데려가, 요?"

윤 비서가 되물으며 설우를 바라봤다. 그는 여전히 왼쪽 벽에서 시선을 떼지 못했다. 오호, 그래서 휴대폰이 하루 종일 먹통이었구만.

"혹시 기분 나쁘셨다면 죄송합니다. 윤 비서님의 연락처를 제가 알아낼 방법이 없어서요."

"아니, 아니. 내가 기분 나쁠 게 뭐가 있을까."

고맙다 못해 황송하기 그지없지.

"근데 우리 복길이가 순순히 따라가던가요?"

"네. 애가 되게 순하던데요. 고양이는 자기 주인한테도 무심하고 까칠할 때가 있거든요. 근데 복길이는 안기는 것도 잘 안기고."

잘 안겨? 윤 비서의 눈썹이 꿈틀거렸다.

"제 팔에 몇 번이나 머리를 비비는 게 애교가 많은 것 같았어요. 아, 그리고 샤워를 굉장히 싫어하더라고요. 부리나케 품 안에서 빠져나가는 거 있죠?"

허허허. 윤 비서는 음흉한 미소를 감추며 설우를 바라봤다. 이젠 그의 고개가 아예 왼쪽으로 틀어져 있었다. 가만, 양 볼은 또 왜 저리 빨갛고. 열 감기로 인한 증상이라기엔 귓불이 붉게 달아오른 게 볼만했다.

참나, 열 길 물속은 알아도 한 길 사람 속은 모른다더니. 여자를 대하는 데 있어 서투른 남자였다. 그런 그가 서슴없이 주희의 집에 들어섰다는 것부터가 장족의 발전이었다.

"서주희 씨."

"네."

"부탁 하나만 해도 될는지요."

"부탁이요? 어떤 부탁을 말씀하시는 건지."

주희가 의아한 얼굴로 묻자 윤 비서가 천연덕스럽게 말을 이어 갔다.

"가끔 해외로 출장을 가는 경우가 있습니다. 그럴 때마다 복길이를 혼자 둬야 한다는 게 영 마음이 쓰이더군요. 그렇다고 어디 누구한테 맡기자니 신뢰가 가지 않고. 그런데 주희 씨 이야기를 듣고 나니, 한 가지 제안을 하고 싶어지네요."

"윤 비서님."

등 뒤로 설우의 경고 어린 음성이 들렸다.

"출장이 있을 때마다 우리 복길이 좀 부탁하고 싶은데, 괜찮을까요? 사례는 내가 두둑이 하도록 하죠."

"윤 비서님."

114

설우가 그를 제지하려고 나섰다. 그러나 윤 비서는 단호했다. 방해하지 말라는 그의 눈빛이 살벌하기 그지없다. 그가 무슨 생각으로 이런 발언을 던진 것인지 이해 못 하는 건 아니다.

하지만 또다시 주희의 집에 가자니……. 양심이 찔렸다. 그녀를 보자마자 하필 특정한 장면이 설우의 머릿속을 강타했다.

'이것만 벗고 바로 샤워하자.'

왜 하필 하고많은 장면 중에 그 장면인 건지. 아주 잠깐이었지만, 하얗고 뽀얀 그녀의 살결이 생생히 떠오르자 설우는 환장할 노릇이었다.

"저야 언제든지 환영이에요."

두 남자의 고개가 동시에 주희에게로 향했다. 윤 비서는 환호했고, 설우는 퍽 당황스러웠다.

"대신 사례는 받지 않겠습니다. 복길이 같은 친구라면 돌보는 데, 딱히 어려움이 없어서요."

윤 비서는 당장이라도 날아갈 것 같았다. 아, 윤재원 인생에 드디어 꽃이 피는구나. 드디어 저 인간 늪에서 벗어날 수 있는 날이 온 게야.

"들으셨죠, 대표님."

윤 비서가 대놓고 설우를 향해 히죽거렸다.

"서주희 씨가 우리 복길이를 돌봐 준답니다. 이 은혜를 어찌 갚아야 할지."

설우의 안면 근육이 딱딱하게 굳었다. 반박하고 싶어도 마땅한 대처가 떠오르지 않았다. 그의 신경 세포는 오로지 주희에게 꽂혀 있었다. 그때 띵, 소리가 울리며 엘리베이터 문이 열렸다. 어느새 1층에 당도한 것이다.

"그럼 먼저 가 보겠습니다."

자리를 박차는 주희의 뒷모습에서 설우는 눈을 떼지 못했다. 한 마디도 나누지 못한 게 아쉬웠다. 그렇게 멀어지나 싶었지만, 주희가 걸음을 멈추며 뒤를 돌아보았다. 차갑기만 하던 그녀의 눈동자에 잠시나마 따스함이 피어올랐다. 그것은 번민이었고, 측은함이었다. 어제 잘 들어갔는지에 대한 걱정.

그러나 눈이 마주치자 급히 시선을 피해 버린다. 설우는 개의치 않고, 입술을 움직였다. 소리 없는 메시지가 주희의 눈으로 전달됐다.

'연락하겠습니다.'

주희는 저도 모르게 고개를 끄덕이며 황급히 자리를 떴다. 로비를 지나 빌딩을 빠져나오고서야 안도의 한숨을 터트렸다. 연락도 없이 사라진 설우를 회사에서 마주하게 되자 여러 가지 감정이 뒤얽혔다. 그의 두 볼이 붉게 상기된 걸 알게 됐을 땐 조바심이 앞섰다.

"감기 걸린 거 같던데,"

어제 비에 홀딱 젖어서 나타났으니 당연히 그럴 만도. 약이라도 사다 줘야 하나? 마음이 싱숭생숭했다. 거기다 복길이와의 연까지 닿게 되니 기쁘면서도 알 수 없는 그리움이 가슴을 흔들어 놓았다.

주희는 걷던 것을 멈추고 하늘을 바라보았다.

"브릿지는 잘 살고 있으려나."

딱 한 번. 이사를 하고 나서 전에 살던 동네에 발을 디딘 적이 있었다. 브릿지를 홀로 두고 온 게 내내 마음에 걸려 충동적으로 찾아갔다.

그날은 유독 하늘에서 비가 수북이 쏟아져 내렸다. 기적처럼 골목 모퉁이에 서 있는 브릿지를 발견한 주희는 한참 동안 녀석을 품 안에 안고 펑펑 울었다. 미안하다고. 너만 혼자 두고 가 버려서. 그럴 수밖에 없는 이기적인 나를 용서해 달라고.

그것이 마지막 만남이자 작별 인사였다. 그 후로 다시는 그 동네에 가지 않았다. 그래서 더 이유 없이 복길이에게 정이 갔다. 꼭 브릿지를 보는 것 같았고, 이렇게라도 녀석에게 잘해 주면 죄스러운 마음이 잠시나마 사라지지는 않을까, 싶어서.

"서주희, 이런 거 보면 끝까지 이기적이구나."

씁쓸함에 마음이 베이려던 찰나, 진동이 울렸다. 수신자를 확인한 주희가 다급히 통화 버튼을 눌렀다.

"네, 이 대리님."

— 주희 씨, 다른 게 아니라 시안 빠트리고 간 것 같아서. 혹시 복사본

따로 준비해 뒀어?

주희는 급히 봉투 속에 담긴 내용물을 확인했다. 가장 중요한 시안이 보이지 않았다. 오후에 있던 회의가 끝나는 즉시 나오느라 미처 살피지 못한 모양이다.

"확인한다면서 깜빡했나 봐요. 죄송해요, 지금 당장 올라가겠습니다."

오늘은 직접 현장에 내려가는 날이었다. 회의를 끝내자마자 강 팀장은 인턴들 중 한 명이 내려갔으면 좋겠다며 직접적으로 주희를 지목했다.

'주희 씨가 내려가 보는 건 어때?'

'제가요?'

'백날 이론만 보고 흔히들 말하는 감각으로 설계 짜 봐야 무용지물이란 거, 주희 씨도 잘 알 거 아니야. 이참에 큰 경험한다 생각하고 정리해서 보고서 올려 봐.'

강 팀장은 리더십 있고 꼰대 같은 구석을 전혀 찾을 수 없는 사람이었다. 다만 주희가 시온에 입사하기 직전, 퇴사했다 돌아온 것 때문에 그를 완벽히 신뢰하지 못하는 부원도 있었다. 소연의 귀띔으로는 그중 한 명이 고 대리라고 했다.

"방금 대표님이랑 대화 나누던 남자 누구야? 잘생겼던데. 얼굴 크기 봤어? 완전 조막만 해. 근데 왠지 낯이 익는다 말이야."

"그래? 누군데?"

막 정문에 들어서던 참이었다. 두 여자의 대화가 귓가에 콕 박혀 왔다. 정확히는 설우가 언급된 때문이었다. 하지만 여자들의 관심사는 그가 아닌 다른 남자에게 꽂혀 있는 듯했다. 그게 누구일지는 주희에게 중요하지 않았다. 서둘러 엘리베이터를 타려는데, 그들 중 한 명이 다소 큰 목소리로 호들갑을 떨어 댔다.

"기억났다, 기억났어! 아, 왜 그…… 몇 년 전에 배우 한채영이랑 열애설에 휩싸이면서 화제 된 남자!"

……뭐? 주희의 두 다리가 우뚝 멈춰 섰다. 그녀는 제 두 귀를 몇 번이나 의심했다. 남자의 익숙한 행적, 그 남자를 보았다는 증언. 그 두 가지만

으로 별안간 심장이 거세게 뛰기 시작했다.

"형은 여전히 그대로네."

잊고 싶어도 도저히 잊을 수 없던 음성이 귓가를 파고들었다. 주희는 천천히 시선을 틀었다. 두 남자가 로비 중앙에서 대화를 나누고 있었다. 한 명은 설우였고, 또 한 명은……

'서주희, 그런 식으로 자세 잡으면 손 베일 수 있다고 몇 번이나 말했던 것 같은데. 못 들은 거야, 아님 못 들은 척하는 거야.'

제 손 위로 포개져 오던 단단한 손이 여전히 선명하기만 하다. 주희는 설우를 향해 장난스럽게 웃고 있는 남자를 멍하니 바라봤다.

가끔씩, 아주 가끔씩은 궁금했던 적도 있었다. 선배는 그날 이후로, 어떻게 살아가고 있을까. 나도, 당신도 모두 다 엉망진창이 되어 버린 그 날을 기점으로 선배도 나처럼 무너져 내렸을까, 아님 늘 그랬던 것처럼 물 흘러가듯 평온한 얼굴로 하루하루를 지내고 있으려나.

툭. 손에 들린 종이봉투가 바닥으로 곤두박질쳤다. 그 안에 담긴 내용물이 일렁거리는 마음처럼 잔뜩 흐트러졌다. 미세한 소리였으나 그걸 느낀 설우가 망연히 서 있는 한 여자를 바라보며 속삭였다.

"서주희 씨?"

그 속삭임에 강욱의 시선도 덩달아 틀어졌다. 두 남자와 한 여자의 시선이 동시에 맞물렸다. 그 속에서 무너지는 사람은 오직 주희, 한 명뿐이었다.

❋

당장이라도 쓰러질 것처럼 주희의 걸음걸이가 위태로웠다.

……말도 안 돼.

이건 진짜 말도 안 되는 거잖아. 어떻게 그 남자가 시온에 나타날 수 있는 건데. 어떻게 그곳을 벗어났는지 모르겠다. 강욱과 눈이 마주친 순간, 바닥에 흐트러진 종이 뭉치를 허겁지겁 주우며 도주하듯 엘리베이터 안으로 들어섰다. 그 후부터는 암전이었다. 아무것도 기억이 나질 않는다.

'서주희.'

차가운 듯하면서 다정했던 부름.

'주희야.'

그래서 서글펐던 음색.

'내가 너 아끼는 거 알지. 제발 부탁이니까…… 너만은 변하지 말아 줘. 너만은 내 곁에 있어 줘라.'

그랬기에 사랑할 수밖에 없었던 한 사람. 주희는 두 눈을 질끈 감았다. 바보 같았다. 윤주의 말처럼 당당하지 못한 자신이 우습고 한심하다 못해 화가 났다. 그러나 그 분노도 한 사람이 떠오르는 것으로 인해 순식간에 가라앉고 말았다.

……왜. 어째서 대표님이 그 남자랑 이야기를 나누고 있었던 거지?

✳

일정이 길어진 끝에 해가 넘어갈 무렵이 되어서야 설우는 집무실로 돌아올 수 있었다.

"오래 기다리게 해서 미안하다."

그는 자신이 오기만을 기다렸을 강욱을 향해 나긋하게 말했다.

"아니야. 바쁜 사람을 보자고 했으면 이 정도는 당연히 감수해야지. 근데 형. 어디 아파? 안색이 안 좋네."

설우의 눈 밑과 볼 언저리가 붉게 상기돼 있었다. 가끔씩 흘러나오는 숨은 탁하고, 뜨거웠다. 별거 아니라는 듯 설우가 고개를 저으며 미소 지었다.

"가벼운 몸살 같은데, 신경 쓸 정도는 아니야."

"웬일이래. 형이 그런 것도 걸리고. 이게 다 할아버지 때문이야. 안 그래도 워커홀릭을 더 몰아붙였으니 몸이 남아날 리가 있나."

현욱과 대면했을 때와는 달리 강욱의 말투가 유순했다. 그는 진심으로 걱정된다는 눈빛으로 설우의 안색을 살펴 내렸다. 그에게 설우는 특별했다. 언제나 동경의 대상. 어느 한곳에 깊게 정착하지 못하는 자신과 다르게 설우는 곧은 대나무처럼 쉽게 흐트러지지 않았다. 그러면서 다정했고, 또 그러면서 한없이 침착하고 냉정했다.

설우가 자신의 친형이었으면 좋겠다고 강욱은 어렸을 때부터 버릇처럼 말하곤 했다. 나를 미워하는 아버지를 대신해 형이 내 든든한 버팀목이 되어 줬음 좋겠다고. 그럴 때마다 설우는 강욱의 머리칼을 부드럽게 쓰다듬으며 말했다.

'강욱아, 형은 항상 네 편이야.'

오늘 이 자리에 있기까지도 설우의 도움이 컸다. 프랑스에서 유명한 관광지인 노트르담 대성당을 구경하던 날, 그로부터 연락이 걸려 왔다.

'2년 정도면 꽤나 긴 방황을 했다고 보는데.'

강욱은 한국을 뜰 수밖에 없었던 이유를 그 누구에게 말하지 않았다. 그런데도 설우는 모든 걸 꿰뚫고 있다는 듯 단도직입적으로 굴었다.

'형이랑 같이 일하자, 강욱아.'

그것도 모자라, 한국으로 가고 싶지만 선뜻 용기 내지 못하는 자신의 초라함을 포용해 주었다.

'이건 형으로서 부탁하는 게 아니라 대표로서 제안하는 거야. 유능한 인재를 스카우트하는 것도 내 업무 중 하나니까.'

오늘 시온에 방문한 것도 다 그런 연유에서였다. 하지만 한 여자를 발견한 이후부터는 신경이 뒤틀렸다. 설우를 기다리는 내내 온통 그 여자 생각뿐이었다.

"시간이 늦었으니까 본론부터 말할게."

"형, 그 전에 나, 물어볼 게 하나 있는데."

침묵 끝에 강욱이 물었다.

"서주희랑은 어떻게 아는 사이야?"

설우는 대답 대신 강욱을 직시했다. 온화하던 녀석의 얼굴이 차갑게 가라앉아 있었다. 그때 똑똑똑, 노크 소리가 들리며 윤 비서가 들어왔다. 그는 한껏 우린 차를 내려놓으며 두 남자를 번갈아 바라봤다.

설우가 높낮이 없는 목소리로 말했다.

"질문을 좀 개선해야 할 필요가 있을 것 같은데. 용건을 묻기 전에, 왜 그걸 물어보는지에 대한 정당한 사유가 있어야지."

그러니 너부터 먼저 서주희와의 관계를 말하란 소리였다. 적어도 윤 비서의 귀에는 그렇게 들렸다.

"설마 사귄다거나 그런 사이는 아니지?"

윤 비서는 알 수 없는 긴장감에 휘둘렸다. 그도 엄밀히 따지면 상사를 모시는 비서였다. 그러므로 설우가 어떤 부류의 인간들을 질색하는지 가장 잘 알고 있었다. 원하는 것을 얻기 위해 질문만 일삼는 부류들. 바로, 김현욱 부사장과 같은.

현재 강욱의 모습이었다. 역시 그 아버지의 아들 아니랄까 봐, 쯧쯧.

"……여자 친구, 뭐 그런 걸 말하는 건가?"

윤 비서가 흠칫하며 설우를 바라봤다. 당연히 언짢음을 표할 거라고 예상했던 그가 퍽 진지했다.

"나와 서주희 씨와의 사이는……"

고심 끝에 설우가 대답을 내놓았다.

"친구."

"뭐?"

"술 한잔 살 수 있는, 그런 사이라고 해야 할까나. 이 정도면 충분한 대답이 됐을 거라고 생각하는데."

설우는 더 이상 입을 놀리지 않았다. 제 신상에 얽힌 비밀을 지켜야 하는 것도 있지만, 주희와 단둘이 있었던 일을 누군가에게 말하고 싶지 않았다.

"이제 네 차례야. 로비에서 보니까 아는 사이인 것 같던데. 안면이 있나 보지?"

설우의 까만 눈동자가 집요했다. 안 그래도 줄곧 신경이 쓰이던 중이었다. 흐트러진 모습으로 용지를 줍던 주희가 내내 마음에 걸렸다. 꼭 당장이라도 울 것 같은 얼굴이었다. 심지어 그녀를 발견한 강욱의 안색도 뻣뻣하게 굳질 않았나.

"굳이 형이 알 필요 없어. 영양가 있는 사이도 아니었고. 그냥 신경이 좀 쓰여서."

아무 사이도 아니라면서 신경이 쓰인다는 건 무슨 의미일까.

"내가 형한테 꼭 해 주고 싶은 말이 있다면."

짙게 깔린 어둠이 드리우듯 강욱의 시선이 차갑게 일그러졌다.

"되도록 그 여자랑은 가까이 지내지 마."

❋

주희의 발걸음이 무거웠다. 오후에 강욱을 마주쳤던 충격 때문에 가까스로 정신을 차린 후에야 현장으로 내려갈 수 있었다. 가는 길 내내 끊임없이 스스로에게 되새겼다. 이미 지나간 일이야, 그 사람은 더 이상 내게 어떤 상처 따위도 줄 수 없는 존재라고. 그러니까 똑바로 봐, 서주희. 지금 나한테 가장 중요한 게 뭔지 제대로 보라고.

이번 주 내로 보고서를 올리라는 강 팀장의 배려에도 불구하고 주희는 잡생각을 지우기 위해 늦게까지 자리를 지켰다. 그로 인해 평소보다 지친 어깨를 이끌고, 로비를 나서는 참이었다. 크나큰 그림자가 눈앞에 드리웠다.

도무지 잊을 수 없는 익숙한 향기. 주희는 숨죽인 채 시선을 들어 올렸다. 한 남자와 눈이 마주쳤고 건조한 눈빛만큼이나 고요하게 남자가 운을 뗐다.

"오랜만이지, 우리."

❋

"아, 찝찝해 미쳐 버리겠네!"

윤 비서는 불안한 기색을 숨기지 못했다. 강욱이 집무실을 나간 순간부터 초조하게 발을 동동 굴렸다.

"뭘 그렇게까지 유난이십니까."

"대표님이야말로 왜 이렇게 평온합니까? 두 사람이 아는 사이란 것도 모자라서 그 자식이 가까이하지 말라잖아요."

윤 비서가 침까지 튀겨 가며 상황에 대한 심각성을 강조했다.

"그것 때문에 여태까지 안절부절못하셨던 겁니까?"

"여태까지라뇨. 거, 사람이 참. 차분한 게 장점인 것 같으면서도 융통성이 없는 것 같기도 하고."

이해할 수 없다는 어투에 설우는 주머니에 양손을 꽂아 넣으며 덤덤하게 받아쳤다.

"확실한 답이 내려지지 않아서 고민하시는 거면 그만두세요. 어차피 지금 상황에서 이것저것 따져 봤자 윤 비서님이 원하는 상황대로 흘러가기엔 무리입니다."

"무리라뇨?"

"강욱이가 달갑지 않은 입장에서 그 녀석이 모호한 말까지 흘리고 가니, 언짢으실 테죠. 그게 서주희 씨란 게 속이 타는 걸 테고. 만에 하나, 흠집이 있는 사람이라면 그 피해 또한 고스란히 제게로 넘어올 테니까, 그래서 조바심 나는 거 아닙니까?"

정곡을 찌른 듯, 윤 비서의 주름진 눈가가 작게 경련했다.

"그게 걱정이라면 오늘은 이만 접어 두세요. 아직 어떤 일도 눈앞에 일어나지 않았습니다."

윤 비서는 조용히 입을 다물었다. 대책 없는 인간인 줄 알았더니. 티만 내지 않았을 뿐, 설우의 머릿속은 주희를 비롯해 강욱으로 꽉 차 있었다.

가까이하지 말아라. 강욱은 결코 없는 말을 지어내는 녀석이 아니었다. 오히려 그렇게 말한 의도가 궁금했다. 어려서부터 천진난만하고, 사람을 좋아하던 녀석이었다. 누구에게나 쉽게 정을 붙이지만 그래서 더 쉽게 상처받는 아이. 그랬던 강욱이 그렇게나 싸늘한 눈으로 말한 걸 보면 뭔가 있는 것 같긴 한데.

"그나저나 몸은 좀 어때요."

윤 비서는 손을 뻗어 설우의 이마를 매만졌다. 혈관을 파고드는 뜨거운 열기에 그가 소스라치며 소리를 내질렀다.

"아이씨! 불덩이."

불덩이? 그 정도인가. 설우는 거울을 바라봤다. 초점을 잃은 까만 동공이 유난히 멍하다.

"이렇게 될 때까지 도대체 뭐 했습니까? 내일은 집에서 푹 쉬도록 하세요."

"괜찮습니다. 아직 처리할 계약 건도 남았고, 이제 곧 강욱이도 입사할 텐데."

"그러다 쓰러지면 누구 좋으라고요? 안 그래도 요새 무릎이 시려 죽겠는데, 늙은이 병 수발시킬 생각 아니시면 입 다물고 가만히 계세요."

윤 비서가 한숨을 내쉬며 엘리베이터를 빠져나갔다. 설우는 체념하며 그 뒤를 따랐다. 그러나 얼마 걷지 못한 채 멈춰 서야 했다. 윤 비서가 우두커니 서서 중얼거렸다.

"저거 서주희 씨 맞죠? 그리고 저 덩치 큰 놈은⋯⋯."

강욱이었다. 두 사람이 로비를 빠져나가고 있었다. 설우의 눈가가 실처럼 가늘어졌다. 어렴풋이나마 느낄 수 있었다.

강욱을 바라보던 주희의 눈동자에 스친 두려움을.

7. 욕심

차는 인적이 드문 곳을 찾아 헤맸다. 마침내 적당한 장소가 눈에 들어오자 강욱이 브레이크를 밟으며 차를 멈춰 세웠다. 강욱은 가만히 주희의 옆태를 응시했다. 처음엔 꿈인 줄 알았다. 아무리 세상이 좁고, 그 속에서 의도치 않은 만남이 이루어진다고 해도 이런 식의 조우는 절대 원치 않았다.

다른 사람도 아닌 너라니. 하필 서주희 너라니. 만남의 장소가 시온인 것도 모자라 설우가 그녀를 알은체했을 때는 온몸에 피가 식어 버리는 듯했다. 화가 치밀다가도 불현듯 명치 한쪽이 아려 한동안 깊은 회의감이 몰려왔다.

"다시는 나, 볼 일 없을 거라면서요."

주희가 침묵을 꿰뚫으며 말했다. 차갑고 쌀쌀맞은 어투였다. 그 냉랭함이 익숙지 않던 강욱은 눈 밑에 힘이 들어가는 것을 겨우 참아 냈다. 원래 이런 녀석이었던 건가. 그가 기억하는 주희는 밝고, 어여쁜 후배였다. 그러나 지금 그녀의 얼굴에서 생기라고는 전혀 찾아볼 수 없었다.

아닌가, 애초부터 넌 이런 여자였던가. 그랬는데 내가 미련하게 그 모습을 발견하지 못한 건지, 아님 네가 철저히 숨겼던 건지. 거기까지 생각이 닿자 강욱의 입가에 싸늘한 조소가 걸렸다.

"너야말로 원하던 거 아니었어? 누구보다 날 꺼려하는 사람이 너 말고, 또 누가 있을까 싶은데."

2년 전, 두 사람의 사이는 그렇게 변해 버렸다. 예쁘고 특별하게 여기던 후배가 아니라, 믿고 의지하던 존경하는 선배가 아니라. 바라보고만 있어도 숨이 막힐 것 같은 사이로.

"아쉬웠을 거 아니야. 나한테 들키지만 않았어도 그딴 수모를 당하는 일은 없었을……."

"선배는 여전히 똑같네요."

강욱의 한쪽 눈썹이 미미하게나마 올라갔다. 그에 비해 주희는 어떤 감정도 느껴지지 않는 얼굴이었다.

"앞뒤 사정 물어보지 않고, 무작정 밀어붙이기만 하는 거. 조금은 변했을 줄 알았는데."

읊조리는 말투에 작은 한숨이 어렸다. 주희는 강욱이 외국으로 떠났다는 소식을 듣게 됐을 때, 차라리 잘됐다고 생각했다. 다시는 이 남자를 보고 싶지 않았다. 같은 땅 아래 발을 붙이고 있는 것만으로도 괴로웠다.

'미친놈이 아닌 이상 누가 이쪽 바닥에 다시 발을 디디겠어? 난 골치 아픈 거 딱 질색이야. 한마디로 서주희와 내가 마주칠 일도 더 이상 없다는 소리야.'

아직도 선연하기만 하다. 한국을 뜨기 전 퍼부어지던 강욱의 서릿발 같은 음성이. 그날은 윤주가 강욱과 한바탕하고 오겠다며 선전 포고를 한 날이었다. 또한 주희가 전에 다니던 회사를 퇴사한 날이기도 했다. 주희는 불안감에 윤주를 뒤따랐다.

'사람이 한결같은 것도 쉽지 않은데. 예나 지금이나 선배는 사람이 참 그래. 이렇게나 꼴도 보기 싫을 수가 없어.'

쏘아붙이는 윤주의 음성이 싸늘했다. 그만큼 그녀는 강욱을 경계했다.

물론 처음부터 적대적이었던 건 아니었다. 다만 누구에게나 친절한 그를 볼 때마다 늘 꼬투리를 잡았다.

'저 선배는 너무 가벼워. 그게 좋다고 꺅꺅대는 여자애들은 더 가관이고. 능구렁이처럼 뚝뚝 흘려 대는 게 뭐, 좋다고.'

그 또한 주희가 강욱을 짝사랑 중이란 걸 알고 던지는 충고 같은 것이었다. 너는 제발 저 사람한테 깊이 빠지지 말라는 무언의 경고. 주희는 알면서도 접지 못했다.

'네가 서주희라고?'

스무 살, 과제로 받은 작업을 끝내고 집으로 돌아가려던 무렵이었다. 봄과 여름. 그 중간의 햇살이 흘러 들어오는 복도에서 누군가가 불쑥 코앞에 들이닥쳤다. 주희는 깜짝 놀라며 시선을 들었다. 키가 큰 남자가 의아한 눈길로 자신을 내려다보고 있었다.

'신기하다. 듣기로는 무쇠 팔에 지칠 줄 모르는 용광로 같은 체력을 지녔다고 들었는데.'

'네?'

'근데 뭐야. 완전 여자잖아. 혹시 누구한테 밉보인 적 있어?'

이 선배가 뭐라는 거야. 주희는 남자의 정체를 단숨에 알아챘다. 과 내에서 워낙 입에 오르내리기로 유명한 사람이라 모를 수가 없었다. 뭐라고 했더라. 이름이 그러니까…… 가물가물한 기억을 더듬는데, 남자가 무표정한 얼굴로 툭 내뱉었다.

'예쁘네.'

주희는 잠시 제 두 귀를 의심했다. 끔뻑끔뻑, 헛것을 들었나 싶어 눈꺼풀만 움직였다. 그때 남자가 훅, 코앞까지 얼굴을 들이밀더니, 진지한 목소리로 속삭였다.

'기대치가 낮아서 그런가, 생각보다 더 예쁘잖아.'

주희는 막막했다. 남자의 등장도, 그가 던지는 말들도 모두 다 급작스러워 어떻게 반응해야 할지 퍽 난감했다.

'오티 때 진창 술 들이붓고, 객기 부린 적 있어?'

느닷없는 질문 공세에 주희의 고개가 좌우로 흔들렸다.

'그럼 조별 과제하면서 뒤로 뺀 적은?'

또 한 번 고개가 흔들렸다.

'마지막으로 하나 더.'

남자가 잠시 숨을 고르며 주희를 빤히 응시했다.

'남의 콘티 가지고 장난쳐 본 적, 한 번이라도 있어?'

'아니요! 전혀 없는데요.'

주희의 언성이 높아졌다. 남이 고생스럽게 만든 디자인을 가지고 장난을 친 적이 있냐니. 선배고 뭐고 한마디 쏘아붙이려는데 남자가 굽힌 허리를 펴며 턱을 쓰다듬은 채 말했다.

'그럼 예뻐서 질투한 게 맞네. 너, 조심해야겠다. 이런 식으로까지 소문이 부풀려진 거 보면 네가 꽤나 예쁜가 봐. 그거 말고는 답이 없잖아.'

또 한 번 예쁘다는 소리를 듣자, 주희는 문득 그런 생각이 들었다. 혹시 이 선배…… 또라인가? 작업을 막 끝낸 참이라 손과 얼굴이 목재 가루로 엉망진창이었다. 이런 모습을 보고 예쁘다고 하니, 딱 두 가지로밖에 판단이 서지 않았다.

나를 엿 먹이려거나, 아님 진짜 또라이던가. 그렇게 결론을 내린 주희는 주춤주춤, 강욱에게서 멀어졌다. 그 노력이 부질없게도 강욱은 벌어진 거리를 단숨에 좁히며 손을 뻗어 주희의 머리칼을 부스스, 흐트러뜨렸다. 그가 입꼬리를 부드럽게 말아 올리며 말했다.

'어쨌든 반갑다. 앞으로 우리 자주 보자.'

주희는 아무 말도 하지 못했다. 도주도 하지 못했다. 남자의 얼굴. 하얀 미소에서 도무지 시선을 뗄 수 없었다. 잠시 제 머리가 미친 건 아닐까, 의심이 들었다. 그렇지 않으면 남자의 미소를 보며 아름답다는 생각이, 두 볼이 붉게 상기될 수는 없는 거니까.

아마 그때부터였던 것 같다. 풋내기 같던 스무 살, 스스로조차 자각하지 못한 짝사랑이 시작된 것은. 그 후로 강욱은 틈만 나면 주희의 앞에 나타났다. 오늘은 어떤 걸 만들 것이냐, 넌 미래에 뭘 하고 싶으냐, 끊임없이 질문을 던지며 주희가 만들어 놓은 경계선을 스스럼없이 허물어트렸다.

그는 밥 먹듯이 후배들에게 장난을 걸다가도, 디자인을 논할 때만큼은 진지하다 못해 뜨거웠다. 주희는 그게 좋았다. 그래, 그게 좋았던 것 같다. 천진난만, 어린이 같던 그의 미소에 그녀가 꽃봉오리를 머금었다면, 그것을 피우게 한 것은 꿈을 향해 걸어 나가는 지칠 줄 모르는 그의 열정이었다.

하지만 그게 다 무슨 소용일까. 짝사랑이니 추억이니 그 어느 것 하나 비틀린 그들 사이를 되돌리지 못하는데.

"그게 무슨 말이야."

전보다 더 강욱의 말투가 싸늘했다. 정말 기억나지 않은 걸까. 나는 아직도 생생하기만 한데. 주희의 입가에 허탈한 미소가 배었다.

"알잖아요. 선배가 어떤 눈으로 날 바라보고 한국을 떠났는지."

더 이상 다정한 선배는 존재하지 않았다. 2년 전, 그는 싸늘하게 식은 눈으로 저를 훑으며 인연의 끝을 알렸다.

'네가 그럴 줄은 몰랐는데. 다시는 보지 않았으면 좋겠다.'

안 그래도 벼랑 끝으로 몰린 상황 속에서 그의 통보는 주희를 더 나락으로 떨어트렸다. 다른 사람은 몰라도, 강욱만큼은 자신을 믿어 줄 거라고 생각했다. 남들이 손가락질해도, 이미 꼬여 버릴 대로 꼬여 버린 엉망진창인 현실 속에서 그만은 내게 손 내밀어 줄 거라고.

함께한 시간, 함께한 추억. 그를 향한 짝사랑이 우리 사이의 신뢰를 보여 주는 증표라고 생각했다. 그러나 그 어떤 것도, 그 어느 것도 주희에게는 희망이 되지 못했다. 강욱은 미련 없이 회사를 퇴사한 후, 거짓말처럼 자취를 감춰 버렸으니까.

"그게 어떻게 무작정이 될 수 있지."

강욱은 이 상황을 이해할 수 없다는 얼굴이었다. 짧고 굵은 숨이 비틀린 입술 새로 튀어나왔다.

"원인이 있으니까 결과도 있는 법이야. 내가 무작정 밀어붙였다고? 그릴 수밖에 없었던 내 마음은 어땠을 것 같아? 단 한 번이라도 생각한 적은 있었어? 그렇게 아끼던 너를……!"

강욱은 입술을 꽉 짓씹었다.

"그런 너한테 그렇게까지 몰아붙일 수밖에 없었던 내 심정은 한 번이라도 헤아려 봤어?"

"……."

"나를 그렇게 만든 게 너였을 거라고, 네 잘못이었을 거라고 단 한 번이라도 생각해 본 적 있냐고."

그의 목소리가 괴로움에 억눌렸다. 믿었던 사람들에게 당한 배신. 그 악몽을 잊기 위해 타지 땅을 밟고, 또 밟았다. 하루는 미친놈처럼 바닥에 누워 밤하늘을 바라봤다. 그렇게라도 거머리처럼 달라붙는 지독한 늪에서 해방되고 싶었다.

다만 딱 한 사람. 서주희만큼은 떨쳐 낼 수가 없었다. 언제나 한결같은 목소리로.

'선배. 강욱 선배.'

읊조리던 그 사랑스럽기만 한 입술을 어떻게 잊어버릴 수 있겠는가. 그러나 현실은 잔혹했다. 아름다운 추억에 젖어 들 때마다 거머리 같은 음산한 음성이 뒤따라왔다.

'김 대리, 그거 들었어? 이번에 부장님이 추진하시는 프로젝트 실마리를 준 게 서주희라는 말이 있던데.'

기분 나쁜 직감. 그 직감으로 시작된 내가 알지 못했던 너의 모습들.

"지금 내 잘못이라고 했어요?"

주희는 허탈했다. 내 잘못이라고. 내 잘못……. 모래를 씹은 것처럼 입 안이 껄끄러웠다. 지난날의 수치스러운 모욕들이 눈앞을 스쳐 지나간다.

'그러게 왜 실실 웃어 줬어. 그게 다 우유부단한 주희 씨 성격 탓이야.'

아끼는 후배 대하듯 챙겨 줄 때는 언제고 그게 문제라며 손가락질하던 사람.

'열심히 하는 건 보기 좋은데, 때를 가렸어야지. 눈치코치가 없어?'

자신한테 피해가 올까, 말을 뒤바꾸던 사람.

'사람이 융통성이 없어. 단물 빠진 껌보다 못한 주제에 뭘 저렇게까지 악착같이 버티고 있는 거야? 진짜 서주희, 사람 질리게 만드는 데 최고다.'

그리고 쓰레기보다 못한 취급으로 깔보던 사람까지. 하지만 지난날의 과거보다 주희는 지금 이 순간이 더 치욕스러웠다. 백 명의 사람보다 가장 믿었다고 생각한 강욱에게서 '네 잘못'이라는 말을 듣자마자 숨이 턱 막혔다.

"용건이 뭐예요."

"말 돌리지 마."

"말 돌리는 거 아니에요. 용건이 있으니까 보자고 한 거 아니에요."

"서주희."

강욱이 으름장을 놓자 주희는 신경질적으로 그를 몰아붙이기 시작했다.

"나한테 뭘 바라는데요. 이제 와서 그날 있었던 일을 다시 헤집고 싶기라도 한 거야? 아니잖아. 선배가 그랬잖아. 다시는 디자인 따위 안 할 거라고. 그래 놓고 왜 그 일을 물고 늘어지는 건데. 아님 함 부장, 그 인간한테 도안을 훔쳐다 준 사람이 아직도 나라고 믿고 있는 거야?"

강욱의 눈가가 움찔거렸다. 주희는 헛숨을 터트렸다. 아니라고, 제발 내 말 좀 믿어 달라고 그렇게 매달렸는데.

"그래. 그게 나라고 쳐. 근데? 그래서? 내가 훔쳤다고 인정하면 뭐가 달라지는데. 나에 대한 분노가 사라지기라도 해? 아니잖아. 2년이 흐른 지금까지도 나를 원망하는 눈으로 보는 주제에 무슨 답을 원하는 건데. 아님 나를 다시 예전처럼 아껴 주기라도 할 거야? 그때 화내서 미안하다, 몰아붙여서 미안하다. 그럴 수밖에 없다, 구구절절 내뱉기라도 할 거냐고요."

숨도 쉬지 않고 쏟아지는 말에 강욱은 눈을 가늘게 떴다. 이런 식으로까지 날카로운 그녀의 모습은 본 적이 없었다.

"웃기지 마. 그렇게 나오면 내가 좋아할 줄 알았어요? 결국 선배도 그 사람들하고 똑같아."

주희는 차 손잡이를 붙잡았다. 더 이상 강욱과 대화를 나누고 싶지 않았다. 그 순간 강욱의 입에서 예상치 못한 이름이 불쑥 튀어나왔다.

"설우 형."

"……."

"형이랑은 무슨 사이야."

결국 용건이 그거였던 건가.

"그걸 내가 왜 말해야 하는 거죠."

당당하다 싶은 음성에 강욱의 미간이 일그러졌다. 이런 말을 꺼내면 안 된단 걸 알면서도 그녀의 약점을 건드렸다.

"형도 알아? 네가 어떤 여자인지. 알고 널 만나는 거냐고."

주희는 고개를 틀어 강욱을 바라봤다. 그의 눈동자가 의심과 혼란스러움 속에 어지럽게 흔들렸다.

"궁금하면 직접 물어보지 그래요. 선배, 마음대로 하라고."

탁! 차 문을 닫으며 주희는 무작정 앞으로 걸어 나갔다.

지긋지긋했다. 이제야 좀 평범한 일상에 돌아온 것 같은데, 갑자기 나타난 강욱의 행보도 그와 관련된 설우까지. 우뚝. 주희는 걷던 것을 멈추고 호흡을 가다듬었다. 강욱으로부터 설우가 모든 걸 듣게 됐을 때, 그는 어떤 반응을 보이려나. 강욱처럼 차갑게 돌아서려나? 아님 없는 사람 대하듯 취급하려나?

"알 게 뭐야."

차라리 잘된 일이었다. 만약 설우가 그런 식으로 나온다면 당신도 똑같은 사람이구나, 취급하고 말아 버리면 된다. 어차피 그와 나는 거래를 하지 않나. 그렇게 단순한 문제인데. 어째서 입 안 가득 고인 쓸쓸함은 사라지지 않는 건지.

지이이이잉— 갑자기 울리는 진동에 주희는 기계처럼 휴대폰을 꺼내 들었다. 윤주였다.

"응. 윤주야."

전화를 받기 무섭게 쏟아지는 음성에 주희의 두 눈이 커졌다.

"……뭐?"

＊

"경찰에 신고하기 전에 바른대로 안 불어요?!"

날카로운 음성이 골목길에 메아리처럼 울려 퍼졌다. 주희는 소리가 들린 곳으로 달려갔다. 윤주가 한 남자의 멱살을 죽일 듯이 뒤흔들고 있었다. 남자의 얼굴을 확인한 주희는 놀란 입을 다물지 못하며 다급히 외쳤다.

"대표님!"

"그래, 주희야! 이 남자가……! 뭐? 대, 표님? 그 너한테 친구 먹자고 했던……."

윤주가 설우의 멱살을 잡다 말고, 휘둥그레 눈을 떴다. 어디서 본 얼굴이라고 생각은 했으나, 이 남자가 시온의 대표일 줄이야.

"나는 처음 보는 남자가 네 집 앞에 계속 서 있길래 수상해서. 혹시나 예전에 함 부장, 그 새끼처럼……."

아뿔싸, 윤주는 급히 입술을 다물었다. 아니나 다를까, 주희의 표정이 눈에 띄게 굳어졌다. 내 정신 좀 봐. 윤주는 냅다 설우를 향해 고개를 푹 숙였다.

"정말 죄송합니다. 초면에 실례, 아니, 죽을죄를 지었습니다. 변상을 원하신다면……."

"괜찮습니다."

"네?"

설우는 언짢은 기색은커녕 차분한 얼굴이었다. 슬금슬금 주희의 곁으로 다가간 윤주는 설우를 붙잡느라 바닥에 던져둔 봉투를 슬그머니 내밀었다.

"이게 뭐야?"

주희의 물음에 윤주가 속닥거렸다.

"오전에 엄마가 주고 간 반찬인데, 너랑 나눠 먹으라고 해서."

"아⋯⋯."

그래서 집에 찾아온 거였나. 윤주는 그렇다 쳐도 설우는 무슨 일로 찾아온 걸까.

"윤주야, 미안한데 내가 연락할 테니까."

"안 그래도 일 때문에 들어가려던 참이었어. 이야기는 나중에 하자. 저, 다시 한번 사과드립니다."

윤주가 재차 고개를 숙이며 멀어져 갔다. 그러면서도 설우에게서 눈을 떼지 못했다. 저 남자가 주희한테 친구를 하자고 한, 그 남자란 말이지? 의심이 깃든 눈으로 한참을 바라보다가 이내 자취를 감췄다.

"괜찮으세요?"

주희가 서둘러 설우의 곁으로 다가왔다. 그의 옷이 엉망진창이었다.

"잠시 얼굴만 보고 간다는 게, 수상한 놈처럼 보였나 봅니다."

"죄송해요. 제가 대신 사과할게요. 저 친구가 원래 저러는 성격이 아닌데, 저 때문에⋯⋯."

"안색이 여전히 안 좋네요."

주희가 말을 잇다 말고 시선을 들었다. 설우가 노골적이다시피 주희의 얼굴을 응시했다.

"그것보다 여기까지는 어쩐 일이세요?"

갑작스러운 그의 등장이 당황스러웠다. 회사 내에서 따로 연락하겠다는 말은 받았으나 이런 식의 의미일 줄은 몰랐다. 아닌가, 뭔가 따로 할 말이 있는 건가. 설마 벌써 강욱한테 이야기를 전해 들은 걸까? 생각해 보니 로비에서 마주친 두 사람은 꽤나 친밀하게 서로를 대하지 않았나.

"혹시 로비에서 있었던 일로⋯⋯."

"서주희 씨."

단칼에 말이 잘리자 주희는 흠칫거리며 설우를 바라봤다. 그런데 그의 안색이 어딘가 석연치 않았다. 탁하고 흐릿한 눈동자가 위태롭게 흔들렸다. 설우는 느릿하게 움직이며 주희의 코앞까지 다가왔다.

"미안한데……."

그는 끝내 말을 잇지 못했다. 상체가 비틀리더니 그대로 주희의 어깨에 얼굴을 처박았다.

"지금 뭐 하는……."

갑작스러운 접촉에 주희는 말을 잇지 못했다. 불현듯 어깨에서 느껴지는 열기에 그녀는 눈을 가늘게 떴다. 설마. 황급히 설우의 목 뒤를 손바닥으로 감싸 안았다. 주희의 낯빛이 파리하게 질렸다. ……불덩이였다. 그것도 모자라.

"하아……."

귓가를 적시는 그의 숨결이 뜨겁다 못해 축축했다. 이제 보니 얼굴만이 아니라 목 전체가 붉게 물든 게 어지간한 열 감기라고 보기엔 그의 온몸이 지나치게 뜨거웠다.

"대표님."

"……."

"대표님."

주희가 몇 번이나 설우를 흔들었지만 그는 요지부동이었다. 하는 수 없이 휴대폰을 꺼내 들었다. 119, 119. 읊조리며 통화 버튼을 누르려는데, 이마만큼이나 뜨거운 손이 그녀의 손목을 붙잡았다.

"……병원은 안 됩니다."

"무슨 소리예요. 지금 몸이 불덩인데."

"……그래도 병원은 절대 안 됩니다."

"왜요. 왜 안 되는……."

불현듯 잊고 있던 사실이 주희의 머릿속을 스쳐 지나갔다.

사람의 것이 아니었던 눈동자. 영롱함과 신비로움이 뒤섞여 그녀를 혼란에 빠트렸던 눈동자.

"설마 뭐, 병원에 가면 안 되는 그런 몸이에요?"

설우는 대답하지 않았다. 그저 주희의 가녀린 어깨에 얼굴을 기댄 채 뜨거운 숨을 몰아쉴 뿐. ……미치겠네, 진짜. 함께 술을 마신 그날이 원인인 게 확실하다. 그러니까 미련하게 왜 비를 홀딱 맞고 와서는.

"몸이 이 정도로 안 좋았으면 바로 집에 갔어야죠. 왜 여길 찾아와선."

"……걱정이 돼서."

그가 힘겹게 중얼거렸다.

"로비에서…… 본 얼굴이 잊히지가 않아서."

그래서 아픈 몸을 끌고 여기까지 찾아왔다는 건가. 바보도 아니고. 그러면서도 왜 한편으론 가슴이 술렁거리는지.

주희는 이 상황을 어떻게 넘겨야 할지 머리를 굴렸다. 머지않아 익숙한 건물이 그녀의 눈에 들어찼다. 그러자 가슴속에 긴 갈등이 일었다. 데려가, 말아. 메트로놈의 추처럼 흔들리기를 잠시, 결심을 굳힌 주희는 최대한 단단하게 설우의 어깨를 한쪽 팔로 감싸 안았다.

❋

"조금만…… 조금만 더."

온 전신이 버겁다 못해 괴로웠다. 무슨 남자가 이렇게 덩치가 커. 김설우가 다른 남자들에 비해 훤칠한 것은 알고 있었으나 체력적으로 실감하자니 현기증이 일 것 같았다. 간신히 집 안으로 들어온 주희는 끙끙거리며 설우를 침대 위로 내던졌다. 풀썩, 그의 몸뚱어리가 물먹은 솜 인형처럼 힘없이 널브러졌다.

"하아……. 죽는 줄 알았네."

주희는 그대로 바닥에 주저앉았다. 고된 노동의 흔적을 보여 주듯 이마에는 땀방울이 송골송골 맺혀 있었다.

"이제 어떡해야 하는 거지."

큰 결심을 하고 집 안에 들이기까지는 했으나 막막한 건 마찬가지였다. 그녀는 조심히 설우의 곁으로 다가갔다.

"진짜 병원 안 가도 괜찮겠어요?"

그에게서는 어떤 말도 들을 수 없었다. 그럴 기력조차 없는 것 같았다.

이곳저곳을 둘러보다가 문득 그로부터 받았던 해열제가 생각나자 주방으로 달려갔다.

"약은 먹어도 되죠?"

주희는 물과 약 한 봉지를 꺼내 들어 다시 설우의 앞으로 다가갔다.

"설마 약도 먹으면 안 돼요? 뭐, 사람이 아니라던가. 그래서……."

설우의 눈꺼풀이 느릿하게 밀어 올라갔다. 그는 멍하니 주희를 주시하다가 이내 작은 웃음을 터트렸다.

"지금 웃음이 나와요?"

"……그냥 나도 모르게."

사람이 아닐 수도 있다는 의심감에 사로잡힌 건지, 그녀의 두 눈이 겁에 질려 있었다. 그러면서 꿋꿋한 척 약봉지를 내미는 손길이 귀엽기만 하다. 병원을 가지 않겠다고 한 건 순전히 윤 비서 때문이었다. 늘 걱정거리를 달고 다니는 사람이다. 병실에 누운 아버지를, 그 곁을 지키는 제 어머니를, 그리고 회사를 지켜야만 하는 저를.

"약은 먹어도 괜찮아요."

설우는 무거워진 상체를 일으키려 팔꿈치에 힘을 주었다. 그러나 역부족이었다. 긴 업무에 시달린 몸은 유약하기 그지없었다. 보다 못한 주희가 침대 끄트머리에 엉덩이를 걸치고 손을 뻗었다. 그러더니 단숨에 설우의 목을 감싸 안는다.

"잠깐만 이렇게 있어요."

가져온 약을 그의 입에 집어넣고, 물컵을 가져다 댔다. 마치 어린아이를 보듬어 주는 엄마처럼 섬세한 손길이었다.

설우는 주희를 빤히 올려다보았다. 브릿지로 변해 그녀의 얼굴을 조목조목 뜯어봤을 때도 느낀 거지만, 입술 선이 참 예쁜 여자다. 입술을 말아 물 때마다 조금씩 들어가는 보조개는 문득 손가락을 집어넣고 싶은 충동을 불러일으켰다.

"보니까 열 감기에 몸살까지 겹친 거 같은데, 푹 자면 좀 괜찮아질 거예요."

137

약을 먹은 것을 확인한 주희는 서슴없이 시선을 내렸다. 그게 문제였다. 열기에 휩싸인 설우의 까만 동공이 그녀의 입술을 경각심 없이 주시하고 있었다. 얼마나 뚫어지게 응시하면 아랫입술이 따갑기까지 하다. 그 순간 서로의 시선이 맞물렸다. 한 뼘도 안 되는 거리.

주희는 흠칫거리며 저도 모르게 두 손을 허공으로 올렸다. 설우의 뒤통수가 무참히 매트리스와 맞부딪히며 위로 튀어 올랐다.

"······윽."

"······그러니까 누가 그렇게 빤히 쳐다보래요."

주희는 현관문에 던져 놓은 핸드백을 빠르게 멨다. 구두에 발을 집어넣다가 슬그머니 뒤를 돌아보았다. 설우가 무방비한 상태로 이곳을 응시하고 있었다. 최대한 시선을 피하며 손가락을 움직였다.

"화장실은 저쪽이고, 협탁 위에 물병 놓아뒀으니까 자기 전에 먹고 자요. 그리고 무슨 일 있음 연락하고요."

"······어디 갑니까?"

"이 시간에 어딜 가겠어요. 둘이서 잘 수는 없잖아요. 이 근처에 가까운 찜질방이나······."

"안 됩니다."

그가 미약하게나마 미간을 구긴 채 고개를 저었다.

"혼자서는 위험해요."

"그럼 대표님은 안 위험하고요?"

내가 왜? 그는 이해할 수 없다는 눈빛으로 중얼거렸다.

"······우린 친구니까."

그 대답이 퍽 진지해 주희는 잠시 할 말을 잃었다.

"이 와중에 질문을 한다는 게 좀 웃기긴 한데요. 혹시 이런 식으로 이성한테 어필한 적, 한 번이라도 있어요?"

전에도 느낀 거지만 좀 난감하다 싶은 상황에 남자는 지금처럼 진중하고 진솔한 눈빛을 비추는 게 다반사였다. 그게 처음에는 당황스러우면서 가슴 어딘가를 건드렸다면, 이 순간만큼은 의구심이 들었다. 혹시 이 남자, 이런 식으로…….

"없습니다."

단호한 음성이 귓가에 꽂혔다. 악착같이 팔꿈치로 상체를 들어 올린 설우가 힘겹게 덧붙였다.

"이성을 사귀어 본 적이…… 단 한 번도 없으니까."

……거짓말. 반사적으로 주희가 속삭였다. 그러자 설우가 뜨거운 숨을 토해 내며 말을 이었다.

"그때…… 말했던 것 같은데요. 누군가한테 다가가는 게 나한테는 처음이라고."

생애 처음……. 그래, 그는 그렇게 말했었다. 단둘이서 보았던 옥상에서, 오롯이 시선을 그녀에게 꽂은 채.

'누군가에게 다가가는 게 처음이라 어떤 게 옳은 건지, 어떻게 하면 좀 더 가까워질 수 있을지 솔직히 잘 몰라요.'

그 말이 진심일 줄은 몰랐는데.

"그러니까 가지 마요."

"……."

"가지 말라고. 위험하니까."

설우는 불덩이 같은 몸을 이끌고 침대에서 일어났다.

"불편하게 만들었다면 미안합니다. 내가…… 내가 나갈 테니까, 서주희 씨는."

얼마 걷지 못해 그의 몸이 한쪽으로 기울었다. 지켜보던 주희가 황급히 다가가 각진 그의 어깨를 붙잡았다. 그 찰나, 설우가 중심을 잃고 뒤로 넘어갔고 덩달아 주희의 몸도 끌려갔다. 결국 두 사람이 함께 무너졌다. 설우는 침대 위로, 그리고 주희는…….

쿵쿵쿵.

귓가를 울리는 선명한 고동 소리에 눈꺼풀을 들어 올렸다. 양손에 닿는 감촉이 단단하고 뜨겁다. 그게 설우의 가슴팍이란 걸 깨닫고는 황급히 일어서려는데, 뜨거운 숨결이 그녀의 귓가를 간지럽혔다.

"······가지 말아요."

설우가 간신히 목소리를 쥐어짜며 말했다.

"가지 말라고."

"알겠어요, 알겠으니까."

주희는 버둥거렸다. 제 허리를 감싸고 있는 단단한 팔이 도무지 떨어질 생각을 하지 않았다.

"제발, 이것 좀 놓고, 제대로 눕기나 해요. 이래서 내일 출근이나 할 수 있겠어요?"

간신히 그의 품에서 빠져나온 주희가 가쁜 숨을 내쉬며 말했다. 그러자 설우가 천천히 몸을 돌려 그녀를 응시한다. 굳게 다물린 입에서 유약한 숨소리와 낮은 목소리가 뒤섞여 흘러나왔다.

"······안 갈 겁니까?"

까만 시선이 집요하다 못해 뜨거웠다. 그것이 그의 몸에서 피어오른 열기인지, 아님 한 뼘도 안 되는 거리에 그의 얼굴이 있는 탓인지는 몰라도 주희는 아무 말도 하지 못했다. 그저 어설프게 눈동자를 옆으로 돌릴 뿐이었다.

❀

어쩌다 이 지경까지 온 거야. 침대와 떨어진 곳에 이불을 깔고, 그 속에 몸을 집어넣고 나서야 주희는 현실을 자각했다. 어떻게 다른 사람도 아닌, 김설우를 우리 집에서 재우고 있는 걸까.

그는 짧은 시간 안에 잠 속으로 빠져들었다. 업무에 지친 탓인지 간간이 흘러나오는 숨소리가 어울리지 않게 미약했다.

"대표님, 주무세요?"

혹시나 싶은 마음에 속삭이자 되돌아오는 것은 한적한 침묵이 전부다. 주희는 안심하며 기나긴 한숨을 내쉬었다. 그를 침대에 눕혔을 때까지만 하더라도 정신이 없었는데, 적막감에 둘러싸이니 잠시 잊고 있던 누군가가 떠올랐다.

'형도 알아? 네가 어떤 여자인지. 알고 널 만나는 거냐고.'

도대체 내가 어떤 여자길래……. 회의감이 들면서도 스스로에게 묻고 싶었다. 그러게. 나는 어떤 여자일까. 지금의 내 모습은 어떻게 비춰지고 있을까. 주희는 몸을 돌려 침대에 누워 있는 설우를 바라봤다. 평소의 그녀였다면 차갑게 그를 내쳤을 것이다.

그런데 왜 내치지 못한 건지. 왜 밀어내지 못하고 오히려 그를 집 안까지 끌어들인 건지. 답은 가까운 곳에 있었다. ……고마움. 그리고 작은 기대감.

'서주희 씨가 내게 특별한 존재인 것처럼 나도 서주희 씨한테 특별해지고 싶어졌으니까. 친구는 그런 거 아닌가.'

그 말을 들었을 땐 마음속에 작은 기대감이 솟구쳤다. 어쩌면 이 사람은 조금 다르지 않을까, 다른 사람들과는 다른 눈으로 날 바라봐 주지 않을까. 주희의 입가에 씁쓸함이 피어올랐다.

"사람이 한결같을 수 있다면 얼마나 좋을까."

처음 봤던 그 모습 그대로, 날 특별하게 여겨 줬던 그 마음 그대로 쭉 한결같을 수만 있다면. 하지만 그게 얼마나 부질없는 바람인지 이제는 누구보다 잘 안다. 인간의 마음이란 그런 것이니까.

"그러니까 대표님."

주희가 두 눈을 감은 채 속삭였다.

"저한테 너무 잘해 주지 마세요."

"……."

"……자꾸만 기대하게 되잖아."

끝내 닿지 않을 고백이었다. 적어도 그녀는 그렇게 생각했다. 그래서 알지 못했다. 그 순간 설우의 두 눈이 감겼다 뜨였다는 것을. 그녀가 잠에 빠졌을 무렵에도 그의 시선은 한참 동안이나 한 폭의 두려움이 내려앉은 하얀 얼굴에 머물러 있었다는 것을.

＊

압구정의 한 칵테일 바.

은은한 재즈가 흘러내리는 공간 안으로 한 여자가 걸어 들어왔다. 멀리서도 돋보이는 실루엣에 사람들의 시선들이 자연스레 쏠렸다.

"배우 한채영 아니야?"

"에이, 설마."

"아니야. 맞다니까. 저게 어디 일반인한테서 나오는 비율이냐."

맞냐 안 맞냐 투쟁을 벌이는 소리가 들릴 법도 한데, 여자는 딱히 신경 쓰지 않는 얼굴이었다. 그녀의 시선은 오직 한 곳에만 머물러 있었다. 마침내 그 앞까지 당도한 여자는 얼굴의 반을 가리고 있던 선글라스를 벗어 젖히며 휘이, 작게 휘파람을 불어 댔다.

"이게 얼마 만이야."

강욱이 들고 있던 칵테일을 내려놓으며 시선을 들어 올렸다.

"보고 싶었어, 베이비."

갑자기 달려드는 여자를 강욱은 단숨에 제압했다. 우우, 입술을 내밀던 여자가 인상을 확 찌푸리며 뇌까렸다.

"매정도 하셔라. 이딴 식으로 내 애정 공세를 막기 있기야?"

"너야말로 사리 분간 못 하는 건 여전하지?"

"사리 분간?"

여자는 가만히 주변을 둘러보았다. 바에 앉아 있는 대다수 사람들이 그녀를 주시하고 있었다. 그제야 여자는 다시 선글라스를 고쳐 쓰며 강욱의 맞은편에 엉덩이를 붙였다.

"내 정신 좀 봐. 이 독보적인 존재감을 까맣게 잊고 있었네? 미안."

여자가 머리칼을 가볍게 휘날리며 미소 지었다. 그 천연덕스러움에 강욱은 한숨을 내쉬었다.

"참 한결같다."

"그거 칭찬이니? 안 그래도 요새 가는 샵마다 외모에 물이 올랐다고 하는데, 왜 들려도 질리지가 않니? 하긴 이 미모가 어디 쉽게 한 꺼풀 꺾일 미모겠어?"

강욱은 잠시 회의감이 들었다. 복잡한 마음을 술로 달래려다가, 도저히 혼자서는 버틸 수가 없어 휴대폰을 뒤적거렸다. 그러다 눈에 띄는 번호를 발견하자 망설임 없이 통화 버튼을 눌렀고.

그게 바로 한채영이었다. 그녀는 현재 미모와 연기력까지 갖춘 몇 안 되는 20대 여배우로 나날이 주가가 상승 중이었다. 강욱과는 어렸을 적부터 알고 지낸 사이로 서로에 대해 모르는 게 없을 만큼 친밀했다.

"그보다 말이야. 귀국했으면 따박따박, 연락부터 할 것이지. 이리 늦은 시간에 나오라는 말만 던져 놓고 부르면 내가 열이 받아, 안 받아. 응?"

"언제부터 그런 걸 신경 썼다고."

"이봐, 김강욱 씨. 우리 한때 뜨거운 연인 사이였던 거 몰라? 호오, 누군가는 벌써 내 얼굴을 눈치챈 것 같은데? 들이대는 휴대폰만 몇 대야."

스캔들만큼 여배우에게 치명적인 것도 없을 테다. 더군다나 헤어졌던 연인과의 재결합이라면 더더욱. 그걸 모를 리 없을 텐데 채영은 흥분을 감추지 못했다. 그 속내가 뻔해 강욱은 시큰둥한 표정으로 물었다.

"왜? 또 위에서 없는 짝 만들어 준다고 호들갑이라도 떨어 대나. 그래서 이번 시나리오는 뭔데."

"시나리오라니?"

"내가 네 속내를 모를까. 같이 있는 모습이 찍혀서 통보하고 싶은 거 아냐? 전 남자 친구랑 재결합하게 됐다고. 근데."

강욱의 입가에 비릿한 조소가 걸렸다.

"또 한 번 내 이름이 매스컴에 올라갔다가는 다 불어 버릴 거야. 우린 사귄 적도 없고, 한채영 측에서 당사자와의 합의도 없이 무작정 남자 친구로 겨냥시킨 거라고 싹 다 불어 버릴 거라고. 그러니까 오늘은 입 다물고, 조용히 있어. 한, 아니 강채영 씨."

강압적인 일침에 채영의 입술이 삐뚜름해졌다. 정확히는 '강채영'이라는 석 자 때문이었다.

"누가 멋대로 그 이름 부르래?"

"스캔들은 눈 하나 깜짝 안 하면서, 본명으로 불리는 건 무서운가 봐, 강채영 씨."

"그놈의 강씨, 강씨. 안 그래도 노인네랑 대판 싸우고 나오는 길이라고."

채영은 신경질적으로 앞머리를 쓸어 올렸다. 그녀에게는 그 누구도 알아서 안 되는 비밀 한 가지가 있었다. 대부분 사람들이 기억하는 '한채영'이란 배우는 신생 소속사와 함께 자수성가한 케이스로, 누구나에게 친근하게 대함에도 불구하고 신비로운 분위기로 인해 선뜻 다가가기가 어려운 이미지였다. 그러나 지금 이를 악물고 있는 여자는 배우, 한채영과 다소 거리가 있었다.

"본가만 가면 너도 식을 올려야 한다면서 이리저리 쑤셔 대잖아. 그러니 뭐 어쩌겠어? 삼류 영화 한 편, 찍고 왔지."

가만히 그녀의 하소연을 듣던 강욱이 픽 웃으며 칵테일 잔을 뱅글 돌려 댔다.

"한시라도 널 빨리 그 바닥에서 떼어 놓고 싶으신 거겠지."

채영의 아버지는 다섯 남매 중 유독 막내딸을 애지중지했다. 그랬던 딸이 갑자기 연예계로 발을 디디니 억장이 무너졌을 것이다.

"그걸 아니까 내가 발버둥 치는 거 아니야."

이래서 이미지 메이킹이 무섭다고 하는 건가. 스크린 속 가녀린 여배우는 어디 가고, 힘줄까지 두드러진 채영의 주먹을 보니 강욱은 기가 찼다. 물론 그에게는 이런 모습이 더 익숙했다. 둘 다 구속받는 것을 죽도록 싫어하는 성향이라서 더 쉽게 가까워진 건지도 모르겠다. 강욱은 시온의 부사장 아들이란 이유로, 그리고 채영은 W호텔의 얼굴 없는 막내딸이란 이유로.

"그래서 오늘 난 왜 부른 건데? 가을이라서 기분이 좀 센티하시나?"

아버지와 한바탕하던 와중에 걸려 온 강욱의 연락은 그야말로 유례카였다. 강욱이 칵테일을 한 모금 마시며 흘리듯 중얼거렸다.

"꼭 이유가 있어야 하나. 그냥 술 한잔 하자고 부른 거지."

"아닌데. 얼굴에는 있다고 쓰여 있는데. 설마 아직도 화난 건 아니지?"

"뭘."

"나랑 열애설 터진 것 때문에 네 프러포즈 완전 무산된 거."

강욱의 입이 차갑게 굳었다. 가라앉은 두 눈은 한참 동안 보랏빛의 칵테일 잔을 응시하는가 싶더니, 금세 웃음기가 돌았다.

"이미 지난 일 가지고 유난 떨기는."

"유난? 야, 김강욱."

"재미없다, 이런 이야기."

"만났어? 네가 애지중지하던 서주희인가 뭔가 하는 여자 만나서 이러는 거냐고."

또 한 번의 침묵.

"맞구나, 만난 거."

채영은 어렴풋이나마 주희의 존재를 알고 있었다. 모를 수가 없었다. 오늘은 어떤 모습이 귀여웠다, 열심히 하는 게 그렇게 예쁠 수 없다며 강욱이 틈만 나면 언급을 해 대니, 얼굴도 모르는 그녀가 낯설지 않았다.

"난 그때 늦게라도 네 동의 구했다?"

강욱의 안색을 살피는 채영의 눈길이 어쩐지 초조했다. 지금으로부터 2년 전이었을 것이다. 결혼을 하라는 강 회장의 압력이 날이 갈수록 거세지자 참다못한 채영은 한 컬렉션 자리에서 기자들을 향해 일방적인 선언을 날렸다.

요즘 만나는 사람이 있다는 그야말로 폭탄선언이었다. 다만 누구냐는 질문에 저도 모르게 강욱의 이름이 튀어나올 줄은 그녀조차 예상하지 못한 시나리오였다. 절박함이 불러낸 실수였다. 채영은 거의 죽겠다 싶은 얼굴로 강욱에게 연락을 취했다.

'김강욱. 나 한 번만 좀 살려 주라. 이러다가 꼼짝없이 집에 잡혀 들어가게 생겼어. 눈 딱 감고 이번만 도와주면 안 될까? 이 은혜는 내가 관에 묻혀서도 잊지 않을게. 응?'

당연히 가차 없이 쳐 낼 줄 알았다. 강욱에게는 좋아하는 사람이 있었으니까. 거기다 프러포즈를 할 거라고 그녀에게 언질까지 해 놨었다. 하지만 스피커를 타고 터진 그의 대답은 싸늘하다 못해 냉랭했다.

'네 마음대로 해.'

"미워하던 거 아니었어?"

채영이 잔을 들고서 슬며시 강욱을 바라봤다. 여전히 그의 얼굴이 차가웠다.

"네 마음이야 충분히 이해해. 죽어라 고생해서 만든 도안을 그 여자가 도용할 줄 누가 알았겠어. 그것도 부장급에게 갖다 바칠 줄이야. 간도 크셔라."

"이상하게 이해가 안 돼."

한참의 침묵 끝에 강욱이 속삭였다.

"뭐가?"

"괴로워할 사람은 난데, 왜 그 녀석이 더 괴로워하는 걸까."

강욱은 관자놀이를 꽉 짓눌렀다. 온통 주희 생각뿐이었다. 사시나무 떨듯 소리를 지르던 하얀 얼굴이 잊히지 않았다.

'웃기지 마. 그렇게 나오면 내가 좋아할 줄 알았어요? 결국 선배도 그 사람들하고 똑같아.'

무엇이 그녀를 그렇게까지 바꿔 버린 것일까. 그러나 정작 강욱을 혼란스럽게 하는 것은 따로 있었다.

'술 한잔 살 수 있는, 그런 사이라고 해야 할까나. 이쯤이면 충분한 대답이 됐을 거라고 생각하는데.'

설우가 그녀를 알고 있다는 사실에 가슴이 덜컥 내려앉았다. 아니, 그보다 두 사람이 특별할지도 모른다는 추측에 자꾸만 입 안에 마른침이 고였다.

설마 형한테 질투라도 느끼는 건가? 미친놈. 미련한 것도 정도가 있지. 강욱은 남은 칵테일을 단숨에 들이마셨다. 그 모습을 한심하게 지켜보던 채영이 말머리를 돌렸다.

"나 얼마 전에 광고 하나가 들어왔는데, 네가 전에 다니던 회사 말이야. '효성'이라고 했던가?"

그 한마디만 했을 뿐인데 순식간에 강욱이 날을 세웠다.

"새로운 아이템들 런칭하면서 그에 맞는 광고를 추진하고 싶다고 하는데. 알잖아? 나 의리 하나는 끝내주는 거."

"……."

"고민도 않고 차 버렸지."

조금이나마 그의 기분이 풀리길 바라며 꺼낸 이야기였다. 그러나 강욱의 표정은 전보다 더 싸늘하게 굳어 갔다.

8. 그 녀석

"……추워."

문득 느껴지는 한기에 주희는 꼬물거리며 이불 속으로 들어갔다. 살갗에 따스한 온기가 스며든다. 그곳을 안식처 삼아 더욱 파고들었다. 좋은 향기가 났다. 은은하면서도 시원한 향이. 언제부터 이부자리에서 이런 냄새가 났지. 몽롱한 정신으로 눈꺼풀을 열고, 끔뻑이기를 한참.

그녀의 두 팔이 누군가의 품을 단단하게 두르고 있었다. 그런데 이게 누구의 품일까. 단단하고 큰 것이 낯설지가 않은 걸 보면……. 이성적인 고뇌는 거기까지였다. 얼굴을 가리던 이불이 스르르 내려가고 시야가 환해진 순간 다정한 음색이 귓가로 툭, 떨어졌다.

"일어났어요?"

주희의 동공이 팽창되었다. 꾹 다물린 입술은 점점 하얗게 질려 갔다.

"왜……."

절로 황망한 음성이 튀어나왔다. 그럼에도 물어야만 했다. 왜 내가 여기 있는 건지. 왜 내가 당신을. 그러니까……. 어째서 우리가 서로를 껴안고 누워 있는 건지.

"기억 안 납니까?"

혼란스러운 마음을 읽기라도 한 걸까. 허리에 둘러진 주희의 손을 설우는 가만히 바라보았다. 주희가 황급히 몸을 틀었다. 그러나 설우가 먼저였다. 그가 단숨에 버둥거리던 손을 붙잡더니, 시선을 맞추며 물었다.

"진짜로 기억이 안 납니까? 하나도?"

주희야말로 묻고 싶었다. 분명 각자 다른 자리에 잠이 들었을 텐데……. 무슨 일인지 제 몸뚱어리가 어느새 침대 위로 올라와 있었다. 그녀는 암담한 심정으로 입을 열었다.

"혹시 제가 실수한 건가요? 잠결에 침대 위로 올라와서는……."

그래서 당신을 껴안기라도 한 거야? 그럼 완전 최악이잖아, 서주희.

"전혀요. 내가 직접 서주희 씨를 옮겼습니다."

"대표님이요? 왜……."

이해할 수 없다는 눈빛을 보내자 한숨 어린 목소리가 귓가를 적셨다.

"진짜 하나도 기억이 안 나나 보네요."

그는 침대맡에서 무언가를 집어 들었다. 그걸 본 주희가 당황한 기색을 감추지 못했다. 설우가 진심 어린 목소리로 속삭였다.

"고마워요."

"……."

"새벽 내내 신경 써 줘서."

그의 손에 들린 것은 수건이었다. 물기가 어린 축축한 수건. 밤새 주희의 손길이 닿은 것이기도 했다. 고열에 시달리는 설우를 그대로 두자니, 도무지 신경이 쓰여 눈을 붙일 수가 없었다. 그래서 페이스 타월에 미온수를 적셔 조심스레 그의 얼굴에 맺힌 땀을 닦아 냈다.

그 행위가 몇 번이나 반복될 무렵이었을까. 피로가 쌓인 주희는 까무룩 잠이 들어 버렸다. 설우가 누워 있는 바로 옆에서.

"근데."

설우가 꽤나 심오한 표정으로 주희를 응시했다.

"악몽을 꾸는 것 같던데."

새벽녘, 설우가 어렴풋이 눈을 뜨게 된 것은 희미한 신음 소리 때문이었다. 주희는 괴롭다는 듯 숨을 할딱이고 있었다. 깜짝 놀라 몸을 일으키자 그녀가 축축해진 음성으로 중얼거렸다.

'……브릿지.'

그 한 마디에 설우는 정신이 번쩍 깨어났다. 그 또한 깨어나기 전 브릿지의 꿈을 꾸고 있었다. 전에 꾸던 꿈과 똑같은 배경이었다. 시야를 가득 메우는 뿌연 안개, 정처를 알 수 없는 곳에서 새어 나오는 빛줄기. 단 녀석의 실루엣은 보이지 않았다. 어디선가 그림자만을 내보인 채 울부짖다시피 소리쳤다.

'……알려 줘. 알려 주라고. 난 알고 싶단 말이야. 왜 나를 떠난 거야. 넌 다를 거라면서. 다른 인간들이랑은 다를 거라면서!'

녀석이 목소리를 높이고, 흥분을 하면 할수록 설우의 몸은 점점 더 뜨거워져만 갔다. 전신이 떨리고, 호흡하기가 버거웠다. 그럴 때마다 알 수 없는 포근함이 그의 몸을 싸고돌았다.

그건 아마도 밤새 자신을 보살폈을 이 여자의 손길이려나. 그래서 몸이 먼저 앞섰던 것 같다. 생각이란 걸 하기도 전에 가늘고 여린 몸을 안아 들어 침대에 눕혔다. 그리고 그녀가 깨기 전에 서둘러 집을 나가려 했으나.

'……가지 마.'

간절한 음성에 몸이 붙들렸고.

'이리 와.'

애원하는 부름에 시선이 숙여졌으며.

'안아 줄게.'

제 목을 끌어안는 자그마한 손길에 속절없이 그녀의 품에 안겨 버렸다. 그가 그녀를 안은 건지, 그녀가 그를 안은 건지는 알 수 없었다. 다시 눈을 떴을 땐 몸이 가볍다 못해 가뿐했다. 꼭 그녀의 품이 마법이라도 부린 것처럼.

주희는 난감함에 두 눈을 질끈 감았다. 모처럼 꿈에 나온 브릿지였다. 그리움에 젖어 저도 모르게 양팔을 힘껏 펼쳤다. 이리 오라고, 안아 줄 테니까 가지 말라고. 그런데 그게…….

"이제 그만 일어날까요?"

여전히 주희의 두 손이 설우의 허리를 끌어안고 있었다. 서둘러 그의 품을 빠져나왔다. 침대에서 벌떡 일어난 순간.

"조금 아쉽긴 하지만."

속삭이는 그의 음성에 주희의 양 귀가 붉게 물들었다.

✳

또각또각.

로비로 들어서는 주희의 발걸음이 초조했다. 등 뒤로 울리는 누군가의 묵직한 발걸음이 계속 신경을 거슬렸다.

"대표님, 안녕하십니까."

설우를 발견한 사원들이 하나둘씩 고개를 숙였다. 평소의 그였다면 일일이 응하며 제스처를 취했을 텐데, 일직선으로 뻗은 시선은 오로지 주희의 뒷모습만을 주시했다. 조금은, 그래도 아주 조금은 가까워졌다고 생각했다.

무엇이 문제였을까. 함께 집을 나선 순간부터 그녀는 무표정한 얼굴을 유지하며 그를 앞장서 나갔다. 회사를 코앞에 두고 서주희 씨, 이름을 불렀을 때는 싸늘한 시선이 되돌아왔다.

'되도록 회사에서는 아는 척하지 말아 주세요.'

짐작은 하고 있었다. 주희가 사람들의 시선을 유독 신경 쓴다는 것을. 버릇처럼 말하지 않았던가. 다시는 그 누구하고도 가까이하지 못할 줄 알았다고. 혹여 강욱과 연관된 것은 아닌가, 오는 내내 신경을 곤두세웠다. 그렇게 돼 버리면 일이 복잡하게 꼬여 버리는 것은 물론, 가까스로 좁혀진 그녀와의 거리가 순식간에 멀어지게 될 테니까.

덜컹.

닫히려는 엘리베이터 문 틈새로 커다란 손이 비집고 들어오자 주희의 눈이 휘둥그레졌다. 타격이 있을 팔뚝은 안중에도 없다는 듯, 설우는 차분히 걸어 들어와 집무실이 있는 층수를 눌렀다.

"화났습니까?"

짙고 어두운 시선이 집요하다시피 주희에게 달라붙었다. 그녀는 슬그머니 시선을 돌렸다. 그러곤 애써 담담한 척 차가운 얼굴로 대꾸했다.

"아니요. 전혀."

"거짓말."

단칼의 부정에 가슴이 내려앉았다. 슬쩍 고개를 들자, 먹물을 흘린 것마냥 설우의 두 눈이 낮게 가라앉아 있었다.

"하루아침에 대하던 태도가 달라졌는데. 그걸 보면서 아무렇지 않게 서주희 씨를 대할 수가 없어서."

진심이라는 듯 그의 표정이 진지했다. 알 수 없는 적막감이 내려앉았다. 꼭 그 침묵이 대답을 요구하는 것처럼 느껴져 주희는 흔들리는 마음을 다잡으며 고조 없는 목소리로 맞받아쳤다.

"대표님이야말로 뭔가 착각하신 것 같은데요. 우리 두 사람, 엄밀히 거래를 나누지 않았나요? 전 제가 필요한 걸 얻고자 최선을 다했을 뿐이에요. 친구 하자면서요. ……그까짓 게 뭐 대수라고."

마음에도 없는 뾰족한 말이 튀어나왔다. 처음엔 오로지 정규직이 되기 위해서 설우의 제안을 받아들였으나 어느 순간부터 그 본질이 흐려졌다. 그저 사람 대 사람으로, 이성 대 이성으로 그를 상대하고 있었다.

특히나 오늘 아침 그의 품에 안긴 채, 잔뜩 흐트러진 얼굴로 그를 마주했을 때는 심장이 터져 버릴 것만 같았다. 실로 오랜만에 느껴 본 설렘이었다. 우습게도 그 감정에 제대로 취하기도 전에 반갑지 않은 얼굴이 떠올랐다.

'형도 알아? 네가 어떤 여자인지. 알고 널 만나는 거냐고.'

미련하게도 잊고 있었다. 강욱과 설우가 친밀한 사이일 수도 있다는 걸.

그러니 더 가까워지기 전에, 더 알고 싶어지기 전에 이 남자를 멀리해야 한다고 머릿속에 붉은 경고 등이 울려 댔다.

"그러니까 서주희 씨 말은 내가 당신의 상사라서, 거래를 약조한 사람이라서 단순히 잘해 준 것뿐이다? 그 말인 겁니까?"

되묻는 그의 음성이 스산한 가을바람처럼 차가웠다. 전과는 비교도 할 수 없을 만큼 서슬 퍼런 시선이 주희를 찔러 댔다.

"그래도 잘해 주고 싶다면."

"……."

"그래도 내가 서주희 씨한테 더 잘해 주고 싶다면."

"……."

"이 또한 말릴 겁니까?"

나직한 통보에 주희의 눈동자가 크게 흔들렸다. 한 발짝 다가온 설우가 시선을 기울이며 읊조렸다.

"나도 엄연한 계약자로서 최선을 다해야 하니까요."

그때서야 주희는 한 가지 사실을 깨달았다.

'……그러니까 대표님. 저한테 너무 잘해 주지 마세요.'

설마 이 남자……. 그 말도 다 듣고 있었던 거야?

띵. 혼란스러운 감정에 빠져들기 무섭게 엘리베이터 문이 열렸다. 자연스레 시선이 바깥으로 쏠렸고, 주희의 어깨가 눈에 띄게 경직됐다. 그토록 그녀의 머릿속을 어지럽혔던 강욱이 그녀를, 그리고 설우를 냉담하게 바라보고 서 있었기 때문이다.

✳

"제가 분명 말씀드렸을 텐데요. 아버지가 만든 구상에 발맞출 생각. 전혀 없다고."

이른 아침, 급한 일이 생겼다는 현욱의 연락에 강욱은 알 수 없는 찝찝함을 뒤로하며 시온(是蘊)을 찾았다.

집무실에서 기다리는 사람은 현욱뿐만이 아니었다.

"듣던 대로 아드님 인물이 훤칠하군요."

비위가 좋은 건가. 분명 달갑지 않다는 감정이 고스란히 드러났을 텐데도 최 전무가 인자한 미소를 짓자 강욱은 어쩐지 속이 뒤틀렸다. 어려서부터 질리도록 본 광경임에도 왜 면역력은 생길 기미가 보이지 않는 건지.

그들만의 리그, 그들만의 세상. 그것이 마치 쉽게 누릴 수 있는 특권이 아니라는 듯, 희희낙락거리며 떠들어 대는 인간들을 볼 때마다 강욱은 신물이 날 지경이었다. 애석하게도 제 아버지인 현욱도 포함이었다.

"뭐 하고 있어. 인사드리지 않고."

현욱의 재촉에도 강욱은 무반응이었다. 보다 못한 하 상무가 어색한 웃음을 흘리며 손을 내밀었다.

"반갑네. 앞으로 자주 보게 될 텐데, 조만간 식사나 한 끼……"

"왜죠."

"……뭐?"

"왜 우리가 자주 보게 될 거라고 생각하시는 거죠?"

"그야 당연히—"

"강욱아."

적잖이 당황한 하 상무를 대신해 현욱이 으름장을 놓았다.

"실례되는 말씀이지만 오늘 처음 본 사이 아닌가요? 제가 첫 만남부터 누구하고 밥을 먹을 만큼 친화력이 좋지 못해서."

"김강욱!"

결국 현욱이 참지 못하고 소리를 내질렀다. 움츠리는 사람은 하 상무였다. 두 남자를 번갈아 보는 그의 두 눈이 사뭇 초조했다.

"그, 그래도 부사장님의 핏줄이고 곧 이곳에 발을 디디게 될 테니."

"죄송하지만 저는 일개 직원에 불과해서 말입니다. 이렇게 고귀하신 분들이랑은 어울릴 처지가 못 돼서. 그럼 이만 실례하겠습니다."

더 이상 들을 것도 없다는 듯 돌아섰다. 제 이름을 몇 번이나 외쳐 대는 현욱의 외침을 한 귀로 듣고 한 귀로 흘려버렸다.

"그래서 더 기대하는 바가 크네."

문을 목전에 둔 찰나였다. 강욱의 상체가 천천히 틀어졌다. 최 전무가 꼿꼿하게 허리를 편 채로 그를 응시하고 있었다.

"전에 다니던 회사에서 활약이 대단하더군. 밑바닥에서부터 시작하는 게 쉽지 않은 일이었을 텐데, 듣기로는 1년도 안 돼서 대리직을 땄다지?"

강욱의 눈매가 매섭게 날카로워졌다.

"제 뒷조사라도 하셨습니까?"

처음부터 마음에 들지 않던 양반이었다. 곧게 가르마 진 머릿결부터 선명한 회갈색 눈동자를 가만히 보고 있노라면 잊고 있던 인간 하나가 떠올랐다. 할 수만 있다면 평생 지워 버리고 싶은.

"아쉽게도 거기까지는 아직 손을 쓰지 못했네. 내 입장이 여유롭지가 못해서. 오늘도 겨우 시간을 쪼개서 강욱 군을 만나러 왔지."

강욱은 흥미가 식은 눈으로 최 전무를 응시했다.

"그럼 쭉 여유롭지 않기를 바라죠. 안타깝게도 저희가 다시 만날 일은 결코 없을 것 같거든요."

"김강욱!"

붉어진 얼굴로 현욱이 자리에서 일어났다. 강욱은 본 체도 않고 문을 박찼다. 넥타이를 풀어헤치는 손길이 신경질적이다. 저조했던 컨디션은 더욱더 수면 밑으로 가라앉았다.

그는 거칠게 엘리베이터 버튼을 눌렀다. 그리고 그게 얼마나 미련한 짓이었는지를 짧은 시간 내에 깨달았다. 거의 붙어 있다시피 서 있는 주희와 설우를 발견한 강욱은 주먹을 움켜쥐었다.

"강욱 군."

강욱의 어깨 위로 누군가의 손이 올라왔다. 강욱은 반사적으로 그 손을 쳐 냈다. 찰싹, 날카로운 마찰음이 울려 퍼지며 싸한 정적감이 내려앉았다. 그 침묵을 깨트린 사람은 다름 아닌 설우였다.

"괜찮습니까, 최 전무님."

그때서야 강욱은 뒤를 돌아보았다. 현욱의 집무실에 머물러야 할 최 전무가 어느새 제 곁에 서 있었다. 최 전무는 발갛게 부어오른 손등을 쓸어내리며 미소 지었다.

"괜찮네. 내가 섣불렀어. 당사자 허락도 없이 몸에 손을 댄 게 잘못이지. 안 그런가, 강욱 군?"

아까부터 강욱 군, 강욱 군. 호칭 한번 거슬려 미치겠네. 강욱은 한숨이 나오려는 것을 겨우 삼키며 고개를 까딱였다.

"죄송합니다."

누가 들어도 영혼 없는 사과였다. 그럼에도 최 전무는 미소를 잃지 않았다. 느릿하게 강욱을 시작으로 설우를 응시하더니, 이내 굳은 얼굴로 서 있는 주희를 흥미롭게 직시했다.

"처음 보는 아가씨 같은데."

주희가 어깨를 굳히며 냉큼 허리를 숙였다.

"세 사람이 서로 아는 사이라도 되나 보지?"

최 전무의 시선이 어느 순간 주희의 사원증에 꽂혀 있었다. 그 위로 적힌 글자를 그는 차분히 곱씹었다.

"인테리어 부서, 인턴. 서주희."

주희는 긴장감 어린 마음으로 최 전무를 바라보았다. 정작 최 전무의 관심은 그녀가 아닌 설우에게 향해 있었다. 이 상황을 어떻게 보면 좋을지 해석을 바라는 눈빛. 설우가 흐트러짐 없이 응대했다.

"마침 출근하는 길에 마주쳐서 함께 올라가는 길이었습니다."

"호오, 그래? 벌써 인턴이랑 스스럼없이 대할 수 있는 사이가 됐나 보군. 김 대표가 그 정도로 직원 한 명, 한 명을 생각할 줄은 몰랐는데. 역시 아버지를 닮아서 그런지 참……"

"……"

"철저해."

일순 최 전무의 두 눈이 차갑게 식어 내렸다면 착각일까. 주희는 버석하게 말라붙은 입술을 깨물며 연신 세 남자의 눈치를 살폈다.

"오랜만에 사촌지간끼리 만나 할 말도 많을 텐데, 눈치 없는 늙은이는

이쯤에서 빠져 줘야지. 아무튼 강욱 군, 만나서 반가웠네. 언제 한 번 부사
장님과 식사 자리를 갖도록 하지. 김 대표도 함께했으면 좋겠군."

사촌지간? 부사장? 가만히 곱씹던 주희가 흔들리는 감정을 숨기지 못하
며 강욱을 바라봤다. 그도 이 상황이 꽤나 당황스러운 표정이었다. 그러고
보면, 대학 시절부터 강욱에 대한 소문은 파다했다. 그가 어느 부잣집 아
들이라느니, 사실은 정치인의 숨겨진 아들이라느니. 개인적으로 강욱은
그런 이야기를 꺼내는 것을 굉장히 꺼려했다. 윤주가 장난삼아 캐물은 적
이 몇 번 있었는데, 잘 웃다가도 정색하며 선을 그었다.

"저는 먼저 올라가 보겠습니다."

주희가 딱딱하게 내뱉으며 물러섰다. 무리였다. 이런 식의 삼자대면은
옳지 못했다. 안 그래도 설우가 뱉은 말들이 가슴을 찔러 감정을 다스리기
가 쉽지 않았다.

"잠깐만."

강욱이 불쑥 주희의 손목을 움켜쥐었다.

"이야기 좀 하자."

무슨 이야기? 할 말은 어제 다 끝난 걸로 아는데. 주희는 처음 본 사람
인마냥 가차 없이 강욱을 쳐 낼 생각이었다. 하지만 그 전에 다른 손이 강
욱의 손목을 붙잡았다. 그러더니 스르르, 강욱에게 잡힌 주희의 손을 거짓
말처럼 풀어냈다. 겉으로 보기엔 어떠한 압력도, 어떠한 강압도 담기지 않
은 손길이었다. 단지.

"당사자가 원치 않을 때는."

강욱의 귓가에 나지막하게 꽂히는 한 마디, 한 마디가.

"함부로 잡지 마. 괜히 악감정만 돋아나니까."

어떤 칼날보다 그를 날카롭게 짓눌렀다. 처음이었다. 이렇게나 시린 눈
으로 서 있는 설우의 얼굴은.

"서주희 씨는 이만 올라가요."

설우가 눈도 마주치지 않은 채 고했다. 그 달라진 모습이 낯설어 주희는
아무 말도 하지 못했다.

"곧 업무 시작 아닙니까?"

딱딱하다 못해 강압적인 어조를 듣고 나서야 그녀는 서둘러 엘리베이터에 올라탔다. 두 남자의 모습이 거울에 반사되며 적나라하게 드러났다.

강욱은 꽤나 혼란스러워하는 눈빛이었다. 마치 이런 설우를 처음 본다는 것처럼. 그에 비해 설우는 무표정이었다. 감정 없는 영혼처럼 굳은 입매가 견고하기만 하다. 그래서였을까, 주희는 문이 닫히는 순간까지도 그에게서 눈을 떼지 못했다.

"형."

주희의 모습이 사라지자 강욱이 먼저 입을 열었다. 생생했다. 붙잡힌 손목에 가해지던 압박이. 설우가 한 마디, 한 마디 뱉을 때마다 뼈가 으스러질 것만 같았다. 주희가 모습을 감추면서 그의 힘 또한 거짓말처럼 사라졌다.

"놀라게 했다면 미안하다."

갑작스러운 사과에 강욱의 고개가 기울어졌다. 방금 전까지 차갑던 설우의 낯빛이 흐리게 일그러졌다.

뭐지, 이 이질감은?

"오늘은 이만 돌아가. 네가 무슨 말을 하고 싶은지는 알겠는데, 여긴 보는 눈이 많아."

최 전무에게 주희와 함께 있는 모습을 보인 것만으로도 설우는 충분히 심기가 거슬렸지만, 그보다 더 신경을 곤두서게 하는 것이 있었다. 그는 어느새 돌아온 엘리베이터에 다시 올라탔다.

"조만간 또 보도록 하자."

홀로 남은 강욱을 향해 간단한 인사를 던지며 닫힘 버튼을 눌렀다. 쿵. 문이 닫히자 굳게 닫힌 입에서 작은 숨이 터져 나왔다.

설우는 왼손을 지그시 바라봤다. 강욱을 붙잡았던 그 손이었다. 팽창된 혈관과 솟아난 힘줄이 다소 징그럽기까지 했다. 천천히 쥐었다 펴기를 반복했다. 거의 충동적이었다. 강욱의 손목을 잡았던 것은. 두려움이 떠오른 주희의 상태를 가만두고 볼 수 없었다. 단지 그 후부터 일어난 감정의 파동은 그의 것이 아니었다.

발끝에서부터 알 수 없는 분노가 들끓었다. 혈관이 크게 팽창되는 느낌이 들더니, 심장 깊은 곳에서 분개를 억누르는 듯한 음성이 울려 퍼졌다.

'손대지 마. 죽여 버리기 전에.'

스스로를 억제하지 못했다면 당장이라도 강욱의 목을 조를 수도 있는 상황이었다. 흡사 살인적인 충동을 맛보는 듯했다. 여전히 심장이 뜨거운 것을 느끼며 설우가 중얼거렸다.

"……브릿지."

그러자 거짓말처럼 그의 등 뒤로 그림자가 드리워졌다. 어쩐지 낯설지 않은 기시감에 설우는 천천히 뒤를 돌아보았다. 아무도 없던 엘리베이터 안에 처음 보는 낯선 이가 벽에 기댄 채 그를 주시하고 있었다.

영롱하게 빛나는 에메랄드 눈동자, 윤기가 흐르는 청회색 머리칼, 붓으로 그린 듯한 고운 얼굴 선.

그러나. 뻐딱하게 일그러진 시선. 그 시선이 날카롭게 설우를 향했다. 녀석이 퉁명스레 내뱉었다.

"왜 불러, 이 멍청한 자식아."

✲

한 번쯤 생각한 적이 있었다. 작고 귀여운 동물이 사람으로 태어난다면 과연 어떤 생김새일까, 그런 막연한 상상을. 그것이 현실로 나타나자 설우는 멀거니 시선을 뻗었다. 녀석은 귀여운 면과 다소 거리가 있었다. 훤칠한 키며, 길게 늘어진 청회색 머리칼이며, 날카롭게 뻗은 눈매는 당장이라도 그를 꿰뚫듯 사나웠다.

사내는 집무실이 제 것인 것마냥 태평하게 이곳저곳을 둘러보았다. 하지만 금세 흥미가 식은 눈으로 소파에 풀썩 앉아 설우를 직시했다.

"딱히 놀라는 얼굴은 아니네."

녀석이 말했다. 그러니까……. 뭐라고 불러야 하는 거지.

"브릿지."

설우가 고민 끝에 말하자 녀석의 눈이 뱁새처럼 가늘어진다.

"그게 네 이름인 건가."

"현재로서는? 한두 번 바꿨었어야지."

한두 번? 이번에는 설우의 눈매가 실처럼 좁아졌다. 녀석은 대답해 줄 생각이 전혀 없는지 고개를 쳐들고 천장을 바라보았다.

"그동안 꽤나 편했겠어? 내 몸으로 여기저기 돌아다니고. 태어나서 처음 느껴 보는 자유라 그런가? 그렇다고 그새 정신 줄을 놓아 버리면 안 되지."

"네게 그런 말은 한 적이 없는 걸로 아는데."

누구도 알아서 안 되는 비밀스런 말이었다. 단명할 삶, 그것을 아는 이는 오직 제 부모와 윤 비서뿐.

"그래, 없겠지. 단지 보았을 뿐이지."

녀석이 픽 웃으며 고개를 비틀었다.

"미련한 건가. 그 늙은 할망구한테 들었을 거 아니야. 네 목숨을 누가 쥐고 있는지."

늙은 할망구, 곱씹던 설우의 낯빛이 일순 잠식됐다. 기억 한 조각이 장면처럼 그의 눈앞을 스쳐 지나갔다.

산기슭 아주 깊은 곳이었다. 그저 발걸음 소리만 났을 뿐인데, 무당의 차림새를 한 노파는 설우를 알고 있다는 듯 눈도 뜨지 않은 채 말했다.

'얇은 것이 질기기까지 하다니. 결국 애비가 해낸 것인가? 아님 미련한 것이 자진해서 몸을 던진 것인가.'

의도를 파악할 수 없는 말에 설우는 가만히 시선을 던졌다. 이윽고 노파와 눈이 마주쳤고, 그녀는 픽, 조소를 흘리며 고개를 내저었다.

'낯빛을 보아하니, 상황 돌아가는 꼴이 말이 아니군.'

'아버지가 오래전에 이곳을 찾으신 적이 있다고 들었습니다.'

선우는 쓰러지기 직전, 힘을 쥐어짜다시피 설우의 손목을 붙잡으며 간곡히 말했다. 그곳을 꼭 찾아가라고.

'그래. 그자 팔자도 절대 양반이 못 되지. 그쪽이 기구하다면 그쪽 애비는 비통한 팔자였어. 살리고 싶어도 살리지 못하는 것만큼 괴로운 것도 없을 테니. 보아하니, 인간이 아닌 것과 운명이 얽힌 것 같은데.'

인간이 아닌 것. 그게 무엇인지 설우는 직감적으로 파악했다.

'직접 듣고 싶어서 찾아오게 되었습니다. 아버지께서 제게 숨기고 있던 사실들을 털어놓으셨지만 뭔가가 더 있다는 걸 알고 있습니다.'

'입이 무거운 것인지, 미련한 것인지.'

무당이 쯧, 혀를 차며 고개를 내저었다. 그러나 그녀는 금세 허리를 곧게 펴며 설우와 시선을 마주했다.

'그 양반 사정이야 어떻든 나는 내 할 도리가 있으니, 원하는 걸 알려 줘야겠지.'

무당이 흐음, 숨을 낮게 흘리더니 눈을 치켜떴다.

'인간이 아닌 것이 그쪽을 대신해서 죽음을 맞이했네. 한마디로 그 인간 아닌 것이 그쪽 운을 바꿔 버린 거지.'

그렇다는 건…….

'더 이상 기구한 삶이 아니란 말씀이신가요.'

'글쎄.'

무당이 모호한 미소를 지었다. 그녀는 눈을 가늘게 뜨며 설우의 심장을 지그시 응시했다.

그가 세상의 빛을 본 지 얼마 되지 않아 무당에게서 들은 말이 있다. 그날도 죽음의 문턱이 그에게 찾아들었다. 원인을 알 수 없는 열병. 선우와 임 여사는 있는 수단, 없는 수단 다 동원해 설우에게 찾아온 불덩이 같은 열을 떨어트리려고 했지만, 헛수고였다.

더 위급한 건 아이의 상태였다. 끝없이 깊어지는 열에 울음을 터트릴 법도 한데, 아이는 이상하리만큼 조용했다. 색색, 가쁜 호흡을 내뱉으며 간신히 생명 줄을 유지할 뿐이었다. 수소문 끝에 선우는 한 무당을 찾아갔고, 그녀는 마치 남의 불행을 관람하는 관객처럼 덤덤한 투로 말했다.

'줄이 너무 얇아, 이미 늦었어.'

그 날을 또렷하게 기억하고 있다는 듯 무당은 어느새 훌쩍 커 버린 설우를 면밀히 관찰하며 말했다.

'죽을 고비는 찾아오지 않겠지만, 여전히 생명 줄이 얇아.'

그럼 또다시…….

'원하는 걸 들어줘야지.'

원하는 거? 갈피를 잡지 못하는 설우를 향해 무당이 날카롭게 쏘아붙였다.

'다른 것도 아니고 녀석은 생명을 바쳤는데, 날름 받아먹기만 하려고 했어? 너도 줘야 할 거 아니야. 녀석이 원하는 걸.'

'만약 그걸 찾지 못하게 되면 어떻게 되는 겁니까.'

별 뜻 없이 물어본 질문에 무당의 표정이 싸늘해졌다. 선우가 이곳에 찾아왔을 때처럼 그녀의 시선이 서슬 퍼렇게 변했다.

'그대로 녀석에게 잡아먹힐 테지. 네 사지가 네 사지가 아닌 것이 되고, 네 눈이 네 눈이 아닌 것이 되고, 네 영혼이 네 영혼이 아닌 것이 될 테야.'

자신이 해 줄 수 있는 말은 이게 전부라며 그녀는 나가 보라는 듯, 손을 획 내저었다. 그리고 문턱 앞에 다다른 설우를 향해 나직이 씹어뱉었다.

'원체 원한보다 연정이 더 무서운 법이지.'

2년 전이었지만 여전히 선명하기만 하다. 으름장을 놓던 그 무당의 얼굴이.

"네 사지가 네 사지가 아닌 것이 되고, 네 눈이 네 눈이 아닌 것이 되고, 네 영혼이 네 영혼이 아닌 것이 될 거라고."

그날의 상황을 재현하듯 녀석이 한 자, 한 자 또박또박 내뱉었다.

"근데 왜 자꾸 고삐 풀린 망아지마냥 망각하는 걸까, 응? 그것도 부족해서 감히 수작까지 부려 대고."

꿈에서 보았던 에메랄드빛 눈동자가 싸늘하게 가라앉았다. 녀석의 주위로는 알 수 없는 한기까지 흘러나왔다. 그러나 설우는 눈 하나 깜빡하지 않았다. 오히려 감정 없는 얼굴로 녀석을 상대했다.

"뭘 좀 알아듣게 말해야 대화라는 걸 나눠 볼 수 있을 것 같은데."

눈앞에 나타난 브릿지를 보고 당황스럽지 않았다면 거짓말일 것이다. 하지만 가만히 생각해 보면 이건 절호의 기회였다. 신원을 알 수 없는 고양이. 녀석을 유일하게 알아본 주희를 다시 만나기까지도 2년이란 시간이 걸렸다. 그런데 아주 고맙게도 녀석이 떡하니 나타나 주지 않았나. 그것도 인간의 형태를 하고서.

"뭐가 이렇게 태평해."

설우의 덤덤함이 못마땅한 건지 녀석의 입술이 비틀렸다. 꽉 다문 잇새에서는 비릿한 숨이 연달아 터져 나왔다.

"얼마나 이 순간만을 기다렸는데, 얼마나……. 내가 얼마나 찾아 헤맸는데."

녀석의 턱이 부들거렸다.

"매일매일을 기다렸어. 매일 같은 공간에서 비가 와도, 눈이 와도, 늘 기다렸다고!"

녀석이 분노하자 테이블에 놓인 유리컵이 팍, 소리를 내며 산산조각 났다. 이번에도 설우는 동요하지 않았다. 굳이 묻지 않아도 알 것 같았다. 녀석이 항상 맴돌던 공간이 어디인지. 지하철역과 몇 걸음 떨어진 구석진 곳, 흙과 풀잎이 가득한 공원, 골목 모퉁이를 지나면 나오는 비좁은 길.

설우도 가 본 적이 있는 곳이었다. 어느 순간부터 정신을 잃고, 눈을 떠 보면 늘 펼쳐지는 배경이었으니까.

"근데……. 죽어 버렸잖아. 널 대신해서 내가 죽어 버렸잖아."

또다시 녀석의 눈동자에 분노가 차올랐다. 처참히 부서진 유리 조각만으로는 부족했는지, 이번에는 꽃병이 천천히 허공으로 떠올랐다. 달달달, 유리병이 위태롭게 흔들렸다. 자잘한 금이 표면 위로 한 줄기씩 뻗어 가는 순간.

"그날도."

"……."

"서주희 씨를 찾아 헤맸던 건가."

설우의 입에서 고적한 음성이 흘러나왔다.

"내가 죽을 수도 있던 날, 그리고 네가 날 대신해서 죽은 그 날."

"……."

"그 순간에도 서주희 씨를 찾고 다니던 중, 아니었나."

탁.

허공에 떠오른 꽃병이 둔탁한 소리와 함께 제자리로 돌아왔다. 녀석의 안색이 어두웠다. 분노는 사라지고 잿더미만 남은, 공허하고 서글픈 눈빛이었다. 그것을 응시하며 설우가 말을 이었다.

"애석하게도 그 순간 너에게 죽음이 들이닥친 거겠지."

부정하지 못하는 녀석을 보며 더 깊이 파고들었다.

"서주희 씨와는 무슨 사이였지? 동고동락하던 사이? 그런데 너를……."

설우는 잠시 말을 잇지 못했다. 주희의 이름을 들먹일 때마다 녀석의 눈동자가 한층 더 울적해졌다. 그리고 보면 어젯밤, 꿈에 나타나 울부짖지 않았던가.

'……알려 줘. 알려 주라고. 난 알고 싶단 말이야. 왜 나를 떠난 거야. 넌 다를 거라면서. 다른 인간들이랑은 다를 거라면서!'

포효는 아마 주희를 향한 것이었을 것이다. 거기까지 생각이 닿자 비로소 그 말이 납득되는 순간이었다.

'원체 원한보다 연정이 더 무서운 법이지.'

그를 대신해 죽은 브릿지. 녀석을 유일하게 알고 있는 서주희. 하지만 그녀는 둘만의 추억이 가득한 동네를 갑작스레 떠나 버렸고, 녀석은 주희를 하염없이 찾고 기다렸다. 그러니 답은 딱 하나밖에 없지 않은가.

"원한보다 연정이 무섭다는 건, 누군가를 향한 애정이 컸다는 소리일 테고."

"……."

"그 애정을 무당은 연정이라고 표했지만, 그건 그럴싸한 포장지에 불과할 뿐이지. 실은 애정에서 비롯된 원망. 아닌가?"

애정에서 비롯된 원망. 너무 사랑했기에, 그리고 그리워했기에 끝내 미워할 수밖에 없었던…… 그것은 '애증'이었다.

"둘 사이에 어떤 사연이 있는지는 잘 몰라도, 넌 스스로가 납득할 만한 이유가 필요했던 거야."

주희가 떠나 버렸다는 걸 믿고 싶지 않았던 거다. 버려졌다는 사실을 부정하고 싶었던 거다. 녀석은 아무 말도 하지 않았다. 그저 덤덤하게 설우와 시선을 마주했다.

"답을 찾았으면 앞질러 가야지. 그토록 바라던 숙명 앞에서 벗어날 수 있는 기회가 찾아왔는데, 넌 지금 뭐 하고 있는 거야?"

되묻는 녀석의 음성이 한없이 차가웠다.

"아아, 그래. 이해해. 처음에는 달콤했겠지. 더 이상 죽을 고비가 찾아오지 않으니 신기했을 테야. 그래서 망각했나? 그게 네 현실이라도 되는 것 같았어? 이래서 인간이란 것들은 절대 믿을 수가 없어. 지극히 이기적이고, 나약하고, 비열하지."

진절머리가 난다는 듯 녀석이 고개를 내저었다. 녀석은 자리에서 일어나 설우를 조용히 내려다보았다.

"마지막 경고야. 네 본분을 다할 수 있는 기회는. 너도 눈치는 챘겠지. 이제 시간이 얼마 남지 않았다는 걸."

녀석이 제 하얗고 기다란 손을 번갈아 뒤집으며 바라봤다.

"조금씩 내 의지대로 움직일 수가 있게 됐거든."

그 현상은 이미 여러 차례 설우에게 찾아왔었다. 최근에도 한 번 겪지 않았나. 가슴이 뜯기는 고통이 찾아오더니 순식간에 고양이로 변해 버렸다. 그것도 주희가 있는 자리에서. 하마터면 정체를 들킬 수도 있었다. 그 위기가 또 찾아오지 않으란 법은 없었다. 그 말은 곧…….

"넌 곧 소멸된다는 거지."

칼날 같은 현실이었다. 하지만 설우의 입에서 흘러나온 한마디는 예상 밖의 것이었다.

"그 여자를 원망하나?"

우월감에 빠져 있던 브릿지의 입매가 딱딱하게 굳었다.

"서주희 씨가 널 떠난 이유를 알게 되면, 그다음은 어떻게 되는 거지? 그때는 네가 소멸인 건가? 아님 그 여자를 해치기라도 할 생각이야?"

설우는 녀석이 진정으로 원하는 게 무엇인지 알고 싶었다. 혹시나 그게 주희에 대한 악심이라면 가만히 두고 볼 수만은 없는 셈이었다. 신경이 곤두섰다. 다른 사람도 아닌, 주희에게 변수가 들이닥칠 수 있다는 가정만으로도 손안 가득 힘이 들어갔다.

"뭔가 착각하는 것 같은데."

침묵 끝에 녀석이 운을 뗐다. 찰랑, 거리는 은빛 머리칼을 신경질적으로 쓸어 올리더니 툭 내뱉었다.

"찾고나 말해. 빌빌 기어도 모자랄 판에. 만일 그때처럼 또 허튼수작을 부렸다가는……."

이번에는 테이블 전체가 거칠게 흔들렸다. 그걸 지켜보던 설우는 문득 의구심이 생겨났다. 허튼수작. 그게 무엇인지 전부터 궁금하던 참이었다.

"도대체 그 허튼수작이라는 건 뭐지?"

답답함에 묻자 녀석의 얼굴이 떫은 감을 씹은 것처럼 일그러졌다. 마치 벌레라도 보는 것마냥 뾰족한 시선이 설우의 가슴에 꽂혔다.

"네 시꺼먼 속내가 말해 주고 있잖아."

시꺼먼 속내라니. 감을 잡지 못하는 설우를 향해 녀석이 크게 소리쳤다.

"입 맞추려고 했잖아!"

뭐? 설우는 차마 그 소리가 입 밖으로 나오지 않았다. 사람이 극도로 당황하면 할 말을 잃는다고 했던가.

"빗속에서……. 감히 주희 허리를 끌어안고 키스하려던 걸 내가 모를 줄 알아?"

비, 주희, 허리. 그리고…… 키스. 녀석이 뱉은 세 가지 단어를 무작정 곱씹었다. 그러자 주희와 함께 빗속을 걷던 날이 자연스레 떠올랐다. 단지 빗길에 미끄러진 그녀의 허리를 본능적으로 끌어안았을 뿐이다.

그런데 서로의 거리가 가까워서, 속절없이 드러나는 그녀의 얼굴에 저도 모르게 시선이 가서. 그래서 한참 바라봤던 것뿐인데. 별안간 설우의 얼굴이 핑크빛으로 물들었다. 그는 두 눈을 한 손으로 가리며 탄식했다.

······키스라니. 충격에 휩싸인 설우를 두고 브릿지가 한심한 눈빛을 비추었다.

"궁금하면 또 시도해 보던가. 그때는 아주 돌이킬 수 없는 강을 건너게 해 줄 테니까."

그러고는 흘긋 뒤를 돌아보았다. 아까부터 거슬렸는데, 한 남자가 입을 떡 벌린 채 서 있었다.

"지금은 저것부터 어떻게 하는 게 우선이겠지만."

그제야 설우가 윤 비서에게 시선을 주었다.

"언제부터 계셨어요?"

"지금, 이, 이게 도대체······."

"다 보셨습니까?"

"뭘, 뭘 말입니까? 대표님이 정신 나간 사람마냥 혼잣말 지껄이던 거요? 아님 저 컵이 지 멋대로 깨진 거?"

윤 비서의 팔다리가 후들거렸다. 스케줄 보고를 위해 집무실로 들어온 그는 눈앞에 펼쳐진 진기한 광경에 넋을 잃었다. 설우가 누군가와 대화하듯이 혼잣말을 하던 것은 둘째 치고, 가만히 있던 컵이 처참히 부서졌을 때는 혼절하기 일보 직전이었다.

"윤 비서님 눈에는 안 보이십니까?"

"안, 안 보이다뇨? 뭐가 말입니까?"

"신기하네요. 제 눈에는 잘 보이는데. 여기."

뭐지. 그새 어디로 간 거지. 방금 전까지 코앞에 있던 브릿지가 감쪽같이 사라졌다. 남은 것은 녀석이 머물던 자리 아래로 잘게 부서진 유리 조각들뿐.

"도대체 누가 보인다는 겁니까. 제발 알아듣게 좀 말해 보세요. 원망보다 연정이 무섭다는 건 무슨 소리고, 또 누가 서주희 씨를 원망한다는 겁니까?"

잠자코 윤 비서의 말을 듣던 설우의 어깨가 일순 경직됐다. 한순간이었다. 그의 얼굴이 단풍잎처럼 붉게 달아오른 것은. 서주희. 그 세 글자를 들먹이자 또다시 생각나 버렸다. ……키스라고? 그런 걸 해 본 적이라도 있으면 억울하지도 않을 것이다.

그런데 왜 자꾸만 생각나는 걸까. 입술을 말아 물 때마다 조금씩 들어가는 보조개도, 저를 끌어안고 약을 먹이던 여리고 하얀 손길도. 그 모든 것들이 짙은 잔상으로 머릿속에 눌어붙었다. 설우는 고개를 푹 숙였다. 붉거진 턱 아래로 흐린 탄식이 흘러내렸다.

"……미치겠네."

"벌써 이번 달도 다 갔네."

소연이 바깥 풍경을 바라보며 속삭였다. 그 소리에 책상을 정리하던 주희가 창밖을 응시했다. 땅거미가 내려앉은 거리가 새삼 낯설었다. 선선한 바람이 불기 시작하는 게 엊그제 같더니 그새 가을도 저물어 가고 있었다.

그사이에 인테리어 부서에는 많은 변화가 찾아왔다. 새로운 아이템 런칭을 앞두고, 디자인을 바꾸기 수십 번. 매일같이 밤을 새다시피 하여 우여곡절 끝에 최종 디자인이 나왔고, 생각보다 시장에서 우호적인 반응이 터져 부서가 한바탕 난리가 났다.

적어도 눈칫밥은 덜 먹겠다며 오 과장이 울컥했을 때는 여기저기서 손수건을 꺼내 들어 감격의 눈물을 흘려 댔다. 그러한 결과가 있기까지는 한 남자의 역할이 컸다.

"강욱 씨, 오늘도 바로 집으로 가는 거예요?"

"우리도 지금 갈 건데, 같이 갈래요?"

낭랑한 목소리가 귓가를 울렸다. 인턴 중 한 명인 다솜과 유진이 눈을 빛내며 강욱을 바라보고 있었다. 강욱과 재회한 지 얼마 되지 않아서였을 것이다. 그는 예정된 것처럼 인테리어 부서 안으로 발을 디뎠다.

'오늘부터 함께 일하게 된 신입 사원, 김강욱이라고 합니다.'

어디서나 주목받고 다니던 남자였다. 여기라고 다를 건 없었다. 그의 등장에 부서 전체에 활기찬 기운이 감돌았다. 유일하게 그를 달가워하지 않는 사람은 주희뿐이었다.

'강욱 씨는 신입인 것 같아도, 공모전 수상 경력이 어마어마한 친구야. 다들 유럽에서 개최하는 벨룩스 공모전 알지? 거기서 한국인 대학생이 수상했다는 것도 알 테고. 한때 시끌벅적했잖아. 그 친구가 바로 이 친구야.'

강 팀장의 입에서 흘러나온 말은 과장이 아니었다. 강욱은 런칭을 코앞에 둔 아이템들에 관하여 어떤 문제가 있는지, 어느 점을 조율해야 할지, 그리고 효율성과 실용적인 부분에서는 어떻게 디자인을 바꿔야 할지 하나하나 세심히 제안했다.

그 행보를 지켜보던 팀원들은 하나같이 혀를 내둘렀다. 그뿐일까. 훤칠한 생김새와 출중한 이력까지 따라오니 보기 좋은 떡이 먹기도 좋다고, 이미 그에 대한 평판은 다른 부서들에까지 널리 퍼져 나갔다.

"진짜 대단한 인재야. 저런 복덩이가 우리 부서에 굴러 들어올 줄 누가 알았을까."

소연이 흐뭇한 얼굴로 강욱을 바라봤다. 주희에게서는 어떤 반응도 들을 수 없었다. 아까부터 휴대폰만 바라보는 게 영 수상했다.

"연락 기다리는 사람이라도 있는 거야? 누구? 남자 친구?"

"주희 씨, 남자 친구 있어?"

"어머, 진짜요?"

아직 퇴근 전인 오 과장과 다솜이 득달같이 달려들었다. 갑작스러운 이목에 주희는 고개를 저으며 부정했다.

"그런 거 아니에요."

"그럼 이 대리 말은 뭐야. 분명 남자 친구라고 했잖아."

"아, 오 과장님. 사람 말은 좀 끝까지 들으시라고요. 있냐고 물어봤지, 누가 있다고 했어요? 하여간에 성격 급한 거 티 내시는 것도 아니고. 그러니까 사모님이 매번 전화해서 승질을 내시지."

주희를 대신해 소연이 오 과장을 나무랐다.

"여기서 우리 마누라 이야기가 왜 나와? 안 그래도 차장 사모 소리는 언제 들어 보냐면서 아침마다 닦달하는데, 어휴, 귀가 닳다 못해 녹겠어. 난 그냥 워낙 주희 씨가……."

오 과장이 말끝을 흐리며 주희의 눈치를 살폈다.

"좀 차갑잖아. 그래서 어떤 남자랑 연애하나 싶어서……."

"차가운 사람은 연애도 못 해요? 그리고 주희 씨가 어딜 봐서 차가워요. 예쁘기만 하구만. 그것보다 퇴근 안 하세요? 사모님이 올 때 초밥 사 오라고 하셨다면서요. 거기 여덟 시만 되면 문 닫는 거 알죠? 어머, 벌써 초침이 여섯 시 반을 향해 가네?"

소연이 비죽 웃으며 시계를 가리키자 오 과장의 낯빛이 파랗게 질렸다.

"아 씨, 오늘도 못 사 가면 진짜 큰일 나는데. 나, 먼저 갈게. 내일 보자고!"

서둘러 양복을 챙기며 달아나는 오 과장의 모습을 지켜보며 소연은 한숨을 푹 내쉬었다.

"미안해. 내가 괜한 걸 물어봤네."

"괜찮아요. 고의도 아니었고 또……."

주희가 흘긋 휴대폰 액정을 바라봤다. 남자 친구는 아니지만 연락을 기다리는 사람은 있었다. 벌써 한 달 전이었다. 설우를 마지막으로 본 게. 무슨 일인지 좀처럼 회사에서 그를 찾아볼 수가 없었다. 그 전에도 쉽지는 않았지만, 마치 행적을 아예 감추어 버린 것처럼 그의 뒷모습은커녕 그림자조차 발견하지 못했다.

……그렇게 가는 게 아니었는데.

마지막으로 기억하는 그의 모습이 계속해서 마음에 걸렸다.

'그러니까 서주희 씨 말은 내가 당신의 상사라서, 그리고 거래를 약조

한 사람이라서 단순히 잘해 준 것뿐이다? 그 말인 겁니까?'

그 물음에 대답하지 못한 게 자꾸만 후회가 되었다. 그런 게 아니라고. 사실 겁이 나서……. 당신과 닿으면 닿을수록 자꾸만 커져 가는 기대가 두려워서. 그래서 더 차갑게 나갈 수밖에 없었다고.

물론 방법이 없는 것도 아니었다. 연락 한 통만으로 해결될 수 있는 문제였다. 그런데 고작 그 연락 한 번 해 보는 게 뭐 그리 어렵다고, 이렇게도 망설이고 있는 건지.

"……바보도 아니고."

뒤숭숭한 기분을 지우고자 주희는 마저 책상을 정리했다. 그리고 그 모습을 강욱이 지나치지 못하고 가만히 지켜보았다.

✳

유달리 회의실의 공기가 고요했다. 이런 상황이 올 걸 예상하고 있었으나, 앞으로 이 난관을 어떻게 헤쳐 나가야 할지 윤 비서는 막막했다.

"김 대표, 그게 정말인가."

임원 중 한 명이 껄끄럽다는 식으로 운을 뗐다. 그는 설우가 대표 자리에 오르고 나서부터 태클을 걸어오기 일쑤인 하 상무였다.

"강남 재건축 사업에서 발을 빼겠다는 게 사실이냐고 묻는 거야."

"제대로 들으신 게 맞습니다."

덤덤한 확인 사살에 하 상무의 얼굴이 어이없다는 듯, 일그러졌다.

"아니, 자네 생각이 있는 게야? 요즘 추세에 건물 하나 짓는 게 쉬운 일인 줄 알아? 무려 강남이야, 강남. 그중에서도 가장 좋은 위치에 자리한 역세권이라고. 그곳이 재개발되기만을 기다리고 있는 시공사가 어디 한둘이냐 말이야."

'강남'이라는 수식어에 걸맞게 공사 규모 및 얻을 이익이 어마어마했다. 누가 그 시공을 맡게 되느냐, 건축사들 모두 다 기대에 부풀어 있었다. 그 후보에는 '시온'도 포함이었다.

"지금 당장은 회사에 이득일지 몰라도, 멀리 봤을 때 걸리는 게 한두 가지가 아닙니다. 그래서 적절치 못하다는 판단이 들었을 뿐입니다."

설우가 표정 하나 바꾸지 않고 의견을 내뱉었다.

"아니, 도대체 어떤 구간이 적절치 못하다는 거야. 다른 땅도 아니고 강남……."

"하 상무님. 예전에 'J' 협력업체와 교류를 나눈 적이 있었죠?"

뜨끔. 하 상무의 얼굴 위로 난감함이 스쳤다. 은밀하게 이루어진 일이었다. 하물며 접촉만 했을 뿐 어떠한 진행도 이루어지지 않았다. 그걸 설우가 알고 있다는 사실에 그는 마른침을 꿀꺽 삼켰다.

"그럼 그 업체가 또 다른 협력업체에게 일을 맡기고, 그 의뢰를 받은 업체는 또 다른 업체에 발을 뻗게 된다는 걸 모르실 리 없을 텐데."

"……."

"그 결과 부실 공사란 말이 흘러나오게 된다는 것 또한 잘 아실 거라고 생각합니다. 아닙니까?"

설우가 제 턱을 살며시 쓸어내리며 씹어뱉었다. 하 상무의 표정이 눈에 띄게 굳어졌다.

"지금 당장은 이익을 줄지 모르죠. 근데 재건축을 진행하는 과정이 단독으로 이루어지는 게 아니라 다른 시공사와 협업을 해야 한다는 게 문제라는 겁니다."

어느 순간부터 '재건축'은 사회의 이익이 아니라 개인의 이익을 추구하며 여기저기서 비리가 잇따랐다. 그중에서도 부실 공사가 독보적이었다. 건물을 지을 수 있는 땅이 제한되면서 재건축이 확정된 땅은 그야말로 오아시스 같은 존재였다. 그러다 보니 시공권을 따내기 위해 대형 건설사들이 투표권을 가지고 있는 주민들에게 금품을 갖다 바치는 일이 허다했다.

현재는 관련 기관에서 시공 업체 중 비리를 저지른 곳은 없는지 조사 중인 걸로 알고 있었다. 물론 '시온'과는 전혀 관련이 없었지만, 재건축 사업에 투입이 될 시엔 말이 달라진다. 먼 훗날, 요주의 기업에 오를 수도 있었다.

요새 들어 시공권을 따내기 위한 경쟁이 치열해지자 이럴 바엔 함께 협력해서 그 이윤을 나누어 갖자는 식으로 추세가 바뀌어 가는 중이었다. 그런데 후보에 오른 시공사들 중 대기업의 횡포라는 이름하에 조사 대상으로 물망에 오른 곳이 몇 곳 있었다.

설우는 애초부터 그들과 엮이지 않겠다는 생각이었다. 무조건 이윤만 남기면 장땡이라는 곳과 협업해 봤자 남는 것은 '돈' 밖에 더 있으려나. 아니, 그마저도 자칫 잘못하면 부실 공사를 일으킨 기업으로 이미지가 훼손되어 더 큰 손해를 불러들일 소지가 컸다.

"그러니까 하 상무님."

설우가 툭툭, 탁상을 손가락으로 가볍게 내리치며 경고했다.

"노선 제대로 정하세요. 제게 불만이 있으시면 타당한 사유를 가져오시던가. 아님 사실적인 자료를 준비하시던가. 자꾸 어중간하게 나오니까, 모두가 다 아는 기본적인 상식까지 입 밖으로 꺼내게 되는 거 아닙니까. 괜히 아까운 시간만 버리게."

나긋한 어투였지만 말속에 가시가 숨겨져 있었다. 임원들의 얼굴이 마뜩잖게 굳어졌다. 김성범 전 회장도 그렇고, 현재 병상에 누워 있는 김선우 회장도 마찬가지로 상식에 벗어나는 일만큼 어리석은 것도 없다며 누누이 일침을 놓았었다. 그 말을 한참 어린 설우에게서도 듣게 되자 못내 자존심이 상했다.

"그건 김 대표 말이 맞네, 하 상무."

숨 막히는 정적이 흐르는 가운데, 누군가 입을 열었다. 윤 비서의 입이 적잖게 벌어졌다. 부사장과 더불어 설우가 가장 경계해야 할 상대인 최 전무가 그의 편을 들어주고 있었다. 최 전무는 시온의 초창기부터 모든 것을 함께한 핵심 인물이었다. 인맥이 워낙 넓어 그의 역량으로 다수의 계약 건을 따냈다고 해도 과언이 아니다.

윤 비서는 한때 그가 언젠가는 회장 자리에 오를지도 모른다고 예견했었다. 그러나 그는 만년 전무였다. 그 이상으로 올라가지도, 내려가지도 않았다. 그게 자신의 의지에 의해서인지, 아님 외부의 영향인지는 아무도 모르는 일이었다.

다만 그를 볼 때마다 기분이 께름칙했다. 흡사 뱀을 보는 것 같았다. 속내를 알 수 없는 회색빛 홍채와 눈이 마주칠 때면 뜻 모를 오한이 등줄기를 때렸다.

"부실 공사라는 타이틀만큼 치명적인 것도 없을 테지. 우리 회사가 당장 이윤 추구를 목표로 달려야 하는 시급한 입장도 아니고."

최 전무가 엷게 웃으며 부사장을 바라봤다.

"안 그렇습니까, 부사장님."

"일리 있는 말일세."

뭐야, 저 양반은 왜 또 저러는데. 부사장이 우호적인 태도를 취하자 윤 비서는 눈꺼풀을 재차 깜빡거렸다. 당황스러운 건 하 상무도 포함이었다. 그는 이대로 물러설 수 없다는 듯 버벅거리며 반박했다.

"하, 하지만! 그 땅에 시공을 하게 되면 당연히 명성도 따라오게 될 테고."

"건물을 짓는데, 명성이 왜 필요합니까."

정곡을 찔린 하 상무의 어깨가 움찔했다. 설우의 표정이 싸늘했다.

"그 명성으로 뭘 하시려고요. 설마 그 명성 때문에 건물을 지을 수 있는 거라고 생각하시는 겁니까?"

얼토당토않은 논리다. 명성 때문에 건물을 짓다니. 결국 건물과 그 뿌리가 튼튼해야 명성도 따라오는 법이다.

"결과물이 말해 줄 걸 왜 엄한 데서 답을 찾고 계신 거죠? 이런 영양가 없는 이야기로 시간을 끌기엔 제가 중요한 선약이 있어서요. 먼저 일어나 보겠습니다."

하 상무의 얼굴이 벌겋게 달아올랐다.

"아, 그리고."

설우가 무언가 생각났다는 듯 뒤를 돌아보았다.

"아무리 제가 임시 대표라고 해도, 대표는 대표입니다."

"……."

"다음부터는 직함 제대로 갖추세요."

뭐, 뭐야? 하 상무가 반문하기도 전에 설우가 웃음기 배인 목소리로 덧붙였다.

"라인을 잘못 타는 바람에 밑바닥으로 꺼졌다는, 그런 시답잖은 소리 사내에서 듣고 싶지 않다면요."

전과는 비교도 할 수 없는 침묵이 내려앉았다. 하 상무를 향한 일침인 것 같지만 결국 모두를 향한 경고였다.

✳

"도대체 무슨 생각입니까?"

윤 비서가 탐탁지 못한 눈으로 룸 미러를 흘기었다. 설우가 서류에서 눈도 떼지 않고 대답했다.

"뭘요."

"꼭 그렇게까지 몰아붙일 필요가 있었냐고요."

살벌하던 회의실 공기만 생각하면 절로 한숨이 나왔다. 앞으로 펼쳐질 고생길이 안 봐도 훤했다.

"윤 비서님이야말로 원하시던 부분 아니었어요? 칼같이 끊어 내라고, 구박하실 때는 언제고."

"그거야……."

때를 가려서 하라는 말이었지. 주주들의 재투표가 이루어지기까지 얼마 남지 않은 시점에서 설우의 행보는 불난 집에 부채질을 하는 꼴이었다. 그뿐이면 말도 안 하지. 무슨 일인지 그는 한 달 전부터 전투적으로 눈앞에 놓인 업무들을 해치워 나갔다. 아마도 그때부터였던 것 같은데…….

"요새 서주희 씨랑은 연락 안 합니까?"

분주히 글자를 읽어 가던 설우의 눈동자가 멈칫했다.

"그게 지금 왜 궁금하죠?"

"아, 당연히 궁금하죠. 대표 자리도 대표 자리지만, 몸뚱어리가 정상이

176

어야 그 자리에 앉든가 말든가 하지."

그가 고양이로 변한다는 것은 아주 치명적인 오점이었다. 거기다 요새 들어 수상한 점이 한둘이 아니다. 설우가 어느 순간부터 고양이로 변하지 않았다. 혹시 녀석이 원하는 걸 찾아서 완전히 놓여난 게 아닐까 기뻐하다가도, 아무 말도 하지 않는 그를 보고 있자니 윤 비서는 기분이 축 가라앉았다.

"저한테 감추는 거라도 있습니까?"

"그런 거 없습니다."

단호한 부정에 윤 비서의 눈썹이 비죽 올라갔다.

"근데 왜 서주희 씨랑은 연락도 안 하고, 컵이 부서진 일에 대해서는 일절 말을 꺼내지도 않으려고 하고. 거기다 재건축은 왜 걸고넘겨져요. 그냥 넘어가도 될걸."

탁. 설우가 철제 파일을 소리 나게 덮으며 윤 비서를 응시했다.

"옳지 못한 걸 옳지 못하다고 한 것뿐인데, 그게 잘못입니까?"

"제 말은 좀 쉽게, 쉽게 가자는 겁니다."

재건축을 성사시키면 자연스레 그의 입지가 커질 테고, 좀 더 수월하게 앞으로의 전망을 바라볼 수 있었다. 그런데 굴러 들어온 복을 냅다 차 버렸으니.

"이미 놓친 물고기, 잡지도 못하겠지만 이제 어쩌려고요?"

"뭘 어쩌긴 어쩝니까. 방안을 모색해 봐야죠."

"아, 그러니까 그 방안을 어디서 찾아보냐고요!"

부르르, 떨리는 윤 비서의 양손을 보며 설우가 담백한 미소를 지었다.

"전혀 없는 것도 아니죠. 그래서 말인데, 인테리어 부서 지난 상반기 실적 좀 다시 서류 올려 보세요."

❄

"송구스럽게 됐습니다. 저는 당연히 김 대표, 아니, 김설우 그 자식이 그렇게 당당한 얼굴로 나올 줄은 꿈에도 몰랐습니다."

하 상무는 연신 부사장과 최 전무의 눈치를 보는 중이었다. 회의실에서 그런 개쪽을 당한 것도 서러워 죽겠는데, 이들과 마주 보는 것은 그야말로 고역이었다.

"하 상무."

"예, 전무님."

"여기는 회사일세."

"……예?"

"상대에게 타격을 주고 싶을 땐 말이야. 무작정 눈앞에 있는 문제가 답이라고 생각하면 안 돼. 물고 늘어져서도, 절대 흥분해서도 안 되지. 그거 야말로."

탁, 찻잔을 내려놓기가 무섭게 최 전무 눈이 싸늘하게 식어 갔다.

"가장 미련하고 천박한 짓일세."

꿀꺽. 하 상무가 마른침을 삼키며 고개를 끄덕였다. 최 전무는 언제 그랬냐는 듯 입가에 미소를 풀며 부사장에게로 시선을 돌렸다.

"안 그렇습니까, 부사장님."

현욱은 말이 없었다. 강남 재건축 사업은 설우의 발목을 붙잡을 좋은 카드였다. 그러나 성급해서 좋을 게 없다며 최 전무가 이를 말린 건 불과 이틀 전이었다.

"자네 무슨 꿍꿍이야."

"뭘 말입니까."

"자네 입으로 그러지 않았나. 다 방법이 있다고."

최 전무는 작게 탄식하며 무슨 뜻인지 알겠다는 듯 고개를 주억거렸다.

"재건축 사업은 아쉽게 물 건너가게 됐지만 그것이 결코 시온에 영향력을 주진 않습니다."

"뭐?"

"제 말은, 고작 그 사업 하나 버린다고 흔들릴 만큼 우리 회사가 작지 않다는 겁니다. 재건축 문제로 김 대표 커리어에 붉은 줄을 긋기엔 티끌도 되지 못한다는 소리죠. 안 그런가, 하 상무."

하 상무의 눈동자가 이리저리 흔들렸다. 그것이 답이라고 무작정 설우를 물고 늘어졌다가 낭패만 보게 된 그로서는 할 말이 없었다.

"그리고 주주들 또한 그 문제로 지금은 크게 걸고넘어지지 않을 겁니다."

"그걸 어떻게 장담할 수 있지?"

"인간은 말입니다. 원체 익숙한 것에는 금세 흥미를 잃고, 새로운 것을 갈망하게 되는 법입니다."

이게 무슨 개 풀 뜯어 먹는 소리야. 현욱이 눈살을 구기자 최 전무가 차근차근 설명을 이어 갔다.

"재건축은 지금 김 대표의 영향으로 따낸 성과가 아닙니다. 이미 그 명성은 초기 김성범 회장부터 탄탄히 만들어 놓은 결과물이죠. 더군다나 조사 대상이 보다 광범위해진 이 시점에서 무리해서까지 밀어붙이는 건 되레 빌미를 제공할 여지가 있습니다. 김성범 회장님이 어떤 분이십니까. 그런 것 자체를 타기하시던 분이 아닙니까. 직접 두 눈으로 보셨잖습니까. 가차 없이 잘려 나가던 목들을."

현욱의 낯빛이 단숨에 가라앉았다. 저 또한 언제 그 노인네 손에 내쳐질지 모르는 일이다. 아버지는 그런 양반이었다. 자비라고는 찾아볼 수 없는 냉혈한 인간.

"그러니 김 대표가 입지를 확실하게 박을 수 있는 거라곤 딱 한 가지밖에 더 있겠습니까."

일순 최 전무의 입가에 매끈한 미소가 걸려들었다.

"무(無)에서 유(有)를 창조하는 것."

"……."

"아마도 김 대표는 이를 염두에 두고 있을 테죠."

무에서 유를 창조하는 것. 가만히 곱씹던 현욱이 어처구니가 없다는 듯이 반박했다.

"설마 자네 지금, 인테리어 부서를 염두에 두고 하는 소리야? 주주 총회가 열릴 날까지 고작 몇 개월밖에 남지 않았어. 신설된 부서가 그 최단기간에 주주들이 납득할 만한 성과를 얻어 낼 수 있다고 생각하나? 어디서 되도 않는 소릴…….”

“저도 그 의견에 동의하는 입장입니다. 단지 제가 드리고 싶은 말씀은, 재건축 문제는 그때 가서 이야기해도 나쁘지 않다는 겁니다. 무기로 쓰지 말라는 것이 아니라, 때를 기다리자는 것이죠.”

“알아듣게 좀 말할 수 없나!”

“부사장님. 잘 생각해 보세요. 김 대표는 인테리어 부서가 큰 성과를 얻을 수 있도록 총력을 기울일 겁니다. 하지만 김 대표도 알고 있겠죠. 이게 얼마나 무모한 짓인지를. 그러니 우리 쪽에서도 딱히 서두를 필요가 없지 않겠습니까.”

“그러다가 승승장구라도 하면…….”

“설마요.”

최 전무가 부드럽게 입꼬리를 끌어당겼다.

“어떤 변수가 생길지는 아무도 모르는 일이지 않겠습니까? 그러니 부사장님은 자식 농사에만 각별히 신경 쓰시면 됩니다.”

✳

모두가 떠나간 집무실. 최 전무의 책상 위에 사진 세 장이 가지런히 놓여 있었다. 두 명의 남자와 한 명의 여자. 모두 다 익숙한 인물들이었다. 한 명은 이 회사를 대표하는 남자였고, 또 한 명은 부사장의 하나뿐인 핏줄이었으며, 마지막으로 여자는…….

“이런 치정극도 나쁘진 않지.”

그 말을 읊조리기가 무섭게 집무실 문이 열리며 중년의 남자가 모습을 드러냈다. 깍듯이 허리를 숙이는 모습이 아주 마음에 들었다.

“함 부장 왔나.”

최 전무의 동공이 흥미로움에 젖어 반짝거렸다.

"아니지. 이제 함 상무라고 불러야겠지?"

✳

"네? 방금 뭐라고 하셨어요?"

평화롭던 인테리어 부서에 폭풍 같은 정적이 찾아왔다. 강 팀장이 특유의 미소를 지으며 쐐기를 박았다.

"곧 대표님이 내려오실 예정이라고. 방금 미팅 끝내고 오는 길이야. 중요하게 전달할 말이 있으니 한 명도 빼놓지 말고 자리에서 대기하라시는데?"

잠, 잠깐만. 누가 온다고? 횡설수설한 반응들 사이로 누군가 울먹이며 반문을 토해 냈다.

"갑자기 무슨 일로요? 우리가 뭐 잘못한 거라도 있대요? 설마, 조직 개편 막 이런 거 아니죠?"

"뭐?!"

"안 돼요, 팀장님! 제가 어떻게 이 부서에 들어왔는데! 우리 애 아직, 초등학교도 안 들어갔어요!"

"양 대리님, 그렇게 따지면 전 아직 결혼도 못 했다고요!"

여기저기서 터져 나오는 아우성이 극성이었다. 강 팀장은 겨우 그들을 진정시키며 말을 이었다.

"진정들 좀 하라고. 내려오신다고만 했지, 무슨 일을 할지는 직접 보면서 이야기하실 거야."

"말이 안 되니까 그러죠!"

한 번 터진 소란은 쉽게 그칠 줄 몰랐다. 대표가 한 번이라도 부서에 내려오신 적이 있었나. 설우와 직접적으로 대면한 부원은 극히 드물었다. 그래도 대표가 만든 부서라기에 그거 믿고 낙동강 오리알 신세를 자처했더니, 뭐 하나 쉬운 게 없었다.

그럼에도 울며 겨자 먹기 마음으로 3년이 가까운 시간을 겨우 버텨 냈다. 양 대리가 손수건을 꺼내 들며 호소 섞인 목소리로 억울함을 토해 냈다.

"팀장님, 저 오늘 아침에도 우리 하연이 등원시키면서 몇 번을 다짐했는지 몰라요. 오늘만 버티자, 내일만 버티자, 일주일만 버티자. 우리 딸내미, 대학까지는 무리일지라도 고등학교 때까지만이라도 버티자. 아시잖아요. 저 둘째도 회사 때문에 포기한 거……."

"아니, 양 대리. 아직 아무 말도 안 했다니까. 갑자기 그렇게 눈물을 터트리면……."

이거야 난감해서 원. 강 팀장의 이마 위로 식은땀이 송골송골 맺혔다. 그때였다. 부서 안으로 기다란 그림자가 드리워지며, 이내 긴 다리가 휘적휘적 앞으로 걸어 나왔다. 팀원들의 고개가 하나둘씩 돌아갔다. 발걸음의 정체가 드러남으로써 암울했던 공기가 손바닥 뒤집듯 달라졌다.

"하연이, 올해로 다섯 살 됐나요?"

눈물을 머금던 양 대리는 하나뿐인 딸아이의 이름이 흘러나오자 퍼뜩 눈을 들었다. 그녀는 덜덜 떨리는 손가락을 꽉 움켜쥐며 간신히 입술을 움직였다.

"……대, 대표님."

"처음 봤을 때가 두 살이라고 했던 것 같은데. 그새 많이 컸겠네요. 예쁘겠어요."

이 상황을 어떻게 받아들여야 하나. 어쩔 줄 몰라 하는 건 양 대리만이 아니었다. 다른 부원들 또한 놀란 눈빛을 감추지 못했다. 설우가 한 발짝 물러섰다. 그는 송장처럼 굳어 있는 팀원들을 향해 부드럽게 미소 지었다.

"반갑습니다. 김설우입니다."

＊

……불편해.

주희는 한숨이 나오려는 걸 참아 내며 흘긋 옆을 바라봤다. 그러자 강욱의 옆태가 눈에 들어왔다. 되도록 엮이고 싶지 않았는데.

공장과의 미팅이 있던 참이었다. 오 과장은 제품에 들어가는 재료들을 세세히 살펴보기 위해 함께할 인원으로 소연과 강욱을 지목했다. 그리고 고심하는 얼굴로 중얼거렸다.

'인턴들 중 한 명도 갔으면 싶은데.'

하필 다솜과 유진이 자리를 비운 터였다.

'그래. 주희 씨가 가자.'

주희에게 선택권 따윈 없었다. 가는 길도 막막했지만 돌아오는 길은 더 막막했다. 무슨 일인지 도로가 꽉 막혀 앞으로 나아갈 기미가 보이지 않았다. 겨우 회사 근처에 다다랐을 무렵이었다. 소연이 대뜸 강욱을 향해 물었다.

"강욱 씨는 여자 친구 있어? 요새 이 부서, 저 부서에서 강욱 씨 탐내고 있잖아. 나한테 강욱 씨 소개시켜 달라는 사람만 벌써 몇 명이야. 그래서 물어보는 건데, 만나는 사람 있어?"

강욱의 시선이 느릿하게 돌아갔다. 고작 사소한 움직이었을 뿐인데, 시선이 엉키기라도 할까 주희는 더 빳빳하게 고개를 틀었다. 그 순간 나직한 목소리가 귓가를 울렸다.

"있을 뻔했는데."

"……"

"사라졌어요."

"응? 사라져? 그게 무슨 말이야."

"글쎄요. 무슨 말일까요. 너무 예전 일이라서 저도 기억이 가물가물하네요."

강욱이 너스레를 떨며 입꼬리를 올렸다.

"아, 뭐야. 난 또 사랑하는 사람이 운명하셨다는 줄 알고 깜짝 놀랐잖아."

"이야기가 그렇게 되는 건가요?"

거짓말. 주희가 속으로 곱씹었다. 있을 뻔한 게 아니라 있었으면서.

'야. 듣고 놀라지 마. 김강욱, 그 자식. 배우 한채영이랑 그렇고 그런 사이였더라.'

윤주로부터 그 말을 전해 들었을 때는 부정하고 싶었다. 강욱을 알고 지내는 시간 동안 그가 다른 여자를 만난다거나, 좋아하는 걸 본 적이 없으니까. 다정했지만, 사랑 앞에서만큼은 칼같은 남자였다. 그 모습에 남모르게 희망을 키워 갔었는데…….

"그럼 주희 씨는 어때?"

"네?"

갑작스러운 호명에 주희가 흠칫하며 시선을 들었다.

"주희 씨, 예쁘지 않아?"

"이 대리님."

주희가 난감하다는 눈으로 소연을 바라봤다. 예쁘다니. 저 입에서 죽도록 원망한다는 말이 안 나오면 다행이지.

"예쁘죠."

"……."

"주희 씨 정도면."

주희의 눈 밑이 반사적으로 일그러졌다. 잘못 들었나 싶어 고개를 돌리자 강욱이 시선을 얽혀 왔다. 묘한 긴장감이 등줄기를 타고 흘러내렸다. 그때였다.

"야야야, 큰일 났다, 큰일 났어!"

난데없는 클랙슨 소리가 고막을 찢을 듯이 퍼졌다. 소연이 화들짝 놀라며 소리쳤다.

"아, 깜짝이야! 오 과장님. 제발 쫌! 하마터면 간 떨어질 뻔했잖아요. 또 뭔데요! 사모님이랑 그새 한바탕하셨어요?"

"그게 아니라 이것 좀 보라고!"

오 과장이 허겁지겁 휴대폰 액정을 가리켰다.

"부서에 뭔 일 터졌나 봐. 말은 안 하고, 큰일 났으니까 빨리 오라고 난리잖아."

"무슨 일이 터졌다고……."

소연이 말끝을 흐리며 액정을 바라봤다.

"뭐야. 이거 양 대리님 아니에요?"

[ㅠㅠㅠㅠ과장님 출발하셨어요? 큰일 났어요. 큰일 났다고요!]

보내온 메시지가 급박함을 담고 있었다. 오 과장이 재빨리 차를 주차하며 바깥을 가리켰다.

"일단 차에서 내리자고. 분위기가 심상치 않은 건 확실하니까 다들 마음의 준비 하고."

소연이 그 뒤를 따랐다. 주희는 멍하니 두 사람의 뒷모습을 바라봤다. 너무 급작스레 일어난 상황이라 감이 잡히지 않았다.

"안 내립니까?"

강욱이 차 손잡이를 붙잡고 말했다. 방금 전 예쁘다고 말한 남자가 맞긴 하나. 사무적인 태도는 그렇다 쳐도, 차가운 눈빛은 당장이라도 찌를 것처럼 날카로웠다.

"전 이쪽에서 내릴게요."

주희는 무시하며 반대편 문을 열고는 서둘러 오 과장과 소연의 뒤를 쫓아갔다. 초조함은 엘리베이터 안에서도 멈출 줄을 몰랐다. 소연이 발을 동동 굴리며 입술을 짓씹었다.

"과장님, 별일 아니겠죠?"

"아니길 빌어야지. 아, 근데 아무리 생각해도 우리가 잘못한 게 있어야지. 런칭도 나름 성공적으로 이루어졌고, 딱히 회사 내에서 압박받을 만한 부분이 없는데."

고뇌하는 오 과장의 표정이 심란했다. 그때 엘리베이터 문이 활짝 열렸다.

"오 과장님!"

때마침 양 대리의 목소리가 울려 퍼졌다. 그녀는 왜 이제야 왔냐며 부서 입구에서부터 오 과장을 닦달했다. 그러나 주희가 놀란 건 다른 부분이었다. 인테리어 부서 밖으로 사람들이 몰려 있었는데, 죄다 처음 보는 인물들이었다.

　자세히 보면 낯익은 얼굴도 몇몇 있긴 했으나 공통점이라면 모두 다른 부서 사람들이라는 것이었다. 아무래도 조직 개편된다는 소문까지 떠도는 이 시점에 대표가 인테리어 부서에 내려오기까지 하니, 무슨 일인지 다들 궁금해서 불구경 삼아 몰려든 듯했다.

　"……세상에."

　부서 안으로 먼저 들어간 소연이 한 남자와 눈이 마주치자 우두커니 멈춰 섰다. 반면 주희는 모여든 사람들 사이에 끼여 앞으로 나아가는 게 쉽지 않았다. 그때 누군가의 손이 그녀의 등을 떠밀었다. 몸이 멋대로 휘청거리며 발목이 꺾였다.

　"……!"

　그대로 넘어지나 싶었지만, 부드러운 손길이 그녀의 손목을 단단하게 붙잡았다. 강욱이었다. 어느새 뒤따라온 건지 그 또한 다소 놀란 눈빛으로 주희를 내려다보았다. 그리고 묵직한 발걸음이 두 사람 앞에 울려 퍼졌다.

　"처음 보는 분들이네요."

　주희의 어깨가 바짝 굳었다. 들려온 말과는 달리 익숙한 음성이었다. 몇날 며칠을 후회 속에 보내게 한 남자를 어떻게 잊을 수가 있을까. 떨리는 감정을 억누르며 고개를 들었다. 그토록 기다리던 까만 눈동자가 그녀를 응시하고 있었다.

　하지만 왜 기쁘지가 않은 걸까. 드디어 그를 마주했는데도, 설렘보다는 서글픈 고독이 심장에 내려앉았다. 그때와 똑같은 눈이다. 마지막으로 마주했던 어둡고, 서슬 퍼런 시선이 주희의 전신을 찔렀다. 모르는 얼굴을 대하듯 설우의 입이 기계적으로 움직였다.

　"김설우입니다."

"대표님, 한잔 받으세요!"

인테리어 부서는 모처럼의 회식을 즐기고 있는 중이었다. 그리고 그 중심에는 설우가 있었다. 그의 등장은 폭풍과도 같았지만, 그가 나타난 이유에 대해 강 팀장이 차근차근 설명을 시작한 순간부터는 팀원들의 얼굴에 생기가 돌기 시작했다.

'얼마 남지 않은 하반기를 대표님과 함께 달릴 수 있게 되었습니다. 우리 부서의 성장을 위해 직접 발걸음해 주신 점, 크나큰 영광입니다. 자, 모두 환영의 박수!'

여기저기서 박수 소리가 터져 나왔다. 이게 무슨 일이냐며, 더 이상의 설움은 사라지는 거냐며 다들 말을 잇지 못했다.

"근데 매너 좋다는 건 익히 소문으로 들어서 알고 있었는데, 이 정도로 다정하신 분인 줄은 몰랐어요."

"세상에, 아까 봤어? 스윗하게 미소 짓는데 심장에 불날 뻔했잖아."

건너편에 앉은 다솜과 유진이 고기를 먹다 말고 수줍은 목소리로 속닥거렸다. 소연이 못 말린다는 듯 고개를 저었다.

　"자기들 웃긴다. 대표님 한 분 오셨다고 이렇게 태도가 바뀔 수 있는 거야? 곧 있으면 눈에서 하트라도 나오겠어?"

　"에이, 대리님. 대리님도 좋으시면서. 솔직히 곧 정규직 채용 발표 나올 시기에 이게 무슨 행운이에요. 적어도 남은 기간 동안은 눈 호강 하면서 보낼 수 있다는 건데. 당장이라도 여기 뼈를 묻고 싶은 심정이라고요."

　다솜이 턱받침까지 하며 감탄 어린 눈으로 설우를 바라봤다. 그녀만이 아니었다. 약속이라도 한 것처럼 모두 다 설우에게서 시선을 떼지 못했다. 그중 한 명이 고 대리였다. 그녀는 식당에 들어온 순간부터 설우의 옆자리를 꿰차서는 꼬리를 살랑살랑 흔들어 대기 바빴다.

　"대표님, 대표님을 직접 만나 뵙게 되어서 얼마나 영광인지 모릅니다."

　소연이 기가 막힌다는 얼굴로 중얼거렸다.

　"아부 봐라. 조직 개편될지도 모른다면서 귀띔해 준 게 누구인데. 안 그래, 주희 씨?"

　신경이 온통 설우에게 가 있던 주희는 대답하지 못했다. 정확히는 그의 글라스 잔이었다.

　저것만 먹으면 벌써 다섯 잔째인데. 무슨 생각인지 들어오는 잔마다 그는 거부하지 않고 들이켰다. 그 모습에 신이 난 팀원들은 한 번이라도 그에게 눈도장을 찍기 위해 쉬지 않고 술을 따랐다.

　최소한 주희가 아는 설우의 주량은 고작 세 잔이었다. 하지만 이대로 뒀다가는 주는 대로 다 받아먹고 뻗을 기세다.

　"주희 씨."

　"……."

　"주희 씨!"

　"네?"

　"무슨 생각을 그렇게 해? 아까부터 제대로 먹지도 못하고."

　"아……."

주희가 어색하게 미소 지으며 시선을 바로 했다. 식당에 들어온 지가 한참인데도, 그녀의 그릇에는 고기 한 점도 담겨 있지가 않았다.

그래도 신경이 쓰이는 걸 어떡해. 덤덤한 척하려고 해 봐도, 자꾸만 시선이 설우에게로 향했다. 저 같은 사람은 안 적도 본 적도 없다는 듯 행동하는 그의 태도에 가슴이 서늘했다. 어쩌면 스스로가 만들어 낸 상황일지도 모른다. 다가오려는 그를 밀어낸 것도, 차갑게 벽을 쌓았던 것도 그녀였으니까.

결국 원하는 대로 이루어졌는데도 마음 한구석이 쓰리는 건 왜인지.

"좀 먹죠?"

주희의 눈동자가 의아함으로 물들었다. 어느새 빈 접시에 고기가 수북이 쌓여 있었다. 고개를 들자 강욱이 그녀를 주시하고 있었다.

"그렇게 봐도 안 볼 사람은 절대 안 봐요."

"……."

"그러니까 밥부터 먹으라고."

무심한 목소리가 심장을 쿡, 찔렀다. 꼭 바보 같은 제 모습을 힐난하는 것 같아 주희는 기분이 언짢았다.

"뭐야, 이거 무슨 의민데. 지금 주희 씨 챙겨 준 거야?"

소연의 유난에 하나둘씩 시선이 모여들었다. 그게 아니라고 반박하려던 주희는 무언가를 보곤 멈칫했다. 시선조차 주지 않던 설우의 두 눈이 거짓말처럼 그녀를 향해 있었다.

"맞아. 아까 그랬잖아. 주희 씨 정도면 예쁘다고."

한순간이었다. 뒤이어 들린 소연의 말에 그의 까만 동공이 어둡게 가라앉은 것은.

"이거 지금 공식 커플 선언이라도 돼?"

오 과장이 한마디를 더 얹자 순식간에 분위기가 뒤바뀌었다. 파도타기하듯 팀원들이 숟가락으로 탁상을 두드리며 오오, 호응을 유발했다. 주희는 당장이라도 자리를 박차고 싶었다. 이런 상황을 만든 강욱이 원망스럽기까지 했다.

아까부터 자꾸 왜 그러는 거야. 마음 같아선 한 소리 쏘아붙이고 있었지만, 그럴 수도 없었다. 그녀의 시선은 설우에게 박제돼 있었다. 혹시나 그의 맞닿은 시선이 달아나기라도 할까, 긴장의 끈을 놓지 못했다.

"죄송하지만 거기까지는 무리일 것 같은데요."

무르익은 분위기 속에 강욱이 말했다.

"뭐야. 분위기까지 만들어 줬는데, 부끄럽다고 내빼는 거야?"

"그게 아니고요."

강욱의 시선이 주희에게 닿았다. 하지만 그녀는 절대 자신을 바라보지 않는다. 그게 어쩐지 마음에 들지 않았다. 이상하게 속이 뒤집히고, 신경이 곤두섰다.

"실은 마음에 담고 있는 사람이 있어서요."

"뭐? 아까는 없다면서!"

소연이 화들짝 놀라며 반박했다.

"개인적인 이야기를 꺼내는 게 부끄러워서요. 또……"

마음에도 없는 거짓말이 잘도 흘러나왔다. 호선을 그리고 있는 입술 선과 달리 그의 두 눈이 얼음장처럼 차가웠다. 하필 이 순간 떠오르는 건 뭘까. 저만 보면 반짝거리는 눈으로 웃음 짓던 새하얀 얼굴이.

강욱은 쓸쓸한 투로 마무리 짓지 못한 문장을 마저 완성시켰다.

"그 사람은 절 별로 안 좋아하거든요."

✻

"아휴, 이 풍파를 어떻게 헤쳐 나가야 할지 막막하다."

벌어진 광경에 소연은 혀를 내둘렀다. 술에 절어 늘어진 팀원들은 꼭 흐물거리는 오징어를 보는 듯했다. 유일하게 멀쩡한 사람이라곤 주희와 소연, 그리고 강 팀장과 강욱이 전부였다.

"근데 대표님은 그새 어디 가신 거야? 아까까지만 해도 오 과장님이 준 폭탄주 마시고 있으신 것 같더니."

"글쎄요. 대리님, 죄송한데 저 화장실 좀 다녀올게요."

"어, 그래. 천천히 다녀와."

슬며시 자리에서 일어난 주희가 향한 곳은 화장실이 아닌 바깥이었다. 설우의 흔적을 찾기 위해서였다. 그는 본 주량보다 몇 배 이상의 술을 들이켰다. 다행히 정신력은 썩 나쁜 편이 아닌 모양인지 팀원들을 향해 흐트러지는 모습은 절대 보이지 않았다.

그래도 걱정이 되는 건 어쩔 수 없었다. 이곳저곳을 배회하며 돌아다니는데, 익숙한 긴 다리가 시야에 걸려들었다. 그토록 찾아 헤매던 설우가 가게 뒤 벤치에 앉아 있었다. 푹 고개를 숙인 채 땅 끝만 응시하는 모습이 영 수상쩍었다.

"대표님."

설우의 코앞까지 다가선 주희는 조심히 운을 뗐다. 그는 묵묵부답이었다.

"대표님."

이번에도 다를 건 없었다. 불안감을 참지 못한 주희가 한 번 더 불렀다.

"김설우 씨."

그때였다. 바닥을 향해 있던 설우의 시선이 위로 향한 것은. 주희가 흠칫, 놀라며 물러서려 하자 그가 손을 뻗어 그녀의 손목을 붙잡았다. 그러곤 꿈에 취한 사람처럼 중얼거린다.

"……서주희다."

"……."

"……진짜 서주희 씨예요?"

주희는 마른침을 삼키며 설우의 안색을 살폈다. 탁 풀린 동공과 흐릿해진 초점. 그것만으로도 그가 어떤 상태인지 알 수 있었다.

"취했어요?"

설우는 대답하지 않았다. 그 모습이 위태롭게 느껴진 주희는 문득 화가 났다.

"그러니까 왜 바보처럼 그 많은 술을 다 마셔요. 거부할 수도 있잖아.

한 마디만 하면 되는 걸⋯⋯."

"처음이라서."

설우가 흐릿해진 목소리로 읊조렸다. 그는 옭아매진 주희의 손목을 놓치기라도 할까, 꼭 붙들고 고백했다.

"이런 자리는 처음이라서, 그래서⋯⋯."

그토록 바라던 사람 냄새가 묻은 자리여서였을까.

설우는 어떻게든 속하고 싶었다.

어색하지 않게, 소외되지 않게, 제 존재가 불편하지 않게.

무엇보다 인테리어 부서는 그의 꿈이 담긴 곳이었다. 예정대로였다면 부서가 만들어지는 동시에 그들과 함께 일을 도모해야 했지만, 걸리는 것들이 한두 가지가 아니었다. 그 기회가 찾아오기까지 팀원들이 먹었을 눈칫밥을 생각하면 적어도 오늘 같은 자리에서는 딱딱하게 굴고 싶지 않았다.

"그래도 그렇지. 처음이라고 이렇게까지 대책이 없으면 어떡해요. 몸이라도 상하면 어쩌려고."

"겨우 만났는데."

설우가 말을 끊으며 주희를 주시했다. 그 눈빛이 한없이 처연하기만 하다. 겨우 만난 그녀였다. 브릿지, 그 녀석이 나타난 후로 그는 틈만 나면 골몰했다. 어찌 됐든 무조건적으로 주희가 필요한 입장이었다. 그럼에도 연락을 할 수가 없었다. 단순히 생각하면 되는 문제인데, 원하는 걸 얻기만 하면 되는 관계인데⋯⋯.

차갑게 몰아붙이던 그녀의 잔상이 떠올라 그를 막아섰다. 그뿐일까. 강욱과 함께 있는 그녀를 보는 것도, 녀석에게 붙잡힌 그녀의 손목을 지켜보는 것도 고역이었다.

처음 느껴 본 감정. 날것의 감정이 뭍에 나온 고기처럼 팔딱거리는. 그 정의 내릴 수 없는 뜨거움에 노출되면서도 그는 계속 고뇌했다.

"⋯⋯잘 모르겠어."

그가 혼잣말하듯 중얼거렸다.

192

"······아무리 생각해도 모르겠어. 어떻게 해야 당신이랑 가까워질 수 있는지."

주희의 동공이 얕게 흔들렸다. 고심이 묻은 그의 숨소리에 심장이 푹, 내려앉는다.

"대표님, 그건······."

변명을 하기도 전이었다. 설우의 몸이 앞으로 쏠리기 시작했다. 주희는 반사적으로 무릎을 굽혀 그를 받아 냈다. 맞닿은 살결에서 알코올 냄새와 머스크 향이 뒤섞여 코끝을 자극했다. 안간힘으로 설우를 지탱하며 서 있을 때였다.

"주희 씨."

"······강 팀장님."

"괜찮아? 아휴, 완전히 맛이 가셨네. 무리하실 때부터 알아봤지."

설우의 상태를 확인한 강 팀장이 혀를 쯧쯧 차고는 재킷에서 휴대폰을 꺼내 들어 어디론가 전화를 걸었다.

"예, 윤 비서님. 저 강 팀장입니다. 죄송하지만 지금 당장, 이곳으로 오셔야 할 것 같습니다."

통화를 끊은 지 얼마나 됐다고, 머지않아 검은 승용차 한 대가 그들의 앞에 멈춰 섰다. 달칵, 차 문이 열리며 윤 비서가 헐레벌떡 튀어나왔다. 대롱대롱, 주희에게 매달린 설우를 본 두 눈이 기겁하며 어쩔 줄을 몰랐다.

"대표님! 이, 이게 무슨 일이야. 왜 사람이 고주망태가 되어서는······."

"오늘 무리 좀 하셨어요. 회식 자리가 있었거든요. 일단 댁으로 모시는 게 급선무일 것 같습니다."

강 팀장의 설명에 윤 비서는 사색이 된 채로 설우에게 다가왔다. 서둘러 강 팀장과 함께 설우를 일으키는데 예상치 못한 상황이 벌어졌다. 설우가 주희의 손목을 붙들고 늘어진 것이다.

"놔요."

윤 비서가 설우에게 붙잡힌 주희의 손목을 보며 말했다.

"아, 놓으라니까요!"

"······싫습니다."

그가 눈을 감은 채 속삭였다.

"아, 집에 가야 할 거 아니에요! 놓으라고!"

"싫습니다. 싫어요. 안 놓습니다. 절대."

술에 취해 고개를 절레절레 저어 대는 모습이 퍽 처량했다. 윤 비서는 속에서 부아가 치미는 걸 꾸역꾸역 참으며 설우를 몰아붙였다.

"아니, 술을 마실 거면 곱게 좀 처마시든가! 아니면 적당히 처마시든가! 사람이 왜 중간이 없어요, 중간이!"

"윤 비서님, 목소리가 너무 큽니다."

강 팀장이 주변의 눈치를 살피며 귀띔하자 윤 비서는 이를 악물며 호흡을 가다듬었다.

"일단 이 상태로 옮기는 걸로 하죠. 차 앞까지만 가면 어떻게든 될 것 같은데, 주희 씨. 따라올 수 있지?"

"아, 네!"

겨우겨우 설우를 차 안으로 집어넣는데, 또다시 같은 상황이 벌어졌다. 설우가 죽어도 주희의 손목을 놓지 않은 것이었다. 그는 취한 목소리로 희미하게나마 입술을 움직였다.

"······가지 마요."

그 간곡한 애원에 주희는 한 발짝도 움직이지 못했다. 그녀는 고민 끝에 윤 비서를 향해 제안했다.

"죄송한데, 윤 비서님. 제가 댁까지만 따라가도 될까요?"

"서주희 씨가요?"

"무리일까요?"

윤 비서는 난감하다는 듯 입술을 말아 물었다. 그의 시선이 설우에게 닿았다. 자포자기의 심정이 주름진 두 눈에 두둥실 떠올랐다.

"일단 올라타는 걸로 하죠."

주희의 얼굴에 화색이 돌았다. 하지만 선뜻 차 안으로 발을 디디기가 어려웠다. 가게 안에는 아직 팀원들이 남아 있었다. 더군다나 소연에게는 화장실을 간다고 말을 해 놓고 나오지 않았나.

"저, 강 팀장님."

"나머지는 내가 잘 수습할 테니까, 걱정 말고 올라타."

강 팀장이 사람 좋은 미소를 지으며 설우를 흘긋 바라봤다.

"좀 신기하긴 하네. 저렇게 흐트러진 대표님 모습은 처음이라서. 그래도 잘 부탁해, 생각해 보면 굉장히 짠한 분이거든."

그게 무슨 의미냐고 묻고 싶었지만, 주희는 제 손목을 잡아당기는 설우의 악력에 서둘러 차에 올라타야만 했다. 시동이 걸렸고, 창문이 열렸다. 그때 가게 뒤편으로 누군가가 걸어왔다. 실루엣을 확인한 주희의 두 눈이 잠시 빳빳하게 굳었다.

강욱이었다. 담배를 피러 나온 건지, 그는 재킷에서 라이터를 꺼내 들었다. 그 순간 눈이 마주쳤고, 그의 두 눈이 가늘어졌다. 그와 함께 설우의 얼굴이 스르르, 주희의 어깨에 내려앉았다. 예고 없는 접촉에 놀란 주희가 천천히 시선을 내렸다. 그새 잠이 든 건지 설우에게서 잔잔한 숨소리가 흘러나왔다.

"조심히 들어가라고."

강 팀장의 인사를 끝으로 창문이 올라갔다. 어두운 장막이 드리우듯, 두 사람의 실루엣이 그 뒤로 모습을 감추었다.

✻

"대표님 대신해서 사과할게요. 미안합니다."

어느 정도 회식 장소 근처를 벗어났을 무렵이었다. 윤 비서가 전방을 주시하며 말했다.

"저 인간이 나쁜 놈은 아닌데, 좀 멍청한 면이 있어요."

아⋯⋯.

소리 없는 깨달음이 주희의 입 안에서 맴돌았다. 나쁜 놈은 아닌데, 조금은 멍청하다. 어울리지 않는 조합이었지만, 어쩐지 그 구절이 낯설지 않게 다가왔다.

윤 비서는 슬며시 뒤돌아 잠든 설우를 응시했다. 그 눈빛이 어딘가 애틋했다.

"처음이라서 그래요. 모든 게 처음이라서. 친구를 만든 것도, 이런 자리를 겪는 것도."

처음……. 그러고 보면 두 글자에 특별한 의미가 담긴 듯이 그는 늘 입버릇처럼 말했다. 누군가에게 다가가는 것도, 오늘 같은 날도 처음이라고.

"몇 번 난감한 적이 있었을 거예요. 이놈이 지금 날 갖고 장난하나, 한 대 쥐어패고 싶었던 적도 있었을 테고. 근데……."

윤 비서가 말끝을 흐리며 룸 미러로 주희를 바라보았다.

"그게 다가 아니란 것만 알아주면 고맙겠어요. 인생이 참 고달픈 양반이거든. 늘 외롭고, 늘 혼자인 것에 익숙해져야 했지."

처음 듣는 설우의 개인적인 이야기였다. 주희의 두 눈에 의문이 차올랐다. 강 팀장도, 윤 비서도 왜 그의 인생이 고달프다고 하는 걸까. 도대체 당신은 어떤 사연을 가지고 있길래…….

"내가 미쳤지, 지금 뭐라고 씨부린 거야."

숙연한 침묵 속에 윤 비서가 별안간 제 주둥이를 쳤다. 이놈의 입, 입, 왜 또 쓸데없는 감정에 빠져서는, 끊임없는 자책을 하더니 돌연 설우를 노려본다.

"하여간에 도움을 안 줘요, 도움을."

그러나 연민 어린 시선만큼은 감추지 못했다. 적어도 주희의 두 눈에는 그렇게 보였다. 굳이 묻지 않아도 두 사람의 사이가 특별한 걸 느낄 수 있었다.

차는 어느새 오르막길로 접어들었다. 인적이 꽤나 드문 곳이었다. 주황빛의 가로등이 유일하게 시야를 터 주며 한참을 올라가고 나서야 차는 한 대문 앞에 멈추었다.

윤 비서가 서둘러 설우를 흔들어 깨웠다.

"좀 일어나 봐요. 아, 집에 다 왔다고요."

그는 요지부동이었다. 윤 비서는 전보다 더 격하게 설우를 흔들었다.

"서주희 씨도 집에 가야 할 거 아닙니까."

"······서주희 씨?"

주희의 이름을 언급하자마자 미동조차 없던 설우의 두 눈이 천천히 뜨였다. 흐릿해진 시야 속에서 그는 단숨에 주희를 찾아냈다.

"······아직 있네요."

"누구 때문에 못 가고 있는 건데요. 아, 좀 일어나······"

"그럼 오늘은 가지 마. 계속 옆에 있어."

"뭐, 뭐요?"

잠시나마 그가 제정신으로 돌아왔다고 생각한 건 착각이었을까. 설우는 또다시 깊은 잠에 빠져들었다.

"드디어 이 양반이 미쳤나······."

윤 비서가 어이없다는 얼굴로 중얼거렸다. 뺨이라도 때려서 일으켜야 하나 깊이 갈등했다. 부르르, 떨리는 그의 손을 보며 주희는 그가 실제로 그럴지도 모른다는 생각이 들었다.

"실례가 안 된다면 집······까지만 들어가도 괜찮을까요?"

윤 비서가 화들짝 놀라서 주희를 바라봤다. 속을 들여다보려는 듯 칼날 같은 시선에 몸이 떨렸지만, 주저 않고 다음 말을 이었다.

"윤 비서님 혼자서 대표님을 옮기시는 게 무리일 것 같기도 하고, 또······."

주희는 시선을 내려 붙잡힌 손목을 바라보았다. 피가 통하지 않을 만큼 설우의 손이 그녀의 손목을 옭아매고 있었다. 그 악력이 아플 법도 한데, 주희는 어쩐지 싫다는 감정보다 미안한 감정이 앞섰다.

"하아······. 진짜 미쳐 버리겠네. 일어나기만 해 봐, 아주. 콱!"

차마 주먹질까지는 하지 못한 윤 비서가 차에서 내려 설우를 부축했다.

집 안은 고요하고 어두웠다. 간신히 침실 안으로 들어온 윤 비서는 악착같이 힘을 쥐어짜며 설우를 침대 위로 내던지고는 죽겠다는 말과 함께 바닥에 주저앉았다. 안 그래도 볼품없는 몸뚱이가 몇 년은 더 늙은 기분이다.

"아이고, 무릎아⋯⋯. 뭔 놈의 고생 복을 타고났길래 마음 편히 쉴 수 있는 날이 하루도 없을 수가 있나."

그의 한탄을 들으며 주희는 주변을 살폈다. 방이 어두운 탓에 사위가 잘 분간되지 않았다. 불을 켜고 싶어도 여전히 붙들고 놔주지 않는 설우 때문에 거동이 쉽지 않았다.

"죄송한데, 윤 비서님. 불 한 번만 켜 주실 수 있으실까요?"

"그게 뭐 어려운 부탁이라고."

힘겹게 무릎을 펴는 윤 비서의 모습에 주희는 마음이 좋지 않았지만 연민은 아주 잠깐이었다. 불이 들어오고, 환해진 시야에 들어오는 광경에 놀란 그녀의 입이 작게 벌어졌다. 눈부시다 못해 공허함이 뒤섞인 광경이었다.

"아무⋯⋯. 아무것도 없네요."

방 안에 있는 것은 고작 침대가 전부였다. 이 넓은 공간에 그 흔한 장식품조차 찾아볼 수가 없었다. 온통 하얀 벽지, 하얀 바닥, 하얀 침대만이 시야를 강하게 사로잡았다.

"좀 특이하긴 하지."

어느새 다가온 윤 비서가 설우를 바라보며 대답했다. 그는 딱히 놀란 눈치가 아니었다. 이러한 상황에 자주 노출된 사람처럼 아주 덤덤한 얼굴이었다.

"이제 그만 가 봐도 좋을 것 같은데."

"아⋯⋯."

주희는 대답 대신 붙잡힌 손목을 슬며시 들어 올렸다. 윤 비서의 미간이 왈칵 구겨졌다.

"뭐야. 아직도 잡고 있었어? 아니, 전생에 여자 손 못 잡은 게 한이라도 됐나. 아, 대표님. 정신 좀 차려 보라고요. 아님 이 손목이라도 좀 놓아주던가!"

간곡한 애원에도 설우는 고요했다. 전보다 더 깊은 잠에 빠진 건지 축 늘어진 몸 상태가 무방비했다. 그런데 어째서 이 손목만은 죽어도 놓지 못 하는 건지.

"피곤하지 않으세요?"

주희는 윤 비서를 올려다보았다. 기력을 다한 듯 힘 빠진 어깨가 새삼 안쓰러웠다. 그는 어깨를 주먹으로 퉁퉁, 때리며 눈 밑을 가리켰다.

"왜 안 피곤하겠습니까. 이 다크서클 좀 봐요. 곧 있으면 턱 밑까지 닿 게 생겼습니다."

"그럼…… 먼저 가 보실래요?"

윤 비서의 시선이 단박에 날카로워졌다. 주희는 저도 모르게 손을 저었 다.

"혹시 제가 무슨 일을 저지를까 봐 걱정이 되시는 거라면 안심하셔도 돼요. 저는 그저……."

"서주희 씨가 왜 걱정되겠습니까."

주희에게 쏠린 눈이 설우에로 돌아갔다. 윤 비서가 나지막이 씹어뱉었 다.

"이 수놈이 문제지."

✳

"혹시 무슨 일이 생기면 이쪽으로 꼭 연락 줘요."

내밀어진 윤 비서의 명함을 받아 들며 주희는 고개를 끄덕였다. 내일이 주말임에도 불구하고 그는 밀린 업무를 해결하기 위해 회사에 가 봐야 한 다고 했다. 마음 같아서는 그를 현관 앞까지 배웅하고 싶었으나 손목이 붙 들린 탓에 할 수 있는 거라곤 조심히 들어가시라는 안부 인사가 전부였다.

달칵. 현관문이 닫히는 소리가 들리자 주희는 머금고 있던 한숨을 길게 내쉬었다. 결국 설우와 단둘이서 남게 되었다.

어떻게 보면 잘된 건가. 그녀는 세상모르게 자고 있는 설우를 가만히 바라보았다. 벌써 두 번째다. 이런 식으로 그와 마주하는 것이. 그리고 보니까 아픈 건 그때 다 나았던가? 다 나았겠지. 벌써 한 달이 흘렀는데. 늦게나마 그날 일을 되새기는 게 미안해 최대한 나긋한 목소리로 그를 불렀다.

"대표님."

예상대로 설우는 대답이 없었다. 붙들린 제 손목도 손목이지만, 그보다는 그가 입고 있는 정장이 더 불편해 보였다. 넥타이라도 풀어 줄까 싶어 손을 뻗었다. 칼라 끝을 올리고 노트를 아래로 쭉, 잡아당겼다. 그러고는 손목을 옭아매고 있는 그의 손가락을 하나하나 떼어 내기 시작했다.

걱정과 달리 그는 손쉽게 주희를 놓아주었다. 깊이 잠든 게 분명했다. 침대에서 일어난 주희는 서둘러 불부터 껐다. 눈부신 빛이 그를 뒤척이게 만들까, 마음이 조급했다.

"많이 피곤했나 보네."

주희는 다시 침대 옆으로 다가가 설우를 내려다보았다. 방 안을 밝히는 것은 오직 희미한 달빛뿐인데도, 그의 이목구비가 선명했다. 새삼 느끼는 거지만 참 준수한 얼굴이다.

주희는 흘러내린 그의 앞머리를 조심히 넘겨 주었다. 그러자 곱고 풍성한 속눈썹이 이목을 끌었다. 그것을 따라 느리게 시선을 내렸다. 어느덧 그의 입술까지 시선이 가 닿자 입가에 옅은 미소가 어렸다.

"하고 싶은 말은 많지만…… 오늘은 참을게요."

어디서부터 그와 얽힌 감정을 풀어내야 할지 막막했다. 하지만 그건 나중 문제였다. 중요한 건 그에게 진심을 전달하고자 하는 스스로의 의지였다.

"그러니까 곧 연락할게요. 그리고……."

미안했어요. 주희는 그 말까지는 차마 뱉지 못하며 꾹 삼켜 넣었다. 직접 그의 얼굴을 마주 본 채 전하고 싶었다. 떨어지지 않은 발걸음을 애써 떼어 내며 돌아섰다.

그때였다. 희미한 숨소리가 어렴풋이 들렸다. 슬쩍 고개를 돌리자 곱게 내려앉아야 할 설우의 눈꺼풀이 어느새 올라가 있었다. 그의 고개가 느릿하게 주희를 향했다. 그리고 모든 건 한순간이었다. 겨우 벗어났다고 생각한 손목이 또다시 붙잡히며 상체가 넘어갔다. 두 눈을 질끈 감자, 가라앉은 음성이 얼굴 위로 흘러내렸다.

"······같이 있자고 했잖아."

주희는 천천히 눈꺼풀을 말아 올렸다. 설우가 코앞에 있었다.

"······자고 있던 거 아니었어요?"

대답 대신 칠흑처럼 까만 눈이 주희의 얼굴을 쓸어내린다.

"······대표님?"

슬며시 그를 부른 순간 기다랗고, 굵은 엄지손가락이 입술에 맞닿았다. 주희가 흠칫하며 눈을 들었다. 그가 몽환에 젖은 목소리로 속삭였다.

"닿으면 어떤 기분일까."

한 번, 두 번, 세 번. 끊임없이 입술이 그의 손가락에 지분거려졌다. 그 손길이 어쩐지 야릇해 주희는 꿀 먹은 벙어리가 되어 버렸다. 정전이 된 것마냥 머릿속이 하얗게 바랬다.

설우의 얼굴이 서서히 다가오기 시작했다. 한 폭, 한 폭 거리가 좁아 들수록 그의 향기가 폐부 안으로 깊숙이 스며들었다. 버릇처럼 마음속에 갈등이 일었다. 이대로 닿아 버려도 괜찮은 걸까. 이렇게 뒤엉켜도 괜찮은 걸까. 이상하게도 거부감이 들지 않았다. 두려움보다는 귀에 심장이 달린 것처럼 크나큰 펌프질이 온 신경을 자극했다.

주희의 두 눈이 스르르 내려앉았다. 숨 막히는 긴장감 속에 그의 입술이 내려앉나 싶었지만, 어떤 기척도 느껴지지 않았다. 떨리는 심장을 겨우 붙잡으며 눈을 뜨는데.

"······!"

주희의 어깨가 딱딱하게 경직됐다. 그 눈이다. 인간의 것도 아니고, 짐승의 것도 아닌. 영롱하고 푸르스름한 빛이 설우의 눈동자에 맴돌며 주희를 바라보고 있었다. 충격은 거기서 끝나지 않았다. 아주 잠시였다. 눈을 감았다 뜬 것은. 그 몇 초도 되지 않는 짧은 찰나, 더 큰 폭풍이 그녀에게 들이닥쳤다.

……없다. 설우가 거짓말처럼 눈앞에서 사라졌다. 상체를 짓누르던 둔중한 몸도, 양손을 포박하던 단단한 손길도 더 이상 느껴지지 않았다. 그 대신 아주 자그마한 생명체가 주희의 가슴에 내려앉아 있었다.

달을 가리고 있던 구름이 서서히 멀어져 갔다. 전보다 더 많은 달빛이 흘러내리며 주희의 동공이 파도처럼 일렁거렸다. 익숙하면서도 낯설지 않은 형체. 그래서 더 믿을 수 없는 존재가 얕은 숨을 내쉬며 웅얼거린다.

"……냥."

그것은 아주 작은 잠꼬대를 하며 더 깊이 주희의 품을 파고들었다.

11. 고백

강렬한 햇볕이 쏟아졌다. 하얗게 널브러진 시트 위를 뒹구르르, 구르던 설우는 비몽사몽인 채로 눈을 떴다. 그 순간 묵직한 고통이 쏟아졌다.

……죽을 것 같아. 뒷골이 당기다 못해 시야가 비틀렸다. 과음의 후폭풍이었다. 고된 숙취를 느끼며 그는 시선을 틀었다. 다행히 집은 잘 찾아온 모양이다. 익숙한 풍경이 눈에 들어차자 절로 메마른 숨이 새어 나왔다.

근데 어떻게 온 거지. 어젯밤의 일들이 가물가물했다. 조각난 것처럼 기억이 끊겨 있었다. 깊이 파고들려다가도, 극심한 갈증이 머릿속을 지배했다. 비틀거리며 몸을 일으키는데, 그가 멈칫하며 고개를 숙였다. 어째서 발이 네 개인 걸까.

설마……. 냉큼 오른쪽 발바닥을 들어 보았다.

역시나. 낯설지 않은 핑크색 점박이가 그를 반겼다. 인간의 형태로 나타난 브릿지를 대면한 이후부터였을 것이다. 고양이로 바뀌는 순간이 더 이상 찾아오지 않았다. 그래서 내심 마음을 놓고 있었건만. 일단 갈증부터 해결하고 생각하는 것도 늦지 않지.

설우는 네 발로 침대에서 풀쩍 뛰어내렸다. 그러자 고소한 향기가 그의 후각을 간드러지게 자극했다. 이 공간에 사는 사람은 오직 설우, 자신밖에 없었다. 윤 비서님이라도 오신 건가. 하긴 집에 무사히 온 것도 그렇고, 생각해 보면 윤 비서님밖에 답이 없었다. 그때였다.

"복길아."

난데없는 부름에 설우가 무의식적으로 화답했다.

"니야옹."

평소의 윤 비서님이었다면 이런 제 모습을 보고도 대표님, 이라고 부를 터였다. 그런데 왜 굳이 복길이라고…….

"대표님."

역시. 잘못 부르신 거군.

"니야…….'"

안도하며 대답하던 설우가 멈칫했다. 문지방을 넘어서기 전, 뒤늦은 깨달음이 일었다. 이건 윤 비서님의 목소리가 아니다. 그가 매사에 칼칼하고 하이 톤의 음성이었다면 지금 이 목소리는 고우면서 청아하고, 또 부드러웠다. 그러면서도 낯설지 않았다.

설우의 머리 위로 기다란 그림자가 드리워졌다. 그는 알 수 없는 긴장감에 휩싸이며 고개를 치켜들었다. 눈이 마주쳤고, 주희가 입을 가리며 탄식했다.

"……세상에."

✳

이젠 어떻게 해야 하는 걸까. 설우는 무릎을 꿇은 채 연신 주희의 눈치를 살피는 중이었다.

"처음부터 뭔가 이상하다 싶었지."

주희가 한숨을 쉬며 침묵을 깨트렸다.

"뜬금없이 머리를 쓰다듬어 달라고 하지 않나."

꿈인 줄 알았다. 품 안에 잠든 청회색 고양이를 보며 내가 지금 꿈을 꾸고 있는 건가, 몇 번이나 팔뚝을 꼬집었다. 결과는 아팠고, 눈앞에 일어난 상황은 현실이라는 것이다. 그 사실을 강조하듯 설우가 본연의 모습으로 되돌아와 있었다. 고양이로 변했던 것처럼 아주 눈 깜짝할 새에 말이다.

"그럼 우리 동네에 나타났던 그 청회색 고양이도, 윤 비서님이 키우신다는 복길이도…… 다 대표님이란 거네요?"

그 말을 묻기 무섭게 주희는 기억 하나가 아른거렸다. 복길이를 품에 안고, 진심을 속삭였던 날.

'조금 이상한 사람 있어. 김설우라고 우리 회사 대표님인데, 윤 비서님이 키우는 고양이니까 너도 잘 알겠구나. 사실 너한테만 말하는 건데 나 그 사람, 처음에는 미친 사람인 줄 알았어. 완전 비호감이었거든.'

'근데 알고 보면 참 좋은 사람 같아.'

'이상하게도 오늘 그 사람이랑 함께 있는데, 마음이 편해지는 거야. 그러고 보니까 고맙다는 말도 제대로 못 했네.'

주희의 얼굴이 토마토처럼 붉게 달아올랐다. 다. 다 알고 있었던 거잖아. 내가 자기를 어떻게 생각하고 있는 건지. 치밀어 오르는 낯부끄러움에 날카롭게 설우를 쏘아보았다. 대역죄를 지은 사람마냥 그가 슬그머니 시선을 피한다.

"저, 서주희 씨."

설우가 은근슬쩍 입을 열었다. 그러나 싸늘한 시선이 돌아오자 금세 합죽이로 돌변했다. 결국 자포자기의 심정으로 용서를 빌었다.

"미안합니다."

"뭘요?"

"솔직하게 말하지 못한 점, 진심으로 미안해요. 고의는 아니었습니다. 처음부터 모든 걸 밝히게 되면 서주희 씨가 감당하지 못할 것 같아서. 그래서 우리 사이가 가까워지면 하나둘씩 털어놓을 생각이었습니다."

그래서 친구를 하자고 제안한 거다? 그간 설우가 건넨 제안들을 하나둘씩 짚어 보던 주희는 별안간 미간을 구겼다.

"가까워지면 말할 생각이었다고요? 얼마큼? 도대체 얼마큼 가까워져야 솔직하게 이야기할 생각이었는데요?"

주희가 쥐똥만 한 목소리로 중얼거렸다.

"······어제보다 어떻게 더 가까워질 수 있다고."

어제? 기억하기론 회식 자리에서 말 한 번 나누지 못했던 걸로 아는데. 회사에서 알은척하지 말라는 그녀의 경고가 떠올라 얼마나 스스로를 억눌렀는지 모른다.

"어제 대표님이 저한테······"

주희가 멈칫하며 설우를 바라봤다. 어쩐지 그의 눈빛이 초연했다.

"설마 기억 안 나는 건 아니죠?"

"뭘 말입니까?"

"진짜 기억 안 나요?"

주희가 억울한 목소리로 다그쳤다.

"······키스하려고 했잖아요."

"아, 내가 키스를 하려고······."

설우의 눈동자 위로 거센 지진이 일어났다. 주희는 탄식하며 입술을 짓씹었다. ······괜히 말했어.

"그러니까 내가······ 그걸 하려고 했다는 거죠?"

"됐어요. 기억 안 나면 말하지 마요."

"아니 그게 아니라······. 꿈인 줄 알았는데."

꿈이 아니었다니. 그럴 만도 했다. 저를 차갑게 밀어내던 그녀가 눈앞에 나타난 것만으로 기적처럼 느껴졌으니까. 그래서 놓치고 싶지 않았다. 이것이 정녕 환상이라면, 꿈에서만큼이라도 제 곁에 머무르게 하고 싶었다. 그 욕구는 어느 순간 야릇한 충동을 불러일으켰다.

서로의 입술이 닿는다면 어떤 기분일까. 꿈이니까, 그러니까 내 마음대로 해도 되지 않을까. 그런데 그 뜨겁고, 부드러웠던 감촉이······ 실은 꿈이 아니었다고? 혼란스러워하는 설우의 머릿속으로 날카로운 경고가 번

떴다.

'궁금하면 또 시도해 보던가. 그때는 아주 돌이킬 수 없는 강을 건너게 해 줄 테니까.'

주먹 쥔 그의 손등 위로 힘줄이 돋아났다. ……브릿지, 이 자식을 진짜.

"언제부터 이런 거예요?"

부끄러운 표정은 어디 가고, 주희가 차디찬 시선이 설우를 바라봤다.

"언제부터 고양이로 변하게 된 거냐고요. 아님 그 모습이 대표님의 정체라도 되는 거예요?"

"그건 아닙니다. 이게 진짜 내 모습이에요."

"그럼 왜 고양이로 변하는 건데요?"

설우는 선뜻 대답하지 못했다. 어디서부터 이야기를 시작해야 할지 막막했다.

"말 안 해 줄 거예요?"

"……."

"이번에도 회피할 생각이냐고요."

설우는 그런 직감이 들었다. 지금 솔직하지 못하면 영영 솔직하지 못할 것 같은 그런 막연한 예감이. 그 누구에게도 품고 있는 사연을 솔직히 이야기해 본 적은 없다. 절대 누설해서도 안 되는 것이었고, 누설을 한다고 해도 이상한 자로 취급당할 게 뻔했다.

아버지와 어머니는 버릇처럼 말하셨다. 할 수만 있다면 그 누구하고도 가까이하지 말라고. 정을 주어서는 더욱 안 된다고. 그들은 알고 있었던 것이다. 이런 너를 이해해 줄 거라고, 누군가에게 기대를 거는 것이 얼마나 달콤하고 또 두려운 일인지를.

어쩌면 그래서 혼자라는 삶에 익숙해지려고 했던 걸지도 모른다. 애초부터 소중한 것을 만들지 않으면, 간절함이 생길 일도, 그로 인해 상처를 받을 일도 없을 테니까.

설우는 시선을 들어 주희를 바라봤다. 그녀는 그에게 있어 처음으로 만든 인연이었다. 그것도 스스로의 의지로. 이제야 부모님의 말을 진심으로 이해한다. 왜 사람에게 정을 주는 것이 그토록 위험한 일인지를. 어느 순간 자신도 모르게 기대를 걸고 있었다.

그녀는 이런 나를 이해해 주지 않을까, 그런 달콤한 상상을. 그러나 한편으론 차갑게 내쳐질 수 있다는 두려움에 심장이 팽팽히 조였다. 그럼에도 그는 선택했다.

"이야기는 2년 전으로 돌아가게 됩니다. 거기서부터가 발단이죠."

그의 음성이 꼭 책 한 구절을 읽는 것처럼 잔잔하고 평온했다.

"어떠한 예고도 없이 그 변화가 찾아왔어요. 서두라고는 찾아볼 수도 없는 변화였죠."

"왜…… 그런 변화가 찾아온 건데요?"

"죽을 운명이었거든요."

"……."

"그 날, 난 죽어야 할 운명이었습니다."

뭐?

주희는 아무 말도 하지 못했다. 죽어야 할 운명, 생각지도 못한 무거운 말에 놀란 것도 있었지만 그걸 또 아무렇지 않게 내뱉는 설우의 덤덤함에 한기를 느꼈다.

"단명할 삶이라고, 들어 본 적 있습니까?"

주희는 대답 대신 고개를 저었다.

"태어나자마자 내게 찾아온 삶이었습니다. 아니, 그 전부터도 순탄치 않았죠. 날 갖기 전에 어머니는 몇 번의 유산을 겪으셨어요. 세 번의 아픔 끝에 내가 들어섰지만 달라지는 건 없었죠. 매일같이 병원 병실에 누워 해가 뜨고 지는 것을 바라보셨으니까요."

어머니는, 임 여사는 따뜻한 사람이었다. 그리고 용기 있는 사람이었다. 아이와 산모. 둘 다 위험할 수 있다는 시련에 사람들은 차라리 아이를 포기하고 다음을 기약하자고 한 입 모아 말했다.

하지만 여자는 부풀어 오른 배를 쓰다듬으며 강경히 말했다. 죽음이라는 길목 앞에 나는 선택을 할 수 있지만, 아이에게는 그럴 선택권조차 없지 않냐며. 그건 너무 잔인하지 않겠냐고.

"어머니는 매일 입버릇처럼 말하셨어요. 넌 내게 있어서 그 어떤 것보다 소중하고 값진 존재라고. 하지만 그 말씀이 오히려 어머니를 옥죄이게 하는 것 같아 늘 마음이 좋지 않았습니다."

"……왜요?"

"태어나서는 더 가혹했거든요. 수도 없이 죽을 고비가 찾아왔어요. 지나가던 대형견이 목줄을 끊고 달려들기도 하고, 가만히 있던 화분이 갑자기 머리 옆으로 떨어지기도 하고. 심할 때는 칼로 옆구리를 베여 본 적도 있었죠."

그런 끔찍한 순간이 들이닥칠 때마다 매번 쓰러지는 건 그가 아니라 부모님이었다. 아직도 선명하기만 하다. 아홉 살, 길을 건너기 위해 신호를 기다리는데, 한 버스가 빗길에 미끄러지며 그대로 전봇대를 들이박았다.

설우는 그날, 간신히 목숨은 붙였지만 버스 안에 갇힌 피투성이의 사람들을 발견하고 그대로 정신을 놓았다. 눈을 떴을 때는 병실이었고, 누군가가 저를 꽉 끌어안은 채 울먹이고 있었다. 어머니였다. 그녀는 숨죽이듯 한 자 한 자 힘겹게 내뱉었다.

'미안해. 미안하다, 아가. 내 행복만 고집했어. 이렇게 네가 아플 줄 알았더라면…….'

누구보다 가슴이 문드러졌던 사람은 임 여사였을 것이다. 아이의 행복을 위한다는 마음으로 설우를 세상 밖으로 내보냈지만, 아이의 삶은 언제나 불행투성이였다. 그래서 택한 것이 집에 가두다시피 하여 키운 것이었다. 내 고집과 욕심이 너를 이렇게 만든 거라며 끊임없이 자책하던 임 여사를 보며 설우가 한 생각은 딱 하나였다.

왜 태어나서 이렇게 매번 부모님을 나락으로 떨어트리는 것일까. 차라리 내가 죽는다면 모든 게 끝나지 않을까. 어린 나이에 그는 간절히 바랐다. 내일 아침 눈을 떴을 때 삶에 마침표가 찍혀 있으면 좋겠다고.

"……."

주희는 조용히 입을 가렸다. 탄식이 터져 나올 것 같았다. 설우가 살아온 삶의 흔적들은 현실적으로 믿기 어려운 이야기들이었다. 그런데 꼭 그런 삶도 있을 것 같다는 막연한 생각이 들었다. 그래서 더 선뜻 입을 열기 어려웠다. 어떤 말을 해도 다 그에게는 와닿지 않을 것 같아서.

"그 날은 비가 참 많이 왔었습니다. 앞을 보기가 힘들 정도였죠."

쉴 새 없이 떨어지던 빗줄기, 흥건히 젖은 바닥, 위태롭게 불빛을 쏘아 대던 가로등. 2년이란 시간이 흘렀음에도 불구하고 설우에게는 여전히 선명한 기억이었다.

"골목길을 돌자마자 내리막길에서 차 한 대가 달려오더군요. 속도를 전혀 줄이지 못했어요. 운전석에 앉은 남자의 얼굴이 범상치 않았죠. 아마 브레이크가 먹히지 않았던 것 같은데……."

"……브레이크가 먹히지 않아요?"

그렇다는 듯 설우가 고개를 끄덕였다.

"아주 짧은 찰나였습니다. 그 차가 내 코앞까지 들이닥쳤던 건."

주희가 긴장 어린 눈빛으로 설우를 바라봤다. 코앞까지 들이닥쳤다는 건 그대로 들이박을 수도 있다는 건데.

"그래서 생각했습니다. 아, 또 그 고비가, 죽을 운명이 찾아온 거구나."

……말도 안 돼.

주희는 차라리 거짓말이길 바랐다. 그게 현실이라면 너무 가혹하지 않나.

"근데."

"……."

"죽지 않았습니다. 죽어야 했는데, 죽지 못했어요."

"그게 무슨……."

"나 대신 다른 녀석이 죽어 버렸거든요."

주희가 작은 신음을 터트렸다. 얼마나 더 놀라야 하는 걸까. 얼마나 더 가슴이 조마거려야 하는 걸까.

"그 후부터였습니다. 더는 죽을 위기가 찾아오지 않았지만, 대신 고양이로 변하기 시작한 건."

"그 후부터 고양이로 변했다는 건……."

"맞아요. 날 대신해서 죽은 건 고양이였습니다."

"……."

"어젯밤, 그리고 오늘 아침. 서주희 씨가 본 그 고양이죠."

"……하."

믿지 못하겠다며 주희는 고개를 저었다. 그래서 고양이로 변한다고? 이게 당최 무슨 논리란 말인가. 그 혼란스러움을 읽기라도 한 건지 설우가 덧붙였다.

"예전에 아버지가 수소문 끝에 찾아간 무당 한 분이 계셨어요. 그분이 그러시더군요. 내가 살기 위해선 누군가 대신해서 그 죽음을 감당해야 한다고. 그리고 녀석이 원하는 걸 들어줘야 한다고."

"원하는 거요? 그게 도대체 뭐죠?"

막힘없이 이야기를 풀어내던 설우의 입술이 굳게 닫혔다. 감정 없는 얼굴 위로 작은 균열이 일어났다.

"그것만이 아니에요. 왜 저한테 접근을 한 거죠? 회사에서 절 불러낸 것도, 고양이로 변해서 제 앞에 나타난 것도."

주희의 두 눈이 날카롭게 빛났다. 설우는 고심 끝에 가지고 있던 비밀들 중 한 가지를 터트렸다.

"당신의 손에서 온기가 보여요."

"온기요?"

주희는 제 왼손을 바라보았다. 여기서 어떤 온기가 보인다는 거지? 아무리 둘러봐도 온기 같은 것은 보이지 않았다.

"아주 따스하고, 포근한 온기죠."

그녀를 볼 때마다 늘 보이는 것이었다. 지금도 그의 눈에는 그 온기가 선명하게 비추어지고 있었다.

"이게 내 손에서만 보인다는 거죠? 어째서……."

또다시 설우의 입술이 굳게 다물렸다. 두려운 걸까. 모든 것을 솔직하게 털어놓았을 때 주희가 자리를 박차고 나가 버릴까 봐, 아님 이대로 인연이 끝나 버릴까 봐.

하지만 브릿지란 녀석에게 주희의 존재가 특별했던 것처럼 그녀에게도 녀석이 특별한 건 확실했다. 녀석의 죽음에 대해 전하게 되면 그녀는 어떤 표정을 지을까. 수많은 갈등이 마음속에 일기를 한참. 설우는 진중한 눈빛으로 주희와 시선을 맞물렸다.

"당신이 특별한 존재니까요."

그 녀석한테, 그리고 나에게.

"그 누구도 아닌 서주희 씨만이 할 수 있는 일이니까요."

녀석이 원하는 게 무엇인지 해답을 갖고 있는 사람도, 나를 죽음에서 살릴 수 있는 사람도.

숨 막히는 정적이 흘러내렸다. 쉽사리 설우의 눈동자에서 벗어나지 못하던 주희는 한숨을 내쉬었다.

"이걸 진짜 믿어야 하는 건지……."

"이해합니다. 충분히 설득력이 없다는 거. 나조차도 믿지 못했으니까요. 강요는 하지 않겠습니다. 선택은 서주희 씨의 몫이니까."

윤 비서가 이 자리에 있었다면 당장이라도 제 멱살을 붙잡고 호통을 쳤을 것이다. 애원해서라도 주희를 붙잡아야 할 판에 이게 무슨 개소리냐면서. 그래도 설우는 선택권을 주고 싶었다. 강요로 몰아붙이는 관계보다 서로의 신뢰가 쌓여 가는 관계를 원했다. 침묵 끝에 주희가 나직하게 고했다.

"그럼."

"……."

"우리가 맺었던 그 계약, 파기하는 걸로 해요."

예상하고 있었으나 막상 그 결과가 눈앞에 떨어지자 그는 정신이 아찔했다. 처음으로 누군가에게 거부를 당한 경험은 생각보다 꽤 아팠다. 아니, 아프다는 말로는 부족할 만큼 가슴이 쓰렸다. 달콤해서 더 두려움은 배가 될 거라던 부모님의 충고가 지독히도 그의 심장을 찔렀다. 무엇보다 그 칼날을 휘두른 사람이 주희라는 사실에 그녀의 눈을 바라보기가 버거웠다.

"생각해 보면 너무 이기적이잖아요."

……이기적이었던 거군. 그 말이 아프게 와닿으면서도 그는 차마 부정할 수가 없었다.

"친구 사이에 거래가 오간다는 게."

하지만 뒤이어 들린 말에 심장이 쿵 떨어졌다. 숙인 고개를 천천히 들어 올렸다. 주희의 입술에 쓰디쓴 미소가 걸렸다.

"내가 불편해서 더는 못 하겠어요. 그러니까 정규직, 그거 없던 걸로 해요."

"그 말은……."

"솔직히 아직도 믿기지 않는 건 사실이에요. 근데 내가 특별한 존재라면서요. 그럼 뭐 어떡해요."

주희가 흘러가듯이 속삭였다.

"……도와줘야지."

진정 꿈을 꾸고 있는 건 아니겠지. 이게 다 환상은 아니겠지. 일말의 희망은 가지고 있었지만, 그게 기적처럼 빛을 발할 줄은 상상도 하지 못했다. 설우는 벅차오르는 감정을 애써 억누르며 물었다.

"부담스럽지 않습니까? 꽤 놀란 것처럼 보였는데."

"어느 정도 예상은 하고 있었어요. 그때 기억 안 나요? 나, 기절까지 시켜 놓고는."

주희가 손가락으로 제 두 눈을 가리켰다.

"눈이 퍼렇게 빛났었잖아요. 어제처럼. 그러더니 뭐라더라? 저랑 꼭 친해지는 겁니다? 하, 생각해 보면 나도 진짜 경계심이 없었네. 그걸 알면서도……."

설우로부터 받은 모든 것들을, 그리고 그와 함께한 시간들을 거부하지 않았다. 아니, 어쩌면 망각해 버렸던 것 같기도 하다. 그런 걸 느낄 새도 없이 그가 주는 따뜻함에 마음이 조금씩 움직이고 있었으니까.

단지…….

이 정도로 깊은 상처를 가지고 있는 사람일 줄은 몰랐다.

"많이 외로웠겠어요."

주희는 다소 씁쓸한 투로 운을 뗐다.

"줄곧 혼자였을 거 아니에요."

"······."

"혼자가 되고 싶어서 사람을 멀리하는 경우도 있지만, 그렇게 해야지만 살아갈 수 있는 현실도 있거든요. 그때 홀로 서는 것만큼 서글픈 것도 없으니까."

누구보다 잘 알고 있다. 사람의 온기를 그리워하면서도 상처받을까, 또 다시 처절하게 버림받을까 봐. 그 두려움에 사로잡혀 결국 '혼자'라는 삶에 길들여지는 게 때로는 얼마나 서러운지. 내 손을 잡아 주는 사람이 단 한 명도 없을 거라는 아득한 직감. 그것은 끝없는 망망대해를 걷는 것과도 같았다.

설우는 제 심장에 가만히 손을 올렸다. 날카로운 종이에 베인 것처럼 심장이 따가웠다. 아픔보다는 알 수 없는 뭉클함에 목이 메었다. 처음이었다. 누군가가 그의 마음을 보듬어 준 것은. 언제나 덤덤해야 했고, 언제나 현실에 수긍해야 했다. 그래야지만 이 말도 안 되는 운명 앞에 굴복하지 않을 수 있으니까.

"화 안 납니까?"

당연히 화를 내도 충분한 상황이었다. 하지만 주희는 상태는 덤덤하다 못해 초연했다.

"글쎄요. 화나기보다는 좀 얼떨떨하다고 해야 하나."

"그럼 내가 처음부터 모든 걸 말했더라도 이렇게 나와 줬을 겁니까?"

"아니요. 아마 정신과 가 보라고 큰소리쳤을 걸요. 아님 회사를 그만뒀을지도 모르죠."

"근데 왜 지금은······."

"신뢰요."

"······."

"대표님과 나 사이에 놓인 '신뢰' 요. 그게 지금은 생겼으니까."

그리고 그걸 만들어 준 사람이 당신이니까. 차마 그것까지는 뱉을 용기가 없어 주희는 서둘러 화제를 돌렸다.

"그 무릎부터 좀 어떻게 할 수 없어요? 무슨 죄지은 것도 아니고."

설우는 거의 한 시간째 무릎을 꿇고 있었다. 이제는 걱정이 될 지경이었다. 그는 아직도 믿지 못한다는 눈치였다. 넋이 나간 사람처럼 중얼거렸다.

"그야 거짓말을 했으니까."

"거짓말이요?"

생각해 보면 그는 거짓말을 한 적이 없다. 단지 솔직하게 털어놓지 못했을 뿐. 저였어도 쉽게 털어놓지 못했을 것이다. 누군가에게 이야기하는 것조차 겁이 났겠지. 무엇보다…….

"거짓말은 나도 했잖아요."

"……."

"사과할게요. 그때 몰아붙여서 미안해요. 진심이 아니었다는 것만 알아줬으면 좋겠어요. 물론 이제 와서 이런 말을 하는 게 변명으로 들리겠지만…….."

왜 이렇게 심장이 뛰는 거지. 주희는 사과를 한 것뿐인데, 꼭 사랑 고백을 받은 것마냥 설우의 심장이 널뛰기를 하듯 크게 요동쳤다. 아프기도 하고, 쓰리기도 하고, 두근거리기도 하고. 종잡을 수 없는 감정들이 회오리치자 머릿속이 혼란스러웠다. 그 순간 잊고 있던 것이 그의 가슴속을 강렬하게 스쳐 갔다.

"아무튼 좀 일어나요. 무릎에 자국 생긴다고요. 아, 그리고 냉장고에 있는 재료로 간단한 국 좀 끓였어요. 속이 말이 아닐……"

"서주희 씨."

"네?"

설우는 주희를 지그시 응시했다. 정확히는 그녀의 고운 입술에서 눈을 떼지 못했다. 바라보는 것만으로도 심장이 떨렸다. 그래서일까, 선뜻 입이 떨어지지 않았다. 그런데도 묻고 싶었다. 꼭 듣고 싶었다.

"……했습니까?"

"뭘요?"

두서없는 물음에 주희는 의아했다. 그가 입 안에 맴돌던 두 글자를 내뱉었다.

"키스."

"……."

"우리가 키스를 했는지 궁금합니다."

주희의 양 볼이 불에 덴 것처럼 붉게 물들었다. 어젯밤의 기억이 가감 없이 적나라하게 신경 세포를 자극했다. 그녀가 획 돌아서며 억울하다는 듯이 소리쳤다.

"……몰라요!"

그러고는 재빨리 부엌으로 모습을 감추었다. 홀로 남게 된 설우는 잠시 고뇌했다. 모른다는 건 결국 안 했다는 건가.

안도감이 물밀듯이 밀려왔다. 그토록 고대하던 순간이었는데, 입술을 만진 감촉까지 생생히 기억나는데, 맞닿은 그 기억만이 지워져 버린 거라면 억울할 것 같았다.

"너, 지금 무슨 생각을."

이번에는 설우의 양 볼이 핑크빛으로 물들었다. 잠시나마 해방된 줄 알았던 심장이 전보다 더 거세게 펌프질을 해 댔다.

12. 진실

"속 쓰려 죽겠네. 위가 아주 녹아내리는 느낌이야. 누구 배즙 없어, 배즙?"

"누가 그런 걸 회사에 가지고 다녀요. 정 심하면 약국이라도 다녀오세요."

아침부터 곡소리가 터져 나왔다. 연신 배즙 타령하던 오 과장은 소연에게 한 소리를 듣고 나서야 배를 부여잡고 약국으로 향했다. 다른 부원들도 하나같이 죽을상이었다.

"런칭이 끝나서 망정이었지. 회식 자리 두 번 가졌다가는 그야말로 총체적 난국이겠어. 안 그래, 주희 씨?"

소연이 혀를 두르며 물었다. 그러나 주희에게선 어떤 대답도 들을 수 없었다. 늘 모니터만 보고 있던 말간 눈동자가 휴대폰에서 떨어질 줄 몰랐다.

"솔직히 말해."

주희의 어깨가 흠칫 굳었다.

"뭐야. 그 미소."

"네?"

"방금 웃었잖아. 그것도 아주 잔잔하게."

"아……."

주희는 머쓱하게 웃으며 휴대폰을 슬그머니 무릎 위에 올려 두었다.

"좋은 일이라도 있는 거야?"

"아니요. 딱히 그런 거 없는데요."

"그래? 희한하네. 얼굴빛이 예전과 다른데. 그나저나 몸은 괜찮아?"

"몸이요? 갑자기 왜……."

"회식 말이야. 화장실 다녀온다던 사람이 하도 안 와서 걱정했잖아. 강 팀장이 그러시던데? 몸 상태가 안 좋아서 먼저 간다 했다고."

"아……."

그러고 보니, 그때 그랬었지. 그 자리를 걱정 없이 박찰 수 있었던 건 강 팀장의 배려 덕분이었다. 아니나 다를까, 파티션 사이로 강 팀장과 눈이 마주쳤다. 그가 가볍게 손을 올리는 것으로 인사를 대신했다.

"걱정했는데, 괜찮은 것 같네. 주말에 푹 쉬었어?"

"네. 주말에 푹……."

쉬기는커녕 혼란의 연속이었다. 덤으로 말하지 못할 비밀까지 생겨났다. 그 사실을 떠올리자 주희의 시선이 휴대폰으로 떨어졌다.

[밥은 먹었어요?]

설우로부터 받은 메시지였다.

어젯밤, 그의 집으로부터 귀가한 순간 거짓말처럼 휴대폰 벨 소리가 울렸다. 망설임 끝에 통화 버튼을 누르자 나긋하면서 다정한 음성이 귓속을 파고들었다.

— 잘 들어갔어요?

'네. 잘 들어왔어요.'

— 그래요. 그럼.

통화는 짧게 끝이 났다. 괜히 아쉬움만 남게. 하지만 끝난 줄 알았던 연락은 한 통의 메시지로 이어졌다.

[오늘 고마웠어요. 잘 자고, 내일 연락해요.]

내일 연락하자는 말에 왜 안도감이 드는 건지. 왜 자꾸 기대하게 만드는 건지. 거울을 보고 나서야 주희는 깨달았다. 꼭 사랑에 빠진 소녀처럼 입꼬리가 멋대로 올라가 있는 것을.

"난 아직 마무리하지 못한 파일이 있어서 거의 밤을 샜다니까. 어깨가 뭉친 게 조만간 침이라도 맞아야 할까 봐."

소연은 뻐근함에 어깨를 두드렸다. 밀린 피로를 이겨 내지 못한 입은 깊은 하품을 자아냈다. 그 모습을 지켜보던 주희는 문득 든 생각에 몸을 일으켰다.

"커피라도 좀 타 드릴까요?"

"진짜? 그럼 난 블랙."

"금방 타서 올게요."

이 틈을 타 설우에게 답장을 보낼 생각이었다. 그러나 돌아서기 무섭게 한 남자와 마주치고는 어색하게 멈춰 섰다. 달갑지 않은 건 강욱도 마찬가지였다. 그만 보면 목석이 되어 버리는 주희의 반응이 오늘따라 유독 신경이 쓰였다.

주희는 늘 그랬던 것처럼 강욱을 무심히 스쳐 갔다. 다시 휴대폰을 꺼내며 탕비실 손잡이를 잡은 순간이었다.

"진짜 꼴 보기 싫더라. 난 주희 씨 그렇게 안 봤는데, 그런 식으로 사람 농락할 줄은 몰랐네."

"회식 자리에서도 그래요. 그때 주희 씨 눈빛 봤어요? 대표님한테서 한시도 시선을 떼지 못하는데, 최소한 예의란 게 있지. 강욱 씨 민망하게."

제 기억이 틀리지 않다면 이 목소리는 유진과 다솜이었다. 아무래도 제대로 눈 밖에 난 것 같긴 한데, 이유가 참 변변치 않았다. 그날, 남녀 가릴 것 없이 모두의 관심사는 설우였다. 쉬지 않고 그를 찬양하던 자들은 오히려 저들이 아니었나.

"그걸 이제야 눈치챘어? 난 처음부터 그 계집애 싹수 노란 거 알아봤잖아. 사람이 좀 고분고분할 줄 알아야지, 툭하면 무심한 눈으로 쳐다보는데. 그런 애를 누가 예뻐하니?"

뒤이어 또 다른 음성이 주희를 비하했다. 보나 안 보나 고 대리일 게 뻔했다.

"저희는 괜찮은 사람인 줄 알았죠. 평소에 말수가 있는 편도 아니고. 좀 뭐랄까. 다가가기 어려운 스타일이라고 할까?"

"누가 사내 병아리들 아니랄까 봐. 그런 애들이 진짜 무서운 거야. 뒤통수치는 데 특출난 애들이라고."

조용히 몸을 틀었다. 이 이상으로 들어 봤자 좋을 게 없었다. 그런데 언제 뒤따라온 건지 강욱이 벽에 등을 기댄 채 탕비실 문을 주시하고 있었다. 그 시선이 서릿발처럼 냉랭하고 날카로웠다. 그는 바람처럼 스쳐 갔다. 그대로 탕비실에 쳐들어갈 기세라 주희가 황급히 그의 팔목을 붙잡았다.

"뭐 하는 거예요, 지금."

"너야말로 왜 가만히 있는 건데."

당장이라도 문고리를 부숴 버릴 것처럼 힘줄 선 손등이 선득하다. 주희는 낮게 경고했다.

"하지 마요."

"……."

"하지 말라고요."

이대로 강욱이 으름장을 놓기라도 하면 일은 더 피곤해질 것이다. 마지못해 강욱이 손에서 힘을 풀자 주희가 차갑게 내뱉었다.

"잠깐 나 좀 봐요."

✻

사람들이 잘 다니지 않는 외곽 비상계단에 두 개의 서늘한 시선이 오갔다.

"무슨 생각이에요."

먼저 입을 연 주희가 싸늘히 강욱을 직시했다.

"무슨 생각이냐고 묻잖아요."

전부터 느낀 거지만 도통 그의 심리를 이해할 수가 없다. 그는 자신을
죽도록 원망하던 사람이 아니었나.

"너야말로 저런 소리를 듣고도 왜 가만히 있는 건데."

매끄럽던 강욱의 이마 위로 굵직한 선이 패었다.

"남 이야기 하는 것도 정도란 게 있어. 지켜야 하는 선이 있고, 넘지 말
아야 하는 선이 있다고. 저건 누가 들어도 도를 넘어선 대화였어. 근데 왜
목석마냥 듣고만 있는 건데."

회사에서 어떤 이미지인지는 몰라도 적어도 강욱이 지켜본 주희는 착실
한 인턴이었다. 주어진 업무를 단 한 번도 소홀히 한 적이 없고, 그러면서
도 티를 내는 스타일도 아닌. 그 모습을 가만히 보고 있노라면 꼭 예전으
로 돌아간 듯한 착각이 들었다.

스물의 서주희, 스물다섯의 서주희. 그리고 그 순간을 함께했던 '나.'
그럴 때마다 채영이 던진 말이 그의 머릿속을 어지럽혔다.

'미워하던 거 아니었어?'

미워했다. 좋아한 만큼 그녀를 미친 듯이 원망하고, 증오했다.

그런데 참 이상하지. 자신을 무심히 스쳐 지나가는 그녀를 볼 때면 가슴
한구석이 뻐근했다. 그뿐일까. 회식 자리에서 설우와 함께 멀어져 가는 걸
발견했을 때는 둔기로 뒤통수를 얻어맞은 기분이었다. 누가 봐도 두 사람
은 다정한 연인 사이처럼 느껴졌으니까.

강욱은 끊임없이 골몰했다. 언제부터였을까. 언제부터 형과 서주희가
그런 사이로 발전하게 된 걸까. 두 사람이 로비에서 마주쳤던 그 순간? 아
님 엘리베이터에서 설우가 제 손목을 붙잡던 그 순간? 혹시나 두 사람의
사이가 깊어지기라도 한다면 전보다 더 주희를 미워하게 될 거라고 그는
확신했다.

하지만 착각이었다. 오만이었다. 비틀린 신경도, 날것의 시선도 모두 주

희가 아닌 설우를 향했다. 꼭 너는 절대 서주희를 미워할 수 없다는 것처럼.

"선배."

주희가 시선을 들어 강욱과 눈을 마주쳤다. 맑은 눈동자가 한없이 고요했다.

"지켜야 하는 선이 있고, 넘지 말아야 하는 선이 있다고요? 그럼 나야말로 물을게요. 왜 허락도 없이 넘는 거죠? 왜 당사자가 원하지도 않는 일을 하려는 거냐고요."

"……"

"좀 이상하다는 생각 안 들어요? 선배, 한 달 전까지만 해도 온갖 독한 말을 쏟아붓는 사람이었어. 저들과 별로 다를 바 없는 사람이었다고요. 이제 와서 왜 이러는데? 아님 복수라도 하고 싶은 거예요?"

"뭐?"

"날 진흙탕에 빠트리고 싶은 거냐고."

"서주희."

무슨 그런 말이 있냐며 강욱이 낮게 경고했지만, 주희는 들은 체도 안 했다. 오히려 서슬 퍼런 목소리로 씹어뱉었다.

"그럼 성공했네. 나 지금 굉장히 기분이 더러워졌거든."

강욱의 입에서 헛숨이 터져 나왔다. 주희는 쉬지 않고 강욱을 몰아붙였다.

"왜 가만히 있냐고요? 가만히 있는 것만큼 나은 게 없으니까. 아, 그래. 선배는 이해 못 하겠지. 뭔가를 잃어도, 큰 손해 볼 일은 없잖아?"

강욱의 미간이 일그러졌다. 큰 손해가 없다고? 이해할 수 없다가도 최전무를 통해 설우와 사촌지간이란 걸 주희가 알게 된 순간이 떠오르자 절로 이가 악다물어졌다. 그 단편적인 면만을 보고 자신을 판단하는 그녀가 낯설었다.

누구보다 잘 알면서. 누구보다 자신이 악착같이 살아왔다는 걸 제일 잘 알면서. 애석하게도 추억에 머무르고 싶어 하는 사람은 강욱뿐이었다. 그때로 돌아가는 것은 끔찍하다는 듯 주희의 시선이 날카로웠다.

"근데 난 아니에요. 난 더 이상 잃기도 싫고, 잃어서도 안 돼. 이 이상으로 잃었다가는……."

차라리 죽어 버리는 게 나을지도 모르겠다는 생각이 들까 봐 그녀는 겁이 났다. 그 나락으로 또다시 끌려가고 싶지는 않았다.

"선배가 전에 그랬죠. 원인이 있으니까 결과도 있는 거라고. 근데 이유 없이 사람을 싫어하는 건 그렇게 어려운 일이 아니더라. 설마 저 사람들이 원인이 있어서 날 싫어하는 거 같아요?"

세상에는 변수라는 게 존재하는 법이다. 몇 번이나 경험해 본 탓이었을까. 주희는 부질없다는 듯 코웃음 치며 쐐기를 박았다.

"아니. 그냥 내가 싫은 거야. 나라는 존재 자체가 싫은 거라고."

"……."

"그냥에는 이유가 없어요. 말 그대로 '그냥.' 그 의미가 전부일 뿐이지."

한때는 부풀어져 가는 소문들을 막기 위해 죽도록 뛰어다닌 적이 있었다. 틈만 나면 그게 아니라 변명했고, 제발 내 말 좀 들어 주라며 간곡히 애원한 적도 허다했다. 한 번쯤은 돌아볼 줄 알았다. 한 번쯤은 처량하게 뻗은 제 손을 보며 안타까워하는 사람이 있을 줄 알았다.

하지만 손을 잡아 주는 이도, 그 손을 측은하게 바라보는 이도 없었다. 하루라도 빨리 이 회사를 나갔으면 하는 시린 눈초리만이 전부였다. 그들에게 저는 단물 빠진 껌과 다를 게 없었다. 그때서야 주희는 깨달았다. 쓸모가 없게 되고 버려지는 건 어쩌면 이 세상의 이치일지도 모른다고.

"내가 무슨 변명을 해도, 저 사람들을 설득시키려 악착같이 굴어도 결국 감정 소모하는 건 나야. 회사 생활이 불편해지는 것도 나라고요."

그러니 나서 봤자 득 될 건 하나도 없다. 귀 좀 닫고, 눈 좀 닫는 게 뭐 어때서. 뒤에서 날 좀 씹는 게 어때서. 그걸 듣고도 모르는 척 웃는 게 어떻다고. 바보처럼 보일지라도 결국 이 세상이 바라는 건, 이 사회가 바라는 건 그런 모습이 아니던가. 순종하고, 굴복하고, 하지만 미소는 잃지 않은 채 꿋꿋하게 버티는. 그것이 곧 인정받는 길로 이어지는 유일한 통로일 테니까.

"그리고 착각하는 것 같아서 말해 주는 건데, 애초에 선배가 나한테 두서없는 말만 뱉지 않았어도 그 사람들 입에 내가 오르락내리락거릴 일은 없었을 거야."

모든 원흉의 시작은 당신이라는 듯 주희의 낯빛이 어둡게 가라앉았다.

"쓸데없는 오지랖 참아 주는 것도 여기까지예요."

주희가 떠난 후로도 강욱은 한동안 벽에 등을 기댄 채 서 있었다. 쏘아 붙이던 그녀의 모든 말들이 귓가를 짙게 물들였다. 그중에서도 한 문장이 계속 마음에 걸렸다.

'난 더 이상 잃기도 싫고, 잃어서도 안 돼. 이 이상으로 잃었다가는……'

……도대체 뭘 잃었다는 거지? 엄연히 2년 전 사건의 피해자는 강욱이었다. 근데 왜 네가 피해자인 것처럼 말하는 건데. 기분 나쁜 찝찝함이 거머리처럼 눌어붙었다. 고민 끝에 휴대폰을 꺼내 들었다. 딱딱한 음성이 비상계단에 나직이 울려 퍼졌다.

"나 좀 봐."

✳

"대표님, 김성범 전 회장님께서 내일 중으로 댁에 한 번 들르시라는 연락……"

윤 비서가 별안간 한쪽 눈꺼풀을 찌푸렸다.

"아직도 고민 중이십니까? 이러다가 허송세월 다 보내겠습니다."

설우는 미동이 없었다. 그러자 답답하다는 듯 윤 비서가 책상을 손가락으로 두드렸다.

"듣고는 있습니까? 정 그렇게 못 보내겠으면 제가 대신해서라도……"

설우의 오른팔이 허공 위로 올라왔다. 그 말이 아니란 뜻이었다. 뭔가 싶어 고개를 숙인 순간, 그가 심각한 투로 말했다.

"답장이 안 옵니다."

윤 비서는 고개를 갸웃거렸다.

"분명 확인했다는 표시가 뜨는데 답장을 안 해요. 뭐가 잘못된 거죠?"

그걸 알면 내가 이러고 있을까. 답답함에 인상을 찡그리는데, 문득 스친 깨달음에 황급히 물었다.

"누구요? 서주희 씨요? 드디어 연락이 된 겁니까? 아니, 그렇게 꼬치꼬치 캐물어 볼 때는 본 체도 안 하더니."

솔직히 주희에 대해 어느 정도는 체념한 상태였다. 아무리 재촉해도 김설우가 들을 양반도 아니고, 섣불리 나섰다가 괜히 일이 꼬여 버리면 그것만큼 난감한 것도 없었다.

그런데 드디어 연락이 닿았단다. 역시 그날 밤, 연이 닿은 게 확실하다. 안 그래도 양 무릎에서 파스 냄새가 진동하던 참이었다. 고생한 게 헛수고가 아니었다며 스스로를 위로하는데.

"네. 들켰거든요."

"아, 들켜요. 그래요. 드디어……."

윤 비서가 돌연 입을 다물었다. 발끝을 타고 올라오는 불길함에 그는 주먹을 불끈 쥐었다.

"서주희 씨가 모든 걸 알게 되었습니다."

설우는 여전히 휴대폰에서 눈을 떼지 못했다. 윤 비서의 눈썹이 부르르 떨렸다.

"그러니까 뭘 알게 됐다는 걸까요."

"고양이로 변하는 것밖에 더 있겠습니까."

"아……."

그렇구나. 그걸 드디어 서주희 씨가 알게 되었구나. 하하하. 거기까지 뱉어 낸 윤 비서가 빙그레 웃었다.

"대표님. 제가 가만히 생각이란 걸 해 봤는데 말입니다. 아무래도 제 고혈압은 대표님을 모신 그 순간부터 찾아온 게 확실합니다. 그게 아니면 매

225

번 속에서 부아가 치솟을 리가 없지 않겠습니까!"

조곤조곤 말하던 억양은 순식간에 타올랐다. 설우는 자리에서 일어나 달려드는 윤 비서를 민첩하게 막아 세웠다. 그러곤 아주 가뿐히 그의 주름진 주먹을 아래로 끌어당겼다.

"윤 비서님. 한 가지 여쭤보고 싶은 게 있습니다."

"여쭤보지 마세요. 대답해 줄 마음 눈곱만큼도 없으니까!"

"가슴이 좀 이상한 거 같습니다."

"뭐요?"

"갑자기 시릴 때가 있고, 또 목 언저리가 간지러울 때가 있고, 가끔은 제멋대로 뛰어 대는 게 난감할 때가 한두 번이 아닙니다."

한 발짝 물러난 윤 비서의 눈이 가늘어졌다. 예리한 눈빛으로 설우의 이곳저곳을 살피던 그가 떨떠름한 얼굴로 내뱉었다.

"사람이 매번 폭탄만 던져 주니까 벌받는 겁니다. 거 보니까 심근 경색 초기 증상 같은데. 쯧쯧, 젊은 양반이 벌써부터 이래 가지고, 몸이 남아나겠어요? 뭐, 어떻게 제가 다니는 병원이라도 소개시켜 줘요?"

설우는 윤 비서를 빤히 응시했다. 어쩐지 머쓱한 눈빛이었다.

"괜찮습니다. 제가 괜한 걸 물어봤네요."

차라리 아무 사람이나 붙잡고 물어보는 게 더 빠를지도 모른다. 그는 다시 휴대폰에 시선을 주었다. 뭘 잘못한 거지. 끊임없이 고뇌하던 입에서 작은 한숨이 새어 나왔다.

"아니, 그래서 어떻게 됐다는 건데요. 어쩌다가 들킨 겁니까? 최근 들어서는 고양이로 변한 적이 단 한 번도 없지 않았어요?"

"아, 사실은 그게 말입니다."

사건 정황을 떠올리던 설우는 말을 잇지 못했다. 새하얀 그녀의 얼굴, 여린 숨이 새어 나오던 핑크빛 입술, 그리고 그것을 어설프지만 뜨겁게 매만지던 자신의 손길. 얼굴이 점점 달아오르기 시작했다.

또 시작이다, 또. 심장이 제멋대로 펌프질을 하며 목구멍까지 달음박질했다. 그러다가도 답장이 없는 메신저를 보고 있으면 심장이 아래로 추락하는 게 마치 천당과 지옥을 넘나드는 기분이었다. 설우가 다소 어두운 목소리로 물었다.

"다음 스케줄이 어떻게 되죠."

"오전에 말씀드렸잖아요. 인테리어 부서와의 미팅이 있다고."

그가 멈칫하며 윤 비서를 바라봤다. 실망한 기색은 어디 가고, 하얀 얼굴에 생기가 돋아나 있었다. 앞으로 나아가는 그의 발걸음이 한결 가벼웠다.

"늦기 전에 서둘러 가죠."

윤 비서는 잠시 멍하니 서 있었다. 내가 방금 뭘 본 거야? 조울증 걸린 것도 아니고. 사람이 이랬다저랬다 하는 것도 한두 번이지. 황당함에 얼이 빠진 것도 잠시. 그가 부리나케 집무실 문을 열며 소리쳤다.

"아, 그래서 정황이 어떻게 됐냐고요!"

※

째깍째깍. 인테리어 부서 내 회의실이 고요했다. 혹여 침 넘기는 소리가 들리기라도 할까, 팀원들 중 누군가는 실수로 혀를 짓씹기도 했다. 벌써 몇십 분째다. 설우가 종이 한 장을 묵묵히 바라보고 있는 것은. 한 자리에 모인 팀원들이 눈동자를 굴리며 소리 없는 대화를 나누었다.

'방문한 이유가 도대체 뭐래요?'

'그걸 알면 우리가 왜 똥줄이 타겠어.'

'아니, 무슨 말이라도 하든가. 이러다가 숨 막혀 죽겠어요.'

의미 없는 대화만이 빙빙 돌 무렵이었다. 똑똑. 설우가 책상을 두드리며 입을 열었다.

"지금까지 실적이 딱히 좋은 편은 아니네요."

찬물을 쏟아부은 것처럼 팀원들의 얼굴이 딱딱하게 굳었다. 오늘 그가 방문한다는 것은 강 팀장을 통해 알고 있었으나 이런 삭막한 분위기가 연출될 줄은 전혀 예상치 못했다. 당연했다. 어화둥둥, 우리 낭군 왜 이제야 오셨냐며 김 대표와 화목한 분위기로 회식 자리를 끝낸 게 불과 며칠 전이다.

그런데 지금 그는 꼭 가면을 쓴 것처럼 다른 사람 같았다. 따스함은 개뿔, 바늘로 찔러도 피 한 방울 안 나올 것처럼 차가운 낯빛에는 표정이란 게 없었다. 그나마 오 과장이 분위기를 풀어 가려 노력했다.

"하하, 그래도 이번에 런칭한 아이템들은 시장에서 꽤 우호적인 반응을 보이고 있습니다."

"그렇죠. 2년을 거의 말아먹다시피 보냈는데, 지금 안 터지면 그것도 이상한 거죠."

아……. 소리 없는 아우성이 입 안을 맴돌았다.

"지나간 실적 더 말해 봐야 뭐 합니까. 다 됐고, 제가 여러분에게 부탁드리고 싶은 건 제대로 된 아이템 하나 뽑아 보자는 겁니다."

그거야 우리도 뽑고 싶지. 팀원들이 원망 어린 눈빛으로 설우를 바라봤다.

"이제 곧 사업 계획서를 준비할 시기가 다가오는데."

설우가 한마디를 툭 내던졌다. 어쩐지 불길한 직감이 든다. 아니나 다를까, 그의 입가가 반달처럼 휘었다.

"다음 주부터 개인별로 기획안 하나씩 준비해서 모이도록 하죠."

"기획안이라면……. 내년 아이템들 위주로 준비하라는 말씀이신 건가요?"

오 과장이 조심스레 묻자 설우가 빤히 그를 주시했다.

"방금 제 말 못 들으셨나 보죠? 다음 주부터 모이자고 말씀드린 것 같은데."

"아, 예. 당연히 잘 들었습니다. 근데 이제 막 새로운 아이템들을 런칭했고, 수요나 공급적인 부분도 더 살펴봐야 해서. 또 그 통계를 바탕으로 푸쉬 방향도 다시 설정해야……."

"그것도 다 하면서 시행해야죠. 설마 한 가지 일에만 몰두하려고 하셨습니까? 그럼 언제 부서가 성장하고, 언제 이 바닥에 뿌리를 박을 수 있겠습니까. 오 과장님도 이제 승진하실 때 되셨잖아요?"

오 과장은 반박하지 못했다. 할 말을 잃은 얼굴이었다.

"런칭은 올 하반기 말이 목표입니다."

"하, 하반기 말요?"

사원 중 한 명이 당황스러움을 감추지 못하고 불쑥 내뱉었다. 벌써 가을
이 끝나 가는데, 하반기 안에 기획안을 완성하란 것도 아니고 새로운 아이
템을 만들라니. 달걀로 바위를 치라는 것처럼 승산 자체가 보이지 않는 게
임이었다.

오 과장이 비죽비죽 흘러내리는 식은땀을 훔치며 강 팀장을 응시했다.
SOS의 신호였다. 하지만 그는 그저 잔잔하게 웃을 뿐이다. 마치 이 말도
안 되는 계획에 동조하는 것처럼. 하는 수 없이 오 과장이 홀로 총대를 메
고 설우를 설득하기 시작했다.

"하지만 대표님……. 하나의 아이템이란 게 저희 부서가 몰아붙인다고
해서 만들어지는 것도 아니고, 다른 팀들과의 협력도 필요한데. 또 언제
그들을 설득하며 해결 방안은 또 어떻게 모색하고……."

"그러니까 제가 능력 있는 분들만 모셔 놓지 않았습니까."

"예?"

설우는 인테리어 부서의 초창기 멤버 한 명, 한 명을 손수 가리켰다. 가
장 먼저 건축 시공 부서를 총괄했던 강 팀장을 가리켰고, 그다음은 재무팀
에 있었던 오 과장을, 그리고 마케팅 팀에 몸담았던 양 대리까지. 마지막
으로 같은 부서였던 소연과 고 대리를 지목하고 난 뒤 그는 태연자약하게
미소 지었다.

"전에 있던 부서가 어떻게 돌아갔는지 가장 잘 아는 분들이 아닙니까.
그 해결책 또한 잘 알 거라고 깊이 신뢰하겠습니다."

당최 그게 무슨 논리인 거죠? 오 과장의 벙찐 표정을 보며 설우는 자리
에서 일어났다.

"그럼 획기적인 아이디어 기대하고 있겠습니다. 오늘 회의는 여기서 마
치는 걸로 하죠."

"……저, 대표님?"

그를 부르는 오 과장의 음성이 처절했다. 그렇게 회의실을 빠져나가는 가 싶더니 기다란 두 다리가 문을 앞에 두고 멈춰 섰다. 뒤에서 그를 죽어라 노려보던 팀원들이 흠칫하며 어깨를 굳혔다.

"한 가지를 빠트렸네요."

또, 뭐, 또 뭐! 뭔가가 터질 수도 있다는 불안감에 팀원들의 눈빛이 살벌했다.

"인턴들도 이번 프로젝트에 참여하는 걸로 하죠."

자연스레 이목이 세 명의 인턴들에게로 쏠렸다. 그들은 퍽 당황한 낌새였다. 흔들리는 유진과 다솜의 눈동자가 초조했다. 그나마 주희만이 무표정한 얼굴로 설우를 응시했다.

"포함시키는 의견에는 저 또한 동의하지만, 기획안 준비까지는 다소 벅찰 수 있습니다."

오 과장이 또 한 번 설우를 제지하며 나섰다. 이번에도 그는 물러서지 않았다.

"여러 명의 아이디어가 모일수록 아이템의 폭은 커질 수밖에 없습니다. 의외로 괜찮은 작품이 나올 수도 있고요. 그러니까 잘 준비할 수 있죠?"

또렷하고 시커먼 눈동자가 한 명, 한 명을 스쳐 지나갔다. 마지막으로 주희에게 닿은 순간, 그의 눈꼬리가 잠시나마 부드럽게 휘었다.

"능력이 닿는 곳까지 만들어 봐요. 기대하고 있겠습니다."

그의 실루엣이 사라지자마자 여기저기서 앓는 소리가 터져 나왔다.

"우리 이제 어떡해요?"

"……뭘 어떡해. 맨땅에 헤딩하는 수밖에 더 있나."

"이제 죽는 일만 남았네요. 묘비 먼저 준비하면 되는 거죠?"

쉬지 않고 흘러나오는 탄식들을 들으며 주희는 조용히 회의실을 빠져나왔다. 이곳저곳을 살피는 그녀의 눈길이 조심스러웠다. 휴대폰을 꼭 쥐고 있는 손길은 초조하기만 하다.

비상구 계단 쪽에 다다랐을 무렵이었다. 굳게 닫힌 문이 갑자기 열리더니 커다란 손 하나가 그녀의 팔목을 움켜쥐었다. 차가운 시멘트 감촉이 속수무책으로 끌려간 등 뒤로 타고 흘러내렸다. 그 순간 익숙한 음성이 떨어졌다.

"지나칠 뻔했습니다."

설우의 얼굴을 확인하자마자 팽창한 심장이 불붙은 쇠처럼 녹아내렸다.

"깜짝 놀랐잖아요."

"아, 미안해요. 못 보고 지나가길래."

팀원들을 차갑게 상대하던 남자가 맞긴 한 걸까. 어디 다친 곳은 없는지 주희를 살피는 설우의 눈길이 조심스럽고 초조했다. 회의가 끝나고, 정확히 그의 뒷모습이 부서에서 사라진 순간 휴대폰에서 진동이 울렸다. 비상구 계단 쪽에서 잠깐 보자는 연락이었다.

"왜 부른 건데요? 용건 있어서 보자고 한 거 아니에요?"

"아, 그게 말입니다."

설우의 이면에 당황스러움이 걸려들었다. 그게 더 주희의 궁금증을 자극했다.

"……답장이 없어서."

"네?"

당황스러운 목소리로 반문하자 눈치를 살피던 그가 서운한 투로 이실직고했다.

"밥 먹었냐고 물어봤는데, 아무 말도 안 했잖습니까."

"아……."

주희는 깊은 탄식을 흘리며 이마에 손을 얹었다. 강욱과 대화를 나누며 격해진 감정 탓에 설우에게 문자를 보낸다는 것을 잊고 있었다.

"미안해요. 잠깐 정신이 딴 데 팔린 사이에 깜빡했어요."

깜빡했다고? 허무할 정도로 소소한 이유에 설우는 조용히 입을 다물었다. 꼭 상처를 받은 어린아이를 보는 것 같아 주희는 황급히 덧붙였다.

"그게 아니라, 강욱 선배랑 할 이야기가 있어서……."

그러나 성급한 선택이었다.

"그 시간에 강욱이랑 있었습니까?"

살벌한 눈빛이 세차게 파고들었다. 주희는 마지못해 고개를 끄덕였다. 어쩐지 죄인이 된 듯한 기분이다.

"그래요. 뭐, 서로 같은 부서인데 이야기 나눌 수도 있는 거죠."

이해한다면서 왜 말투가 갑자기 딱딱해지는 건지.

"그것보다 퇴근하고 뭐 합니까?"

겨우 한숨을 돌린 설우의 입에서 나온 질문에 주희는 고개를 갸웃거렸다.

"퇴근하면 집에 가겠죠."

"저녁에 시간 돼요?"

"저녁에요?"

"할 이야기도 있고, 같이 못 한 점심도……"

설우가 소심하게 중얼거렸다.

"하고 싶고."

그 모습에 주희는 터져 나오려는 웃음을 가까스로 참아 냈다. 잠시 뜸을 들이다가 대답했다.

"음……. 그건 좀 곤란할 것 같은데요."

"설마 강욱이라도 만나는 겁니까?"

반사적으로 튀어나오는 설우의 반발에 주희는 아랫입술을 꾹 깨물었다. 이거 지금 질투인 건가? 그렇게 생각하니 가슴이 간지럽고, 자꾸만 웃음이 새어 나왔다. 주희는 애써 퉁명스레 내뱉었다.

"누구 때문에 야근을 하게 생겨서요."

"그게 누구입니까."

……진짜 몰라서 묻는 건가. 스파크 튀는 시선에 주희는 턱짓으로 잔뜩 굳어 있는 남자의 얼굴을 가리켰다.

"대표님이요."

"……."

"대표님이 그렇게 만드셨잖아요."

"내가 왜……."

"지금 저희 부서 완전 쑥대밭 된 거 모르시죠? 오 과장님이 그러시던데요. 이제부터 회의와 야근의 지옥이 펼쳐질 거라고."

설우는 별안간 신경질적으로 머리를 쓸어 올렸다. 그의 입에서 기나긴 탄식이 흘러나왔다. 왜 하필 윤 비서님은 오늘 스케줄을 잡으셔 가지고는. 중얼거리는 소리를 들으며 주희는 문손잡이를 잡았다. 그러고는 슬며시 뒤돌아 나직이 고백했다.

"그래도 뭐, 오늘 하루 정도는 괜찮을 것 같지만요. 그럼 이따 봐요."

서둘러 문을 박차고 나왔다. 어느 정도 사람들의 인적이 드문 곳에 접어들자 주희는 벽에 등을 기대고서 고개를 들어 올렸다. 조용히 심장에 살포시 손을 얹어 본다. 쿵쿵쿵, 혈관에 스며 오는 심장 박동이 선명하면서도 거칠기 짝이 없다.

"……이상해."

강욱과 대면했을 때까지만 해도 차분하던 기분이 어느 순간 들떠 있었다. 제멋대로 올라가는 입꼬리는 감당하기 벅찰 정도다. 수줍게 고개 숙인 꽃처럼 주희의 입가에 둥근 미소가 피어올랐다.

"……어떡하지."

흐린 탄식에 작은 설렘이 묻어 있었다.

※

"살다 보니 이게 무슨 일이야."

윤주의 눈길이 언짢았다. 그녀가 삐딱하니 시선을 기울이며 상대를 저격했다.

"진짜 한국 땅을 밟은 줄은 몰랐는데. 모든 게 신물이 난 사람이 떠난 것치고, 꽤 방황이 짧네. 역시 나약해서 그런가?"

충분히 기분이 나쁠 법한 소리에도 강욱은 표정 하나 구기지 않았다.

"나와 줘서 고맙다."

윤주의 미간이 확 찌푸려졌다. 마치 이 뻔뻔한 놈은 뭐냐는 듯. 그에게서 연락이 걸려 올 줄은 꿈에도 몰랐다. 당황스럽다 못해 화가 났다. 주희에게 씻을 수 없는 상처가 생긴 후로 윤주에게 있어 강욱은 파렴치한 놈으로 각인된 지 오래였다.

"네가 날 달가워하지 않는 건 예전부터 잘 알고 있어. 지체할 것 없이 용건부터 물을게."

"묻는 사람치고 태도가 굉장히 거만하네. 근데 어떡하죠? 난 대답해 줄 생각이 전혀 없어서."

"없었다면 애초에 이 자리에 오지 말았어야지."

서둘러 가방을 챙기던 윤주가 멈칫하며 강욱을 바라봤다. 그의 두 눈이 고요했다.

"너도 뭔가 걸리는 게 있으니까 나온 거 아니야? 그렇게도 원망하던 날 보러 발걸음까지 한 걸 보면."

정곡을 찔린 듯 윤주는 아무 말도 하지 못했다. 그저 날카롭게 강욱과 시선을 맞물렸다.

"2년 전에 있었던 일."

"……."

"기억하지?"

덤덤하게 묻는 어조에 윤주의 눈빛이 더욱 살벌해졌다. 그것을 마주하던 강욱은 눈을 가늘게 뜨며 물었다.

"그날, 서주희가 잃었던 게 뭐지?"

"……."

"뭘 잃었길래 그 녀석이 피해자인 것마냥 괴로워하는 거냐고."

"그걸 내가……."

어떤 걸 물어도 부정하려던 윤주의 표정이 경직됐다. 그녀의 두 눈이 위태롭게 흔들렸다.

"그게 무슨 말이야. 설마 선배, 주희 만났어? 묻잖아. 주희 만났냐고."

"만났다면?"

"미쳤어? 무슨 자격으로 선배가 주희를 만나. 그렇게 매몰차게 떠난 주제에, 주희만 혼자 버려 놓고 간 주제에."

"난 걔 버려 놓고 간 적 없어. 걔가 날 떠나게 만든 거지."

적어도 강욱의 기억으론 그랬다.

그것은, 누구에게도 말하지 않은 그림이었다. 2년 전, 그가 심혈을 기울여 만든 기획안은. 아는 사람은 딱 주희 한 명뿐이었다. 그런데 그걸 함 부장에게 누설할 줄 누가 상상이나 했을까. 이렇듯 모든 증거와 정황이 주희를 가리키고 있었다. 범인은, 그녀밖에 없다고.

"하…… 주희가 선배를 떠나게 만든 거라고? 진짜 뻔뻔하네. 처음부터 느낀 거지만 선배는 참 이기적이야. 자기 아픔밖에 볼 줄 모르는 나약한 인간이라고."

윤주의 눈 밑이 부르르 떨렸다. 그날의 일은 주희에게만 상처가 아니었다. 윤주에게도 잊지 못할 악몽으로 기억되고 있었다. 가장 사랑하는 친구가 무너져 내리는 것을 똑똑히 지켜본 입장이었음에도 손을 뻗어 주지 못했다. 그것이 지금까지 미치도록 후회스러웠다.

"선배는 가해자가 정상적인 생활조차 할 수 없을 만큼 괴로워한다면 믿겠어요?"

그게 무슨 소리냐는 듯 강욱이 인상을 찡그렸다. 윤주는 떨리는 주먹을 움켜쥐며 한마디, 한마디 씹어뱉었다.

"틈만 나면 사람들한테 쫓기는 악몽을 꾸고, 그래서 매일매일을 운다면? 사람들 만나는 것조차 두려워서 어깨를 벌벌 떨고, 그래서 한 발짝도 집 밖으로 나가지 못한다면."

"……"

"아예 일상생활 자체가 불가능해져 버렸다면 믿을 수 있겠냐고."

불안한 직감이 강욱의 목을 천천히 조이기 시작했다. 그 방아쇠를 당기듯 윤주가 울먹이는 목소리로 읊조렸다.

"……그게 어떻게 가해자야. 피해자지."

"……"

"그게 주희라고요. 자그마치 2년이야. 밥 먹듯이 정신과를 다니고, 죽고 싶다면서 울부짖던 그 시간이 무려…… 2년이라고."

�֍

"꼭 와 보고 싶은 곳이 여기였어요?"

주희는 주변을 슬그머니 둘러보았다. 한 여자가 천막 끄트머리에서 우동볶음을 열심히 퍼 담고 있었다. 그러더니 쏟아질 듯한 양을 들고 테이블 위에 쿵, 소리 나게 내려놓는다.

"오늘은 사이가 좋네."

퉁명스러운 어투에 주희는 아주머니를 바라봤다. 그녀는 주희와 설우를 번갈아 보며 콧잔등을 찡그렸다.

"그래, 잘 생각했어. 실수 안 하면 그게 사람인가. 총각이 인물이 훤칠한 게 잡길 잘 했어."

……또 그 소리. 주희는 주문을 받으러 떠나는 아주머니를 흘깃거리며 물었다.

"배고픈 거 아니었어요?"

퇴근을 하자마자 설우가 가 보고 싶은 곳이 있다고 해서 주희는 순순히 뒤따랐다. 그런데 그곳이 이 포장마차일 줄은 꿈에도 몰랐다.

"다시 와 보고 싶었거든요."

"여길요?"

"추억의 장소라고 할까요."

추억의 장소? 문득 그의 눈동자가 흥미로움에 젖어 반짝이고 있다는 걸 깨달았다.

"설마 그때 저랑 온 걸 말하는 거예요?"

그는 대답 대신 시선을 빤히 던졌다. 긍정의 의미였다. 주희는 저도 모르게 콧바람이 새어 나가는 걸 꾹 참아 냈다. 순수한 건가, 아님 모든 게 처음이라서 이러는 건가. 예전 같았으면 이상한 남자 취급했을 텐데, 그가

가진 사연을 알고 난 이후로 사소한 것에 반응하는 그의 모습들이 새
삼……귀엽게 느껴진다면 좀 이상한 걸까.

"근데 할 이야기가 있다면서요,"

서둘러 화제를 돌렸다. 설우는 아무 대답이 없었다. 어쩐지 낯빛이 어두
워진 것 같기도 하고.

"혹시 제가 여기저기 말하고 다닐까 봐 걱정돼서 그래요?"

이번에도 그는 입을 열지 않았다. 주희가 주변을 의식하며 조용히 속삭
였다.

"고양이로 변하는 거요."

아……. 설우의 입에서 짧은 탄식이 터졌다. 사실 주희에게 할 이야기라
고는 딱히 정해진 게 없었다. 그저 그녀와 함께 있고 싶은 마음에 저지른
말이었으니까.

"그런 거라면 걱정 마요. 절대 누설할 생각 없으니까. 솔직히 대표님이
가지고 있는 비밀을 말해서 피해 보는 건 결국 나일 텐데 왜 굳이 입을 열
겠어요."

"피해를 본다고요?"

"그렇잖아요. 우리 두 사람이 이렇게 마주하고 있을 거라곤 누구도 상
상 못 할 텐데. 오히려 괜한 오해만 사게 될걸요? 뭐, 예를 들면……."

머릿속으로 오늘 오전에 있었던 일들이 스쳐 지나갔다.

'그런 애들이 진짜 무서운 거야. 뒤통수치는 데 특출난 애들이라고.'

주희가 쓰게 웃으며 속삭였다.

"……꽃뱀이랄까."

그녀는 금세 씁쓸한 미소를 지우며 덧붙였다.

"그러니까 걱정 말아요. 그런 오해 키우고 싶은 생각, 눈곱만큼도 없으
니까. 또 사람들 이목받는 건 질색이라서."

설우는 미동 없이 주희를 응시했다. 전과 달리 그의 시선이 집요했다.

"전부터 묻고 싶었던 건데."

"……."

"사람을 경계하는 데 있어서 특별한 이유라도 있는 겁니까?"

"……네?"

"습관처럼 경계하는 것 같아서. 다시는 누군가와 가까워질 수 없다고 한 걸 보면."

"아……."

그러고 보니 내가 그런 말을 했었지. 물론 그가 아닌 복길이에게 속삭인 거였지만. 어찌 됐든 복길이가 결국은 설우였기에 모든 걸 실토한 셈이었다.

"강요하는 건 아닙니다. 대답하고 싶지 않으면 안 해도 돼요."

아무 말도 하지 못하는 게 당황스러워서 그런 거라고 생각한 모양인지 설우가 단호하게 덧붙였다. 분명 궁금해서 물어본 걸 텐데, 애써 아닌 척 구는 모습이 주희는 어쩐지 안쓰럽게 느껴졌다.

그때도 이랬던 것 같은데. 본가에 내려갔다가 울적한 마음으로 발걸음을 돌려야 했던 날, 아무 조건 없이 달려와 준 남자였다. 비에 흠뻑 젖었던 그의 차림새가 눈에 선했다. 그날만이 아니었다. 강욱과의 재회로 충격에 빠졌던 날도 그는 불덩이 같은 몸을 이끌고 그녀를 기다리고 있었지 않았나.

주희는 문득 그런 용기가 생겨났다. 그 누구에게도 자신의 과거에 대해 이야기할 수 없을 거라고 생각했지만, 지금은. 어쩌면 지금은 말할 수 있을지도 모르겠다고.

"좋지 못한 기억이 있어요."

조심스럽게 운을 뗐다. 확 쏠리는 시선이 느껴졌지만 아랑곳 않고 다음 말을 꺼냈다.

"과거에 개인적인 일로 상처를 받은 적이 있었거든요."

감히 상처라고 부를 수도 없을 정도로 크나큰 충격이었다.

"그 일로 사람을 잘 믿지 못해요. 예전만큼은 아니지만, 되도록 정은 주려고 하지 않는 편이에요. 그럼 또 상처받을 수 있으니까."

그래서 일부러 다가오는 사람들마다 더 차갑게 응대했다. 틈만 나면 의

238

심하고, 괴로운 망상에 허덕이며 발톱을 세웠다.

"사실……. 잘 모르겠어요. 다가오는 사람도, 다가서야 하는 사람도 어떤 식으로 마주해야 할지. 이제는 좀 까마득하다고 해야 하나."

상처받지 않기 위해 진심을 감추고, 스스로의 모습 또한 감추다 보니 어느 순간부터 자신이 어떤 사람이었는지, 어떤 걸 좋아하고 또 어떤 것에 마음을 주는 사람이었는지 기억이 나질 않았다.

"한 가지만 더 물어봐도 됩니까?"

그게 뭐냐는 듯 주희는 눈을 끔뻑였다. 아주 잠깐의 정적 끝에 설우가 무표정한 얼굴로 물었다.

"강욱이랑은 어떤 사이입니까?"

주희의 입이 작게 벌어졌다. 언젠간 그가 강욱에 대해 물어볼 것이라고 예상은 했었다. 그 상황이 막상 찾아오니 난감했다. 하지만 금세 마음이 초연해졌다.

"솔직하게 대답해도 돼요?"

설우의 눈이 실처럼 가늘어졌다. 좋지 못한 직감이 들었다. 그리고 그것은 뾰족한 창이 되어 그의 등 뒤를 날카롭게 찔렀다.

"좋아했어요."

"……."

"내가 일방적으로 아주 많이."

13. 첫 키스

"……뭐?"

강욱은 귀를 의심했다. 주희가 정신과를 다녔다는 사실만으로도 감당하기 벅찰 지경인데, 윤주가 입을 열 때마다 거센 폭풍이 밀어닥쳤다.

"다시 한 번 말해 봐."

그가 이를 물며 물었다. 답답하다는 듯 윤주가 한숨을 내쉬었다.

"지금까지 뭘 들었는지 모르겠네. 그래. 원한다면 백 번이고 말해 줄게. 선배 도안을 훔친 범인이. 아니, 그 범인을 주희로 만들기 위해 모든 사람들이 짜고 치는 고스톱이란 생각, 안 해 봤냐고 물었어요."

갑자기 밀려오는 두통에 강욱은 관자놀이를 짚었다. 애초부터 말이 되지 않는 논리였다. 그때 자신이 만든 기획안을 아는 사람은 주희 한 명뿐이었다. 더불어 '효성'에 있을 때, 강욱이 속한 부서는 평소 팀원들의 팀워크가 좋기로 유명한 곳이었다. 텃새란 것 자체가 존재하지 않았다. 다들 넉살이 좋아 가족처럼 강욱을 챙기고, 또 주희를 챙기던 그들이었다.

"아무리 곱씹어도 납득이 되질 않아."

"왜요? 절대 그럴 사람들이 아닐 거라서? 그게 착각이란 생각은 안 해 봤어?"

"뭐?"

"함 부장."

누군가의 존재를 들먹거리자 순식간에 강욱의 낯빛이 가라앉았다. 윤주가 코웃음을 치며 비아냥거렸다.

"그 인간 기억하잖아. 당연히 기억해야지. 선배 도안 훔쳐다가 승진까지 한 아주 파렴치한 놈인데."

강욱은 입술을 짓씹었다. 기획안이 손쓸 새도 없이 함 부장의 기획안으로 뒤바뀌자마자 그는 회사를 박차고 나왔다. 그래서 함 부장의 소식을 듣는 것은 이번이 처음이었다.

"아무것도 모르는 얼굴이네? 그 사람 이제 '효성' 상무야. 이왕 이렇게 된 거 하나 더 알려 줄까?"

"……."

"그 부서의 인간들도 다 승진 절차를 밟았더라. 선배가 배신감에 회사를 그만두고, 주희가 망가지기 시작한 그 시점부터 말이지. 참 웃기는 우연이야. 꼭 치밀하게 짜 놓은 각본처럼."

그 말을 끝으로 윤주는 자리에서 일어났다. 2년이 지난 이제 와서 충격에 허덕이는 강욱이 우스웠다. 한때 이런 남자를 미치도록 사랑했던 주희가 안쓰러울 지경이었다.

"잠깐만 기다려."

돌아서는 윤주를 강욱이 붙잡았다. 그는 흔들리는 초점을 가까스로 잡으며 물었다.

"그래서 서주희는."

"……."

"주희는 괜찮은 거야?"

머릿속이 복잡하다 못해 터지기 일보 직전이었다. 윤주가 던진 폭탄들을 어디서부터 나열해야 할지, 가늠이 되지 않으면서도 자꾸만 떠올랐다. 새하얗게 질린 채 소리치던 주희의 얼굴이 깊이 각인되어 떠나갈 줄을 몰랐다.

"나도 몰라요. 언제부턴가 입을 닫아 버렸으니까."

윤주의 눈빛이 서글프게 일그러졌다. 더 이상 사랑스럽고 생기 넘치던 친구는 찾아볼 수 없었다. 세상의 때가 잔뜩 묻은 사람처럼 주희는 전혀 다른 사람이 되어 있었다. 그래서 알고 싶어도 알 수가 없었다.

"괜찮은 건지 아님 괜찮은 척을 하는 건지 나도 모른다고요."

원망의 눈길이 강욱의 심장을 할퀴었다.

"내가 말해 줄 수 있는 건 여기까지예요. 나머지는 선배가 찾아. 적어도 양심이 있다면."

강욱의 눈동자가 황망함에 젖어 들었다. 그는 쉽게 자리를 박차지 못했다. 도저히 다리에 힘이 들어가지 않았다. 그러다 문득 잊고 있던 기억이 선명하게 떠오르기 시작했다.

'부장님. 묻고 싶은 게 있습니다.'

2년 전, 기획안 총괄 책임자에 함 부장의 이름이 올라간 그날. 강욱은 차오르는 분노를 애써 눌러 담으며 그를 찾아갔다. 어떻게 이 시안이 함 부장의 손안에 쥐어져 있는 것인지, 마치 대놓고 카피를 한 것처럼 토씨 하나 틀리지 않은 글자들을 보면서도 호흡을 가다듬었다.

하지만 강욱을 진흙탕으로 빠트렸던 건.

'김 대리, 그거 들었어? 이번에 부장님이 추진하시는 프로젝트 실마리를 준 게 서주희라는 말이 있던데.'

직속 선배였던 한 과장이 귀띔해 준 한마디였다. 강욱은 최대한 흐트러지는 감정을 진정시키며 물었다.

'부장님, 이번에 추진하시는 기획안⋯⋯.'

'아, 이번 건 말이지.'

함 부장이 넉살 좋은 미소를 흘리며 치고 들어왔다. 그리고 한순간에 강욱을 나락으로 추락시켰다.

'서주희 도움이 굉장히 컸어. 워낙 똑 부러지는 타입인 건 알고 있었는데, 이쪽으로까지 머리가 유능하게 돌아가는 줄은 몰랐지. 그 녀석이 그러더군.'

일순 강렬한 햇빛이 스며 들어오며 함 부장의 얼굴에 짙은 그늘이 졌다.

'정규직이 돼서 기획안을 만들고 싶지만, 아직 그럴 만한 깜냥이 되지 못하니 열심히 아이디어라도 내보이겠다고. 그중에 괜찮은 게 있길래 내가 거기에 살을 붙여 구체화했지. 왜? 무슨 문제라도 있나?'

함 상무는 아무것도 모른다는 표정이었다. 강욱은 침묵했다. 온몸의 피가 식어 버리는 기분이었다. 정규직. 서주희. 아이디어. 누구보다 잘 알고 있었다. 주희가 얼마나 정규직이 되기를 희망하고 바랐는지. 그뿐만이 아니었다. 함 부장을 아버지처럼 따르던 그녀였다. 그건 강욱도 마찬가지였다.

실제로 함 부장은 회사 내에서 호평이 자자한 사람이었다. 높은 직급을 내세워 사사건건 트집을 잡지도 않았고, 무엇보다 인턴이었던 주희한테도 꽤나 너그러운 편이었다. 그랬는데…….

쾅! 강욱은 테이블을 내리쳤다. 괴롭다는 듯이 그의 얼굴이 흉측하게 일그러졌다.

"……도대체 내가 모르는 게 뭔데."

⁂

어두운 골목에 두 남녀의 발자국 소리가 울려 퍼졌다. 설우는 앞서 걷고 있었고, 주희는 그를 졸졸 따라가며 연신 눈치를 살피는 중이었다.

……화라도 난 건가? 포장마차에서 강욱에 대한 감정을 실토한 이후부터였을 것이다.

그는 감정 없는 얼굴로 자신을 상대했다. 더 이상 말을 걸지도 않았고, 그저 묵묵히 술잔만 비워 댔다. 중간에 제지하지 않았다면 회식 자리에서처럼 본인의 주량을 훌쩍 넘기는 불상사가 일어나고 말았을 것이다.

"대표님."

거짓말처럼 긴 다리가 우뚝 멈추었다. 천천히 돌아가는 시선이 벌써부터 서늘함을 담고 있었다. 비로소 눈이 마주치자 주희가 퉁명스레 내뱉었다.

"같이 좀 가요."

여전히 차가운 눈동자를 응시하며 한 번 더 속삭였다.

"같이 좀 가자고요."

"……."

"혹시 화났어요?"

대놓고 물은 게 화근이었던 걸까. 좀처럼 미동 없던 그의 얼굴 위로 미세한 균열이 일어났다. 비대칭으로 치켜 올라간 눈썹은 삐딱한 심정을 대변하고 있었다.

"……아직도 좋아합니까?"

"누구를요? 강욱 선배요?"

강욱의 이름을 언급하자 또다시 그의 안색이 어두워졌다. 그도 두 사람의 사이가 단단히 얽혀 있을 거라는 건 예상했지만, 막상 듣고 나니 마음이 비틀렸다. 날것의 감정이 뭍에 나온 물고기처럼 팔딱거렸다.

"지금까지 좋아했으면 애초에 말을 꺼내지도 않았을 거예요."

깊은 상실감에 빠져 있던 설우가 멈칫하며 주희를 바라봤다. 그녀가 단호히 고개를 저었다.

"안 좋아한다고요. 그러니까 표정 좀 풀어요."

그 한마디에 경직된 얼굴이 흐르는 샘물처럼 스르르, 풀어졌다.

"사람이 단순한 건지, 아님……"

……귀여운 건지. 뒷말을 삼키며 주희는 못 말린다는 얼굴로 설우를 바라봤다. 그러다 문득 떠오른 궁금증에 호기심 어린 눈빛을 비추었다.

"대표님, 한 가지 궁금한 게 있는데요."

한결 가벼워진 시선이 주희를 향했다.

"내 손에서 온기가 보인다고 했잖아요. 그래서 말인데, 이렇게 하면 변하는 걸까요?"

"뭘……."

묻기도 전에 머리칼에 따스한 온기가 느껴졌다. 설우의 눈동자가 얕게 흔들렸다. 주희가 까치발을 든 채 그의 머리칼을 빗질하듯 쓰다듬었다.

"……지금 뭐 하는 겁니까?"

"쓰다듬으면 고양이로 변하나 싶어서요."

그도 한때 그런 가정으로 그녀에게 접근한 적이 있었다. 아무 변화도 일어나지 않자 잘못된 추측인 것을 자각했고.

'브릿지. 오늘부터 네 이름은 브릿지야.'

'브릿지, 어제는 미안했어. 참치 캔을 줄 때는 기름은 빼고 줘야 한다는 걸 오늘 알아 버렸네. 미안해. 다음부터는 꼭 조심할게.'

……이게.

'오늘도 나 기다린 거야? 사람들 다니는 곳은 위험하다니까. 그래도 네가 있어서 든든하다. 우리 꼭 나중에 같이 살자. 알았지?'

……이게 도대체 뭐지.

비록 흐릿한 음성이었지만, 이 목소리의 주인공은 분명히 주희였다. 흑백 영상처럼 짧은 장면들이 하나씩 그의 머릿속을 스쳐 지나갔다. 그녀는 브릿지를 볼 때마다 활짝 웃었고, 때로는 서글픈 미소를 지었으며, 가끔은 걱정스러운 눈빛을 비추기도 했다.

"이게 아닌가."

반면 주희는 아무리 쓰다듬어도 변화가 찾아오지 않자 그의 머리칼에서 손을 뗐다. 그러자 흑백 영상들이 모래알처럼 아스라이 흩어지기 시작한다. 그는 본능적으로 주희의 얇은 손목을 붙잡았다. 휘둥그레진 여자의 눈동자를 보며 간곡히 애원했다.

"잠깐만요, 잠깐만 이대로."

그때였다. 자그맣고 새하얀 그녀의 얼굴이 코앞까지 들이닥쳤다. 갑작스러운 접촉에 설우의 심장이 쿵, 떨어졌다. 말간 눈동자가 노골적이면서도 집요하다. 그럼 이건가, 고운 입술에서 나직한 중얼거림이 흘러나오더니 그의 입술을 지그시 주시한다.

갑자기 왜…….

주희가 천천히 설우의 앞으로 다가왔다.

"서주희 씨 지금 뭐 하는…….."

자칫 입술이 닿을 수도 있는 상황이었다. 그렇게 맞닿는가 싶더니 순식간에 설우가 사라졌다. 그 대신 작은 생명체가 원망스러운 눈으로 그녀를 올려다보았다. 그리고 입을 한껏 벌려 울었다.

"……니야옹."

그 모습에 주희가 입을 가리며 탄식했다.

"……미안해요. 진짜로 변할 줄은 몰랐는데."

혹시나 싶은 가정이었다. 그때도 키스하기 직전에 변해 버렸으니까. 주희는 무릎을 굽혀 설우와 시선을 맞추었다. 놀란 눈빛을 숨기지 못하며 이곳저곳 뜯어보는데, 그보다 더 그녀를 안절부절못하게 만드는 게 있었으니.

"대표님."

"……니야옹."

"어떡해."

주희는 얼굴을 양손에 파묻으며 웃음을 터트렸다. 그때는 경황이 없어서 미처 느끼지 못했는데, 이렇게 네 발로 서 있는 그를 보고 있자니 미칠 것만 같았다.

충동을 이기지 못하여 한 번 더 불렀다.

"대표님."

"니야옹."

왜 자꾸 부르는 겁니까. 일순 날카로워진 설우의 눈빛에도 주희는 아랑곳 않고 키득거렸다. 생각해 보면 참 웃긴 그림이 아닌가. 덩치 큰 남자가 조그맣게 변해 버리다니, 그것도 이렇게 귀여운 생김새로. 평소 고양이를 좋아하던 입장이라서 그랬을까. 설우가 가지고 있는 비밀이 놀랍긴 했지만 거북스럽진 않았다. 오히려 한 번 더 보고 싶다는 충동이 들었다면 모를까.

"한 번만 만져 봐도 돼요?"

설우는 반응하지 않았다. 자포자기의 심정이었다. 타박타박, 작은 네 발로 다가와서는 머리를 가만히 내민다. 그 행보가 귀여워 주희는 입술을 말아 물었다. 손을 뻗어 머리를 쓰다듬으려던 순간이었다.

"니야옹."

또 다른 고양이의 울음소리가 울려 퍼졌다. 익숙한 형상이 그들을 지켜보고 있었다.

"……점박이?"

"니야옹."

주희가 반가움을 감추지 못하며 녀석을 바라봤다. 점박이는 한 발 한 발 천천히 다가오더니 주희가 아닌 설우의 앞에 멈추었다. 그리고 제 얼굴을 살포시 비벼 댔다. 설우가 움찔하며 뒤로 물러섰다. 점박이가 놓칠세라 한 발 더 다가갔다. 그 광경을 멍하니 지켜보던 주희가 불현듯 스친 깨달음에 중얼거렸다.

"생각해 보니까 점박이 여자구나. 그래서……."

왜 자꾸 달라붙는 거야. 설우는 자꾸만 제게 얼굴을 비벼 대는 점박이가 부담스러워 미칠 지경이었다. 안절부절, 녀석을 피하는 그의 스텝이 현란했다.

"어떡해. 점박이가 대표님이 마음에 들었나 봐요."

뭐? 설우는 가만히 녀석을 주시했다. 그래, 그때도 녀석은 이런 눈으로 자신을 바라봤던 것 같다. 근데 그게 이런 의미였을 줄이야.

"아, 미치겠다. 이게 무슨 경우야. 동물도 잘생긴 걸 알아보나 봐요. 아닌가, 지금 변한 이 생김새가 마음에 쏙 든 건가."

못 말리겠다며 주희가 함박웃음을 지으며 설우와 점박이를 번갈아 봤다.

지금 웃음이 나옵니까.

설우가 살벌하게 그녀를 직시했다. 물론 주희에게 그 살기가 느껴질 리

만무했다. 그렇게 쫓고 쫓기는 추격전이 한참 동안 이어졌을 무렵이었다. 저 멀리서 헉헉대는 숨소리가 들려왔다. 실루엣의 정체를 확인한 주희는 황급히 설우를 안아 들였다. 그녀가 난감하다는 듯한 얼굴로 속삭였다.

"윤주예요. 이대로 마주치면 안 되는데."

혹시나 설우가 도중에 본래의 모습으로 돌아오면 큰일이었다. 주희는 서둘러 집으로 향했다. 얼마 있지 않아 쿵쿵쿵, 누군가 현관문을 거칠게 두드렸다.

"주희야. 서주희!"

역시나 윤주였다. 그녀는 숨을 헐떡이며 초조하게 말했다.

"집에 없어? 급히 할 이야기가 있어서 그래. 주희야!"

발걸음 소리가 들리기라도 할까, 주희는 까치발을 들어 사뿐사뿐 침대까지 향했다. 그로 인해 설우의 양 볼이 발갛게 달아올랐다. 하필 얼굴에 닿는 부분이 그녀의 가슴이었다. 푹신한 감촉과 말랑한 살결이 셔츠 위로 선명히 느껴진다. 이건 아닌 것 같아 살포시 시선을 드는데.

"쉿."

주희가 꽉 설우를 품으며 입술에 검지를 가져다 댔다. 그의 안면이 거의 파묻히다시피 그녀의 가슴에 밀착됐다.

"아, 진짜. 이 계집애는 이 시간에 어디서 뭘 하고 있는 거야."

윤주의 탄식이 복도를 울렸다. 다행히 얼마 지나지 않아 어떤 소리도 들리지 않았다. 주희가 안도하며 가슴을 쓸어내리는데, 별안간 가방 속에서 벨 소리가 울리기 시작했다. 주희는 식겁하며 가방 속에 손을 집어넣었다.

"이거 서주희 벨 소리인데. 주희야! 너 집에 있어? 자고 있는 거야?"

쿵쿵! 윤주가 또다시 문을 두드리자 초조함은 배로 부풀었다. 마음이 급한 탓인지, 아무리 가방을 뒤져도 휴대폰이 잡히지 않았다. 결국 설우를 껴안은 채로 이불 속을 파고들었다.

……제발, 제발. 연달아 울리던 벨 소리가 어느 순간 뚝 끊겼다. 주희는 슬며시 이불을 잡아당기며 현관문을 응시했다. 윤주의 것으로 추정되는 발걸음 소리가 들리는가 싶더니 서서히 희미해져 갔다.

"하······."

마른 한숨을 내쉬며 이불을 걷어 냈다. 쿵쿵, 울리는 심장 소리가 빨랐다. 그녀는 무의식적으로 설우의 등을 쓰다듬으며 중얼거렸다.

"롤러코스터 타는 기분도 이러진 않겠어요."

그러다 갑자기 웃음이 터져 나왔다. 생각해 보면 참 웃긴 상황이다. 설우가 고양이로 변한 것도, 그런 그에게 다가온 점박이도. 긴장 섞인 윤주와의 추격전도.

"너무 웃기지 않아요? 이게 무슨 상황이······."

주희의 입이 작게 벌어졌다. 설우가 어느새 본래의 모습으로 돌아와 있었다. 단단하고 기다란 두 팔은 그녀를 가두다시피 지탱하고 있었고, 영롱하게 빛나던 눈동자는 칠흑처럼 어둡게 가라앉아 있었다. 그가 시선을 곧게 뻗으며 말했다.

"서주희 씨는 왜 이렇게 태평합니까."

"······태평하다뇨?"

영문 모르는 눈빛을 띠우자 그의 목울대가 거칠게 일렁거렸다. 날것의 시선이 뜨겁게 타오르며 주희의 입술을 직시했다.

"난 미칠 것만 같은데."

주희의 눈동자가 파도처럼 요동쳤다. 그러자 며칠 전의 기억이 생생히 떠올랐다. 그때도 이런 자세였다. 이렇게 그를 마주 보았고, 이렇게 야릇한 분위기가 만들어졌다.

그러나 딱 한 가지. 단 한 가지만큼은 달랐다. 적어도 이 순간의 설우는 맨정신이라는 것. 아니. 일정 부분 알코올에 범해진 그는 어딘가 결연하면서도 대범해 보였다. 무엇보다 어둠 속에서도 그의 욕망이 선연히 빛나고 있었다.

설우는 아주 천천히 다가왔다. 코끝에 서로의 숨결이 맞닿은 순간 주희가 떨리는 목소리로 속삭였다.

"······또 고양이로 변하면 어떡해요."

그는 대답 대신 주희의 턱을 살포시 들어 올렸다. 완강하면서도 부드러운 목소리가 귓가를 울렸다.

"그건."

"……."

"나중에 생각해도 늦지 않습니다."

순식간에 입술이 포개졌다. 주희는 두 눈을 질끈 감았다. 심장이 터져 버릴 것만 같았다. 벌어진 입술 새로 흘러 들어오는 숨결에 작은 떨림이 느껴졌다. 서서히 멀어져 가는 온기에 주희의 눈이 파르르, 떨리며 올라갔다. 그리고 탄식했다.

"……안 변했어."

설우가 본래의 그 모습 그대로 자신을 응시하고 있었다. 다만 두 눈에 담긴 욕망은 전과 비교도 할 수 없을 만큼 짙었다. 한 손으로 주희의 목 뒤를 감싸 안으며 그가 애원했다.

"그러니까 한 번 더."

목마른 짐승처럼, 남자는 갈구하다시피 여자의 입술을 베어 물었다. 찌릿한 통증이 손바닥을 관통했다. 설레면서도 알 수 없는 두려움이 주희의 가슴속을 헤집었다.

돌이킬 수 없는 강을 건너 버린 것 같은 기분. 그 누구에게도 곁을 주면 안 된다고 다짐했는데, 그렇지 않으면 또 상처받을 걸 아는데…….

"하아……."

닿았던 입술이 떨어지자 탁한 신음 소리가 새어 나왔다. 이성과 욕망. 그 경계선에서 허덕이며 서로를 응시하길 한참. 주희가 설우의 얼굴을 양손으로 감싸 안았다. 조심스럽고, 어딘가 모르게 초조한 손길이었다.

"이게 키스예요?"

따지는 어투에 까만 동공이 잠시 커졌다 작아진다.

"이건 키스가 아니잖아."

주희가 그의 목 뒤를 끌어 잡아당기며 입술을 포개었다. 매끄러운 아랫입술을 감쳐물었다가, 살짝 깨물자 남자의 등골이 움찔한다. 그것도 모자라 입술만큼이나 뜨겁고 물컹한 것이 치아를 훑고, 혀끝을 스치듯이 찌르고 가자 아랫배가 단숨에 묵직해지며 하체가 뜨거워졌다.

"하아……."

주희가 얕은 숨을 토해 내며 그를 놓아주었다. 누구의 것인지도 모를 타액을 살며시 닦아 내며 그녀는 중얼거렸다.

"……이게 키스예요. 이제 알겠어요?"

말하고 나니 뒤늦은 후회가 몰려왔다. 제가 이렇게 적극적인 적이 있었나. 새빨개진 얼굴을 들킬까 시선을 트는데, 고개가 붙잡혔다. 깜짝 놀라며 눈을 끔뻑인 순간, 강경한 통보가 떨어졌다.

"아직."

"……."

"아직 부족합니다."

무어라 하기도 전에 다시 입술이 부딪쳤다. 전과는 사뭇 다른 움직임이었다. 아랫입술을 감쳐무는 세기도, 윗입술을 깨무는 그 야릇함도.

농밀한 키스가 이어졌다.

그 단단하고 끈적한 접촉에 주희는 호흡을 크게 들이켰다. 그럴수록 설우는 더 집요히 파고들었다. 깊게 맞물린 입 속에서 혀와 혀가 끊임없이 뒤엉켰다. 결국 주희 쪽에서 애타는 신음 소리가 흘러나오고 나서야 그가 마지못해 입술을 떨어트렸다.

"처음이라면서요. 근데……."

왜 이렇게 잘하냐는 말이 도무지 나오지 않았다. 그 의미를 알아챈 듯 설우가 가볍게 웃었다.

"원래 한 번 배우면 잘하는 편입니다. 습득력이 빠르거든요."

그의 얼굴이 다시 한 번 가까워지자 주희가 흠칫하며 단단한 가슴팍을 밀어 냈다. 남자는 아주 가볍게 그것을 무너트리며 그녀의 얼얼해진 입술을 쓸어내렸다.

"아마 하면 할수록 더 잘할 겁니다. 그러니까."

그가 경고하듯이 양 손목을 포박했다.

"멀어지지 마. 먼저 자극한 건 서주희, 당신이잖아."

주희는 아무 말도 못 했다. 그저 무력하게, 파도에 휩쓸려 가는 모래알처럼 두 눈을 질끈 감아 버렸다. 지금 이 순간은 어떤 것도 생각하고 싶지 않았다. 습관처럼 밀려오는 두려움에 동요되고 싶지 않았다. 무엇보다 더 이상은 설우를, 이 남자를 밀어내고 싶지가 않았다.

전보다 더 강렬하고 뜨거운 입맞춤이 시작되었다.

설우는 꿈을 꾸었다. 이제는 제법 익숙한 광경이었다. 시야를 가득 매우는 뿌연 안개도, 정처를 알 수 없는 곳에서 새어 나오는 빛줄기도. 한 가지 다른 게 있다면 몸이 무겁지 않다는 것이다. 전처럼 호흡이 가빠지지도 가슴을 할퀴는 고통이 느껴지지도 않았다. 그 대신 청회색 머리칼의 사내가 눈앞에 서 있었다.

"오랜만이군."

"……개자식."

브릿지의 주먹이 부들거렸다. 녀석이 이렇게까지 분개하는 이유를 설우는 잘 알고 있었다.

"……감히, 감히."

"상황이 이렇게 돌아갈 줄은 나도 몰랐어."

설우가 유감스럽다는 듯 말했다.

"경고했던 걸로 아는데. 마지막 기회라고."

"당연히 기억하지. 그걸 어떻게 잊을 수가 있겠어. 근데."

"……."

"네가 변하지 않았으니까. 아니, 못 했다는 말이 맞겠네."

어젯밤, 주희와 입을 맞췄지만 고양이로 변하지 않았다. 이상한 일이었다. 가만두지 않겠다며 경고한 건 녀석이었는데. 그 의미가 무엇일까, 고뇌하던 설우의 머릿속으로 한 가지 가정이 스쳐 지나갔다.

"내가 죽으면 네 영혼도 같이 소멸되는 건가?"

브릿지의 얼굴이 바짝 굳었다. 그걸 보니 더 깊은 확신이 들었다.

"왜 굳이 거짓말을 한 거지?"

"……."

"피차 도움이 필요한 건 마찬가지일 텐데. 주어진 시간이 줄어들면 줄어들수록 더."

녀석이 느릿하게 시선을 뻗었다. 에메랄드와도 같은 깊은 눈동자에 설우의 모습이 아스라이 비추이더니, 지난 세월의 흔적이 흑백 영화처럼 스쳐 지나갔다. 울고 있는 어머니를 위로하면서도 돌아서면 한숨을 내쉬는 모습, 피곤에 잠긴 몸을 의자에 묻은 채 눈을 감는 모습, 그리고……. 내일 당장 죽어도 이상하지 않은 기구한 운명.

그에 앞서 남몰래 영정 사진을 준비하던 남자의 얼굴은 무감하다 못해 무심했다. 브릿지가 눈을 감았다 뜨며 씹어뱉었다.

"인생에 절실함 따위는 찾아볼 수 없는 녀석한테 뭘 믿고 맡겨. 꼭 언제 죽어도 미련 없는 놈처럼."

잠시 침묵이 내려앉았다. 설우의 눈빛이 적막했다. 무료함. 아무에게도 말하지 못한 감정이었다. 수도 없이 들이닥치는 고난 탓이었을까. 뭔가를 하려고 해도 늘 변수가 찾아오니 어느 순간부터 그의 삶은 무료해지기 시작했다. 그래서 브릿지가 제 몸 안에 들어왔을 때 그는 절망보다 희열했다. 적어도 녀석의 몸을 빌릴 때면 걱정 없이 세상을 뛰어다닐 수 있었으니까.

하지만 지금은……. 그래, 지금은.

"지금은 아니야."

그의 시선이 견고했다.

"꽤 절실해졌거든. 그래서 어떻게든 살아야만 하는 입장이지."

자연스레 한 여자가 떠올랐다. 이제는 돌이킬 수 없을 만큼 그녀가 특별해져 버렸다. 쉴 새 없는 키스를 나누며 혹여 그녀가 부서져 버릴까 초조했다. 그러나 힘껏 끌어안고 싶은 충동도 함께 뒤따랐다. 전혀 상반되는 감정이 엎치락뒤치락하며 그를 흔들었다.

사람들은 이걸. 사랑, 이라고 부르던가. 그 사람을 생각하는 것만으로도 온몸이 뜨거워지고 가슴이 저릿한 기분.

"진짜 네가 원하는 게 뭐지?"

"말했잖아. 나도 모른다고."

"아니. 넌 알고 있어. 처음엔 단순히 서주희 씨가 그 동네를 떠난 이유를 알고 싶어 하는 거라고 생각했지. 근데 넌 그 여자를 원망하지 않잖아."

정곡을 찔린 듯 브릿지의 눈가가 움찔했다.

"원망하기엔 따스한 기억들뿐이었지."

주희가 그의 머리를 쓰다듬으면서 나타난 흑백 영상. 그것은 브릿지의 추억이었다. 녀석이 주희와 함께 보낸 기억들. 다 하나같이 따스하고, 온기가 묻어 있었다.

"나는……."

서글픈 고독이 브릿지의 눈동자에 눌어붙었다. 녀석의 고개가 맥없이 바닥으로 추락했다.

"단지 알고 싶었을 뿐이야. 약속했단 말이야. 날 버리지 않겠다고. 함께 살겠다고."

"……."

"그랬는데……. 말도 없이 사라져 버렸어. 나타나지 않았어. 아무리 기다려도 오지 않았다고. 그래서 알고 싶었어. 왜 그 동네를 떠난 건지. 왜 떠나야만 했는지 알고 싶었을 뿐이라고."

녀석의 눈 밑이 부르르 떨렸다. 상처받은 어린아이처럼 축 늘어진 어깨는 처량하기까지 했다.

"그게 전부인가? 서주희 씨가 널 떠난 이유. 네가 진정으로 원하는 게 그것뿐이냐고 묻는 거야."

이번에도 브릿지는 섣불리 입을 열지 못했다. 바람에 흩날리는 청회색 머리칼이 쓸쓸했다.

"……해 주고 싶었어."

"……."

"주희를…… 행복하게 해 주고 싶었어. 그게…… 그게 내가 바라던 미래였고, 주희한테 보답할 수 있는 유일한 방법이었으니까."

그러나 혼자만의 바람이었다는 걸 뒤늦게 깨달았다. 비가 와도, 눈이 와도, 거친 바람이 불어도 언제나 그 자리에 서서 기다렸는데도, 주희는 단한 번도 나타나 주지 않았다. 자신을 까맣게 잊어버린 것처럼.

"어차피 말도 안 되는 바람이야. 이따위 소원, 다 부질없는 거라고."

"그 여자는 널 찾아왔었어."

절망으로 들썩거리던 녀석의 어깨가 멈칫했다. 설우가 덤덤한 목소리로 말을 이었다.

"비가 펑펑 쏟아진 날이었지. 네 모습으로 변한 날 껴안고 그러더군."

"……."

"미안하다고. 너만 혼자 두고 가 버려서. 그럴 수밖에 없는 이기적인 나를 용서해 달라고."

아주 짙은 흐느낌이었다. 그것만으로 브릿지가 주희에게 얼마나 소중한 녀석이었는지 알 수 있었다.

"상태를 보니 전혀 모른다는 얼굴인데."

"멍청한 놈이 확실하네."

수심에 젖어 있던 브릿지가 한심하다는 눈빛으로 설우를 바라봤다.

"귀는 장식품으로 달고 다녀? 말했잖아. 최근 들어서야 내 의지대로 움직일 수 있게 됐다고."

"그래서 과거의 일들은 다 기억하지 못한다? 안타깝네. 이럴 거면 좀 더 빨리 말해 줄걸. 그럼 덜 괴로워했을 텐데."

브릿지의 표정이 멍했다. 설우의 걱정하는 어투에 당황한 듯 보였다. 그러나 금세 까칠한 표정으로 돌아와 허공에 손을 획획 젓는다.

"됐어. 다 필요 없어. 이런 짓도 이젠 다 부질없다고. 이대로 소멸할 거야. 이대로……."

"누구 마음대로. 네가 싫다고 해도 내가 할 거야. 요구 조건이 꽤 마음에 들었거든."

설우가 부드럽게 미소 지었다. 녀석이 정녕 주희를 원망하면 어떡하나, 걱정하지 않았다면 거짓말이다. 그런데 지금은 새삼 녀석의 축 처진 어깨가 측은스럽게 느껴졌다.

"이제 앞으로 얼마나 남은 거지? 네게, 그리고 나에게 주어진 시간이."

브릿지의 눈동자가 의심으로 물들었다. 녀석은 마지못해 입술을 달싹거렸다.

"……세 번."

세 번? 그게 어떤 의미냐는 듯 설우의 눈이 가늘어졌다.

"내가 네 몸을 빌릴 수 있는 순간이 딱 세 번 남았다는 거야. 이게 그 흔적이지."

녀석이 제 눈동자를 가리켰다. 뭔가가 이상했다. 한 달 전까지만 해도 여섯 갈래로 줄기져 있더니, 어느새 세 갈래로 줄어 있었다.

"이게 전부 사라지면 네 목숨도, 내 영혼도 전부 다 소멸이야."

"그래서 어제 바뀌지 않았던 거군. 그럼 앞으로 몇 번 더 해도 바뀔 일은 없다는 건가. 그거 참 마음에 드는데."

어제? 몇 번? 더 한다는 건 또 뭔데. 어젯밤, 설우와 주희 사이에 어떤 일이 벌어졌는지 서서히 자각한 순간 녀석의 얼굴이 분노로 타올랐다.

"이 자식을 진짜!"

"워워. 진정하라고. 아직 뭘 한다고 말하진 않았잖아?"

"닥쳐. 이 능구렁이 같은 개자식아. 이딴 놈한테 기대를 한 내가 미쳤지."

"기대까지 했어? 그새 우리 사이에 신뢰란 게 쌓인 모양이야? 그것 또한 아주 마음에 드는 자세야."

"닥치란 소리 안 들……"

"그러니까 나와 거래를 하는 건 어때?"

브릿지의 미간이 왈칵 구겨졌다. 이게 무슨 개소리냐는 듯.

"그 세 번의 기회를 나한테 넘기는 거야."

"……"

"내가 널 원할 때. 그때 너의 모습으로 변하는 걸로."

"이봐. 엄연히 네 목숨 줄을 쥐고 있는 건 나야. 근데 어디서 약을 팔아."

브릿지가 기가 차다는 듯 코웃음을 쳤다.

"효과가 있는 약인지는 추후에 생각해도 늦지 않아. 어쨌든 난 네가 원하는 걸 무슨 수를 써서라도 들어줄 생각이니까. 그러기 위해선 어느 정도 협력이 필요하지 않겠어?"

설우는 대뜸 손을 내밀었다. 녀석은 그것을 탐탁지 않게 바라봤다. 여전히 의심이 가득한 얼굴. 한참의 머뭇거림 끝에 그의 손을 붙잡았다. 아니, 붙잡기도 전에 찰싹, 손바닥을 내리치며 중얼거렸다.

"허튼수작이나 부리지 마. 두고 볼 테니까."

말은 그렇게 해도 긍정의 의미가 확실했다. 녀석의 얼굴에 붉은 홍조기가 피어 있었다. 그렇게 의기양양 약조를 걸었는데, 타이밍을 딱 맞춰 난관이 들이닥친 건 전혀 예상치 못한 전개였다.

"방금 뭐라고 하셨죠?"

되묻는 설우의 음성이 차가웠다. 오늘은 예정대로 성범을 만나는 날이었다. 난데없는 권유가 그의 귓가에 떨어졌다.

"네게 선을 보라고 권했다. 왜, 이 할아비가 못할 짓이라도 한 게야?"

성범이 평온한 얼굴로 말했다.

"그건 아니지만 너무 급작스러워서요."

"급작스럽다니. 유감이구나. 전에도 한 번 이야기를 꺼냈던 것 같은데."

그게 언제냐고 물으려던 순간, 잊고 있던 장면 하나가 눈앞을 스쳐 지나갔다.

'보아하니, 그쪽 막내딸도 마음을 못 잡고 있는 모양이야. 소문으로는 유명한 연예인이라고 하더군. 이것도 인연이라고, 이렇게 엮이는 것도 썩 나쁘지는 않지.'

"갑자기 이런 권유를 하시는 이유가 뭔지 잘 모르겠습니다."

성범은 이유 없이 제안을 건네는 사람이 아니었다.

"혹시 재건축 문제 때문에 그러십니까?"

"잘 알고 있구나. 딴 길로 새면 무조건 말리라고 몇 번이나 귀띔을 해 줬던 것 같은데. 안 그런가, 윤 실장."

제 존재가 공기 같기를 바라며 다소곳하게 앉아 있던 윤 비서의 어깨가 움찔 떨렸다.

"쯧쯧, 그 자리를 지킨 지가 수십 년인데, 이 녀석 하나 못 막으면 어떡하잔 거야."

누군 안 말리고 싶어서 안 말렸나. 윤 비서는 억울했다. 하필 이 집의 손자가 꼴통 중에 꼴통인 걸 나보고 어쩌라고, 라고 말하고 싶었으나 그의 현실은 날파리보다 못한 신세였다.

"윤 비서님은 잘못 없습니다. 다 제가 몰아붙여서 일어난 사달입니다. 그리고 할아버지였어도 이런 선택을 하셨을 거라고 생각하고요."

"그건 네 의견에 동의하는 바다."

근데 왜 나만 가지고 그러는데. 윤 비서가 억울함에 눈을 치켜떴다. 그러나 날카롭게 날아드는 성범의 시선에 본전도 못 찾고 꼬리를 내려야 했다.

"다만 그때도 말했지만, 그 문제로 달려들 놈들이 너무 많아. 손수 먹이를 준 꼴이 되었단 소리야. 안 그래도 요즘 들어 최 전무의 행보가 수상쩍던 참이다. 현욱이, 그 자식은 뭘 해도 티가 다 나서 속내가 뻔히 읽히지만 최 전무는 늘 경계해야 해."

"최 전무한테 사람을 붙인 겁니까?"

"왜. 이 할아비는 집에서 고분고분 앉아만 있을 것 같았어?"

"아니요. 어느 정도 예상은 하고 있었지만, 그래도 최 전무는."

성범에게 있어 아주 각별한 존재였다. 바닥부터 시작한 꿈. 피땀 흘려 만들어진 '시온'이라는 브랜드. 그 긴 세월에는 늘 최 전무가 동행했다. 병실에 누워 있는 선우가 아니었다면 성범의 뒤를 잇는 인물은 당연히 최 전무로 낙점됐을 것이다. 그만큼 그는 성범의 뿌리 깊은 신뢰를 가진 자였다.

"설우야."

성범은 주름진 오른손을 왼쪽 가슴에 가져다 대었다.

"인간은 말이다. 이 감정이란 게 있기 때문에 언제든지 변수가 생기기 마련이다. 특히 욕망이란 놈 앞에서는 쉽게 휘둘리는 법이지. 물론 나도 최 전무가 변하지 않았으면 하는 바람이다. 어쩌면……."

이 할아비가 가장 바라는 점일지도 모르겠구나. 그렇게 읊조리는 성범의 음성이 쓸쓸했다.

"그래도 선은 안 봅니다."

강경한 어투에 성범의 두 눈이 가늘어졌다. 제 아비를 닮아 매사에 뭉툭한 것은 알고 있었지만 그의 의견을 거스른 적은 이번이 처음이었다.

"왜? 그새 품고 있는 여자라도 생긴 게야?"

"네."

망설임 없는 대답에 당황한 건 윤 비서였다. 성범을 만나러 가는 길이면, 그가 던질 곤혹스런 질문들을 미리 예상하여 입을 맞추곤 했다.

"저 회장님."

윤 비서가 입을 떼기 무섭게 성범이 손을 들었다. 거기서 멈추란 뜻이었다. 흥미롭고, 예리한 눈초리가 설우의 몸을 훑어 내렸다.

"그래. 그쪽도 널 마음에 품고 있는 중이고?"

설우는 침묵했다. 키스는 했지만, 주희와의 사이는 달라지지 않았다. 아니, 그럴 관계를 논의할 만한 시간이 주어지지 않았다. 하필 예정된 업무가 연달아 이어진 탓에 주희를 못 본 지 벌써 일주일이 넘어가고 있었다.

그리고 제 안에 있는 녀석. 브릿지가 원하는 것을 들어주고 온전히 제 삶이 평화로워질 때……. 그때 자신의 감정을 솔직히 고백할 생각이었다.

"아직 거기까지는 소식이 없나 보군. 그럼 더 나가야지."

설우의 얼굴에 작은 균열이 일어났다. 그게 성범은 무척이나 구미가 당겼다.

"무엇보다 우리가 했던 약조를 잊으면 안 되지. 분명 내게 그랬을 텐데. 주주들의 충분한 신임을 얻었을 때, 네가 원하는 것을 하나 들어주겠다고. 그게 현재 인테리어 부서고. 하지만 결과는 어떻지?"

최악은 아니었지만 그렇다고 최고도 아니었다. 그 어중간한 경계선이 문제였다. 재건축도 물 건너간 상황에 설우가 어떤 성과를 보여 줄지 주주들의 기대치는 높아질 수밖에 없었다. 모 아니면 도가 될 수도 있는 싸움. 그러니 인테리어 부서는 언제든지 길바닥에 내던져질 수 있는 갈림길에 서 있었다.

"네가 저지른 일에 대한 책임은 질 수 있어야지."

최소 W그룹과의 효율적인 관계가 이루어진다면, 그래도 방패는 만들어지는 셈이었다.

"얻기만 하면 되는 겁니까?"

"무얼 말이냐."

"W호텔이 제주도에 신축한다는 호텔. 그 시공권만 따내면 되는 거 아닙니까?"

"자신만만한 기세구나."

성범이 아는 강기진 대표는 꽤나 피곤한 인물이었다. 원체 사람을 의심하고 경계하는 편이라, 그와 말문을 트는 것도 쉽지 않았다. 물론 그에게도 치명적인 약점이 하나 있긴 하다. 지극히 딸 바보라는 것.

✷

"싫어요. 안 나가. 절대 안 나갈 거야."

모처럼 찾은 본가였다. 안성댁의 백숙을 보며 마음이 넘실거린 찰나, 기진의 한마디에 채영의 인상이 왈칵 구겨졌다.

"좋은 사람이다."

"좋은 사람인지 아닌지 아빠가 어떻게 알아요? 봤어요? 얼굴은 잘생겼는지, 키는 얼마만한지. 그렇게 따지던 인품은요? 알고 보니까 마조히스트 이런 거면 어떡하려고요? 아님 내 엉덩이 찰싹, 때리면서 희열 느끼는 미친놈이면 어떡하려고!"

"이놈의 계집애가 밥상머리 앞에서 못 하는 말이 없지!"

쨍그랑. 기진의 손에 들린 숟가락이 거친 소리와 함께 낙하했다. 표정 없던 얼굴은 한바탕의 폭풍이 휘몰아친 것처럼 살벌했다. 놀라는 사람은 아무도 없었다. 어쩐지 이런 광경이 익숙하다는 분위기였다.

부녀가 서로를 죽일 듯이 노려보며 논쟁을 이어 갔다.

"그러니까 누가 건드래요? 밥 좀 먹읍시다, 밥 좀. 내가 이거 먹으려고 보성에서 몇 시간을 달려왔는데. 왜 못 잡아먹어서 안달이냐고요."

"너 그것만 끝내고 들어와. 당장 들어와!"

"내가 한두 살 먹은 애인가? 들어오라면 들어오고, 나가라면 나가게. 날 구슬리고 싶다면 최소한 내가 뭘 좋아하는지 알려는 성의는 보여야죠. 그래도 명색이 이름 날리는 사업가인데, 이리 성의가 없어서 쓰나."

기진은 뒷목을 붙잡았다. 절로 시름 가득한 소리가 흘러나왔다.

"아휴, 누굴 닮아서 막무가내인지."

"누구긴 누구겠어요. 아버지지. 채영이 똥고집, 아버지 유전 아니었어요?"

식사를 하고 있던 둘째 딸, 채린이 못 말린다는 듯이 부녀를 바라봤다. 맞은편에 앉아 있던 셋째 딸, 수진도 그 의견에 동의한다며 고개를 끄덕였다.

"그래도 이번에 물고 온 먹잇감은, 괜찮아 보이던데? 아버지 말대로 평이 굉장히 좋아. 눈 여겨 보고 있는 사람들도 꽤나 있고."

"진짜?"

채영이 맞장구를 치자 기진의 눈빛이 흥분으로 부풀었다. 드디어 구미가 당기는 것이야? 그 누구를 갖다 붙여도 돌덩이 보듯 취급하던 딸내미였다. 하지만 그 기대도 잠시.

"그래도 싫어."

채영이 빙그레 웃으며 부정했다. 잘생긴 남자라면 질리도록 보는 환경에 노출되어 있었다. 다만 그게 끝이었다. 그 이외에 감정은 들지 않았다.

"뭔가 맞선은 날이 서지 않아. 난 운명 같은 사랑을 원한다고."

물론 거짓말이다. 운명, 그딴 게 세상에 없단 걸 누구보다 잘 알고 있다. 그런 말 같지도 않은 소리에 설레어 할 나이는 지난 지 오래란 말이다. 단지 시답잖은 변명을 내밀어서라도 기진의 고집을 꺾고 싶었다.

"이번이 마지막이야."

"뭘요?"

기진의 표정이 비장했다.

"이 선을 마지막으로 나도 더 이상은 강요하지 않을 생각이다."

채영은 조용히 닭다리를 내려놓았다. 손에 묻은 기름기를 차분히 닦고는 주머니 속에 넣어 둔 휴대폰을 매만지며 물었다.

"약 좀 지어다 드릴까요?"

"뭐?"

"왜. 그런 거 있잖아요. 갱년기랬나? 그때 남자들은 여성 호르몬이 많이 분출된다던데. 아빠도 그 시기가 왔나 싶어서."

참자, 참아야 한다. 골 울리는 분노를 참아 내며 기진은 상황을 정리했다.

"만나 봐. 만나 보고 정 아니면 나도 이 이상으로는 고집부리지 않으마."

"흐음, 진짜요?"

"왜? 내가 없는 말이라도 지어내는 것 같아?"

"네."

"이 강기진을 뭘로 보고!"

"근데 이번에는 꼭 책임지셔야 할 거예요. 제가 물증을 확보했거든요."

채영은 주머니 속에서 휴대폰을 꺼내었다. 반짝, 불이 들어왔다 사라진다. 녹음이 되고 있다는 증거였다. 그 짧은 새에 저런 걸 언제. 기진의 눈밑이 부르르 떨렸다.

"그래서 이번에는 또 어느 회사의 자제인데요?"

"시온이라고 너도 몇 번 들어 봤을 거야."

별 흥미 없이 이야기를 듣던 채영의 고개가 비틀렸다. 시온? 어디서 많이 들어 본 단어인데. 곰곰이 곱씹기를 한참. 황망한 시선이 기진을 향했다. 그도 그럴 것이 시온은 강욱이 몸담고 있는 회사였다. 그렇다는 건…….

"거기 장손, 김설우 대표다."

＊

"진짜 얼굴 한 번 보기 힘들다."

회사 근처에 찾아온 윤주의 표정이 심란했다. 주희는 그녀가 평소 좋아하던 음료를 들이밀며 미안함을 호소했다.

"요새 우리 부서에 한바탕 폭풍이 들이닥쳐서. 야근이 일상이 되어 버렸네."

윤주의 표정은 쉽사리 풀릴 기미가 보이지 않았다. 뭐랄까, 평소와는 다른 얼굴이었다. 착잡한 낯빛도, 비틀린 입술도.

"무슨 일 있어?"

걱정스레 묻자 그녀가 한숨을 푹 내쉬었다.

"저번에 집에 갔더니 연락 안 받더라?"

"아……. 그때."

그때라면 분명 설우와 함께 있던 날일 것이다. 그리고 아주 진한 입맞춤을 나누었다. 지금 생각해도 무슨 정신이었는지 모르겠다. 한 번 시작된 키스는 끝날 기미를 보이지 않았다. 쉬지 않고 서로의 입술을 깨물고, 핥고, 타액이 뒤엉켰다. 그의 휴대폰이 울리지 않았더라면 동이 틀 때까지

작정하고 키스를 했을지도 모른다. 살짝만 닿아도 따끔거리고 부은 입술이 그날의 뜨거움을 증명하고 있었다.

"시간 없으니까 본론만 말할게. 너, 강욱 선배 만난 거 왜 나한테 말 안 했어?"

"······어?"

기억에 젖어 있던 주희의 표정이 멍했다. 윤주의 입에서 작은 실소가 터져 나왔다.

"진짜 맞나 보네. 그 인간이 그러더라. 네가 왜 피해자인 것마냥 구는지 모르겠다고."

"······윤주야."

조금 전과 달리 주희의 음성이 어두웠다. 피해자. 그 단어가 가슴을 아프게 찔렀다.

"그게 할 소리니? 예전부터 뻔뻔한 인간인 건 알고 있었지만, 기가 차서. 걘 모르잖아. 그 자식은 죽어도 모를 거 아니야. 너, 그 사람들한테 이용당한 거. 함 부장 그 개자식 꼼수에 넘어가서 자기 도안 뺏긴 것도 모르는 주제에. 네가 그거 사수하려고 어떤 수모를 당해 가면서 버텼는데······."

"윤주야, 그만해."

"억울해. 억울해 미치겠다고. 마음 같아서는 당장이라도 효성에 불 싸질러 버리고 싶어. 그 인간 같지도 않은 것들 전부 다 죽여 버리고 싶다고."

윤주의 어깨가 흐느낌으로 들썩였다. 주희는 폭풍처럼 들이닥친 이 상황을 어떻게 헤쳐 나가야 할지 난감했다. 무엇보다 이곳은 회사 근처였다. 혹여 누가 듣기라도 할까, 주변을 살피는 그녀의 낯빛이 초조했다.

"너 거기 당장 나와."

무작정 떨어진 통보에 주희가 황당하다는 얼굴로 윤주를 바라봤다. 그녀가 강경하게 밀어붙였다.

"시온에서 당장 나오라고. 내가 다른 자리 소개시켜 줄게. 친한 선배 지인이 인테리어 회사 본부장인데, 괜찮은 인재를 필요로 하나 봐. 네 상황 말하니까 그 정도면 충분하대. 거기 인턴 기간도 짧고, 복지도 괜찮아. 그러니까……."

"싫어."

단호히 떨어진 대답에 윤주가 멍하니 눈을 깜빡였다.

"네가 어떤 마음으로 그런 말 하는지 잘 알겠는데, 난 옮길 생각 전혀 없어."

"왜? 김강욱이랑 매번 마주칠 게 뻔한데, 좋을 게 뭐 있다고? 거기다 그 인간, 거기 부사장 아들이라며. 설마, 그 남자 때문에 그래? 김설우인가 뭔가 하는."

"윤주야. 목소리 낮춰."

강욱은 그렇다 쳐도 설우의 이름이 언급되는 건 꽤나 위험한 일이었다.

"그래, 뭔가 이상했지. 생각해 보면 둘이 사촌 관계인 거잖아? 그럼 더 나와야지. 그 피가 어디 가겠니?"

"그런 식으로 단정 짓지 마."

주희가 날카롭게 윤주의 말을 잘랐다.

"그 사람, 나쁜 사람 아니야. 몰상식한 사람은 더더욱 아니고."

적어도 설우는 다르다. 그 남자는 다른 사람들과 전혀 달라.

단호한 감정이 주희의 눈빛에서 묻어 나오자 수상함을 느낀 윤주가 툭 내뱉었다.

"너, 혹시 그 남자 좋아하니?"

"……뭐?"

"그 남자 좋아하냐고."

주희는 부정하지 못했다. 좋아한다. 그 어감을 입 안에서 굴리고 나니, 가슴에 작은 파동이 일었다. 망각할 새도 없이 물들어 버렸던 걸까. 다시는 느끼지 못할 설렘이라고 생각했는데, 설우를 떠올리자마자 심장 언저리가 따갑고 간지러웠다. 그 사실이 새삼 놀라워 에둘러 말했다.

"싫어하는 건 아니야."

"그게 그거지. 그래서 둘이 사귀기라도 해?"

주희는 또 한 번 고개를 저었다.

"그럼 너 혼자 좋아하는 거야? 김강욱 때처럼?"

"그것도 아니야."

"그럼 뭔데!"

"아직……."

주희는 말끝을 흐리며 시선을 내렸다. 윤주가 답답함을 참지 못하며 밀어붙였다.

"아, 답답해 미치겠네. 뭔가는 있는데, 관계는 진전이 없다? 주희야. 너이미 당해 봤잖아. 김강욱한테 실컷 당했잖아. 남자는 있지, 이성한테 눈이 돌아가잖아? 어떻게든 쟁취하려고 하는 동물이야. 근데 진전이 없다며. 그럼 뭐겠어? 내가 갖기는 싫고 남 주기는 아깝다는 것밖에 더 되겠니? 우리랑은 사는 세계 자체가 다른 놈들이라고. 그러니까 그냥 나오자. 응? 너한테 좋을 게 없어."

윤주의 눈빛이 간절했다. 하지만 이번에도 주희는 응하지 않았다.

"오늘은 여기까지만 하자."

"주희야."

"다음에, 다음에 내 선에서 해결되면 그때 이야기해 줄게."

"다음에 또 언제. 입 닫을 거잖아. 없던 일처럼 만들 거잖아."

매번 그랬다. 어느 순간부터 내가 알아서 할게, 아무 일도 아니야. 걱정하지 마. 괜찮아. 입버릇처럼 말하는 주희를 볼 때면 윤주는 가슴 한구석이 쓰려 미칠 것만 같았다.

"넌 어떻게 이렇게 평온해? 아니, 왜 평온한 척하는 거야. 알아. 그때 내가 참 이기적이었다는 거. 나조차도 신물이 날 정도니까. 넌 내가 힘들 때마다……."

두 팔 벌려 도와준 친구였다. 등록금이 버거워 허덕일 때도, 월세가 밀려 자칫 고향 집인 지방으로 내려가야 할 때도 주희는 서슴없이 손을 뻗어 주었다. 받은 게 너무 많아서 어디서부터 돌려줘야 할지 막막할 정도였다.

그럴 때마다 주희는 제 손을 포개며 말했다. 내가 주고 싶어서 준 거니까 좀 편히 받으라고. 나중에 정말 네 도움이 절실히 필요할 때. 그때 도와주라며.

그랬는데……. 정작 그 순간에 자신은 도와주지 못했다. 비겁했다, 나약했다. 돈에, 권력에, 맥없이 굴복하고 마는 겁쟁이였다.

윤주가 서글픈 얼굴로 주희의 두 손을 붙들었다.

"늦었다는 거 알아. 그래도 주희야. 난 어떻게든 널 도와주고 싶어. 네가 행복했으면 좋겠어. 더 이상은 네가 과거에 허덕이지 않았으면 좋겠어."

그러니 강욱과의 만남은 옳지 못했다. 더군다나 김설우, 그 남자는 더더욱 아니다. 불길한 직감이 들었다. 이런 식으로 얽히는 건 좋지 못하다고.

"윤주야. 미안한데, 나 이제 그만 들어가 봐야 할 거 같아."

윤주의 낯빛이 침울했다. 늘 이런 패턴이었다. 조금이라도 그녀에게 도움이 되고자 했으나, 그날의 상처를 들먹이면 주희는 언제나 한 발짝 뒤로 물러섰다. 마치 네가 주는 도움 따위는 받고 싶지 않다는 듯.

"연락할게. 조심히 들어가."

주희가 서둘러 카페를 빠져나갔다. 바닥으로 꺼지는 윤주의 고개가 처량했다.

✳

회사 로비로 들어서는 주희의 발걸음이 무거웠다. 윤주를 홀로 두고 온 게 마음에 걸렸다.

"뭐가 이렇게 꼬이는 느낌이야."

윤주와 강욱. 두 사람이 만났다. 그렇다는 건 강욱이 모든 걸 알게 됐다는 건가. 앞으로 어떻게 봐야 하는 거지. 막막했으나 금세 생각을 접었다. 휴대폰을 응시하는 그녀의 눈빛이 복잡했다.

"먼저 연락해 봐야 하나."

당분간 바쁠 것 같다는 말을 끝으로 설우와 연락이 닿지 못했다. 고작 일주일이 흘렀을 뿐인데, 가슴이 뒤숭숭한 건 왜인지. 전에는 한 달도 잘 버텼으면서.

"뭐야? 촬영이라도 하는 거야?"

"근데 주변에 장비 같은 게 없잖아."

"와, 다리 길이 봤어? 피부는 어떻고."

　엘리베이터를 기다리던 참이었다. 무슨 일인지 직원들이 한곳에 둘러싸여 있었다. 때마침 점심을 먹고 온 소연이 반갑게 손을 흔들어 댔다.

"주희 씨, 만난다는 친구는 잘 만났어?"

"네. 식사하고 오는 길이세요?"

"응. 건너편에 있는 메밀집이 맛있다길래. 근데 뭔 일 있대?"

　몰려 있는 사람들의 행보가 수상했는지 소연은 미어캣처럼 고개를 이리저리 내뺐었다. 문득 누군가를 발견한 그녀의 두 눈이 휘둥그레졌다. 또각또각, 굽 높은 하이힐 소리가 귓가에 울려 퍼졌다. 훤칠한 키의 여성이 주희의 앞에 멈춰 섰다.

"혹시 대표실이 몇 층인 줄 알아요?"

　여자가 물었다. 우아한 분위기가 압도적이었다. 주희는 대답하지 못했다. '대표실'이라는 언급에 자연스레 설우가 떠올랐다.

"약속은 하고 오신 건가요?"

　그래서였을까. 불필요한 말을 입 밖으로 꺼내고 말았다. 아차, 싶은 순간 여자가 쓰고 있던 선글라스를 살포시 밑으로 내렸다. 확연히 드러나는 얼굴에 소연을 비롯한 다른 직원들의 입이 쩍 벌어졌다.

　여자가 싱긋 웃었다.

"내가 오늘 꼭 김설우 대표님을 봐야 하는지라."

"그, 그 대표실은 28층입니다."

　분위기에 압도된 소연이 버벅거리며 대답하자 여자의 입꼬리가 곡선을 그렸다.

"친절도 하셔라. 고마워요."

여자는 도착한 엘리베이터 안으로 사뿐히 들어섰다. 버튼을 누르고, 정면을 바라보자 자연스레 주희와 눈이 마주쳤다. 여자는 웃었고, 주희는 웃지 못했다. 한 번도 마주친 적이 없는 사람이지만 낯설지 않았다. 아니, 그럴 수밖에 없었다.

　2년 전, 그녀는 다른 사람도 아닌.

　"배우 한채영 맞지? 세상에 무슨 일이래."

　강욱의 여자 친구였으니까.

"분위기 한번 살벌하네."

채영의 표정이 떨떠름했다. 건물 외형도 그렇고, 내부 디자인 또한 어딘가 차갑고 적적한 게 썩 마음에 들지 않았다. 아마도 주인을 닮아서 이 모양인 거겠지. 거기까지 생각이 닿자 어떻게든 이 만남을 파괴시켜야 한다는 의지로 온몸이 불타올랐다. 이번 맞선이 마지막이 될 거라는 아버지의 통보에 다른 꿍꿍이가 있는 건 아닌지 의심부터 들었다.

어려서부터 그랬다. 아버지는 유독 자신에게만 애착 아닌 집착을 보였다. 물론 지금은 그 이유를 알 것 같기도 하다. 다섯 살, 엄마가 세상을 떠났다. 병약한 몸 상태와 심리적 우울증이 큰 원인이었다. 그때는 이별이라는 게 어떤 건지 잘 알지 못했으나, 자라면 자랄수록 엄마의 손이 필요했던 아이에게는 불가항력적인 그리움이 따라왔다.

왜 엄마는 안 오냐고, 왜 내 곁에 없냐며 매일 밤을 울어 댔다. 그럴수록 아버지는 자신을 품에 끼고 살았다. 그랬던 딸이 연예계에 들어간 것도 모자라 거의 1년에 몇 번 볼까 말까 할 만큼 드물게 얼굴을 내보이니 서운할 만도. 물론 그건 어디까지나 기진의 바람일 뿐, 채영은 현재의 삶에 충분히 만족하는 중이었다.

"근데 김강욱, 이 자식은 뭘 하고 다니길래 연락이 안 돼?"

김설우와 사촌 관계인 만큼 정보를 캐낼 수 있을까, 싶어 강욱에게 연락을 취했지만 그의 휴대폰은 먹통이었다. 원체 기분 내킬 때 연락하는 놈이라 대수롭지도 않지만 하필 도움이 필요할 때도 이러니.

"그래도 웬만한 수집 정보는 이 머릿속에 있으니까."

닥치는 대로 설우에 관한 정보를 수집했다. 그에 따르면, 그는 사교 모임에 잘 나타나지 않는다고 한다. 가끔씩 본 사람들의 입을 빌리자면 늘 얼굴에 표정이 없어 차가운 인상을 지녔다는 것.

찬양하는 소리도 만만치 않았다. 투철한 리더 정신, 깔끔하고 정확한 마인드. 그것만으로 대표 자리를 지키고 있는 걸 보면 보통이 아니라고. 어찌 됐든 어려운 남자라는 건 확실하다. 그 가정이 채영을 흥분시켰다. 굳이 보지 않아도 김설우는 예의를 중요시하고, 매사에 딱딱한 남자가 분명하다.

오늘 연락도 없이 시온을 방문한 것도 그래서였다. 이미 로비에서부터 '나, 한채영이다.' 시선 한 번 제대로 받았으니 소문은 날 대로 날 것이고. 그러한 상황에서 자신이 집무실에 있으면 얼마나 당황스럽겠는가. 아주 예의가 없는 여자라 생각하며 불쾌해하겠지.

벌컥. 때마침 집무실 문이 열렸다. 채영은 자리에서 냉큼 일어났다.

"한······"

"제발 좀 부드럽게 가자고요, 부드럽게!"

"언제는 치고 나가라면서요."

"치고 나가는 거랑 막무가내인 거랑은 차원이 다르죠!"

"저는 평소처럼 했을 뿐입니다."

"거짓말하고 있네. 어디서 손바닥으로 하늘 가리는 소리를 하고 있어요! 내가 모를 줄 알아요? 지금 서주희 씨 못 만나서 이러는 거 아닙니까!

예민할 대로 예민해져서는! 그 불똥을 왜 죄 없는 내가 맞고 다른 임원들이 맞아야 하냐고요! 한 번 더 못 봤다가는 회사 말아먹게…… 누구시죠?"

채영을 발견한 윤 비서의 눈이 경계로 반짝였다. 채영은 당황하지 않으며 그 옆에 선 남자를 바라봤다. 듣던 대로 준수한 얼굴이 썩 마음에 들었다. 체격도 넓고 튼튼한 게 이런 자리만 아니었다면 한 번 꼬셔 볼 법도 했을 텐데. 이런 걸 보면 당신과 나는 운명이 아닌 거지.

"한채영이에요."

설우는 채영을 빤히 주시했다. 그 시선을 느끼며 채영은 자각했다. 이 미모가 또 빛을 발하는구나. 이럼 큰일인데. 그렇게 채영이 단정 지은 순간 설우가 윤 비서를 향해 대놓고 물었다.

"한채영이 누굽니까?"

예상치 못한 반응에 채영의 얼굴이 멍했다. 그녀는 불현듯 제 시야가 어둡다는 걸 깨달았다.

"아, 제가 선글라스를 껴서 못 알아보셨구나. 죄송해요. 워낙 습관이 돼서."

최대한 당황스럽지 않은 척 선글라스를 벗었다. 부드럽게 머리칼을 넘기는 것도 잊지 않았다. '자, 이제 알아보겠지?' 란 심정으로 다시 웃는데, 설우가 흥미 없는 얼굴로 재차 윤 비서를 향해 물었다.

"아는 사람입니까?"

"그걸 알면 내가 이러고 있겠어요?"

"근데 왜 일면식도 없는 사람이 제 집무실에 있죠? 윤 비서님이야말로 이런 식으로 일 처리할 겁니까?"

"아니, 그게 왜 내 탓입니까? 지금까지 누구 시중 드느라 개고생을 하고 왔는데. 저 아니었으면 오늘 회의는 그야말로 풍비박산이었어요, 풍비박산!"

"풍비박산이라뇨. 전 제 임무에 최선을 다했을 뿐입니다. 그런 식으로 판단하는 거 꽁장히 기분 나쁩니다."

"허이고, 기분이 나쁘셨어요? 거, 말 한번 잘했습니다. 오늘 아주 결판을 내 볼까요?"

저기요. 이보세요? 저 있다고요. 봄, 여름, 가을, 겨울 데이트하고 싶은 여자 연예인 1순위, 결혼하고 싶은 여자 연예인 1순위에 당당히 꼽힌 이 한채영이가 여기 있다고요. 제발 날 좀 보라며 애원의 눈빛을 보냈지만 설우와 윤 비서는 서로를 향해 으르렁대기 바빴다.

공기보다 못한 취급. 난생처음 겪는 상황에 채영은 얼이 빠졌다. 점점 정수리에 열이 끓기 시작했다. 결국 참다, 참다가 소리를 내질렀다.

"이봐욧! 사람 말 안 들리냐고요!"

소를 잡아먹은 듯한 고성에 두 남자가 멈칫하며 채영을 바라봤다.

"어머, 내 실수."

다급히 변명했지만 이미 늦은 후였다. 이상한 여자 취급하듯 두 남자의 눈빛이 경계심으로 뒤덮였다. 결국 채영은 한숨을 내쉬며 실토했다.

"한채영. 아니, 강채영이라고 하면 알아들으실까요?"

"강채영? 그 강채영 씨, 말입니까?"

윤 비서가 놀라움을 금치 못했다. 설우가 심각한 얼굴로 윤 비서를 바라봤다.

"강채영은 또 누굽니까?"

이 남자가 진짜! 한 번도 아닌 세 번씩이나 모르는 사람 취급에 채영은 이를 바득 갈았다. 보다 못한 윤 비서가 까치발을 들어 설우의 귓가에 속삭였다.

"아, 왜. 대표님이랑 선보기로 한 분 있잖아요. W호텔 대표님의 막내딸. 아니, 그저께 자택 가서 뭘 들은 겁니까? 그새 까먹으셨어요?"

"아……."

설우가 조용히 채영을 직시하며 말했다.

"근데 서로 일정이 잡히지 않은 걸로 아는데."

그렇지, 그렇게 나와 줘야지. 예상한 대로 전개가 흘러가자 채영은 준비했던 멘트를 꺼내었다.

"네. 일부러 찾아왔어요. 안타깝게도 제가 촬영이 밀려 있는 입장이라 일정이 안 되거든요. 왜요? 너무 일방적인 태도에 기분이 나쁘셨나요?"

나쁘다고 말해. 불쾌하다고 말해. 그럼 이 맞선은 그대로 파토 나는 거야.

"아니요. 아주 마음에 듭니다. 최소한 시간 절약은 할 수 있겠군요."

설우는 차분히 소파에 앉았다. 그 태연한 태도에 채영의 시선이 불안하게 흔들렸다. ······뭐야, 이 남자?

"뭐 합니까, 안 앉고."

설우가 멀뚱히 서 있는 채영을 올려다보며 말했다. 그 말투가 한없이 고요하고 덤덤했다.

❋

"대박, 대박 소식! 글쎄, 대표님이랑 한채영이랑 그렇고 그런 사이래요!"

"진짜? 그걸 다솜 씨가 어떻게 알아."

"직접 목격했으니까 알죠. 저만 본 게 아니라니까요? 아, 이 대리님! 이 대리님도 그 자리에 있으셨잖아요."

"어, TV에서 보는 것보다 더 예술이더라. 역시 연예인은 아무나 하는 게 아니야."

"대표님이랑 그렇고 그런 사이라는 건 무슨 말이야? 두 사람이 사귀기라도 해?"

양 대리의 질문에 다솜이 의미심장하게 말했다.

"딱! 그런 뉘앙스였다는 거죠. 역시 대표님 같은 분이 여자 친구가 없다는 건 말이 안 되는 거였어요. 와, 근데 골라도 한채영을 고를 줄은 몰랐는데."

"확실한 정보야?"

"에이, 양 대리님. 아마추어도 아니고. 갑자기 우리 회사와 관련도 없는 한채영이 대표님을 보러 직접 방문했다? 이미 답은 나온 셈이죠."

"그럼 두 분 곧 결혼하시려나?"

"결혼이요?"

"아, 왜 그렇잖아. 그래도 명색이 한채영은 배우인데, 얼굴 팔릴 거 알면서 여기 방문한 거면 결혼밖에 더 있겠어?"

모든 부서가 '김설우와 한채영'의 관계에 대해 한참 떠들썩했다. 자고로 남의 연애는 물고 뜯고 즐겨야 하는 법. 고작 본 것은 채영이 시온을 방문했다는 것뿐인데 수많은 가십거리가 널리널리 퍼져 나갔다. 유일하게 침묵하는 사람은 주희뿐이었다. 알고 있다. 쓸데없는 허상은 쓸데없는 조바심만 나게 한다는 걸. 그걸 아는데도, 자꾸만 윤주의 음성이 되풀이됐다.

'그럼 뭐겠어? 내가 갖기는 싫고 남 주기는 아깝다는 것밖에 더 되겠니? 우리랑은 사는 세계 자체가 다른 놈들이라고.'

사는 세계가 다르다……. 그 대목 앞에 할 말을 잃어버린 참이었다.

"시끄러워!!"

갑작스러운 악다구니에 팀원들의 어깨가 흠칫 올라갔다. 모두 다 어안이 벙벙한 얼굴로 뒤를 돌아봤다. 그곳엔 며칠째 야근에 시달리느라 거무죽죽해진 얼굴의 오 과장이 서 있었다. 그는 탁상을 여러 번 내리치며 울부짖었다.

"시끄러워, 시끄럽다고! 지금 남의 연애사에 감 놔라, 배 놔라 할 때야?! 벌써 코앞이야. 다음 주면 그 지옥 같은 회의에 또 시달려야 한다고. 양 대리, 기획안 완성시켰어?"

양 대리는 어색한 웃음을 흘리며 고개를 저었다.

"이 대리는!"

소연의 고개 또한 좌우로 흔들렸다.

"그럼 다솜 씨는!"

마찬가지로 다솜의 고개도 별다를 건 없었다.

276

"이래 놓고 대표님이니 한채영이니, 뭐가 어쩌고 어째? 두 사람이 결혼하면 우리 부서에 평화라도 찾아온대? 깃발 들고 축하라도 할 수 있을 것 같냐고! 근데 왜 이렇게 말이 많아! 안 그래도 골이 울려 죽겠구만."

오 과장이 머리를 쥐어짜며 자리에 주저앉았다. 끊이지 않는 야근과 업무의 연속. 이젠 토가 나올 지경이었다. 이게 다 그 김설우, 그놈 때문이야.

"팀장님, 아무리 봐도 이건 아닙니다. 저 이러다 졸도할까 봐 겁난다고요."

"허허, 오 과장. 그동안 쭉 잘해 왔으면서 왜 이래. 배즙이라도 한 첩 지어 줘?"

강 팀장이 넉살 좋은 웃음을 흘리자 오 과장의 눈이 거의 울 것처럼 일그러졌다.

"배즙이고 나발이고, 제발 저 좀 살려 주십쇼."

"이미 살고 있으면서 왜 그러나. 이번 프로젝트만 무사히 끝내면 같이 술 한잔이나 하자고."

무사히. 그 부사가 미치도록 오한을 떨게 만들었다. 무사히 끝내지 못하면? 아아, 신이시여. 평소 잘 외우지도 않는 주기도문을 읊조리며 오 과장은 다시 모니터를 뚫어져라 바라봤다. 그리고 멍하니 서 있는 팀원들을 향해 소리쳤다.

"뭐 해! 일 안 하고!"

그 모습을 흥미진진하게 지켜보던 소연이 주희를 향해 속닥거렸다.

"저런 모습 오랜만이네. 평화주의만 고집하시는 줄 알았더니. 그보다 주희 씨는 잘돼 가? 엊그제 보니까 뭘 좀 열심히 구상하는 것 같던데."

"좀 더 만져 봐야 할 거 같아요. 통과될 보장은 없겠지만."

"일단 저질러 보는 거지. 대표님이 그러셨잖아. 여러 명의 아이디어가 모일수록 아이템 폭은 커질 수밖에 없다고. 이왕 시도하는 거 영혼을 쏟아부어 봐. 혹시 알아? 주희 씨께 채택될지."

주희는 대답 대신 잔잔하게 웃었다. 잡생각을 지우려 모니터를 바라봤지만 헛수고였다. 한참을 고민하다가 휴대폰을 집어 들었다. 키패드를 누르는 그녀의 손짓이 분주하면서도 초조했다.

＊

"그러니까 원하는 게 있어서 이 맞선을 진행한다는 거죠?"

"진행하는 게 아니라 요건을 말하는 겁니다. 정확히 강채영 씨를 만나는 건 오늘이 처음이자 마지막이니까요."

기가 차서 말이 나오지 않았다. 채영은 어이없다는 눈으로 설우를 응시했다. 상식적으로 이런 자리는 오고 가는 대화란 게 있었다. 근데 이 남자는 당최…….

"그래서 이 자리를 통해 얻고 싶은 게 뭐죠?"

"W그룹의 신축 호텔 시공권."

주저 없이 바로 나온 대답에 채영의 미간이 좁아졌다.

"그걸 시온이 진행하는 겁니다."

이번에도 어이가 없는 건 마찬가지였다. 하지만 문득 짜증이 나는 건 그녀의 두 눈이 이 남자를 계속 주시하고 싶어 한다는 것이다. 단순히 캐릭터가 특이해서, 그래서 눈이 가는 거겠지. 그렇게 단정 지으며 채영은 툭내뱉었다.

"되게 당당하시네요. 격식이니 뭐니 진부한 대화에 질리던 참이긴 했지만, 이런 컨셉은 또 처음이라. 어디서 나오는 자신감이에요?"

직구로 말하면 이게 무슨 태도냐는 비꼼이었다. 만난 남자들마다 각양각색이었다. 그래도 한 가지 공통점이 있다면 그들은 채영을 최우선시로 여겼다는 것이다.

"강채영 씨는 빙빙 도는 대화를 좋아합니까?"

"그게 무슨 말일까요."

"먼저 연락도 없이 찾아온 건 강채영 씨 쪽인 걸로 아는데요."

훅 치고 들어오는 공격에 채영의 한쪽 눈썹이 비뚜름해졌다.

"스케줄이 안 된다고 어필한 쪽도 강채영 씨고요."

"그, 그렇죠?"

"길게 끄는 대화를 좋아하지 않는 것 같아서 핵심만 말했던 건데, 불만이었나 봅니다?"

채영은 조용히 입을 다물었다. 어쩐지 말리는 기분이다. 무엇보다 이곳을 방문한 의도가 색이 바래고 있었다.

"그냥 궁금했을 뿐이에요. 솔직히 이해가 안 가서. 원하는 게 있어서 이 선을 본다? 그렇다는 건 계속 이 만남을 이어 가겠다는 의지 아닌가요?"

기진과 김설우 대표 사이에 어떤 거래가 오간 건지는 모르겠으나 어쨌든 이 남자는 기진에게서 얻어야 하는 것이 있는 입장이었다.

"원하는 건 원하는 거고, 이 자리는 이 자리일 뿐입니다."

이번에도 설우가 칼같이 선을 긋자 채영은 서서히 짜증이 치밀었다.

"근데 아는지 모르겠어요. 저희 아빠가 보통 까다로우신 분이 아니거든요. 두 사람 사이에 어떤 이야기가 오고 갔는지는 모르겠지만, 단단히 벼르고 있는 건 확실하죠."

채영은 엄지로 저를 한 번 가리키고, 이어서 설우를 가리키며 미소 지었다.

"저, 그리고 김설우 씨. 우리 두 사람의 결혼을 말이죠. 그래서 말인데, 시공권이라고 했나요? 그 주도권이 저한테 있다면 어떻게 나오실 거예요?"

그는 여전히 무표정한 얼굴이었다. 그게 못내 자존심이 상했지만 꼿꼿이 눈웃음을 지었다.

"굉장히 궁금해지네요. 전 촬영이 있어서 이만."

집무실을 빠져나오자마자 채영은 신경질적으로 벽을 짚으며 낮은 숨을 토해 냈다.

"이건 뭐 벽이랑 이야기하는 것도 아니고."

분명 파토 내자고 마음먹었던 자리였다. 그런데 제 입으로 모든 걸 망쳐 버린 꼴이 되었다. 가만히 있으면 될 것을, 시공권이네 뭐네 그런 말은 왜 했냐고. 그래도 자존심이 상하는 건 어쩔 수 없었다. 그러다 불현듯 설우와 그의 비서가 나눴던 대화가 떠올랐다.

'내가 모를 줄 알아요? 지금 서주희 씨 못 만나서 이러는 거 아닙니까! 예민할 대로 예민해져서는!'

서주희라면……. 가물가물한 기억을 떠올리느라 이마가 확 좁아진 순간, 누군가가 설레는 목소리로 다가왔다.

"한채영 씨 아니세요?"

채영은 서둘러 선글라스를 꺼내 들었다. 그녀는 화사한 미소를 장착하며, 지금껏 몇 번이고 반복해 왔던 멘트를 자연스레 흘려 냈다.

"네, 맞아요. 제가 배우 한채영이에요."

꼭 스크래치 난 자존심을 회복하려는 것처럼.

✳

문을 열고 들어오는 윤 비서의 손길이 조심스러웠다. 어느새 해가 저문 집무실은 짙은 어둠으로 물들어 있었다. 퇴근 시간이 한참 지났는데도, 설우는 연달아 업무를 보는 중이었다.

"어쩌시려고요."

코앞까지 다가간 윤 비서가 물었다. 그제야 서류에 박혀 있던 시선이 정면을 향했다.

"좋은 카드였는데, 그걸 또 버려요?"

W그룹과의 우호 관계만큼 설우를 받쳐 줄 좋은 카드도 없었다. 그러나 언제나 그랬듯 그는 그것을 단호히 쳐 냈다.

"버린 적 없습니다."

설우가 진행되고 있는 계약서 종이를 넘기며 말했다.

"버린 적 없다면서 그리 무안을 줍니까?"

"어차피 그쪽도 절 별로 탐탁지 않아 하던걸요. 길게 끌어 봤자 좋을 것도 없습니다."

역시 둔한 게 확실해. 적어도 윤 비서 눈에 채영은 단번에 떨어져 나가지 않을, 꽤나 피곤한 스타일이었다. 호감까지는 아니어도, 설우의 얼굴을 살피던 그녀의 눈빛이 예사롭지 않았다. 하물며 그녀는 시공권을 들먹이며 다음 만남을 기약하지 않았나.

"그것보다 제가 부탁한 건 어떻게 됐습니까?"

윤 비서의 눈빛이 얕게 흔들렸다. 그의 한 손에 황토색 종이봉투가 쥐어져 있었다. 이걸 들고 오는 내내 어찌나 마음이 심란했는지 모른다. 성범의 자택을 나선 다음 날이었을 것이다. 무슨 의도인지 설우는 주희에 관련된 정보를 얻어 내라며 지시했다. 일단 시키는 대로 실행은 했지만, 그것들을 하나하나 전해 들을 때마다 윤 비서는 눈살을 찌푸렸다.

"이제 와서 서주희 씨에 대한 정보는 왜 필요로 하는 겁니까?"

"하루라도 빨리 윤 비서님 명예퇴직시켜 드려야죠."

설우가 미소 지으며 말했지만, 윤 비서는 웃지 못했다. 설우가 자리에서 일어나 손을 내밀었다.

"주셔야죠."

윤 비서가 뒤로 물러서며 경계 태세를 갖췄다.

"뭐 하는 겁니까?"

"저한테 숨기는 게 있다면 지금 말하세요. 제가 모르는 게 있다면 그것 또한 지금 말하시고요."

경고하는 윤 비서의 어투가 단단했다. 설우가 누군가를 뒷조사하라며 지시를 내린 건 이번이 처음이었다. 뭔가 있어도 단단히 있는 게 확실한데, 그게 무엇인지 가늠이 잡히질 않았다.

브릿지란 녀석도, 녀석이 원하는 것도, 그리고 녀석과 엮인 서주희도.

"일단 주시고 말하죠."

"아니요. 실토하기 전에는 못 줍니다."

"그건 안 될 것 같은데요."

설우가 순식간에 윤 비서의 손에서 봉투를 빼앗았다. 체격의 차이였다.

"진즉에 주셨으면 좋았을 거 아닙니까."

가볍게 웃으며 봉투를 열었다. 하지만 내용물을 보기 무섭게 그의 얼굴에서 표정이 사라졌다. 덩달아 윤 비서의 얼굴에도 짙은 그늘이 졌다.

＊

"내가 먼저 약속 잡아 놓고, 늦으면 어떡해."

긴 야근 끝에 회사를 빠져나가는 주희의 얼굴이 초조했다. 휴대폰으로 시간을 확인하니 벌써 아홉 시가 넘은 터였다. 혹시나 기다리면 어떡하지, 조바심이 들다가도 설우에게서 아무 답장이 없자 마음 한구석이 불안했다.

[오늘 아홉 시에 볼 수 있어요? 괜찮으면 그때 간 포장마차 쪽 카페에서 기다리고 있을게요.]

충동적으로 보낸 문자였다. 그리고 후회했다. 왜 그동안 연락하지 못했던 건지. 생각해 보면 언제나 그가 먼저 연락을 취하고, 손을 내밀어 주지 않았나. 참 간사하지. 아쉬울 것이 없었을 때는 차갑게 내쳤으면서. 감정이 생겨난 지금은 고작 문자 하나에도 가슴이 조마조마한 걸 보면…….

"……진짜 좋아하나 봐."

언제부터였을까. 언제부터 김설우, 그 남자만 생각하면 이리도 마음이 따갑고, 손끝이 저리기 시작한 걸까. 무척 오랜만에 느껴 본 설렘, 그래서 배로 부풀어 오는 두려움. 자신과 같은 마음이 아닐까 봐, 자신만 설레어 했던 걸까 봐, 저만 초조해하며 그를 기다리고 있는 걸까 봐. 그럼에도 마음이 커져만 갈까 봐.

"……전화라도 해 봐야 하나."

약속 장소에 도착하자 설우는커녕 그의 그림자조차 보이지 않았다. 서늘하고 무거운 가을바람만이 한적한 거리를 지배했다.

조금만 더 기다려 보자. 늘 바쁜 사람이잖아. 그렇게 스스로를 위로하며 가로등을 등진 채 얼마나 서 있을까. 20분 정도가 흐르자 온몸이 식으며 손발이 떨리기 시작했다. 입에서는 기침이 터져 나왔다. 지칠 법도 한데, 주희는 꿈쩍도 하지 않았다. 앞섶을 한껏 여미며 얼음장이 된 손을 연신 비벼 댔다.

그때였다. 기척 없던 거리에 발걸음 소리가 들리기 시작했다. 머지않아 등 뒤로 그림자가 드리워지더니, 커다란 재킷이 어깨에 내려앉으며 온몸을 감싸 안았다. 주희가 깜짝 놀라며 고개를 틀었다. 그토록 기다리던 남자가 자신을 응시한 채 서 있었다.

"늦었습니다. 미안해요."

설우의 숨소리가 거칠었다. 주희는 몸을 돌려 그를 정면으로 마주했다.

"뛰어왔어요?"

넥타이를 풀어 내리는 손길이 답답함을 담고 있었다.

"문자를 뒤늦게 확인했습니다."

그래서 늦은 거였구나. 언제 그랬냐는 듯 주희의 입가에 희미한 미소가 걸렸다. 무엇보다 일주일 만에 보는 남자였다. 고작 일주일. 그 시간이 왜 이리 길게만 느껴졌는지. 비로소 그의 얼굴을 보게 되자 불안함은 사라지고, 정의 내릴 수 없는 설렘이 가슴속에 피어올랐다.

"오랜만이네요."

어딘가 어색한 인사였다. 반면 설우는 무표정으로 주희를 직시했다.

"잠깐 손 좀 줘 봐요."

"손이요? 손은 왜……."

핏기가 가신 손바닥을 응시하는 설우의 두 눈이 어둡게 가라앉았다. 그는 주저 않고 그녀의 양손을 감싸 뜨거운 입김을 불어 넣기 시작했다. 주희가 흠칫하며 손을 빼려 했지만 헛수고였다. 하아, 하아. 뜨겁고 아늑한 호흡 소리가 반복될 때마다 심장이 두방망이질을 해 댔다.

가만히 그를 올려다보았다. 가슴이 터질 것만 같았다. 뚫어질 것처럼 자신을 응시하는 까만 눈동자도, 쉬지 않고 뜨거운 숨을 뱉어 내는 고운 입술도.

"차갑네요."

도통 손이 녹질 않자 설우가 한숨 섞인 목소리로 말했다. 그는 답답하다는 듯 미간을 구겼다.

"얼마나 기다린 겁니까."

"얼마 안 기다렸어요. 날씨가 좀 추울 뿐인 거지."

눈에 보이는 거짓말이었다. 설우는 더 말하려다가도 주희의 손목을 감싸 안으며 앞으로 나아갔다. 불빛이 쏟아지는 카페에 들어서자마자 직원 한 명이 부리나케 달려왔다.

"손님, 죄송한데 저희 마감 시간이 30분도 안 남아서요."

"아, 그럼 다른 곳으로…….."

"괜찮습니다. 그 정도 시간이면 충분합니다."

설우가 말허리를 자르며 상황을 종료했다. 주희는 멍하니 눈을 끔뻑였다. 왠지 모르게 단호하고, 차가운 어투였다.

"뭐 마실래요?"

설우가 뒤돌아 물었다. 기분 탓일까. 일주일 전에 본 모습과는 뭔가가 사뭇 달랐다. 서늘한 시선도, 굳게 다물린 입술도.

"따뜻한 거면 괜찮겠어요?"

"아, 네."

설우가 주문을 하러 간 사이, 주희는 심란한 마음으로 창밖을 바라봤다. 정의 내릴 수 없는 낯선 이질감. 그게 자꾸만 설우에게서 느껴지자 가슴이 다른 의미로 두근거리기 시작했다.

탁. 얕은 마찰음에 고개가 들렸다. 어느새 설우가 주문한 음료를 들고 서 있었다. 그는 뽀얀 김이 모락모락 피어오르는 유자차를 주희 쪽으로 들이밀었다.

"쥐고 있어요."

"고마워요."

주희는 옅게 웃으며 머그컵을 감싸 안았다. 따스한 온기가 스며들며 감각 없는 손가락이 점점 녹기 시작했다.

"다음부터는 그렇게 서 있지 마요."

주희는 고개를 끄덕이는 것으로 대답을 대신했다. 그 후로 어색한 침묵이 두 사람 사이를 맴돌았다. 아니, 이 상황이 불편한 건 오직 주희뿐이었다. 무슨 이유인지는 모르겠으나 지금 보니 설우의 표정이 어두웠다. 이미 흐트러질 대로 흐트러진 넥타이를 풀어 헤치는 손길도, 그녀를 응시했다가 한숨을 집어삼키듯 창밖으로 돌리는 시선도. 꼭 무슨 말을 해야 할 것 같은데, 하지 못하는 사람처럼. 그러자 부서에서 팀원들이 나누던 대화들이 하나의 장면처럼 스쳐 지나갔다.

'그럼 두 분 곧 결혼하시려나?'

'결혼이요?'

'아, 왜 그렇잖아. 그래도 명색이 한채영은 배우인데, 얼굴 팔릴 거 알면서 여기 방문한 거면 결혼밖에 더 있겠어?'

허벅지 위에 올려 둔 손에 힘이 들어갔다. 아닐 걸 알면서도, 그럴 사람이 아니란 걸 아는데도 기분 나쁜 직감이 온몸에 흐르자 주희는 고개를 들어 설우를 바라봤다. 그 또한 주희를 주시하고 있던 참이었다. 자연스레 마주친 두 개의 눈동자가 서로 다른 감정을 드러냈다.

"할 이야기, 있다고 하지 않았습니까?"

설우가 먼저 운을 뗴었다. 새어 나온 음성이 사뭇 까칠하다. 일주일이란 시간 동안 그에게 어떤 일이 있었던 걸까. 도무지 감이 잡히지 않았지만, 좋지 못한 망상들이 넘쳐흘렀지만, 그럼에도 직접 확인하고 싶었다.

"오늘."

"……."

"배우, 한채영 씨를 회사에서 봤어요."

큰맘 먹고 꺼낸 이야기에 설우의 두 눈이 가늘어졌다. 꼭 확인 사살을 당하는 거 같아 가슴이 덜컥, 내려앉았다.

"……팀원들이 그러더라고요. 대표님이랑 사귀는 사이 아니냐고. 그러면서 결혼까지 약속한 사이라고 그러는데."

진짜예요? 그 말이 차마 입 밖으로 나가지 않아 말없이 설우와 시선을 맞물렸다.

"선을 본 건 맞습니다."

망설임 없는 대답에 주희의 눈동자가 찰랑거렸다. 심장이 발치 아래로, 툭 떨어진 기분. 선을 봤다는 건 결혼을 염두에 두고 만나는 사이란 건데, 그럼 진짜 나를 가지고 장난친 건가, 키스는 그저 키스에 불과했던 걸까. 깊은 수렁에 빠지려던 찰나, 그가 덧붙였다.

"그게 전부예요. 아마 한채영 씨, 아니, 그 강채영 씨하고는 오늘이 처음이자 마지막 만남일 겁니다. 어차피 그쪽이 일방적으로 찾아오지 않았다면 볼 일도 없었겠지만."

덤덤하고 당당한 어투에 주희는 고개를 갸웃거렸다.

"윗선에서 만든 만남, 같은 겁니다. 아무튼 불필요하고, 업무 중에서도 굉장히 피곤한 일이에요."

"……선 자리가 업무라고요?"

"할아버지께서 W호텔 시공권을 탐내고 계세요. 그걸 끌고 와야 저한테 안정권이 생긴다고 생각하시는 것 같은데, 그렇다고 그 여자랑 결혼할 생각은 눈곱만큼도 없습니다."

W호텔? 시공권? 익숙하면서도 생소한 단어에 주희의 눈꺼풀이 빠르게 깜빡거렸다.

"어차피 좋아하는 사람이 눈앞에 있는 마당에, 쓸데없는 일에 관심 줄 여유 따위 없어요."

귀 기울이던 주희가 멈칫하며 설우를 바라봤다. 방금 저 입에서, 그러니까 좋아하는 사람이 눈앞에 있다고…….

"보고 싶었어요. 아주 많이."

나직한 고백에 주희의 표정이 황망해졌다. 어느새 설우의 입가에 희미한 미소가 번져 있었다.

"……화난 거 아니었어요?"

"전혀요."

"근데 왜 계속 무표정으로 바라보고, 화가 난 사람처럼 웃지도 않고."

설우는 선뜻 입을 열지 못했다. 이곳에 오기 직전, 윤 비서와 나눈 대화가 떠올랐다.

'정신과를 다닌 기록이 있네요?'

2년 전, 무슨 이유로 주희가 브릿지와 함께 지낸 동네를 떠난 건지, 빠른 시일 내에 파악하고자 윤 비서를 통해 그녀에 관련된 정보를 얻어 냈다.

'그것만이 아닙니다. 효성을 다녔던 이력이 있어요. 그건 알고 계셨어요? 김강욱 그 녀석도 효성에 잠시 발을 디딘 적이 있다는 거. 그때 녀석이 그러지 않았습니까? 서주희 씨를 멀리하라고. 두 사람 사이에 뭔가가 있을 거라고 짐작은 했는데, 이런 식으로 연이 닿아 있을 줄은.'

성범을 통해 몇 번 들은 적이 있었다. 강욱이 전에 다니던 회사에 애착이 컸다는 걸. 그런 녀석이 갑작스레 외국으로 떠나 버렸을 때는 그저 단순한 슬럼프라고 치부했었다.

'심지어 두 사람이 회사를 그만둔 날짜도 별 차이가 없습니다.'

뒤이어 들린 윤 비서의 말에 설우는 미간을 좁혔다.

'효성을 다니면서 무슨 일이 있었다는 거죠. 캐내면 캐낼수록 더러운 냄새가 나요. 예감이 좋지 않습니다.'

주희가 정신과를 다닌 이력도 이력이지만 그 증상이 대인 기피증과 깊은 우울증이란 사실에 설우는 가슴이 내려앉았다. 그리고……. 한 번의 자살 시도. 설우는 긴 시간 동안 움직이지 못했다. 상처가 있는 여자라고 생각은 했지만……. 도대체 당신이 가진 아픔의 무게는 어느 정도인 건지.

"서주희 씨."

바닥에 박혀 있던 설우의 시선이 느릿하게 올라갔다.

"조금 더 인내한 후에 말할 생각이었습니다."

"……."

"모든 문제들이 해결되면 그때 당당히 말하고 싶었어요."

당당히 말하다니? 두서없는 문장에 주희는 갈피를 잡지 못했다. 다만 알 수 있는 건 그의 시선이 진중하고, 견고하다는 것. 그 순간 설우의 얼굴이 괴롭다는 듯이 일그러졌다.

"근데 내가 못 기다리겠습니다."

그는 불현듯 겁이 났다. 또다시 주희가 극단적인 선택을 해 버릴까 봐. 상상만으로 가슴속에서 뜨거운 것이 치밀었다. 생애 처음 느껴 본 강렬한 두려움이었다. 끝이 없는 망망대해를 걷는 듯한 아득함이 시야를 점멸했다.

"그래서 오늘 꼭 말해야 할 것 같아요. 오늘이 아니면 안 될 것 같습니다."

"그 말이 도대체…… 뭔데요?"

"좋아합니다."

주희의 입술이 작게 벌어졌다. 이미 앞서 충격을 받긴 했지만, 지금의 타격과는 비교도 되지 않았다.

"내가 서주희 씨를 좋아해요. 나, 조차도 감당하지 못할 정도로."

고백하는 설우의 입술 위로 쓸쓸한 미소가 번졌다.

"처음엔 그저 호기심이었어요. 내 시간 속에 누군가가 들어온 건 처음이었으니까. 하지만…… 그래서 좋아졌다고 하기엔 당신의 존재가 너무 특별해져 버렸어. 할 수만 있다면 매일, 아니 온종일, 아니……. 매 순간 곁에 두고 싶어."

그렇게 당신의 곁을 지키며 당신이 가진 아픔이 무엇인지, 그리고 그 아픔을 어떻게 하면 헤아릴 수 있는지 알고 싶다면.

"그렇게라도 함께하고 싶다면 내 욕심이겠습니까?"

설우의 까만 눈동자가 작게 일렁였다. 사랑이란 참 무서운 것이었다. 속절없이 빠져드는 것은 한순간이면서, 빠져나오기란 애초부터 불가능한 일이었다.

"전……."

주희는 말끝을 흐렸다. 그 잠깐의 침묵조차 설우에게는 억겁의 시간처럼 느껴졌다. 예상치 못한 대답이 그의 귓가를 울렸다.

"반사요."

······뭐? 반사? 그게 무슨 의미냐는 듯 설우의 두 눈이 굳었다. 주희가 수줍은 목소리로 속삭였다.

"저도 똑같다고요."

주희는 깊게 숨을 들이마시며 고백하기 시작했다.

"실은······ 화가 났어요. 한채영 씨가 대표님을 보러 왔다고 했을 때. 여기가 너무 숨이 막힌 것처럼 답답한 거예요. 오늘 보자고 한 이유도 그것 때문이었어요. 다른 사람들이 하는 이야기를 듣고 불안할 바엔 내가 직접 확인하자고."

그래서 충동적으로 그에게 연락을 취했다. 그리고 다짐했다.

"툭 까놓고 말하면 되게 초조했던 거 알아요? 사실이면 어떡하지, 싶어서. 그럼 너무 슬플 것 같았거든요. 나도······"

"······."

"대표님을, 아니, 김설우 씨를 좋아하게 돼 버렸으니까."

그게 언제부터인지 감이 안 잡힐 만큼.

"그리고 두 사람 사이가 사실이었다고 해도, 고백했을 거예요. 진짜 오랜만에 가져 본 용기였거든요."

그 누구에게도 곁을 주지 않을 거라고 다짐했다. 상처받기 싫어서, 정을 붙이기 싫어서, 애정에 목말라하기 싫어서. 그런데도 굳게 닫힌 마음의 문을 열고 싶었다. 비록 상처를 받는다 해도, 그게 세상에서 가장 두려운 일이라고 해도, 그럼에도 이 말만은 꼭 하고 싶었다.

"······좋아해요."

아님 평생 후회할 것 같았으니까.

"그러니까 서로 같은 마음이지 않을까요?"

미동 없이 주희의 고백을 듣던 설우의 고개가 느릿하게 돌아갔다. 그가 단호히 말했다.

"내가 더 좋아합니다."

"네?"

"내가 더 서주희 씨를 좋아한다고요. 지금도 가슴이 터져 버릴 것 같은데……."

진심이란 듯 설우는 호흡을 크게 내뱉으며 심장에 손을 얹었다. 쿵쿵, 살결을 뚫을 것처럼 심장 소리가 거칠고 빨랐다.

"이러다 심정지라도 오면."

"그게 무슨 말이에요!"

극단적인 단어 선택에 주희가 소스라치며 설우를 나무랐다. 하여간 이 남자는 중간이 없어. 간신히 그를 진정시키자, 주희의 시선이 창문 밖을 향했다.

"배 안 고파요? 괜찮으면 포장마차 가서 우동 한 그릇 먹고 갈래요?"

설우는 주저 않고 뒤따랐다. 카페를 나오자 칼바람이 얼굴 위로 쏟아졌다. 추위에 몸을 잔뜩 웅크리는데, 설우가 단숨에 곁으로 다가와 손을 내밀었다. 묻지 않아도 알 수 있었다. 그가 무엇을 하고픈 건지.

주희는 가만히 제 손을 내밀었다. 커다란 손이 그녀의 손을 갈고리처럼 휘감더니, 포개진 두 손이 주머니 속으로 모습을 감추었다.

"가죠."

앞서 나가는 설우의 뒷모습을 응시하며 주희는 미소 지었다. 붉게 물든 그의 귓불이 귀여워서였을까.

"뭐여. 그새 또 왔어?"

포장마차에 들어서자 알은척을 하는 아주머니를 향해 주희가 인사했다.

"추워서 우동 한 그릇 먹고 가려고요."

"춥기는 무슨. 두 손 꼬옥 잡은 게 춥지도 않겠구만."

매번 부정만 하던 주희는 처음으로 아주머니의 감상평에 토를 달지 않았다. 그런 직감이 들었다. 어쩐지 이번 겨울은 춥지 않을 것 같은 예감이. 그 생각을 하기 무섭게 맞잡은 두 손에 단단한 힘이 실렸다. 절대 놓치지 않겠다는 듯, 묵직하고 뜨거운 고백의 전달이었다.

✻

"이만 들어가 봐요."

"먼저 들어가는 거 보고 갈게요."

주희는 슬그머니 시선을 아래로 내렸다. 아주머니의 말이 맞았다. 찬바람이 몰아쳐도, 꼭 잡은 두 손만큼은 춥지 않았다. 문제는 도통 떨어질 기미가 보이지 않는다는 것이다.

"이걸 놓아줘야 가죠."

"아, 그러네요."

설우는 쉽사리 주희의 손을 놓아주지 않았다. 까만 홍채 위로 아쉬운 감정이 물씬 묻어 나왔다.

"왠지 놓기가 싫네요."

"오늘만 날이 아니니까. 다음에 또 잡으면 되죠."

조금은 설득이 된 걸까. 얽힌 손에 힘이 빠져나가는가 싶더니, 별안간 양 볼이 붙잡혔다. 주저할 틈도 없이 그의 입술이 내려앉았다. 얕고 짧은 입맞춤이었다. 입술이 떨어지자마자 주희는 휘둥그레진 눈으로 설우를 바라보았다.

"그날 이후로, 계속 생각났습니다."

"또 고양이로 변하면 어떡하려고요."

"아마 그건 불가능할 겁니다."

"어째서요?"

주희의 눈동자에 의아함이 깃들었다. 설우는 대답하지 않았다. 지금 가장 중요한 건.

"잠, 잠깐만요."

또다시 양 볼이 붙잡히자 주희가 당황하며 고개를 뒤로 젖혔다. 그러나 역부족이었다. 어느새 코앞까지 다가온 설우가 낮게 경고했다.

"지금은 이거에만 집중해요."

그는 주희의 입술을 살며시 감쳐물었다. 이번에는 길고 깊은 입맞춤이

었다. 입 안을 유영하는 혀의 감촉이 야릇하고 찌릿하다. 혀 천장을 간지
럽게 핥고 지나가더니, 주춤거리는 그녀의 혀를 단단하게 옥죄인다. 그 시
간이 길어지면 길어질수록 주희는 정신이 몽롱해졌다. 이 이상은 무리란
생각에 힘껏 단단한 가슴팍을 밀어 냈다.

"이러다 또……."

그때처럼 끝이 아득해질까 봐 겁이 났다.

"누가 보면 어떡하려고 그래요."

"그럼."

설우의 시선이 뒤편을 향했다. 그 종착지가 제 원룸이란 걸 깨달은 주희
의 두 볼이 확 달아올랐다.

"안 돼요. 지금은."

"아직 아무 말도 안 했습니다."

뻔뻔한 남자 같으니라고.

"아무튼! 오늘은 날이 아니에요. 다음에, 다음에 제대로 초대할게요."

말해 놓고도 마음이 놓이지 않았다. 다음에 언제 초대한다는 건데? 하
여간에 입방정. 주희는 서둘러 몸을 틀었다. 하지만 한 발짝도 떼지 못하
고 붙잡혔다. 단숨에 넓고 따스한 품에 얼굴이 파묻혔다. 뒤이어 머리칼에
서 온기가 느껴졌다. 천천히 시선을 올리자 설우가 제 머리를 쓰다듬고 있
었다. 그 손길이 한없이 부드럽고 따스했다.

"……뭐 하는 거예요, 지금?"

"그냥."

어설프지만, 위로하고픈 마음에 나온 행동이었다. 당신이 가진 상처, 그
상처의 무게. 그게 어떤 것인지 몰라도 이렇게라도 위로하고 싶었다. 그렇
게 한참을 주희를 껴안고 있던 설우가 부드럽게 웃으며 시선을 내렸다.

"오늘 하루도 고생 많았어요."

이게 무슨 의미인가 싶어 주희는 눈을 깜빡였지만 이내 미소 지었다. 늘
홀로 퇴근길을 밟았던 일상. 익숙하면서도 쓸쓸할 때가 간혹 있었다. 그럴
때마다 마음을 다잡았다. 누군가가 제 삶 속에 침투한다는 것. 자신의 일

상을 함께한다는 것. 두렵고, 또 두려운 일이었는데…….

왜일까. 가슴이 아플 만큼 행복해서 오히려 겁이 난다. 겨우 찾은 이 행복이 또다시 깨져 버릴까 봐. 그 마음을 알아채기라도 한 건지 설우가 좀 더 강하게 껴안았다. 그 품이 넓고, 따스해서 주희는 살며시 두 눈을 감았다. 그리고 바랐다. 되도록 오래, 아주 오래오래 이 남자의 품속에 갇혀 일생을 보낼 수 있으면 좋겠다고.

"늦은 시간까지 어디서 뭘 하고 다니는 게야."

시침이 자정을 향한 시각. 다른 때보다 현욱의 일침이 묵직했다. 강욱은 무표정한 얼굴로 그를 스쳐 지나갔다.

"김강욱."

강욱의 시선이 느릿하게 돌아갔다.

"제가 어디서 뭘 하고 다니든지 아버지가 참견할 시기는 지난 것 같은데요."

"요새 잠잠하다 싶었지. 안 그래도 김설우, 그 자식 때문에 혈압이 올라 죽겠는데 너까지 고삐 풀린 망아지처럼 굴어야겠어!"

강욱이 귀국한 후로 두 부자의 사이는 전보다 더 삭막해졌다. 최 전무의 예상이 맞았다. 재건축을 버리고, 김설우가 선택한 것은 인테리어 부서였다. 매일 밥 먹듯이 야근을 하는 것은 물론, 거의 죽다시피 팀원들이 회사에 머문다는 보고는 그리 좋은 소식이 아니었다. 더군다나 이번에 런칭한 제품들이 시간이 흐를수록 좋은 평가를 받고 있었다.

회사 내부에서는 올해의 〈대한민국, 올해의 브랜드〉 시상식 중 인테리어 부문을 노려 볼 만도 하다는 이야기도 심심치 않게 흘러나왔다. 그럴때마다 현욱은 조바심을 느꼈다. 이대로는 자존심이 용납지 않았다.

"김설우 좋으라고 내가 그 부서에 너를 집어넣은 줄 알아? 이 아비가 뻔히 달가워하지 않는 걸 아는데도 이런 식으로 나와? 도대체 언제쯤! 언제쯤이면 철이 들 생각인 게냐!"

"아버지야말로."

강욱이 차분히 말허리를 잘랐다. 그의 눈빛이 차갑고 냉랭했다.

"언제쯤 그 사고방식을 버리실 건데요? 내가 싫어하면 남도 똑같이 증오해야 한다는 그 말도 안 되는 방식을 언제까지 저한테 강요하실 생각이냐고요."

그게 싫어서 미친 듯이 발악했던 건데, 나이가 들어도 변하지 않는 아버지의 모습을 보니 이제는 새삼 그가 안쓰러웠다.

"어쩌면 그런 사고방식 때문에 어머니가 떠나신 건지도 모르죠. 핏덩이 같은 아들조차 눈에 밟히지 않았던 걸 보면."

문을 닫고 방 안으로 들어서자 밖에서 무언가를 깨부수는 소리가 들려왔다. 강욱은 무시하며 침대 위로 무너졌다.

"……거지 같아."

모든 게 다 지긋지긋했다. 변할 구석이 없는 이 집구석도, 매번 날카로워지는 자신도, 그리고 이럴 때마다 떠오르는…….

'선배, 괜찮아요?'

술에 고주망태가 된 날이었다. 어머니가 새 가정을 차렸다는 걸 알게 된 날이기도 했다. 그날, 강욱은 어린아이처럼 무너져 내렸다. 그런 그를 위해 한달음에 달려온 사람은 다름 아닌 주희였다.

'주희야, 서주희.'

강욱은 매달리다시피 주희의 손을 끌어안았다. 애원하다시피 그녀의 품을 파고들었다.

'내가 너 아끼는 거 알지. 제발 부탁이니까…… 너만은 변하지 말아 줘. 너만은 내 곁에 있어 줘라.'

무슨 일이 있었냐고 물어볼 법도 한데, 주희는 식어 버린 강욱의 두 손을 꼭 잡으며 울먹이는 목소리로 말했다.

'안 변할게요. 절대 안 변할 테니까 망가지지 마요, 선배. 어떤 일이 있어도 선배 곁에 있을 테니까, 아프지 마. 응?'

강욱은 천장을 멍하니 바라봤다. 몇 년이나 지난 기억이었다. 색이 바랠 법도 한데, 또렷해서 괴로웠고, 지워지지 않아 가슴이 턱 막혔다.

'그게 주희라고요. 자그마치 2년이야. 밥 먹듯이 정신과를 다니고, 죽고 싶다면서 울부짖던 그 시간이 무려…… 2년이라고.'

윤주로부터 전해 들은 진실은 매 순간 강욱을 괴롭혔다. 그래서 무작정 '효성'을 찾아갔다. 매듭의 원인을 제공한 자들. 그중에서도 독보적이었던 함 부장을 만나러 갔지만.

'죄송하지만 오늘은 함 상무님을 보실 수 없으세요. 약속 잡고 다시 와 주세요.'

다시 약속을 잡아도.

'오늘은 선약이 있으세요.'

그를 절대 볼 수 없었다. 마치 '나'란 놈은 안 적도 없다는 듯 철저한 방어 공세였다. 그게 반복될수록 강욱의 속은 문드러졌다. 결국 윤주의 말이 사실이란 거니까. 서주희, 그 녀석한테 씻을 수 없다는 상처가 생겼다는 거니까.

강욱은 이를 악물며 상체를 일으켰다. 어떻게든 찾아야 해. 함 부장이 안 된다면 다른 수를 찾을 수밖에. 휴대폰 액정 스크롤을 쉴 새 없이 내렸다. 효성을 다니며 함께 알고 지낸 동료들의 번호가 아직 남아 있었다. 하지만 우습게도 하나같이 없는 번호라는 반복된 음성만이 돌아왔다.

"……미치겠네."

그러다 문득 확인하지 못한 메시지가 눈에 들어왔다. 그걸 본 순간 강욱은 황급히 전화를 걸었다. 그가 신경질적으로 내뱉었다.

"무슨 소리야. 네가 형이랑 선을 왜 보는데."

✳

"누가 그 자리에 네 사촌 형이 나올 줄 알았겠니?"

아그작, 아그작. 채영은 입 안에 있는 얼음을 험악하게 씹으며 말했다. 다시 생각해도 열받네. 틈만 나면 김설우, 그 남자의 오만하고, 차가운 얼굴이 떠올라 자다가도 벌떡 일어났다.

"근데 네 사촌 형은 원래 그렇게 사람을 막 대해?"

"형이 너한테 막 대했어?"

강욱의 물음에 채영은 짐짓 당황한 얼굴이었다. 그날의 수모를 고백하자니, 쪽이 팔려서 도무지 입이 떨어지지 않았다.

"막, 막 대하기는 무슨. 내가 그럴 만한 깜냥이니? 이 미모에 취하지 않았다면 다행이지."

뻔뻔스러운 대꾸를 들으며 강욱은 침묵했다. 그 모습에 채영은 고개를 갸우뚱했다. 오늘따라 그의 얼굴이 어두웠다.

"왜? 내가 네 형수님이라도 될까 봐, 겁나? 걱정 마. 그건 내 쪽에서 죽어도 사절이니까. 상상만 해도 몸에서 사리가 나오는 기분이야."

"그런 게 아니야."

강욱은 지그시 창밖을 응시했다. 가을바람에 흔들리는 풍경을 담아내는 그의 동공이 심오했다.

맞선을 봤다……. 그리 놀라운 일도 아니었다. 이 바닥에서는 다분히 일어나는 일이니까. 단지 그 상대가 설우란 것에 의아했다. 형이 여자한테 관심이 있었던가? 애초에 결혼은커녕 연애에도 별 흥미를 보이지 않던 사람이 아니었나.

무엇보다 서주희. 두 사람 사이의 기류가 심상치 않았다. 근데 선을 봤다는 건 결국 아무 사이도 아니란 건가.

"그 있잖아, 김강욱. 김설우 씨는 평소에 어떤 여자 스타일을 좋아해?"

생각에 잠긴 강욱이 지그시 채영을 바라봤다. 그게 왜 궁금하냐는 듯.

"아니, 내 말은 안 그래도 예쁜 얼굴인데, 여기서 더 반하면 큰일이잖아. 그런 사달이 일어나기 전에 최소한의 대책을 마련하자는 거지."

"강채영."

"응?"

"내가 이거 하나만은 확실히 말해 줄 수 있을 거 같다."

채영의 두 눈이 기대감으로 부풀었다. 섹시, 청순, 큐티, 가련. 그중에 어떤 게 튀어나오든지 얼마든지 소화할 자신이 있었다. 김설우, 그 남자의 콧대를 아주 납작하게 만들어 줄 심산으로 눈을 반짝이는데, 강욱이 툭 내뱉었다.

"형만큼은 너한테 반할 일, 절대 없을 거야."

"……뭐?"

"그러니까 괜한 체력 소모 하지 말고, 하던 거나 마저 집중해."

채영은 정수리에서 열감을 느꼈다. 두 주먹을 꼭 쥐며 따박따박 따지기 시작했다.

"네가 반할지 안 반할지 어떻게 아는데? 아직 시작도 안 한 만남이야."

"그 말은 형을 진지하게 만나 볼 생각이 있다는 거야? 끔찍하다며. 내 형수 되는 거."

"그야 당연하지! 죽어도 결혼은 못 해. 단지 내 말은……."

내 말은, 그러니까……. 마땅한 대답을 찾아 헤매던 채영은 신경질적으로 머리칼을 쓸어 올렸다.

"솔직히 이해가 안 간다고. 아니, 그럴 거면 애초에 거절을 하던가. 어쨌든 그쪽도 원하는 게 있어서 선 자리를 진행한 게 아니겠어? 그런 주제에 튕기기는 얼마나 튕기던지."

영양가 없는 대화라 생각하던 강욱의 두 눈이 일순 가늘어졌다.

"잠깐만. 원하는 게 있다고?"

"그래. 원하는 게 있다고 그 남자가 자기 입으로 직접 말하더라. 뭐, 우리 호텔 시공권이라나 뭐라나. 아, 몰라. 복잡해. 어차피 내 지분도 아닌데. 아무튼 네 사촌 형, 완전 별로……. 뭐야. 어디 가는데?"

강욱이 자리를 박차자 채영은 당황스럽다는 듯 그를 올려다봤다. 차 키를 쥐고 있는 손은 이곳을 떠날 거라는 메시지를 암시했다.

"가 봐야 해."

"점심시간 끝나려면 아직 30분이나 남았는데?"

"들를 곳이 있어. 나중에 또 연락할게."

"제때 연락이나 받고 말하세요. 야. 잠깐만. 말은 해 주고 가야지. 김설우 씨는 어떤 스타일 좋아하냐니까!"

소리치는 채영을 뒤로하며 강욱은 서둘러 차에 올라탔다. 시동을 거는 그의 손짓이 초조했다. 그러나 막상 액셀은 밟지 못한 채 멍하니 전방을 주시했다. 잠시 후 각목처럼 굳은 몸이 차 시트 위로 푹, 파묻혔다. 떨리는 감정을 주체하지 못하며 두 눈을 감았다.

조금은, 그래도 아주 조금은 희망이 있는 걸까? 그럴 자격이 없단 걸 알면서도, 그럴 희망조차 희미하단 걸 알면서도 생각을 멈출 수 없었다. 다시 예전처럼 돌아갈 수만 있다면…… 내게 한 번 더 기회가 주어진다면……. 그 가정이 소용돌이치듯 그의 마음을 헤집었다.

※

사내 연애란 필시 은밀하고, 비밀스럽게 이루어져야 하는 법이다. 첫째도 철통 보안, 둘째도 철통 보안, 셋째도 철통 보안이건만.

"그만 좀 불러낼 수 없어요?"

옥상에 울려 퍼지는 주희의 목소리가 조심스러웠다. 거기다 한 스푼의 짜증도 섞여 있었다. 반면 설우는 이해할 수 없다는 눈빛이었다.

"보고 싶어서 부른 건데 서주희 씨는 아닌가 보죠?"

"그런 소리가 아니라……."

"알겠습니다. 가서 업무 보도록 해요. 바쁜 사람을 눈치 없이 불러낸 내 실수입니다."

주희는 터지려는 한숨을 꾹 삼키며 설우를 바라봤다. 그래도 공과 사는 지키는 남자인 줄 알았다. 팀원들과 함께 회의를 할 때도, 회식 자리에서도 그는 저를 모르는 사람처럼 대하지 않았나.

"오전에만 벌써 세 번은 좀 심하지 않아요?"

한 번으로 그치면 불만이라도 없겠다. 사귄 지 이제 일주일이 흘렀을까. 주말을 제외한 기간 동안 설우는 틈만 나면 옥상으로 주희를 불러냈다.

"다른 사람들 시선이 신경 쓰여서 그래요? 어차피 저곳에 들어올 수 있는 사람은 아무도 없습니다."

설우의 시선이 '관계자 외 출입 금지'란 철제문을 향했다. 주희에게도 익숙한 곳이었다. 저곳이 사내 연애를 즐길 비밀 공간이 될 줄은 전혀 예상치 못했지만.

"제 말은 꼬리가 길면 잡힌다는 소리예요. 부서가 바빠서 다행이지, 자칫 들통날 수도 있었다고요. 어제는 오 과장님이 어딜 자꾸 가냐면서 물어보는데."

등골이 저리다 못해 오한이 서렸다. 누가 보면 홀로 첩보 영화를 찍는 줄 알겠지만, 그만큼 주희는 매 순간 긴장의 끈을 놓을 수 없었다.

"적어도 회사에서 저와 대표님의 직급 차이는 어마무시하다고요. 저는 이곳저곳 부르는 대로 뛰어다녀야 하는 인턴이란 말이에요."

안 그래도 정규직 채용 시기까지 얼마 남지 않았다. 소연의 충고대로 온 심혈을 쏟아 기획안을 준비하고 있던 참이었다. 예전 같았으면 이조차도 튀는 행동이라며 나서지 않고 무난히 넘어가려고 했을 텐데. 언제부터였을까.

주희는 조금씩 예전의 모습으로 돌아가고 있었다. 회의를 할 때면 스스럼없이 제 의견을 내뱉었고, 밤늦게까지 팀원들과 머리를 맞대고 아이템을 만드는 데 힘을 쏟았다. 그 누구보다 적극적인 그녀의 모습이 의아했던 건지, 팀원들이 입을 모아 말했다. 주희 씨가 이렇게나 활동적인 사람인줄 몰랐다고. 그 한마디가 낯간지러우면서도 기분 좋게 다가왔다. 사실 이런 모습을 펼칠 수 있었던 건 설우의 역할이 컸다.

"결국 내가 문제네요."

"또 뭐가요."

"내가 너무 서주희 씨를 좋아해서 문제란 소리입니다. 이놈의 심장은 왜 매번 가만있질 못하는 건지."

그가 불만이 가득한 얼굴로 툴툴댔다. 그게 또 귀여워 주희는 결국 웃음을 터트렸다.

"내가 그렇게 좋아요?"

"됐습니다. 바쁠 텐데 이만 내려가 봐요."

가 보라면서 왜 제 손목은 놓지 못하는 건지. 미련 남은 까만 동공을 응시하던 주희는 까치발을 들었다. 양손을 뻗어 설우의 얼굴을 감싸 안았다. 꽃에 앉은 한 마리의 나비처럼, 사뿐히 그의 입술 위에 내려앉았다. 아주 짧은 입맞춤이었다. 그녀가 얄궂게 웃었다.

"주말에 시간 괜찮으면, 데이트해요."

주희는 재빨리 옥상을 빠져나왔다. 찰나였지만, 갈 길을 잃은 남자의 시선이 볼만했다. 흘러나온 웃음을 막을 새도 없이 부서가 있는 층에 도착한 때였다. 코너를 돌기가 무섭게 낯선 그림자가 획 들이닥쳤다. 깜짝 놀라 걸음이 멎자 흥미로운 시선이 주희의 몸을 훑어 내렸다.

"어딜 그렇게 다녀오시나."

고 대리가 주희를 위아래로 훑으며 물었다.

"요새 흥이 넘쳐? 좋은 일이라도 생겼나 봐?"

비집고 들어오는 고 대리를 향해 주희는 차갑게 받아쳤다.

"저한테 굉장히 관심이 많으신가 봐요."

"따박따박, 말대꾸하는 건 여전하네? 다른 사람들한테는 잘만 웃더니. 나한테만 유독 까칠해? 설마 벌써부터 사람 가리는 거야? 이런 식으로 굴어 봤자 득 될 거 하나도 없을 텐데. 우리 오래가야지. 안 그래?"

"글쎄요. 무슨 소리인지 잘 모르겠는데요. 그럼 먼저 들어가 보겠습니다."

주희는 무심히 고 대리를 스쳐 지나갔다. 그 뒷모습을 가만히 응시하던

고 대리의 붉은 입술이 비틀렸다.

"주제 파악도 못하면서 설치기는. 꼬리가 길면 잡히는 법이라고, 이 멍청아."

✼

"부사장님, 뭘 그렇게까지 안절부절못하십니까. 인테리어 부서가 성장하는 것만큼 우리 회사에 경사가 있을까요."

— 자네! 지금 무슨 말을 하는 거야!

스피커 사이로 터져 나오는 현욱의 음성이 사나웠다. 그에 비해 최 전무의 표정은 늘 그랬던 것처럼 평화로웠다.

"농입니다, 농. 제가 몇 번이나 말씀드렸잖습니까. 주주들이 만족할 만큼의 결과물은 나오지 못할 거라고. 기다려 보세요. 참고 인내하는 자가 결국은 승리를 손에 쥐는 법입니다. 전 예정된 일정이 있어서 이만 끊도록 하겠습니다."

— 이봐. 잠깐만 기다려. 아직 할 말이 남았…….

현욱의 외침에도 최 전무는 칼같이 통화를 끊었다. 그가 관자놀이를 짓누르며 뇌까렸다.

"시끄러운 양반 같으니라고. 멍청한 것도 정도껏 티 내야지."

더러운 것을 만진 듯 휴대폰 쥔 손을 손수건으로 닦아 낸 그는 다소곳이 앉아 있는 남자를 보며 물었다.

"그래, 김강욱이가 찾아왔다고?"

몇 번이나 이곳을 드나들던 남자가 오늘따라 초조한 표정을 감추지 못했다.

"벌써 며칠째입니다. 지치지도 않는지, 하루도 마다하지 않고 찾아옵니다."

"그래서 겁이라도 나는 건가?"

"……예?"

함 상무가 당황스러운 얼굴로 최 전무를 바라봤다. 그는 느른한 미소를 지으며 차를 한 모금 마셨다. 국화를 우린 차가 쓰게 혀를 감고 넘어갔다. 그게 못마땅한 건지, 아님 아직 벌어지지도 않은 일에 긴장부터 하는 함 상무의 태도가 눈엣가시였는지 그의 입에서 차가운 음성이 흘러나왔다.

"설마, 그런 개미새끼 한 마리가 드나든다고 해서, 무슨 일이 터지기라도 할까. 고작 개미새끼 한 마리일 뿐인데."

함 상무의 두 눈이 얕게 흔들렸다. 회색빛 동공이 서늘하게 등줄기를 옭아매었다. 그는 지금껏 수도 없이 보고, 수도 없이 겪었다. '권력'이라는 시뻘겋고 강렬한 무기를 무자비하게 휘두르는 자들을. 때문에 함 상무는 그들을 동경했다. 태초부터 '가난'이라는 구덩이에 허덕이며 갖은 수모를 겪은 그에게 돈 많고, 권력까지 손에 쥔 자들은 언제나 동경의 대상이었다. 그중에서도 '최 전무'는 단숨에 그의 시야를 사로잡았다.

자신과 비슷한 면이 많은 남자였다. 바닥부터 시작한 인생이란 것도, 그래서 악착같이 달려온 결과 '시온'이란 그룹을 만들고, 그 안에서 묵직한 영향력을 가진 인물이 되었다는 것도.

처음 그가 접촉을 해 왔을 때 믿기지 않았다. '시온'과 연이 닿을 만한 특별한 계기가 없었으니까. 그러나 그때 먼저 손을 내민 최 전무와의 관계는 지금까지 이어지고 있었다.

"자네가 그러지 않았나. 입이 더럽혀져도, 손이 더럽혀져도, 그리고 양심이라는 같잖은 게 더럽혀질지언정, 종국에는 결과만이 남는 법이라고. 근데 이제 와서 후회라도 하는 거야? 김강욱. 그 자식하고의 인연이, 아님 서주희인가 뭔가 하는 그 계집애가 눈에 걸리는 건가."

정곡을 찔린 걸까, 함 상무는 입술을 꽉 짓씹었다. 김강욱과 서주희. 지난 과거가 눈앞을 스쳐 지나갔다. 동료의 배신으로 절망하던 남자의 얼굴, 그런 남자를 지켜보며 부서져 내리던 한 여자. 그리고 그들을 망가트리면 망가트릴수록 희열을 느끼던 자신.

"함 상무."

최 전무가 달래는 듯한 투로 말을 이었다.

"도구는 그저 도구일 뿐이야. 효력이 다한 도구는 소모품에 불과하지. 그런 하찮은 것들에게 의미를 줄 필요는 없다는 소리네. 이 바닥은 말이야. 결국 인간답지 못한 놈이 살아남는 법이야."

인간답지 못한 놈. 그 속에는 무수히 많은 수식어가 포함되어 있었다.

'정의로운 자는 언제나 패배하며 세상과 등지게 된다.'

최 전무가 버릇처럼 하는 말이었다.

"그러니 자네는 최선의 선택을 했을 뿐이야. 죄가 있다면 제 밥그릇도 챙기지 못한 김강욱과 서주희, 두 사람에게 있겠지."

함 상무는 동의하는 것처럼 고개를 느리게 움직였다. 맞다. 내겐 죄가 없다. 그저 나는 이 바닥에서 살아남아야 했고, 눈앞에 있는 기회를 악착같이 잡은 것이 전부다. 그런 의미에서 최 전무는 금줄이었다. 동아줄? 그딴 건 성에 차지도 않은 그야말로 찬란히 빛나는 금줄.

"제가 감히 나약한 소리를 지껄였습니다. 죄송합니다."

함 상무가 고개를 깊숙이 숙이자 최 전무가 껄껄 웃으며 화답했다.

"자네는 그래서 마음에 들어. 사태 파악을 잘한다니까. 그런 의미에서 꼭 해 줘야 하는 일이 있네."

드디어 올 것이 온 건가. 연유 없이 제게 접촉하지는 않았을 거라고 예상은 하고 있었다.

"내가 말이야. 요새 아주 거슬리는 게 생겼어. 김설우 대표라고 잘 알거야."

어린 나이로 '시온'의 임시 대표직을 맡고, 무서운 추진력으로 자리를 3년째 지키고 있는 김설우는 이 바닥에서 유명한 인물이었다.

"고만고만할 때는 어려서 예뻐할 맛이라도 났는데, 요즘 들어 분수도 모르고 기어오르는 게 썩 마음에 들지 않던 참이지. 이 정도 말했으면 알아먹었을 거라고 예상하네."

"하지만 제가 어떻게……."

그를 도울 수 있을 리 만무했다. '시온'에 속한 인물도 아니고 함 상무는 엄연히 '효성'이라는 가구 회사의 상무직을 맡고 있었다. 설우를 그 자리에서 끌어내릴 수 있는 힘이 그에게는 존재하지 않았다.

"내가 말하지 않았나. 인간답지 못한 놈이 결국은 살아남는 법이라고."

최 전무가 속삭인 순간 거짓말처럼 집무실의 문이 열리며 한 여자가 들어왔다. 여자는 태연하게 미소 지으며 인사했다.

"안녕하십니까. 인테리어 부서, 고윤정 대리입니다."

✳

"주희 씨, 퇴근 안 해?"

"아, 잠시만요. 보낼 메시지가 있어서."

소연이 재킷을 챙겨 들자 주희는 분주히 키패드를 눌렀다. 운 좋게도 설우로부터 퇴근 준비 중이라는 메시지가 도착했다. 퇴근길을 함께할 수 있다는 생각에 벌써부터 입꼬리가 넘실거렸다.

"요새 진짜 이상해."

주희가 멈칫하며 소연을 바라봤다.

"……뭐가요?"

"본인이 제일 잘 알면서 모르는 척하기는. 다른 사람들이 다 하나같이 주희 씨 달라진 거 같다고 입버릇처럼 말하는 거 몰라? 사람이 변하는 데는 계기가 있다던데, 진짜 남몰래 연애라도 하는 거 아니야?"

늘 느끼는 거지만 소연의 촉은 예리하다.

"그런 거 아니라니까요. 그냥……."

주희가 말을 잇다 말고 눈썹을 좁혔다. 어쩐지 옆얼굴이 따가웠다. 시선을 틀자 강욱과 눈이 마주쳤다. 짙은 어둠이 드리운 듯, 그의 두 눈이 고요하고 적적했다.

"이번 프로젝트만 끝나 봐. 날 잡고 꼬치꼬치 캐물을 거니까. 아쉽게도 오늘은 선약이 있어서 이만 가 봐야겠다. 고생했어. 강욱 씨도요."

소연이 자리를 박차자 알 수 없는 한기가 부서 안을 맴돌았다. 주희는 서둘러 짐을 챙겨 엘리베이터로 향했다. 마침 도착한 엘리베이터에 몸을 실으며 닫힘 버튼을 눌렀다. 그때 좁아지는 문 틈새로 커다란 손이 황급히 비집고 들어왔다. 강욱이었다. 달려온 모양인지 그에게서 흘러나오는 숨소리가 거칠었다.

"지금……."

"알아."

닫히는 엘리베이터 문을 뒤로하고, 강욱이 시선을 내려 주희를 바라봤다.

"네가 나 싫어하는 거 잘 안다고. 아무 짓도 안 할 거야. 안 할 거니까……."

그런 원망하는 눈으로 쳐다보지 마. 그 말이 턱 끝에 걸려 차마 나오질 않았다. 그럴 자격이 없단 걸 누구보다 잘 알고 있어서였을까. 무수히 많은 말들이 떠올랐지만, 하고 싶은 말들도 많았지만, 애석하게도 뱉을 수 있는 문장이 없었다.

"몸은……."

한참을 머뭇거린 끝에 간신히 운을 뗀 순간이었다. 엘리베이터 문이 열리며 주희가 쏜살같이 빠져나갔다. 1초라도 같이 있기 싫다는 건가. 씁쓸한 미소가 입가에 번졌다. 그런데 로비를 지나다 보니 진즉에 떠났을 거라고 생각한 주희가 회사 입구 앞을 서성거리고 있었다. 이곳저곳을 살피는 눈길이 분주했다.

강욱은 손목에 차고 있던 시계를 확인했다. 열 시. 웬만한 직원들은 퇴근을 하고도 훌쩍 넘긴 시간이었다. 혹시 택시라도 잡으려는 건가? 마음 같아선 그녀를 집까지 데려다주고 싶었으나 애초에 불가능한 일이었다. 칼같이 거부당할 게 뻔하다.

그때 주희가 어디론가 황급히 뛰어가기 시작했다. 강욱은 그 뒤를 따랐다. 충동적인 행동이었다. 그러나 그게 얼마나 바보 같은 짓이었는지 그는 코너를 돌기가 무섭게 깨달았다. 주희가 누군가를 보며 환히 웃고 있었다. 화사하다 못해 빛이 났다. 강욱이 오랫동안 가슴에 묻고 산 그 미소였다. 그녀를 미워하려고 할 때마다, 원망하려고 다짐할 때마다 떠올랐던 그 미소.

많이 그리워했다. 꿈에서라도 볼 수 있으면 좋겠다고 기도한 적도 여러 번이었다. 드디어 그 소원이 이루어졌는데, 강욱은 웃지 못했다. 기뻐할 수 없었다.

"오래 기다렸어요?"

"얼마 안 기다렸어요."

그의 시선이 허망하게 한 남자를 응시했다. 주희를 향해 펼쳐진 단단하고, 기다란 손가락이 전혀 낯설지 않았다.

"안 돼요. 회사 근처잖아요."

"이 정도 거리면 아무도 못 봅니다."

"그래도 안 돼요. 나랑 약속했던 거 그새 잊었어요? 누가 보기라도 하면……."

반항하기도 전에 주희의 손이 붙잡혔다. 빼내려 했지만 헛수고였다. 손가락 마디마디를 파고드는 악력이 강렬했다.

"서주희 씨는 좀 대범할 필요가 있습니다. 매 순간 남의 시선을 의식하는 것만큼 몸에 해로운 것도 없어요."

"그건 대표님이니까 할 수 있는 소리죠. 들켜 봤자 좋을 게 없다고요."

"왜 없습니까?"

설우가 맞잡은 손을 얼굴 위까지 잡아당기며 말했다.

"실컷 잡을 수 있을 텐데."

그 말도 안 되는 논리에 주희는 어이가 없었지만, 결국 웃음을 터트렸다. 포개진 두 손이 설우의 코트 주머니 속에 들어가는 것으로 실랑이가 끝이 났다. 멀어져 가는 두 남녀를 응시하는 강욱의 시선이 고달팠다. 불빛 한 점 없는 주변은 그를 더욱 초라하게 만들었다.

아닐 수도 있다고 생각했는데, 제게도 기회가 올 수 있을지 모른다고, 어쩌면 다시 돌아갈 수 있을지도 모른다고 희망을 품었는데…….

단단히 맞물린 두 사람의 손이 깊이 각인되어 머릿속을 떠날 줄을 몰랐다. 그러다 불현듯 채영과 나눈 대화가 떠올랐다.

'어쨌든 그쪽도 원하는 게 있어서 선 자리를 진행한 게 아니겠어?'

※

"벌써 다 왔네요."

어느새 집 앞에 도착하자 주희가 말했다. 함께 퇴근길을 걷는 게 처음도 아닌데, 매번 이 순간이 찾아올 때마다 아쉬움이 드는 건 어쩔 수 없었다.

"들어가요. 연락할게요."

주희가 한 발짝 물러서며 말했다. 정작 설우는 포개진 손을 놓을 생각이 전혀 없는 듯, 깍지 낀 손에 힘을 실었다.

"언제쯤 들어갈 수 있습니까?"

"뭘요?"

설우는 말 대신 주희의 뒤편을 빤히 응시했다. 그 시선을 가만히 뒤따라가던 주희가 다소 당황스러운 얼굴로 그를 바라봤다.

"사귀기 전에는 잘도 데려가 놓고서."

"그땐 대표님이 아팠잖아요."

"멀쩡할 때도 잘 데려갔습니다. 멋대로 끌어안고, 멋대로 침대로 끌고 가서는……."

주희는 황급히 그의 입을 틀어막았다. 기가 차서 말이 나오지 않았다. 누가 보면 잡아먹은 줄 알겠어.

"가만 보면 서주희 씨는 조련에 능숙한 모양이죠?"

설우가 막고 있던 주희의 손을 끌어 내리며 말했다.

"……조련이라뇨?"

"안 된다, 안 된다 해 놓고 멋대로 입 맞추고 도망가면 혼자 남겨진 사람 기분은 뭐가 됩니까."

"……."

"괜히 애만 타게."

주희는 멍하니 눈을 끔뻑였다.

"지금 애가 탔다고 이렇게 나오는 거예요? 그래서 우리 집에 들어오고 싶다?"

"그럼 좀 더 함께 있을 수 있으니까."

"그런 의미로 한 말이었어요?"

"또 다른 의미가 있습니까?"

"음……. 글쎄요. 다른 의미가 있는 것 같기도 하고, 없는 것 같기도 하고."

주희는 일부러 짓궂게 나갔다. 심통 난 그의 얼굴 더 보고 싶어서. 그게 통하기라도 한 걸까. 있는 것 같기도 하고, 없는 것 같기도 하고. 그 말을 가만히 곱씹던 설우의 귓불이 붉어진 건 한순간이었다.

"갑자기 귓불은 왜 빨개지는 걸까요."

주희가 웃음을 참으며 물었다. 설우는 억울하다는 표정이었다. 연애의 주도권. 그런 걸 생각해 본 적 없지만 이럴 때마다 새삼 자각하게 된다. 어쩐지 이 여자한테 끌려가고 있다는 기분. 자신만 더 좋아하는 것 같고, 항상 저만 애가 타서 초조함이 뒤끓는 기분. 감정이 깊어질수록 애가 탔다. 그나마 주희를 볼 수 있는 건 회사인데, 매번 퇴짜를 맞았다. 회사라는 이유로.

충분히 이해한다. 사내 연애만큼 위험한 것은 없을 테니까. 그런데 문제는 논리적으로 상황을 따지려 들수록 머릿속에서 반발이 일어난다는 것이다. 아무리 바빠도, 아무리 업무에 치여도 두 눈은 틈날 때마다 휴대폰을 주시했다. 결국 참지 못하고 문자를 보내면…….

[뭐 합니까?]

[일하죠.]

[배 안 고파요?]

[아직 점심시간 전인데요?]

[보고 싶은데.]

[지금 바빠요. 끝나고 봐요.]

어떻게……. 어떻게 이리 태연할 수가 있는 거지? 주희의 이성적인 메시지를 볼 때마다 설우의 동공에는 지진이 일어났다.

"조련에도 순서란 게 있습니다."

그가 한숨을 내쉬며 내뱉었다.

"채찍질도 적당한 보상이 뒤따라와야 하는 법이라고요."

"적당한 보상이라면 어떤 거요?"

"그건……."

설우의 입술에 생생한 감촉이 촉, 닿았다 떨어졌다. 주희가 얄궂게 입술을 말아 올렸다.

"이런 거요?"

별안간 설우는 이를 악물며 반사적으로 그녀의 양 볼을 붙잡았다. 그대로 그녀의 입술을 집어삼키려던 찰나였다.

"작작 해라."

낯설지만 익숙한 인영이 나타났다. 언제 튀어나온 건지 브릿지가 그를 아니꼽게 응시하고 있었다.

"작작 하라고."

하필 이럴 때 나타날 건 뭔지. 녀석이 보든지 말든지 그의 시선은 오직 주희를 입술만을 담아냈다.

"네가 그러니까 안 된다는 거야."

덧붙여진 브릿지의 한마디에 어깨가 굳혔다.

"매번 들이박는 놈을 누가 좋아해. 애정도 과하면 질리는 법이라고, 이 등멍청아. 걷어차이고 싶으면 계속하던가."

설우는 가만히 주희를 바라봤다. 어느새 그녀의 두 눈이 감겨 있었다. 그는 호흡을 크게 들이켰다. 휘몰아치는 충동을 가까스로 참아 내며 한 발짝 물러섰다.

"여기까지 하죠."

"……네?"

주희의 두 눈이 번쩍 뜨였다. 말간 눈동자가 당황스럽다는 듯 작게 일렁였다.

"늦었어요. 이만 들어가요."

"……대표님?"

"연락하죠."

순식간에 멀어져 가는 뒷모습을 보며 주희는 한동안 움직이지 못했다. 스산한 가을바람이 살결을 강타할 때쯤, 잠시나마 입술에 닿았던 그의 온기를 손가락으로 매만졌다.

*

"이게 과연 옳은 일일까."

침대에 앉은 설우는 멀거니 시선을 던졌다. 브릿지가 팔짱을 낀 채 벽에 기대어 서 있었다.

"멍청한 놈처럼 히죽이는 것보다는 백배 낫지."

"넌 그걸 어떻게 아는데?"

"당연히 알 수밖에 없지. 날 가지지 못해 안달 난 인간들이 수천이었으니까. 딱 봐도 남다르잖아."

휘날리는 청회색 모발이며, 고귀하고 우아한 자태며, 도도한 에메랄드 눈동자까지.

설우는 딱히 감흥이 없는 얼굴이었다. 인간의 모습으로 나타난 지금의 모습이나 고양이로 변하는 녀석의 모습이나 그에게는 흥미 밖이었다. 그 시선이 탐탁지 않던 브릿지가 날카롭게 쏘아붙였다.

"너한테까지 관심받고 싶지 않으니까 그 언짢다는 시선 좀 치워."

"갑자기 또 왜 나타난 건데."

"너야말로 언제까지 기다리게만 할 건데. 꼭 찾아낸다며."

브릿지가 조심스레 뒷말을 이었다.

"자살 시도가 뭐야?"

설우의 낯빛이 한순간에 어두워졌다. 역시 본 건가. 녀석은 거의 분신이다시피 설우가 생활하는 모든 것들을 기억하고 있었다. 그래서 되도록 추후에 말하려고 했던 건데.

"스스로 제 목숨을 끊는 것."

"……."

"그게 자살이야."

브릿지의 눈동자가 눈에 띄게 일렁거렸다. 녀석은 믿을 수 없다는 얼굴로 되물었다.

"그걸 주희가 한 거야? 어째서? 왜?"

솟구치는 반문에 설우는 골몰했다. 그 또한 윤 비서를 통해 그 이유를 찾는 중이었다.

"주희한테 무슨 일이 있었던 건데? 설마 그거 때문에 내 곁을 떠난 거야?"

"아마도 그 이유가 크겠지."

브릿지의 눈 밑이 붉게 달아올랐다. 주먹을 쥔 손은 부들부들 떨렸고, 꽉 깨문 입술은 피가 통하지 않을 만큼 하얗게 질려 갔다.

"내가 싫어서 떠난 게 아니라는 거네?"

"그건 이미 요지에서 벗어난 질문이야. 말했잖아. 널 그리워한다고."

"그럼 답은 하나잖아. 주희한테 상처를 준 새끼가 있다는 것밖에 더 있겠어? 그게 누군데. 설마 그 자식이야?"

그 자식? 의아함에 설우가 눈썹을 좁히자 녀석이 일갈했다.

"기생오라비처럼 생긴 그 자식 말이야. 김강욱인가 뭔가 하는 그 개자식."

"아……. 강욱이. 걘 아니야. 대신."

주희의 과거와 엮인 인물이란 건 확실하다. 두 사람은 같은 회사를 다닌 입장이었다. 하지만 당사자들에게 직접 묻자니 닥쳐올 난관이 여러 개였다. 무엇보다 무턱대고 물어보고 싶지 않았다. 특히 주희에게는. 그것은 아직 아물지 못한 상처를 강제로 벌리는 짓과 다를 바 없었다. 그리고 강욱은…….

재킷 주머니 속에서 진동이 울렸다. 수신자를 확인한 설우의 눈동자가 가늘어졌다.

*

설우가 찾은 곳은 한 재즈바(Bar)였다. 강욱은 이미 술잔을 기울인 후였다. 병에 담긴 액체가 반 정도 사라진 상태였다. 그에 비해 상태는 꽤나 양호했다. 술병 바닥 한 켠에 걸린 시선이 시리도록 차가운 걸 빼면.

"늦은 시간에 부른 거 보면 급한 일인 거 같은데."

강욱의 시선이 느릿하게 올라갔다. 설우를 발견한 눈동자에 웃음기가 스며들었다.

"언제 왔어?"

"방금."

"앉아. 뭐 마실래?"

"술은 됐고."

자리에 앉은 설우가 느긋하게 강욱을 바라봤다.

"하고 싶은 말이 있어서 부른 거 아니야?"

강욱은 한참 동안 말이 없었다. 술잔을 만지는 손길에 많은 고뇌가 담겨 있었다. 느릿하게 잔 위를 쓸던 손가락이 뚝 멈추며 그가 말했다.

"형. 형은 서주희 좋아해?"

단도직입적인 물음에 설우의 고개가 비틀렸다. 그는 망설일 것도 없이 대답했다.

"어. 좋아해."

강욱의 시선이 흔들렸다. 금세 미소를 되찾긴 했지만, 흔들리는 손가락 만큼은 복잡한 감정을 감추지 못했다.

"봤어. 두 사람 손잡고 가는 거."

"먼저 말하지 못해서 미안하다."

"미안할 게 뭐 있어. 내가 걔랑 무슨 사이라고……."

강욱의 입가에 쓰디쓴 미소가 배어들었다. 괜찮은 척 응대할 수 있을 거라고 생각했는데 오만이었던 걸까.

"언제부터야? 언제부터 깊은 사이가 된 거야? 아니, 좋아한다면서 선은 왜 본 거야?"

설우의 두 눈이 가늘어졌다. 마치 그걸 네가 어떻게 알고 있냐는 듯.

"파고들고 싶은 생각 전혀 없는데. 이건 아닌 거 같아서. 서주희도 알아? 형이 선본 거? 얻고 싶은 게 있어서 강채영이랑 선본 거라며? 그래도 이건 아니잖아. 서주희, 걔 안 그래도……."

적어도 설우를 바라보는 그녀의 미소는 진심이었다. 진심으로 형을 좋아하고 있었다.

"가지고 장난치는 거라면 이쯤에서 그만둬."

유순하게 시작한 어투가 어느새 날카롭게 변해 있었다. 설우는 무심한 얼굴로 강욱을 주시했다.

"장난친 적 없어. 그럴 생각도 전혀 없고. 그리고 서주희 씨도 알고 있는 일이야."

"알고 있다고? 알면서도 형이랑 사귀는 거라고?"

"네가 어디서 그런 이야기를 듣고 왔는지 모르겠지만, 나야말로 좀 묻고 싶은데. 화풀이가 하고 싶은 거야, 아님."

"……."

"접지 못한 마음에 대한 미련인 거야."

날카로운 질문에 강욱의 표정이 흐릿해졌다. 미련. 어느 정도 인식은 하고 있었다. 아직도 자신이 주희를 좋아하고 있다는 걸. 다만 설우를 부른 건 그런 이유에서가 아니었다.

"난 그저…… 서주희가 상처받는 일이 또 일어나지 않았으면 싶어서."

"그 말은 네가 서주희 씨한테 상처를 줬다는 건가."

"아니야."

단호히 부정하던 강욱이 돌연 입을 다물었다. 그는 혼란스럽다는 듯 얼굴을 쓸어내리며 자조했다.

"……잘 모르겠어. 어디서부터 꼬여 버린 건지. 녀석이 아팠대. 내가 없는 동안 많이 아팠대. 근데 그게 내가 준 상처 때문이래. 믿을 수 없었어. 상처를 준 건 내가 아니라 걔라고 생각했으니까."

끝날 줄 모르는 아버지의 옥죄임에서 벗어나고 싶었다. 무엇보다 스스로의 힘으로 성장해 보이고 싶었다. 그리고 당당히 주희에게 고백하고 싶었다. 이 자리까지 올 수 있었던 건 너의 도움이 컸다고. 그러니까 이번에는 내가 너의 등에 날개를 달아 줄 수 있는 사람이 되게 해 달라고.

"그래서 네가 내린 결론은 뭐지?"

"찾을 거야. 어떻게든 녀석을 그렇게 만든 이유를 찾아서 내 손으로 해결할 거야."

"그게 최선이라면 그렇게 해. 말리진 않을게. 근데."

설우가 자리에서 일어나 강욱을 내려다봤다. 그 시선이 고요하고 적적했다.

"중요한 건 이미 그 여자는 상처를 받았다는 거야. 용서를 바라고 하는 일이라면 큰 기대는 하지 마. 그거야말로 '위선' 일 테니까."

위선. 그 두 글자에 강욱의 눈에 켜진 불씨가 탁 꺼졌다. 잿더미가 된 것처럼 그의 낯빛이 서글프게 일그러졌다.

❋

"왜 또 부른 건데요."

윤주가 신경질적으로 자리에 착석했다. 한 번 거절하면 적당히 물러설 줄도 알아야지, 받을 때까지 걸겠다는 듯 끈질기게 이어지는 강욱의 연락에 결국 불편한 감정을 무릅쓰고 집 밖으로 나서야 했다.

"말해 줘."

"뭘요."

"그 날, 무슨 일이 있었던 건지. 내가 모르는 게 뭔지."

윤주는 가만히 강욱을 응시했다. 아무런 두서도 없이 요구부터 하는 그의 태도가 수상했다.

"그걸 내가 왜 말해 줘야 하는데요?"

애초에 대답해 줄 생각 따위 없었다. 분명 말했으니까. 적어도 양심이 있다면 나머지는 선배가 직접 찾으라고. 그게 주희를 대신해 줄 수 있는 강욱에 대한 벌이었다.

"궁금하면 직접 찾아보면 되잖아. 아님 사람 시켜서 알아보든가. 선배, 돈 많잖아."

"배윤주."

"왜요? 말 안 하면 또 연락하려고? 그 전에 내가 선배, 차단하면 끝이야. 왜 자꾸 승산도 없는 일에 목을 거는……."

"무릎이라도 꿇으면 알려 줄래?"

순식간에 분위기가 싸해졌다. 윤주의 입에서 굵고 짧은 헛숨이 터져 나왔다.

"기가 차서 말이 안 나오네. 선배. 왜 이렇게 치졸해졌어? 원래 이런 인간 아니었잖아."

어딜 가나 이목을 끌고 다니는 남자였다. 늘 주변에 사람들이 득실거렸고, 그들은 언제나 강욱의 곁에 머물 수 있기를 바랐다. 그래서 누군가에게 고개를 수그리는 일 따위, 그에게는 꿈도 꾸지 못할 일이었다.

"치졸한 게 어때서."

의외로 덤덤한 강욱의 반응에 윤주는 더욱 인상을 구겼다.

"열 번이고 백 번이고, 치졸해지라면 그럴게. 바닥이라도 기라면 길 수 있어. 그렇게라도……."

주희가 가진 상처에 대해 알 수 있다면 뭐든지 할 수 있었다.

설우와 헤어진 후, 강욱은 한동안 깊은 회의감에 빠졌다.

위선.

그 두 글자가 얹힌 것처럼 가슴에서 내려가지 않았다. 이해할 수 없었다. 당장이라도 따지고 싶었다. 형이 뭘 안다고. 내가 얼마나 괴로웠는지 아냐고. 엄연히 그도 함 부장이 벌인 짓에 대한 피해자 중 한 명이었다. 그러나 밑바닥까지 생각의 꼬리를 물고 물다 보니 문득 그런 생각이 들었다.

모든 걸 다 알고 있었던 서주희는, 어떻게 버텨 냈을까. 그 아이가 가해자로 판명됐을 때 자신은 그녀를 어떻게 대했던가.

'네가 그럴 줄은 몰랐는데, 다시는 보지 않았으면 좋겠다.'

가차 없이 녀석을 벼랑 끝으로 몰아세웠다.

'선배, 아니에요. 내가 그런 게 아니야. 제발 믿어 줘요.'

애처롭게 믿어 달라던 목소리에도 아랑곳하지 않았다. 그제야 강욱은 깨달았다. 설우가 뱉은 '위선'에 담긴 의미가 무엇인지. 용서를 빈다면서도 결국은 내 상처가 먼저였던 것이다. 자신 또한 주희를 진흙탕으로 끌어당긴 인간들과 다를 게 없었다는 그 괴로운 사실에서 하루라도 빨리 벗어나고 싶었던 거다.

"나, 서주희 좋아해."

"선배, 미쳤어? 제정신이냐고."

"어. 제정신이야. 그래서 돌아 버릴 것 같아. 차라리 몹쓸 추억이라고 치부해 버리면 그만인데, 그게 안 돼. 틈만 나면 생각나. 어디서부터 꼬인 걸까, 어디서부터 잘못된 걸까. 도대체 내가 뭘 어떻게 해야 걔한테 용서받을 수 있을까. 근데…… 없더라. 방법 따위."

찢겨진 종이를 다시 붙인다고 해도 자국이 사라지는 게 아닌 것처럼, 주희와의 관계도 마찬가지였다. 이미 그녀는 상처를 받았고, 그 상처 속에는 자신도 포함되었다.

"그래서 다른 사람이 아닌 네가 꼭 필요해. 네 입에서 나오는 주희의 이야기가 난 듣고 싶어."

사람을 쓰라면 얼마든지 쓸 수도 있었다. 그런데도 강욱이 윤주를 찾은 이유는 딱 하나였다.

"네가 제일 잘 알잖아."

"……."

"서주희가, 그 녀석이 얼마나 괴롭게 버텨 냈을지 네가 제일 잘 알 거 아니야."

주희의 가장 가까운 측근. 그래서 한편으론 겁이 났다. 주희가 버텨 낸 그 시간들을, 생동감 있게 듣는다는 것은 죄책감을 배로 부풀리는 일과도 같았다. 어쩌면 돌이킬 수 없는 강을 건널지도 모른다.

하지만 그걸 알면서도 강욱은 포기할 수 없었다. 적어도 용서를 빌기 전에 그 사람이 가진 상처의 무게, 그걸 아는 게 순서였다. 그래야 제대로 된 용서를 빌 수 있을 것 같으니까.

"선배. 난 말이야."

침묵 끝에 윤주가 운을 뗐다. 그 목소리가 어쩐지 버석했다.

"세상에서 혐오하는 부류가 딱 두 가지가 있어요. 하나는 다 줄 것처럼 굴어 놓고 한순간에 돌아서는 인간이고, 또 하나는 내 사람이 아파하는 걸 알면서도 방관하는 인간."

"……."

"전자는 선배고, 후자는 나겠지."

뜻밖의 말에 놀란 강욱의 눈동자가 얕게 흔들렸다. 그도 그럴 것이 윤주와 주희는 각별한 사이였지 않는가. 더군다나 윤주에게 주희는 은인이나 마찬가지였다.

"선배, 외국으로 떠나고 주희가 조심스레 부탁하더라. 자기가 당한 일, 혹시 기사로 내 줄 수 있냐고."

주희가 효성에서 당한 일은 가히 충격적이었다. 자신들의 명예와 욕구를 위해 누군가를 희생시켜야 한다면 과감히 짓밟고 마는. 그때의 주희는 풋풋한 사회 초년생이었다. 뭐든지 열심히, 뭐든지 꼼꼼히. 훗날의 그녀가 말했다. 어쩌면 그때의 내게 죄가 있다면, 그건 아마도 적당히 인생을 살지 못한 것일 거라고.

"선배가 만든 기획안, 현재 어떻게 돌아가고 있는 줄 알아?"

처음 듣는 이야기에 강욱의 눈빛이 가라앉았다.

"함 부장 손에 들어가고 나서, 해외로 돌려졌어. 결과는 아주 승승장구였지. 그것 때문에 인테리어 시장 1위란 쾌거도 얻게 되고. 근데 이거다…… 처음 기획할 때부터 선배가 염두에 뒀던 부분. 아니야?"

강욱은 부정하지 못했다. 처음부터 해외 시장을 목표로 잡고 작성한 기획안이었으니까.

"함 부장도 그걸 알고 있었던 거지. 그 인간 인생이 참 뭣 같더라. 좋게 말하면 개천에서 용 난 꼴이고, 쉽게 말하면 보통 악바리가 아니야. 그런 인간들의 공통점이 뭔 줄 알아?"

"……."

"돈, 명예. 그리고 권력에 쉽게 중독된다는 거야. 한 번 맛을 알아 버린 것만큼 무서운 것도 없거든. 아마 선배 능력이 탐났겠지. 하필 그 시점에 승진 문제까지 겹쳤던 거고. 선배는 그 인간이 진심으로 선배를 아꼈을 거라고 생각해?"

한때 그를 아버지처럼 따른 적이 있었다. 현욱에게서 한 번도 느껴 보지 못한 따스함. 그리고 인정. 그것에 강욱은 쉽게 허물어졌다.

"아니. 절대. 자기는 이제 겨우 부장까지 치고 올라왔는데, 어린놈은 1년도 안 걸려서 대리직을 따네? 거기다 대형 프로젝트까지 머릿속에 굴리고 있어. 아, 엿같은데 쓸모는 있어. 이걸 어떻게 굴려야 할까?"

마치 함 부장이 눈앞에 있는 것처럼 강욱은 주먹을 쥐었다. 그 순간 윤주의 입가가 비틀렸다.

"뭘 어떡하긴 어떡해. 뺏고 밟아 버리면 되지."

너무나도 쉽게 내려진 결론 앞에 강욱은 이를 사리물었다.

"근데 직접 나서자니 걸리는 게 많았던 거야. 내 손에 피를 묻히긴 싫었던 거지. 그래서 택한 희생양이……."

윤주가 말끝을 흐렸다. 굳이 듣지 않아도 그게 누구인지 알 수 있었다.

"주희만큼 총알받이로 딱 좋은 희생양도 없었을 거야. 거기다 인턴이니까 뒷수습도 깔끔하고. 그것만이 아니야. 그 인간이 얼마나 철저한 인간인 줄 알아? 팀원들 중에 집안 사정이 좋지 않거나, 승진에 목맨 놈들만 쏙 빼내서 이미 손을 썼더라. 선배 기획안이 수면 위로 떠오를 때 이 사태의 원흉을 주희로, 몰아가는 걸로."

강욱은 두 눈을 질끈 감았다. 뜨거운 것이 목구멍을 치고 올라왔다. 덩달아 윤주의 눈가가 붉게 물들기 시작했다.

"선배는…… 떠나면 그만이었겠지만 주희는 끝까지 지옥이었어. 되지도 않는 걸 붙잡고, 어떻게든 선배 기획안 돌려받겠다고 그 진흙탕에서 혼자 버둥거리는데……."

됐다고, 그만하라고 말려도 주희는 희망을 놓지 못했다. 그 기획안이 강욱한테 얼마나 소중한 것인지 아냐고, 그것만이라도 돌려받아야 한다고. 악착같이 버텼지만 돌아오는 것은 쓰레기보다 못한 취급이었다.

믿었던 사람들에게 당한 배신. 여기저기서 퍼져 나가는 의도치 않은 소문들. 그것들에 치인 주희는 갈기갈기 찢긴 종이보다도 못한 신세가 되어 있었다.

"그랬는데……. 선배는 끝까지 주희를 믿지 못했고, 나는…… 그걸 알면서도 도와주지 못했어."

주희가 마지막으로 건 희망은 윤주였다. 그녀는 말라 가는 버석한 목소리로 조심스레 물었다. 이 사건을 기사로나마 알릴 수 있냐고.

"그때 내가 뭐라고 한 줄 알아요?"

윤주의 목소리가 울먹임으로 젖어 들었다. 그녀는 차마 강욱과 시선을 마주하지 못하며 말을 이었다.

취직해서. 힘이 없어서……. 무리일 것 같다고. 미안한데, 다른 방법을 찾아보면 안 되겠냐고."

어렵게 취직한 회사여서 소중함도 컸다. 그런데 우리나라에서 알아주는 가구 회사를 건드린다는 것은 그때의 윤주에게 감히 꿈도 못 꿀 일이었다. 자칫 상황이 좋지 않게 돌아가면 회사에서 쫓겨날 수도 있는 판이 큰 싸움.

"이 바닥에 발 담고 있으면 엿같은 경우를 자주 목격하게 돼. 주희 같은 피해자가 한둘이 아니란 소리야. 그때마다 다짐해. 옳지 못하다는 걸, 옳지 못하다고 알릴 수 있는 사람이 되자고. 근데……."

"……."

"도와주지 못했어. 다른 사람도 아닌 주희의 부탁을 들어주지 못했어. 왜?"

윤주가 이를 꽉 깨물며 되묻듯이 속삭였다.

"……나한테 일어난 일이 아니니까. 나한테 피해가 올 수 있을지도 모르니까. 내 걸 잃을 수도 있다는 생각에……."

용기 내지 못했다. 나락으로 떨어지는 친구의 손을 기꺼이 잡아 주지 못했다. 윤주가 울다시피 쏟아 냈다.

"선배도 잘 알겠지만, 나 경제적으로 어려웠을 때 등록금, 월세. 그거반은 전부 다 주희가 내 준 거야."

"……그만해."

괴롭다는 듯 뭉개지는 윤주의 얼굴을 보며 강욱이 말했다. 그녀가 자신의 허벅지를 주먹으로 내리치며 말을 짓씹었다.

"취직 못 했을 때는 대출까지 받아서 도와줬던 게 주희야. 우리 엄마, 아빠도 나를 못난 딸년이라고 탓하는데, 주희는…… 주희는……. 그랬는데 가장 아픈 순간에 도와주질 못했어. 애가 죽어 가는데, 나란 년은 방관만 하고 있었다고!"

윤주가 소리치며 한 번 더 주먹을 허벅지에 내리치려던 찰나였다. 강욱이 재빨리 그 손을 잡았다. 윤주의 고개가 푹 떨궈졌다. 허벅지 위로 자책의 눈물이 후드득, 떨어졌다.

"어쩌면……. 주희가 사람을 믿지 못하는 건 선배 탓만이 아닐지도 몰라. 나한테도 죄가 있겠지."

그게 주희가 겪은 세상의 잔혹한 현실이었다.

17. 첫 데이트

"서프라이즈."

현관문을 연 설우의 표정이 싸늘했다. 예상치 못한 반응에 주희는 당황했다.

"하나도 안 놀라는 표정이네요? 서프라이즈가 좀 약했나."

약한 게 아니라 강해서 문제였다. 연락 없이 설우의 집을 찾아올 사람이라고는 윤 비서와 그의 어머니, 임 여사가 전부였다.

"이제 일어난 거예요?"

"아니요. 아침 운동 나가려던 참이었습니다."

주희는 천천히 시선을 내렸다. 정장 차림만 보다가 가벼운 운동복을 입은 그의 모습이 낯설었다.

"그럼 조금 있다가 다시 올까요?"

어색하게 웃으며 한 발짝 물러서자 설우가 잽싸게 그녀의 손목을 움켜쥐었다. 단숨에 집 안으로 끌어당겨서는 벽 쪽으로 밀어붙였다. 삐리릭.

도어 록 소리가 울리며 그가 가늘게 뜬 눈으로 추궁했다.

"갑자기 찾아온 이유가 뭡니까."

주희는 난감한 눈으로 설우를 올려다보았다. 이런 상황을 예상한 건 아니었는데. 그의 단단한 품에 갇힌 꼴이 독 안에 든 쥐와 다를 게 없다.

"데이트하자고 했잖아요."

"그게 오늘이란 말은 안 했던 것 같은데."

"……그냥."

"……."

"보고 싶어서 찾아왔다고 하면 좀 그러려나."

용기 낸 고백에도 설우는 무표정이었다. 역시 이건 무리수였나. 주희는 어떻게 하면 그의 서운함을 풀어 줄까 밤새 고민했다. 난감함에 발끝만 바라보는데, 나직한 한숨 소리가 귓가를 울렸다.

"……어렵네, 진짜."

그가 한 손으로 얼굴을 쓸어내리며 중얼거렸다.

"어떻게 아무렇지 않은 척을 하라는 건지."

가만히 왼쪽 가슴에 손을 가져다 대었다. 심장이 거칠게 박동했다. 그 소리가 주희에게까지 전달될 정도였다. 브릿지의 충고. 그것들을 되새겼지만 말짱 도루묵이었다. 오히려 그는 쉬지 않고 분출하고 싶었다. 멈출 줄 모르는 심장 소리도, 턱 밑까지 차오르는 뜨거운 감정도.

그 방아쇠를 당기듯 주희가 조그맣게 중얼거렸다.

"나름대로 반성의 시간을 가졌는데."

그리고 설우의 심장, 정중앙을 향해 격발했다.

"……데이트해 줄 거죠?"

말을 끝마치기 무섭게 몸이 허공 위로 솟아올랐다. 단단한 두 팔이 그녀의 엉덩이와 허리에 감겼다. 주희가 버둥거리며 넓은 어깨를 붙잡자 그가 단숨에 침실이 있는 곳까지 걸어 들어갔다.

풀썩. 등 뒤로 닿는 실크 감촉이 부드러웠다. 몸이 시트 위에 파묻힐 때쯤 설우의 얼굴이 코앞까지 다가왔다. 입술이 닿으려는 찰나, 주희가 그의 입술을 막아 세웠다. 이미 전적이 있던 남자다. 이대로 키스하면 절대 자신을 쉽게 놓아주지 않을 것이다.

무엇보다 이곳은…… 너무 하얗다. 하얀 침대, 하얀 천장, 하얀 벽지. 거기다 창으로 흘러 들어오는 햇살은 꼭 조명 같아서 눈이 부셨다. 적나라하게 모든 걸 들켜 버릴 것 같잖아.

"할 말이 있어요."

"나중에 하죠."

"안 돼요. 지금 말해야 해요."

설우의 눈썹이 꿈틀거렸다.

"5초. 그 이상으론 못 줍니다."

뭐야. 왜 이렇게 급한 건데. 당황한 주희가 서둘러 말을 이었다.

"하고 싶은 거 해요. 그러니까……. 대표님이 하고 싶은 거 하자고요. 오늘 데이트는."

"용건 끝이죠?"

"아, ……읍."

대답하기도 전에 입술이 부딪혔다. 파고드는 혀가 빠르게 입천장을 쓸고 갔다. 야릇하고 간지러운 감촉에 주희의 어깨가 들썩였다. 머리카락과 목 뒤를 파고드는 손길은 한없이 강렬하기만 하다. 숨이 가빠지고, 서로의 타액이 뒤엉키자 저도 모르게 그의 목을 끌어안았다. 그게 기폭제가 된 것처럼 설우가 더 깊이 파고들었다. 질척이는 소리가 방 안을 적시기를 한참. 결국 아랫입술이 얼얼해지고 나서야 주희는 해방될 수 있었다.

✻

"병원이네요?"

주희는 의아한 표정으로 눈앞의 건물을 바라봤다. 늘 옥죄이는 삶 속에서 살았을 설우를 위해 평소 그가 하고 싶었던 것들을 함께 할 계획이었다. 그런데 예상했던 장소들과 다소 거리가 있었다. '한신'이라는 두 글자가 선명히 눈에 박혀 온다. 여긴 왜 오자고 한 거지. 곰곰이 고민하던 주희는 불현듯 든 생각에 걸음을 멈추었다.

설마……. 그녀의 감정 변화를 눈치챈 설우가 차분한 얼굴로 말했다.

"좋아하는 사람이 생기면 꼭 보여 드리고 싶었어요."

"하지만 전 아직……."

마음의 준비라고 해야 할까. 그게 아직 생기지 않았다. 어느새 두 발이 한 VIP 병실 앞에 멈춰 섰다. 그 옆에 적힌 '김선우'라는 이름이 시야에 들어오자 마음이 불안해지기 시작했다.

그러니까 설우의 아버지, 어떻게 보면 시온의 회장을 대면하는 셈이었다. 부담스럽지 않다면 거짓말이다. 하지만 주희는 금세 생각을 접었다. 설우가 왜 이곳을 방문하고 싶어 하는지 알 것 같았다. 단 한 번도 누군가에게 곁을 내주지 못했던 남자. 그걸 지켜보던 부모의 심정은 어땠을까.

병실로 들어서자 특유의 쾌쾌한 향이 코끝을 찔렀다. 한강을 한눈에 볼 수 있는 넓은 공간 안에는 한 남자가 산소 호흡기를 한 채 누워 있었다. 느릿하게 끔뻑이는 눈꺼풀만으로도 체력이 노쇠해졌다는 걸 느낄 수 있었다. 인기척을 느낀 남자가 고개를 틀었다.

"아버지, 저 왔어요."

설우의 인사에 남자는 눈꺼풀을 감았다 떴다. 그리고 천천히 주희에게로 시선을 틀었다. TV에서 봤던 것보다 훨씬 더 무감하고 냉랭한 눈이었다.

"기억나세요? 좋아하는 사람이 생기면 가장 먼저 아버지한테 소개시켜 달라고 하셨던 말씀."

그 한마디에 선우의 눈가에 맺힌 경계심이 거짓말처럼 달아났다.

"저한테도 기적이 찾아왔어요, 아버지."

기적. 생각지 못한 단어 선택에 주희의 입술이 작게 벌어졌다. 선우와 눈이 마주친 그녀가 조심스레 입을 열었다.

"처음 뵙겠습니다. 서주희라고 합니다."

선우는 입꼬리를 미약하게 말아 올렸다. 그 모습이 꼭 설우를 보는 것 같았다. 그녀를 향한 시선 속에 담긴 감정은 여러 가지였으나 적어도 한 가지 확실한 건, 주희를 호의적으로 보는 눈치였다. 어쩐지 불안했던 마음이 스르르, 풀리는 느낌이었다.

하지만 그 안도감도 오래가지 못했다. 드르르륵, 병실 문이 또 한 번 열리며 윤 비서가 걸어 들어왔다. 한 여성도 함께였다.

"설우?"

"어머니."

주희가 당황함을 숨기지 못했다. 여성분은 곱고 우아했다. 매일같이 병간호를 한 사람답지 않게 얼굴 곳곳에 생기가 흘러넘쳤고, 머리칼이 흘러내린 목덜미는 희고 깨끗했다. 아들을 보자마자 발그레 휘어지는 눈꼬리가 영락없는 소녀였다.

"연락도 없이 온 거야? 안 그래도 윤 비서님이랑 밥 먹으러 가려던 참이…⋯. 누구시죠?"

주희를 발견한 여자의 눈초리가 가늘어졌다. 난감한 주희를 대신해 설우가 말했다.

"여자 친구입니다."

"뭐!"

임 여사의 언성이 단번에 높아졌다. 주희는 입술을 꽉 깨물었다. 그녀가 자신을 달갑지 않게 여길 거라는 직감이 들었다. 아니나 다를까, 코랄빛 입술에서 헛숨이 터져 나오더니, 임 여사의 눈 밑이 거칠게 일렁이기 시작했다.

✳

"흐으윽. 흐윽."

울음소리가 쉬지 않고 울려 퍼졌다. 지칠 법도 한데, 임 여사의 눈에서는 닭똥 같은 눈물이 쉬지 않고 후드득, 떨어져 내렸다. 보다 못한 윤 비서가 그녀를 만류했다.

"아, 제발 좀 그만 우세요. 이 손수건까지 적시면 벌써 세 장째입니다!"

윤 비서가 질린다는 눈으로 손에 쥐어진 두 장의 손수건을 바라봤다. 모두 임 여사의 눈물로 만들어진 작품이었다. 정황은 이러했다. 주희가 설우의 여자 친구임을 알게 되자마자 임 여사의 두 눈가가 붉어졌다. 그때부터 지금까지 그녀는 격렬히 흐느끼는 중이었다.

"윤 비서님, 이게 꿈은 아니겠죠? 그렇죠?"

"아휴. 아닙니다. 아니라고요. 제가 앵무새입니까? 같은 말만 몇 번을 반복하는 건지."

"그래도 눈물이 나는 걸 어떡해요."

임 여사가 손수건으로 두 눈을 꾹 눌렀다. 그 모습에 주희는 어쩐지 죄책감이 들었다.

"……저 때문인 거 맞죠?"

슬며시 묻자 설우가 픽 웃으며 말했다.

"그건 맞는데, 걱정할 이유는 아닙니다. 일종의 감격의 눈물이라고 해두죠."

"감격이요?"

"이름이 뭐라고 했죠?"

임 여사가 불쑥 치고 들어오자 주희는 황급히 대답했다.

"서주희입니다."

"이름도 예쁘네. 우리 설우 여자 친구라고요? 진짜 여자 친구인 거죠? 막 짜고 치는 그런 거 아니죠? 아니, 왜. 드라마에서 보면 부모 위한답시고 계약 연애 같은 걸 하던데."

누가 주말 드라마 애청자 아니랄까 봐. 윤 비서가 고개를 저으며 한숨을 내쉬었다. 여전히 불안해하는 임 여사를 향해 주희가 나긋한 눈빛을 비추었다.

"짜고 치는 것도 아니고, 계약 연애도 절대 아닙니다. 진짜 여자 친구 맞습니다."

"그럼……. 우리 아들이 가지고 있는 상처도?"

"어느 정도는 알고 있습니다."

다만 고양이로 변한다는 것까지는 말하지 않았다. 임 여사의 등 뒤로 서 있던 윤 비서와 설우가 그것을 적극적으로 막았다.

"……아는데도, 사귀는 거라고요?"

임 여사는 믿을 수 없다는 얼굴이었다. 누구보다 잘 알고 있었다. 아들의 상처, 아들이 가진 아픔. 그걸 알면서도, 알기 때문에 그녀는 설우가 세상 밖으로 나가는 걸 원치 않았다. 사람들의 만류에도 아이를 낳은 건 스스로의 의지였는데 말이다. 언제나 마음 한구석에 죄책감을 얹고 살았다. 내가 아이를 낳지 않았더라면, 그랬더라면…….

주희가 위로하듯이 대답했다.

"그런 걸 다 떠나서……"

그리고 설우를 향해 미소 지었다.

"좋은 사람이니까요."

"어떡하니."

임 여사가 또 한 번 눈물을 터트렸다. 그녀는 주희의 손을 꼭 잡으며 고맙다는 말을 되풀이했다. 주희야말로 그녀에게 고마운 입장이었다. 그녀가 아이를 낳지 않았더라면 설우를 이 세상에서 볼 수 없었을 테고, 자신 또한 혼자만의 상처에 갇혀 용기 내지 못했을 테니까. 좋은 사람을 만날 수 없었을 테니까.

✳

"주말인데도, 고생하시네요."

"답 없는 대표님과 동행하는 것보다는 여기 있는 게 훨 편하니까요."

"썩 좋은 표현으로는 들리지 않는데."

"전 사실만을 말했을 뿐입니다."

공생 관계가 아니었던가? 서로에게 핀잔을 던지는 두 남자를 보며 주희는 얼떨떨했다. 그러다 윤 비시와 시선이 마주치자 어색하게 입꼬리를 말아 올렸다. 그는 화답해 주지 않았다. 오히려 싸늘하게 식은 눈으로 주시했다. 회식 자리에서만 해도 저런 얼굴은 아니었던 것 같은데. 윤 비서가 돌아서며 차갑게 말했다.

"지금 황 교수님 연수 끝내고, 오시는 길이랍니다. 회장님 상태 궁금하다면서요."

"곧 따라가겠습니다."

역시 뭔가 있는 것 같은데. 떠나는 윤 비서를 보며 주희는 마음이 심란했다. 눈치챈 설우가 별거 아니라는 투로 말했다.

"신경 쓰지 말아요."

"혹시 내가 뭘 잘못한 걸까요?"

"원래 매사에 까칠한 분입니다. 워낙 제 일이라면 더 예민하게 구는 편이라 그런 거니까 마음에 담아 둘 필요 없어요."

꼭 깐깐한 시어머니를 마주하는 기분이었다. 정작 선우와 임 여사는 주희를 반기다 못해 너그럽게 품어 주었는데 말이다.

"급작스레 끌고 와서 미안해요."

생각에 잠겨 있던 주희가 그게 무슨 소리냐는 듯 설우를 바라봤다.

"두 분께 보여 드리고 싶었어요. 가장 기뻐해 주실 것 같았거든요."

"아, 그거라면 진짜 괜찮아요. 그리고 회장님이랑 사모님 보니까 알겠던데요. 아주 잠깐이었지만 따뜻한 분들 같았어요. 꼭 대표님처럼."

그들은 진심으로 설우가 행복하길 바라는 얼굴이었다. 아마 그래서였을 것이다. 어떤 조건도 없이 주희를 마음에 들어 했던 것은.

"당신은 진짜……."

설우가 주희의 얼굴을 한 손으로 감싸 안았다. 그다음 이어질 장면이란 뻔했다. 하지만 그 애틋함도 등 뒤를 찌르는 날카로운 목소리에 산산조각 나고 말았다.

"아, 뭐 해요! 빨리 안 오고!"

윤 비서가 못마땅한 눈으로 두 사람을 바라봤다. 아쉬움을 뒤로하며 설우가 가볍게 주희의 머리를 쓰다듬었다.

"금방 올게요."

"천천히 다녀와요. 여기서 기다리고 있을게요."

주희가 미소 지으며 설우를 안심시켰다. 마침내 두 사람이 사라지자 로비에 마련된 좌석에 앉아 이곳저곳을 구경하는데, 휠체어를 탄 아버지의 무릎 위로 담요를 덮어 주는 아들의 모습이 눈에 들어왔다. 주희는 자연스레 현석의 얼굴을 떠올렸다. 그러고 보니까 그때 엄마한테는 제대로 인사도 드리지 못했네.

언제부터였을까. 이렇게 서먹한 사이가 되어 버린 게. 아마도 그 날부터겠지. 절대 시도해서는 안 될 짓을 해 버렸던 그날. 주희는 죽음의 문턱까지 갔다가 간신히 돌아왔다. 눈을 떠 보니 응급실이었고 눈앞에는 현석이 충격을 받은 얼굴로 서 있었다. 주희는 헐떡이다시피 그를 향해 사죄했다.

'……아빠, 미안해요. 미안해. 그냥 너무 힘들어서 그랬어. 살고 싶지가 않아서, 그래서……'

울부짖는 자신을 보며 아빠는 무슨 생각을 했을까. 아직도 기억나는 게 있다면 제 어깨를 끌어안고 끊임없이 속삭여 주던 목소리였다. 네 잘못이 아니야. 네 탓이 아니야. 아빠 탓이야. 못난 아빠 탓이야. 주희야. 그날 주희는 처음 보았다. 현석의 양 볼을 타고 흐르던 뜨거운 눈물을.

"갑자기 그 생각을 왜 하는 건데. 쓸데없이."

쓸데없는 생각이라며 고개를 터는데 누군가 주희를 알은체했다.

"……주희 언니?"

임산부였다. 그러나 얼굴은 앳된 티가 역력한.

"맞구나. 언니."

주희는 입술을 잘근 깨물었다. 눈앞의 여자는 큰아버지 주석의 외동딸이자 사촌 동생인 서현이었다. 그녀는 오리처럼 뒤뚱뒤뚱 걸어와 옆자리에 착석했다.

"언니가 여긴 어쩐 일이야?"

저야말로 묻고 싶었다. 마주쳐서 좋을 게 없는 아이였다. 안 그래도 고향에 내려갔던 그 날, 누구 때문에 밥 한 끼 제대로 먹지 못하고 다시 서울로 올라왔는데.

"넌 여기 왜 있는데?"

주희는 습관 같은 무표정을 유지하며 물었다.

"아빠가 말 안 해? 우리 오빠 여기 외과 소속 레지던트라고."

언뜻 기억이 날 듯 말 듯 하다.

"근데 바깥에 나와도 돼? 출산까지 얼마 남지 않은 것 같은데."

서현의 배는 거의 만삭이었다. 식을 올리는 날짜가 내년 봄이라는 게 얼추 맞아떨어졌다. 그게 내심 신경이 쓰였던 걸까, 서현이 애써 미소 지으며 덧붙였다.

"아니, 우리 오빠가 밥 한 끼 사 주고 싶대서. 또 집에만 틀어박혀 있는 게 꼭 좋은 것만은 아니거든. 언니는 여기 왜 온 건데? 설마…… 아직도 정신과 치료받고 다녀?"

어쩐지 호의적으로 나온다 싶었지. 그 아버지의 그 딸답게 서현은 버릇처럼 주희를 경계했다. 어려서부터 그랬다. 내가 언니보다 더 잘할 수 있다며, 언니보다 더 잘나가게 될 거라며. 주희를 만날 때면 버릇처럼 자신을 과시하기 일쑤였다.

"아빠 말로는 꽤 호전돼서 새로운 회사 취직했다고 하던데. 뭐야, 그것도 아니잖아."

마지막 구절을 읊조리는 목소리가 빈정거림을 담고 있었다. 서현이 선심 쓰는 척 웃으며 주희를 위로했다.

"언니. 무리하지 마. 내가 살아 보니까 그렇더라. 안 되는 건 끝까지 안 되더라고. 어차피 한 번 살다가 죽는 인생. 편하게 살아야지. 안 그래?"

"그래서 넌 애부터 가진 거고?"

"……뭐?"

주희도 처음엔 그저 이 상황을 좋게 넘길 생각이었다. 그러나 고향에 있는 부모님이 눈에 밟혔다. 또다시 큰아버지가 찾아와 잘 살고 있는 그들에게 훼방을 놓는 꼴을 더 이상은 두고 볼 수가 없었다.

"예전부터 말해 주고 싶었던 건데, 그렇게 살면 좋니? 남 깎아내리면서

네 자존감 채우는 거."

"언, 언니. 지금 말 다 했어?"

"가고 싶은 대학은 떨어지고, 할 것 없어서 택한 행정 고시도 떨어지고. 그러다 용케 스펙 좋은 남자 만나 덜컥 애부터 만들었는데, 웨딩드레스는 당장 입을 수가 없다네. 그래서 울적하기라도 해? 아님 정신병 있던 사촌 언니가 취직했다는 소식에 배알이 꼴린 건가."

서현의 아랫입술이 부들부들 떨렸다. 이리 본심을 쉽게 들킬 거면서 왜 가만히 있는 사람을 걸고넘어지는지.

"그러니까 네가 안 된다는 거야. 본질적인 문제점도 제대로 보지 못하는 주제에 욕심만 넘쳐 나는 거. 한심하단 생각 안 드니?"

"언니!"

서현이 악에 받친 얼굴로 소리를 내질렀다. 그러나 주희의 시선은 꼿꼿했다. 다만 하나둘씩 쏟아지는 사람들의 시선은 신경 쓰였다. 그때 발걸음 소리가 울려 퍼지며 한 남자가 주희의 곁에 멈춰 섰다.

"서주희 씨."

주희가 황급히 자리에서 일어났다.

"언제 왔어요?"

설우의 시선이 서현에게로 향했다. 여자의 얼굴이 붉으락푸르락했다. 그와 눈이 마주친 서현이 다급히 표정을 가다듬었다.

"아는 사람인가 봐?"

"네가 알 거 없어."

"서운하게 무슨 소리야. 하나뿐인 사촌 동생한테."

서현의 호기심은 쉽게 수그러들지 않았다. 웬만한 연예인들보다 훤칠한 설우의 생김새가 두 눈을 자극했다. 질투심도 함께였다. 딱 봐도 연인 사이는 아니라며 부정하는데, 설우가 주희의 어깨를 끌어안으며 담백하게 말했다.

"처음 뵙겠습니다. 서주희 씨 남자 친구 김설우입니다."

＊

"표정이 안 좋은데, 혹시 내가 실수라도 한 겁니까?"

병원을 나선 이후부터 주희의 얼굴이 좋지 못했다. 자신을 사촌 동생이라고 소개한 여자를 본 이후로 그러는 것 같은데.

"아니요. 그냥 좀 신경이 쓰여서."

주희가 나직한 한숨을 흘리며 말했다.

"대표님도 눈치챘겠지만, 딱히 좋은 사이는 아니거든요. 어려서부터 그랬어요. 내가 하는 것들에는 늘 훼방을 놓았죠. 그래서 묻는 건데, 일부러 남자 친구라고 소개한 거죠?"

"글쎄요. 난 진실을 말했을 뿐인데."

"근데 그 타이밍에 나타나요?"

들킨 건가. 생각보다 황 교수와의 이야기가 빨리 끝이 나자 설우는 신속히 주희가 있는 곳으로 달려갔다. 그 찰나 두 사람의 대화를 듣게 되었다.

"사실 별로 신경 안 쓰려고 했어요. 걔가 무슨 말을 해도 한 귀로 듣고 한 귀로 흘려버리면 그만이니까."

애초부터 날 좋아하지 않는 사람을 설득하려는 것만큼 시간 낭비도 없을 것이다. 그걸 깨달은 순간부터 주희가 택한 것은 침묵이었다.

"근데 무시하자면서 자꾸 신경이 쓰이는 거예요."

이럴 때마다 깨닫는다. 세상에 무뎌진 게 아니라 무딘 척을 하고 있는 건 아닐까.

"당연한 겁니다."

덤덤한 목소리가 귓가를 울렸다.

"옳지 못한 걸, 옳지 못하다고 말하는 건 당연한 거라고요. 서주희 씨가 나쁜 게 아니에요. 잘못이 있다면 아니란 걸 알면서도 옳다고 하는 사람들이겠죠."

그러니 그렇게 씁쓸해할 필요가 없다고 말하는 설우의 나긋한 시선에 주희는 피식, 웃어 버렸다.

"나도 모르겠다. 될 대로 되라지. 그래도 좀 꼬시긴 했어요."

열등감이 넘치는 아이답게, 서현은 제 감정을 고스란히 드러냈다. 이런 남자가 왜 언니를 만나냐며 믿을 수 없다는 눈빛이 지금도 선연하다. 주희는 조용히 설우의 차림새를 훑었다. 밤색 니트와 발목까지 오는 슬랙스는 한껏 부드러운 인상을 자아냈다. 안 그래도 잘생긴 얼굴이 오늘따라 더 잘생겨 보이는 건 순전히 기분 탓일까.

"우리 또 뭐 할까요? 하고 싶은 거 없어요?"

"이번엔 서주희 씨가 하고 싶은 거 하죠."

"전 괜찮아요. 오늘은……."

신호가 멈춘 틈을 타 설우가 시선을 틀었다. 눈이 마주친 순간, 그의 얼굴 위로 가을 햇살이 부서지듯 내려앉았다.

"내가 하고 싶어요. 서주희가 좋아하는 거, 그게 알고 싶은 거니까."

"좋아하는 게 이런 거였어요?"

"뭐예요, 그 말투는. 꼭 실망한 사람처럼."

설우는 당연히 어딘가를 구경한다든가, 맛있는 걸 먹고 싶어 할 줄 알았다. 주희가 눈을 빛내며 이곳저곳을 두리번거렸다.

"잘 봐요."

주희는 길고양이들이 자주 다니는 공원 중 한 곳에 먹이를 내려놓았다. 그러자 얼마 있지 않아 샤샤샤, 풀잎을 가르는 소리가 들리더니 주황색 줄무늬의 고양이가 모습을 드러냈다.

"안녕."

주희가 기분 좋게 인사하자 녀석이 냐아, 소리 냈다. 그러나 설우를 처음 본 탓이었을까. 쉽게 수풀에서 나오지 못했다.

"괜찮으니까 나와 봐. 배 안 고파? 너 주려고 간식까지 챙겨 왔는데."

딸랑딸랑. 간식용 캔을 흔들자 녀석의 눈빛이 일렁거렸다. 녀석은 슬금슬금 다가와 접시에 담긴 사료에 얼굴을 묻었다. 그러곤 허겁지겁 먹기 시작했다. 말끔히 해치우는 데는 단 몇 분도 걸리지 않았다. 녀석이 고마움을 표하듯 주희의 손에 제 머리를 비벼 댔다.

"고양이를 다루는 게 능숙하네요."

설우는 다소 놀라웠다. 브릿지의 몸을 빌며 한 가지 깨달은 게 있다면 길고양이들이 가장 경계하는 것 중에 하나가 인간이란 것이다.

"능숙한 게 아니라 끊임없이 바라봐 줘서 그런 거예요. 인간도 관심을 주면 반응을 보이는 것처럼 이 녀석들도 똑같거든요. 눈에 밟히는 거죠. 한 번, 두 번, 세 번. 계속 자신한테 호의를 베푸니까 나쁜 사람이 아니구나. 물론 처음부터 이런 건 아니었어요. 전에 살던 동네에서……."

주희가 말끝을 흐렸다. 전에 살던 동네. 자연스레 떠오르는 청회색 고양이 한 마리.

"브릿지, 그 친구를 말하는 거죠?"

주희의 눈동자가 크게 흔들렸다. 설우는 어느새 자신한테까지 경계심을 푼 고양이의 얼굴을 쓰다듬으며 말을 이었다.

"기억 안 납니까? 날, 품에 안고 말했던 것 같은데. 아무리 봐도 브릿지, 그 친구를 닮은 거 같다고."

맞아, 그때 그랬었지. 그뿐일까. 녀석에게 담긴 사연도 술술 불지 않았던가. 철석같이 김설우가 아닌 복길이라 생각하면서.

"이젠 숨기고 싶어도 숨기지도 못하겠네요. 사기당한 기분이 드는 건 왜일까요?"

못마땅한 눈으로 바라보자 설우가 양 어깨를 으쓱였다. 주희는 자포자기하며 그의 옆에 쭈그려 앉았다.

"기억나요? 브릿지, 아픈 친구였다고. 몸도 몸이지만 마음이 참 아픈 친구였어요. 녀석을 발견한 게 동네 구석진 가로등 밑이었거든요."

퇴근길에 어디선가 고양이 울음소리 같은 것이 들렸다. 그 소리를 따라 걷다 보니 가로등 밑에 놓인 박스 하나가 양옆으로 흔들리고 있었다.

"박스 주변에 청 테이프가 칭칭 감겨 있었어요. 꼭…… 녀석이 숨이 막혀서 죽길 바라는 것처럼."

죽을힘을 다해 발버둥 치던 브릿지의 모습이 아직도 눈에 선하다. 박스를 열어 보니 탈진한 상태로 쓰러져 있는 참혹한 광경 또한.

"무작정 녀석을 데리고 근처 동물 병원으로 향했어요. 아마 조금만 늦었어도 죽었을 거예요."

그만큼 브릿지는 위독한 상태였다. 하물며 아직 3년도 채 살지 않았다는 소리에 주희는 기겁했다.

"건강을 회복하자마자 녀석이 제일 먼저 했던 행동이 뭐였는지 알아요?"

주희의 얼굴이 서글프게 일그러졌다.

"……구석에 숨는 거. 틈만 나면 구석에 숨어서 몸을 벌벌 떨었어요. 특히 사람들을 제대로 마주치지 못했죠. 선생님이 해 주신 말이 있는데, 아마도 브릿지를 저렇게 만든 건 녀석을 키운 주인일 거라는 거예요."

그 후로 틈만 나면 녀석에게 다가갔다. 그럴 때마다 브릿지는 날카롭게 주희를 쳐 냈다. 숨는 것은 둘째 치고, 얼굴 옆으로 손이 다가오기라도 하면 사정없이 그 손을 깨물고 발톱으로 긁어내렸다. 한동안 손등에 밴드를 덕지덕지 붙이고 다녀야 할 정도였다.

그러던 어느 순간, 녀석이 경계를 풀기 시작했다. 고양이에 대한 지식이 어느 정도 머릿속에 쌓여 갈 무렵이었다. 수십 번 들이밀었던 사료를 먹기 시작하고, 제 앞까지 다가와 머리를 비볐을 때는 왈칵 눈물이 쏟아졌다.

자칫 호의라고 생각했던 행동들이 브릿지에게는 스트레스로 다가올 수 있었다. 사랑했던 주인에게 버려진 기억. 그것이 끊임없이 녀석을 괴롭혔을 것이다.

수십 번 되물었겠지. 이 사람도 날 해치진 않을까. 이 사람도 자신을 미워하진 않을까. 그 두려움을 뚫고 자신에게 마음을 열었다는 것 자체가 주희에게는 아픈 감동이었다. 명석한 두뇌를 가진 아이처럼 브릿지는 늘 주희의 출퇴근길을 동행했다. 업무에 지쳐 축 늘어져 있기라도 하면 거짓말처럼 나타나 애교를 부리고, 재롱을 떨어 댔다.

주희가 고양이를 쓰다듬으며 구슬프게 말했다.

"참 악하지 않아요? 예쁘고 귀엽다는 이유로 키울 때는 언제고, 필요 가치가 없어지니까 가차 없이 버리는 거."

설우는 조용히 주희의 옆모습을 바라봤다. 그녀의 눈 밑이 붉게 달아올라 있었다. 그녀가 작게 옹얼거렸다.

"……보고 싶다. 브릿지."

그녀의 눈물을 닦아 주고자 손수건을 꺼내려는데, 익숙한 실루엣이 나타나 주희의 앞을 막아섰다.

"……주희야."

브릿지였다. 인기척도 없이 나타난 녀석은 축 처진 얼굴로 주희를 응시했다.

18. 원초적 욕망

몇 번이나 그녀의 이름을 불렀다. 애타게, 간절하게. 그러나 주희는 듣지 못했다. 녀석이 앞에 있단 것도 알지 못하는 눈치였다. 당연했다. 녀석을 볼 수 있는 건 오직 설우, 한 사람뿐이니까.

"잠깐만 여기 있을래요? 이것만 저기에 두고 올게요."

또 다른 길고양이들을 위해 주희가 참치 캔을 들고 어디론가 향했다. 그 틈을 타 설우는 브릿지를 향해 물었다.

"울어?"

"안 울어."

"그럼 그 축축한 액체는 뭐지?"

"……닥쳐."

"물어봐 줄까?"

"뭘."

"왜 그 동네를 떠났는지."

녀석의 녹색 눈동자가 파리하게 흔들렸다. 이제야 비로소 알 것 같았다. 녀석이 그토록 절박하게 주희를 기다렸던 이유를. 적어도 녀석에게 주희는 구원자였다. 은인이었고, 무엇과도 바꿀 수 없는 보배였다.

"이제 웬만한 곳은 다 돈 것 같아요. 그만 갈까요?"

마지막 먹이까지 두고 온 주희가 공원 입구 쪽을 가리켰다.

"서주희 씨."

"네?"

"한 가지 궁금한 게 있는데."

아니야. 물어보지 마. 주희를 힘들게 하지 마. 브릿지가 말했지만 설우는 듣는 체도 안 했다.

"전에 살던 동네. 거긴 왜 떠난 겁니까?"

돌아서던 주희의 어깨가 움찔했다. 하얀 얼굴에 짙은 어둠이 내려앉았다. 브릿지는 그만두라며 설우를 향해 소리쳤다. 한참의 정적 끝에 주희가 입을 열었다.

"좋지 못한 기억이 생겨 버려서요."

그게 뭐지? 동시에 브릿지와 설우의 눈매가 가늘어졌다. 주희가 힘겹게 다음 말을 내뱉었다.

"……밤마다 자꾸 누가 찾아왔거든요."

❋

'잠시 가 볼 곳이 있어.'

그 말과 함께 브릿지는 어디론가 사라졌다. 그 후로 설우는 틈만 나면 주희의 안색을 살폈다. 역시 무리였던 걸까. 그녀의 안색이 좋지 못했다.

"오늘 즐거웠어요. 들어가요. 연락할게요."

주희가 가볍게 손을 흔들며 돌아서던 찰나였다. 등 뒤로 단단한 팔이 감기더니 그녀의 마음을 살피는 설우의 음성이 귓가를 타고 흘러내렸다.

"미안해요. 괜한 걸 물어봐서."

"그게 왜 괜한 거예요. 물어볼 수도 있지. 오히려 신경 쓰이게 해서 미안……"

말을 맺기도 전에 몸이 돌려졌다. 코앞까지 다가온 설우가 조심히 그녀의 얼굴을 감싸 안았다.

"내 앞에서만큼은 괜찮은 척하지 마요."

"……"

"아무도 탓할 사람 없으니까."

주희는 지그시 설우의 눈동자를 바라봤다. 그 속에 담긴 제 모습이 한없이 나약하게만 느껴졌다. 그걸 아는데도 왜 자꾸 바라게 되는 걸까.

"대표님이야말로 자꾸 다정하게 굴지 마요. 가끔씩은 두려워진단 말이야."

진짜 무너져 버릴까 봐. 이제는 다 잊었다고 생각한 상처를 다시 당신에게 토해 놓고 싶어질까 봐. 주희는 겁이 났다.

"난 더 두려워졌으면 좋겠는데."

그의 팔이 더 강렬하게 주희의 허리를 끌어안았다. 마치 든든한 지지대처럼, 몇 번이나 넘어져도 다시 일으켜 줄 것처럼.

"내 앞에서만큼은 무너졌으면 해. 그래야 내가 당신한테 더 특별해질 테니까."

주희는 말을 잇지 못했다. 한 번 허물어진 마음은 끝도 없이 흘러내렸다. 이래서 겁이 났던 건데……. 사실은 알고 있었다. 직진하는 설우를 그대로 받아들이지 못하며, 조금씩 밀어내던 자신을. 무의식적으로 일어나는 방어 기능 같은 것이었다. 이 사람도 언젠가는 날 떠나지 않을까, 하는 그런 두려움.

"오늘 집에 안 들어가고 싶은데."

그가 어깨에 턱을 묻으며 속삭였다. 그 낮은 목소리가 척추를 타고 흐르자 저도 모르게 몸이 떨렸다.

"그럼 잠은 어디서 자고요?"

애써 덤덤하게 묻자 그는 시선을 멀리 뻗었다. 그 목적지가 제 집이란 걸 알게 된 주희는 미간을 설핏 구겼다.

"이러려고 껴안은 거죠?"

"부족한 걸 어떡합니까."

이렇게 꽉 껴안고 있어도 갈증이 났다. 할 수만 있다면 그대로 그녀를 납치해 자신의 품 안에 가둬 버리고 싶었다. 몹쓸 감정이란 걸 알면서도 왜 참기가 힘든 건지. 역시 무리인 건가. 아무 대답도 들려오지 않자 실망한 기색으로 한 걸음 물러서던 찰나였다. 얇은 손가락이 그의 니트를 붙잡았다.

"이렇게 빨리 포기하는 법이 어디 있어요."

자그맣게 속삭인 주희가 단숨에 곁에서 멀어졌다. 그녀는 들릴 듯 말 듯 중얼거렸다.

"라면이라도 먹고 가든가요."

✳

달칵.

등 뒤로 닫히는 문소리에 주희의 심장이 덜컥, 내려앉았다. 설우를 집 안으로 끌어들이기는 했으나 그 후부터는 머릿속이 암전이었다. 어쩌자고 되도 않는 라면 드립을 친 건지. 그뿐일까. 되돌아온 대답은 그야말로 최악이었다.

'미안한데, 배가 불러서 라면은 무리일 것 같은데.'

눈치라고는 개미 똥구멍만큼도 없는 남자.

"거기서 뭐 해요?"

무슨 이유인지 그가 좀처럼 부엌 쪽에서 움직이질 않았다. 테이블에 펼쳐 둔 잡지를 유심히 바라보는 시선이 예사롭지 않다. 그 모습을 빤히 지켜보던 주희가 자리에서 벌떡 일어났다. 어딘가 다급한 표정이었다. 서둘러 잡지를 빼앗으려 손을 뻗었지만 그 전에 기다란 팔이 여유롭게 잡지를 손에 쥐었다.

"내 기사네요?"

설우가 얄궂게 웃으며 물었다. 대표 자리에 앉은 후로 들어오는 인터뷰마다 족족 거절을 일삼았기에 모를 수가 없었다. 그러다 윤 비서의 제안으로 몇 곳과 짧게 인터뷰를 한 적이 있었다.

"허락도 없이 보는 게 어디 있어요."

"펼쳐져 있는 걸 본 것도 죄가 되나?"

책장에 꽂힌 몇 개의 잡지를 더 발견한 그가 낮은 헛숨을 터트렸다.

"하나만 있는 게 아니네."

"아니, 잠깐만요."

말릴 새도 없이 또 다른 잡지가 펼쳐졌다. 모두 다 설우의 인터뷰가 실린 쪽이었다. 하나같이 밑줄이 그어져 있었다. 그것도 아주 꼼꼼하게.

"설명이 좀 필요할 것 같은데."

주희는 대답 대신 입술을 꾹 깨물었다. 부끄러움에 귀밑이 뜨거웠다.

"이미 봐 놓고, 뭘 물어요."

"신기하잖아요. 이 집에 내 흔적이 하나라도 있다는 게."

그는 진심으로 궁금하다는 눈빛이었다. 무어라 변명하려던 주희는 망연자실한 표정으로 고백했다.

"그냥…… 호기심에 샀다가 관심이 가서."

1년 전, 백수 생활을 하다시피 방황하다가 답답함을 참지 못하고 오랜만에 집 밖을 나선 적이 있다. 그날, 주희는 우연치 않게 한 서점에서 설우의 사진이 메인으로 걸린 잡지를 발견했다. 단순히 워커홀릭이라는 수식어를 붙인 차갑고 정적인 외형에 시선이 갔을 뿐이었다.

하지만 그 안에 담긴 인터뷰를 읽은 순간, 메마른 가슴에 호기심이 피어올랐다. 뒤늦게 정신을 차렸을 때는 그와 관련된 잡지가 책상에 모조리 쌓인 후였다.

"그냥…… 다 좋았어요. 인터뷰에 적힌 모든 글들이."

그중에서도 마음을 사로잡았던 대목이 하나 있었다.

"정결함."

"……."

"대표님이 그랬잖아요. 가장 지키고 싶은 것이자, 가장 지키기 어려운
거라고."

설우는 매번 참여하는 인터뷰마다 그 말을 빼놓지 않았다. 꼭 그것이 자
신의 철학인 것처럼. 그 꿋꿋함에 매료된 탓이었을까. 주희는 어느 순간
자신이 다시 연필을 쥐고 스케치를 하고 있다는 것을 깨달았다.

"어쩌면 그 말 때문에 다시 면접을 보러 다닐 수 있었던 건지도 몰라요.
막연한 희망이랄까. 그런 걸 느꼈거든요."

시온에 입사한 이유도 그 때문이었다. 김설우가 이끄는 회사, 그가 만든
인테리어 부서. 그 속에서 제 자리를 만들고 싶었다.

"꼭 지켜야겠네요."

설우가 주희의 한 손을 가져가더니 새끼손가락을 걸었다. 엄지와 엄지
가 맞닿은 순간, 나긋한 음성이 머리 위로 떨어졌다.

"막연한 희망으로 끝나는 건 시시하니까."

주희의 눈이 얕게 일렁였다. 희망 따위 걸지 말자면서, 그게 오히려 세
상을 바보처럼 살아가는 거라고 뼈저리게 느꼈으면서. 왜일까. 이 남자가
하는 말만큼은 믿고 싶은 건.

"기대 안 할 거예요."

설우는 개의치 않는 표정이었다. 오히려 주희의 머리를 부드럽게 쓰다
듬으며 한 발짝, 한 발짝 다가오기 시작했다. 자연스레 뒤로 물러나던 주
희의 엉덩이가 침대 위로 떨어졌다. 단단한 두 팔이 그녀를 가두더니, 그
가 시선을 맞춰 왔다.

"난 기대할 건데."

"……."

"라면 먹자는 말도, 그래서 이 집에 날 끌어들인 것도."

"배부르다면서요."

"그런 의미로 한 말도 아니잖아요."

당황한 주희가 미간을 좁히자 설우의 눈동자가 어색하게 굴러갔다.

343

"그 정도로 눈치 없는 놈, 아닙니다."

단지 어떻게 반응해야 할지 퍽 난감했다. 애써 괜찮은 척 굴어도 그녀의 손끝, 숨소리, 붉게 물든 귀밑. 그 작은 것에도 신경이 곤두서고 온몸이 뜨거웠다.

그는 주희의 손을 잡아 제 심장에 가져다 댔다. 쿵쿵쿵. 쉴 틈 없이 뛰어 대는 고동 소리가 불규칙하다. 그 적나라한 반응에 주희의 심장도 빠르게 뛰기 시작했다. 그가 주희의 손바닥에 입술을 짓누르며 속삭였다.

"알려 줘요."

"……뭘요."

"알잖아요. 내가 뭘 원하는지."

우리가 뭘 원하는지.

그렇게 파고드는 목소리가 목 끝을 간지럽혔다. 전보다 더 낮고, 애타는 숨소리가 목덜미에 내려앉았다.

"처음이라서 서툴 겁니다. 그러니까 알려 줘. 당신이 날 리드해 주라고."

＊

불빛이 사라지고, 희멀건 달빛만이 존재하는 공간 아래 주희의 시선이 위태로웠다. 무릎을 꿇은 채 그녀를 응시하는 그의 눈빛 탓이었을까.

"언제까지 기다리게 할 겁니까?"

설우가 고요한 정적을 꿰뚫고 말했다. 그 탁한 목소리에 주희는 주먹을 말아 쥐었다. 극도의 긴장감에 온몸이 뻣뻣했다. 누군가를 리드해 본 적이 있던가. 아니, 있어도 좁은 침대 위에서는 난생처음이었다. 아무리 그의 첫 키스를 훔쳤더라도, 첫 경험을 이끌 만큼의 대범함과 스킬이 제게는 존재하지 않았다.

"……나도 잘 몰라요."

주희가 떨리는 목소리로 고백했다.

"어떻게 해야 대표님을 기분 좋게 해 줄 수 있는지 나도…… 잘 모른다고요."

뱉고 나서도 어감이 이상했다. 기분 좋게 뭘 해 준다는 건데. 부끄러움에 시선을 돌리자 무심한 대답이 돌아왔다.

"그럼 내 마음대로 해도 되죠?"

주희의 눈동자가 크게 일렁였다. 설우가 단숨에 니트를 벗은 탓이었다. 달빛에 음영 진 그의 상체는 한눈에 봐도 탄탄했다. 넓고 굵은 어깨와 두툼한 가슴. 근육이 붙어 굴곡진 아랫배는 시선을 사로잡기에 충분했다.

그는 손바닥으로 시트를 짚은 채 무릎으로 기어서 천천히 다가오기 시작했다. 그 모습이 꼭 날카로운 고양이 같기도 하고, 거대한 짐승을 보는 것도 같아 주희는 주춤주춤 엉덩이를 뒤로 물렸다. 등이 침대 헤드에 맞닿고, 더 이상 물러설 곳이 없다고 느꼈을 때 그가 짧게 입술을 감쳐물었다. 그리고 그녀의 새하얗고 둥근 이마에, 파르르, 떨리는 눈꺼풀에, 작지만 오똑한 코에 살포시 입을 맞추더니, 다시 입술을 훔치며 읊조린다.

"본능대로 움직일 거니까."

기다란 손가락이 실크 블라우스 단추를 하나하나 풀어냈다. 점점 드러나는 하얀 속살과 굴곡진 가슴에 남자의 두 눈이 검은 욕망으로 일렁였다.

블라우스가 툭, 침대 밑으로 떨어졌다. 목에 내려앉는 입술을 느끼며 주희는 옅은 숨소리를 내뱉었다. 목을 적시던 뜨거운 입술은 쇄골을 간드러지게 핥으며 가슴 앞에서 멈추었다. 흐릿한 얼굴로 시선을 내리기 무섭게 입술을 꾹 깨물었다.

설우의 목울대가 크게 일렁이고 있었다. 침 삼키는 소리가 적나라하게 귓가를 울렸다. 그 낯 뜨거운 광경에 주희는 기묘한 충동을 느꼈다.

머릿속이 뒤죽박죽되었지만, 그래도 멈추고 싶지는 않은. 오히려 엉망진창이 되어 버리고 싶은 배반적인 욕구에 등 뒤로 손을 뻗었다. 손쉽게 훅이 풀렸고, 옹송그려졌던 가슴이 꽃봉오리 피듯 남자의 눈앞에 벌어졌다.

그는 다시 한번 마른침을 삼켰다. 인내가 한계점에 다다랐다. 만지고 싶었다. 충동을 참지 못하며 하얀 살결을 건드리자 둥근 어깨가 바르작거린다.

"아······."

그녀의 입에서 짧은 신음이 토해졌다. 그의 뜨거운 숨결이 가슴 곳곳에 내려앉았을 때는 두 눈을 질끈 감아 버렸다. 이토록 타인의 손길에 취해 본 적이 있던가.

남자는 집요했다. 달콤한 사탕을 맛본 아이처럼 끝없이 그녀를 취했다. 반사적으로 남자의 머리칼을 움켜쥐었다. 손가락 사이를 비집고 들어오는 검은 머리칼이 한없이 부드럽다. 그러자 또다시 충동이 들었다. 이대로 그를 밀어 내고 싶은, 아니 더 꽉 끌어안고 싶은. 대조되는 격렬한 충동을 느끼며 간신히 입술을 열었다.

"······대표님."

집요하게 흔적을 남기던 설우가 시선을 들어 올렸다. 그는 말없이 입을 맞추었다. 느릿한 키스는 한순간에 농도 짙은 키스로 뒤바뀌었다. 끈적한 타액이 뒤엉키고, 축축한 숨결이 방 안 가득 울려 퍼질 때쯤 그가 입술을 떼며 주희를 빤히 응시했다.

"······심장이 터져 버릴 것 같아."

날것 그대로의 전달에 주희의 양 볼이 달아올랐다. 첫 경험을 앞두고 있는 남자의 얼굴은 흥분한 기색을 감출 줄 몰랐고, 그래서 야했다. 붉게 물든 귀와 간헐적으로 터져 나오는 숨소리를 들으며 주희는 상체를 일으켰다. 서슴없이 그의 가슴을 손바닥으로 쓸어내렸다. 그러자 남자의 짙은 눈썹이 눈에 띄게 일그러진다.

고작 손길 하나, 닿은 것뿐인데. 좀 더 손을 내려 굴곡진 배를 리듬 타듯 매만지자 손목이 붙잡혔다. 그가 억누르는 듯 말했다.

"그만."

주희는 멈추지 않았다. 애써 덤덤한 척하며 설우의 상체를 무너트렸다. 그리고 아주 가뿐히 그의 허벅지 위에 올라타 속삭였다.

"······리드해 주라면서요."

그 수줍은 목소리에 남자의 턱이 붉거졌다. 실오라기 하나 없는 하얀 몸을 보는 것만으로 아랫배가 뻐근해지고 온몸에 힘이 들어갔다. 그녀가 상체를 숙였다. 흘러내리는 머리칼이 쇄골을 간지럽히는가 싶더니, 촉, 촉. 얕은 입맞춤으로 볼과 턱 밑을 괴롭힌다. 종국에는 목덜미를 빨아들이며 이를 세웠다.

"내일 자국 생길지도 몰라요."

주희가 마른 입술을 혀로 축이며 말했다. 설우는 정신이 아득했다. 그녀의 입술이 가슴으로 흘러 내려가자 절로 허리가 팽팽해졌다.

"서주희 씨."

멈추라며 둥근 어깨를 붙잡았지만, 주희가 그것을 저지했다.

"아직."

이대로 멈추고 싶지 않았다. 없는 용기를 쥐어짠 주제에 여기서 멈추면 그것도 이상하잖아.

무엇보다 좀 더 설우의 흐트러지는 모습을 보고 싶었다. 좀 더 녹아내리는 그의 얼굴을 보고 싶었다.

그의 말처럼 본능이 하고 싶은 대로. 손이 가는 대로, 마음이 움직이는 대로. 상식은 지겹고, 더 이상 누군가의 시선에 맞춘 모습 따위 집어치우고 싶으니까. 그리고 이런 제 모습조차 김설우는 좋아해 주지 않을까, 근거 없는 자신감이 들었다.

손을 아래로 뻗었다. 불쑥 그의 바지 안으로 손을 집어넣는 순간, 그가 급급히 팔꿈치를 세웠지만 이미 늦은 후였다. 성마른 신음이 그의 목울대를 타고 터져 나왔다.

"아······. 젠장."

그가 입술을 깨물고, 붉게 물든 눈가로 노려본다. 그 얼굴이 주희는 무척 마음에 들었다.

"싫어요?"

싫을 리가 있겠는가. 남자는 이미 돌이킬 수 없는 갈증에 빠져 있었다.

"좀 더."

그가 갈구했다.

"주희야."

주희의 눈이 동그래졌다. 그가 이런 식으로 제 이름을 부른 적이 있던가.

"주희야, 좀 더."

그는 끝없이 반복하고 애원했다. 갈증으로 축난 입술에서는 억눌린 탄성이 터져 나왔다. 마침내 깊은 곳에서부터 소용돌이치던 뜨거움이 울컥, 주희의 하얀 손을 적신 순간 그는 무너져 내렸다. 한참 동안 고르지 못한 숨소리가 주희의 귓가를 적셨다. 느릿하게 그의 바지춤에서 손을 빼고 나서야 자각이 일었다.

……나, 무슨 짓을 한 거지.

"……서주희."

주희가 멍한 눈으로 시선을 들었다. 설우가 붉게 젖은 눈으로 그녀를 내려다보고 있었다. 그는 협탁 위에서 물티슈를 몇 장 뽑아 엉망진창인 그녀의 손을 닦아 냈다.

"엉망진창이잖아."

그의 시선이 삐딱했다. 마음에 들지 않는 눈치다. 역시 너무 간 걸까.

"호구가 된 기분이라고."

"……호구요?"

"아무리 처음이라지만, 이런 식으로 당신한테 정복당할 줄은……."

모양 빠지게. 그렇게 중얼거리는 설우의 얼굴이 새삼 귀여워 주희는 풉, 웃음을 터트렸다.

"웃지 말죠."

"아니, 그게 아니라."

마음속에 알 수 없는 안도감이 퍼져 나가서, 그래서 주희는 웃음을 감출 수 없었다. 바보같이 또 염려했다. 내가 보여 줬던 모습, 그 모습에서 조금이라도 엇나가는 면을 보였을 때 그가 실망할까 봐.

그러나 다르다. 적어도 이 남자는 다르다. 그래서 자꾸만 좋아진다. 겹겹이 싸인 벽들을 벗겨 내는, 아니 벗겨 내고 싶게 만드는 김설우가 두렵고 좋아져서 겁이 난다.

"좋았어요?"

주희가 빤히 쳐다보며 물었다. 열기가 가시지 않은 남자의 얼굴이 귀여웠다. 설우는 대답하지 않았다. 그 대신 주희의 상체를 침대 위로 무너트리며.

"좋은지, 안 좋은지는."

단숨에 그녀의 바지를 벗겨 냈다.

"직접 느껴 봐요."

"아, 잠깐만."

더불어 속옷마저도 그의 손가락에 걸려들었다. 그녀는 황급히 양 허벅지를 오므렸다. 애석하게도 그는 그것을 아주 쉽게 허물어트렸다. 서슴없이 습한 기운이 감도는 곳을 소중하게 어루만지기 시작했다.

"젖었어."

"……알아요. 나도."

그러니까 굳이 말하지 말라며 주희가 애원의 눈빛을 보냈다. 설우가 가슴을 적신 순간부터, 아니, 그가 자신의 손에 의해 절정에 다다랐을 때부터 이미 아릿하고 애타는 무언가가 고인 지 오래였다.

설우는 가만히 아래를 내려다봤다. 하나도 놓치지 않겠다는 듯 응시하는 검은 눈빛이 진중하고 뜨거웠다. 섬세하면서도 부드러운 손길을 느끼며 주희는 쿠션에 얼굴을 파묻었다.

원초적인 감각. 그래서 두려운 감각이 날카롭게 온몸 구석구석을 강타했다. 좋은데, 짙어지지 않았으면 하는, 아니 차라리 부서져 버리고 싶은 욕망이 혼탁하게 뒤섞여 그녀를 괴롭혔다.

"……대표님."

"이름."

설우가 움직임을 멈추며 말했다. 뜨거운 입김이 음모를 간지럽히자 주희가 응, 가늘게 신음하며 그의 까만 머리칼을 움켜쥐었다.

"이름 불러 줘요."

"설, 설우 씨."

간신히 그의 이름을 혀에 굴리기 무섭게 다시 질척한 움직임이 시작되었다. 허리가 비틀렸고, 현기증이 나 머리가 아찔했다. 그만, 제발 그만. 그 말이 한참 동안 입 안에서 맴돌았다. 거칠게 도리질하며 시트를 꽉 움켜쥔 순간, 격렬한 전율이 파도치듯 그녀를 집어삼켰다. 눈을 감고 호흡을 골랐다. 다시 눈을 떴을 땐 설우의 얼굴이 코앞에 다가와 있었다.

"직접 느껴 보니까 어때요?"

"……묻지 마요."

이미 다 봐 놓고. 엉망진창. 녹진한 상태로 버둥거리던 자신을.

"큰일이다."

……또 뭐가?

"끝이 안 날 것 같아서."

의문을 품기 무섭게 그가 바지 뒷주머니에서 무언가를 꺼내 들었다. 콘돔이었다. 그는 아주 간결하게 그것을 이로 뜯어냈다. 그리고 바지와 드로어즈를 벗었다. 순식간에 알몸이 된 그를 보며 주희는 마른침을 삼켰다. 고작 그를 비추는 건 달빛 한 줄기인데, 보기 좋게 자리 잡은 근육들과 탄탄한 허벅지에서 눈을 뗄 수 없었다.

"으응."

어느새 허벅지 사이에 자리를 잡은 그가 느릿하게 밀고 들어왔다. 그 감촉이 생경해 주희는 극도로 긴장했다. 첫 경험은 아니지만, 거의 첫 경험을 하다시피 섹스가 오랜만이었다. 그래서 참지 못하고 설우의 목을 끌어안았다. 그는 손쉽게 끌려왔고 그 틈을 타 훅, 파고드는 뜨거운 포만감에 주희는 고개를 젖혔다.

"……이런 기분이구나."

귓가에 떨어지는 그의 숨소리가 탁했다. 설우는 가련하게 흔들리는 주희의 눈동자를 바라봤다.

"······좋아."

"······."

"너무 좋아서 큰일이라고."

한 번 맛을 알아 버린 것만큼 위험한 것도 없을 것이다. 그녀의 안은 상상 이상으로 부드러웠고, 따듯했고, 두 눈을 멀게 만들었다.

"······움직여요."

주희가 재촉하듯이 말했다.

"빨리."

그 부응에 화답하듯 설우가 몸을 놀렸다. 한 번, 두 번, 세 번. 느리지만 깊은 몸짓에 여자는 상체를 비틀며 신음했다. 발끝에서부터 애타는 것이 고이기 시작했다.

설우는 주희에게서 시선을 떼지 않았다. 좀 더 그녀가 느끼기를 원했다. 아니, 어떻게 하면 그녀가 만족할 수 있을지 그 척도를 찾기 위해 집중했다. 감질나도록 느릿한 움직임에 주희가 발갛게 달아오른 눈으로 설우를 바라봤다.

"······김설우 씨."

시선이 맞물리자 그녀가 입술을 지그시 깨물며 말했다.

"언제까지 애만 타게 할 거예요?"

"······."

"좀 더."

타박하듯 그의 허리에 다리를 감았다.

"좀 더 움직이란 말이야. 들끓게만 하니까 미칠 것 같잖아요."

애타는 간지러움을, 부풀어 오르는 갈증을 어떻게든 해소시키고 싶었다. 함께 맞물린 상태로 균열하고 싶었다. 더 높은 곳으로 치닫고 싶었다.

"그러니까 빨리······."

더 이상 말을 잇지 못했다. 참고 있던 인내의 가닥이 툭, 끊어지듯 설우의 턱 밑이 붉어졌다. 전과는 비교도 할 수 없는 폭풍이 들이닥쳤다.

남자의 움직임이 빠르다 못해 격렬했다. 아무렇지 않게 나갔다가 거칠게 파고든다. 주희는 입술을 깨물며 애처롭게 설우를 응시했다. 눈이 마주쳤고, 입술이 겹쳐졌다. 맞닿은 혀가 뒤엉키며 타액이 마구잡이로 뒤섞였다. 포개진 입술에서는 억눌린 신음이 연달아 흘러나왔다.

　　자연스레 남자의 허리를 감은 다리가 풀리며 허공으로 치켜 올라갔다. 가장 깊은 곳에 채찍을 휘두른 순간 여자의 온몸이 경직됐다. 주희는 짧고 굵은 교성을 토해 내며 온몸을 부르르 떨었다. 그 황홀한 순간을 지켜보며 설우는 어금니를 물었다. 한계였다. 핏대가 불거진 이마에서 식은땀 한 방울이 툭, 주희의 어깨에 떨어졌다. 그는 옅은 신음과 함께 허리를 얕게 흔들었다. 이내 등줄기를 후려치는 듯한 사정감에 잠식당하며 하얀 몸 위로 부서져 내렸다.

　　"하아, 하아."

　　덥고 습한 숨소리가 방 안을 눅눅하게 만들었다. 주희는 멍하니 눈꺼풀을 감았다 떴다. 정신이 몽롱했다. 그러다 가슴을 짓누르는 둔중함에 고개를 틀었다. 설우가 흐린 시선으로 그녀를 주시하고 있었다. 아직 열기가 식지 못한 까만 눈을 응시하며 그녀는 갈구했다.

　　"……안아 줘요."

　　뜨거움이 한바탕 몰아친 탓이었을까. 알 수 없는 공허함이 폐부에 스며들었다. 그 느낌이 싫었다. 적적하고, 허한 기분. 그래서 울적해지는. 수도 없이 겪었던 감정인데 이 순간만큼은 젖어 들고 싶지 않았다. 설우는 말없이 상체를 일으켜 그녀를 껴안았다. 주희는 고양이처럼 얼굴을 비벼 대며 낮은 한숨을 흘렸다.

　　"……혼자인 게 싫었어요."

　　그녀가 멍한 목소리로 중얼거렸다. 의도치 않은 고백이었다.

　　"아니, 혼자가 되어야 하는 게 사실은 싫었어. 무뎌져야지, 무뎌져야지, 버릇처럼 되새겼어요. 그래야 조금이라도 더 단단해질 테니까. 근데……."

　　살갗에 스며드는 그의 온기를 느끼며 흐느끼듯 속삭였다.

　　"결국 나는 나약한 겁쟁이였어."

치욕스러운 상처를 겪으며 주희가 긴 방황 끝에 얻은 것은 '체념'이었다. 그 누구도 내 인생을 책임져 주지 않는다. 아무도 날 도와주지 않는다. 그러니 '홀로' 서는 것에 목숨을 걸며 달려야 한다.

하지만……. 설우가 건넨 한 스푼의 따스함에, 시간이 흐를수록 짙어져만 가는 그의 온기에 벽이라고 쌓아 뒀던 경계가 와르르, 무너지는 것 같아 어쩐지 서글펐다. 결국 사람의 온기 없이는 살아갈 수 없다는 걸 인정해 버리는 것 같아서.

"원래 인간은 겁쟁이야. 당신이 나약한 게 아니라고."

주희가 흘깃 고개를 들었다.

"단단해질 수 없는데, 단단해지려고 하니까 상처받는 겁니다."

그게 무슨 소리일까. 설우가 부드럽게 그녀의 머리칼을 쓰다듬었다. 그는 주희의 손을 가져가 왼쪽 가슴에 가져다 댔다. 여전히 심장 소리가 거칠고 투박했다.

"이게 멈춰 버리면 어떨 거 같아요?"

주희가 당황하며 눈을 끔뻑였다. 멈추다니. 듣는 것만으로도 신경이 곤두서고, 한기가 서렸다.

"아마도 이게 멈추지 않는 한 우리는 계속 상처받고, 무너지고, 아플 겁니다."

"……."

"생명이란 그런 거니까. 아름답지만, 아름답지 않은 아주 모순적인 녀석이죠. 한때 나도 내 삶이 미친 듯이 원망스러웠던 적이 있었죠."

아무에게도 말해서는 안 될 비밀. 옥죄인 삶을 살아간다는 것은 결코 쉬운 일이 아니었다. 지쳐 갔고, 무기력함이 거대한 바위처럼 어깨를 짓눌렀다.

"하지만 당신을 만난 이후로, 이런 내 삶에 감사해."

설우가 단단히 주희의 손에 깍지를 끼며 고백했다.

"이런 말, 하는 게 좀 우습긴 하지만, 고난이 있어서 행복이 있다는 말."

"……."

"나한테는 당신이 그래."

"……."

"혼자라서 외로웠고, 그 외로움이 짙어져서 때로는 이 삶이 흑백이었지만, 어쩌면 그래서 이 순간이 더 행복한 건지도 모르겠어. 당신의 숨소리를 들을 수 있어서, 당신의 미소를 볼 수 있어서, 당신이 한 모든 단어들을 곱씹을 수 있어서. 나는 매 순간이 행복해요."

주희는 숨을 얕게 들이켰다. 그가 건넨 모든 문장들이 가슴을 날카롭게 할퀴었다.

"누가 보면 내가 전생에 나라라도 구한 줄 알겠어요. 나는 김설우 씨한테 아무 도움도 주질 못했는걸요."

그런데 왜 이렇게까지 자신을 특별한 사람으로 만드는 걸까.

"이미 서주희 씨는 내게 축복이자 기적입니다. 당신을 만나지 않았다면 누군가를 좋아하는 게 이렇게나 애달프고 설레는 건지 몰랐겠지."

그리고……. 설우는 조용히 입술을 다물었다. 자연스레 떠오르는 존재. 브릿지였다. 그는 주희의 새끼손가락에 자신의 새끼손가락을 걸었다.

"약속 하나만 하죠."

"무슨 약속이요?"

"시간이 조금 더 흐른 후에 고백할 게 있어요."

고백? 동그래진 눈동자를 보며 그가 진중히 말했다.

"그 순간이 올 때까지 자책하지 않기. 홀로 모든 걸 해결하려고도 하지 않기. 마지막으로 절대 혼자라고 생각하지 않기."

"……."

"이제 당신은 혼자가 아니잖아."

혼자가 아니잖아. 그 말이 수십 번 주희의 머릿속에 메아리쳤다. 그녀는 깍지 낀 손을 가만히 주시하더니, 단단한 설우의 품을 파고들며 고개를 끄덕였다.

"……응. 약속할게요."

따스해. 놓치고 싶지 않아. 이 순간이 영원했으면 좋겠어. 주희는 간절히 염원했다. 그 마음을 알아채기라도 한 듯 설우는 바르르, 떠는 여자를 한참 동안 품에서 놓아주지 않았다.

✳

어둠이 내려앉은 동네가 고요했다. 사물 하나 구별하기 어려운 시야 속에서 브릿지는 능숙하게 앞으로 나아갔다. 익숙한 길. 2년 전, 쉬지 않고 주희와 동행한 곳들은 여전히 녀석의 머릿속에 깊이 각인되어 있었다.

주말만 되면 함께 산책을 다녔던 공원, 출근길에 동행하며 거닐었던 담벼락 위, 퇴근 시간에 맞춰 기다렸던 지하철 근처의 비좁은 골목길. 그곳을 하나하나 곱씹듯 짓밟던 녀석이 가로등을 하나 두고 멈춰 섰다.

"누가 찾아온 거지."

읊조리는 말투가 차가웠다. 눈앞에 놓인 건물은 주희가 전에 살던 집이었다.

'……밤마다 자꾸 누가 찾아왔거든요.'

힘겹게 고백하던 목소리가 떠나갈 줄을 몰랐다. 날카롭게 건물을 주시하고 있을 때였다. 타다다다— 타다다다. 계단을 내려오는 발걸음 소리가 거칠게 울리더니 한 중년의 남성이 유리 문을 박차고 나왔다.

"서주희나 김강욱이나 끝까지 도움이라고는 안 되는 것들."

익숙한 이름이 튀어나오자 브릿지가 고개를 돌려 남자를 응시했다. 터벅터벅. 남자의 곁으로 다가간 녀석이 코앞까지 얼굴을 들이밀며 서늘하게 물었다.

"넌 누구야."

그러나 설우를 제외한 그 누구도 브릿지의 형상을 볼 수 없었기에 남자는 무시하고 연신 뇌까렸다. 빌어먹을 년, 망할 년, 잡초보다 질긴 년이라는 저급한 단어를 반복해서 내뱉더니 재킷 안쪽에서 휴대폰을 꺼내 들어 어디론가 전화를 걸었다.

"예, 최 전무님. 저 함 상무입니다."

순식간에 남자의 눈에서 짜증이 사라졌다. 당장이라도 땅바닥에 머리통을 조아릴 심정으로 그는 구구절절 내뱉었다.

"주신 기한보다 시간이 좀 더 걸릴 것 같습니다. 그새 이사를 간 모양입니다. 예상보다 처리가 늦어지는 점, 송구스럽고 죄송합니다."

— 조급해서 좋을 게 있나, 느긋하게 해. 자근자근 밟는 싸움보다는 한 방에 짓눌러 버리는 게 보기에도 듣기에도 깔끔하지 않겠나. 그래도 늘 경각심은 갖고 살아야지. 큰아들이 곧 취업을 앞두고 있다고? 그 동네 낙하산보다는 이 동네 낙하산이 좋을 거야. 그만 끊도록 하지.

남자는 한동안 휴대폰에서 눈을 떼지 못했다. 여러 가지 감정들이 스쳐 지나가더니, 끝내 동공에서 발한 빛은 어둡고, 음습한 감정이었다. 그것에 불타오르며 남자는 가래침을 퉤, 뱉으며 차에 올라탔다. 시동이 걸렸고, 차가 미끄럽게 길가를 빠져나갔다.

톡, 톡. 빗방울이 떨어지기 시작했다. 브릿지는 미동도 없이 서 있었다. 한 방울의 빗물이 툭, 녹안의 눈동자 속으로 스며든 순간 녀석의 눈매가 실처럼 가늘어졌다.

　　윤주는 긴장감 어린 표정을 숨기지 못하며 건너편을 바라봤다. 퇴근을 앞두고 있을 때였다. 주희로부터 갑작스러운 연락이 걸려 왔다. 시간이 되면 술 한잔 어떠냐는 제안에 그녀는 한동안 멍을 때렸다. 그런데 막상 마주하고 나니, 어떤 말부터 해야 할지 감이 잡히지 않았다. 잔잔한 재즈 선율만이 무거운 침묵 속에 흘러가던 찰나, 주희가 먼저 입을 열었다.

　　"잘 지냈어?"

　　무거운 목소리에 많은 망설임이 섞여 있었다. 그녀가 씁쓸한 얼굴로 시선을 내리깔며 속삭였다.

　　"……잘 못 지냈겠지. 미안해, 그렇게 널 돌려보내서."

　　생각지 못한 사과에 윤주는 당황스러웠다.

　　"……네가 뭐가 미안해. 네가 뭘 잘못한 게 있다고."

　　"왜 없어. 엄청 많지."

　　자조하는 어투에 윤주가 스프링처럼 튀어 오르며 반박했다.

"없어. 없다고. 잘못한 거 없어. 내가 나쁜 년이지."

스스로를 나쁜 년이라 칭하며 자학하는 윤주의 얼굴이 주희는 낯설지 않았다. 알고 있었다. 그녀가 자신을 도와주지 못했던 그날의 선택으로 괴로워하는 것을. 알면서도 모른 체했다. 너무나도 간절했으니까. 쉽지 않은 부탁이란 걸 알면서도 그렇게라도 구출되고 싶었으니까.

"솔직히 서운하지 않았다면 거짓말이야."

"……."

"그때의 난 정말 절박했거든."

"……."

"근데 나만 절박한 건 아니더라고. 다……. 전부 다 절박하더라. 닿을 듯 말 듯 한 꿈을 쫓다시피 달리던 너도, 아버지한테 인정받고 싶어 하던 강욱 선배도……. 또 그 사람들도."

그 사람들, 그 단어 앞에서 윤주가 미간을 구기며 버럭, 소리쳤다.

"그 사람들이라니? 쓰레기보다 못한 것들한테 왜 변명할 권리를 주는 거야? 그래. 네 말처럼 돈 없고, 빽 없으면 절실해질 수밖에 없어. 그래도 그건 아니지. 비굴해질 순 있어도 졸렬해져서는 안 되지. 진급이 절박하단 이유로 죄 없는 사람 인생 조져 놔도 되는 거야? 그게 정당화될 수 있는 거냐고. 주희야, 잘못된 건 잘못된 거야. 나쁜 건 나쁜 거라고. 왜……. 왜 피해자인 네가 합리화를 하고 있는 거야?"

"알아. 아는데……."

주희가 체념하듯 대답했다.

"그 사람들을 계속 미워하고, 원망해도, 아픈 건 나니까. 아무리 내가 겪은 부당함에 발버둥 쳐도 나는 결국 약자잖아."

덤덤한 결론 앞에 윤주는 할 말은 잃은 얼굴이었다. 주희는 한 입도 마시지 않은 칵테일을 바라보며 말을 이었다.

"문득 그런 생각이 드는 거야. 내 누명을 벗기 위해서 이리 뛰고, 저리 뛰어 봤자 달라지는 게 있을까? 지금도 벅차 죽을 것 같은데, 남은 인생마저 거의 죽다시피 살아야 하는 건 아닐까?"

그렇게 매일 밤, 매 순간 고민하고, 사무치게 괴로워하다 보니 주희는 어느 한 길에 도달하게 됐다.

"아, 그래. 다 그렇게 살아가는 거구나. 먹고살기 위해서는 때로는 졸렬해질 수밖에 없는 거구나. 그 사람들도 다 사연이 있어서 그런 걸 거야. 단지 나는 운이 안 좋았던 거야."

"……주희야."

"그렇게 생각하니까 마음이 편해지는 거 있지? 그걸 인정하는 시간이 왜 이렇게 오래 걸렸던 건지."

"……주희야."

윤주의 음성이 울먹임으로 젖어 들었다.

"윤주야, 너도 이제 네가 가지고 있는 죄책감에서 벗어났으면 해. 넌 아무 잘못도 없어. 네가 아닌 다른 사람이어도 똑같은 선택을 했을 거야. 어쨌든 우린 또 살아가야 하잖아."

희망이라곤 없는 이 세상에서, 약자는 끝까지 약자라는 암울한 사회에서 우리는 계속 앞으로 걸어 나가야 하고, 스스로를 지켜야 하니까. 그게 주희가 내린 결론이었다.

"……미안해."

윤주가 결국 양 손바닥에 얼굴을 파묻고 눈물을 흘려 댔다. 가슴이 아팠다. 돌덩이에 짓눌리는 것처럼 쓰리고 저렸다. 체념. 그날의 상처에서 벗어나기 위해 주희가 선택한 것은 체념이었다. 그것을 선택하기까지 얼마나 외로웠을지, 얼마나 괴로웠을지 그 생각에 눈물이 폭풍처럼 쏟아져 내렸다.

"그리고 나, 지금은 행복해."

"……뭐?"

"그 사람이랑 사귀고 있어."

"그 사람? 설마, 김설우?"

"응."

주저 없는 대답에 윤주가 벙찐 얼굴을 했다. 주희의 양 볼에 발그레함이 피어올랐다.

"좋은 사람 같아. 아니, 좋은 사람이야. 그래서 한편으론 겁도 났어. 어차피 사람 감정 다 거기서 거기인데, 이 사람이라고 다를 게 뭐 있을까. 근데 있지, 윤주야. 그 사람이랑 있으면 내가 자꾸 무너지고 싶어져. 다 털어놓고 싶어져. 아늑하고, 편안하고, 자꾸만…… 설레서 미칠 거 같아."

시간이 흐를수록 깊어지는 감정을 감당하지 못할 정도였다. 그러나 이제는 밀어내고 싶지도, 부정하고 싶지도 않았다. 그저 불어오는 바람에 온전히 몸을 맡기듯 그가 주는 사랑을 아낌없이 받아먹는 나무가 되고 싶었다.

"그럼 또 내가 미안해지잖아."

윤주가 다시 양손에 얼굴을 파묻었다.

"그것도 모르고 그 사람이랑 사귀지 말라고 깽판이란 깽판은 다 쳤는데."

"알면 된 거지, 뭐."

"뭐야?"

주희가 작은 웃음을 터트렸다. 덩달아 윤주도 어이없다는 듯 헛웃음을 내뱉었다.

"……나도 고백할 거 있어."

"고백? 뭔데?"

"얼마 전에 강욱 선배 만났어."

찬물을 끼얹은 것처럼 순식간에 분위기가 싸해졌다.

"또 찾아왔더라. 돌려보낼 생각이었는데, 대뜸 알고 싶대. 네가 겪은 모든 것들을. 그래서 다 말했어. 내가 알고 있는 거 전부 다."

"……그랬구나."

"화 안 나?"

당연히 화를 낼 줄 알았다. 그러나 예상과 달리 주희는 흘러가는 샘물처럼 잔잔했다.

"글쎄. 이제 와서 그게 왜 궁금한 건가 싶기도 하고. 알고 나면 달라지는 게 있을까 싶어서. 이미 다 지난 일인데."

끝이라고 치부한 악몽을 도로 끄집어낼 생각은 추호도 없었다. 강욱이 어떤 이유로 그것들을 캐고 다니는지는 몰라도, 주희는 그저 편해지고 싶었다. 어렵게 돌려받은 평화로운 일상이 흔들리는 걸 원치 않았다.

"그래. 더 이상 나도 나서지 않을게. 내 도움이 필요하지 않는 한. 그러니까 너 편한 대로 해."

그러겠다는 듯 주희는 고개를 끄덕였다. 그러다 불현듯 든 생각에 조심스레 물었다.

"오늘 여기 찾아온 이유가 하나 더 있는데."

"뭐?"

"브릿지, 기억하지?"

브릿지라면 주희가 애지중지하던 길고양이였다. 주희를 제외하고는 발톱부터 세우던 녀석이라 모를 수가 없었다.

"기억하지. 근데 왜?"

"나, 이사 간 후로 동네에서 본 적 있어?"

"가만 보자. 네가 2년 전에 이사를 갔으니까. 글쎄……. 잘 못 본 거 같은데."

"……그래?"

"갑자기 걔 안부는 왜 묻는데?"

"괜찮으면 내가 데리고 갈까 해서."

전에 살던 집에서는 키우고 싶어도 그럴 수가 없었다. 집주인이 애완동물은 절대 반입 금지라고 계약을 할 때부터 귀에 딱지가 앉도록 주의를 줬기 때문에 늘 바깥에서만 브릿지를 보살펴야 했다.

"지금 살고 있는 곳은 부탁하면 될 것 같아서. 요새 들어 자꾸 생각나네."

"잘 살고 있겠지. 보니까 길고양이들은 영역 싸움에서 지면 다른 곳으로 거처를 옮기기도 한다더라. 설마, 죽기야 했겠어?"

죽어? 브릿지가? 상상만으로 온몸이 섬뜩했다. 얼어붙은 주희의 안색에 윤주가 급히 수습에 나섰다.

"말이 그렇다는 거지."

"……그치. 잘 지내고 있겠지?"

주희는 고개를 주억이며 가슴 언저리에 손바닥을 가져다 댔다. 알 수 없는 불안감이 불규칙하게 심장을 조여 왔다.

✻

"그래서 하반기 실적이 개판으로 추정된다 이거야?"

아침부터 살벌한 어감이 팀원들의 어깨를 짓눌렀다. 함 상무는 답답하다는 듯 다리를 초조하게 떨더니 손에 쥐고 있던 종이 뭉치를 테이블에 내려쳤다.

"이따위로 일할 거면 도대체 회사는 왜 다녀?"

벌써 몇 달째였다. 함 상무의 호통이 '효성' 인테리어 부서에 밥 먹듯이 울려 퍼진 것은. 팀원들은 점점 지쳐만 갔다. 그들이 기억하던 그의 모습은 찾아볼 수 없었다. 승진을 한 후로 그는 달라졌다. 다정했던 모습은 온데간데없고, 마치 처음부터 이런 사람이었다는 듯 쥐 잡듯이 팀원들을 몰아붙였다.

"반년도 아니고, 1년이나 줬으면 괜찮은 아이템 하나 정도는 뽑아야 할 거 아니야! 근데 하나같이 식상한 것도 모자라 감히 진부해? 쓰레기보다도 못한 걸 누가 구매하겠냐고!"

쓰레기. 밤새 머리를 맞대고 완성된 기획안이 종이 쪼가리보다 못한 취급을 받자 팀원들의 얼굴이 붉으락푸르락했다. 그때였다. 한 남자가 태연하게 부서 안으로 걸어 들어왔다.

"회의 중에 실례합니다."

가장 먼저 고개를 든 것은 한 팀장이었다. 그는 남자의 얼굴을 확인하자마자 돌처럼 굳었다. 다른 팀원들도 마찬가지였다. 하나같이 입을 다물지 못했다. 유일하게 웃고 있는 사람은 강욱뿐이었다.

"다들 잘 지내셨죠?"

"가, 강욱 씨가 여긴 어쩐 일이야?"

한 팀장이 자리에서 벌떡 일어났다. 한때 강욱의 사수였던 그는 당혹감을 감추지 못했다.

"어쩐 일일 거 같아요?"

담백한 음성에 가시가 돋아 있었다. 겁에 질린 눈들을 하나하나 직시하던 그는 이내 함 상무를 응시하며 눈꼬리를 접었다.

"오랜만입니다. 함 부장님. 아니, 이제는 함 상무님이라고 불러 드려야겠네요."

✳

"미리 연락이라도 줬으면 점심 한 끼 정도는 했을 텐데 아쉽구나."

함 상무가 차를 한 모금 마시며 말했다. 그와 달리 강욱은 연기가 모락모락 피어오르는 차를 멀거니 응시했다.

"유감이네요. 미리 연락하면 당연히 무시하실 줄 알았는데. 이미 전적이 몇 번 있으시잖아요?"

둥글게 말려 올라가는 입술이 한없이 서늘하다. 함 상무는 최대한 포커페이스를 유지하며 느긋하게 찻잔을 내려놓았다.

"무슨 소린지 잘 모르겠구나. 김 비서를 통해 불청객이 몇 번 찾아온 적이 있다는 전달은 받았지만 그게 강욱이 너일 줄은 몰랐다."

"불청객?"

되묻는 음성이 장난기를 담고 있었다.

"지금이 더 불청객 아닌가. 왜 굳이 쓸데없는 연기를 하세요. 제가 여기 찾아온 거 굉장히 불쾌하고 불편하잖아요."

빙빙 돌려서 말하는 재주 따윈 없다. 이곳을 방문한 이유는 딱 하나. 강욱이 팔짱을 끼며 웃는 얼굴로 쏘아붙였다.

"기분이 어떠세요? 부하 직원 기획안 훔쳐 승진하신 소감이."

순식간에 공기가 싸늘해졌다. 함 상무는 주먹 쥐어지려는 것을 겨우 참으며 한쪽 입꼬리를 비틀었다.

"그게 무슨 소리일까. 기획안을 훔치다니."

"아마추어같이 왜 그러세요. 아님 훔쳤다는 발언이 껄끄럽기라도 한 건가."

"도통 무슨 소리를 하는지 모르겠구나. 유학 갔다는 소식은 들었는데, 다짜고짜 밀어붙이는 게 그 나라 사고방식인가 보지?"

유학? 곱씹던 강욱이 상체를 숙이며 웃기 시작했다. 한참을 웃던 그가 관자놀이를 짚으며 골치 아프다는 눈길로 헛웃음을 내뱉었다.

"미치겠네. 유학이 아니라 도주였지. 아니, 도피라고 해야 하나. 빌어먹게도 그 당시 나한테는 데미지가 꽤 컸거든. 당신이 내 뒤통수를 칠 줄 누가 알았겠어."

한때 아버지라 부르고 싶었다는 게 치욕스러울 정도였다. 그가 건넨 따스함에 한없이 녹아내렸던 지난날의 기억들이 날카로운 화살촉이 되어 강욱의 가슴을 할퀴었다.

"당신만이 아니야. 저 부서 안에 인간들 전부 다 똑같은 부류겠지."

"……."

"한 사람 인생은 파국으로 치달았는데 말이야."

매일매일을 두려움에 떨어 살았다고 한다. 숨 한 번 제대로 쉬지 못한 채 숨어 살았다고 한다. 그 작고 여린 어깨가 바들바들 떨리는 것만 상상하면 피가 거꾸로 솟았다.

"그러니까 같잖지도 않은 연기 그만하세요. 보기 안쓰러울 정도니까. 함 부장. 아니, 함 상무님."

"그건 단순히 작은 해프닝이었다."

함 상무가 침묵 끝에 말문을 열었다. 그는 끝까지 기고만장한 태도로 상황을 응시했다.

"그게 네 기획안일 줄은 나도, 팀원들도 전혀 눈치채지 못했어. 이건 다 그 녀석이 벌인 일이란 걸 너도 잘 알 거 아니야. 서주희……"

"입 닥쳐."

강욱이 말허리를 자르며 경고했다. 더 이상 그의 눈동자에서 웃음기를 찾아볼 수 없었다.

"당신이 뭐라고 그 애 이름을 함부로 입에 올려."

되도록 이성적으로 상황을 정리하려고 했다. 그러나 애초에 이딴 버러지 같은 인간을 두고 이성적으로 문제를 해결할 수 있다는 생각 자체가 큰 오산이었다.

"내가 모를 줄 알았습니까? 아님 여자한테 홀려서 등골 뽑아 먹힌 새끼로 평생 살 길 바랐나?"

주희에 대한 오해가 생기기 시작한 건 그의 기획안이 수면 위로 올라오기 딱 한 달 전이었다. 늘 퇴근길에 동행하던 그녀는 어느 순간부터 자신을 피하기 시작했다.

선약이 있다는 말로, 급한 일이 생겼다는 이유로, 꼭 해결해야 할 문제가 있다며 다급함이 담긴 목소리와 함께 모습을 감추었다.

'그때부터였던 거 같아요. 주희가 협박당하기 시작한 게.'

'……협박을 당해?'

며칠 전, 윤주는 자신이 알고 있는 모든 보따리를 풀어냈다. 그 썩어 빠진 진실을 하나하나 대면할 때마다 강욱은 눈앞이 아득해졌다.

'처음에는 꼬드겼을 거야. 그 기획안 구상이 어떻게 되냐면서 선배를 위한 척, 주희를 위한 척, 부서를 위한 척 살살 구슬렸겠지. 알잖아. 그 인간, 제일 잘하는 게 등 뒤에 칼 숨기고 웃는 거란 걸. 그런 놈들의 특징이 뭔 줄 알아? 약자라는 이유로 한 사람의 절실함을 도구로써 이용한다는 거야.'

주희에게 죄가 있다면 정규직 사원에 대한 갈망이었을 것이다. 함 부장은 그걸 이용했고, 끝내 자신의 이득을 얻어 냈다. 그리고 도구로서의 가치를 다한 주희는 가차 없이 버려졌다.

'주희가 그러더라. 함 부장 이야기를 듣는데, 뭔가가 이상하더라고. 그래서 거절했대. 선배 기획안은 선배 거니까 선배랑 직접 이야기 나누라고.

365

그러니까 뭐? 왜 내 깊은 뜻을 헤아리지 못하냐고? 이 프로젝트에 네 이름도 함께 올라갈 수 있는 기회를 걷어차지 말라는 개소리를 해 댔더라고. 그렇게 되면 인사 평가에 어마어마한 플러스 점수를 받게 될 거니까 당연히 주희가 흘릴 줄 알았던 모양이지.'

그래서⋯⋯. 그때.

어느 순간부터 강욱은 회사 내에서 주희와 함 부장이 함께 있는 모습을 자주 목격했다. 단순히 함 부장이 그녀를 아끼는 마음으로 좋은 격언을 나누는 거라고 치부했는데⋯⋯.

'그랬던 인간이 하루아침에 달라진 거야. 주희를 불러서 그러더래. 자기가 경솔했다고, 건넨 제안에 불쾌함을 느꼈다면 사과하겠다고.'

그 모습에 주희는 안도했다. 다행히 함 부장님이 나쁜 사람은 아니었구나, 정말로 강욱을 생각해서 그런 말을 건넨 사람이었구나, 그렇게 긴장감을 놓은 순간.

'일이 터진 거지.'

믿었던 신뢰를 배신으로, 품었던 희망을 절망으로. 그렇게 주희는 허망하게 부서져 갔다.

'선배 떠나고 주희 거의 반 미친 상태로 지냈어. 한 번은 함 부장한테 연락한 적이 있었는데. 당신 가만 안 둔다고, 증거란 증거는 죄다 모아서 콩밥 먹게 할 거라면서 고래고래 소리치고 난리도 아니었지. 그랬더니 다음 날 바로 집까지 찾아왔더라. 그리고 다짜고짜 협박했어.'

이래서 너한테 좋을 게 있을 줄 아냐며, 이 바닥이 넓은 것 같아도 고작 너 하나 매장시키는 것쯤 어려운 일도 아니라고. 어차피 너는 가해자로 판명된 지 오래라고.

'부정하고 싶었을 거야. 아니, 그렇게 만들고 싶었겠지. 근데 선배도 알잖아. 주희한테 힘이 어디 있어. 회사 사람들은 이미 입을 다 맞춰 놓고, 피해자 중 한 명이었던 선배조차 한국을 떠 버렸는데, 걔가 무슨 힘으로 그 상황을 이겨 낼 수 있겠냐고. 심지어는⋯⋯'

⋯⋯자살 시도까지 했으니까. 강욱은 두 눈을 가만히 감았다. 목구멍이

뜨거웠다. 차오르는 분노를 차마 삼킬 수 없었다.

"참 뭣 같은 삶을 살아오셨더군요."

식어 버린 눈빛이 함 상무를 향했다.

"뼛속까지 가난한 집에 외아들로 태어나서 악착같이 살아온 당신한테
도 평생 닿을 수 없는 게 있었겠지."

그것은 명예에 대한 욕구였고, 권력을 향한 탐욕이었다.

"그래서 제 기획안이 그렇게 탐나셨어요?"

효성에 있는 동안 강욱은 함 상무의 총애를 받았었다. 워낙 창의성이 돋
보여 유능한 인재로 회사 내에서 이름을 날리던 그였다. 더불어 함 부장도
진급 평가를 앞두고 있는 상태였다. 그런 시점에서 강욱의 기획안은 그에
게 더할 나위 없이 좋은 카드였을 것이다.

"근데 이를 어쩌나. 오면서 간단한 서칭 좀 해 봤는데, 이대로 가면 낙
하하다 못해 저 밑바닥까지 추락할 꼴이던데요."

'효성'은 현재 하락세를 걷고 있었다. 아직은 미미한 결과였으나 종국
에는 바닥을 칠 게 눈에 선히 그려졌다. 원인은 단순했다. 작년 해외 시장
을 공략한, 그러니까 강욱의 기획안을 토반으로 만들어진 프로젝트 이후
로 성공했다고 부를 만한 작품이 없었다. 식상하다, 진부하다, 올드하다라
는 평가가 줄기차게 이어졌고, 현재 함 상무도 윗선으로부터 무언의 압박
을 받고 있는 상황이었다.

"마음 같아선 당장 당신의 숨통을 조이고 싶어."

강욱은 자리에서 일어나 함 부장을 내려다봤다.

"근데 그건 너무 재미없잖아. 그래서 인생의 목표란 걸 다시 세워 보려
고."

"……."

"천천히 지르밟아 볼까 해. 당신은 두말할 것 없고, 당신 자식새끼부터
그 자식이 낳은 새끼마저 짓밟아 줄 거야. 이 세상에 희망 따윈 없다고 절
절히 느낄 수 있게 제대로 파멸시킬 거라고. 어때요? 구미가 확 당기지 않
아요? 보아하니, 아들놈은 아버지와 달리 제대로 된 놈팡이던데."

함 부장이 퍼뜩 고개를 들었다. 그의 눈빛이 미미하게 흔들렸다.

"왜? 가족 건드린다니까 이제야 좀 현실 파악이 돼요?"

"그새 내 뒷조사까지 한 모양이지?"

"고작 뒷조사 가지고 벌써부터 이러면 재미없죠. 애초에 이딴 그림이 펼쳐질 걸 몰랐나? 그랬으면 처음부터 시작도 하지 말았어야지. 처음부터……."

말끝을 흐리며 강욱은 호흡을 골랐다. 아득하니 주희의 얼굴이 떠올랐다. 이를 악물며 눈초리를 치켜세웠다.

"……건드리면 안 됐지."

"기획안 때문에 서운해서 그러는 거라면 내가 다 설명하지."

"서운? 미치겠네."

강욱이 픽, 웃으며 머리를 쓸어 넘겼다.

"설마 그딴 기획안에 내가 미련이라도 남아 있을까 봐? 아아, 그래, 당신처럼 남이 버린 음식물에 기생하는 벌레들한테는 절실하겠지. 근데."

톡톡, 제 머리를 손가락으로 건드리며 강욱은 조소했다.

"난 여기만 몇 번 굴리면 얼마든지 원하는 걸 얻을 수 있어서 말이야. 그러니까 괜한 걱정은 접어 두시죠."

강욱은 상체를 낮게 숙이며 함 상무가 앉은 소파 팔걸이에 손바닥을 펼쳤다.

"오늘이 처음이자 마지막 경고가 될 겁니다."

서릿발 같은 시선이 함 상무의 홍채에 꽂혔다. 강욱은 조용히 씹어뱉었다.

"또다시 주희 앞에 나타나면."

그땐 진짜……

"죽여 버릴 줄 알아."

쾅! 문을 닫고 나오기 무섭게 강욱은 피가 통하지 않을 만큼 주먹이 쥐어졌다. 혈관이 팽창하고, 심장이 수축하는 게 금세라도 이 문을 부수고, 함 부장의 멱살을 잡을 판이었다. 때려눕히고 싶다. 얼굴뼈가 조각나도록 주먹을 휘두르고 싶다. 사지가 절단되도록 그를 갈기갈기 찢어 버리고 싶다.

강욱은 간신히 충동을 억누르며 돌아섰다. 그러나 한 발짝을 걷기가 무섭게 한 남자가 들이닥쳤다. 한 팀장이었다. 그가 연신 강욱에게 매달리며 애원했다.

"강욱 씨, 아니 강욱아. 잠깐 이야기 좀 하자."

"할 이야기 없습니다."

"내가, 내가 할 말이 있어서 그래. 물어볼 것도 있고, 나 말고도 다른 팀원들도 기다리고 있어."

강욱이 걸음을 멈추며 고개를 돌렸다. 미어캣처럼 얼굴을 하나둘씩 내밀고 있는 익숙한 실루엣들이 보인다. 그들은 어색하게 웃으며 손을 흔들었다. 대꾸할 가치조차 느끼지 못해 돌아서는데.

"그땐 우리도 그럴 수밖에 없었어."

한 팀장의 한마디가 발목을 붙잡았다. 그는 사뭇 억울하다는 듯한 목소리로 속삭였다.

"……우리도, 어쩔 수 없었다고. 알잖아, 우리같이 힘없는 사람들이 어떻게 회사를 상대로……."

"변명하지 마요."

한 팀장이 움찔하며 눈을 끔뻑였다.

"나는 선배한테 변명하라고 한 적도, 변명할 기회를 줄 생각도 없으니까."

그는 주희와 강욱의 사이를 이간질시킨 인물 중 한 명이었다. 그 사실을 금세 망각한 걸까.

"할 거면 그때 했어야지. 이제 와서 이러는 이유가 뭔데? 그땐 절실해서 어쩔 수 없었다, 그래도 나쁜 놈 취급은 받기 싫다, 이건가?"

한때 이런 사람들을 동료라고 믿었던 제 자신이 미치도록 한심스러웠다. 저 중에는 주희를 나락으로 끌어들인 사람이 있겠지. 자신의 이익을 위해서, 자신의 삶이 최우선이라며 사정없이 그녀를 벼랑 끝으로 몰아붙인 인간들이 있겠지. 강욱은 여전히 제게서 시선을 떼지 못하는 인간들을 스쳐 지나가며 일갈했다.

"당신들도 다 똑같아."

❋

"이제 곧 있으면 대표님이랑 미팅 있을 텐데, 다들 기획안 준비는 잘 돼가?"

모처럼 탕비실에서 수다가 한참이었다. 소연이 커피를 한 모금 마시며 묻자 금세 다솜과 유진의 얼굴이 푸르죽죽해졌다.

"말도 마세요. 도무지 감을 못 잡겠어요. 강 팀장님 앞에서도 떨려 죽겠는데, 대표님 앞에서는 거품 물고 쓰러지지 않으면 다행일걸요."

"현실감 제로. 부담은 백배. 기권 같은 건 없겠죠?"

"어머머, 이 아가씨들 좀 보소. 인턴들한테 이런 경우가 어디 흔한 줄 알아?"

일침을 던지던 소연이 무언가를 보곤 멈칫했다. 아까부터 주희가 스프링 노트에 뭔가를 열심히 적는 중이었다.

"아까부터 뭘 정리하는 거야? 커피는 마시지도 않고."

"아……. 그냥 사전 답사 같은 거예요."

"사전 답사?"

그게 뭐냐며 소연이 눈을 동그랗게 키우자 주희가 작게 웃으며 덧붙였다.

"시간 날 때마다 성주동에 새로 생긴 카페라든가, 갤러리가 열리는 미술관이라든가. 여기저기 돌아다니고 있거든요."

"하긴 트렌드 파악하려면 많이 보고 많이 느끼는 것만큼 좋은 게 없지. 정리한 거 보니까 이런 습관이 꽤 오래됐나 보네. 엄청 깔끔해."

"오래는 아니고. 몇 년 됐어요. 대학 다닐 때 같은 학과였던 선배가……."

주희는 말을 잇지 못했다. 잠시 잊고 있었다. 이 습관을 만들어 준 사람이 누군지.

'강욱 선배, 이게 다 뭐예요?'

'아, 그거 답사 정리한 거.'

'답사요?'

'너도 지금부터 준비해. 나이 들면 아이디어 하나 짜는 게 기가 막히게 어려워지거든. 뇌가 말랑말랑할 때부터 눈에 담고, 느껴야 한다고. 필요하면 빌려 가든가. 제본 떠도 되고.'

공간을 만져야 하는 사람은 언제나 트렌드에 민감해야 하는 법이다. 그러기 위해선 많이 보고 느끼고, 그리고 그 날 내가 피부로 느꼈던 모든 것들을 생생히 기록할 줄 알아야 한다며 강욱은 버릇처럼 말했다. 오리지널, 빛, 뷰(View), 기법. 그가 늘 중요시하던 목록이 주희의 공책에 간결이 적혀 있었다.

"뭐야. 왜 말을 하다 말아. 같은 과 선배가 뭐, 어쨌는데?"

머뭇거리던 사이, 탕비실 문이 벌컥 열렸다. 주희의 눈동자가 얕게 흔들렸다. 강욱이 서 있었다. 그의 등장에 소연이 반가움을 표했다.

"강욱 씨, 어디 갔다 왔어요? 아까 자리에 안 보이던데. 오 과장님이랑 저번에 다녀온 공장 미팅 건으로 나눌 이야기가 있는……."

강욱은 말없이 소연을 스쳐 지나갔다. 소연은 조용히 입을 다물었다. 나, 지금 누구랑 말한 거니? 다솜과 유진이 난감하다는 듯한 얼굴로 고개를 저었다.

반면 주희는 서둘러 남은 커피를 개수대에 부었다. 마주쳐 봤자 좋을 게 없다는 예감이 들었다. 직감은 곧 맞아떨어졌다. 탕비실을 빠져나가는 순간이었다.

"서주희 씨."

주희는 조용히 뒤를 돌아봤다. 방금 전까지 표정 없던 강욱의 얼굴에 미세한 균열이 일어났다.

"잠깐 나 좀 보죠."

주희 씨는 갑자기 왜? 남은 세 사람이 주희와 강욱을 번갈아 봤다. 상황의 심각성을 눈치챈 소연이 다솜과 유진의 팔목을 잡아채며 말했다.

"그래, 할 이야기 있으면 편하게 나눠지."

결국 강욱과 단둘이서 남게 되자 주희는 마른 한숨을 내쉬었다. 되도록 엮이지 않으려고 했더니.

"또 무슨 용건……."

"……왜."

"……"

"왜 말 안 했어."

주희의 눈매가 가늘어졌다. 개수대를 붙잡은 강욱의 손등에 핏줄이 곤두서 있었다. 그가 천천히 고개를 들었다.

"충분히 시간이 있었잖아."

"……"

"얼마든지 나한테 도움을 청할 순간들이 있었잖아. 근데 왜……. 왜 너는."

함 부장이 건넨 말도 안 되는 제안을 듣자마자 제게 찾아왔더라면, 그녀에 대한 소문이 사내에서 부풀기 전에만 제게 말했더라면…….

강욱은 한 발짝, 한 발짝 다가가기 시작했다. 주희는 본능적으로 뒤로 물러섰다. 끝내 벽이 등에 닿았고 서로의 거리가 순식간에 가까워졌다. 그는 무너지듯 주희의 어깨를 붙잡으며 꽉 잠긴 목소리로 토해 냈다.

"……날 어디까지 쓰레기로 만들 생각인 건데."

"……"

"어디까지 내가 추락해야 널 마주 보게 해 줄 수 있는 건데, 주희야."

이게 다 무슨 소리일까. 주희는 혼란스러우면서도 이 상황이 부담스러웠다.

"비켜요."

"……"

"비키란 소리……."

주희의 입이 작게 벌어졌다. 강욱의 눈가가 붉게 물들어 있었다. 일렁이는 시선. 흐릿해진 초점. 꽉 다문 입술. 그는 당장이라도 쓰러질 것처럼 위태로웠다. 그제야 이 모든 상황이 조금씩 풀리기 시작했다. 윤주가 그러지 않았나. 자기가 알고 있는 모든 걸 강욱에게 말했다고.

"어디서 뭘 듣고 왔는지 모르겠지만, 이미 다 지난 일이에요."

"……그런 식으로 이야기하지 마."

강욱이 이를 물며 말했다. 고개를 느리게 저으며 그는 괴롭다는 듯이 눈썹을 구겼다.

"……그렇게 단정 지어 버리면 진짜 끝난 거 같잖아."

나는 아직 시작도 안 했는데, 이제야 네가 겪은 외로움을, 괴로움을 알았는데. 이제야 단단히 꼬여 버린 너와의 관계를 풀어 나가려 하는데……. 칼같이 끊어 내는 주희의 모습에, 숨이 턱 막힌 것처럼 가슴이 갑갑했다.

"듣고 싶은 말이 뭐예요?"

주희가 차갑게 뱉으며 강욱을 주시했다. 그 시선이 한없이 날카롭고 서늘해 강욱은 심장이 따끔거렸다.

"왜 선배한테 모든 걸 말하지 않았냐고? 당연히 그럴 수밖에 없잖아. 그때 나는……."

……당신을 좋아했으니까. 그래서 선배가 얼마나 디자인을 사랑하는지, 그래서 함 부장과 회사 사람들을 얼마나 아끼는지 누구보다 잘 알고 있었으니까.

몇 번이나 망설였다. 함 부장에게서 수상함을 느꼈을 때 강욱에게 연락을 취하려 수십 번도 더 휴대폰을 쥐었다 내려놓았다. 그러나 끝내 상황이 악화될 때까지 말하지 못했다.

혹여 그가 절망할까 봐, 좌절할까 봐. 그때의 주희에게는 그것이 더 큰 아픔으로 다가왔다. 그리고 한 폭의 희망이 발목을 붙잡았다. 늘 따스함으로 충고하던 함 부장이, 자신을 챙겨 주던 회사 식구들이 정말 그런 사람들은 아니겠지. 미련하게 믿고 싶어 했다.

그러나 지금 와서 말해 봤자 달라질 게 뭐가 있을까. 말에도 효력이란 게 있다. 기간이란 게 있다. 효력이 다한 문장은 부스러기에 불과할 뿐이다.

"내가."

"……."

"내가 미련했어요."

참 미련했었다. 한때는 옳지 못한 것에 목소리를 높이고, 부정하면 모두가 같은 마음으로 자신을 도와줄 거라고 생각했다. 그러나 거짓이 참이 되고 진실이 거짓이 되는 것은 그리 어려운 게 아니란 걸. 도리어 진실이 진실로서의 값어치를 하는 게 세상에서 가장 어려운 일이란 걸 뒤늦게 깨달아 버렸다.

"그러니까 그만해요. 나, 이제 선배한테 아무 감정도 없어. 갖고 싶지도 않고, 그 일로 다시 얽히고 싶지도 않아."

"……주희야."

"그렇게 다정히 부르지도 마요. 어차피 달라지는 건 아무것도 없잖아."

추억은 추억일 뿐이다. 좋았던 추억도, 나빴던 기억도 주희는 전부 다 까맣게 태워 버리고 싶었다.

"그리고 나, 이제 행복해."

단정하듯이 말하는 어조에 강욱의 눈빛이 얕게 흔들렸다. 굳이 묻지 않아도 알고 있다는 듯 그가 처량하게 물었다.

"……형은 알아?"

"말하지 않을 거예요. 말하고 싶지 않아. 말할 이유가 전혀 없잖아."

설우에게 제 아픔을 털어놓게 된다면 그건 아마도 먼 훗날이 될 거라고 주희는 직감했다. 아니, 애초에 말하고 싶지 않았다. 이젠 행복하니까. 제 일상이 흔들릴 일은 없을 테니까. 그러니 괜한 슬픔 따위 보여 주고 싶지 않다. 한없이 예쁜 모습만 보여 주고 싶고, 한없이 다정한 모습만 보여 주고 싶었다.

"이건 또 무슨 경우래."

느닷없이 불청객의 목소리가 끼어들었다. 인기척도 없이 나타난 고 대리의 등장에 주희는 성큼 강욱에게서 멀어졌다.

"주희 씨는 여기저기 흘리고 다니는 게 특기인가 봐?"

"말씀 가려서 하시죠."

강욱이 차게 식은 얼굴로 고 대리를 응시했다.

"발끈하는 거 보니까 꽤 깊은 사인가 봐요? 서로 안 지 얼마나 됐다고."

주희는 입술을 꾹 깨물었다. 하필 다른 사람도 아닌 고 대리한테 강욱과 있는 모습을 보였다는 게 머리가 아파 왔다.

"근데 이를 어쩌나. 난 본 대로 말한 거라서."

고 대리의 붉은 입술이 얄궂게 말려 올라갔다. 그녀는 김이 모락모락 피어오르는 커피를 한 번 후, 불더니 나지막이 중얼거렸다.

"미련한 건가. 한 번 데인 곳을 또 데여서까지 좋을 게 뭐가 있다고."

주희는 잠시 멍했다. 방금 들은 문장을 파악하기 어려웠다. 뭘 봤다는 거고, 뭘 데였다는 거지. 설마……. 설우와 함께 있는 모습을 보기라도 했던 걸까?

그때, 의미를 알 수 없는 말을 던져 놓고 가 버리는 고 대리를 뒤쫓기 위해 강욱이 탕비실 문을 열었다. 주희는 다급히 그의 팔목을 붙잡았다. 그 짧은 스킨십에 강욱의 목울대가 움찔거렸다.

"괜히 나서지 마요. 가서 뭐라고 물어볼 건데? 진짜 날 위한다면 가만히 있어요. 그게 내가 선배한테 바라는 거야."

주희는 서둘러 탕비실을 빠져나갔다. 강욱은 한 발짝도 움직이지 못했다. 아주 잠깐이었지만, 그래서 더 목마를 수밖에 없는 그녀의 온기에 그는 목석처럼 서서 한참이나 취해 있었다.

✳

그새 어디 간 거지. 고 대리의 모습이 부서 안에 보이지 않았다. 평소였다면 그녀의 일방적인 태도에 무시하고 말았을 텐데, 등 뒤로 달라붙는 찝찝함이 주희를 부추겼다. 긴 복도를 따라 코너를 막 돌 무렵이었다.

"네. 이제 곧 시작될 예정입니다."

고 대리가 벽에 기대서서 누군가와 통화를 하고 있었다. 결국 무시가 답인 건가, 포기하며 돌아서는데.

"걱정 마세요. 누구 게 채택되든지 쓰레기로 만들 자신 있으니까요."

통화는 금세 끝이 났다. 고 대리의 말은 뭔지 모르게 섬뜩했으나 몇 마디 들은 바가 없어 주희는 그냥 기분 탓이라 여겼다. 대신 멈춰 서서 또각또각, 가까워지는 굽 소리를 기다렸다 툭 내뱉었다.

"고 대리님."

"깜짝이야."

고 대리가 소스라치며 가슴을 부여잡았다. 그녀는 주변을 다급히 살피더니 주희를 노려봤다. 그 날카롭고 초조한 눈빛이 어딘가 석연치 않았다.

"뭐야, 너."

"고 대리님이야말로 뭘 그렇게 놀라세요."

"내가 언제 놀랐다고……. 그리고 갑자기 사람이 툭 튀어나오는데, 안 놀라겠니?"

주희는 무심한 눈으로 고 대리를 훑었다. 그 노골적인 시선에 고 대리는 주춤하다가 언성을 높였다.

"전부터 느낀 건데, 취미야? 남이 하는 이야기, 그것도 모자라서 통화 내용까지 엿듣는 그런……."

"통화하셨어요?"

"뭐?"

당황한 고 대리를 향해 주희는 태연하게 응대했다.

"전 아직 아무 말도 안 했는데요. 그래서 묻는 건데, 방금 한 말 무슨 의미세요?"

"……무슨 말?"

고 대리의 낯빛이 순식간에 굳어졌다. 그 온도 차이를 느끼며 주희는 말을 이었다.

"대리님이 그러셨잖아요. 한 번 데인 곳을 또 데여서까지 좋을 게 뭐가 있냐고."

"아……. 난 또 뭐라고."

고 대리가 금세 미소를 띠우며 고개를 갸웃거렸다.

"왜? 찔리는 거라도 있어?"

뻔뻔한 태도에 주희의 미간이 움푹, 패었다. 그 반응이 몹시도 구미가 당기는지 고 대리의 두 눈이 흥미로움에 젖어 번들거렸다. 주희는 조용히 주변을 둘러보았다. 다행히 지나다니는 사람은 한 명도 보이지 않았다. 그래서였을까. 그동안 쌓여 있던 감정 중 하나가 툭 튀어나왔다.

"찔리길 바라는 게 아니고요?"

주희는 한 걸음, 한 걸음 고 대리에게 다가갔다. 한 폭의 거리를 남긴 채 똑바로 그녀를 직시하며 내뱉었다.

"다음부터 트집 잡고 싶으시면 정확한 주어 언급, 부탁드릴게요. 그래야 제가 적당히 비위를 맞춰 드리든지 할 것 같아서요."

잠시 고 대리의 표정이 멍했다. 멀어져 가는 주희를 향해 그녀는 으름장을 놓았다.

"야, 거기 서."

주희는 묵묵부답이었다. 고 대리가 폭발하며 소리쳤다.

"야! 거기 안 서!"

그녀는 뛰다시피 주희의 앞을 가로막았다. 주희는 표정 하나 바뀌지 않은 채 시선을 맞췄다. 그게 더 고 대리의 부아를 치밀게 만들었다. 언제나 이런 태도였다. 특히 이런 무감한 눈으로 자신을 응대할 때면 꼭 돌하고 이야기를 하는 거 같아 약이 바짝 올랐다.

"너야말로 똑바로 들어. 지금 눈에 뵈는 게 없어서 이러는 거 같은데, 그게 얼마나 갈 거 같아?"

"……."

"착각하는 것 같아서 말해 주는데, 어차피 넌 인턴이야. 들러리보다 못한 존재라고. 상황 파악 못 하는 것도 실력이라더니. 너 같은 애들 내가 한두 명, 본 줄 알아? 상사가 적당히 눈치 주면 적당히 비위 맞출 줄도 알아야지. 한 번도 네, 라고 하는 꼴을 본 적이 없어요. 이젠 좀 볼 수 있으려나? 이렇게 대놓고 떠먹여 줬으면 실천 정도야 어렵지 않잖아."

이번에도 주희는 무반응이었다. 상대하고 싶어도 그럴 수가 없었다. 그녀만이 아니었다. 인테리어 부서 전체에 정적이 감돌며 팀원들이 연신 누군가의 눈치를 살폈다. 수상함을 느낀 고 대리가 뒤를 돌아본 순간, 침전된 음성이 울려 퍼졌다.

"지금 뭐 하는 겁니까?"

다가오는 걸음 소리가 낮고 무거웠다. 어느새 가까워진 설우의 체취를 느끼며 주희는 두 눈을 질끈 감았다. 반면 고 대리는 하얗게 질린 얼굴로 간신히 시선을 들었다.

"……대, 대표님."

20. 용기

"상사가 적당히 눈치 주면 적당히 비위 맞출 줄도 알아야 한다, 그게 고 대리의 신념인가 보죠?"

삭막해진 공기만큼 쏘아붙이는 말은 더욱 날카로웠다.

"근데 면접에서는 부서의 화합을 가장 중요시했던 걸로 아는데."

"……."

"아닙니까?"

현 인테리어 부서의 팀원들은 모두 다 설우와의 면접을 통해 들어온 사람들이었다. 고 대리도 마찬가지였다. 과하다시피 자신을 어필했던 여자인지라 어렵지 않게 기억이 났다. 그래도 꽤 괜찮은 성과를 냈던 기록이 심심찮게 적혀 있어서 무난히 부서에 합류를 시켰는데, 그녀가 일방적이다시피 주희를 몰아붙이는 걸 발견했을 때는 등 뒤가 서늘하게 굳는 기분이었다. 무엇보다 그런 취급이 익숙하다는 듯, 주희의 덤덤한 태도에 설우는 온 신경이 곤두섰다.

"항상 이런 식으로 인턴들을 대했습니까?"

"아, 아닙니다. 저는 단지."

"고 대리한테 물어본 거 아닙니다."

설우가 차갑게 고 대리의 말을 끊어 냈다. 그러고는 느릿하게 주희에게로 시선을 뻗었다.

"서주희 씨."

주희가 움찔하며 고개를 들었다. 서늘한 음성이 설우의 입을 타고 흘러나왔다.

"대답해 봐요. 항상 이런 식의 취급을 받았습니까?"

주희는 선뜻 대답하지 못했다. 고 대리를 비롯해 긴장감이 역력한 팀원들을 보니 머릿속이 뒤죽박죽되었다. 안 그래도 잦은 야근으로 예민해진 상태인데, 괜히 들쑤셔서 가열시킬 필요가 있을까.

"아닙니다."

그녀의 대답에 가장 놀란 건 고 대리였다. 뒤이어 종종 고 대리의 갑질을 목격했던 소연이 눈살을 찡그렸고, 오 과장이 안도 섞인 한숨을 내뱉었다. 그러나 주희가 가장 신경 쓰이는 건 설우였다. 그의 두 눈이 한층 더 어둡게 가라앉아 있었다.

"잠깐의 마찰이 있던 건 사실이나, 지속적인 행위로 불이익을 받은 적은 없습니다."

"그렇단 말이죠."

받아치는 표정이 까칠했다. 무언가 마음에 들지 않는 눈치였다. 주희는 알면서도 무시했다. 그때였다.

"난 몇 번이나 들었는데."

장난기 어린 음성이 느슨해진 공기를 다시 얼어붙게 만들었다. 강욱은 고 대리를 향해 씨익, 웃어 보였다.

"탕비실에서 신랄하게 씹어 대는 게 한두 번 해 본 솜씨가 아니던데요."

"……그, 그게 무슨."

고 대리의 얼굴이 하얗다 못해 퍼렇게 질려 갔다.

"그때 그랬잖아요. 뒤통수치는 데 특출난 애들이라고. 아마 그 자리에 한 명만 있었던 건 아니었죠?"

그걸 증명하듯 강욱의 시선이 파티션을 방패 삼아 숨어 있는 다솜과 유진에게로 날아갔다. 두 여자의 등이 화살에 맞은 것처럼 출렁였다.

"그럼 전 이만. 외근을 나가 봐야 해서."

강욱은 유유히 부서를 빠져나가는가 싶더니, 짧게나마 주희에게 시선을 주었다. 그걸 눈치챈 설우가 살벌한 얼굴로 말했다.

"강 팀장님."

"예, 대표님."

"알아서 수습해 주실 거라고 믿겠습니다."

강 팀장은 짧게 고개 숙이며 망부석처럼 서 있는 고 대리를 향해 손짓했다.

"고 대리."

"……네, 팀장님."

"따라 들어와."

두 사람이 함께 집무실로 사라지자 누구 할 것 없이 모두 설우의 눈치를 살폈다. 그는 어떤 반응도 보이지 않았다. 무표정을 유지하며 단숨에 주희의 곁을 스쳐 지나갔다. 오 과장이 애써 분위기를 전환시켰다.

"자자, 그만들 눈치 보고 어서 일들 해. 기한까지 얼마 안 남았잖아."

주희는 한동안 설우의 발길이 스친 길목에서 시선을 떼지 못했다. 화가 난 것 같았다. 아니, 그게 맞을 것이다. 그는 웬만하면 등을 보이지 않는 사람이니까.

"괜찮아?"

어느새 다가온 소연이 연신 주희의 어깨를 토닥였다.

"죄송해요, 저 때문에."

"주희 씨가 왜 사과를 해. 오히려 난 속이 시원하던데. 언젠가는 저런 꼴 날 줄 알았지. 걱정 마. 강 팀장님이 잘 해결해 주실 거야. 그것보다 계속 신경이 쓰이네."

"······뭐가요?"

"사실은 우리 팀원들 고생한다고 대표님이 직접 커피를 사 왔더라고. 격려차 방문하신 거지. 근데 하필······."

소연이 말끝을 흐리며 입술을 말았다. 그리고 이어진 뒷말을 듣자마자 주희는 부리나케 부서를 뛰쳐나갔다. 머지않아 엘리베이터에 몸을 싣고 있는 설우를 발견할 수 있었다. 간신히 열림 버튼을 누르자, 다시 문이 열리며 어둠 속에 가려졌던 그의 얼굴이 나타났다.

"오해예요."

설우의 두 눈이 가늘어졌다.

"오해라고요. 전부 다."

"뭐가 말입니까."

"그러니까······."

호흡이 고르지 못한 탓에 마음처럼 말이 나가지 않았다. 더불어 소연이 했던 말들이 머릿속에서 뒤죽박죽으로 복잡하게 얽혀 왔다.

'아니, 아까 다솜 씨랑 유진 씨랑 이야기 좀 했거든. 솔직히 주희 씨랑 강욱 씨 사이에 뭔가가 있는 거 같아서. 그걸 가지고 맞네, 안 맞네, 논쟁을 나누고 있는데 그걸 대표님이 다 듣고 있었더라고. 표정이 살벌해져서는······.'

"일단 타요."

설우가 부드럽게 주희의 손목을 그러쥐었다. 쿵. 문이 닫히고, 적막한 침묵이 흘러내렸다.

"······진짜 오해예요."

"······."

"강욱 선배가 잠깐 할 이야기가 있는 거 같아서."

"그것 때문에 화가 난 거 같아요?"

그럼? 의아한 눈길을 비추자 실망 섞인 시선이 따라붙었다.

"솔직하게 말하지 않았잖아."

"······."

"강욱이가 아니었으면 난 아마 서주희 씨 말을 그대로 믿었을 겁니다. 아니, 믿으려고 했겠지. 그걸 당신이 원했으니까."

주희의 입이 저절로 벌어졌다. 그 문제로 설우가 예민해진 건 알고 있으나 그게 중심이 될 줄은 몰랐다.

"괜히 분위기 흐리고 싶지 않았어요."

"……."

"안 그래도 다들 예민해진 상태인데, 거기서 애꿎은 불씨만 키워 봤자……."

"서주희 씨."

칼같이 말이 잘리자 주희의 두 눈이 뻣뻣하게 굳었다. 한 발짝, 다가온 설우가 일그러진 눈으로 그녀를 훑어 내렸다.

"다수를 위해서 희생하는 정신은 좋습니다. 근데 나 자신을 외면하는 것도 한두 번이야. 그것도 그 이상이 되면 습관이 되는 법이라고."

습관. 그 두 글자가 체한 것처럼 목구멍에 걸렸다. 주희는 체념하며 두 눈을, 스르르 감았다. 민낯을 까발린 것처럼 속내를 적나라하게 들킨 기분.

"……미안해요. 거짓말해서."

사과하는 그녀를 보며 설우는 아무 말도 하지 않았다. 그 대신 조용히 그녀를 품에 가두었다.

"알아요. 나서는 게 쉽지 않다는 거. 그래도 나한테만큼은 솔직하기로 약속했잖아."

그랬더라면 고 대리가 주희의 근처에 얼씬도 하지 않게 만들어 줬을 것이다. 적어도 말 같지도 않은 트집을 잡고 물어지는 일 따위, 다시는 할 수 없겠지. 주희가 아니라 그 누구였더라도 설우는 그렇게 나설 의향이 있었다. 성범과 선우, 그리고 설우에게 공통점이 하나 있다면, 맑은 물을 흐리게 하는 자들이 나타나는 즉시 가차 없이 목을 쳐 내고, 싹을 자른다는 것이었다.

"근데요, 대표님."

주희가 품 안에서 꼼지락거리며 시선을 들었다. 그녀의 눈빛이 어쩐지 초조했다.

"여기 엘리베이터잖아요."

"그렇죠."

"그럼 우리가 이러고 있는 것도, 저 CCTV에 다 찍히겠네요?"

그걸 이제야 알았냐는 듯 설우의 입술이 둥글게 말려 올라갔다. 그 태연함에 주희는 그의 품에서 벗어나려 했지만 역부족이었다. 옭아매듯 허리에 둘러진 두 팔이 단단했다.

"가만히 있어요. 어차피 지금 당신 얼굴 보이지도 않아. 그리고 나, 아직 화 안 풀렸습니다."

설우가 으름장을 놓자 주희의 몸에서 조금씩 힘이 빠져나갔다. 집무실과 가까워지는 층수를 바라보며 그녀는 조심히 물었다.

"어떻게 할 거예요?"

"뭘?"

"고 대리님 말이에요."

"어떻게 했으면 좋겠는데?"

"나한테 선택권 같은 게 어디 있어요."

"왜 없습니까."

왜 없냐니? 의아한 눈길에 설우의 눈빛이 견고했다. 이미 눈앞에 답이 있는데, 왜 모르냐는 듯이.

"뭐든 말해 봐요. 목을 쳐 내라면 목을 쳐 내고, 싹을 자르라면 싹을 잘라 줄 테니까. 아, 걸리적거리면 쥐도 새도 모르게 지구 반대편으로 보내 버릴 수도 있고. 남자 친구는 이럴 때 써먹는 거 아닌가."

장난이란 걸 알면서도 웃음기 섞인 눈과 달리 싸늘한 음성 탓이었을까.

"가만 보면 은근 폭력적인 거 알아요?"

"글쎄요. 먼저 건드리지 않는 한 잘 움직이지 않는 편이라."

"됐어요. 그냥 둬요. 그런 수모까지 당했는데 뭘 더 어떻게 하겠어요. 양심이 있다면 알아서 눈치 보겠죠."

과연 그럴까. 개인적인 경험상 고 대리 같은 부류는 쉽게 누그러드는 편이 아니다. 정황상 주희가 이런 취급을 받은 게 한두 번도 아닐 것이다.

"또 그런 일이 있으면 내가 직접 말할게요. 그러니까 더 일 키우지 말아요. 부탁할게요."

진심인 듯 주희가 소심하게 설우의 허리를 끌어안았다. 밖이 아닌 사내에서 그녀가 직접적으로 스킨십을 한 적은 처음이었다. 그게 퍽 마음에 들었는지 그는 순순히 고개를 끄덕였다. 그러나 귓가에 스며든 음성은 싸늘하기 그지없었다.

"미안하지만 그건 보장 못 합니다. 그게 내 업무 중 하나라서."

흘러내린 머리칼을 귀 뒤로 넘겨 주며 그는 미소를 머금었다.

"그리고 아마 강 팀장님이 적당한 선에서 해결하실 겁니다. 나랑 약조한 게 있거든요."

❋

"고 대리."

"네, 팀장님."

고 대리는 마른침을 꿀꺽 삼켰다. 강 팀장이 창밖을 향해 등을 지고 있는 탓에 그의 표정을 구분하기 어려웠다.

강 팀장은 원체 온화한 성격의 소유자였다. 불같이 화를 낸 적도, 크게 언성을 높인 적도 없었다. 좀처럼 미동 없는 그의 모습에 뜻 모를 긴장감이 등줄기를 타고 내렸다. 한참의 침묵 끝에 강 팀장이 말문을 뗐다.

"우리가 함께 일한 지 몇 년이지? 올해로 벌써 3년째던가?"

그가 몸을 틀어 평소처럼 나긋한 시선을 보내왔다.

"난 말이야. 고 대리의 열정을 참 좋아해."

갑자기 웬 칭찬? 종잡을 수 없는 언설에 고 대리는 아리송했다. 그러나 쉽사리 긴장감을 뗄 수 없는 건 어떤 감정도 읽을 수 없는 무감한 눈빛 때문일 것이다.

"부서에 들어와서 고생도 많이 했지. 고 대리만큼 열정적으로 이곳저곳 뛰어드는 사람이 몇이나 되겠어."

"……."

"그렇지만 사람은 완벽할 수 없다고 생각하네. 장점이 있으면 단점도 있는 법이겠지."

강 팀장이 옅게 미소를 머금었다. 여전히 그가 무슨 말을 하는지 파악하기 어려웠지만 전보다 분위기가 유한 쪽으로 흘러가자 고 대리는 안도했다.

"그런데 그 단점이 치명적이라면 고칠 줄 아는 것도 능력이라고 생각하는데."

부드러우면서도 단단한 어투가 고막을 파고들자 그녀의 두 눈이 파도처럼 넘실거렸다. 강 팀장이 팔짱을 끼며 말을 이었다.

"사수가 후배한테 일을 가르치는 건 당연한 절차야. 근데 회사 일과 개인적인 감정을 혼합해서는 안 되지. 어찌 됐든 여긴 회사잖나."

그러니 쓸데없는 이유로 주희에게 시비를 걸지 말란 경고였다. 어찌 보면 오늘 같은 사달이 일어난 게 차라리 잘된 일일지도 모른다. 무엇보다 그는 부서의 평화가 깨지는 것을 원치 않았다.

3년 전, 강 팀장은 모종의 일로 회사에서 퇴출된 적이 있었다. 그 까마득한 암흑 속에서 그를 구출한 사람이 지금의 김설우 대표였다. 설우는 다짜고짜 실업자가 된 강 팀장을 찾아와 그가 두고 간 사원증을 내밀며 제안했다.

'제가 강 팀장님을 살려 드리는 이유는 딱 하나입니다. 곧 부서를 하나 만들 예정이에요. 마땅한 책임자, 그게 강 팀장님이 이뤄 낼 몫입니다.'

"이번 한 번은 이렇게 넘어가겠지만, 두 번은 없을 거야."

"……."

"아마 나보다 대표님이 먼저 손을 보시겠지."

딱딱하게 굳은 고 대리를 향해 강 팀장이 가볍게 손짓했다.

"그만 나가 봐."

고 대리는 말없이 고개를 숙이며 돌아섰다. 축 늘어진 그녀의 어깨가 볼 만했다. 그러나 문을 닫고 나오기 무섭게 그녀의 붉은 입술이 비틀리며 얕은 조소가 터져 나왔다.

"하, 기가 차서. 퇴출될 뻔한 주제에 어디서 충고질이야. 꼴에 팀장이다, 이거지? 그래 봤자 공중분해 될 부서라고."

한때 그녀도 열정적으로 인테리어 부서를 위해 뛰어다닌 적이 있었다. 하지만 어디까지나 스스로의 성취와 능률을 위한 행보였을 뿐, 결코 단체를 위해 나선 적은 단 한 번도 없다.

멍청한 게 아니고서야 회사를 위해 희생하는 놈이 어디 있어? 그러니 살아남기 위해서 할 수 있는 건 단 하나. 어중간하게 나설 바엔, 강자에게 잡아먹힐 바엔 비인간적인 행동을 취해서라도 잡아먹는 수밖에.

❊

"……다 됐다."

노트북 화면을 응시하는 주희의 눈이 새초롬했다. 잘못된 부분은 없는지, 부족한 부분은 없는지, 여러 번 점검을 했음에도 마우스 휠을 내리는 손길이 초조했다.

"자료도 준비한 대로 다 넣었고……. 통계 자료도 이만하면 나쁘지 않은 것 같은데."

그런데도 뭔가가 석연치 않다. 뭐지? 뭐가 문제일까. 고민의 늪에 빠진 사이, 욕실 문이 벌컥, 열렸다.

"안 씻어요?"

"아, 금방 씻을……."

주희는 멍하니 눈을 끔뻑였다. 그도 그럴 것이, 설우의 머리칼이 축축했다. 맺힌 물방울이 툭툭, 떨어지며 실오라기 하나 없는 탄탄한 근육 위로 흘러내리자 그녀가 당황스러운 목소리로 물었다.

"……뭐예요?"

"뭐예요, 라고 물으면 뭐라고 답해 줘야 하나. 내 이름을 말해 줘야 하는 건가?"

"그런 걸 묻는 게 아니잖아요."

분명 손만 씻고 나온다면서. 왜 온몸을 씻고 나온 건데? 서로의 스케줄이 엇갈리는 경우를 제외하고 두 사람은 하루도 빼놓지 않고 퇴근길을 동행했다. 함께 손을 잡고, 서로의 얼굴을 수시로 바라보며, 찬바람이 불 때는 그의 코트 안으로 쏙 들어가 아쉬운 이별을 즐기는.

그 아쉬움이 오늘따라 큰 게 화근이었다. 차 한 잔 마시고 가라는 제안에 그는 손을 씻고 오겠다며 욕실로 들어갔다. 그사이, 주희는 노트북을 켜 최근 들어 정성을 쏟고 있는 기획안을 손보는 중이었다.

"어차피 자고 갈 건데, 안 씻는 것도 이상하니까."

"자고 간다고요?"

설우가 침대에 엉덩이를 걸치며 양손을 뒤로 뻗었다. 자연스레 탄탄한 상체에 희멀건 스탠드 불빛이 드리우며 굴곡진 음영이 생겨난다. 그가 고개를 틀며 미소 지었다.

"그럼 안 되는 건가."

주희는 반박하지 못했다. 시각적으로 주는 자극이 강한 탓에 이성에 버퍼링이 걸린 것만 같았다. 간신히 고개를 돌리며 받아쳤다.

"누구 허락 맡고요?"

"내가 요새 누구 때문에 꽤나 피곤해서요."

물기 어린 발자국 소리가 등 뒤로 울려 퍼졌다. 크나큰 그림자가 머리 위로 드리우더니, 그가 무너지듯 주희의 어깨를 감싸 안으며 얼굴을 파묻었다.

"도무지 집에 갈 힘이 있어야지."

숨소리 섞인 낮은 목소리가 목덜미를 타고 흘러내리자 저절로 등줄기가 뻣뻣해졌다. 주희는 미간을 찡그렸다.

"대표님."

"응."

"원래 이런 사람이었어요?"

"이런 사람?"

시간이 흐를수록 노골적인 한마디에도 수줍어하던 남자는 어디에도 없었다. 한 번 터진 욕망에 목말라하는 사람처럼 빠른 시간 안에 변해 가는 그의 모습이 주희는 어쩐지 낯설었다.

"이런 사람이 뭔데요."

왜 말을 하다 마냐며 설우가 마른 어깨에 입술을 지분거렸다. 이제 막 씻고 나온 것을 상기시키듯 맨살에 닿는 입술의 촉감이 한없이 촉촉하다. 서서히 내려가는 입술을 느끼며 주희는 반사적으로 그의 팔목을 붙잡았지만, 그는 더 집요히 파고들며 얇은 티셔츠 안으로 손을 집어넣었다. 배꼽을 둥글게 지분거리더니 이내 검지로 쭈욱 타고 올라와서는 불쑥 브래지어 안을 침범한다.

"……잠깐만."

그의 손안에서 조였다, 풀렸다 물렁거리는 가슴이 금세 반응했다. 설우는 뻣뻣해진 여자의 상체를 자신의 품 안으로 무너트리며 귓불을 깨물었다.

"하루 종일 골몰했어요. 어떻게 하면 깔끔하게 처리할 수 있을까. 아님 조용히 처리해 버리는 게 나으려나."

"설마…… 고 대리님 이야기하는 거예요?"

주희가 몸을 틀었지만, 힘을 쓰기도 전에 그가 허리를 감싸 안았다.

"그건…… 전에 이야기 끝냈잖아요."

"이야기를 끝낸 건 맞죠. 단지 그 상황이 내 머릿속에서 진행 중이란 것뿐이지."

그 소리는 여전히 고 대리를 탐탁지 않게 본다는 건데. 그날 이후로 고 대리와의 사이는 전보다 더 삭막해졌다. 강 팀장이나 오 과장이 자리를 지키고 있을 때는 사근사근 굴다가도, 그들이 보이지 않는 자리에서는 늘 경계하며 차가운 시선을 던지기가 일쑤였다. 그러거나 말거나 주희는 신경 쓰지 않았다.

"……대표님. 스톱. 진짜 스톱."

그의 손이 바지 안으로까지 비집고 들어왔다. 주희는 도리질하며 있는 힘껏 그의 손목을 붙잡았다.

"끝내야 하는 파일이 있단 말이에요."

그 말에 설우가 고개를 내려 시선을 맞췄다. 그게 뭐냐는 듯 궁금하다는 눈빛. 이내 그가 노트북으로 시선을 던지자 주희는 황급히 넓은 품을 빠져나와 노트북을 양손으로 가렸다.

"아까부터 뭘 자꾸 하고 있던데. 뭡니까?"

"있어요."

"감추는 거 보니까 뭔가 있기야 있겠죠."

비키라는 듯 그가 손짓했지만 주희는 단호했다. 노트북을 감싸 안는 폼이 영 수상하다.

"안 돼요."

"안 된다고 하면 더 보고 싶어지는 법입니다."

"그래도 안 돼요. 형평성에 어긋날 것 같아서 그래요."

형평성? 그의 두 눈이 가늘어졌다. 주희가 마지못해 실토했다.

"……기획안이에요. 이번에 대표님이 제안한 프로젝트 기획안이요."

약속한 인테리어 부서와의 미팅이 얼마 남지 않았다. 이번 프로젝트는 설우에게도 아주 중요한 사안이었다. 시온의 적임자가 되기에 충분한지에 대한 평가가 따르는 만큼 신중을 기해야 했다.

하지만 설우는 대표 자리를 떠나 인테리어 부서의 성장과 발전에 큰 중점을 뒀다. 어찌 됐든 그만 믿고 따라온 사람들이다. 어느 회사에든 존재하는 사내 정치, 그 후폭풍을 알면서도 자신을 택한 그들에게 최소한의 보금자리를 만들어 주고 싶었다.

"그래서 내가 보면 형평성에 어긋날 것 같다?"

"뭐, 그렇다는 거죠."

"왜 그런 생각이 들었는지 궁금한데."

그야 당연히……. 주희는 대답하지 못했다. 설우의 입술이 얄궂게 올라가 있었다.

"설마 내가 서주희 씨 거라서. 그래서 당연히 도움을 줄 줄 알았나?"

얼추 맞는 부분도 있었지만 주희가 놀란 건 그 앞에 서주희 씨 거, 라는 대목이었다. 마치 그게 당연하다는 듯한 어투.

"근데 나 공과 사, 굉장히 잘 지키는 사람인데."

"……."

"어떤 도움도 주지 않을 겁니다. 어쩌면 모진 말로 상처받을 수도 있어요."

상처를 준다고? 전혀 상상이 가지 않았다. 그는 빙그레 웃으며 그녀의 허벅지 밑으로 두 손을 밀어 넣었다. 그러고는 단숨에 일어나 침실로 향했다. 주희의 두 다리가 허공에서 버둥거렸다.

"잠깐만요. 아직 안 끝냈다니까!"

멈추라며 어깨를 퍽퍽, 쳐 냈지만 그는 꿈쩍도 하지 않았다. 기획안은 주희에게도 아주 중요했다. 인턴들에게 이보다 좋은 기회가 또 있을까. 물론 경험이 생명인 인테리어와 건설 분야에서 신입의 기획안이 채택될 수 있는 확률은 희박했다. 그럼에도 포기할 수가 없는 건 아마도 죽었다고 생각한 열정이, 조금씩 수면 위로 스멀스멀 올라오기 시작했기 때문일까.

"공과 사, 잘 지킨다면서요."

침대 위로 눕혀진 주희가 한껏 설우를 노려봤다. 그는 두 팔로 주희를 가두고서 덤덤한 표정을 지었다.

"잘 지키니까 눕혔잖아요."

……뭐?

"일은 회사에서. 집은 휴식을 취하는 곳이라고 배웠습니다."

이게 무슨 얼토당토않은 논리냐며 반박하려다가도 머리칼을 쓰다듬는 그의 손길이 부드러워 주희는 아무 말도 하지 못했다. 그러다 문득 든 생각에 조심스레 입을 열었다.

"……잘할 수 있을까요?"

"뭘?"

나긋한 물음에 그녀의 시선이 어느새 화면이 꺼진 노트북을 향했다.

"사람들 앞에 서는 게 너무 오랜만이라서 그런지, 좀…… 겁이 나요."

긴 공백기 끝에 얻은 용기인 만큼 두려움도 만만치 않았다. 거의 밤을 새다시피 기획안을 준비하는데도, 알 수 없는 불안감이 마음 한구석에 팍, 박혀 묵직한 통증을 느끼곤 했다.

"그래서 망칠 것 같아요?"

망치다니. 불순한 어감에 주희의 두 눈이 확 커지며, 반박으로 일그러졌다. 그 극명한 온도 차에 설우가 피식, 웃었다.

"지금 얼굴 좋네."

"나, 장난하는 거 아니에요."

"알아요. 그러니까 그 전투적인 얼굴로 달려들라고."

도무지 그의 말을 파악할 수 없었다. 주희가 한쪽 눈꺼풀을 찡그리자, 설우가 손을 뻗어 그녀의 머리칼을 다시 쓸어내리며 덧붙였다.

"작정하고 달려든다는 건 철저한 준비가 돼 있다는 거니까."

"……."

"양손에 무기를 가득 쥔 상태면서 뭘 망설여요. 아님……."

갑자기 주희의 시야가 어둡게 물들더니 무언가가 촉, 하고 닿았다 떨어졌다. 끔뻑끔뻑, 상황을 제대로 파악하기도 전에 한 번 더 입술이 맞물렸다. 읍, 비튼 입술 새로 신음이 흘러나왔지만 그는 놓아주지 않았다. 전과는 사뭇 다른 입맞춤이었다. 질척이고, 습하고, 야릇한 감각이 정수리를 찌르르, 울리던 찰나 그가 입술을 떼며 탁한 숨소리를 내뱉었다.

"……한층 달아오르게 만들어 줘야 하나."

작정하고 달려드는 게 어떤 건지 보여 주겠다는 것처럼 검푸른 시선이 견고하고 느른하다. 주희의 양 볼이 열감으로 달아올랐다. 티셔츠 속으로 파고드는 손길을 겨우 막아 세우며 그녀는 시선을 회피했다.

"……충분히 알아들었으니까, 그만."

어쩔 줄 몰라 하는 반응이 새삼 귀여웠는지, 설우가 작게 웃음을 터트리며 하얀 목덜미에 얼굴을 묻었다. 그 따스한 숨결을 느끼며 주희는 잠시 눈을 감았다. 하지만 포근함과 아늑함은 오래가지 못했다. 목에 가시가 걸린 것처럼 며칠 전부터 가슴을 뒤숭숭하게 만든 누군가가 떠올랐다.

"이런 말 하는 거 조금 그렇지만, 강욱 선배 말이에요."

강욱의 이야기를 꺼내자마자 설우의 고개가 들렸다. 주희는 조용히 입술을 말아 물었다. 남자의 눈매가 매섭게 가늘어져 있었다.

"눈치챘겠지만, 선배랑 사이가 별로 안 좋아요."

"알고 있어요."

역시 눈치채고 있었구나.

"갑자기 강욱이 이야기를 꺼내는 특별한 이유라도 있습니까?"

이럴까 봐, 이럴 것 같아서⋯⋯. 다정한 면모의 남자는 어디도 없었다. 금세 서늘하게 가라앉은 까만 눈동자를 마주 보며 주희는 생각했다. 할 수만 있다면 평생 당신이 선배와의 일을 알지 못하면 좋겠다고.

그러나 같은 회사, 같은 부서, 더불어 사촌 관계인 두 남자. 언젠가는 알게 될 일이다. 그렇다면 적어도 제 입으로 말해야 한다는 생각이 들었다. 아니, 그래도 될 것 같았다. 약속하지 않았나. 그에게만큼은 솔직해지기로.

"매번 불편할 것 같아서. 그래서 꺼내는 이야기예요. 대표님도 묻고 싶은데, 참고 있던 거 아니었어요?"

설우는 침묵했다. 긍정의 의미였다.

"⋯⋯오해하지 말고 들어 줬으면 좋겠어요."

그러겠다는 듯 설우가 눈짓하자 주희는 최대한 가벼운 투로 운을 뗐다.

"같은 회사에 다닌 적이 있어요."

같은 회사라면 '효성'이란 건데. 설우는 본능적으로 신경을 곤두세웠다.

"거기서 좀 오해가 쌓인 일이 있었는데, 그 일로 사이가 틀어졌어요. 물론 이제는 상관없는 일이에요. 그냥 두 사람 사이가 그런 것도 있고 해서⋯⋯."

"서주희 씨."

주희의 입술이 조용히 다물렸다. 설우의 시선이 날카로웠다.

"어떤 오해도 하지 않을 거니까, 빙빙 돌려서 말하지 않아도 괜찮아요."

"……."

"알고 싶어. 당신이 왜 상처를 입을 수밖에 없었던 건지."

설우는 뒤늦은 자각이 일었다. 자신이 너무 안일했다는 깨달음. 한동안 주희와의 연애로 무엇이 가장 중요한지를 까마득하게 잊고 있었다.

"솔직히 말해도 돼요?"

"……."

"……내가 아닌데, 내가 범인이 되어 있었어요."

주희의 목소리 끝이 흔들렸다. 후회와 망설임이 번갈아 그녀를 괴롭혔다. 이미 지난 일을 굳이 설우한테 말해도 되는 걸까. 이 말을 하고 나서 강욱과 그의 사이가 틀어지게 되는 건 아닐까.

"대표님도 잘 알 거예요. 강욱 선배가 이쪽 분야에서 뛰어난 인재였다는 걸. 난 그런 선배를 존경했어요. 나만이 아니라 모든 사람들이 선배를 좋아했죠."

그 일이 있기 전까지는 그럴 거라고 굳게 믿었다.

"……그랬는데 나도 모르는 사이에 선배, 뒤통수를 친 사람이 되어 있더라고요."

주희가 한 것이라곤 기획안 건으로 함 부장이 접촉해 올 때마다 퇴짜를 놓는 게 전부였다.

"내가 아니라고 수백 번 소리쳐도, 아무도 믿어 주지 않았어요. 하다못해 강욱 선배도……."

주희를 믿어 주지 않았다. 알고 있다. 모든 상황의 수가 자신을 가리키고 있는 입장에서 강욱이 할 수 있는 건 배신감에 몸부림치는 것밖에 없었다는 걸.

"그래서 그만뒀어요. 날 불청객이라고 여기는 사람들 틈새에서 버티는 게 힘들었거든요. 근데 이젠 진짜 괜찮아요. 이런 걸 보면 시간이 약이란 말이 맞는 것 같기도 하고."

쓸쓸한 미소가 주희의 얼굴에 드리워졌다. 버겁기만 하던 상처와 강욱을 향한 미움. 그것들을 서슴없이 내뱉을 수 있다는 게 놀라우면서도 왜인지 모르겠으나 서글펐다.

"그러니까 오해 안 했으면 해요. 되도록 강욱 선배랑은 마주치지 않으려고 노력하겠지만, 같은 부서라서 쉽지 않을 거예요. 장담하는데……."

절대 강욱과는 어떤 일도 일어나지 않을 거라고 말하려던 주희의 입술은 열리지 않았다. 설우의 눈빛이 묘했다. 무어라 단정 짓기 어려운 감정이 그의 동공에 맺혀 그녀를 주시하고 있었다.

"대표……."

그를 부르기 무섭게 넓은 품이 들이닥쳤다.

"그랬구나. 그래서……."

중얼거리는 남자의 표정에 수많은 감정들이 스쳐 지나갔다. 반면 주희는 이 상황이 어리둥절했다.

"서주희 씨."

"……네."

"고마워요. 솔직히 말해 줘서."

솔직히 말해 줘서 고맙다는 건 무슨 의미일까. 여러 개의 의문이 교차했지만, 주희는 차마 묻지 못했다. 이상하게도…….

"그리고 버텨 줘서 고마워요."

뒤이어 떨어진 그의 말에 목 안이 시큰했다.

✻

주희는 꿈을 꿨다. 짙은 회색빛 공간이 끝없이 이어진 공간. 여기가 어디지. 의문을 품을 새도 없이 어디선가 빛줄기가 흘러나왔다. 두 다리가 본능적으로 움직였다. 마침내 빛이 나오는 곳에 도달한 순간, 전보다 더 강렬한 어둠이 시야를 지배했다. 그러자 더욱 빛줄기가 선명하게 드러나며 그 원흉을 쉽게 찾아낼 수 있었다.

딸랑. 낡은 방울 소리에 가슴이 촛불처럼 일렁인다. 익숙한 형체가 앉아 있었다.

"……브릿지."

그 목소리에 반응하듯 녀석이 딸랑, 소리를 내며 돌아섰다. 주희는 그 뒤를 무작정 뒤쫓았다. 꿈인지, 현실인지 분간되지 않는 상황에서 머릿속 은 오직 녀석을 멈춰야 한다는 생각뿐이었다.

"브릿지, 잠깐만."

가까운 거리인 것 같다가도 순식간에 달아나는 녀석의 뒷모습에 애가 탔다. 그렇게 긴 추격전이 이어졌을 무렵, 녀석이 불현듯 멈춰 섰다. 그 순 간 배경이 또 한 번 뒤바뀌며 익숙한 그림이 주희의 눈앞에 펼쳐졌다.

"여긴……."

2년 전, 매일같이 시달리다시피 꿨던 악몽. 끝없는 대지, 그러나 그 끝 에는 결국 낭떠러지인. 브릿지가 그 절벽 끄트머리에 서서 가만히 주희를 주시했다.

"……왜 그런 눈으로 보는 거야?"

왜 다가오지 않는 거야? 넌 내가 손만 뻗어도 좋아했잖아. 늘 달려와서 다리 밑에 얼굴을 비비기가 일쑤였잖아.

"설마, 내가 널 버렸다고 생각하는 거야?"

녀석은 말이 없다. 그저 조금씩 뒤로 물러서며 주희를 응시한다. 주희는 고개를 저으며 외쳤다.

"일단 이리 와. 위험하니까. 브릿지. 응? 가지 마."

거기로 가면 안 돼. 거긴 절벽이란 말이야. 아프단 말이야. 죽는단 말이 야. 수없이 속삭였지만 브릿지는 멈추지 않았다. 속이 탔다. 어떻게든 녀 석을 붙잡아야 하는데, 빌어먹게도 두 다리가 움직이지 않았다.

왜. 어째서. 안 움직이는 거야? 설마 두려운 건가. 저곳이 절벽이라서 죽게 될까 봐, 그래서 이러는 거야? 망설이기가 무섭게 브릿지가 허공으로 튀어 올랐다. 뒤늦게 손을 뻗었지만 소용없었다. 눈 깜짝할 새에 브릿지는 절벽 밑으로 사라졌고, 그대로 주희는 꿈에서 깨어났다.

＊

시온 전체가 떠들썩했다. 그토록 고대하던 대망의 날. 곳곳에서 별의별 말이 흘러나왔다. 오늘 드디어 김설우가 출진한다더라, 그것 때문에 인테리어 부서가 몇 달을 야근에 치여 살았다더라, 걔네 자칫하면 공중분해 될 수도 있다더라. 찬물과 더운물을 오가는 이야기가 떠들썩한 가운데, 인테리어 부서가 분주했다.

"왔, 왔어요!"

망을 보고 있던 팀원이 부리나케 부서 안으로 들어오며 외쳤다. 그 신호탄을 들은 오 과장은 비장하게 자리에서 일어났다. 그는 가슴에 손을 얹고 수도 없이 주기도문을 읊조리며, 눈을 번뜩였다. 승진, 승진, 승진만이 살 길이노라. 아멘. 기도를 끝마치기 무섭게 긴 두 다리가 나타났다. 화들짝 놀란 팀원들이 홍해가 갈라지듯 길을 만들며 설우를 반겼다.

"바로 시작하죠."

그러나 어떤 절차 없이 회의실로 들어간 그를 보며 어쩐지 불길한 직감이 들었다.

"뭐지? 이 생소한 살벌함은."

"에이, 설마. 기분 탓이겠지."

이미 한 번 김설우의 행보를 맛본 탓일까. 쉽게 이 전쟁에서 승리할 거라고 장담은 하지 않는다. 다만 그의 컨디션이 저조한 상태에서 회의를 진행한다면……

"자, 들어가자고."

강 팀장이 부드럽게 타이르며 걸음을 옮겼다. 남은 팀원들이 제발 목숨만이라도 건지자며 간절히 눈짓했다. 불길한 직감은 언제나 '반드시'로 되돌아오는 법이다. 예상대로 회의는 순조롭지 못했다.

"구멍이 이렇게나 많은데, 검토란 걸 진행은 하고 온 겁니까?"

누구는 목소리를 내기도 전에 옴팡지게 깨졌고.

"이대로 시행하면 후회할 것 같은데."

누구에게는 지레 겁부터 줘 벌벌 떨리는 상태로 간신히 끝을 맺게 만들었다. 그렇게 몇 명의 목이 잘려 나갔을까.

"그래서 고 대리는 이 기획안이 진행 가능하다는 소리죠?"

설우가 고 대리의 기획안을 한 장, 한 장 들춰 보았다. 그녀는 전에 있던 부서에서 꽤나 톡톡 튀는 아이디어로 돋보인 인물이었다. 단지 성격이 좀 뭐 같아서 답답한 구석이 있긴 했지만, 어찌 됐든 오 과장은 그녀의 능력을 높이 사는 편이었다.

"대표님도 아시겠지만, 현재 많은 소비자들의 눈높이가 높아진 상태입니다. 흔한 디자인으로 이목을 잡기에는 이미 시대가 많이 바뀌었고, 바뀐 시장에서 살아남으려면 시온만의 특색이 있어야 하는 건데……."

망설임 없이 이어지는 고 대리의 말을 들으며 오 과장은 흐뭇한 미소를 지었다. 다른 사람도 아닌 대표와의 대면에 긴장한 탓인지, 많지도 않은 인원 중 3분의 2 이상이 변변한 대응도 못하고 나가떨어진 상태였다. 그 가운데서 그래도 대표 앞에서 기죽지 않고 할 말 다 하는 모습이 기특했다.

"특색……. 좋죠, 특색."

고 대리의 말이 끝나자 설우가 꺼낸 감상평이었다. 먹구름으로 흐릿해진 팀원들의 얼굴이 금세 피어났다. 이대로 통과인가, 기대감이 풍선처럼 부풀어 오른 순간, 딱딱한 음성이 내리꽂혔다.

"근데 그 특색은 어떻게 살릴 겁니까?"

"앞서 말씀드렸던 것처럼 상반기에 발표한 아이템과는 정반대의 디자인들을 구체화시킬 예정입니다. 여기 보시면……."

스크린에 비춘 화면이 바뀌며 심플하면서도 특성적인 가구와 인테리어 제품들이 나타났다. 그러자 약속이라도 한 것처럼 팀원들의 입에서 오, 작은 탄성이 터져 나왔다. 그 반응을 고 대리가 만족스럽게 바라보며 말을 이었다.

"한눈에 봐도 시선을 사로잡기에 충분한데요. 실제로 이러한 디자인의 제품들을 구매한 소비자들의 대다수가 80% 이상의 만족도를 보였습니다. 단순히 가구로서의 가치로 끝이 나는 게 아니라 이제는 예술로서의 가치까지 바란다는 거죠."

됐어, 된 거야. 이거라면 김 대표가 충분히 만족하고도 남을 거라며 오 과장은 확신했다. 정작 설우의 얼굴에는 어떤 감정도 나타나지 않았다.

"고 대리."

"예, 대표님."

"대다수가 80% 이상의 만족도를 보였다면, 실제로 그 소비자들의 연령층은 조사해 봤습니까?"

"⋯⋯네?"

연령층까지는 조사하지 못했다. 80% 이상을 넘겼다는 것만으로 이미 다양한 연령층이 골고루 분포되어 있다는 의미니까.

"그럼 그들이 가지고 있는 재산은요? 그들이 평소 어떤 식의 생활 패턴을 가지고 있는지, 어떤 식으로 취미 생활을 즐기는지는 알고 있습니까?"

고 대리는 고개를 느리게 저었다.

"나라면 말입니다."

설우가 턱짓으로 스크린을 가리키며 미간을 찌푸렸다.

"피곤에 찌든 상태로 집에 오면 두 팔 벌려 자고 싶단 생각부터 하지, 가구를 음미하는 여유 따위 전혀 없을 것 같거든요."

허를 찌르는 말에 고 대리의 표정이 눈에 띄게 굳어 갔다.

"아마 만족도를 보였던 소비자들은 대부분 꽤 많은 재산을 소유한 사람들일 겁니다."

부가 풍족할수록 삶은 여유로워질 수밖에 없다. 때로는 그 부가 지루하게 느껴져 자칫 예술이라 칭하며 난잡한 디자인들의 가구, 그림, 하다못해 가당치도 않은 시안으로 집을 짓는 사람들도 있었다. 생활필수품이 아닌 취미 생활. 쉽게 말하면 돈지랄이었다.

"파격적이고 이색적이긴 합니다. 고 대리 말처럼 특색은 있네요. 하지만 이대로 시장에 나간다면, 글쎄요. 반짝, 빛났다가 사라질 가능성이 더 클 것 같은데."

"······."

"트렌드는 언제나 바뀌는 법입니다. 그 말은 곧 유행은 돌고 돈다는 거고, 처음에야 시선을 끌어당기겠지만 꾸준한 소비에는 한계가 있다는 거죠."

여러 가지의 면을 보지 못한 게 큰 실수였다. 자신만만한 태도는 어디 가고, 고 대리의 낯빛이 싸늘하게 식어 갔다.

"왜 기본기가 중요한지 압니까?"

설우가 작게 한숨을 내쉬며 물었다.

"뭘 해도 중간은 가거든요."

인테리어든, 가구든, 건축이든, 심지어 옷까지. 꾸준한 소비를 보인 상품들은 언제나 '베이직(Basic. 기본)'이란 단어가 따라왔다.

"난 잠깐의 유희를 즐기자고 이 부서를 만든 게 아닙니다. 끊임없는 성장과 발전이 목표고, 건축으로 자리를 잡은 회사라지만 이 부서가 추후에 시온을 대표할 수 있는 부서가 되기를 염원하죠. 근데 이런 식으로 나온다면 대표는커녕 계속 유지될 수나 있을지 걱정이네요."

아······. 안 돼, 안 되는데. 오 과장은 거의 울 것 같은 얼굴로 고개를 저었다.

"다음 건 봐 보죠."

어디 보자, 다음 차례가 누구더라. 여러 개의 눈동자가 분주히 굴러갔다. 그러다 아직 강욱이 단상에 서지 않았다는 걸 깨달은 오 과장이 이빨을 훤히 드러내며 웃었다.

마지막 희망이 남아 있었다. 강욱이 자리에서 일어나자 팀원들의 가슴이 기대감에 들썩였다. 그가 누구던가. 이 부서의 구세주이자 복덩이 같은 존재였다.

"실례를 무릅쓰고 드리는 말씀이지만."

그랬기에 그의 입에서.

"저는 이번 프로젝트에 참여하지 못했습니다."

이딴 소리가 흘러나올 것이라고는 그 누구도 상상치 못했을 것이다.

"대신 선정된 기획안을 전적으로 서포트할 생각입니다."

깔끔하게 제 의사를 밝힌 강욱이 도로 자리에 앉자 싸한 정적감이 내려 앉았다. 지, 지금 뭐라고 한 거야? 안 해? 참여를 안 한다고? 미쳤어? 아니, 어쩌자고? 놀란 건 주희도 마찬가지였다. 그녀만큼이나 그 또한 힘겹게 이 바닥으로 돌아온 것을 알고 있다.

그런데 포기한다고? 수많은 수군거림에도 강욱은 꼿꼿했다. 흐트러지지 않은 시선이 견고하면서, 확고하다.

"중도 포기하는 이유가 있습니까?"

설우의 차가운 시선이 따라붙었다. 강욱이 느리게 눈을 맞추며 대답했다.

"중도 포기가 아니라 처음부터 참여할 의사가 없었습니다."

……미쳤나 봐. 왜 저래? 간덩이가 배 밖으로 나오지 않은 이상 저런 무모한 발언은 감히 꺼내지도 못할 거라며 팀원들이 속닥거렸다. 정작 설우는 고요했다. 마치 강욱이 이런 태도를 보이는 이유가 무엇인지 가늠하듯 그를 꿰뚫는 눈빛이 날카로웠다.

"만족스럽지 못한 결과물이 손에 떨어질 걸 알고 있었습니다."

강욱의 입에서 나직한 한마디가 떨어졌다.

"중대한 프로젝트인 만큼 심혈을 기울여야 하는 상황에서, 그러지 못했거든요. 그래서 애초에 제출하지 않는 쪽으로 마음을 굳혔습니다."

"근데 서포트는 심혈을 기울일 수 있다?"

앞뒤가 맞지 않는 서론에 설우의 표정이 딱딱했다. 이런 상황을 예상한 건지 강욱의 시선이 또 한 번 견고하게 도드라졌다.

"혹시나 만족스럽지 못한 결과가 대표님 눈앞에 떨어진다면, 과감히 이 회사를 떠나겠습니다."

팀원들의 입이 쩍 벌어졌다. 설우가 픽, 웃으며 받아쳤다.

"뭐 좋을 대로. 실행 가능한 기획안이 하나라도 나와 줘야 책임질 수 있는 말이겠지만."

뼈를 때리는 소리였다. 기획안이 나오지 않으면 너의 사직서도 자동 처리되는 걸로 알아라. 적어도 팀원들의 귀에는 그렇게 해석됐다.

"바로바로 진행하죠. 시간이 별로 안 남아서."

설우가 상황을 정리하자 오 과장은 이미 발치 밑까지 떨어진 심장을 겨우 주워 들며 남은 사람을 파악했다. 단 세 명. 그 주인공들이 떨리는 눈으로 오 과장을 바라봤다. 오 과장은 눈물이 날 것 같았다. 하필 남은 인원 전부가 '인턴'이었다.

준비된 순서대로 주희가 제일 먼저 자리에서 일어났다. 제출된 기획안이 한 사람, 한 사람에게 전해졌고 그것이 끝내 설우의 손에 들어갔을 때는 심장이 빠르게 뛰기 시작했다. 그가 고개를 들어 주희를 바라봤다. 그 순간.

'어떤 도움도 주지 않을 겁니다. 어쩌면 모진 말로 상처받을 수도 있어요.'

예고된 비극처럼 그의 목소리가 녹진하게 퍼져 나갔다. 그 말이 진심이었다는 듯, 차갑고 서늘한 시선이 날아들었다.

"시작하죠."

지체 없는 진행에 기획안을 꼭 그러쥐었다. 절로 식은땀이 묻어 나왔다. 긴장이 되는 건 어쩔 수 없었다. 다수의 앞에 서서 자신의 무언가를 보여 주는 건 2년 만이었다.

과연 내가 할 수 있을까, 제대로 서기는 할 수 있을까. 목소리는 낼 수나 있을까. 숱하게 고민하고, 아파하고, 망설였던 나날들이 주마등처럼 눈앞을 스쳐 지나간다. 단상 앞에 서며 주희는 숨을 크게 들이마셨다. 그리고 최대한 덤덤하고, 또렷한 음성으로 시작을 알렸다.

"안녕하십니까. 저는 인테리어 부서의 인턴, 서주희라고 합니다. 잘 부탁드리겠습니다."

"그러니까 일인 가구 인테리어를 내보이자는 겁니까?"

어느 정도 주희의 이야기를 듣던 설우가 꺼낸 말이었다. 대학을 다니자마자 자취를 시작한 주희는 늘 그런 소망을 품고 다녔다. 이 집이 만약 내 집이었다면 맘껏 꾸며 볼 수 있을 텐데. 월세를 내고 사는 집에선 선뜻 무언가를 다는 것조차 망설여질 때가 많았다. 주희만이 아니라 자취를 하는 친구들 모두 다 같은 의견이었다. 디자인과 설계를 전공하는 그들로서는 아쉬운 마음이 더 컸을 것이다.

가끔씩 누군가 농담 삼아 '집이 작아도 좋으니까, 누가 알차게 꾸며 줬으면 좋겠다.' 라고 던지면 '누가 원룸에다가 인테리어 비용을 쏟아, 하루라도 빨리 돈 벌어서 나가려고 하지.' 라며 차가운 현실을 일깨웠다.

하지만 주희의 생각은 달랐다. 주머니 사정이 넉넉지 않은 사람들에게 잠잘 공간이 있다는 것은 큰 축복이었다. 그 집이 좀 더 따스할 수 있다면, 아늑할 수 있다면, 진짜 집이 주는 의미를 제대로 살릴 수만 있다면 어떨까? 거기서부터가 발상의 시작이었다.

"현재 시온은 우리나라에서 건축이라면 손에 꼽힐 만큼 탄탄대로를 걸어왔습니다. 하지만 그런 부분 때문에 자칫 소비자들한테는 딱딱한 이미지로 다가올 수 있다는 생각이 들었어요. 저번 프로젝트가 좋은 성과를 얻을 수 있었던 건, 지금껏 시온이 보여 준 이미지와는 정반대의 제품을 선보인 점이 크다고 생각합니다."

주희는 능숙하게 준비한 통계 자료를 스크린에 띄웠다.

"실제로 상품을 사용해 주신 분들의 리뷰입니다. 보시면 실용성이 주된 요인으로, 아늑한 분위기를 풍기는 게 좋았다는 평들이 대다수를 차지하고 있는데요."

의견을 뒷받침해 줄 수 있는 사실적 증거들. 그것을 바라보는 설우의 두 눈이 무심했다. 주희는 당황하지 않고 차분히 진도를 나갔다.

"문득 고민을 했습니다. 그동안 선보인 프로젝트마다 왜 미미한 성과로 그칠 수밖에 없었을까. 실례되는 말씀이지만, 제 의견을 내보이자면 어중간한 배치가 주된 원인이 아닐까, 싶습니다."

어중간한, 그 단어에 팀원들의 눈이 번뜩였다. 주희가 적이 아니란 걸 알면서도 고생스럽게 만들어 낸 아이템들이 팽당하는 것 같아 마음이 불편했다.

"실용성을 살릴 거였다면 확실히 도드라졌어야 하는데, 디자인 쪽으로도 돋보이기 위해서인지 평범하면서도 평범하지 않은 듯한, 애매한 경계선이 상품의 가치를 살리지 못한 주된 원인이란 판단이 들었습니다."

거기다 폭격까지 때려 버리니 얼이 빠졌다. 중간에 오 과장이 팀원들을 향해 눈을 내리깔라고 눈치를 주지 않았다면 누군가가 주희를 향해 한마디 던질 수도 있는 상황이었다.

"그래서 이 기획안은 어중간하지 않다?"

묵묵히 이야기를 듣던 설우가 시선을 들었다.

"내 의견은 좀 다른데요."

고 대리를 상대했을 때처럼 표정 없는 얼굴이 스크린을 가리켰다.

"요새 비혼주의가 많아지면서 일인 가구가 떠오르는 건 잘 알고 있습니다. 하지만 그들한테서 꾸준한 소비를 바란다고 그게 얼마나 갈 것 같습니까? 아니, 갈 수는 있을까요?"

생각은 좋으나 폭이 넓지 못하다는 비판이었다.

"일인 가구는 말 그대로 일인 가구입니다. 그들을 주된 고객층으로 상대하기엔 걸리는 제약이 한두 가지가 아니죠. 부서가 성장하기 위해선 좀 더 큰물에서 놀 줄 알아야 합니다. 그 기준을 두고 봤을 때 이 기획안은……"

그가 팔짱을 끼며 주희를 응시했다. 한 번도 느껴 보지 못한 차가움. 그것은 곧 굳게 다물린 입술을 타고 흘러나와 주희를 가격했다.

"소꿉장난에 불과하지 않을까 싶은데."

꽤나 비판적인 공격이었다. 무엇보다 소꿉장난, 이라는 말에 숨죽이듯 경청하던 팀원들이 주희라도 된 것마냥 어깨를 떨었다. 이 정도면 최소 전치 2주 감이야, 라고 속닥거리기 무섭게 말간 목소리가 터져 나왔다.

"물론 그들을 상대로 한 소비에는 한계가 있을 수도 있습니다. 하지만 앞으로도 일인 가구는 계속 늘어날 전망이며, 해외에서는 이미 오래전부터 일인 가구가 활성화가 된 상태입니다."

잘만 자리를 잡는다면, 해외에서도 건설이 아니라 인테리어로서 '시온'의 명성을 알릴 수 있다.

"그리고 왜 꼭 일인 가구라고 소비에 한계를 가지시는지 의견, 묻고 싶은데요. 저는 섣부른 선입견이라는 생각이 듭니다."

비판을 꼭 대표만이 하란 법은 없다는 듯 주희가 그대로 되돌려주자 당황한 것은 역시나 팀원들이었다.

"좀 더 큰물에서 놀아야 한다……. 맞는 말입니다. 그런데 우리가 그곳에 들어가는 게 아니라 우리가 제작한 상품이 큰물이 될 수 있도록 만들어야 하는 게 아닐까요? 그게 곧 특색이고, 브랜드의 가치를 높일 수 있는 가장 좋은 방법일 테니까요."

또 하나의 자료 화면이 나타났다.

"현재 우리나라의 땅은 건물을 지을 수 있는 한계치에 다다랐습니다. 과부화 상태죠. 그런데 아파트값은 날이 갈수록 치솟아 가고, 정부에서 제약을 걸고 있는 상태라지만, 20, 30대 세대들한테는 막연한 희망에 불과합니다."

내 집을 갖는다는 것. 하늘에서 별을 따는 것보다 어려운 목표가 되었다. 인생의 전부를 바쳐도 닿을 수 있을까 말까인 현실에 사람들은 언제부턴가 '결혼'을 포기하기 시작했고, 어느덧 결혼은 '필수'가 아닌 '선택'으로 사회적 인식이 바뀌고 있었다.

"집은……"

별안간 주희가 말끝을 흐리며 강욱을 바라봤다.

"공간의 크기를 떠나서 편안함을 제공해 줘야 하는 곳이라고 생각합니다. 제가 아는 분이 그러셨거든요."

그녀의 입가에 서글픈 미소가 번졌다.

"집에서조차 숨을 못 쉬는 건 슬프지 않냐고."

그래서 내가 숨 쉴 수 있는 공간을 직접 만들어 보려고. 그게 디자인을 시작한 이유라며 강욱이 스쳐 가듯 말한 적이 있었다. 그 순간이 왜 지금 떠올랐는지는 알 수 없었으나 주희는 태연하게 다음 말을 내뱉었다.

"그러기 위해선 공간의 활용도가 최우선시가 되어야 합니다. 이건 제가 짧은 예시로 만들어 본 이미지네이션인데요. 잠깐 봐 주시겠습니까?"

화면이 바뀌며 차례대로 무언가가 나열되었다. 팀원들이 '저게 뭐야?' 하고 의아한 눈빛을 비추었다.

"어플입니다. 소비자가 직접 인테리어를 꾸밀 수 있는 프로그램이죠. 보이는 제품들은 전부 이번에 런칭한 시온의 아이템들인데, 이렇게……"

마우스를 딸각거리자 빈 공간 안에 가구가 놓이고, 인테리어가 하나나 바뀌기 시작했다. 준비했던 컨셉을 하나씩 보여 주자 분위기가 괜찮다는 둥, 저런 식으로 공간을 활용할 수도 있다는 둥, 다양한 반응들이 속출했다.

"어플을 생각한 이유는 접근성 때문입니다. 소비자와 직접 접촉을 하지 않는 이상 그들이 원하는 게 무엇인지 실질적으로 알 수 있는 방법에는 한계가 있습니다. 그래서 어플에 추가적으로 사용자들이 어떤 상품을 가장 많이 눌러 보고, 어떤 인테리어를 선호하는지 통계 자료가 나올 수 있게 한다면 좀 더 효율적으로 아이템을 만들 수 있을 겁니다."

다수의 고개가 위아래로 끄덕거렸다. 긍정의 신호였다. 멋지다며 소연이 남몰래 엄지를 추켜세우는가 하면, 강 팀장의 인자한 미소와 말라 가다시피 앉아 있던 오 과장의 얼굴에는 햇살이 쏟아져 내렸다.

"그리고 이건 제 개인적인 바람이자 아주 먼 이야기이긴 하지만, 추후에 건설 분야에서 초소형 아파트를 지어 인테리어 부서와 협업을 하는 건 어떨까, 싶습니다."

미동 없이 앉아 있던 설우의 고개가 미세하게 틀어졌다. 좀 더 의견을 듣고 싶다는 표시였다.

"긴 세월, 시온이 지은 건물들은 깊은 전통과 기품 있는 디자인으로 명성이 자자하다는 건 저 또한 잘 알고 있는 사실입니다. 하지만 이제는 시장의 흐름을 파악할 때가 아닐까요?"

주희는 단상 앞으로 걸어 나오며 스크린을 한 번 바라봤다.

"특정 세대만이 누릴 수 있는 곳을 제공하는 회사가 아니라, 시온이 서민들의 시장에도 많은 관심을 보이고 있다는 걸."

그리고 두 손을 가지런히 모으며 밝게 웃었다.

"저는 이 기획안이 그 인식을 심어 줄 수 있는 아이템이 될 수 있다고 자부합니다."

✻

회의실을 빠져나오는 발자국 소리들이 경쾌했다. 이따금씩 들리는 휘파람 소리가 팀원들의 기분을 대변해 주었다. 유일하게 주희의 걸음만이 위태로웠다. 뭔가에 홀린 듯한 얼굴과 잔뜩 흐트러진 시선. 꼭 감당할 수 없는 상황을 맞닥뜨린 사람 같았다.

"주희 씨, 축하해."

소연이 다가와 주희의 어깨를 경쾌하게 두드렸다.

"봐 봐, 내 말이 맞지? 사람 일은 어떻게 될지 모르는 거라니까. 능력 있는 줄은 알았지만, 보석인 줄은 꿈에도 몰랐네."

"어, 서주희 씨! 고마워, 아주 고마워. 덕분에 내가 살고, 우리 가족이 살고, 부서가 살았어! 허허!"

막 설우를 배웅하고 오던 오 과장이 대뜸 주희의 두 손을 붙잡고 흔들었다. 말라붙은 입술에서는 고맙다는 말이 쉬지 않고 흘러나왔다.

"아…… 저는."

정작 당사자인 주희는 이 상황을 받아들이지 못했다. 실감이 나지 않았다. 최선을 다했으나 채택될 확률이 희박하다는 걸 알고 있었다. 기대란 것 자체를 하지 않았다. 단지 혼신을 다해서……. 이번이 마지막이란 절실함으로 모든 것을 쏟아부은 게 전부였는데…….

'이 기획안으로 진행해 보죠.'

나직하게 떨어진 설우의 목소리가 메아리처럼 귓가를 맴돌았다. 그는 알까. 그녀가 태연한 척 보이느라 얼마나 진땀을 뺐는지.

"고생 많았어."

"아, 강 팀장님."

"진가를 보여 줘서 고맙고."

주희는 말을 잇지 못했다. 강 팀장의 너그러운 미소에 마음 한구석이 아려 왔다.

"……감사합니다."

"앞으로 열심히 해 봐. 다른 사람들도 고생 많았어. 순조롭지 않겠지만, 조금만 더 버텨 봅시다."

"예!"

경쾌한 호응 소리가 터지며 웃음소리가 뒤섞여 흘러나왔다. 그중에는 탐탁지 못한 눈길로 주희를 바라보는 사람도 있었다. 고 대리였다. 그녀는 이 상황이 못마땅한 눈치였다. 그리고 한 사람 더. 소란스러운 틈을 타, 부서를 빠져나가는 한 남자. 그 뒷모습을 발견한 주희가 주변의 눈치를 살피며 소리 소문 없이 남자를 뒤따랐다.

"……선배."

강욱이 엘리베이터를 타다 말고, 뒤를 돌아봤다. 코앞까지 다가간 주희가 떨리는 눈동자로 그를 올려보았다.

"설마, 나 때문이에요?"

강욱의 설핏 미간을 찡그렸다. 그게 무슨 말이냐는 듯.

"그 날 일로, 트라우마 같은 게 생겨서, 그래서……."

강욱은 누구보다 이 분야를 사랑하는 남자다. 디자인 따위 하지 않을 거라며 외국으로 떠났던 그가 한국 땅을 다시 밟았다는 건 그만큼 절박했다는 뜻이다. 그래서 더 이해할 수 없었다. 시도조차 하지 않고 날린다고? 그에게는 다시 날개를 달 수 있는 기회일지도 모르는데?

"서주희."

"……."

"사리 분간, 제대로 못하지."

고요한 일침에 주희의 표정이 일렁거렸다.

"내 능력이 안 돼서 못 한 거야. 거기에 쓸데없는 추억팔이를 왜 끼워넣는데."

추억팔이라고? 그 아픈 기억을 단순히 추억으로 치부할 수 있다는 것에 주희는 당황스러웠다.

"한 사람이라도 기획안을 내지 못한다는 건, 경쟁자가 줄어든다는 거야. 기뻐할 줄 알아야지. 팀의 주도를 잡을 수 있을지도 모르는데, 이런 식으로 나와서 진행이나 제대로 할 수 있겠어?"

"……."

"넌 날 철저히 이용해야 하는 입장이라고."

서늘한 어투가 적응하기 어려웠다. 그러나 강욱이 금세 입가에 희미한 미소를 풀며 지긋한 시선을 보내온다.

"말했잖아. 선정된 기획안을 전적으로 서포트할 거라고."

"……."

"그러니까 철저히 이용해. 단물이 빠질 때까지 마시든, 구워 먹든 가능한 필사적으로 달려들어."

"……."

"그게 네가 이 바닥에서 버틸 수 있는 유일한 방법이니까, 그리고……."

나는 기꺼이 널 위해 희생될 준비가 돼 있으니까. 강욱은 그 말을 전하지 못한 채 엘리베이터에 올라탔다. 좁아지는 문 틈새로 흔들리는 말간 눈동자가 가슴을 찌른다. 끝내 주희의 모습이 사라지자 강욱은 거울에 등을 기댄 채 속삭였다.

"그렇게라도 이용당할 수 있다면 좋겠는데 말이야."

✻

"형, 안에 있죠?"

"알고 온 거 아닙니까?"

초면에도 느꼈지만, 이 사람한테 한 번이라도 밑보인 적이 있었나. 강욱의 등장이 껄끄럽다는 듯이 윤 비서의 인상이 잔뜩 일그러져 있었다. 회의가 끝나자마자 주머니에서 진동이 느껴졌다. 설우였다. 잠깐 보자는 연락이었다.

예상은 하고 있었다. 회의에서 보인 일방적인 태도에 의문을 가졌겠지. 주희를 제외하면 그가 다시 한국에 돌아오고 싶어 했다는 걸 아는 사람은 형이 유일했으니까. 문을 열고 들어가자 소파에 앉아 있는 설우의 모습이 눈에 들어왔다. 강욱은 별말 없이 건너편에 자리를 잡았다.

"형, 아까 일은 내가 설명할게."

"강욱아."

강욱이 멈칫하며 설우를 바라봤다. 평소와는 다른 분위기가 그에게서 흐르고 있었다.

"두 번은 안 물을게."

회의를 했을 때처럼 무표정한 얼굴이 시선을 사로잡았다.

"있는 그대로, 솔직하게 말하면 돼."

부탁 아닌 명령조에 가까운 어투에 강욱은 미간을 좁혔다. 왜인지 불길한 직감이 든다.

"너와 서주희 씨. 두 사람한테 무슨 일이 있었지?"

그것은 곧 피부로 스며 들어와,

"효성이 두 사람한테 한 짓이 뭐야."

강욱의 머릿속을 잔뜩 헝클었다. 식어 버린 공기 사이로 집무실 문이 열리며 윤 비서가 들어왔다. 그는 단숨에 두 사람 사이에 흐르는 딱딱한 기류를 눈치챘다.

"형, 방금 뭐라고 했어?"

그의 믿을 수 없다는 반응에 설우는 같은 말을 반복했다.

"효성에서 무슨 일이 있었던 건지 말하라고 했어."

찻잔을 내려놓던 윤 비서의 손이 움찔, 떨렸다.

"……내 뒷조사 했어?"

한 번도 설우에게 효성에서 있었던 일을 꺼낸 적이 없던 강욱으로서는 이 상황이 당황스럽기만 했다.

"수상은 했었어. 갑자기 잘 다니던 회사를 그만두고 외국으로 떠났다는 것부터가 마음에 걸렸으니까. 그때 내가 널 신경 썼어야 했는데."

갑작스레 아버지가 쓰러지고, 급히 열린 총회에서 임시 대표로 직분을 받은 탓에 감당해야 하는 것들이 한두 가지가 아니었다. 그 바람에 강욱이 한국을 떠났다는 것도 한참 후에야 알게 되었다.

"묻잖아. 뒷조사했냐고."

강욱의 턱 밑이 불거졌다. 경직된 눈동자에서는 화가 묻어 나왔다.

"뒷조사를 했든 안 했든 그게 중요한 게 아니란 걸, 너도 잘 알잖아."

"……뭐?"

"두 번은 안 묻는다고 했어."

강욱은 이 상황이 이해 가지 않았다. 전후 사정 따위 필요 없다는 설우의 강압적인 태도부터가 마음에 들지 않았다. 형이 원래 이런 사람이었나? 가끔씩 차갑고, 대나무처럼 단단한 성질로 압도할 때는 있어도 가까운 지인들에게는 한없이 다정한 남자였다.

그것만이 아니었다. 효성은 주희가 엮인 일이었다. 강욱은 최근 들어 윤주의 도움을 받아 함 상무의 뒤를 캐는 중이었다. 그녀는 기자 생활을 하며 틈틈이 모아 왔던 자료들을 스스럼없이 내보였다. 시간이 날 때마다 일거수일투족으로 그를 따라다닌 결과 수상쩍은 점을 몇 가지 발견할 수 있었다.

'……비리 입학?'

'아들놈이 제대로 된 꼴통이야. 근데 이름 있는 대학에 들어갔다?'

윤주의 입을 빌리자면 함 상무의 아들은 고등학교 1학년 때까지 우수한 성적을 보였으나 그 후부터는 무슨 일인지 비탈길을 걸었다고 한다. 좀 더 덧붙이자면 아버지인 함 상무와의 사이는 최악이라고.

'이 남자가 함 상무랑 대학 동기인데, 현재는 아들놈이 다니고 있는 대학의 총장으로 있어. 인품 좋고, 능력 좋은 인물로 명성이 자자하지. 근데 또 모르는 일이거든. 웃는 낯 뒤에 어떤 이면이 숨겨져 있을지. 꽤 많은 이야기를 품고 있는 양반이더라고. 우리 쪽에서 접촉을 시도 중인데, 워낙 칼같아야지. 기다려 봐. 조만간 대하 서사시 하나 뽑고 말 테니까.'

의욕을 불태우며 윤주는 조사한 자료들을 차례대로 나열했다. 그중에 하나를 강욱이 집어 들자, 그녀의 표정이 흐릿해졌다.

'선배가 효성에 들어오기 한참 전에 말이야. 그러니까 함 상무가 대리였을 때.'

그때가 왜? 의문의 눈길을 던지자 그녀는 한숨을 내쉬었다.

'그때 직원 한 명이 죽었어.'

'뭐?'

'회사에서는 과로로 인한 뇌경색이라는데 고작 스물밖에 먹지 않은, 그것도 건강한 여자가 뇌경색이란 게 말이 돼?'

'그럼……'

'자살.'

나직하게 떨어진 두 글자에 심장이 출렁거렸다.

'근데 그 원인이 타인에 의한 자살인지는 아무도 모른다는 거지. 확실한 건 함 부장, 그 인간도 그 경력직이 속했던 부서의 일원 중 한 명이었다는 거야.'

기분 나쁜 감정들이 소용돌이쳐 가슴을 헤집었다. 자연스레 주희가 떠올랐고, 버티다 버티지 못해 그녀가 죽음의 문턱까지 다다랐던 사실이 뒤따라오자 더 이상은 지체할 수 없다는 판단이 섰다. 그 후로 강욱은 윤주와 수시로 연락을 주고받으며 사건을 파헤치려 이리저리 뛰어다녔다.

그 덕분에 회사 일에 집중하지 못했고, 기획안 제출도 뒷전으로 밀려나는 건 당연한 결과였다. 무엇보다 주희가 과연 2년 전 이야기를 언급하는 것에 대해서 호의적으로 나올까? 그녀가 직접 그러지 않았나. 절대 형에게 만큼은 말하지 않을 거라고.

"우리 두 사람 사이에 있었던 일이야. 형이 알 필요까진 없어. 그리고 분명 내 선에서 해결하는 걸로 동의했던 것 같은데."

저로 인해 시작된 비극이라면, 끝도 자신이 맺어야 한다고 강욱은 다짐했다. 전보다 삭막해진 공기를 느끼며 윤 비서가 설우의 표정을 살폈다. 바람 한 점 불지 않는 고요한 바다처럼 여전히 잠잠한 얼굴은 도무지 그 속을 알 수 없었다.

"넌 아마 못할 거야."

강욱의 인상이 비틀렸다. 그 날것을 마주 보며 설우가 물었다.

"감정을 배제하지 못한 채로 달려드는 싸움에서 과연 이길 수 있을까?"

"형."

"지금도 마찬가지야. 무슨 일이 있었냐고 물었을 뿐인데, 벌써부터 흥분하는 네 상태를 봐."

실타래가 복잡하게 꼬인 사건일수록 한 발자국 물러나 상황을 냉정히 판가름할 줄 알아야 한다. 그러나 강욱의 상태는 극적이었다. 주희의 이야기만 나오면 당장이라도 목줄을 끊고 달려드는 개처럼 타오르는 분노를 감추지 못했다.

"그리고 서주희 씨 입으로 직접 들은 이야기야. 나한테 그러더군. 자기가 범인이 아닌데, 범인이 되어 있었다고."

"……주희가 형한테 말했다고?"

"전부를 말하지는 않았어. 애써 괜찮은 척하더라. 너와 내 사이가 틀어질까 봐 오히려 걱정하는 눈치였지."

강욱의 눈 밑이 미세하게 떨렸다. 자신을 미치도록 미워하는 게 정상이었다. 당연히 그런 줄로만 알고 있었다. 그런데 형과 내 사이를 걱정해? 악착같이 떼어 냈던 미련이 다시 수면 위로 올라오는 기분에 그는 주먹을 움켜쥐었다.

"약속했던 것처럼 난 네가 무슨 짓을 하든지 신경 쓰지 않을 거야. 하지만."

강욱을 바라보는 설우의 눈빛이 깊어졌다.

"네 뒤를 봐줄 수 있는 사람이 한 명쯤 있는 게 꼭 나쁜 건 아니라고 보는데."

"……."

"너도, 서주희 씨도 더는 절대 다쳐선 안 돼."

그것만큼은 두고 볼 수 없는 일이다. 어젯밤, 주희의 고백을 들은 후 설우는 많은 생각에 잠겼다. 고민은 오래가지 않았다. 멀리 갈 필요도 없었다. 늘 그랬던 것처럼 주저 않고 행동에 나섰다.

"네가 제일 원할 거 아니야."

"……."

"그 여자가 망가지기 전으로 돌아가고 싶다고 말야."

강욱의 가슴이 크게 들썩였다. 얼마나 갈망했던가. 선배, 라고 부르며 말갛게 웃어 주던 그 얼굴을 다시 볼 수 있기를.

"……기획안을 도난당했어."

숨 막히는 침묵 속에서 강욱이 체념하듯이 실토했다.

"대학을 다닐 때부터 머릿속으로 그려 온 그림이었는데, 아는 사람이라

곧 주희가 유일했어. 본격적으로 시동을 건 건 효성에서 대리로 막 올라섰을 때였고. 근데 시도조차 할 수 없었지."

강욱이 비틀린 조소를 씹어뱉었다.

"손을 쓰기도 전에 타인의 기획안이 되어 있었거든."

"그 범인이 서주희 씨로 판명된 거고."

"그럴 만한 정황이 수십 가지였으니까."

함 부장과 주희의 밀회, 시시때때로 들려오는 소문들, 정규직을 간절히 원했던 주희의 모습들. 지금 생각하면 참 같잖았다. 얼마든지 미심쩍은 부분을 찾아낼 수 있었는데도, 그럴 시도조차 하지 못한 과거의 자신이 우스웠다. 왜? 간절했으니까. 주희만큼이나 강욱도 꼭 이뤄야 하는 목표가 있었다. 그것이 결국 두 눈을 가리고, 두 귀까지 막아 버릴 줄은 전혀 모른 채.

"……멍청했어. 비겁했고. 조금만 더 빨리 눈치챘더라면."

"사주를 한 사람은 누구지?"

본격적으로 사건을 파헤치려는 질문에 강욱의 어깨가 굳었다. 그의 독기 묻은 시선이 설우를 향했다.

"미안하지만 그건 묻지 말아 줘. 내 뒤를 봐준다고 했지?"

"……."

"그럼 내가 진짜로 형을 필요로 할 때, 그때 나서 줘."

"……."

"그 인간은 무슨 수를 써서라도 내 손으로 족칠 거니까."

그 한마디만을 남긴 채 강욱은 집무실을 떠났다. 그가 던진 폭탄들을 하나하나 곱씹던 설우는 뻣뻣하게 굳어 있는 윤 비서를 바라봤다.

"윤 비서님."

윤 비서는 말없이 시선을 내렸다. 그의 표정이 복잡했다.

"다시 한 번 효성에 대해서 알아봐야겠어요. 두 사람이 속했던 부서의 일원들 전부 다 조사해서……."

"찾아내서 뭘 어쩌시려고요."

일순 설우의 눈썹이 좁혀졌다. 귓가에 꽂힌 말투가 딱딱하고 뾰족했다.

"그건 제 선에서 해결하겠습니다."

"해결? 무슨 해결이요? 이리저리 파헤치고 다니면서 일만 키울 게 뻔하지."

오랫동안 윤 비서를 알고 지낸 설우는 그의 심기가 굉장히 불편하다는 걸 느낄 수 있었다. 원체 표면이 거칠고 까칠한 성격을 지니긴 했으나 그게 그의 진심이라고 치부할 순 없었다. 하지만 지금은 다르다. 어느 순간부터 윤 비서는 말이 없어졌다. 주희와 사귀는 걸 알게 된 이후부터였을 것이다.

티만 내지 않았을 뿐 서로 오고 가는 대화가 현저히 줄어들었고, 말이 건너가도 돌아오는 대답은 한없이 짧고 차가웠다. 그 이유가 뭘까, 고민도 해 보았지만 속전속결로 상황을 해결하지 못하는 자신이 만족스럽지 못해서 그런 거라고 단순히 치부했다.

"제 선에서 해결할 거니까 지금 당장 알아봐 주시죠."

"아까 저놈이 한 말, 못 들었어요? 자기가 해결한다잖아요! 어차피 대표님이랑은 상관없는 일이에요. 이제 총회가 코앞인데, 흔적을 지우지는 못할망정 왜 뿌리지 못해 안달입니까. 알아봤자 이미 지난 일이라고요. 2년이 지난 일을 파헤쳐 봤자 달라지는 건 아무……."

"알고 계셨던 거네요."

파도처럼 말을 쏟아 내던 윤 비서의 어깨가 움찔거렸다.

"2년 전 일이라고는 말한 적이 없는 것 같은데."

뭔가 이상하긴 했다. 효성에 대해 몇 번이나 알아보라고 당부해도 돌아오는 것은 그저 두 사람이 같은 회사에 다녔고, 같은 시기에 회사를 그만뒀다는 똑같은 레퍼토리의 반복이었다.

윤 비서는 실장으로서의 능력뿐만이 아니라 정보통으로도 유능한 남자였다. 선우의 권유로 시온에 들어왔지만 가진 것이라곤 성실함과 빠른 습득력이 전부였던 그로서는 살아남기 위한 방법 중 하나였을 것이다. 그래서 전적으로 믿었는데, 그게 큰 실수였다는 걸 알게 된 설우는 문득 화가 났다.

"알면서도 보고를 하지 않았다?"

되묻는 음성이 한없이 차가웠다.

"설명이 좀 필요할 것 같은데요."

윤 비서는 속으로 욕을 삼켰다. 그러나 욕으로 해결되지 못한 탄식은 가시 박힌 말이 되어 튀어나왔다.

"방금 한 말 귓등으로 들었습니까? 이미 지난 일입니다. 대표님과는 전혀 연관이 없어요."

주희가 겪은 부당한 일을 알게 된 날, 윤 비서는 끓어오르는 분노를 참을 수 없었다. 그러면서도 설우가 이 사실을 알게 된 순간 어떻게 나올까, 조바심이 앞섰다. 당연히 나서고도 남을 남자겠지. 그게 싫었다. 중간이라곤 없는 이 남자가 또 어떤 식으로 비극적인 진실을 파헤칠지, 눈앞이 아득했다.

주주 총회가 가까워지고 있는 상황에서 득 될 게 없는 행보. 그러니 택할 수 있는 수단은 딱 하나였다. 죽을 때까지 그날의 비극을 묵살하는 것.

"연관이 있다면 어떻게 하실 겁니까?"

"무슨 말 같지도 않은 소리입니까. 그 자리에 대표님이 없었단 걸 내가 알고, 하늘이 알고, 무엇보다 대표님 자신이 제일 잘 아는 사실인데."

"물론 난 그 자리에 없었죠. 근데 그 자리에 없었다고 꼭 연관성이 없을까요? 절 통해 몇 번이나 겪으셨잖아요. 세상에는 상식으로 해결되지 않는 일이 꽤나 많다는 걸."

윤 비서가 눈살을 좁혔다. 그 순간, 설우의 등 뒤로 익숙한 형체가 드리워졌다. 강욱에게서 느꼈던 독기보다 훨씬 더 지독한 살기가 녹안의 눈동자를 지배하며 브릿지의 입술이 열렸다.

"걸리는 놈이 하나 있어."

가까스로 분노를 억누르는 어투였다.

"함 상무라던가."

그리고 마치 확신하는 눈으로 설우를 바라본다.

"그 새끼야?"

당장이라도 짓밟을 것처럼.

✳

주희는 마음이 뒤숭숭했다. 아직도 회의실에 머물러 있는 것처럼 그 순간의 열기가 몸 구석구석을 휘젓고 다녔다. 퇴근 시간이 찾아오고 나서야 가까스로 정신을 추스른 그녀는 다급히 누군가에게 연락을 걸었다.

"오래 기다렸어요?"

주희가 깜짝 놀라며 뒤를 돌아보았다. 오늘 그는 퇴근이 늦어진다고 했다. 그런데도 기다리겠다고 고집을 부린 건 여전히 믿기지 않아서였다.

"······진짜 진행할 거예요?"

커다란 눈망울이 의심으로 가득 차 있었다. 그녀가 무슨 대답을 원하는지 알 것 같아 설우는 주저 없이 대답했다.

"그럼 진짜죠. 가짜일까."

"······거짓말."

주희는 눈앞이 울렁거리는 듯한 착각이 들었다. 맥박이 빠르게 뛰었고, 들쑥날쑥한 감정의 파동이 심장을 아프게 조였다.

"나, 아직도 믿기지가 않아서."

"어째서? 자신의 능력이 의심스러워요?"

주희는 고개를 느리게 저었다.

"아님 최선을 다하지 않았던 건가?"

이번에는 빠르게 고개를 저었다.

"근데 왜 믿지 못해요."

"······그냥, 그냥 꿈만 같아서요."

기획안 발표를 무사히 끝낸 것만으로도 주희에게는 기적이었다. 수십 번, 수백 번 상상했다. 이 순간이 찾아오기만을. 숨 쉬는 것조차 두려웠던 아득한 날, 모든 것이 지옥 같았지만 마음 한구석에서는 꺼질 듯 꺼지지 못한 불씨가 아스라이 피어 있었다.

……나, 다시 일어설 수 있을까. 다시 살아갈 수 있을까. 때로는 그 마음이 괴로울 때가 있었다. 차라리 이 세상에 미련 따위 없다면 좀 더 편안해질 수 있을 텐데, 좀 더 쉽게 포기할 수 있을 텐데.

그러나 결국은 살고 싶었던 것이다. 다시 일어서고 싶었던 것이다. 오늘 회의를 통해 뼈저리게 확신했다. 얼마나 자신이 목말라 있었는지.

"이 모든 건 서주희 씨의 능력으로 이뤄 낸 성과예요."

확신에 찬 어조로 말하는 그의 목소리가 가슴을 찔렀다.

"그러니까 스스로를 의심하지도, 이 상황에 반문을 가지지도 마요. 이제부터 시작이니까."

결국 눈물이 왈칵 터져 내렸다. 주희는 얼굴을 양손으로 가리며 뭉개지는 발음으로 말했다.

"……고마워요."

이 상황까지 올 수 있었던 건 물으나 마나 설우의 도움이 컸다. 그가 없었더라면 용기 낼 수 있었을까, 직진할 수 있었을까. 설우가 한 발짝 다가와 주희를 끌어안았다. 이곳이 회사 주변이란 것도 잊고 주희는 파도에 휩쓸려 가는 모래알처럼 그의 품 안으로 끌려들어 갔다.

"당신은 그저 당신이 택한 꿈을 위해 최선을 다하면 돼."

"……."

"그동안 참았던 만큼, 갈망했던 만큼 쉬지 않고 달려요."

아늑하고 넓은 품에서 주희는 쉴 새 없이 눈물을 흘렸다. 벅찼다. 말라 버렸다고 치부했던 심장이 다시금 살아 있다며 역동하는 순간이었다.

22. 불청객

　기획안이 확정되자 이후로는 순조롭게 진행됐다. 다양한 부서에서 나온 사람들로 이루어진 팀인 만큼 각자의 장점이 상호 보완된 게 큰 이유였다. 그 영향으로 주희는 매일매일을 거의 뛰다시피 보내는 중이었다.

　"내가 살다, 살다 이런 경우는 또 처음 보네."

　무슨 일인지 오 과장이 씨근덕거리며 부서로 돌아왔다. 단풍잎처럼 빨갛게 익은 그의 상태에 소연과 주희가 화들짝 놀라며 다가왔다.

　"무슨 일이에요?"

　"못 구해 주겠다잖아. 아니지? 못 구해 주는 게 아니라 안 구해 주는 거지?"

　"그러니까 뭘 못 구해 주겠다는 건데요."

　"뭐긴 뭐야, 이번 프로젝트 광고 모델이지."

　생각하면 생각할수록 열이 받는다며 오 과장이 손에 들고 있던 종이를 패대기치듯 책상에 내려쳤다. 소연이 종이를 집어 들며 물었다.

"아직 완벽하게 제품이 나온 것도 아닌데, 벌써 마케팅 부서에 다녀오셨어요?"

"벌써라니. 이제 코앞인데. 잘 좀 봐 달라고 다녀왔더니. 뭐? 투자 가치가 높은 부서가 아니라서 자기네들도 난감해? 이거 우리 돌려 까는 거 맞지? 그치? 그동안 런칭 말아먹는 거 이딴 식으로 돌려 까는 거잖아. 이야, 한 과장, 그렇게 안 봤는데 이거 완전 상찌질이야. 지금 자기 전무 라인 탔다, 이거잖아."

"또, 또. 흥분하신다. 누구를 언급했길래……."

종이에 적힌 연예인 목록을 살펴보던 소연이 하, 짧은 헛웃음을 내뱉었다.

"거절당할 만하네요. 눈은 높아 가지고, 송혜영에 전지희에 공윤까지. 이 사람들 몸값이 얼만 줄 알아요? 기본 7억이에요, 7억. 건설 쪽이라면 모를까, 이제야 본격적인 투자가 시작된 우리 부서한테 이런 비싼 인물들을 써 주겠어요?"

"왜 안 돼, 왜 못해! 앞으로 승승장구할 건데. 안 그래, 주희 씨?"

주희는 난처한 웃음으로 대답을 무마했다. 스타를 통해 기업의 브랜드 가치를 높이려는 마케팅은 이 바닥에서 흔히 있는 일이었다. 큰 홍보 효과를 위해 거물급 톱스타를 쓰고픈 오 과장의 마음은 이해 갔으나 절대적으로 무리한 요구였다.

"저쪽에서 짜야 할 판까지 우리가 다 짜 줬잖아. 수요 예상에 홍보 전략까지 퍼다 주듯이 받쳤는데, 이런 식으로 나오는 건 상도덕에 어긋난 행위지."

"무슨 일이에요?"

"아, 강욱 씨, 마침 잘 왔어."

강욱의 등장에 오 과장이 방금 전까지 읊어 댄 하소연을 다시 1절부터 시작했다. 마지막 구절까지 듣고 난 강욱이 소연의 손에 들린 종이를 가져갔다.

"홍보 모델이 문제라는 거네요?"

"그치, 그치."

"근데 꼭 유명한 사람들을 써야 하나요?"

한 과장으로부터 들은 말을 강욱이 되풀이하자 오 과장은 인상을 와락, 구겼다.

"홍보 효과야 어느 정도 있겠지만, 그래도 우선시돼야 하는 건 상품의 질이라서요. 그리고 우리가 추구하는 분위기랑 이 사람들은 맞지 않아 보이는데, 다른 분들 의견은 어때요?"

"나도 같은 생각."

소연이 찬성이라며 손을 들자 강욱의 시선이 주희에게로 옮겨 갔다.

"서주희 씨."

"……."

"주희 씨, 생각은 어때요."

주희는 잠시 말이 없었다. 기획안 채택이 있던 날 이후로, 강욱은 늘 스쳐 지나가듯 자신을 상대했다. 고민 끝에 그의 곁으로 다가갔다. 종이를 훑던 주희가 오 과장의 눈치를 살피며 대답했다.

"제 생각에도 추구하는 방향이랑 살짝 엇갈리는 부분이 있는 것 같습니다."

"그럼 누구 쓸 건데?"

오 과장은 원하던 모델들이 물 건너갈 분위기이자 망연자실하였다. 벌써부터 이런 걱정을 왜 하냐며 소연이 나무랐지만, 그는 보기 좋은 떡이 먹기도 좋은 거라며 고집을 부렸다.

주희가 난감한 눈으로 두 사람을 번갈아 보자 강욱이 툭 내뱉었다.

"제가 알아볼게요."

"강욱 씨가?"

강욱은 어딘가로 전화를 걸었다. 길지 않은 신호음 끝에 상대방이 연락을 받자 속전속결로 상황을 정리했다.

"어, 나야. 방금 문자 하나 보냈으니까 확인하고 연락 좀 줘."

그러고는 멍한 얼굴로 서 있는 세 사람을 향해 퉁명스레 말했다.

"뭐 하세요, 일 안 하고."

*

강욱이 펼친 전략이 무엇인지는 머지않아 알 수 있었다. 프로젝트의 방향이 거의 마무리 단계에 다다르고 늘 그랬듯 길어진 회의에 지쳐 갈 무렵이었다.

"저번에 공장 가서 확인해 보니까, 그것도 괜찮았단 말이야? 아닌가. 이두 가지가 최선이려나."

침대의 원목 재질을 두고, 골머리를 앓는 중이었다. 가성비를 위한 합성목재냐, 그래도 질을 생각해 월등히 비싼 호두나무냐 그 갈림길 앞에 서서 다들 머리를 싸맸다.

주희는 몇 번이나 만졌던 샘플을 다시 매만졌다. 그리고 다른 목재를 만지려는 순간, 타인의 손끝과 부딪혔다. 강욱이었다. 당혹감을 숨기지 못한 그녀와 달리 그는 표정이란 게 없었다. 무덤덤한 시선을 말없이 받아 내고만 있는데, 갑자기 회의실 문이 벌컥 열리며 누군가 들어왔다.

"이런 늦은 시간까지 회의를 하게 하고, 대표가 참 센스가 없어요?"

"……헐."

여자를 제일 먼저 발견한 다솜이 입을 틀어막았다. 도미노처럼 이어지는 다른 사람들의 반응도 다를 것 없었다.

"안녕하세요. 한채영이에요."

누군가 후다닥 달려가 채영의 양손에 들린 음료를 받아 들었다. 화사한 미소가 화답으로 돌아왔다.

"친절도 하셔라."

그녀의 미모에 정신이 팔린 것도 잠시, 왜 다른 사람도 아닌 배우 한채영이 이곳을 방문했는지 궁금증이 다수의 얼굴에서 퍼져 나왔다. 그러자 누군가 흘리듯이 말했다.

"아, 혹시 대표님이라면 여기가 아니라……."

"아니요. 오늘은 김 대표님 보려고 온 게 아니에요. 누가 제 도움이 절실하다고 해서요. 그래서 직접 발걸음한 건데."

그게 누구냐는 듯 서로가 서로를 바라보며 눈짓했지만 답을 알 리 만무했다. 그때 채영의 두 발이 움직이기 시작했다. 그 목적지가 이쪽일 거라고, 주희는 예감했다. 어느새 자리에서 일어난 강욱 때문이었다. 방금 전까지 무표정이었던 그의 얼굴에 화가 묻어 있었다. 그의 입에서 높낮이 없는 목소리가 흘러나왔다.

"누가 여기로 오래."

"섭섭하게 왜 이러실까. 부탁을 한 건 그쪽이면서."

콕 가리키는 채영의 손짓에 강욱의 인상이 더욱 험악해졌다.

"모델 필요하다면서요? 그 모델 제가 해 드릴게요."

"……한채영 씨가요?"

"그럼요. 죽마고우 부탁인데, 그거 한 번 못 할까요. 그리고 시온은 여러모로 저랑 인연이 많아서요."

죽마고우라는 말에 한 번 놀라고, 인연이 많다는 말에 팀원들은 또 한 번 놀랐다.

"두 분이 친구예요?"

다솜이 놀란 입을 다물지 못하며 묻자 채영은 대답 대신 미소 지었다. 그러더니 문득 주희를 발견한 시선이 묘호하게 변해 간다.

"서주희 씨?"

제 이름이 문득 분홍빛 입술을 타고 나오자 주희는 두 귀를 의심했다. 강욱이 신경질적으로 채영의 손목을 붙잡았다.

"따라 나와."

채영은 순순히 그의 손길에 끌려가 주었다. 그러면서도 주희에게서 눈길을 떼지 못한 채 손을 가볍게 흔들어 보였다.

"조금 있다 봐요."

✳

"지금 뭐 하자는 거야."

얼음장 같은 강욱의 질책에도 채영은 미소를 잃지 않았다.

"뭐가? 도와 달라며? 그래서 손수 발걸음해 준 건데?"

"누가 너한테 도와 달라고 했어? 지인들 좀 소개받고 싶다는 이야기였지."

채영은 흔히 말해 마당발이었다. 우리나라의 거물급 톱스타들은 물론, 다양한 방면에서 발이 넓었다. 그랬기에 강욱은 서슴없이 부탁했다. 우리 브랜드와 어울리는 이미지의 연예인 추천을. 다리까지 놓아 주면 더할 나위 없이 고맙겠다며. 강욱에게 큰 빚을 진 경험이 있던 채영으로서는 거부할 수 없는 제안이었다. 딱히 어려운 일도 아니었다.

"내가 곰곰이 생각이란 걸 해 봤는데 말이야. 나만큼 시온에 어울리는 이미지도 없을 것 같거든?"

"뭐?"

"브랜드 이미지가 너무 무거워서도 가벼워서도 안 된다며. 이런 말 내 입으로 하기 부끄럽지만 전지희 언니의 세련된 이미지도, 송혜영 언니가 갖고 있는 우아함도 나에겐 다 포함이잖아. 그리고……"

채영이 한 걸음 다가와 은밀하게 속삭였다.

"내가 그 언니들보다 한참 어리고 말이야. 이것만큼 치명적인 게 또 있을까."

"그래도 안 돼."

강력한 거부에 채영의 입술이 비틀렸다. 그 속내가 뻔해 강욱은 한심한 눈빛을 내보였다.

"이 기회에 형한테 태클 걸려는 걸, 내가 모를 줄 알아?"

채영은 부정하지 않았다. 며칠 잠잠하던 기진이 또다시 선 문제를 걸고 넘어졌다. 만난 지가 언제인데 소식이 통 없냐며. 네가 입 닫고 있으면 내가 직접 김설우한테 연락해 볼 수밖에 없다는 협박을 들었을 때는 속에서 부아가 치밀었다. 안 봐도 뻔했다. 우린 아무 사이도 아닙니다, 라고 말할 김설우, 그 남자의 오만한 얼굴이.

"풀 거면 형한테 가서 직접 풀어. 여기 와서 행패 부리지 말고."

그만 가 보라며 강욱은 서둘러 돌아섰다. 매정한 뒷모습을 응시하는 채영의 눈길이 잠잠했다.

　"서주희 맞지?"

　큰 보폭으로 걸어가던 긴 다리가 우뚝, 멈추었다. 천천히 돌아가는 강욱의 얼굴이 싸늘하게 식어 있었다.

　"하얀 얼굴이며 동그란 눈매며 보조개 파인 것까지. 하도 네가 입이 닳도록 말해서 모른 체할 수가 있어야지."

　"……."

　"멍청한 건지, 비위가 좋은 건지. 어떻게 걔 옆자리를 차지하고서 일을 진행할 수가 있어? 아님, 그새 풀기라도 한 거야? 그 정도로 네가 호구일 리는 없는데."

　채영은 진심으로 궁금하다는 눈치였다. 얼마 전까지 녀석을 이해할 수 없다며 술을 입에 들이붓던 친구가 아니던가. 거기다 같은 회사일 줄은 상상도 못 했다.

　"나중에 다 설명할 테니까 오늘은 그만 돌아가."

　"단순히 김설우, 그 남자 때문에 온 것도 아니야."

　그건 또 무슨 소리냐며 강욱이 인상을 찡그리자 채영은 덤덤한 얼굴로 말했다.

　"효성."

　"……."

　"그것들한테 복수해야 할 거 아니야."

＊

　'몇 번 더 그쪽에서 연락이 왔었어. 회사에서는 나쁘지 않은 제안이라는데, 내가 하겠니? 근데 네 말을 듣고 보니까 내가 시온이랑 일하면 꽤 재미있는 그림이 만들어질 것 같단 말이야.'

　이게 복수 측에 속할지는 모르겠지만. 그 말이 계속 강욱의 머릿속을 맴돌았다. 이성적으로 생각해 보면 왜 효성이 채영을 그토록 갈구하는지 알 것 같기도 하다. 대중들에게 한채영은 신비로우면서도 가볍지 않은 친근감으로 다가와 늘 새로운 것을 기대하게 하는 면이 있었다. 아마도 그들은 그 점을 높게 샀을 것이다.

"……전적으로 저희를 서포트해 주고 싶다는 거죠?"

오 과장이 가운데 상석에 자리 잡은 채영을 보며 믿지 못하겠다는 투로 물었다.

"왜요? 오 과장님은 제가 마음에 들지 않으세요?"

그럴 리가. 한채영은 20대 여배우들 사이에서도 가히 톱급이었다. 올 가을에 개봉한 영화에서는 탄탄한 연기력까지 입증해 나날이 그 주가가 상승하는 중이었다.

"감사한 말씀이지만, 죄송스럽게도 이 부분에 대해 대표님과 아직 이야기를 나눠 본 적이 없어서요."

강 팀장의 차분한 응대에 팀원들은 실망한 기색이었다. 다른 사람도 아닌 한채영이 직접 나서서 도와주고 싶다는데. 채영은 고개를 끄덕였다. 순순히 동의하는가 싶더니, 클러치 안에서 휴대폰을 꺼내 귀에 가져다 댄다.

"한채영이에요."

팀원들이 귀를 쫑긋, 세우며 그녀를 바라봤다.

"지금 나, 시온에 와 있는데. 여기가 인테리어 부서던가."

뚝. 일방적으로 끊긴 통화에 기분이 나쁠 법도 한데, 그녀의 장밋빛 입술이 부드럽게 말려 올라갔다.

"진행력이 참 빠르단 말이야."

몇 분 지나지 않아 저 멀리서 크고 기다란 실루엣이 드리워지기 시작했다. 그 정체를 알아챈 주희의 눈동자가 크게 일렁였다. 문이 열렸고 팀원들이 일제히 자리에서 일어났다.

"여기서 뭐 하는 겁니까?"

설우의 등장에 채영은 나긋하게 미소 지었다.

"오랜만에 만났는데, 인사부터 하는 게 예의 아닌가요?"

"연락도 없이 찾아온 사람이 할 말은 아닌 것 같은데."

살벌한 기운이 순식간에 사무실 내에 퍼져 나갔다. 허겁지겁 설우를 뒤따라온 윤 비서가 눈앞에 그려진 상황을 보곤 입을 쩍 벌렸다.

"나름 용건이 있어서 찾아온 거예요."

"그 용건을 왜 인테리어 부서에서 해결하고 있는 거죠."

"그러니까요. 궁금하지 않아요?"

채영이 한 발짝 다가갔다. 가까워진 두 사람의 거리에 팀원들은 마치 영화의 한 장면을 보는 것처럼 잔뜩 긴장했다. 소문에 의하면 두 사람의 관계는 특별했다. 다만 그들을 둘러싼 기류가 만만치 않았다.

"대표님, 제가 상황 설명드리겠습니다."

강 팀장이 직접 설우의 곁으로 다가와 말했다. 설우는 군말 없이 회의실 문밖을 나서는 강 팀장을 뒤따랐다. 그제야 얼어붙은 공간이 녹아내리는 듯했다. 하지만 머지않아 두 사람이 다시 돌아왔고, 설우의 명료하면서도 견고한 음성이 상황을 종결시켰다.

"마케팅 쪽은 내 선에서 처리하는 걸로 하죠. 그러니까 오늘 일은 없었던 겁니다. 그리고 한채영 씨는 이만 돌아가 줬으면 좋겠는데."

"하지만 대표님. 이 정도 파급력을 가진 분을 찾기도 힘들고, 또 저희를 위해 손수 방문해 주셨는데……."

이런 좋은 기회를 놓칠 수 없다며 오 과장이 간절한 눈빛을 보내왔다. 이 틈을 타 채영이 치고 나왔다.

"김 대표님은 설마 내가 아무 생각도 없이 나선 건 같아요? 나, 이 바닥에서 일한 지 몇 년째예요. 브랜드가 추구하는 방향, 구매할 소비자들의 연령층까지. 그런 거 다 파악하고 온 거라고요. 그래서 더 묻고 싶어요. 나만큼 시온에 어울리는 사람이 또 있을지."

없지, 절대 없습니다. 여러 개의 눈빛이 적극적으로 채영을 옹호했다.

"그리고 괜찮다면 한 가지 더 제안하고 싶어요."

채영은 회심의 미소를 지으며 고개를 비틀었다.

"컨셉을 봤을 때 한 사람을 더 고용해도 나쁘지 않을 것 같거든요. 여자 말고, 남자로. 혹시 강하진이라고 들어 봤을까요?"

"……가, 강하진이요?"

"왜? 다솜 씨, 아는 사람이야?"

"아, 과장님. 강하진을 모르면 어떡해요. 이 바닥에서 제일 잘나가는 모델이라고요. 몇 달 전에는 해외 C사 브랜드랑 작업도 했는데, 거기가 동양인을 메인으로 세우는 일은 절대 없단 말이에요. 근데 그걸 해낸 사람이 강하진이라니까요."

"원한다면 그 친구까지 제가 섭외할 수 있을 것 같은데, 어떠세요?"

허락을 구해야 하는 상황이 아니었다. 당연히 적극적으로 환영을 해도 모자랄 판. 그러나 오 과장은 선뜻 나설 수 없었다. 설우의 시선이 살벌했다. 골몰하는 것도 잠시. 그의 시야에 좋은 먹잇감이 걸려들었다.

"그래, 주희 씨. 주희 씨 의견은 어때?"

갑자기 화살이 제게 꽂히자 주희는 당황스러운 얼굴로 시선을 들었다. 반사적으로 설우와 눈을 마주쳤다. 그의 고개가 단호히 돌아갔다. 절대 승낙하지 말라는 신호였다. 주희도 그 의견에 동의하는 바였다.

채영의 등장이 누구보다 껄끄러운 사람은 바로 자신이었으니까. 그녀가 직접 설우를 이곳으로 불러들였을 때, 그리고 그를 향해 도전적으로 한 발짝 다가갔을 때. 마치 바늘이 수십 번 손바닥을 찌르는 통증이 일었다. 싫었다. 두 사람이 붙어 있는 것만으로 온 세포가 예민하게 신경을 곤두세웠다.

하지만……. 사적인 감정으로 상황을 정리하기엔 걸리는 것들이 한두 가지가 아니다. 실질적으로 채영과의 작업은 물으나 마나 좋은 결과물을 끌어들일 게 뻔했다. 결국 주희에게 선택권 따윈 없었다.

"저도 동의하는 바입니다."

차분히 흘러나온 대답에 팀원들이 물개처럼 박수를 쏟아 냈다. 유일하게 그녀를 달갑지 않게 보는 사람은 오직 설우뿐이었다.

"두 사람, 사귀는 거 맞지?"

"글쎄. 분위기가 쌔한 게 대표님은 별로 마음에 드는 눈치가 아니던데."

양 대리와 소연의 숙덕거림은 그리 크지 않았음에도 주희의 귀에 날카롭게 꽂혔다. 도통 지워지지가 않았다. 회의가 일사천리로 끝나자마자 설우를 찾아 나서는 채영의 뒷모습이. 그녀는 매사에 우아했고, 어떤 바람에도 흔들리지 않는 꽃 같았다. 설우의 차가운 면모에 상처받을 법도 한데, 오히려 미소로 무마하는 모습이 놀라울 정도였다.

근데……. 내 이름은 어떻게 알고 있는 거지.

"신경 쓰이게 해서 미안하다."

마케팅 부서에 제출할 자료를 가지고 엘리베이터 앞에 서 있을 때였다. 묵직한 음성에 고개를 돌리자 강욱이 복잡미묘한 얼굴로 서 있었다.

"그게 왜 나한테 사과할 일이에요."

"이런 식으로 상황이 꼬일 줄은 나도 몰랐어."

불현듯 마음속이 비틀렸다. 이렇게 생각하면 안 된단 걸 알면서도 강욱이 그녀에게 연락을 취하지 않았더라면, 거기까지 생각이 뻗어 나가자 주희는 저도 모르게 가라앉은 목소리가 튀어나왔다.

"아직도 연락하는 거 보면 여전히 좋아하나 봐요."

어찌 됐든 설우와 채영, 두 사람이 선을 본 건 확실하다. 그렇다는 건 강욱과는 진즉에 헤어졌다는 증거나 마찬가지였다.

"응. 좋아해. 물론 한채영은 절대 아니지만."

순순히 인정하는가 싶더니, 부정하는 발언에 주희의 미간이 좁아졌다.

"걔랑 사귄 적 없어. 걔를 좋아해 본 적도 없고."

……거짓말. 믿지 못하는 시선이 따라붙자 강욱의 입가에 씁쓸한 미소가 피어올랐다.

"믿어 달라고 굴면 비겁하려나. 하긴 믿어 준다고 해도 지금 와서 소용이 있을까 싶네."

"······그게 무슨 말이에요?"

"한채영은 내가 알아서 처리할 테니까, 넌 계속 앞만 봐. 괜히 다른 일에 감정 소모하지 말고."

강욱이 성큼 엘리베이터에 올라탔다. 그는 주희를 기다려 주지 않았다. 어차피 넌 나와 같은 공간에 절대 머물고 싶지 않잖냐는 듯 서글픈 눈동자가 마음에 걸렸다. 결국 그를 붙잡지 못했다. 엘리베이터가 올라가고 복잡한 마음에 입술을 깨무는데, 주희의 등 뒤로 그림자가 드리워졌다.

"전에도 느낀 거지만 두 사람, 꽤 친밀해?"

비꼬는 음성이 낯설지 않았다. 역시나 고 대리가 엘리베이터를 기다리며 서 있었다. 재미난 놀잇거리를 발견한 듯 비틀린 입술이 마음에 들지 않았다.

"또 뭐가 궁금하신데요?"

"이젠 대놓고 말대꾸네. 이야, 기획안 하나 채택됐다고 눈에 뵈는 게 없나 봐?"

"그때 말씀드렸을 텐데요. 트집 잡고 싶으면 정확한 주어 언급 좀 부탁드린다고."

물러서지 않는 주희의 태도에 고 대리는 코웃음을 쳤다. 그러나 금세 표정을 지우며 낮게 속삭인다.

"그래? 그럼 이거 하나 물어보자. 어떻게 꼬신 거야?"

"······."

"전부터 궁금했거든. 단기간에 어떻게 하면 그렇게 후리고 다닐 수 있는 건지."

그녀가 냉큼 도착한 엘리베이터에 올라탔다. 딱딱하게 굳은 주희를 향해 그녀가 입술을 얄궂게 말아 올렸다.

"아, 오해는 하지 말고. 내가 말하는 대상은 우리 팀원들이지, 다른 사람이 아니야. 그냥 남다른 것 같아서. 이 사람 저 사람 끌어들이는 게."

뒤늦게 수습하는 속내가 뻔했다. 불난 집에 부채질한 것밖에 더 될까. 서서히 닫히는 문 틈새로 고 대리가 팔짱을 끼며 미소 지었다.

"뭘까, 과연 그 비결이. 얼굴?"

속삭이는 모습이 꼭 무언가를 알고 있는 사람 같았다. 전과는 비교도 할 수 없는 더러움이 전신을 지배했다.

"아, 혹시 몸이려나."

쿵. 손쓸 새도 없이 닫힌 문을 주희는 가만히 바라볼 수밖에 없었다.

＊

윤 비서는 연신 설우와 채영을 번갈아 보며 조마거리는 심장을 부여잡았다. 어떤 대화도 흐르지 않는 집무실에는 차가운 냉기만이 흐를 뿐이었다.

"서로 볼일은 끝난 걸로 아는데."

설우가 침묵 끝에 입을 열었다.

"그렇다면 그런 거겠죠? 어르신들 사이에서는 여전히 진행 중이란 게 문제지만."

"회장님께 전달, 안 했습니까?"

"하고 싶었는데, 마땅히 꺼낼 구실이 있어야죠. 우리가 뭐, 한 게 있나요? 그 흔한 밥 한 번 먹지 못했는데."

"밥 먹으면 끝납니까?"

"왜요? 나랑 밥 먹어 줄 거예요?"

"아니요. 별로 생각 없습니다."

그럴 거면 왜 물어보는 거야. 구겨지려는 인상을 겨우 붙잡으며 채영은 다시 웃음을 휘날렸다.

"여전하네요. 그래서 더 재밌기도 하고. 뻔한 대답은 지겨워지던 참이라서."

"빙빙 둘러 말할 것도 없이 용건만 말하겠습니다. 더 이상 찾아오지 말아요."

단호한 경고였지만 채영은 불편한 기색을 드러내지 않았다. 그새 면역

432

력이라도 생긴 걸까. 매번 걷어차이기만 한 탓에 이 정도는 간지러움에 불
과했다.

"날 이렇게까지 거부하는 특별한 이유라도 있어요?"

전부터 묻고 싶었다. 아니, 할 수만 있다면 당장 그의 멱살을 틀어잡고
따지고 싶던 적이 수십 번이다. 찬밥 신세도 한두 번이지. 둘째 언니의 통
론으로는 네가 쓸데없이 스스로를 과하게 사랑해서 문제라고 했다. 자존
감이 높은 건 좋으나, 도가 지나치면 뭐든지 몸에 해로운 법이라며.

"만나는 사람이 있습니다."

"아, 만나는 사람……."

고개를 끄덕이던 채영이 멈칫하며 설우를 바라봤다. 그 모습을 지켜보
던 윤 비서가 맙소사, 탄식하며 이마를 짚었다.

"그러니까 여, 자 친구? 이게 있다는 거죠, 지금?"

채영은 가만히 새끼손가락을 들어 보였다. 덤덤한 척하긴 했으나 들린
새끼손가락이 잘게 떨렸다.

"그래요, 뭐. 너랑 결혼은 해도 사랑은 하지 않는다면서 별 시답잖은 말
로 분위기 잡는 놈도 있는 판국에. 이 바닥이 그렇잖아요? 근데."

채영이 잠시 설우를 빤히 응시하며 낮은 목소리로 물었다.

"언제부터? 날 만난 후부터인가?"

그런 거라면 이미 스크래치 난 자존심에 더 흠집을 내는 격이었다.

"아니요."

단호히 떨어진 대답에 입술 끝이 저도 모르게 올라갔다. 역시. 그 정도
로 내가 최악은 아니지, 안도한 순간.

"한채영 씨를 처음 본 날, 그날부터 만나기 시작했습니다."

채영은 잠시 어지럼증을 느꼈다. 설우는 아랑곳 않고 다음 말을 술술 이
어 나갔다.

"그 전부터 마음에 담아 두고 있던 사람이었습니다. 이 정도면 충분한
대답이 됐을 것 같은데."

그나마 다행이라고 생각해야 하는 건가. 채영은 가만히 설우를 주시했

다. 그 또한 물러서지 않고 시선을 맞춰 온다. 지긋하면서도 견고한 시선은 지금껏 만난 남자들과는 확연히 달랐다. 어느 기업의 자식이라는 명패만 있을 뿐 머리에 똥만 찬 놈들도 여럿 봤고, 그 명패에 걸맞게 기품이 흐르는 남자들도 여럿 만나 봤다.

물론 다 부질없는 짓이었다. 어쩌면 언니의 말이 맞을지도 모른다. 나를 너무 사랑해서 누구를 갖다 붙여도 성에 차지 않는 걸 보면. 무엇보다 채영은 자신의 일을 사랑했다. 연기는 엄마의 부재로 가진 공허함을 떠나보내게 해 준 유일한 처방전이었다. 그 공허함을 연기로 쏟아 낼 수 있는 게 마냥 좋았다. 아버지의 격렬한 반대에도 꿋꿋하게 고집을 부릴 수 있던 건 그만큼 열정적으로 지금의 일을 사랑했기 때문일 것이다.

"다 좋다 이거예요. 오히려 왜 날 거부하는지, 확실한 이유를 들어서 좋네요."

기분이 썩 좋지는 않았지만, 가슴이 서늘해지는 것 또한 마음에 걸렸지만, 채영은 이 상황을 기회로 삼기로 했다.

"나도 이 만남이 쭉 이어지기를 바라는 입장은 아니에요. 하지만 적절한 때란 게 있어서."

그게 무슨 의미냐며 설우의 눈매가 가늘어졌다. 채영은 순순히 털어놓았다.

"아빠가 벼르고 계세요. 꽤나 피곤한 양반이죠. 애초에 연기하는 걸 좋아하지 않으셨어요. 그저 사랑만 받고 사는 귀한 막내딸로 살기를 바랐죠. 근데 난 죽어도 거기에 맞춰 줄 의향이 없거든요."

엄마의 부재는 채영을 실의에 빠지게 만들었지만 그 영향은 기진도 만만치 않았다. 모른 척 굴었지만 그는 언제나 수심에 젖어 있었다. 어린 새끼에게서 엄마를 빼앗았다는 죄책감. 바쁘다는 이유로, 회사 일이 중요하다는 이유로 그에게 아내는 늘 뒷전이었다. 그렇다고 아빠를 원망하는 건 아니다.

그 자리란 게 그랬다. 숨만 쉬고 있어도 할 일이 산더미처럼 불어났고, 맡은 일마다 이것이 과연 최선의 결단인지 갈림길에 서야 하는 삶도 마냥 행복하지는 않겠지. 채영은 한탄하면서도 덤덤하게 내뱉었다.

"막무가내로 선 자리만 들이밀어진 게 벌써 몇 번째인지 몰라요. 그런데 이제 아빠도 지친 모양인지 이런 제의를 하더군요. 이번이 마지막 선이 될 거라고."

"……."

"이 정도면 나도 충분히 입장을 밝혔다고 생각해요."

채영은 자리에서 일어나 무표정한 남자의 얼굴을 내려다봤다. 당최 무슨 생각을 하고 있는 건지 알 수가 없다.

"적당한 때가 온다면, 그땐 그쪽이 바라지 않아도 내가 먼저 이 만남을 파토 낼 거예요. 그리고 나와의 작업이 꼭 나쁜 것만은 아니잖아요? 득 볼 기회가 떡하니 있는데, 개인 사유로 걷어찬다는 건 대표로서의 자질이 부족한 거, 아닌가?"

그 말을 끝으로 채영은 집무실을 빠져나갔다. 반면 설우는 고요한 눈으로 채영이 앉았던 자리를 쓸어내렸다.

"이제 어쩌시려고요."

슬그머니 다가온 윤 비서가 물었다.

"생각 중입니다."

"틀린 말도 아니잖습니까. 심지어 본인이 괜찮다는데."

그건 설우도 예상하지 못한 부분이었다. 채영의 사연을 곱씹으니, 이 만남이 계속 지속되는 것은 한계가 있었다. 끝이 정해진 거짓된 만남. 단지 남들에게는 진실처럼 보여야 한다는 게 내키지 않았다.

"그보다 알아보란 건 어떻게 됐습니까?"

설우가 화제를 돌리자 돌아서던 윤 비서의 어깨가 한층 굳어졌다. 그에게서는 어떤 대답도 들을 수 없었다.

"윤 비서님."

"몇 번이나 말씀드렸지 않습니까. 이미 끝난 일이라고."

당부가 아닌 경고에 가까웠다. 효성? 절대 그곳과는 엮이지 않겠다며, 엮일 생각도 하지 마라며 으름장을 놓던 게 불과 며칠 전이다. 그러나 설우는 언젠간 윤 비서가 백기를 들며 자신을 도울 것이라 믿었다. 불같이 성을 내도 그가 늘 발을 딛는 곳은 거짓이 아닌 참이 있는 자리였으니까.

"뭐, 어떻게 나오셔도 상관없습니다. 윤 비서님이 싫다면 당사자가 직접 알아보는 수밖에 없죠. 진작 움직였어야 했는데."

윤 비서의 눈 밑이 잘게 경련했다. 설우의 손에 황갈색 종이봉투가 나부꼈다. 굳이 펼쳐 보지 않아도 그 안에 담긴 내용물이 무엇인지 알 수 있었다. 윤 비서가 한껏 굳은 얼굴로 곱씹었다.

"적당히 하세요."

"적당히 하면 인생살이에 되는 일이 없다고 신신당부하던 사람은 윤 비서님, 아닙니까?"

윤 비서의 턱 밑이 불거졌다. 고압적인 목소리가 집무실에 울려 퍼졌다.

"머지않아 이란에서 EPC 계약 체결이 있을 예정입니다. 이번에는 대표님이 꼭 참석해야 하는 중대한 자리입니다. 매번 제가 가는 것도 한두 번이지, 몇 년째 시공 문제로 머물러 있는 해외 개발 팀을 조금이라도 위한다면 괜한 일에 시간 투자하는 게 얼마나 부질없는 짓인지 잘 알고 있겠죠."

윤 비서는 치명적인 약점이 있는 설우를 대신해 몇 년째 해외 출장을 소화하고 있었다. 1차적 EPC가 성공적으로 이루어지며 시온의 기술은 어느덧 이란으로까지 뻗어 갔다. 그 이유로 최근에는 시사에서도 시온을 비중 있게 다루었다.

"염두에 두죠."

나직하게 떨어진 대답에 윤 비서는 침묵하며 모습을 감추었다. 설우의 시선이 자연스레 황갈색 종이봉투로 옮겨졌다. 이 안에 담긴 내용물은 이미 확인한 지 오래였다.

함남규. 효성(孝聖)에서 2년째 상무로 재직 中.

그는 종이에 적힌 글자들을 가만히 주시했다. 그 시선 속에 담긴 감정을 읽기가 어려웠다. 그저 얕은 바람에 휘날리는 민들레 씨처럼 기다란 손가락 사이에 접힌 종이만이 가볍게 흔들릴 뿐이었다.

✳

도로 위로 검정 세단이 매끄럽게 멈추었다. 그 뒤를 이어서 몇 대의 차가 더 멈춰 섰고, 대기하고 있던 벨보이들이 신속한 동작으로 차 문을 열어젖혔다.

"어, 최 전무."

가장 먼저 차에서 내린 중년 남성이 너털웃음을 선보였다. 펼쳐진 손을 맞잡은 최 전무의 허리가 직각으로 굽어졌다.

"오랜만입니다, 한 사장님."

"그러게. 이게 얼마 만이야. 만난다, 만난다 하면서 도통 이 시간에 나올 수가 있어야지. 손자 보는 게 영 쉬운 일이 아니더라고. 허허. 그래, 회장님은 건강하시고?"

한 사장이 안부를 묻는 인물은 선대 회장 성범이었다. 예전 같았으면 주체 않고 대답했겠지만, 마지막으로 성범과 상면을 한 지가 벌써 몇 달 전이었다. 일방적이다시피 성범은 소통을 끊었고, 그 상황을 맞닥뜨린 최 전무는 어떤 대응도 하지 않았다.

"잘 지내고 계십니다. 언제 한번 자리 만들도록 하겠습니다."

"당연히 그래야지. 최 전무도 알겠지만, 내가 회장님 덕분에 지금까지 사장 소리를 듣고 있는 거 아닌가. 근데 이쪽은 누구실까."

한 사장의 눈이 호기심으로 물들었다. 함 상무가 깍듯이 허리를 숙였다.

"처음 뵙겠습니다, 함남규라고 합니다."

"요새 제가 만나고 다니는 친구입니다."

"오, 그래? 최 전무가 직접 이 자리까지 데리고 올 정도면 꽤 재미있는 친구란 건데."

오늘 W호텔에서 이루어지는 만찬은 건설업 중에서도 탄탄한 입지를 자랑하는 회사들의 고위급 임원들, 그리고 그들과 꾸준히 함께 일하고 있는 협력업체 사장들이 모여 앞으로의 사업 방향성에 대해 가볍게 이야기를 나누기 위함이었다. 좀 더 쉽게 말하면 철저히 비즈니스를 위해 만들어진 저녁 모임에 가까웠다.

이 모임을 주최한 장본인은 전적으로 최 전무였다. 시온의 입지가 어느 정도 치고 올라왔을 때, 더 넓은 시장으로 나가기 위해 그는 성범에게 이같은 사교 모임을 만들기를 권유했다. 그렇게 긴 시간이 흘러 어느덧 큰 만남의 광장으로 이어졌고 총대를 메고 있는 최 전무의 영향력 또한 커져 가는 것은 자연스러운 현상이었다. 그러니 이 만남에서의 간판은 최 전무였다. 사람들은 그의 눈에 들기 위해 애를 썼다. 그렇게 되면 시온의 그늘 아래 발을 디딜 수 있는 거라는 판단이 섰기 때문이다.

함 상무의 폐부가 흥분으로 들썩였다. 결국 비즈니스에서 남는 것은 인맥이다. 최 전무의 손에 이끌려 온 이 자리는 천국과도 같았다.

"효성이라고 들어 보신 적 있으실 겁니다."

최 전무의 소개에 한 사장의 두 눈이 반짝였다.

"효성이라면 아주 잘 알지. 우리 사위가 그곳과 몇 번 거래를 한 적이 있었거든."

"그곳에서 상무 이사로 재직 중입니다. 작년에 해외 시장을 기반으로 추진한 프로젝트가 성공적으로 이루어져 올해 인테리어 시장 1위를 석권했다는 소식, 들어 보셨을 겁니다. 그 프로젝트, 총괄을 맡은 사람이 이 친구입니다."

"오, 그래? 이런 우연이 다 있고. 허허. 앞으로 자주 봤으면 좋겠네."

"영광입니다."

짜릿함이 함 상무의 손끝을 타고 내렸다. 그래, 이런 기분. 이런 상황을 매일 밤 염원했다. 이게 바로 제가 갈망하던 위에 선 자들의 삶이었다. 만남의 장소에 들어서서도 다를 건 없었다. 최 전무의 등장에 미리 도착한 사람들이 하나같이 그만을 기다렸다는 듯 덕담을 쉬지 않고 던져 왔다. 그리고 최 전무는 약속이라도 한 것처럼 그 자리에 함 상무를 등장시켰다.

깔끔한 인사로 그의 존재를 각인시켰고, 그들은 최 전무의 인맥이라면 앞
뒤 가릴 것 없이 두 팔 벌려 환영했다.

함 상무가 한창 흥분의 열기에 도취됐을 때였다. 사회자가 본격적인 시
작을 알린 순간, 굳게 닫혀 있던 문이 입을 활짝 벌리며 한 남자가 여유롭
게 걸어 들어왔다. 남자는 만찬에서 한 번도 본 적 없는 인물이었다. 그러
나 모두에게 낯설지 않은 인물이기도 했다. 이 만남에서 남자의 이름이 심
심찮게 언급되었기 때문이다.

"……김 회장님 손자 아닌가?"

한 사장이 속닥거리자 최 전무의 두 눈이 차게 가라앉았다.

"늦어서 죄송합니다."

넥타이를 가볍게 트는 손짓에도 수많은 시선이 쏠렸다. 남자가 아주 침
착하게 자신을 소개했다.

"김설우입니다."

＊

"할아버지께 이야기 많이 들었습니다."

"회장님께서? 허허, 듣던 중 반가운 소식이군. 잊지 않고 그 이야기를
언급해 주시다니. 하도 세월이 흘러서 나만 고이 간직하고 있는 줄 알았는
데."

한 사장의 얼굴에서 미소가 떠나갈 줄은 몰랐다. 한때 거래처와의 사이
에서 불거진 트러블과 불경기가 맞물려 공장 문을 닫을 상황에까지 몰린
적이 있었다. 그때 유일하게 거래를 끊지 않은 사람이 성범이었다. 그는
협력업체를 두고 갑질하는 여느 회사들과는 달랐다. 함께하기 어려운 사
정을 뻔히 알면서도 한 사장네 철강만큼 탄탄한 게 없다며 새로이 진행하
는 사업마다 연락을 빼먹지 않았다.

"김선우 회장도 그렇고, 설우 군도 그렇고, 한 번도 이 만남에 나온 적
이 없어서 신기할 따름이야."

저녁 모임을 만든 사람은 성범이었으나 최 전무를 제외하고는 그 누구도 이곳에 나타난 적이 없었다. 그래서였을까, 최 전무에게 쏠렸던 열기와 시선이 누구 할 것 없이 설우에게로 향했다. 호기심과 수군거림, 그 안에서 흘러나오는 이야기가 적나라하게 최 전무의 귓가를 적셨다.

"역시 핏줄은 다르지."

"인물이 훤칠한 게 김선우 회장 판박이네."

"근데 그 소문이 맞는 건가. 머리에 피도 안 마른 손자가 이 자리에 나온 거면 뻔하지. 이번에도 승진은 물 건너갔네. 만년 전무라더니, 최 전무 저 사람도 인생이 참 딱해."

한 사장이 설우를 향해 대뜸 손을 내밀었다.

"이 기회에 자주 얼굴 볼 수 있으면 좋겠어."

설우의 시선이 느릿하게 최 전무에게로 옮겨졌다. 눈이 마주친 순간, 그의 입술이 가볍게 휘었다.

"그래야죠. 할아버지를 대신해서라도."

그 한마디에 담긴 파장은 이루 말할 수 없었다. 철저히 비즈니스를 위해 만들어진 이 모임의 꽃은 사회자의 손에 들린 종이의 내용이 마이크를 타고 모두에게 전해지는 것이었다. 종이 안에는 내가 어디 회사의 누구고, 어떤 직책을 맡고 있으며, 이러한 상품을 만들기를 원한다, 그러기 위해선 누구누구 사장님의 도움이 필요합니다, 이렇듯 디테일하게 적혀 있었다.

상대가 그 거래를 승낙한다면, 자신이 최고로 여기는 상품을 비롯해 인맥까지 걸쳐 주는 게 이 모임의 기본 룰이었다. 그리고 종이를 든 사회자의 입에서 한 사람의 이름이 연달아 터져 나왔다.

"네, 시온의 김설우 대표와……."

"김설우 대표님의……."

"아, 이런. 또 김설우 대표님이시군요."

모두의 관심사는 단연코 설우였다. 그 말은 시온의 대표인 김설우가 참여한 이상 최 전무의 눈에 들기 위해 더 이상 목을 매지 않아도 된다는 속내를 공개적으로 드러낸 셈이었다. 모임이 끝나자마자 하나같이 설우에게

악수를 청했다. 마지막으로 한 사장과도 악수를 나눈 설우가 최 전무에게
로 다가갔다.

"미리 연락이라도 해 줬으면 좋았을 텐데 말이야."

"서운하게 해 드렸다면 죄송합니다."

"서운할 것까지야."

죽이고 싶지 않다면 다행이지. 살벌한 기운이 최 전무의 얼굴을 스쳐 갔
다. 모욕적이다 못해 환멸이 났다. 하루아침에 빈털터리가 되어 버린 듯한
치욕스러움이 그의 가슴을 두들겼다.

"평소 이쪽으로는 관심이 없는 줄 알았는데. W호텔 자제분과 만나고
있다는 소식은 얼핏 들었네. 설마 그 때문에 이렇듯 보러 달려온 건가?"

농 섞인 질문에 설우가 가볍게 웃어 보였다.

"그럴 리가요. 사적인 감정을 가지고,"

"……."

"이곳을 찾는 건 말이 안 되죠."

별 뜻 없이 내뱉은 말이었지만, 가시가 숨겨져 있었다. 적어도 최 전무
의 귀에는 그렇게 들렸다.

"처음 뵙겠습니다. 김설우입니다."

그러나 상황을 간파하기도 전에 화제가 바뀌었다. 분위기만을 엿보고
있던 함 상무가 화들짝 놀라며 설우를 바라봤다.

"함남규, 상무님 맞으시죠?"

함 상무의 입이 천천히 벌어졌다. 설우가 대수롭지 않게 덧붙였다.

"제가 평소에 관심이 많거든요."

"……저를 말입니까?"

"네. 정확히는 효성에 관심이 많죠. 작년에 성과 내신 프로젝트 흥미롭
게 잘 봤습니다. 그런 기획안을 다 생각해 내시고……."

말꼬리를 늘이던 설우의 한쪽 입꼬리가 비틀렸다.

"참 대단한 인물이 아닐까, 상상했었는데. 이렇게 만나 뵙게 되어 반갑
습니다."

함 상무는 마른침을 꿀꺽 삼켰다. 최 전무의 존재를 까맣게 잊은 채 뻗어진 설우의 손을 숭배하듯이 붙잡았다. 그 순간 사람의 힘이라고는 느낄 수 없는 단단한 악력이 손등을 옥죄었다. 설우가 나긋하게 말을 이었다.

"기회가 된다면 또 뵙고 싶은데."

의미를 파악하기가 어려웠다. 선량한 미소라고 하기엔 등골이 서늘하다.

"그럼 다음에 뵙도록 하죠."

맞닿은 손이 떨어지며 설우의 상체가 돌아갔다. 그렇게 멀어지는가 싶었지만, 긴 다리가 멈추며 그의 고개가 흘긋 돌아갔다.

"근데."

"……."

"두 분이 꽤 친밀해 보이는데."

시선은 함 상무가 아닌 최 전무에게 꽂혀 있었다.

"단순한 우연이겠죠?"

마치 경고하듯 한마디 내던지고 사라지는 설우로 인해 함 상무는 숨을 멈추었다. 최 전무의 눈동자가 서릿발처럼 냉랭했다.

"함 상무."

"……예, 전무님."

"서둘러야겠어."

굳이 묻지 않아도 그가 원하는 것을 알 수 있었다. 처음 그를 대면했던 날처럼, 회색빛 홍채가 흉흉하게 번뜩였다.

＊

― 그래서 채영이를 보러 간 게 아니라 그 모임에 참석하러 간 거다, 이 거야?

스피커를 타고 나오는 성범의 음성이 언짢았다. 그러나 그보다 더 거슬리는 건 채영이, 라는 호칭이었다.

"언제부터 채영이, 라고 부르신 겁니까?"

— 애가 싹싹한 게 아주 재밌더구나.

"그새 만나셨나 보죠?"

— 강기진 대표랑 식사하는 자리에 거의 끌려오다시피 나왔어. 근데 날 보더니 대뜸 그 유명하신 김성범 회장님 아니냐면서 밝게 웃는데 그게 어찌나 웃기던지. 치고 빠지는 게 어찌나 능수능란한지, 연예인이 아니라 예전에 영업팀 부장으로 데리고 있던 놈을 보는 것 같더라니까.

그래서였다. 여전히 어른들은 진행 중이라고 자신만만하게 말하던 채영의 모습이 선히 그려졌다.

— 조만간 셋이서 밥 한 끼 먹게, 시간 좀 내 봐.

"생각 없습니다."

— 없다면서 채영이가 그렇게 나와?

"일전에 말씀드렸던 것 같은데요. 마음에 두는 여자가 있다고."

— 내 앞에 보이지 않는 이상, 난 모르는 일이다. 채영이만큼 싹싹하고 예쁜 애가 또 어디 있다고.

설우는 회사를 코앞에 둔 채 걸음을 멈추었다. 입 안에 고인 한숨을 겨우 삼키며 확실한 어조로 못을 박았다.

"장담하는데, 한채영 그 여자보다 더 대단한 여자입니다."

대답을 들을 새도 없이 통화를 끊었다. 성범과의 연락은 모임에 관한 일 때문이었다. 그는 설우의 만찬에 참석하겠다는 말에 좋아하기보다는 의구심을 내보였었다. 설우는 모든 일이 해결된 후에 보고를 올리겠다며 상황을 정리했다.

"왜 가만둔 거야."

언제 튀어나온 건지 브릿지가 팔짱을 낀 채 아니꼬운 시선을 보내왔다. 설우가 덤덤하게 받아쳤다.

"때가 아니니까."

"난 참을성 없어."

"없어도 길러."

브릿지가 인상을 와락, 구겼지만 설우는 눈길 한 번 주지 않았다. 이미 그의 머릿속은 다른 생각으로 가득 차 있었다.

함 상무와 최 전무. 알고 지낸 지 꽤 오래돼 보였으나, 표면적으로는 두 남자의 관계성이 전무했다. 골몰하는 설우의 뒤를 브릿지가 조용히 뒤따랐다. 그리고 우연치 않게 그와 출근길이 겹친 주희는 멍하니 그가 머물렀던 흔적을 향해 읊조렸다.

"……방금 누구랑 이야기한 거야?"

아무리 둘러봐도 사람으로 추정되는 것은 발견할 수가 없었다. 고요하고 찬 공기만이 서늘하게 그녀를 둘러쌀 뿐이었다.

23. 발각

예정된 촬영일이 찾아왔다. 미리 빌려 놓은 세트장에 들어서자 수많은 스태프들이 이리저리 뛰어다니며 분주히 움직이는 중이었다. 생전 처음 보는 광경에 주희를 비롯해 팀원들이 놀란 입을 다물지 못했다. 그때 한 여자가 사람들 틈을 비집고 걸어 나왔다.

"오셨어요."

채영이었다. 어깨선까지 부드럽게 흘러내린 애쉬브라운 머리칼과 촬영 컨셉을 위해 평소보다 더 옅게 한 화장은 고운 피부 결 덕분인지 그녀를 더욱 빛나게 했다.

"함께해 주셔서 다시 한번 감사드립니다."

강 팀장이 손을 뻗어 악수를 청했다. 채영은 반갑게 맞이했다.

"저야말로 감사하죠. 감독님과 포토그래퍼분이 잘 찍어 주시겠지만, 그래도 추가적으로 피드백 주신다면 많은 도움이 될 거예요. 요구하실 점이 있다면 언제든지 말씀해 주세요. 근데……."

채영은 말끝을 흐리며 시선을 널리 뻗었다. 누군가를 찾는 눈빛이었다. 기린처럼 고개를 내빼는 게 오래전부터 기다리고 있던 모양새다.

"아, 대표님은 오늘 따로 일정이 있으셔서 참석하지 못하셨습니다."

강 팀장의 아는 척에 채영은 화들짝 놀라며 눈을 끔뻑거렸다.

"어머, 저 김 대표님 찾는 거 아니에요. 그냥 누가, 누가 왔나 궁금해서."

그렇게 말해 놓고도 아쉬움 섞인 채영의 눈길이 주희에게는 달갑지 않았다. 그 시선을 느낀 걸까. 채영의 고개가 돌아갔다. 자연스레 시선이 얽혀 들었고, 주희는 굳이 피하지 않았다.

"또 보네요."

그녀의 알은척에 가볍게 고개 숙이는 것으로 인사를 대신했다.

"강욱이는 안 왔나 보죠?"

"잠깐 공장이랑 미팅 건이 있어서 그것만 끝내고 곧바로 합류하기로 했습니다."

강 팀장의 설명에 채영은 고개를 끄덕였다. 그러고는 시선을 옮겨 두 개의 세트장 중 강욱의 작품으로 추정되는 침대를 응시했다.

"그래야죠. 다시 돌아오기까지 보통 힘든 게 아니었을 텐데."

들릴 듯 말 듯 한 목소리였다. 그러나 주희의 귀에는 똑똑히 박혀 들었다. 기분 탓일지는 몰라도, 그 한마디가 꼭 저를 향한 일침 같아 심기가 불편했다. 묘한 기류가 두 여자 사이로 흐르는 찰나였다.

"……강하진이다."

누군가의 속닥거림에 다수의 시선이 왼쪽으로 틀어졌다. 통로 입구에서 가벼운 셔츠 차림으로 걸어 나오는 한 남자가 눈에 띄었다. 긴 피지컬과 압도적인 비율은 누가 봐도 그가 모델이라는 것을 증명했다. 특히 다갈색 머리칼과 그 색을 수채화로 표현하듯 옅은 갈색 눈동자는 당장이라도 빨려 들어갈 것처럼 오묘하고 신비로웠다.

"소개시켜 줄까요?"

그랬기에 채영의 제안은 달콤하게 다가왔다. 함께 온 여직원들이 간절한 눈으로 그녀를 바라봤다.

"강하진."

채영이 남자를 향해 손짓했다. 남자는 무료하게 채영을 응시하더니, 잠시 틈을 두고 다가오기 시작했다.

"하진이랑은 화보 촬영하면서 알게 된 친구예요. 강하진, 인사해. 이번에 우리가 촬영하게 될 브랜드 직원분들이야."

남자는 대답 대신 무표정한 얼굴로 채영을 지그시 응시한다. 그 눈길이 무감하다 못해 무심했다.

"인사하라고. 내 말, 못 들었어?"

이런 대접이 익숙하다는 듯 채영은 어금니를 살포시 누르며 말했다. 그때서야 남자가 고개를 숙인다.

"이 친구가 원래 숫기가 없어요. 그래도 한 분, 한 분 인사드려야지 않겠니? 장시간 동안 함께할 분들인데."

그 누구라도 눈치챌 수 있었다. 남자의 시선이 썩 달가워하지 않는다는 걸.

"강하진, 너 제대로 인사 안 해!"

그때 목에 카메라를 걸고 있는 한 남자가 촬영장이 떠나가도록 소리쳤다. 오늘 화보 촬영 쪽을 맡은 포토그래퍼였다. 그는 강하진이 소속된 스튜디오의 대표를 맡고 있는 남자이기도 했다.

일재 선배, 일재 씨. 여기저기서 그를 애타게 찾는 목소리가 난무했지만 남자는 끝까지 하진이 인사하는 것을 보고 말겠다는 듯 살벌한 시선을 보냈다. 그러자 하진이 한숨 비슷한 숨을 토해 내며 한 발짝 다가왔다. 뻗어진 손에 팀원들이 얼떨떨해하며 그의 손을 붙잡았다. 계 탔다며 신나 하는 직원도 있었고, 냉랭한 분위기와 달리 말랑한 피부 결에 놀란 사람도 있었다.

어느새 주희 차례가 다가왔을 때였다. 거의 스쳐 가다시피 악수를 청하던 하진이 무슨 이유인지 주희에게는 손을 뻗지 않았다. 자연스레 눈이 마주친 주희는 그의 갈색 눈동자를 빤히 응시했다. 그저 무심하고, 또 무심한. 아름답지만 아름답지 않은. 생기가 죽어 버린 장미꽃 같다는 감상이 문득 들었을 때였다.

"누구 마음대로 소개를 시킵니까?"

주희의 어깨가 바르작거렸다. 놀란 건 그녀만이 아니었다. 주변에 서 있던 사람들 전부 설우의 등장에 눈을 휘둥그레 떴다.

"분명 일정이 있다고……."

누군가 중얼거리자 가벼운 해답이 날아들었다.

"끝마치고 오는 길입니다."

"역시 올 줄 알았어요."

채영이 단숨에 설우의 곁으로 다가왔다.

"그래도 대표인데, 오는 게 예의죠."

"한채영 씨 보러 온 거 아닙니다."

"누가 뭐래요?"

그녀의 입꼬리는 이미 반이나 올라간 상태였다. 오오, 팀원들이 호응하며 연인 관계를 보는 듯한 분위기를 만들어 냈다. 주희는 그저 침묵으로 일관했다. 허수아비처럼 무력하게 두 사람을 바라보는데, 불현듯 누군가의 하얀 손이 시야에 잡혔다. 하진이 아직 곁에 머물러 있었다. 조금 전까지만 해도 그녀에게 손을 내밀지 않던 그였는데. 주희가 다소 놀라며 굵은 손목과 그를 번갈아 봤다.

"아……."

작은 탄식과 함께 하얀 손을 붙잡았다. 따스한 온기에 한 번 놀랐고, 그 순간 우연처럼 마주친 설우의 새까만 눈동자에 또 한 번 놀랐다. 금세 고개를 돌려 버리는 그의 태도에 가슴이 선득해졌다.

＊

"이야, 채영 씨. 오늘 왜 이렇게 적극적이야?"

"제가 언제 대충 하는 법 있었나요?"

오늘따라 채영에게서 생기가 흘러넘쳤다. 기품 있게 자세를 취해야 할 때는 자연스레 눈빛을 바꾸었고, 좀 더 밝은 에너지를 필요로 하는 상황에서는 적당히 생동감 있는 표정을 지으며 촬영을 이어 갔다.

그녀는 좀처럼 지칠 줄 몰랐다. 좋은 컷이 나올 때마다 폐부가 흥분으로 들썩였다. 완벽한 결과물을 만들어야 한다는 일념 하나만으로 고개를 돌리면 그 시선 끝에는 언제나 설우가 있었다. 그는 모니터에 나온 결과물과 촬영장에 있는 채영을 번갈아 봤다. 지극히 사무적인 눈빛이었지만 그 새까만 눈동자가 제게 지그시 닿을 때면 그렇게 짜릿할 수가 없었다.

하진의 촬영 또한 수월했다. 전체적으로 몸과 손을 잘 쓸 줄 아는 모델이었다. 너무 강렬한 눈빛도, 그렇다고 너무 느른한 눈빛도 아닌. 딱 적정선을 유지하면서 그는 침대를 손바닥으로 쓸어내리며 눈을 감았다. 그리고 적당히 졸음이 스며든 눈으로 카메라를 응시한다. 그 찰나의 장면이 렌즈에 생생하게 클로즈업되자 여기저기서 작은 탄식이 터져 나왔다. 그때였다.

"여러모로 신경 쓰이게 하네요."

낮은 목소리가 귓가를 파고들자 주희가 깜짝 놀라며 고개를 틀었다. 인기척도 없이 다가온 설우가 무감한 눈으로 그녀를 내려다보고 있었다.

주희는 버릇처럼 주변부터 살폈다. 다행히 촬영에 정신이 팔린 탓에 팀원 중 그 누구도 이곳에 시선을 두는 사람은 없었다.

"누가 보면 큰일이라도 날까 봐?"

귓가에 꽂힌 말투가 어쩐지 서늘해 주희는 눈을 가늘게 떴다.

"……좋을 것도 없으니까요."

"그렇게 나올 줄 알았지."

이미 예상하였다는 듯 고개를 끄덕이는 그의 모습이 안쓰러워 보인다면 기분 탓일까.

"……화, 났어요?"

채영이 광고 모델로 발탁된 이후로 그를 보는 것은 처음이었다. 간단한 연락은 주고받았으나, 그날의 일에 대해 그 누구도 언급하지 않았다.

"……그때 일은 나도 어쩔 수 없었어요."

뒤늦은 변명을 덧붙이며 웅얼거리자 까만 눈동자가 느릿하게 주희를 쓸어내렸다.

"무슨 마음인지 잘 알아요. 근데……. 상황도 그랬고, 멀리 봤을 때 한채영 씨만큼 우리 브랜드랑 잘 어울리는 사람도 없으니까."

구구절절 내뱉기 시작하니 잊고 있었던, 아니, 사실은 애써 무시하려던 감정이 솟아올랐다. 결국 목 끝에 걸린 말이 툭, 튕겨 나왔다.

"……제일 싫은 사람은 나라고요. 사내에 소문 다 났어요. 두 사람 연인 관계라고."

진짜 여자 친구는 여기 있는데, 정작 아무 말도 하지 못한 채 허망하게 오가는 이야기들을 매일같이 듣는다는 건 고역이었다. 그러나 더 화가 나는 건…….

"내가 먼저 비밀로 하자고 해 놓고…… 그래도 질투 나는 건 어쩔 수가 없다고요."

이처럼 간사한 마음이 또 있을까. 그와의 사이를 밝힐 용기도 없으면서, 그런 배짱조차 없으면서 화가 난 사람처럼 구는 자신이 한심스러웠다. 처음에는 이 정도까지 아니었던 것 같은데, 이렇게 안절부절못하지는 않았던 것 같은데. 어디서부터 깊어져 버린 걸까. 어디서부터 자각할 새도 없이 빠져들고 만 걸까.

그는 아무 반응도 보이지 않았다. 울긋불긋한 주희의 낯빛을 가만히 주시한다. 도무지 그 속내를 알 수 없어 입술을 꾹 깨무는데, 웃음기 깔린 목소리가 귓가를 파고들었다.

"나, 아직 아무 말도 안 했습니다."

주희는 멍하니 눈꺼풀을 끔뻑였다. 차갑게 굳어 있던 남자의 얼굴이 어느새 느슨하게 풀려 있었다. 차오르는 부끄러움에 휙 그를 지나쳤다. 그러나 한 발짝을 떼기 무섭게 온몸이 얼어붙었다. 온기가 파고들었다. 손가락 마디마디 사이를 파고들던 커다란 손은 이내 깍지를 끼며 강렬하게 그녀를 옥죄인다.

"……뭐 하는 거예요?"

심장이 철렁거리는 것을 느끼며 주희가 물었다. 당황한 그녀와 달리 설우는 평온한 얼굴로 앞을 주시했다.

"질투 난다면서요."

"……."

"근데 용기 낼 배짱은 없는 것 같아서, 이렇게라도 만족하라고."

여전히 팀원들의 관심은 세트장에 꽂혀 있었다. 거리도 꽤나 멀었고, 촬영이 끝나지 않는 한 그 누구도 이곳에 관심을 주지 않을 것이다. 그는 한발짝 앞서 나가 주희의 앞을 가로막았다. 넓게 벌어진 어깨와 큰 체격은 감쪽같이 주희의 실루엣을 감추었다.

"지금 마음 편히 즐기라고 이러는 거예요?"

그가 흘긋 고개만 튼 채 속삭였다.

"쌤쌤이라고 치죠. 시야를 가로막던가 해야지, 안 볼 거 아닙니까."

주희는 문득 그의 시선이 한창 촬영 중인 하진에게 꽂혀 있단 걸 알 수 있었다. 찰나였지만, 빛에 반사된 까만 동공이 살벌했다.

"한시도 시선을 떼지 못하던데, 그렇게 잘생겼나 보죠?"

눈을 떼지 못한 건 단순히 촬영 컨셉의 방향성 때문이었다. 너무 과하지는 않은지, 침대보다 모델이 더 돋보이지는 않을지, 그것들을 하나하나 세심히 살펴봤던 것뿐인데.

"손도 잡고?"

"손은……."

변명하려던 찰나 한 스텝이 잠시만요, 소리 내며 지나갔다. 그사이 누가 시선을 주기라도 할까, 주희는 본능적으로 설우의 등에 찰싹 달라붙었다. 단단한 상체를 꿰뚫고 나오는 그의 심장 소리를 듣고 나서야 자신이 무슨 실수를 저질렀는지 깨달았다.

"늘 느끼는 거지만."

그의 목소리가 귓가에 둥둥, 울려 퍼졌다. 그 감촉이 묘해 절로 마른침이 삼켜졌다.

"서주희 씨는 감출수록 더 적극적으로 변하네요."

안 보일수록, 어두워질수록, 곱씹는 낮은 음성이 이상하게도 야릇하게 느껴져 아무 말도 할 수 없었다.

"웬만하면 계속 그렇게 있어요."

굳이 보지 않아도 그가 어떤 표정을 짓고 있는지 알 것만 같았다. 만족스러운 감정을 표출하듯 깍지 낀 그녀의 손등을 문지르는 엄지의 감촉이 부드럽고 찌릿하다. 주희는 가만히 너른 등에 얼굴을 묻었다. 불규칙하게 뛰는 그의 심장 소리가 여느 때보다 듣기 좋은 선율로 다가와 가슴을 간지럽혔다.

문득 그런 생각이 들었다. 차라리 이런 모습을 누군가에게 들켜 버렸으면 좋겠다고. 내가 이만큼 그를, 그리고 그가 이만큼 나를 좋아하고 있다고. 서로가 원하고 있다고. 그러니까……. 함부로 눈독 들이지 말라는 이 기적이면서도 못된 심보가 마음을 할퀴었다.

※

"고 대리 저거 저기서 뭐 하는 거야?"

손을 씻고 촬영장으로 돌아온 소연은 눈살을 찌푸렸다. 고 대리가 모니터 주변을 어슬렁거리고 있었다. 새로운 촬영에 들어가기 위해 스텝과 포토그래퍼까지 모두 세트장 안에서 채영과 이야기를 나누는 중이었다.

그 순간을 노린 걸까. 고 대리가 주변을 획획 둘러보더니 민첩하게 휴대폰을 꺼내 찰칵, 셔터를 터트렸다. 소연은 의아함을 느꼈지만, 금세 생각을 접었다. 다른 여직원들이 황홀해하다시피 하진과 인사를 나눌 때도 고 대리는 웬일로 호들갑을 떨지 않았었다.

"꼴에 똥폼은 다 잡더니."

멀리서 봐도 그녀의 휴대폰에 담긴 사진 중 반 이상은 하진의 얼굴이었다. 저럴 거면서 쓸데없이 자존심 세우기는. 고개를 절레절레 저으며 돌아서는데, 누군가 뒤통수를 때린 듯한 충격이 일었다. 한 남자와 한 여자가 뒤엉켜 손을 잡고 있었다. 그런데 왜 두 사람 다 낯설지가 않은 걸까.

"……어머머?"

소연은 다급히 입을 틀어막았다. 흐뭇한 얼굴로 정면을 응시하고 있는 남자와 그 등 뒤에 포근하게 기대 있는 여자는 누가 봐도 설우와 주희였다.

＊

"수고하셨습니다."

박수 소리와 함께 길고 긴 촬영이 끝이 났다. 부산스럽게 움직이는 사람들 틈새로 채영이 담요를 걸친 채 걸어 나왔다.

"끝까지 함께해 주시느라 수고 많으셨어요."

"저희야말로 감사하죠. 진짜 오늘 너무 예뻤어요."

채영은 미소로 화답하며 천천히 걸음을 옮겨 설우에게로 다가갔다. 평소와 다를 것 없는 무표정한 설우의 얼굴을 올려다보며 그녀는 툭 내뱉었다.

"고생 많았어요."

"그건 내 쪽에서 할 이야기죠."

채영은 잠시 두 귀를 의심했다. 분명 이 남자 입에서…….

"어쨌든 순조롭게 일이 진행돼야 하는 상황에서 마지막까지 잘 부탁합니다."

내밀어진 손을 그녀는 믿지 못하겠다는 눈으로 바라봤다.

"역시 프로는 다르더군요."

채영은 충격적인 광경을 목도한 기분이었다. 몇 분 전까지만 해도 재수 없던 남자가 아니던가. 그 한결같은 모습으로 사람 속을 뒤집을 때는 언제고.

"당연하죠."

받아치는 그녀의 표정이 통명스러웠다. 아무렇지 않은 척 넓고 큰 손을 잡고 가볍게 흔들었다. 그리고 퍽 당황했다. 가슴이 뛰었다.

뭐야, 나 설마 부정맥인가? 애써 생각을 지우며 다른 사람들과 작별 인사를 고했다. 마지막으로 주희의 앞에 다가선 그녀는 조용히 손을 내밀었다.

"수고했어요."

주희는 말없이 손을 붙잡았다. 채영의 눈이 실처럼 가늘어졌다. 예쁘장하게 생기긴 했지만, 강욱이 왜 그토록 그녀에게 목을 매는지 이해하기 어려웠다.

"강욱이한테 들었어요. 이 프로젝트 서주희 씨 기획이라면서요?"

원래 머리 잘 쓰는 남자는, 똑같이 이쪽으로 머리가 잘 굴러가는 여자에게 끌리는 건가. 어려서부터 학업에는 연이 없던 그녀로서는 주희의 이런 면에 강욱이 반했을지도 모른다는 판단이 섰다.

"아, 그리고 아까 계속 하진이만 바라보던데, 혹시 마음 있어요?"

왜 화제가 갑자기 그쪽으로 새는 거지. 당황한 주희의 눈빛이 그렇게 말해 주고 있었다.

"왜요? 괜찮으면 소개시켜 줄 수도 있는데."

주희의 두 눈이 파리하게 굳었다. 채영의 뒤통수를 주시하는 설우의 시선이 살벌했다. 그 서늘함을 느낀 걸까. 슬며시 고개를 튼 채영이 깜짝 놀라며 상황을 수습했다.

"농담이에요, 농담. 뭘 그렇게까지 굳고 그래요. 아쉽게도 결혼을 앞두고 있는 친구라."

"결혼이요?"

누군가 놀라며 되묻자 채영이 고개를 끄덕였다.

"이 바닥에서는 이미 유명해요. 4년 넘게 사귄 여자 친구가 있거든요. 내 추측이긴 하지만 아마 내년 봄에는 식을 올리지 않을까 싶어요."

아쉽다는 곡소리가 심심찮게 그녀의 귓가를 적셨다. 정작 채영은 설우와 주희를 번갈아 보기 바빴다. 주희가 하진과 손을 붙잡을 때도 느낀 거지만 설우의 차가운 시선이 마음에 걸렸다. 그 이유가 뭘까 골몰하는데,

어떠한 깨달음이 번뜩 머릿속을 스쳐 갔다.

설마……. 채영은 다시 한 번 설우와 주희를 응시했다. 정확히는 주희만 담고 있는 설우의 짙은 눈동자였다.

✳

함께 가자는 설우의 제안에 주희는 먼저 촬영장 뒤편에 있는 주차장으로 향했다. 코너를 막 앞둔 참이었다. 낯설지 않은 실루엣이 나타났다. 이제 일을 끝내고 오는 건지 강욱이 바람에 휘날리는 머리칼을 쓸어 올리며 분주히 걸어오고 있었다. 그러던 와중 재킷 안쪽에서 흘러나오는 벨 소리에 우뚝, 걸음을 멈춘다.

"어. 뭐? 찾았다고?"

마치 낮은 도에서 곧바로 높은 도로 건너뛴 것처럼 그의 목소리가 하이 톤으로 쑥 올라갔다.

"하……. 진짜 다행이다. 진짜 다행이야."

무슨 전화이기에 저렇게까지 안도하는 걸까. 강욱은 통화를 끝낸 후, 다시 걸음을 떼기 시작했다. 마주치는 게 어색했던 주희는 빙빙 돌아서 갈지언정 왔던 길을 되돌아가기로 마음을 먹었다. 다시 세트장에 들어가, 정반대의 길을 타고 계단을 내려가던 찰나였다. 그녀는 갑자기 걸음을 멈추며 어딘가를 응시했다.

기다랗게 이어진 창문 밖으로 한 남자가 서 있었다. 옅은 갈색 머리칼의 주인. 하진이었다. 분주히 주변을 살피는 시선이 누군가를 오매불망 기다리고 있는 거 같았다. 머지않아 단발머리에 하얗고 작은 얼굴의 여자가 나타났다. 하진은 뛰다시피 걸어가 여자를 품에 껴안았다.

채영이 말한 4년째 사귀고 있다던 그 여자 친구인가? 주희는 홀린 것처럼 창문 곁으로 다가섰다. 여자는 하얀 도화지 같았다. 부드럽게 흐르는 이목구비가 청순하고, 깨끗했다. 하얀 볼이 발그레해진 게 꽤 추위를 뚫고 걸어온 모양이다. 하진은 도자기를 만지는 것처럼 조심스럽게 여자의 볼을 감싸 안았다. 입 모양을 보아하니 뭐라고 하는 것 같은데, 여자가 고개를 도리도리 젓는 걸 보면 춥냐고 물어본 듯하다.

"……예쁘다."

주희가 저도 모르게 속삭였다. 고작 사소한 행동임에도 불구하고 그들이 진심으로 사랑하고 있는 게 느껴졌다.

"거기서 뭐 해요."

주희는 깜짝 놀라며 뒤를 돌아봤다. 설우가 휴대폰을 든 채 서 있었다. 그때서야 휴대폰이 진동하고 있다는 걸 자각했다. 터벅터벅, 걸어온 그는 방금 전까지 그녀가 보고 있던 광경을 발견하곤 눈에 띄게 얼굴을 굳혔다.

"또 저 친구네요?"

"그게 아니라……."

주희가 말끝을 흘리며 다시 하진을 바라봤다. 정확히는 그의 눈빛이었다. 여전히 표정이 없었지만, 여자 친구를 담고 있는 눈동자만큼은 달랐다.

"웃고 있어서요."

"……."

"촬영장에서는 한 번도 웃고 있는 걸 본 적이 없거든요."

의미 없는 추측일지는 몰라도 무감한 하진의 시선을 보면서 이상하게도 과거의 자신이 떠올랐다.

"되게 행복해 보여요."

주희가 미소를 머금으며 말했다. 그때 허리에 손이 둘러지더니 설우가 그녀의 어깨에 턱을 묻은 채 속삭였다.

"왜 저 친구가 서주희 씨를 빤히 봤는지 알 것 같기도 하네요."

"……왜요?"

"닮았거든요, 두 사람."

"나랑 저 여자 친구 분이요?"

설마. 닮은 기색이라고는 전혀 찾아볼 수가 없는데.

"아니. 당신이랑 저 친구."

그의 손가락이 향한 곳은 여자가 아닌 하진이었다.

"우리가 처음 만났을 때가 생각나서. 그때 서주희 씨가 저 친구 같은 눈으로 날 쳐다봤거든."

경계심이 그득하고, 감정을 읽을 수 없던 공허한 눈동자.

"그래서 묻고 싶은 건데, 서주희 씨는 행복하나."

나긋한 물음에 주희는 천천히 몸을 틀었다. 대답을 요구하는 까만 눈동자가 깊고, 짙다. 그녀는 발그레 미소 지었다.

"당연한 걸 왜 물어요."

왜 하진이 여자 친구를 보자마자 달려갔는지 알 것 같았다. 주희는 까치발을 들어 남자의 목을 감싸 안았다. 최대한 가까이, 더 가까이 다가가서는 그의 목에 얼굴을 묻은 채 벅찬 목소리로 고백했다.

"진짜 좋아해요."

어떤 단어로도 표현할 수 없을 만큼.

✳

주희는 심연에 잠겨 있었다. 의식할 수 있는 거라곤 딸랑, 방울 소리가 전부다. 굳이 보지 않아도 이건 브릿지의 목에 달려 있는 방울이란 걸 알 수 있었다. 또 그 꿈인가. 예상대로 녀석이 낭떠러지 끝에서 그녀를 바라보고 있었다. 또다시 저 밑으로 추락해 버릴까, 최대한 조심히 손을 뻗었다.

"이리 와, 브릿지. 왜 자꾸 거기 서 있는 거야. 응? 가지 마. 이리 와, 제발."

간절히 바랐지만 녀석은 미동 없이 그녀를 바라볼 뿐이다. 조심스럽게 앞으로 한 발짝을 내딛는데, 갑자기 장면이 전환되며 물감 한 통을 쏟아부은 것처럼 어둠이 시야를 지배했다. 가느다란 빛줄기조차 없는 풍경에 주희는 문득 두려워지기 시작했다. 겁에 질려서 아직 눈앞에 있을 브릿지, 세 글자를 반복적으로 읊조렸다. 그때 익숙한 목소리가 어둠을 비집고 들어왔다.

"서주희 씨."

"……."

"서주희 씨, 잠깐만 일어나 봐요."

거짓말처럼 주희의 눈이 번뜩 뜨였다. 흐릿한 시야가 점차 선명해지며 설우의 얼굴이 나타났다. 그가 손을 뻗어 그녀의 이마를 감싸 안았다.

"악몽 꿨어요?"

"아……. 괜찮아요. 별거 아니에요."

놀란 심장을 애써 다스리던 주희가 별안간 미간을 구겼다. 그새 잠이 든 걸까. 차를 탔을 때까지만 해도 분명 해가 남아 있었던 것 같은데, 바깥이 어두웠다.

"왜 안 깨웠어요. 뭐야, 벌써 두 시간이나 흘렀잖아요."

원래였다면 저녁 식사를 함께 할 예정이었다. 운전하는 도중에 배가 고프다는 그의 목소리를 언뜻 들은 것 같기도 하다. 설우의 눈동자에 의아함이 떠올랐다.

"그러게요. 벌써 시간이 이렇게 됐네."

"몰랐어요?"

"응. 깨우기가 아까워서. 보는 것만으로 기분이 좋아져서 조금 더 있다 깨우려고 했더니."

서슴없는 애정 표현에 주희의 볼이 금세 달아올랐다. 더 기가 찬 건 낯 부끄러운 발언이라는 것조차 이 남자는 모른다는 것이다.

그녀는 가만히 시선을 내려 주위를 살폈다. 좀 더 편하게 자라는 듯 안전벨트가 풀려 있고, 무릎 위에는 회색빛 담요가 꼼꼼하게 덮여져 있다. 그것도 모자라 보조석과 운전석 또한 뒤로 젖혀져 있다. 그가 같은 시선을 유지한 채 얼굴 곳곳을 뜯어봤을 상황을 상상하자 또다시 볼이 화르륵 타올랐다. 주희는 태연한 척 굴며 목소리를 가다듬었다.

"배 안 고파요?"

"딱히. 고픈지는 모르겠는데. 보고만 있어도 배가 불……"

다급히 손을 뻗어 그의 입술을 막아 세웠다. 뭉개진 발음이 숨결이 되어 손바닥을 적셨다.

"거기까지만 해요."

이 이상으로 들었다가는 온몸이 타 버릴지도 모른다. 그 모습이 귀여웠는지 그의 눈매가 반달처럼 휘었다. 손바닥에 쪽, 입을 맞추며 깍지를 낀다.

"하고 싶은 거 있어요?"

"하고 싶은 거요?"

"단둘이서 있는 게 오랜만이잖아요. 그리고 되도록 오늘 말하는 게 좋을 거예요. 당분간 못 볼 예정이라서."

못 볼 예정이라니? 그가 좀 더 깍지 낀 손에 힘을 주며 옅은 한숨을 흘렸다.

"EPC 관련으로 이란에 머무를 예정이에요. 짧으면 일주일, 길면 2주 정도 있을 것 같은데."

그 시간 동안은 만날 수가 없다는 의미였다. 주희는 무슨 말을 해야 할지 난감했다. 이런 상황을 예상하지 못한 건 아니다. 그는 자신과는 직급 자체가 다른 남자였다.

"어쩔 수 없죠. 잘 다녀와요."

괜찮다며 고개를 끄덕였지만 마음 한구석이 불편했다. 한 번쯤은 솔직해져도 되지 않을까. 깍지 낀 손을 물끄러미 응시하던 주희가 느릿하게 시선을 들어 올리며 고개를 저었다.

"……괜찮지 않아요."

진심이라는 듯 서글픈 시선에 설우의 눈매가 가늘어졌다. 그 순간 간절해서 더 애가 타는 음성이 그의 귓가를 울렸다.

"……그러니까 오늘은 집에 안 들어갈래요."

24. 폭풍 전야

누가 먼저랄 것도 없었다. 현관문이 열리자 약속한 것처럼 서로의 몸이 끌려왔다. 크나큰 체격이 주희를 벽으로 몰아세웠다. 깊은 숨결이 단숨에 그녀의 입 안을 파고들었다. 입천장 곳곳을 찌르는 혀를 느낄 때마다 등줄기가 찌릿하며 발끝이 바짝 오므라든다.

좀 더 그의 목에 매달렸다. 더 짙게, 더 깊이 다가와 줬으면 좋겠다며. 그 신호탄을 알아챈 설우가 강하게 허리를 끌어안았다. 손바닥을 관통하는 그의 심장 박동이 한없이 거칠고 투박하다. 그가 얼마나 흥분한 상태인지 체감할 수 있었다.

"꼭."

"……."

"끝을 정해 놓은 사람 같아서 겁이 나잖아."

작정하고 덤벼드는 모습에 놀라기라도 한 걸까. 가끔씩 먼저 다가선 적이 있긴 했지만 이렇게까지 주희가 적극적인 적은 처음이었다. 그 생소함에 남자의 폐부가 들썩였고, 타오르는 갈증이 목울대를 찌를 듯이 자극했다.

"……섭섭한 소리 하지 마요. 끝이라고 한 적 없으니까."

주희가 코앞에서 속삭이며 애처로운 눈으로 다시 설우의 목을 감싸 안았다. 바짝 그의 가슴에 기대서는 팔딱거리는 심장에 속삭이듯 우물거린다.

"……이제 시작이라면 모를까."

그 말을 기다렸다는 듯 허리에서 다시 강한 악력이 느껴졌다. 눈을 떴을 때는 달빛에 물든 하얀 시트와 하얀 천장이 시야를 지배한 상태였다.

"어떻게 해 줬으면 좋겠어요?"

넥타이를 좌우로 움직이며 묻는 설우를 보며 주희는 손을 뻗었다. 넥타이를 쭉 잡아당겨서는 떨리지 않는 척 태연하게 받아쳤다.

"어떻게 하고 싶은데요?"

정답이 있을까. 이미 한 번 겪지 않았나. 어둠이 드리우고, 달빛만이 흘러 들어오는 좁은 방 안에서 '우리'가 무슨 행위를 했는지. 얼마나 뜨거워질 수 있는지. 그럼에도 그의 입에서 배려 아닌 배려의 물음이 새어 나온 건 간신히 잡고 있는 정신력 때문이었다.

그에게 첫 경험이란 커다란 해일 같은 것이었다. 매 순간 깊이를 알 수 없는 파도가 넘쳐 손에서 긴장감을 놓지 못하게 만들더니 끝내 피할 수 없는 운명처럼 잠식당하고 마는. 그러나 다시 그 위험천만한 순간으로 돌아가고 싶게 만드는.

"새삼 느끼는 거지만."

주희의 손가락이 설우의 머리카락 사이로 스며들었다. 빗질하듯 한 올, 한 올 매만지더니, 남자의 눈 밑을 쓸어내렸다. 그 자그마한 손짓에 까만 동공이 짙은 욕망으로 일렁거린다.

"참…… 까맣다."

"그래서 싫다, 이건가."

어렸을 때부터 유난히 까만 머리칼과 심연 같은 눈동자는 아버지를 닮

461

은 것이었다. 영민하고 기품 있는 이미지를 심어 줬으나 정이 없어 보인다는 말을 심심찮게 듣곤 했다. 별 영양가 없는 말이라 흘러듣고 말았는데 문득 그녀의 취향이 아닐지 모른다는 생각에 심기가 불편해진다.

"설마."

그의 눈썹이 의심으로 일그러졌다. 주희가 눈을 끔뻑이며 물었다.

"설마?"

"갈색 머리 좋아합니까?"

"갑자기 갈색 머리?"

"그 친구는 눈동자까지 갈색이던데."

그 친구라는, 대목에서 주희가 헛숨을 터트렸다. 오후에 봤던 그 모델을 말하는 건가. 아직도 그가 하진을 마음에 담아 두고 있다는 사실에 놀랍다가도, 왠지 놀려 먹고 싶은 마음이 아지랑이처럼 스멀스멀 피어올랐다.

"갈색도 예쁘긴 하죠."

아니나 다를까, 훤칠한 이목구비가 잔뜩 일그러졌다.

"근데."

그 마음을 달래 주고자 다시 까만 머리칼을 부드럽게 쓰다듬었다.

"난 갈색 머리보다 윤기 나는 까만 머리칼이 더 좋아요."

그리고 여전히 질투가 묻어 있는 눈매를 엄지로 쓸어내리며.

"빨려 들어갈 것 같은 깊은 눈동자를 더 좋아하고."

각진 어깨에 입을 맞추고서 슬그머니 미소 지었다.

"선이 고운 몸매보다는 넓은 어깨를 더 선호하는 거 같은데……."

"……."

"이상형을 만난 건가."

설우의 눈 밑이 빳빳했다. 그의 귓불이 발갛게 달아오르는 걸 어렵지 않게 알 수 있었다. 모르는 척 슬쩍, 매만지자 금세 손목이 붙잡히며 그의 불거진 턱 밑으로 짙은 숨결이 흘러내렸다.

"일 절만 하죠."

"……."

"지금도 충분히 감당할 수 없을 만큼 벅차니까."

허벅지 밑에서 단단한 감촉이 느껴졌다. 딱딱하게 굳은 남자를 향해 주희는 애원했다.

"그럼 보여 줘 봐요. 얼마큼 벅찬지."

얼마큼 날 좋아하고 있는지, 라는 물음은 뱉을 수 없었다. 그 전에 입술이 먹혀들어 갔고, 뜨거운 살덩이가 거칠게 혀를 옭아매었다. 숨이 막혀 신음을 흘리면 그가 손톱만큼의 간격을 두고 멀어지더니 온전한 호흡을 뱉기도 전에 맹수처럼 달려들어 여린 입 안을 구석구석 핥아 댔다.

주희는 눈앞이 뜨거웠다. 그의 입술을 받아 내는 것만으로도 이미 벅찬데, 입고 있는 옷가지들이 그의 손 안에서 허물 벗겨지듯 침대 밑으로 내던져졌다. 마지막으로 속옷만을 남겨 둔 채 그가 느릿하게 시선을 내렸다.

푸르스름한 달빛이 오늘따라 짙은 탓일까. 굴곡진 그녀의 가슴을 보는 것만으로 온몸이 뻐근했다. 붓질을 하듯 고운 목선과 가녀린 허리, 그리고 굴곡진 골반을 지나 하얗고 기다란 다리까지.

남자의 목울대가 욕망으로 울컥거렸다. 매끄러운 이마 끝에는 언뜻 식은땀이 흐르는 것 같기도 하다. 속옷만을 걸치고 있는 주희와 달리 그는 아직 셔츠조차 벗지 못한 상태였다. 그게 못마땅한지 주희가 흐린 시선으로 그러나 명료하게 명령했다.

"벗어요."

설우가 한 겹, 한 겹 옷가지들을 침대 밖으로 내팽개쳤다. 단단한 상체가 드러나며 촘촘히 자리 잡은 근육들이 섬세히 움직이는 것을 보며 주희는 아랫입술을 깨물었다.

마침내 같은 처지가 된 그는 서슴없이 상체를 숙였다. 뜨거운 숨결이 목덜미를 적시자 주희는 자라처럼 목을 움츠렸다. 그는 아랑곳하지 않았다. 오히려 그녀가 애타하는 곳곳들을 집요하게 입술과 혀로 적시며 능숙히 속옷을 벗겨 내더니, 부드럽게 하얀 가슴을 쓸어 모았다.

"⋯⋯응."

고작 손길만 닿았을 뿐인데도 왜 벌써 가슴이 저릿한지, 모를 일이다.

그가 덥석, 살결을 베어 물었을 때는 두 눈을 질끈 감아 버렸다.

"잠깐, 잠깐만……."

주희는 고개를 저어 댔다. 아랫배가 부글부글 끓는 감각이 벅차다. 몇 번이나 각진 어깨를 밀어 냈지만, 설우는 반대편 가슴으로 입술을 옮기며 농밀한 연주를 이어 갔다.

"아……. 제발."

그의 유연한 혀의 감촉 때문인 건지, 아님 끝없이 제 몸을 갈구하는 검푸른 시선 때문인지는 몰라도 벅찬 감정이 차올랐다.

무엇보다…….

"……아요."

신음을 토해 내듯 주희가 간신히 읊조렸다. 설우가 흘긋 고개를 들어 눈을 맞추었다. 그녀의 새하얀 얼굴이 괴롭게 일그러져 있었다. 거의 울 듯한 눈으로 울컥 내뱉는다.

"……너무 밝아서 미칠 것 같아."

그 말에 대한 의미를 파악하기까지 그리 오래 걸리지 않았다. 오므라진 하얀 다리 사이로 팔을 내리자 축축한 열감이 손가락 끝을 야릇하게 적셔 온다.

"어디에서 자극을 받은 거지."

진심으로 궁금하다는 듯 그가 살며시 입꼬리를 말아 올렸다.

"이제 와서 부끄럽다고 말하면 좀 웃긴데."

물러서는 척하면서도, 그의 첫 경험을 황홀하게 적신 여자가 아니던가.

"……모르겠어. 몸이 이상하단 말이에요."

주희가 어깨를 바르작 떨며 고백했다. 부끄러운 건 둘째 치고, 그의 손끝만 닿아도 신경이 예민하게 곤두섰다. 그러자 문득 두려워지기 시작했다. 지금도 벅찬데, 끝을 향해 가는 순간, 제 몸이 어떻게 되어 버릴지도 모른다는 아득함이 강렬하게 그녀를 사로잡았다.

"그래서."

"……."

"여기서 그만둬?"

"……."

"주희야."

그렇게 다정하게 불러 버리면 내가 어떻게 하라고. 내가 어떻게…….

"……이상해요. 좋은데, 그래서 두려워."

알다가도 모를 마음이다. 이런 생각을 갖는 스스로가 어이없으면서도 한편으론 그가 말해 주길 바랐다.

"걱정 마요, 단 한시도 놓아줄 생각 따위 없으니까."

그래, 이렇게……. 이렇게 단호하지만 부드러운, 확고하지만 나긋한.

당신 앞에만 서면 나는 변덕스러운 소녀가 되는 기분이야. 한껏 칭얼거리고 싶고, 한껏 달라붙어서 아낌없는 사랑만 받아먹고 싶은. 주희는 양손을 뻗어 설우의 목을 감싸 안았다. 그리고 애원했다.

"지금……."

흐느끼는 속삭임에 설우는 손을 아래로 내렸다. 유연하게 두 손가락으로 주희의 팬티를 끌어 내리며 몸을 겹쳤다.

"아……."

누구의 것인지도 모를 탄식이 서늘한 공기를 울렸다. 좁고, 뜨겁고, 빠듯하지만 한없이 포근한. 그 원초적인 감각에 지배당하며 끝을 향해 달리기 시작했다.

주희는 숨을 가쁘게 들이켰다. 그가 가장 깊은 곳을 점령할 때면 울음 같은 신음이 흘러나왔지만, 그마저도 야만적인 입술에 잡아먹혀 들어갔다. 질끈 감긴 눈 밑으로 축축한 액체가 흘러나왔다. 그러나 터져 버릴 것 같은 이 포만감이, 폐부를 조여 오는 압박감이 마냥 싫지가 않다. 아니, 어쩌면 더 원하는 걸지도.

그가 파고들면 멋대로 허리가 뒤틀렸다. 그가 한 발짝 물러서면 칭얼거리듯 그의 허리에 매달리다시피 다리를 감았다.

"……더."

주희가 토막 난 호흡으로 속삭였다.

"……더 깊이."

그러자 거짓말처럼 거친 움직임이 뚝 멈추었다. 갈망으로 붉게 물든 여자의 눈가를 보며 남자가 괴롭다는 듯이 눈썹을 일그러트렸다.

"꼭."

"……."

"……짐승이 된 기분이야."

그가 더 깊숙이 침범했다. 주희는 흠칫거리며 혈관이 솟은 단단한 팔뚝을 잡았다. 빡빡한 압박감 속에서 그가 닿을 수 없는 곳까지 헤집자 눈물이 날 것만 같았다. 아릿하지만 찌릿한 감각이 미칠 듯이 반복되며 정수리에 전율이 일었다. 결국 버티지 못한 채 애원하자 그가 잔뜩 흐트러진 주희의 머리칼을 쓸어 넘겼다.

"더 원한다면서. 자극해 놓고 물러서면, 내가 당신을."

"……."

"……어떻게 해야 할까."

일갈하는 어투 같아도, 그의 목소리는 한없이 다정했다. 마치 어린아이를 달래듯 솜털이 바짝 서 있는 여자의 턱과 귓바퀴를 핥으며 짧게 입을 맞춘다.

"그래, 이런 모습은 나만 보여 줘."

"……."

"엉망진창, 흐트러지는 얼굴도. 당장이라도 울어 버릴 것 같은 표정도."

그녀는 멍하니 눈꺼풀을 끔뻑거렸다. 마치 아무것도 모른다는 듯. 색색거리는 호흡과 열감이 오른 시선에 몸이 달아오른다. 그가 이를 물며 읊조렸다.

"누가 보는 것만으로 피가 거꾸로 솟는 기분이니까."

하얀 다리를 어깨에 걸치며 더 이상은 밀착할 수 없을 만큼 몸을 낮게 숙였다. 결합이 깊어지자 주희가 고개를 저으며 설우의 목을 꽉 끌어안았다.

"……응."

입술을 깨문 채 흐르는 신음조차 달콤하기만 하다. 그는 참지 못하며 여린 입술 새로 혀를 집어넣었다.

여자가 다시 울 것 같은 얼굴로 매달린다. 시트를 쥐었다가, 채찍과도 같이 날카롭게 휘감기는 감각에 헐떡였다. 머리가 부글부글 끓는 기분이었다. 가열되고, 또 가열되며 종국에는 타 버릴 것 같은 뜨거움이 전신을 지배하더니, 이내 경련하듯 몸을 떨며 축 늘어졌다. 그 황홀한 광경을 지켜보며 설우는 속도를 높이다, 파도처럼 밀려와서는 목구멍 깊은 곳까지 끓어오르는 탄식을 흘리며 하얀 나신 위로 무너져 내렸다.

✳

예정대로 설우는 출국길에 올랐다. 그 전까지 두 사람은 틈만 나면 입술을 겹치고, 몸을 섞었다. 흘러가는 순간, 순간이 아까워서 주희는 긴 야근으로 몸이 지쳐도 습관처럼 그의 집을 찾아갔다. 대부분 늘 기다리는 입장이었으나 어느 날은 그가 문을 활짝 열어 준 적도 있었다. 그 날, 주희는 피곤한 것도 잊은 채 어린아이처럼 달려가 설우의 품에 안겨 들었다.

몇 번을 안겨도 아늑한 품이었다. 코끝에 퍼지는 은은한 향기도, 으스러질 듯이 허리를 껴안는 단단한 손도. 마지막으로 울다시피 헐떡이며 그의 품 안에서 무너져 내린 날, 자장가처럼 나긋한 음성이 귓가에 스며들었다.

'끝까지 함께하지 못해서 아쉽게 됐지만, 잘할 거라고 믿어요.'

그 말은 곧 활력소가 되어 지칠 줄 모르는 체력을 만들어 주었다. 그렇게 하루, 하루를 버티며 런칭이 코앞으로 다가온 시점이었다.

"……큰일 났어요."

마우스를 클릭한 소연의 손이 바들바들 떨렸다. 심상치 않은 그녀의 안색에 분위기가 심상찮게 돌아갔다.

"시, 시안이 도용당한 거 같아요."

울먹이는 음성은 어떤 파도보다 거칠게 인테리어 부서를 휩쓸었다. 그리고 송장처럼 서 있는 주희를 향해 누군가가 작정하고 던진 화살은,

"시안을 도용당한 게 아니라 도용한 거 아니야?"

그녀를 끝없는 구덩이로 처박았다.

"그게 무슨 말 같지도 않은 소리야, 도용이라니."

오 과장이 득달같이 달려와 모니터를 확인했다. 분주히 마우스 휠을 내리던 그는 큼지막한 문구를 발견하자 미간을 구겼다.

"……효성?"

주희는 잠시 눈앞이 바래는 현상을 느꼈다. 손이 바들바들 떨리기 시작하더니, 식은땀이 등줄기를 타고 기분 나쁘게 흘러내렸다.

"……뭐야. 컨셉도, 아이템도, 교모하다시피 똑같잖아. 이거 완전 붙여넣기 수준 아니야."

절망하는 오 과장의 목소리에 당장이라도 신음이 터질 것 같았다. 왜……. 왜 또……. 하지만 폭풍은 거기서 끝나지 않았다.

"……이것 좀 보세요."

소연의 반대편에 앉아 있던 다솜과 유진이 믿지 못하겠다는 눈으로 주희를 바라봤다. 그 시선 속에 담긴 의미는 여러 가지였다. 놀라움, 경악, 끝내는 경멸감이 배어 나와 주희의 심장을 날카롭게 찔렀다.

"……대표님, 아니야?"

사내 게시판이 띄워져 있었다. 클릭된 게시물에는 한 여자를 깊은 눈으로 바라보는 설우의 사진이 올라와 있었다.

"이건……."

충격이 가시기도 전에 오 과장이 이마를 좁히며 퍼뜩 눈을 들었다. 그 눈빛이 좁혀 오는 수사망 같아서 주희는 숨이 턱, 막혔다.

누군가 낮게 탄식했다.

"주희 씨잖아?"

파장이 파도처럼 퍼져 나갔다. 한 장이 아니었다. 작정하고 두 사람을 따라다닌 듯 스크롤을 끝없이 내려야 할 만큼 그녀가 그와 함께한 추억들이 타인들의 눈에 적나라하게 발각되고 있었다.

"서주희 씨, 꽤 유명 인사더라? 소문이 자자하던데."

잔뜩 굳어 있는 주희의 등 뒤로 고 대리가 다가왔다.

"전에 다니던 회사에서도 사수 기획안을 부장급한테 바쳤다가 쫓겨난 적이 있었다지?"

"그게 무슨 소리야, 고 대리."

오 과장이 총이라도 맞은 것처럼 충격에 휩싸인 얼굴로 물었다. 고 대리는 눈썹을 축 늘어뜨렸다.

"하아……. 저도 얼마 전에 알게 된 이야기예요. 제 지인이 주희 씨를 알고 있더라고요. 어떻게 아냐고 물어보니까, 글쎄……."

그녀의 붉은 입술이 잠시, 비틀렸다. 비웃음이 담긴 그 웃음을 눈치챈 사람은 주희뿐이었다.

"2년 전이랬나. 인턴 한 명이 사수 기획안을 도용해서 정규직 채용에 힘을 쏟으려고 한 적이 있었대요. 유명했다고 하더라고요. 듣기로는 그 사수가 그 친구를 좋아했다고 하던데, 아마 그 부분을 노렸을 거라고."

주희의 낯빛이 점점 파리하게 질려 갔다. 고 대리가 한숨 섞인 목소리로 덧붙였다.

"근데 그 사람이 주희 씨라는 거예요. 너무 놀랐죠. 믿기지가 않아서 그동안 비밀로 하고 있었는데, 이런 사달이 일어날 줄은……. 솔직히 저랑 주희 씨가 몇 번 트러블이 있긴 했지만, 나쁜 사람은 아니라 생각해서 참곤 했는데……."

그게 착각이었다는 듯 비틀린 시선이 싸늘했다.

"……주희 씨, 효성에서 있었던 일 진짜 사실이야?"

묻는 것이 아니었다. 거의 확인 사살이나 다름없는 어투. 머릿속이 백지장이었다. 고 대리가 어떻게 자신의 과거를 알고 있는지, 당신이 알고 있는 그 지인이란 게 누군지. 하나하나 따져야 하는데 못을 박은 것처럼 입술이 꿈쩍도 하지 않았다.

아니야. 아니잖아. 아니라고 당장 말하란 말이야. 쿵쿵쿵, 누군가 가슴을 세게 두드려 댔다. 그런데 손끝 하나 움직일 수 없다. 간신히 뭉친 숨을 토해 내며 시선을 돌렸다. 온기가 묻어 있던 여러 개의 눈동자들이 거짓말처럼 싸늘하게 식어 있었다.

낯설지 않은 눈이다. 어떻게 잊을 수 있을까. 할 수만 있다면 불태워 버리고 싶은 기억들이 송곳처럼 발밑을 찔러 온다. 그 격통이 점차 심해지자 주희는 주먹을 꽉 쥐었다. 보이지 않는 수군거림이 귓가를 가득 메우기 시작했다.

'그래서 서주희는 김강욱 대리님이랑 하룻밤 잔 거야?'

'어머머, 진짜요? 그냥 떠도는 소문인 줄 알았는데.'

'사람이 융통성이 없어. 단물 빠진 껌보다 못한 주제에 뭘 저렇게까지 악착같이 버티고 있는 거야? 진짜 서주희, 사람 질리게 만드는 데 최고다.'

"전⋯⋯. 읍."

입을 열자마자 구역질이 올라왔다. 머릿속에 붉은 경고 등이 쉴 새 없이 울려 댔다. 벗어나야 한다고, 당장 이곳을 벗어나야만 한다고. 주희는 거의 뛰다시피 부서 밖으로 뛰쳐나갔다. 그녀가 쓸고 간 자리에는 황량한 공기만이 맴돌 뿐이었다.

✽

게시물의 조회 수는 급속도로 상승했다. 일파만파로 번져 인테리어 부서만이 아니라 사내 전체가 발칵 뒤집혔다. 먹은 것도 없이 속을 비워 내며 화장실을 빠져나온 참이었다.

"저 여자래."

"정규직도 아닌 인턴이라며? 어떻게 꼬셨대."

"쉿, 조용히 해. 들으면 어쩌려고."

"뭐, 어때서? 동네방네 자랑하고 싶어서 작정하고 올린 거 아니야?"

"아 씨, 조용하라니까."

알아보는 시선들이 버거워 주희는 발걸음 속도를 높였다. 걷는 와중에도 수십 개의 눈동자가 따라붙었다. 괴로웠다. 아무것도 알지 못하면서 이미 모든 스캔이 끝났다는 듯 그들의 눈에는 입맛대로 꾸며진 그녀의 모습이 아스라이 비춰지고 있었다.

"아니, 주희 씨는 언제부터 대표님이랑 그런 사이……."

신랄하게 곱씹던 팀원 중 한 명이 급히 입을 다물었다. 주희가 거의 물에 젖다시피 한 얼굴로 서 있었다.

"어디다가 신경을 쏟고 있는 거야. 당장 런칭을 앞두고 있는 상황에."

오 과장이 화제를 돌리며 주위를 분산시켰다. 하지만 그에게 평강함이란 한 스푼도 남아 있지가 않았다.

"팀장님, 우리 이제 어떡합니까. 이거 완전…… 완전."

그는 거의 울먹이다시피 고개를 저었다.

"묵사발이라고요. 뭐가 어떻게 돌아가고 있는 건지……."

밤을 새다시피 준비했던 프로젝트가 한순간에 물거품이 될지도 모른다. 누군가는 눈물을 참지 못했고, 누군가는 주희를 향해 증오 어린 눈빛을 던졌다. 그 참혹한 정경을 받아 내며 주희는 최대한 생각을 정리하려고 노력했다. 그 순간 잊고 있던 장면 하나가 섬광처럼 스쳐 지나갔다.

'걱정 마세요. 누구 게 채택되든지 쓰레기로 만들 자신 있으니까요.'

주희의 시선이 고 대리에게로 돌아갔다. 그녀는 다른 사람들처럼 분노하지도, 의심하지도 않았다. 측은스럽다는 듯이, 가엽다는 듯이, 눈썹을 축 늘어트리며 입술을 움직였다. 그러게. 적당히 설쳤어야지.

억울함이 분노로 들끓으며 한 발짝 다가서려는 순간이었다. 난데없이 전화벨 소리가 울려 퍼졌다. 다수의 고개가 강 팀장의 책상으로 향했다. 강 팀장은 차분히 수화기를 손에 집어 들었다.

"예, 알겠습니다. 지금 당장 올라가도록 하겠습니다."

짧은 침묵 끝에 그가 자리를 박찼다.

"어떻게 된 일인지 파악하는 게 가장 급선무이니까, 마음들 좀 가라앉히고 있어."

도대체 상황이 어떻게 돌아가는 거야. 누군가의 탄식이 시발점이 되어 곡하는 소리가 여기저기서 들끓었다. 유일하게 주희만 섞이지 못했다. 물

위의 기름처럼 홀로 동동 떠서는 아득한 얼굴로 그들을 바라보았다.

꼭 선이 그어져 있는 듯했다. 넌 절대 이 선을 넘어와서는 안 된다는 듯, 하루아침에 달라진 냉랭한 공기가 사무치게 차가웠다.

✳

회의실을 나오는 강 팀장의 낯빛이 어두웠다. 문을 닫는 순간까지도 욕지거리와 다를 게 없는 비난이 화살처럼 그의 등에 꽂혔다. 지금이 때가 어느 때인데 여자 문제로 회사를 소란스럽게 만드냐는 둥, 그 여자는 인테리어 부서 인턴이라던데 이 같은 사태를 알고는 있냐는 둥. 부서의 팀장이라는 사람이 일이 이렇게 커질 때까지 뭐 했냐는 둥.

누군가 거친 비난을 쏟아 내면 설우의 라인에 서 있던 임원들이 객관적으로 상황을 바라보라며 더욱 언성을 높였다. 진흙탕과도 다를 게 없는 싸움이었다. 더 큰 문제는 코앞으로 다가온 런칭이었다. 이 문제만큼은 알아채지 않기를 바랐지만, 침묵으로 상황을 지켜보던 한 남자가 고요하게 운을 뗐다.

"그래서 곧 다가올 출시는 어떻게 되는 거지? 아무런 피해가 없어야 할 텐데."

강 팀장은 말없이 최 전무와 눈을 마주쳤다.

"왜 아무 말도 못 하는 거지? 설마 타격이라도 간 거야? 김 대표도 알고 있는 문제야?"

쉽게 대답하지 못하자 또다시 짜증과 탄식이 폭죽처럼 쏟아졌다. 당장 김 대표와 연락을 취하라는 권고가 떨어졌다. 그러나 현재 이란과의 교류로 나라에서도 관심을 가지는 이 시점에 감정적으로 상황을 해결해 봤자 좋을 게 없었다. 그랬기에 강 팀장은 상황을 제대로 파악한 후, 다시 보고드리겠다는 대답을 반복했다.

회의실에서 한 발짝 멀어지기 무섭게 한 남자가 등 뒤로 다가왔다. 최 전무였다. 그는 측은스러운 눈길로 강 팀장을 바라봤다.

"참 안타깝게 됐어. 그러니 적당히 눈치 줄 때 좋은 보금자리로 떠났어야지."

좋은 보금자리. 문장이 주는 의미처럼 결코 희망적인 어감이 아니었다. 오히려 그 반대라면 모를까.

"스스로 굴을 파는 건 예전이나 지금이나 똑같군."

지난 과거를 회상하듯 곱씹던 최 전무가 비릿하게 웃으며 속삭였다.

"이 미련한 친구야."

복도를 걸어가는 그의 발걸음이 가벼웠다. 그 모습을 조용히 지켜보던 강 팀장은 재킷 안쪽에서 휴대폰을 꺼내 귀에 가져다 댔다. 그가 사뭇 심각한 목소리로 입을 열었다.

"예, 윤 비서님. 저 강 팀장입니다."

⁂

뭔가가 잘못돼도 단단히 잘못됐어. 주희는 초조하게 손톱을 깨물며 모니터를 주시했다. 여러 개의 창이 띄워져 있었다. 죄다 효성 측에서 흘린 기사였다.

「효성, 1년 만에 신제품 출시. 일인 가구에 중점을 둔 어플 선보일 예정.」

「효성, 종합 가구 인테리어 1위의 명성과는 어울리지 않는 행보, 새로운 길 개척?」

기사를 하나하나 클릭할 때마다 속이 뒤집어질 것만 같았다. 왜 하필 다른 곳도 아닌 효성일까. 우연의 일치라고 하기엔 기사를 낸 시기도, 기사 속의 아이템도 겹치는 구간이 한두 가지가 아니다. 마음 같아선 당장이라도 자리를 뜨고 싶었다. 숨이 막혔다. 자신에게로 향하는 보이지 않는 시선과 수군거림에 갈기갈기 잡아먹히는 기분이었다.

서주희, 정신 차려. 여기서 무너지면 안 돼. 주먹을 꽉 쥐며 자리에서 일어났다. 그러자 대다수의 고개가 황급히 돌아간다. 주희는 애써 무시하며 탕비실로 향했다. 고 대리. 그녀와 직접 이야기하는 것밖에는 방법이 없다.

"오 과장님, 저희 이제 어떻게 되는 거예요?"

탕비실을 앞에 두고 주희의 두 다리가 멈추었다. 열린 문 틈새로 익숙한 그림자가 새어 나왔다.

"나도 몰라. 머리 아파 죽겠다고. 머리만 아프면 다행이야? 자꾸만 심장이 울렁거려 죽겠어. 숨 쉬고 있는 게 더 지옥이야."

주희는 잠시 호흡을 골랐다. 직장에서의 뒷담화. 몇 번이나 겪은 현상인데도 가슴이 격하게 요동치기 시작했다. 다솜이 울분 섞인 목소리로 소리쳤다.

"솔직히 우리가 무슨 죄예요? 아니, 서주희 씨가 꽃뱀일 줄 누가 알았겠어요? 이거 완전 범죄 아니냐고요. 거기다 대표님이랑은 뭔데요? 언제부터 그런 사이였는데요? 이 회사에 들어오기 전부터? 아님 우리 프로젝트 시작할 때부터? 뭐가 됐든 소름 돋아서 미칠 것 같아요."

"고 대리님 말이 맞았네. 그런 사람이 뒤통수치기 딱 좋을 거라더니."

다솜에 이어 유진이 비릿한 숨을 토해 냈다. 그녀는 신경질적으로 종이컵에 담긴 커피를 개수대에 붓더니 인상을 찌푸렸다.

"……얼마나 우스워 보였을까. 대표를 등에 업었는데, 뭐 하나라도 따겠다고 아등바등하는 우리가 같잖아 보이는 것밖에 더 되겠어? 안 그래요, 오 과장님?"

오 과장은 선뜻 대답하지 못했다. 그는 원체 평화주의를 고집하는 자였다. 부서가 소란스러워지는 것을 원치 않았다. 하지만 이런 상황이 벅찼던 걸까.

"그러게……. 서주희 씨, 그렇게 안 봤는데 진짜 무서운 사람이었네."

수긍하는 어투에 주희는 두 눈을 잠시 감았다. 손이 바들바들 떨렸다. 그 떨림은 곧 손잡이로 전파돼 문이 열리는 사태가 벌어졌다.

"주, 주희 씨."

잠자코 세 사람의 이야기를 듣고 있던 소연이 화들짝 놀라며 어쩔 줄 몰라 했다. 도둑질을 하다 걸린 것처럼 세 사람의 어깨가 높이 솟았다 하강했다. 하지만 적반하장이라고 다솜이 눈을 부라리며 날카롭게 쏘아붙였다.

"엿듣는 게 취미예요? 난 아무 죄 없어요. 오히려 피해자는 우리예요. 죄가 없다면 당장 이 문을 박차고 소리쳤겠지. 근데 아무 말도 못 하잖아."

주희는 숨죽이며 네 사람을 차례차례 훑어보았다. 그래도 한 명은, 단한 명만큼은 이 상황을 부정하는 사람이 있겠지. 아주 작은 희망의 불씨를 키웠다. 그러나 그 누구에게서도 진실을 바라는 눈빛은 비춰지지 않았다. 그녀에게 마음대로 그림을 그려 보라며 붓을 쥐여 줬지만, 결국 원하는 밑그림은 따로 있었다.

"……아니라고 말하면."

말라붙은 입술에서 낮고 건조한 음성이 흘러나왔다.

"아니라고 말한다면 믿어 줄 건가요?"

되묻는 말에 대답하는 사람은 아무도 없었다.

"꽃뱀인 적도, 작정하고 숨기려 한 적도 없습니다. 부서 사람들 중 그 누구도 우습게 생각해 본 적 또한 단 한 번도 없고요."

절로 씁쓸한 미소가 지어졌다. 아니라면 아니라고 말하라면서, 정작 돌아오는 것은 아무것도 없다. 적막하고 숨 막히는 침묵. 이미 답은 나온 셈이었다.

"미안하네요. 원하는 대답이 아니라서."

돌아서는 그녀를 향해 소연이 잠깐 기다리라며 소리쳤지만, 주희는 들은 척도 하지 않았다. 분노가 들끓었다. 이렇게까지 상황을 최악으로 만든 사람이 누구일까, 원망스러우면서도 결국 이것밖에 안 되는 부서 사람들과의 관계에 회의감까지 들었다.

"굉장히 다급해 보이네? 꼭 누굴 찾아다닌 것처럼."

이제 막 엘리베이터에서 내린 고 대리가 결재 파일을 든 채 주희를 내려다봤다. 그 오만하기 짝이 없는 시선에 주희는 들끓던 심장이 더 뜨겁게 가열됐다.

"네. 찾고 있던 중이었습니다."

"내일 해가 서쪽에서 뜨려나. 나만 보면 발톱부터 세우던 주희 씨가 무슨 일로 날 찾았을까?"

마음 같아선 소리치고 싶었다. 당신, 나하고 무슨 원수가 졌기에 잊고 싶었던 과거를 무덤 파듯 파헤쳐 냈는지. 그리고 그 아픔을 어떻게, 다른 사람들한테 서슴없이 퍼 나를 수가 있는지.

"저한테 왜 이러세요?"

목소리 끝에 작은 떨림이 묻어 있었다. 어금니를 꽉 깨물며 한 번 더 되물었다.

"저한테 왜 이러시냐고요."

"무슨 말인지 잘 모르겠는데."

"고 대리님!"

"왜? 억울해?"

방금 전까지 장난기가 묻어 있던 고 대리의 눈매가 날카로워졌다.

"뭐가 그렇게 억울한데? 난 들은 걸 그대로 말했을 뿐이야."

"……단순히 지인한테 들은 이야기라고요?"

"응. 그렇다니까?"

"지인, 그 사람이 누군데요?"

"뭐?"

잠시 고 대리의 표정이 멍해졌다. 주희가 그 틈을 놓치지 않고 캐물었다.

"그 사람이 누구냐고요. 절 알고 있다면, 저 또한 그 사람을 알고 있을 거 아니에요."

"하……. 한 대 칠 기세다?"

"묻는 질문에 대답부터 하시죠."

고 대리는 쉽게 입을 열지 못했다. 분명 그러지 않았나. 지인이 몸담고 있던 부서에서 일어난 일이라고. 그 역겨운 인간들 중에 주희가 기억하지 못할 인물은 단 한 명도 없다.

"거짓말이죠. 지인이 효성에 있다는 거. 제가 본 고 대리님이었다면 그 말을 듣자마자 이곳저곳에 퍼트렸을 거예요. 근데 꾹 참고 있었다? 왜? 왜 하필 꾹 참았다가 이 시점에 터트렸을까요?"

주희가 숨도 쉬지 않고 몰아붙이자 고 대리가 주춤거리며 눈꼬리를 치켜세웠다.

"지금 여기가 어디라고 언성을 높여?"

"안 높이게 생겼어요? 내가 뭘 그렇게 잘못했는데, 내가 당신한테 뭘 그렇게 잘못했길래!"

"……."

"……죄 없는 사람을 건드리는 건데."

악다문 잇새로 새어 나오는 음성이 한없이 위태로웠다. 주희는 들썩이는 폐부를 간신히 구슬리며 주먹을 꽉 쥐었다. 그때였다. 갑자기 고 대리가 손에 든 파일을 툭, 바닥에 떨어트리더니 입술을 틀어막았다.

"……주희 씨, 나는 단지 우리 부서를 위해서 그랬던 건데."

"뭐 하는 거예요, 지금."

한순간에 바뀐 처량한 어투가 당혹스러웠다. 독기가 쌓여 있던 눈동자에는 어울리지도 않는 서글픔이 녹아 있었다.

"알아, 주희 씨도 이 상황이 당황스럽겠지. 그렇다고 내가 어떻게 가만히 있어? 우리 부서, 진짜 힘들게 버티고 버텨서 여기까지 온 거야. 근데 시안 도용이라니. 나도 처음엔 주희 씨가 효성에서 했었던 일 듣고 믿을 수 없었어. 설마 사람이 그렇게까지……"

"……."

"최악은 아닐 거라고 믿었는데."

기분 탓일까. 최악이란 단어를 읊조린 순간만큼은 그녀의 어투가 악랄했다. 마치 간신히 붙잡고 있는 인내를 서걱, 베어 버리고 말겠다는 듯.

"이게 무슨 소리야."

주희의 두 눈이 뻣뻣하게 굳었다. 낯선 인영들이 빼곡히 그녀를 둘러싸기 시작했다.

"시안 도용이라니."

한 남자가 부글부글 끓는 얼굴로 다가왔다. 생전 처음 보는 얼굴인데도, 낯설지 않았다. 남자의 일그러진 얼굴 위로 익숙한 표정이 덧그려졌기 때문일까.

"이런 사태를 두고도 가만히 있어? 이게 무슨 망신이야! 하 상무, 최 전무."

"예, 부사장님."

"강 팀장 불러서 이게 어떻게 된 일인지 보고 올리라고 해. 그리고 김 대표한테 당장 연락하고. 겨우 여자한테 빠져서 일을 이따위로 만들어?"

현욱이 벌레 보듯이 주희를 훑어 내렸다. 그 경멸 어린 시선에 주희는 아무 말도 할 수 없었다.

"소문대로였군요. 김 대표한테 여자가 있었다는 게."

"내가 다 설명한다니까요!"

엎친 데, 덮친 격이라고 채영까지 들이닥쳤다. 그녀의 아버지로 보이는 남자가 불쾌하다는 얼굴로 주희를 바라봤다.

"송구스럽게 됐습니다, 강기진 대표님."

최 전무가 허리를 납작 숙이며 사과를 표했다. 이미 비위가 상했다는 듯 기진은 획 돌아서며 엘리베이터에 올라탔다. 그러고는 난감한 얼굴로 서 있는 채영을 향해 독촉했다.

"뭐 해, 안 따라 들어오고."

채영은 초조하게 발을 동동 굴리며 주희와 아버지를 번갈아 봤다. 어떤 가당치도 않은 인간이 무명으로 기진에게 사진 하나를 전송했다. 설우와 주희. 두 사람이 다정하게 찍힌 모습을 보며 그는 분노를 금치 못했다. 설우를 직접 대면해야겠다는 그를 죽어라 말렸지만, 한 번 마음먹은 일은 기어코 끝장을 보고 마는 양반이었다.

채영은 한숨을 푹 내쉬며 엘리베이터에 들어섰다. 그녀의 모습이 사라지자 칼날 같은 적막감이 내려앉았다. 주희는 먹잇감이었다. 들짐승들에게 둘러싸여 파르르, 떠는 것밖에 할 수 없는 가련하고 나약한 먹잇감. 전보다 더 많은 수군거림이 들려왔다. 그 속에서 흘러나오는 소리가 가슴을 할퀴더니 끝내 갈기갈기 난도질했다.

"……세상에. 꽃뱀이라는 소문이 사실이었어?"

"얼굴이 반반한 게 몸이라도 돌렸나 보지."

"기획안 도용은 무슨 말이야? 와……. 인테리어 부서 어쩌냐. 나 같으면 쪽팔려서 회사 못 다닌다."

손을 쓰기도 전에, 제대로 된 발악을 하기도 전에 가해자로 판명되어 가는 순간, 주희는 두 눈을 질끈 감았다. 사람들의 발소리가 사라지던 찰나, 굽 소리가 날이 선 채로 다가왔다. 고 대리는 하얗게 질린 주희를 보며 안쓰럽다는 듯 눈썹을 휘었다.

"그러니까 적당히 나섰어야지. 그랬다면 일이 이렇게까지 커지지는 않았을 텐데."

무슨 말인지 모르겠다며 주희가 떨리는 얼굴로 시선을 들었다.

"못 알아먹겠니? 폭탄 맞은 부서에 불을 지핀 꼴이라고. 거기다 김 대표까지 엮어 버렸네? 이제 곧 대표 선정을 앞둔 사람인데, 다른 사람들이 이 사태를 가만히 두고 볼까?"

눈 밑이 파르르 떨렸다. 설우. 그의 이름에 가슴이 덜컥, 내려앉았다. 그 남자한테까지 피해가 갈 수 있을지도 모른다는 예감에 눈앞이 캄캄해졌다. 고 대리가 고개를 낮게 수그리며 귓가에 속삭였다.

"어디 한번 실컷 발악해 봐."

"……."

"과연 누구 말을 들어 줄까?"

"……."

"널 살릴까, 날 살릴까."

"……."

"이미 한 번 겪어 봤잖아."

고 대리가 미련 없이 자리를 벗어나자 주희는 거의 주저앉다시피 벽에 등을 기댔다. 시야가 비틀리며 머릿속이 하얗게 바래 간다. 도무지 앞이 보이지가 않는다. 예고도 없이 들이닥친 폭풍은 그렇게 그녀를 또다시 휩쓸어 버리고 있었다.

25. 족쇄

"물만 벌써 몇 잔째야. 적당히 좀 하지?"

윤주가 언짢은 눈길을 흘리며 강욱을 타박했다. 그토록 고대하던 상대를 상면하는 날. 수없이 접촉해도 냉대뿐이던 순간들이 눈앞을 자욱하게 스쳐 간다. 그래서인지 강욱은 좀처럼 긴장감을 늦추지 못했다. 손목에 찬 시계를 확인했다가, 피가 날 정도로 입술을 깨물었다가, 초조하게 창밖을 응시하며 이내 긴 한숨을 터트린다.

"불길하게 왜 그래요. 땅이 꺼지다 못해 뚫릴 기세야."

"그냥 좀…… 초조해서."

"왜? 없던 일로 하자고 할까 봐?"

장난스레 꺼낸 말에 그의 눈 밑이 얼어붙었다.

"걱정 마요. 확답 듣고 만나는 거니까. 연달아 연차 낸 사람치고 배짱이 약해? 근데 정말 올 때가 됐는데……."

기린처럼 고개를 빼던 윤주가 눈을 가늘게 뜨며 자리에서 벌떡 일어났

481

다. 딸랑, 소리와 함께 입구가 열렸다. 문을 연 장본인은 중년 나이대의 남성이었다. 세월을 격타로 맞은 것처럼 노쇠한 얼굴이 눈에 띄었다. 오른쪽 다리는 절뚝거리는 게 위태롭기 그지없었다.

"아버님, 이쪽입니다."

윤주가 황급히 남자의 곁으로 다가갔지만 강욱이 먼저였다. 그러나 어깨에 손을 올리기도 전에 남자가 몸을 뒤로 빼며 눈썹을 치켜세웠다.

"괜찮습니다."

날이 선 목소리였다. 남자는 느리고 더딘 속도로 기어코 테이블까지 혼자 힘으로 걸어 갔다. 그 고집적인 행보에 불길한 직감이 드는 건 왜일까.

딱딱하게 굳은 강욱을 향해 윤주가 달래듯 속닥였다.

"원래 많이 까칠하셔. 알잖아, 그런 일이 있었는데 누가 정상적으로 살아갈 수 있겠어."

그 말을 위안 삼아 가까스로 남자를 마주 보았다. 가까이서 본 남자의 체구는 훨씬 더 왜소했다. 하지만 눈빛만큼은 강렬했다. 그 서슬 퍼런 시선이 강욱은 낯설지 않았다.

"이렇게 직접 만나 주셔서 정말 감사드립니다. 아버님, 이 은혜는 제가 잊지……"

"기자님한테는 미안하게 됐습니다."

"……네?"

갑작스러운 사과에 윤주가 눈을 동그랗게 떴다. 남자는 눈도 마주치지 않은 채 덧붙였다.

"미안하지만 저는 기자님의 부탁에 응해 줄 수 없을 것 같습니다."

"아버님, 그게 무슨 말씀이신지……. 분명 어제까지만 해도 통화로 응해 주시겠다고 하지 않으셨습니까."

예상치 못한 전개에 당황한 건 윤주만이 아니었다. 강욱의 낯빛 또한 어둡게 가라앉았다. 남자는 아주 중요한 증인이었다. 함 부장, 아니, 이제는 함 상무가 되어 버린 그 인간의 추악한 행실을 밝힐 수 있는 마지막 카드이자 단서였다.

"미안하지만, 난 못 하겠습니다. 벌써 10년이나 지난 일을 들춰 봤자……."

남자의 시선이 일렁거렸다. 입술 끝이 부들부들 떨리더니 죄인처럼 고개를 푹, 떨구었다.

"……우리 애가 살아서 돌아오는 것도 아니잖습니까."

남자의 어깨가 울먹거림으로 들썩였다. 벌써 10년이나 지난 기억이지만 잊을 수 없다는 듯, 그 참혹한 자리를 벗어날 수 없다는 듯. 남자는 자살로 생을 마감한 딸아이를 애타하고, 그리워하고 있었다.

"애가 죽고 나서야 모든 진실을 알게 된 그 심정을 기자님이 압니까?"

남자가 울분 섞인 눈으로 윤주를 바라봤다.

"그 착한 것이, 그 귀한 것이 끝끝내 아무 말도 하지 못하고, 상처가 곪은 채로…… 스스로 목숨을 끊었습니다. 근데 부모란 인간은 그때서야 모든 걸 알아 버렸어. 애가 어떤 일들을 당했는지, 어떤 취급을 받으면서 버텨야만 했는지……."

"……."

"기자님은 날 도와주겠다고 하셨지만, 난 그게 진심이란 생각 절대 안 합니다. 기자가 왜 기자입니까? 세상의 정의를 위해서 나서는 대리인? 턱도 없는 소리. 결국 기자님도 스스로의 이익을 위해서 나서는 거 아닙니까?"

"아버님, 뭔가 오해가 있으신 거 같은데. 저는 절대 그런 의도로 접근한 게 아닙니다."

윤주의 격한 부정에도 남자는 신뢰를 잃은 눈빛이었다. 희망의 불씨가 꺼진 얼굴. 그가 쓸쓸히 말을 이었다.

"딸아이가 그렇게 허망하게 떠나고 나서 할 수 있는 건 다 해 봤습니다. 근데……."

"……."

"죽어라 뛰어 봤자 달라지는 건 아무것도 없었습니다."

억울하게 죽은 아이의 생은 물론, 아이가 겪은 부당함을 밝히려 이리저리 뛰어다닌 그의 삶도 무참히 망가져 버렸다.

"인간이 간사한 게 어느 순간부터 회의감이 들더군요. 이렇게 해 봤자 알아봐 주는 사람이 있긴 할까. 그러다가도 억울하게 죽은 아이 생각만 하면 자다가도 벌떡 일어납니다. 살아도 사는 게 아닌 그 심정을, 기자님이 어떻게 알겠습니까."

"……."

"약자는 끝까지 약자일 뿐입니다."

그러니 더는 그 일을 들추고 싶지 않다며 남자는 자리에서 일어났다. 강욱은 그 가냘픈 등을 가만히 주시했다. 남자는 두려워하고 있었다. 희망이란 희망은 죄다 걸어 봤지만 어느 것 하나 불씨를 피워 보지 못한 채 짓이겨져야만 했던, 그 회색빛 삶에 질려 버려서. 그래서 무언가를 시도한다는 것 자체가 얼마나 부질없는 짓인지 지독히 느껴 버린 것이다.

"따님과 같은 피해자가 있습니다."

남자가 우뚝 멈추었다. 강욱은 간절히 바랐다. 한 번만, 딱 한 번만 다시 희망을 걸어 주기를. 버겁고 괴롭겠지만 그럼에도 돌아서 주기를.

"……어쩌면 저도 가해자 중 한 명일지도 모릅니다. 그 친구가 힘들어할 때, 제 아픔에 허덕이기 바빠 손 한 번 제대로 뻗어 주지 못했으니까요."

착각일까. 남자의 입에서 신음 같은 헛숨이 터져 나왔다. 강욱은 물러서지 않고 한 발짝, 한 발짝 다가갔다.

"이런 제가 한심스럽고, 비겁해 보이겠지만 꼭 보여 주고 싶습니다."

흔들리는 남자의 눈동자를 똑바로 주시했다.

"늦었단 거 잘 압니다. 하지만 아버님."

"……."

"그 친구는 겉으로 멀쩡해 보여도, 살아가는 동안 그 일이 트라우마로 남아 시시때때로 생각날 겁니다."

트라우마. 그 무거운 어감에 남자의 턱 근육에 힘이 들어갔다. 사무치게 그리운 아이의 얼굴이 떠오르기라도 한 것일까. 그 감정에 동요되며 강욱은 주희를 떠올렸다.

"도움을 청하고 싶어도 그날의 비극이 떠올라 입조차 열지 못하겠죠. 그 누구도 쉽게 믿을 수 없을 겁니다. 어쩌면 평생 불안감에 떨며 살지 모릅니다."

"……."

"그게 그 친구가 겪은 세상이었을 테니까요."

남자의 눈가가 부르르 떨리며 말간 액체가 아래로 흘러내렸다. 턱 끝에 애처롭게 매달려 있는 눈물이 일렁이는 남자의 심정을 대변했다.

"그래서 어떻게든 보여 주고 싶습니다. 그 친구가 겪은 세상이 전부가 아니란 걸, 빛 한 줄기가 얼마든지 어둠 속을 꿰뚫을 수 있다는 걸 전 꼭 보여 주고 싶습니다."

"……."

"그러니까 아버님."

강욱은 허리를 휘다시피 숙였다. 간절하다 못해 절박한 심정으로 쏟아 냈다.

"부탁드리겠습니다."

✳

운전대를 잡은 강욱의 손길이 초조하면서 들떠 있었다. 그는 신호가 멈춘 틈을 타 녹화된 영상 파일을 빤히 응시했다.

[18분 32초]

길다면 길고, 짧다면 짧을 수도 있는 시간. 강욱에게는 후자였다. 남자와 그의 딸이 겪은 비통함이 고작 18분만으로 끝났다는 게 억울했다. 남자는 살을 에는 심정으로 딸아이가 겪은 일들 전부를 읊어 댔다. 그리고 한 가지를 약조하길 바랐다.

'꼭……. 그 친구를 구원해 줄 거라고 믿겠습니다.'

강욱은 감사하다며, 이 은혜는 결코 잊지 않겠다며 입에 진물이 날 듯이 같은 말을 반복했다. 이제 얼마 안 남았다. 조금만 있으면, 조금만…….

액정 위로 익숙한 이름이 떠올랐다. 강욱은 망설이다가 통화 버튼을 눌렀다.

"왜."

— 큰일 났어.

워낙 호들갑을 밥 먹듯이 떨어 대던 채영이었기에 벌써부터 피곤함이 몰려왔다.

"바빠. 다음에 봐."

— 아, 듣고나 끊어! 우리 아빠, 오늘 시온에 쳐들어갔단 말이야.

"그래서 뭐? 형이랑 대면식이라도 했어?"

— 그랬으면 진즉에 내 손으로 호적 파고 나갔지. 그게 아니라 오늘…….

잠자코 귀 기울이던 강욱의 얼굴이 일그러진 건 한순간이었다. 그는 신경질적으로 휴대폰을 보조석에 집어 던지며 핸들을 거칠게 돌렸다.

✳

퇴근 시간이 지난 회사는 고요했다. 강욱은 빠르게 게이트에 사원증을 찍고 엘리베이터에 탑승했다. 마음이 조급했다. 문이 열리자 이를 악물며 뛰쳐나갔다. 다행히 인테리어 부서만은 빛이 맴돌고 있었다. 안으로 들어서자 몇몇 직원들이 보인다. 강욱은 헐떡이며 그들 중 한 명을 불러 세웠다.

"이 대리님."

"어? 강욱 씨, 이 시간에 어쩐 일이야? 오늘 연차 낸 거 아니었어?"

"……주희, 하아. 서주희 씨는 어디 있습니까?"

"아⋯⋯. 아직 소식 못 들었어?"

소연이 난처한 눈빛을 피우며 입술을 말아 물었다. 강욱은 머리를 싸매고 있는 오 과장 곁으로 다가가 그가 보고 있던 파일을 빼앗아 들었다. 한장, 한 장 넘길 때마다 스치는 종이 결 소리가 거칠었다. 종국에는 그의 손안에서 무참히 구겨지자 오 과장이 한숨을 푹 내쉬었다.

"하아, 미리 연락 못 해서 미안해. 우리도 오늘 하루 종일 정신이 없었어. 완전 초죽음이었다니까? 어떻게 된 일이냐면 글쎄, 서주희 씨가⋯⋯."

"아닙니다."

"어?"

"아니라고요."

오 과장은 멍하니 눈을 끔뻑였다. 강욱의 입에서 견고한 부정이 터져 나왔다.

"서주희 씨는 절대 범인이 아닙니다."

"그, 그래. 무슨 심정인지 잘 알겠어. 당황스럽지? 우리도 처음에 그랬어. 아니, 뭐라고?"

횡설수설 내뱉던 오 과장이 화들짝 놀라며 되물었다.

"서주희 씨가, 범인이 아니라고?"

"이 대리님. 오늘 오전에 있었던 일, 퍼트린 사람이 누구입니까."

저기, 묻는 말에는 대답해 줘야지.

오 과장이 초조한 얼굴로 강욱을 바라봤지만 칼날 같은 시선이 돌아오자 옴짝도 할 수 없었다.

"효성에서도 이런 일이 있었다면서 서주희 씨 과거를 파헤친 사람이 누구냐 말입니다."

"아⋯⋯. 고 대리가 아는 지인한테 들었다면서."

"하."

강욱의 입가가 차게 비틀렸다. 다급히 휴대폰을 꺼내 주희에게 전화를 걸었다.

"받아, 받으라고. 제발⋯⋯."

그러나 신호음만 주야장천 갈 뿐, 애타게 원하는 음성은 들을 수 없었다. 젠장, 낮게 뇌까리는 목소리에 팀원들이 소스라치게 놀라며 강욱을 바라봤다.

"저기 강욱 씨. 나 주희 씨 일로 의논할 게 있는데."

소연이 조심스레 다가와 말했지만 강욱의 이성은 진즉에 끊어진 상태였다. 채영으로부터 오늘 시온에서 일어난 사건을 전달받은 순간 피가 거꾸로 솟는 기분이었다. 왜 하필 지금, 한 발짝만 뻗으면 모든 게 해결되는 이 순간에…… 강욱은 숨을 크게 들이마시며 뒤를 돌아봤다. 혼란스러워하는 낯빛들을 꿰뚫듯이 직시하며 일갈했다.

"다시 한 번 말하지만, 주희는 절대 범인 아닙니다. 고작 누군가의 이간질에 놀아나지 마세요."

✽

"상무님, 조심히 들어가십쇼."

팀원들이 단체로 나와 함 상무의 귀갓길을 배웅했다. 그는 기분이 매우 좋아 보였다. 함 상무만이 아니라 부서 분위기가 확연히 달랐다. 매일같이 날아오던 호통도, 아이템이 나오지 않아 살얼음판을 걸어야 했던 일상도 더 이상 펼쳐지지 않았다.

"근데 이번 아이템, 상무님 아이디어라고 하기엔 획기적이지 않아요?"

"그러게. 젊은 사람이나 생각할 법한 의견을 내실 줄은 몰랐는데."

효성은 곧 런칭을 앞두고 있었다. 속전속결로 이뤄진 결정이었다. 갑자기 하늘에서 뚝 떨어진 금덩어리처럼 함 상무는 기획안을 하나 내밀며 토시 하나 틀리지 않은 채 시행하기를 엄포했다.

내용물을 확인한 후, 토를 다는 사람은 아무도 없었다. 모두 다 만족하고 흡족해하는 눈치였다. 유일하게 한 팀장만이 죄인처럼 얼굴을 펴지 못했다. 무겁게 발걸음을 떼는데, 엘리베이터가 열리며 익숙한 실루엣이 나타났다.

"······강욱아."

"함 상무, 지금 어디 있습니까."

살벌한 눈빛에 한 팀장은 마른침을 삼키며 간신히 대답했다.

"······방금 퇴근하셨는데."

강욱은 빠른 속도로 닫힘 버튼을 눌렀다. 그 순간 한 팀장이 문을 붙잡으며 그를 바라봤다. 할 말이 있다는 듯 절박한 눈빛이었다.

"저기 강욱아."

그러나 강욱은 허락하지 않았다.

"한때는."

"······."

"당신이 내 사수란 사실에 자부심을 느끼기도 했어. 근데······."

불에 타오르는 것처럼 일렁거리는 시선이 한 팀장을 향했다. 끝내 재가 되어 버린 눈동자에는 일말의 미련 따윈 남아 있지 않았다.

"이젠 더럽다 못해 혐오스러워지려 해."

쿵. 문이 닫히자 한 팀장의 어깨가 축 늘어졌다. 이게 무슨 예의냐며 팀원들이 강욱을 나무랐지만 한 팀장은 아무 말도 할 수 없었다.

✽

"태준이는?"

통화를 하며 주차장으로 향하는 함 상무의 입가에 만족스러운 미소가 걸렸다. 한 가지가 잘 풀리기 시작하니, 긴 반항으로 말썽이던 아들놈이 진득하게 책상머리에 붙어 있다고 한다. 그야말로 겹경사였다.

"녀석, 드디어 정신머리가 제대로 박힌 모양이군. 그래, 누구 아들인데. 그 머리가 어디 가겠어?"

"굉장히 즐거워 보이시네요?"

운전석을 막 열어젖힌 찰나였다. 트렁크 쪽에서 낯선 인영이 나타났다. 함 상무는 급히 통화를 종료시켰다.

"지금 여기서 뭐 하는 거지?"

강욱은 팔짱을 낀 채 보폭을 좁혀 왔다. 그가 한 걸음, 한 걸음 다가올 때마다 차가운 냉기가 함 상무의 등줄기를 때렸다. 강욱은 몇 발자국을 놔두고 유한 미소를 흘렸다.

"그러게요. 여기서 뭐 하는 걸까. 되도록 오고 싶지 않았는데. 그것도 내 두 발로 오기는 죽기보다 싫었는데 말이야."

모든 건 한순간이었다. 경계 태세를 갖췄지만 부질없었다. 볼품없게도 함 상무의 몸이 옆으로 밀려났다. 뒤통수가 단단한 창문과 부딪히며 그의 입에서 윽, 둔탁한 신음이 터져 나왔다. 그 보잘것없는 나약함을 훑으며 강욱은 씹어뱉었다.

"근데 당신이 그렇게 만들었잖아."

함 상무의 목울대가 두려움으로 울렁거렸다. 그는 이성을 잃지 않기 위해 덤덤히 내뱉었다.

"……무슨 소린지 잘 모르겠군."

"아, 모르겠어요? 그럼 이렇게 하면 알아먹으려나."

단단한 주먹이 허공 위로 솟아올랐다. 막을 새도 없이 빠른 속도로 다가 왔다. 두 눈을 질끈 감은 순간, 억누르는 듯한 음성이 함 상무의 귓가를 파 고들었다.

"……내가 경고했지. 건들면 죽여 버린다고."

함 상무의 눈가가 파르르 떨렸다. 강욱의 눈빛이 살벌했다. 인간의 것이 라고는 할 수 없는 냉랭함이 넘칠 듯이 쏟아졌다. 멱살을 쥐고 있는 손에 힘이 들어갔다. 함 상무는 숨을 크게 들이켰다. 버거웠다. 온몸의 숨구멍 을 막아 버린 듯 호흡 한 번 내뱉기도 벅찼다. 윽, 역겨운 신음이 다문 잇 새로 새어 나오자 그조차도 가증스럽다는 듯 강욱은 한 손으로 그의 입과 코를 짓눌렀다.

"대단하네. 우리 부서에 스파이를 숨겨 둘 줄도 아시고."

함 상무의 고개가 좌우로 흔들렸다. 전혀 모르겠다며 자신과는 관련이 없다는 그 뻔뻔스러운 부정에 피식, 비릿한 미소가 배어 나왔다.

"고 대리. 알잖아, 그 여자."

"……읍, 읍!"

몰라, 난 모르는 사람이야. 그는 끝까지 부정했다. 멱살 쥔 주먹에 더욱 힘을 주었다. 컥, 함 상무의 입에서 격한 괴로움이 터져 나왔다.

"그래, 평생 모른다고 해 봐. 난 과정 따윈 생략하고 확신할 거라서. 누구 덕분에 의심하는 순간조차 불필요하다는 걸 깨달았거든."

함 상무의 얼굴이 점점 하얗게 질려 갔다. 산소가 필요했다. 이대로 있다가는 몸 전체가 터져 버릴 것 같았다. 산산조각 날 것 같았다. 그때 경비원으로 추정되는 남자가 거기서 뭐 하냐며 다가오기 시작했다.

강욱이 손에서 힘을 풀자 함 상무의 몸이 맥없이 바닥으로 추락했다. 바람 빠진 풍선처럼 볼품없는 몸뚱어리를 향해 강욱은 취조하듯 속삭였다.

"당신은 그리 간 큰 인간이 아니야. 근데 고 대리를 알고 있다? 과연 누굴까. 또 다른 쥐새끼 한 마리가?"

함 상무는 콜록콜록 연달아 터지는 기침을 막느라 정신이 없었다. 간신히 시선만 치켜세우자 벌레 보는 듯한 강욱의 눈길이 따라붙었다.

"오늘 겪은 기분, 잘 기억해 둬요."

"……."

"앞으로 그게 당신 운명이 될 테니까."

강욱은 더러운 걸 만진 사람처럼 손을 털어 내며 미련 없이 돌아섰다.

✳

"……싫, 싫어."

어둠으로 둘러싸인 원룸 안에 신음이 울려 퍼졌다. 주희는 사경을 헤매는 중이었다. 끝이 없는 달리기. 쫓아오는 어둠에 삼켜지지 않기 위해서는 쉬지 않고 달려야만 한다. 숨 쉬기가 버거워도, 폐가 터질 것처럼 아파도 멈출 수 없다.

어둠은 해일처럼 들이닥쳤다. 도와 달라며, 살려 달라며 소리쳤지만 그 누구도 돌아보는 사람은 없었다. 난 살고 싶어. 살고 싶단 말이야. 내가 뭘 그렇게 잘못했는데. 내가 왜……. 내가 왜…….

"……싫어!"

소리치며 자리에서 벌떡 일어났다. 모두 꿈이었음을 깨달은 주희는 두 손에 얼굴을 파묻었다. 한숨이 토막처럼 터져 나왔다.

"……괜찮아, 괜찮아. 꿈이야. 그냥 꿈일 뿐이야."

벌벌, 떨리는 어깨를 다독이며 위로했지만 울렁거리는 심장은 쉽게 진정되지 않았다. 주희는 몸을 웅크려 두 팔로 끌어안았다. 오늘 오후에 강 팀장과 나눈 대화가 영상처럼 선명히 그려졌다.

'오늘은 이만 들어가 봐.'

'……네?'

'들어가는 게 주희 씨에게도 부서 사람들에게도 좋을 것 같아.'

배려하는 듯한 어투였지만 주희는 묻고 싶었다. 따지고 싶었다. 혹시 강 팀장님도 날 의심하는 거냐고, 내가 범인인 것 같냐고.

평소 알게 모르게 그를 존경하고 있었다. 언제나 한결같은 사람. 어떤 문제 앞에서도 평온함을 잃지 않는 그의 면을 본받고 싶을 때가 한두 번이 아니었다. 하물며 포기할 수 없는 한 가지가 있었다.

'……팀장님. 대표님한테 피해가 가지는 않겠죠?'

고 대리의 입에서 설우가 언급됐을 때 심장이 바닥으로 떨어지는 기분이었다. 있어서는 안 될 일이다. 이런 비극이, 이런 참혹함이 그에게까지 닿아서는 절대 안 될 일이라며 간절히 바랐지만.

'지금으로서는 어떠한 확답도 줄 수 있는 게 없네. 미안하게 됐어.'

강 팀장은 희망조차 걸 수 없는 애매한 대답을 내놓았다. 주희는 무릎에 얼굴을 파묻으며 탄식했다.

"……나, 이제 어떡해."

그저 열심히 한 것밖에 없는데, 주어진 기회에 감사하며 앞만 보고 달린 게 전부인데. 세상은 또 그녀를 배신했다. 이럴 때마다 신을 원망한다. 신이란 존재가 과연 있기는 한 걸까. 어떻게 사람을 이토록 무참히 짓밟힐 때까지 내버려 둘 수 있는 건지. 어떻게 나를…….

감정의 둑이 끝없이 부서져 내릴 때였다. 난데없이 벨 소리가 울렸다. 흠칫하며 시선을 내리자 익숙한 이름이 액정에 떠오른다. 주희는 선뜻 손을 뻗지 못했다. 이런 울렁거리는 마음으로는 통화를 할 수 없었다. 신호음이 뚝 끊겼다. 안도와 실망이 번잡하게 뒤섞인 순간, 또다시 벨 소리가 울렸다. 받을 때까지 걸고 말겠다는 듯 끈질긴 소리에 마지못해 통화 버튼을 눌렀다.

— 뭐 해요?

듣기 좋은 나긋한 음성.

주희는 입술을 꽉 깨물었다.

— 여보세요? 서주희 씨?

"……응. 듣고 있어요."

— 잘 지내고 있어요?

아직 그는 오늘 일어난 사태에 대해 모르는 걸까. 그러고 보니 강 팀장으로부터 그런 말을 들었다. 사내에서 반발이 빗발치고 있긴 하지만 모든 건 설우가 입국한 후에 본격적으로 진행될 거라고. EPC는 회사의 입장에서도 중대한 사안이었다. 무사히 일정을 끝마칠 때까지 그의 신경을 건드리지 않겠다는 입장이었다.

주희는 숨을 꾹 참은 채 대답했다.

"……그럼 잘 지내죠."

— 근데 목소리가 왜 그래.

"내…… 목소리가 왜요?"

— 꼭.

"……."

— 울 것 같잖아.

눈 밑이 파들거렸다. 당장 신음이 터질 것만 같았다. 주희는 가까스로 입을 틀어막은 후, 대답했다.

"무슨 소리예요. 방금 자다 일어나서 그런 걸걸요."

돌아오는 반응은 없었다. 의미를 알 수 없는 침묵이 흐르더니, 다정한 음성이 툭, 스며들었다.

— 많이 힘들진 않고?

힘들어요. 어떻게 손을 써야 할지 잘 모르겠어. 내뱉고 싶은 마음이 굴뚝같았지만, 그럴 수 없었다. 이대로 무너져 버리면……. 울며불며 그에게 매달릴 것 같았다. 내게 와 줄 수 없냐며, 나 좀 구해 줄 수 없냐며 어린아이처럼 칭얼거릴 것 같았다.

"내가 그렇게 약해 보여요?"

— 그런 의미로 한 말은 아닌데.

"알면 됐어요. 괜한 걱정 마요. 대표님은……."

혀끝에 맴도는 울컥함을 간신히 집어삼켰다. 그리고 그리운 이름을, 보고픈 이름을 힘겹게 내뱉었다.

"김설우 씨는 잘 지내요?"

— 아니.

단호한 부정에 심장이 쿵 내려앉았다.

"혹시 어디 아파요?"

— 아픈 것 같기도 하고.

"어디가요? 어디가 아픈데?"

화들짝 놀라며 되묻자 꽤 심각한 목소리가 스피커 새로 새어 나왔다.

— 보고 싶어서.

"……."

— 일정이 꽉 차 있어서 시간이 금방 갈 줄 알았는데, 오만이었나 봅니다.

"……."

— 매일이 고역이네.

주희는 두 눈을 지그시 감으며 애원하다시피 말했다.

"나도……. 나도 보고 싶어요."

— 그렇게 간절히 말하면 곤란한데. 자꾸 충동이 들잖아.

"……."

─ 확 지금 가 버릴까요? 저녁 비행기가 한 대 있긴 한데.

장난이란 걸 알면서 쉽게 입이 떨어지질 않았다. 깊은 충돌이 일었다.

와 달라고 할까? 지금 당장 달려와 달라고 할까? 그럼 숨 쉴 수 있을 것 같은데, 그의 품만 있다면 어떻게든 버틸 수 있을 것 같은데.

똑똑똑. 주희의 두 눈이 번뜩 뜨였다. 갑작스러운 노크 소리. 숨죽이며 문을 바라보자 또다시 똑똑똑, 작은 마찰음이 울려 퍼진다. 그 노크 소리가 낯설지 않았다. 정결하고 알맞게 떨어지는 리듬감.

설마……. 의심할 새도 없이 현관문으로 달려갔다. 몰아치는 감정을 붙잡지 못하며 덜컥, 문을 연 순간.

"오랜만입니다."

주희의 앞에 나타난 사람은 다름 아닌 윤 비서였다.

❋

"늦은 시간에 미안하게 됐습니다."

그래 봤자 열 시가 안 된 시각. 두 사람은 한 커피숍에 앉아 서로를 바라보았다. 주희는 초조함에 손끝만 만지작거렸다. 설우가 없는 자리에서 윤 비서를 대면하는 것은 이번이 처음이었다.

"귀국한 후로 계속 연락을 했는데, 받지를 않아 직접 찾아오게 됐습니다."

그 말은 회사에서 일어난 사달을 안다는 건데. 설우를 비롯해 윤 비서도 함께 출장길에 오른 터였다. 소식을 듣고 급히 달려왔을 그를 보고 있자니 마음이 편치 않았다.

"저 윤 비서님."

"길게 말 안 하겠습니다."

"……."

"당분간은 회사에 나오지 않아 줬으면 합니다."

"……네?"

말문이 턱 막힌 기분이었다. 당황스러워하는 주희와 달리 윤 비서의 표정은 고요했다.

"이렇게 나오는 내가 원망스럽겠지만, 지금으로서는 이 방법이 최선입니다."

"……윤 비서님."

"압니다. 서주희 씨가 그럴 사람이 아니란 거."

주희의 눈빛이 얕게 흔들렸다. 윤 비서의 시선이 확고했다. 당신은 절대 그런 사람이 아니라고. 그 견고함에 마음이 일렁이다가도, 한숨 섞인 뒷말에 가슴이 내려앉았다.

"근데 그런 사람으로 만들려고 한다는 게 문제죠."

"그런 사람이라뇨?"

"평소 대표님을 눈엣가시로 여기는 존재가 몇 명이라고 생각합니까?"

주희는 대답할 수 없었다. 흔히 말하면 사내 정치. 그것을 파악하기에 그녀의 직급은 낮고, 닿을 수 없는 위치였다.

"두 명인 것 같다가도 세 명이 되고, 세 명인 것 같다가도 다섯 명이 되는."

"……."

"뭐 하나 종잡을 수 없는 게 이곳입니다. 애초에 파악할 수가 없죠. 인간의 마음이란 그만큼 간사하니까요."

상황의 변수를 따라 아군이 되기도 하고 적이 되기도 하는. 손바닥 뒤집듯 바뀌는 게 이 바닥이었다.

"그런 의미로 봤을 때, 서주희 씨는 그들에게 가장 좋은 먹잇감입니다."

먹잇감. 낯설지 않은 단어에 주희는 숨이 턱 막혔다.

"서주희 씨가 아니라고 아무리 소리쳐도, '맞다' 라는 말이 나올 때까지 밀어붙일 양반들이죠."

"……."

"그 말도 안 되는 참혹함을 감당할 수 있겠습니까?"

주희는 선뜻 입술을 열지 못했다. 감당할 수 있냐고? 2년 전 겪었던 그 사건도 여전히 문신처럼 남아 있는데, 또다시 그런 상황을 버티라는 건 고문과도 같았다.

"대표님은……."

힘겹게 운을 뗀 순간, 날카로운 시선이 날아들었다. 윤 비서가 살벌한 얼굴로 물었다.

"대표님께 도움을 청할 생각입니까?"

"언젠간……. 그 사람도 이 일을 알게 될 테니까요."

그와 약속하지 않았나. 그에게만큼은 솔직하기로. 지금 상황에서 주희가 할 수 있는 건 아무것도 없었다. 그저 커다란 돌멩이처럼 한 자리에 머무는 것밖에는.

"도움을 청한 다음, 그다음은 어떻게 할 생각이죠?"

그다음은……. 그다음은 어떻게 하려고 했지? 두려움에 쫓기듯이 하루를 보낸 탓에 머리에 과부하가 걸려 생각을 더 이어 갈 수가 없었다. 그저 보고 싶었다. 하루라도 빨리 그 남자를 보고 싶다는 간절함밖에 들지 않았다.

"왜 서주희 씨 때문에 대표님이 피해를 봐야 하는 거죠?"

단도직입적인 질문에 주희의 표정이 가라앉았다.

"이미 서주희 씨에 대한 데이터가 회사 전체에 넘어간 이상, 몇몇은 김 대표를 그 자리에서 끌어내리기 위해 혈안이 되어 있을 겁니다."

"저는……. 아무것도 한 게 없어요."

주희가 억울하다는 투로 말했다. 잠자코 윤 비서의 말을 듣고 보니, 이 모든 결과는 윗선의 치밀한 계획으로 이루어진 것이었다.

"저는 그저 열심히 앞만 보고 달린 게 전부입니다. 그런데 왜……. 왜 저야말로 피해를 봐야 하는 거죠? 한 번도 그 사람한테 피해를 입히려고 한 적이 없는데. 제가 왜 가해자가 되어야만 하는 거냐고요."

차라리 누군가 폭탄이 터질 거라고, 예고라도 해 주면 모르겠다. 무방비한 상태로 침입을 당한 심장은 폐허 된 공터만도 못 했다. 똑같은 악몽의 반복. 그것만큼 잔인한 게 또 있을까?

"앞으로 벌어질 일들을 간단하게 읊어 볼까요?"

윤 비서가 무표정한 얼굴로 주희를 주시했다. 그 시선이 날이 선 칼날 같아 절로 마른침이 삼켜졌다.

"한 명이 아닌 여러 명이 달려들 겁니다. 서주희 씨가 과거에 어디서 무얼 하고 다녔는지, 효성에서 왜 그런 사달이 일어난 건지, 이 기획안이 당신 머리에서 나온 건 맞는지, 작정하고 치밀하게 파고들겠죠. 어쩌면 말도 안 되는 이론을 내세워 밀어붙일지도 모릅니다. 그것만이 아닙니다. 대표님한테는 늘 꼬리표가 붙어 다니겠죠. 여자 하나 잘못 만나서, 여자 하나 잘못 간수해서 회사를 이 지경으로 만들었다고 틈만 나면 공격할 겁니다."

벌써부터 앞이 보이지 않는 시커먼 터널이 눈앞에 펼쳐지는 듯한 착각이 들었다. 아니라고 소리쳐도, 거들떠보지 않던 수십 개의 눈동자들이 떠오른다. 알고 있다. 그들이 바라는 건 그녀의 무죄가 아닌 자신들의 욕망을 채우기 위한 도구, 그 이상 그 이하도 아니란 걸.

"그래요. 다 좋다, 이겁니다. 하지만 대표님은……. 설우는."

윤 비서가 말끝을 흐리며 한숨을 푹 내쉬었다. 그는 어둠으로 물든 바깥을 응시하며 씁쓸하게 말을 이었다.

"알겠지만 참 멍청한 놈입니다. 쉬운 길이 떡하니 앞에 있는데도 굳이 비탈길을 택해 고생이란 고생 복은 다 짊어지죠. 그래 놓고도 웃는 놈입니다."

주희는 자연스레 설우의 얼굴을 떠올렸다. 세상에 무딘 척 굴지 못하는 자신을 위해 그는 남들처럼 위로를 건네지 않았다. 오히려 그녀가 겪은 부당함을 대변하듯 말했다. 옳지 못한 걸, 옳지 못하다고 말하는 건 당연한 거라고.

"날아간 카드만 벌써 몇 개째입니다. 재건축도, W그룹과의 협업도 모두 다 무산이 됐죠. 이제 남은 카드는 이란과의 EPC 계약과 인테리어 부서인데, 이미 후자는 활용 불가가 돼 버린 것 같군요."

"……."

"시온은……."

"……."

"내게도, 설우에게도, 그리고 병상에 누워 있는 김 회장에게도 너무 소중한 곳입니다. 다른 직원들도 마찬가지겠죠. 무엇보다 인테리어 부서."

주희의 고개가 퍼뜩 들렸다. 그녀가 몸담고 있는 곳. 그녀의 꿈을 펼칠 수 있는 무대였던 곳. 마지막 희망을 건 채, 그곳으로 걸어 들어왔던 팀원들의 얼굴이 하나둘씩 스쳐 지나가자 가슴 한구석이 선득했다.

"어쩌면 공중분해가 될지도 모릅니다."

"하지만……!"

"하지만이란 건 그들한테 없습니다. 눈엣가시라고 판단되면 없애는 것만이 전부니까요."

그러니 할 수 있는 건 아무것도 없다며 축 처진 그의 눈썹이 말해 주고 있었다. 윤 비서가 자리에서 조용히 일어났다. 해결이 되는 대로 연락을 준다는 그의 말은 귀에 들어오지도 않았다. 해결이 될 수나 있을까? 이미 회사 전체에 자신에 대한 이야기가 퍼지고도 남았을 텐데.

"제 잘못이 아닌데도……."

주희는 마지막 희망으로 목소리를 쥐어짰다. 윤 비서를 올려다보는 그녀의 눈망울이 가련했다.

"가만히 있는 것만이 가장…… 현명한 방법인 건가요?"

이 부당함에 목소리 높여 봤자 달라지는 게 없다 해도. 발버둥 치는 것이 헛발질이라고 해도. 그럼에도 가만히 있는 것만이 최우선이냐고. 그것밖에 정말 정답이 없는 거냐고. 비탄 섞인 시선을 바라보던 윤 비서가 또한 번 잔인한 현실을 알렸다.

"세상에는 상식으로 해결되지 못하는 일들이 천지니까요."

26. 그 녀석의 소원

윤 비서의 말이 맞았다. 성공리에 이란과의 계약을 끝마친 후 설우에게 펼쳐진 건 환영 인사가 아닌 진흙탕과도 다를 게 없는 싸움이었다. 임원실에 들어서자 흥해 갈라진 듯 나뉜 임원들이 서로를 향해 물고 뜯기 시작했다. 그 파벌 싸움을 가만히 지켜보던 설우가 나지막이 내뱉었다.

"그래서 하고 싶은 말이 뭡니까? 괜한 체력 소모는 집어치우고, 본론부터 들어가죠."

날이 선 말투에 흥분하던 임원들의 어깨가 흠칫거렸다. 죄지은 표정까지는 아니어도, 이 같은 사태에 주눅이 들 법도 한데 이상하리만큼 김설우는 조용했다. 오히려 평소보다 더 차가운 냉기가 흘러나와 회의실을 얼어붙게 만들었다.

"이 사태를 어쩔 건가."

최 전무 라인에 서 있던 누군가 껄끄러운 목소리로 내뱉었다. 그 얼굴을 똑바로 마주하며 설우가 받아쳤다.

"어떻게 하길 바라시는데요?"

"……그걸 지금 말이라고 하나? 회사가 개판이 됐어. 여자 하나 때문에 하루도 조용한 날이 없었다고. 거기다 시안 도용? 이미 전적이 있는 걸 알면서도 회사에 들여? 인테리어 부서가 올 스톱 된 건 알고 있나? 런칭 앞두고 이게 무슨 개망신이냔 말이야."

"런칭은 그대로 진행할 예정입니다."

뭐라고? 임원들 입이 쩍 벌어졌다.

"자네…… 지금 도용된 시안을 그대로 내보내자는 거야? 그렇게 되면 효성에서 태클 걸어올 걸 모르나? 이 중대한 시점에 이게 무슨 개망신……"

"누가 그럽니까?"

"……."

"그 여직원이 도용했다고. 사실적 증거는 확보하고 말씀하시는 겁니까?"

"하……. 기가 막혀서. 그 날 이후로 출근하지 않는 것만으로 이미 답은 나온 거 아니겠나."

"나오지 않는 게 아니라 못하게 만든 건 아니고요?"

일순 설우의 시선이 최 전무에게로 향했다. 그는 어떤 감정도 드러내지 않았다. 일어난 사달이 유감이라는 듯 안타까운 시선을 이따금씩 흘릴 뿐이었다.

"최 전무님."

나직한 부름에 다수의 시선이 최 전무에게로 향했다.

"최 전무님은 굉장히 안타까우시겠어요."

최 전무의 시선이 위로 들렸다. 그 순간 설우의 눈빛이 가라앉더니, 그것과는 어울리지 않는 웃음기 섞인 목소리가 흘러나왔다.

"함남규 상무님이라고 하셨나요?"

함남규? 그게 누구야? 아, 그 있잖아. 효성 상무. 수군거림과 함께 순식간에 파문이 퍼져 나갔다. 설우가 그를 어떻게 알고 있으며, 그의 흔적을 왜 최 전무에게서 찾는지 알다가도 모를 일이었다.

"두 분 사이가 꽤 친밀하시던데, 효성 쪽에서 출시하는 프로젝트도 그분이 맡으셨다죠?"

두 사람이 친밀해? 언제부터? 속닥거리는 말소리가 최 전무의 고막을 자극했다. 그는 차분함을 유지하며 옅게 미소 지었다.

"친밀까지는 아니어도, 안면이 있는 사이지. 하지만 서로 바쁜 탓에 업무 관련으로 이야기를 나눈 지는 꽤나 오래됐어."

"유감이네요."

설우의 입술이 비틀렸다. 의미를 알 수 없는 미소에 최 전무가 설핏 미간을 찡그리자 담백한 음성이 따라붙었다.

"단순히 친분 관계를 물어본 거지, 최 전무님이 그 일에 관해 알고 계실 거라고 확신한 적은 없는데 말이죠."

설우가 조용히 자리에서 일어났다. 그는 장난기 배인 미소를 지으며 최 전무를 내려다봤다.

"그래서 말인데, 그분을 회사에 부를까 합니다."

"……김 대표."

그게 무슨 의도냐며 탄식이 새어 나왔으나 설우는 아랑곳하지 않았다. 짧고 굵게 상황을 종결시켰다.

"과연 누구의 잘못인지는 그날, 알게 되겠죠."

"도용이 맞을 시엔 어떻게 할 생각인가."

돌아서는 그를 향해 최 전무가 조용히 읊조렸다.

"일을 키워 봤자 좋을 게 없을 텐데."

지금 너의 입에서 나온 소리가 어떤 파장으로 퍼져 나갈지 알면서도 이 일을 진행하겠냐며, 딱딱하게 묻는 시선을 향해 설우가 덤덤하게 대답했다.

"그건 그때 두고 봐도 늦지 않겠죠."

최 전무는 그가 스치고 간 자리를 가만히 바라봤다. 실소가 터져 나왔다. 웃기지도 않은 소리. 함 상무를 불러 봤자 달라지는 건 아무것도 없다.

서주희는 절대 그 자리에 나오지 못할 테니까.

✴

　설우가 고요한 눈길로 책상을 주시했다. 그 위에 놓인 하얀 봉투. '퇴직서'라고 적힌 세 글자가 서늘하게 가슴을 짓누른다.
　'제가 자리를 비운 사이에 놓고 간 모양입니다.'
　강 팀장으로부터 이 봉투를 받았을 때 든 생각은 단 하나였다. 술래잡기가 시작된 건가. 주희는 전화를 받지 않았다. 아무리 걸어도 돌아오는 것은 전원이 꺼졌다는 녹음된 메시지가 전부였다. 그러니 방법은 하나뿐이다. 직접 찾아가는 수밖에.

✴

　하늘에서 구멍이 났나 싶을 만큼 비가 거세게 쏟아졌다. 검정 우산 아래 우뚝 선 설우가 가만히 건물 하나를 바라본다. 여러 개의 창들 중에 단 한 곳만이 불이 꺼져 있다. 마치 어둠에 집어삼켜진 것처럼. 저 어둠 속에 그녀가 있다. 설우가 적막한 음성으로 세 글자를 곱씹었다.
　"브릿지."
　그리고 부탁했다.
　"네 몸을 빌려야 할 것 같아."

✴

　창문이 열려 있었다. 그 안으로 빗물이 스며 들어오는 것도 모른 채 주희는 몸을 웅크렸다. 무릎에 얼굴을 파묻은 자태가 처량했다. 오늘이 며칠인지, 지금이 몇 시인지 분간할 수 없다.
　죽은 듯이 자는 게 일상. 그마저도 악몽에 허덕이며 깨어나기가 일쑤.

사는 게 사는 것이 아니었다. 차라리 죽어 버리는 게 나을지도 모르겠다며 하루, 하루를 버티는데. 찰박. 온통 적막함만이 흐르던 세상 속으로 얇은 마찰음이 파고들었다. 찰박. 잘못 들은 게 아니란 듯, 한 번 더 울리는 소리에 주희의 고개가 힘없이 들렸다. 그리고 그녀의 세상은 멈춰 버렸다.

"……."

"……."

꿈을 꾸고 있는 걸까. 그렇지 않으면 청회색 고양이가 눈앞에 있을 수는 없는 것이다. 마치 오래전부터 자신을 바라보고 있었다는 듯 녹안의 눈동자가 애틋한 감정을 비추고 있었다. 찰박. 한 발짝 더 다가온다. 찰박. 한 발짝은 곧 두 발짝이 되었다.

……아닐 거야. 이건 꿈일 거야. 잠시 눈을 감았다 뜬 순간이었다. 자그맣던 생명체는 커다란 남자가 되어 짙은 그림자를 머금었다. 자연스레 시선이 들렸고, 눈이 마주친 순간 주희의 얼굴이 경직됐다. ……꿈이, 꿈이 아니다.

"나, 좀 화나려고 하는데."

전혀 화가 난 말투가 아니었다. 다정하고, 나긋한. 또 한없이 부드러운. 한결같은 모습으로 나타난 남자는 테이블에 시선을 주었다. 도시락 용기가 여러 개 쌓여 있었다. 한 입도 먹지 않은 채로.

"밥은 잘 챙겨 먹었으면 했더니."

알고 있었다. 매일같이 현관 문고리에 걸려 있던 도시락의 출처가 누구인지. 어떻게 잊을 수 있을까. 함께 밥을 먹자며 옥상으로 불러냈던 그 날, 타인의 시선을 의식하는 자신을 위해 손수 준비했던 그 도시락을. 비밀 장소라며 추억이 담긴 곳으로 이끌었던 그 순간을. 오늘부터 우린 친구라며 서슴없이 내밀어진 그 손을…… 내가…… 내가 어떻게 잊을 수 있어.

그럼에도 연락할 수 없었다. 그가 몇 번이나 연락을 해도, 집 주변을 서성여도 모른 체해야만 했다. 두려웠으니까. 정말 짐이 되어 버릴까 봐. 보잘것없는 나의 존재로 인해 그의 앞길이 막혀 버릴까 봐. 내가 겪었던 터널 속에 당신도 갇혀 버릴까 봐. 주희는 오롯이 자신만을 담아내는 까만 눈동자를 피하려 애썼다. 메말랐던 감정이 어느새 벅차오르고 있었다.

안 돼, 이성을 찾아야 해. 여기서 무너지면 안 돼. 이를 악문 순간, 서로의 거리가 순식간에 좁아졌다. 이제는 그가 코앞에 서 있었다. 긴 다리가 한 발짝 더 내딛는 순간, 주희가 작은 소리로 막아 세웠다.

"……오지 마요."

"……."

"오지 마. 더 이상 다가오지 마. 거기서……"

"……."

"한 발짝도 움직이지 마요, 제발."

바들바들 떨리는 음성이 간신히 이성을 붙잡고 있었다. 네가 있어 봤자 그에게 좋을 게 없다는 수십 개의 목소리가 오버랩 되어 머릿속을 질퍽인다. 날이 선 말투. 흐릿해진 눈동자. 볼품없는 몰골. 이런 제 모습에 실망할 법도 한데, 화가 날 법도 한데. 그는 몸을 숙여 눈을 맞추었다. 손을 뻗어 잔뜩 헝클어진 머릿결을 쓰다듬는다.

"얼굴 보기 참 힘드네."

"……."

"보고 싶었어요. 서주희 씨."

부드러운 미소가 입가에 뻗어 나가자 주희의 입술이 파르르, 떨렸다. 흐느낌이 목구멍까지 차오르지 이를 물며 쏟아 냈다.

"……왜 찾아와요. 왜……. 왜 자꾸만 찾아오냐고요."

새벽 일찍, 회사에 출근한 날. 주희는 아무도 없는 틈을 타 강 팀장의 책상에 조용히 사직서를 제출했다. 그것이 마지막이었다. 시온과의 인연은.

"보고 싶어서 찾아온 게 이상한 건가?"

그런 식으로 말하지 마. 그렇게 한없이 다정한 얼굴로 바라보지 마. 마치 우리 사이에 무슨 일이 있었냐는 듯 아무렇지 않은 목소리로 말하지 말란 말이야. 그럼 자꾸 내가…… 내가…….

"……알고 있단 말이에요."

주희가 위태로운 목소리로 운을 뗐다. 떨리는 어깨를 꽉 끌어안으며 울음을 삼켜 넣었다.

"……누구보다 잘 알고 있단 말이야. 존경했던 선배도, 하나뿐인 친구도, 동료였던 사람들도 세상이 주는 고난 앞에서는 굴복할 수밖에 없는 거. 그들도 결국에는 살아야 하니까. 난……"

"……"

"그걸 인정하는 데, 2년이란 시간이 걸렸어요."

세상 앞에서 정의는 쓸모없다는 걸, 어쩌면 인생을 더욱 시궁창으로 몰아갈지도 모른다는 걸.

"……너무 아팠어요. 괴로웠고, 매일매일이 지옥이었어. 이제야 그 지독한 터널을 지났는데, 이제야 현실을 부정하지 않는 법을 알았는데……. 희망 따윈 없다고, 겨우 단념할 줄 알게 됐는데……."

주희가 두 눈을 질끈 감으며 쏟아 냈다.

"……왜 자꾸 찾아와요."

가슴 안에서 금이 간 둑은 멈출 줄 몰랐다. 쉴 틈 없이 갈라지기 시작했다. 애원하듯 그를 바라보며 울먹였다.

"자꾸 그럼 내가 기대하게 되잖아. 당신이 날 진짜 구해 줄 수 있을 거라고 믿고 싶어지잖아."

내가 진짜…….

"……부서져 버리고 싶잖아."

꿈을 꿨다. 그래 봤자 똑같은 악몽이었지만, 언제나 그 끝에는 설우가 있었다. 그제야 주희는 끝없는 뜀박질을 멈추며, 그에게로 달려갔다. 넓은 품에 파묻히다시피 안겨서는. 왜 이제야 왔냐고. 얼마나 보고 싶었는지 아냐며. 그럼에도 당신이 와 주기만을 기다렸다고. 원망 아닌 원망을 쏟아 내며 펑펑 울어 댔다.

그러나 그 행복도 찰나였다. 눈이 떠진 순간, 펼쳐진 것은 변함없는 어둠이었다. 차라리 나타나지 말지. 차라리 날 꽉 껴안아 주지 말지. 그때마다 그저 꿈속이었을 뿐인데도 그 품이 너무 아늑해서, 아득해서 더욱 서러웠다.

"그때 말했던 거 같은데."

설우가 웅크리고 있는 주희의 곁으로 다가왔다. 그녀의 얇은 손목을 부드럽게 당겼다. 넓은 품으로 빨려 들어간 주희가 움찔거리자, 놀란 등을 다독이며 그가 속삭였다.

"당신이 내 품에서만큼은 무너졌으면 좋겠다고."

"……."

"그래야 내가 더 서주희 씨한테 특별해질 거 아냐."

주희는 입술을 꽉 깨물었다. 눈물이 터질 것 같았다. 괜찮다며 그가 한 번 더 등을 쓰다듬은 순간, 와르르, 감정의 둑이 무너져 내렸다. 설우가 눈물로 흠뻑 젖은 주희를 빤히 응시했다.

"약속했잖아."

"……."

"당신을 절대 혼자 두지 않겠다고."

그 견고한 눈빛과 음성에 주희가 끅끅, 거리며 울음소리를 냈다. 이리 쉽게 무너질 거면서, 바라보는 것만으로도 숨이 벅찰 거면서. 어떻게 홀로 이 어둠 속에 남으려고 했지? 어떻게 이 남자를 안 볼 생각을 할 수 있었던 거지? 뒤죽박죽, 엉켜 버린 실타래처럼 온갖 감정이 뒤섞인 주희의 눈동자를 보며 설우가 말했다.

"사실은 내고 싶잖아."

두 글자가 툭, 주희의 귓가에 떨어졌다.

"용기."

온몸이 뻣뻣하게 굳었다. 용기……. 별안간 그녀가 발악적으로 고개를 저었다. 두려움에 폐부가 들썩였다.

"……아니야. 아니에요. 내고 싶지 않아. 필요 없어. 싫어요. 그런 거 다 부질없단 말이야. 난, 나는……."

지금 이대로도 괜찮아. 지금까지 잘 해 왔잖아. 인정하는 법도 배웠고, 다시 그렇게 세상에 먼지처럼 스며들어 죽은 듯이 살아가기만 한다면…….

"괜찮다면서 여전히 그 자리에 갇혀 있잖아요."

그녀를 감싸 안은 그의 시선이 애틋했다.

"그건 괜찮은 게 아니잖아."

민낯을 적나라하게 들킨 기분. 늘 괜찮다고, 그러니까 걱정하지 말라고, 별일 아니라며 버릇처럼 말해 왔는데. 자신조차도 정말 그러하다고 생각했는데. 착각이었나 보다. 마치 '나'도 모르는 '나'를 발견한 것처럼 그의 눈에는 보이나 보다. 끝없는 어둠에 갇혀 살려 달라고, 울부짖는 목소리가 그에게만큼은 들리나 보다.

"……왜 그래요, 나한테 왜 이러는 거야."

어쩌면 나조차도 나를 외면하고 싶었던 걸까. 알고 있다. 짓눌린 상처에서 해방될 수 있는 유일한 방법은 단 한 번의 '용기'란 걸. 하지만 그 용기란 것에 수없이 배신당한 탓일까.

주희는 두려웠다. 아무리 소리쳐도, 내가 아니라며 이리저리 뛰어다녀도 돌아오는 것은 차디찬 시선이 전부였다. 그 기억이 여전히 아프게 가슴을 찔러서. 여전히 '트라우마'로 남아 삶을 옥죄어서. 그래서 체념했다. 용기, 그딴 거 내지 말자고. 그게……. 그게 얼마나 부질없는 짓인지 아니까. 얼마나 아픈 건지 아니까.

"단 한 번이면 돼요."

그런데 참 이상하지.

"단 한 번이 어려울 뿐이야."

왜 이 남자가 하는 말만큼은 믿고 싶어지는 걸까.

"막연한 희망으로 끝나는 건 시시하잖아?"

가볍게 웃는 미소에 정말 별거 아니란 착각까지 들었다. 주희는 양손에 얼굴을 파묻으며 또다시 눈물을 터트렸다. 윤 비서의 날카로운 음성이 눈앞을 스쳐 지나간다.

'왜 서주희 씨 때문에 대표님이 피해를 봐야 하는 거죠?'

나로 인해 그에게 피해가 갈지도 모른다. 나로 인해 그가 무언가를 잃을 수도 있다.

"······난, 난 아무것도 해 준 게 없어요."

그런데 왜 이렇게 다가오기만 하냐는 듯, 왜 이렇게 바보처럼 한없이 주는 것밖에 모르냐는 헐떡거림에 설우가 대답했다.

"왜 없어요. 당신이 날 살렸는데."

"······그게 무슨."

설우가 그녀의 왼손을 잡아당겨 자신의 머리칼 위에 올려놓았다. 그러자 흑백 영화처럼 누군가의 추억이 한 트랩, 한 트랩씩 스쳐 지나간다. 전 주인의 학대로 상처받은 녀석을 보살피던 그녀의 모습. 다가오지 말라며 손톱으로 긁어내려도 매일같이 들이닥쳤던 그녀의 그림자.

이제부터 네 이름은 브릿지라며 속삭이던 그녀의 다정한 목소리. 너를 만나게 되어서 참 행운이라고, 언제나 함께할 수 있으면 좋겠다며 밝게 웃는 그녀의 미소가 어제 일처럼 생생하게 설우의 눈앞에 펼쳐졌다. 그가 옅게 웃으며 말했다.

"녀석이 항상 좋아하던 공원에 먹이를 내려놓고, 틈만 나면 얼굴을 내비추고."

"······."

"아마도 서주희 씨는 녀석과 출퇴근길을 동행하는 걸 가장 좋아했던 거 같은데."

주희는 잠시 멍했다. 이게 무슨 소리인가 싶다가도, 뒤이어 떨어진 말에 심장이 쿵, 내려앉았다.

"브릿지 그 친구도 그 순간을 제일 좋아했던 거 같아요. 그 장면만큼은 더 선명하거든."

"······지금 그게."

"내가 언젠간 고백할 게 있다고 한 것 기억나요?"

기억하지 않을 수 없다. 그날 밤, 뜨겁게 달아오르던 우리를 어떻게 잊을 수 있을까. 하물며 새끼손가락을 걸고 약조하지 않았나.

'시간이 조금 더 흐른 후에 고백할 게 있어요.'

'그 순간이 올 때까지 자책하지 않기. 홀로 모든 걸 해결하려고도 하지

않기. 마지막으로 절대 혼자라고 생각하지 않기.'

'이제 당신은 혼자가 아니잖아.'

그 순간이 지금이라는 예감과 함께 기분 나쁜 직감이 등줄기를 타고 내렸다.

"슬픈 이야기를 전해야 해서 미안하지만."

"……."

"그 브릿지가, 날 살린 친구예요."

거짓말처럼 주희의 눈물이 뚝, 끊겼다.

지금 내가 뭘 들은 거지? 잠시 세상과 단절된 것만 같았다. 브릿지. 그리우면서도 애틋할 수밖에 없는 석 글자. 별안간 주희는 헛숨을 크게 들이켰다. 복길이가 사실은 설우였다는 걸 알게 된 그날이 섬광처럼 스쳐 지나갔다.

'그 날은 비가 참 많이 왔었습니다. 앞을 보기가 힘들 정도였죠.'

'골목길을 돌자마자 내리막길에서 차 한 대가 달려오더군요. 속도를 전혀 줄이지 못했어요. 운전석에 앉은 남자의 얼굴이 영 범상치 않았죠. 아마 브레이크가 먹히지 않았던 것 같은데…….'

'그래서 생각했습니다. 아, 또 그 고비가, 죽을 운명이 찾아온 거구나.'

'근데. 죽지 않았습니다. 죽어야 했는데, 죽지 못했어요.'

'나 대신 다른 녀석이 죽어 버렸거든요.'

아니야. 아닐 거야. 그를 대신해서 눈을 감았다는 게…….

"……브릿지가 죽었어요?"

호흡이 토막처럼 끊겨졌다. 하얗게 질린 주희의 얼굴을 쓰다듬으며 설우가 서글픈 표정을 지었다.

"미안해요. 소중한 친구를 잃게 해서."

"……말도 안 돼."

가슴이 다른 의미로 아프기 시작했다. 브릿지는……. 사람이 아닐지언정 사람보다 더 따스한 존재였다. 애교 많고, 그녀를 진심으로 좋아해 주던 아이였다.

주희는 잔인한 진실 앞에 고개를 저었다. 이제야 어질러진 퍼즐의 조각이 맞춰진다. 어느 날부터 녀석이 꿈에 나타난 것도, 설우가 고양이로 변했을 때 그 모습이 낯설지 않았던 것도, 가끔씩 가슴 어딘가가 선득했던 것도.

"그럼……."

"맞아요. 그 친구가 원하는 걸 들어줘야 난 살 수 있는 입장이죠."

그게 뭘까. 그게 뭐기에 녀석이 자꾸만 설우의 몸에서 벗어나지 못하는 걸까. 고민은 오래가지 않았다. 꿈속에서 보았던 브릿지의 서글픈 눈동자가 떠올랐다. 그건……. 원망이었다.

"날 미워하겠죠? 버림받았다고 생각하겠죠?"

안 그래도 버려졌던 기억이 있는 친구였다. 그런데 내가 무슨 짓을 한 거지. 어떻게 그걸 알면서도 나 혼자만 떠나 버린 거지. 괴로움에 허덕이는 주희의 머리 위로 나긋한 음성이 떨어졌다.

"당신의 행복."

"……."

"당신이 행복했으면 좋겠대."

"……."

"그게 그 친구의 소원이에요."

누군가 뒤통수를 때린 충격이었다. 잠시 두 귀가 미친 건 아닐까, 극단적인 생각까지 들었다.

"매일매일을 기다렸어요. 서주희 씨가 오기를. 비가 와도 눈이 와도 늘 같은 자리에서 기다렸죠. 고양이로 변해 눈을 뜨면 항상 똑같은 장소였거든요. 그제야 알 것 같더군요. 지하철역과 떨어진 비좁은 골목길, 숲이 가득한 공원, 빛이 꺼져 가는 가로등까지. 전부 다 당신의 흔적이 묻어 있던 곳이란 걸."

"……안 돼."

주희가 거의 쓰러지다시피 눈물을 흘렸다. 종국에는 어린아이처럼 펑펑 울어 버렸다. 흐느끼는 주희의 몸을 가득 껴안으며 설우는 고백했다.

"그 따스함 덕분에 녀석이 살았어요. 그리고 결국에는 날 살린 거야."

그 따스함이 없었다면, 그 보살핌이 없었다면, 아주 자그마한 관심이 없었다면 과연 브릿지는 살 수 있었을까? 그리고 설우 또한 살 수 있었을까?

"그러니까 녀석을 위해서라도 단 한 번만."

"……."

"단 한 번만. 용기를 가져요."

주희는 숨이 벅차도록 울고, 또 울어 댔다. 용기. 어쩌면 그녀를 가장 아프게 했지만, 가장 간절히 염원했던 것.

"……내가 잘할 수 있을까요? 도망가지 않을 수 있을까요?"

여전히 심장이 두려움으로 부풀었다. 설우가 부드럽게 미소 지었다.

"말했잖아. 당신은 혼자가 아니라고."

주희는 애달픈 눈으로 설우를 바라보다가 힘겹게 고개를 끄덕였다. 그리고 다시 넓은 품 안으로 파고들었다. 혼자서 이겨 내야만 했던 시간들이, 이 순간만큼은 혼자가 아니란 사실에 안도감이 벅차올랐다. 울컥함이 치밀었다.

그 어느 때보다 간절히 바랐다. 제발……. 신이 있다면 어렵게 얻은 이 용기를, 잃어버리지 않을 수 있도록. 그래서 이 어둠에서 벗어날 수 있기를. 좀 더 단단한 내가 되어 나 또한 누군가를 지킬 수 있는 힘을 가지게 해 달라고 빌고 또 빌었다.

✷

"왜 시키지도 않은 일을 하신 거죠?"

모두가 떠나간 집무실. 어느 때보다 차가운 정적 속에 두 남자가 서로를 응시했다. 설우는 심기가 불편한 상태였다. 겉으로 드러난 표정은 없었지만, 그 모습이 결국 언짢음을 대변한다는 걸 윤 비서는 누구보다 잘 알고 있었다.

"몰라서 묻는 겁니까?"

윤 비서가 꼿꼿하게 받아치며 고개를 쳐들었다. 그야말로 따지고 싶은 게 한두 가지가 아니었다.

"……대표님이 지금 어떤 짓을 저지른 줄 알아요? 불난 집에 부채질한 꼴이랑 다를 게 없습니다. 어떻게 함 상무, 그 자식을 회사에 직접 불러들일 생각을 해요?"

간신히 임원들의 화가 누그러진 상황이었다. 아무리 설우를 물고 늘어져 봤자 그에게 죄가 있다면 '여자' 하나를 잘못 만났다는 것. 냉정하게 정의하자면 그러했다. 무엇보다 설우를 끌어내리는 것 자체가 불가능에 가까웠다.

그가 이룬 업적은 물론, 주식 배당금 또한 설우의 이름으로 거둬들이는 수익이 가장 컸다. 완벽한 대표로 직임받지 않았는데, 그야말로 대대적인 성과였다. 그러니 회사에 큰 피해를 입히지 않는 이상, 주주들은 당연히 설우의 손을 들어줄 것이다. 그런데 이 모든 걸 그의 손으로 망쳐 버렸다. 간신히 수면 밑으로 가라앉으려는 사건을 제 손으로 다시 파헤친 셈이었다.

"사전에 동의도 없이 서주희 씨를 만난 건, 생각 안 합니까?"

"어쩔 수 없는 선택이었습니다. 다수를 위한 선택이었다고요. 지금 대표님이 어떤 길에 올라와 있는 줄 압니까? 추락밖에 없는 줄에 서 있어요. 간신히 외줄 타기를 버티고 있는 거라고요."

알고 있다. 제 선택이 얼마나 이기적이었던 건지. 하지만 그럼에도 누군가는 선택해야 했다. 누군가는 나쁜 역할에 발 벗고 나서야 했다.

"살짝만 내려 봐도 대표님을 끌어내리려는 손들만 수십 개입니다. 근데 그걸 가만히 보고만 있어요?"

윤 비서는 불현듯 오랜 친구이자 설우의 아버지인 선우를 떠올렸다. 강한 자에게는 한없이 차갑고, 약한 자에게는 한없이 다정했던 사람. 그런 그에게도 서글픈 면이 존재했다.

아직도 선명하기만 하다. 햇살이 가득 쏟아지던 이른 봄. 설우는 다른 아이들처럼 쉽게 뛰어놀지 못하며 맑은 하늘만 바라보기 일쑤였다. 그 자그마한 아들의 등을 보며 선우는 씁쓸하게 말하곤 했다.

'……설우는 내게 참 아픈 손가락이야. 가끔은 내가 좋은 아빠일까, 회의감이 들 때가 있어.'

기구한 운명이란 이유로 아이의 자유조차 쉽게 허락하지 못했던 남자. 쓰러지기 직전까지도 그는 단 하나뿐인 아들 걱정뿐이었다.

'윤 실장, 이기적인 거 알지만, 믿을 사람은 자네뿐이네.'

그러니 설우를 부탁한다고, 믿겠다고. 그 약속 하나만으로 윤 비서는 지금까지 버틸 수 있었다. 아니, 버텨 내야만 했다.

"나는요. 건설의 건 자도 모르고 살아온 놈입니다."

윤 비서의 눈 밑이 파들거렸다. 그가 하소연하듯 쏟아 냈다.

"그래서 보답하고 싶었어요. 보잘것없는 내 인생을 값지게 여겨 주고, 밥 먹여 주고, 재워 주고, 늘 따뜻하게 대해 줬던 선우한테 어떻게든 보답하고 싶었다고요. 하루도 쉰 적이 없습니다. 눈만 뜨면 현장에 나가서 일을 배우고, 어느 날은 근육이 파열돼 눈을 붙이는 것조차 쉽지 않았죠. 상처가 아물면 또 다른 곳에 상처 입는 게 일상이었습니다. 그런 나는……. 나는 생각 안 합니까? 한평생 이 회사를 위해 몸 바쳐 일한 나를 비롯한 다른 직원들은 도대체 뭐냔 말입니다."

다수를 위해 소수를 버리는 것. 잔인하지만 그것이 결국 이 세상이었다. 그것이 이 사회의 현실이었고, 소위 포장된 말로 가장 현명한 방안이었다.

"우리가 세상을 바꿀 순 없겠죠. 근데 윤 비서님도 아시잖습니까."

설우의 입에서 담담해서 더 서글픈 음성이 흘러나왔다.

"침묵한 그 순간부터가 사실은 비극의 시작이란 걸."

누군가의 아픔을 모르는 척, 보지 못한 척, 도와 달라는 그 손길을 안타깝게 여길지언정 끝내 외면하는. 어쩌면 주어진 상황에 침묵으로 일관하는 것이야말로 가장 잔인한 순간일지도 모른다. 그것이 되풀이되고 또 되풀이되다 보면 결국 남는 것은 누군가의 타락된 욕망일 테니까. 그리고 그것은 또다시 되풀이되어 또 다른 희생자를 만드는. 도돌이표처럼 끝이 없는 항해였다.

윤 비서의 눈빛이 황망했다. 부정할 수 없기 때문일까. 그것도 잠시. 그는 휙 돌아서며 경고했다.

"이대로는 절대 가만히 못 있습니다."

무슨 수를 써서라도 이 상황을 막을 것이다. 하지만 몇 걸음도 떼지 못한 채 두 다리가 경직되었다.

"그럼 우리 인연은 여기까지인 것 같군요."

그는 잠시 두 귀를 의심했다. 천천히 뒤를 돌아보자 설우가 네 번째 서랍 밑에서 정체 모를 봉투를 꺼내 들었다. 달빛이 물감처럼 창을 통해 스며 들어오고서야 알 수 있었다. 제 손으로 직접 제출한 '퇴직서'란 걸.

"오늘부로 윤 비서님은 명예퇴직 하는 걸로 절차 밟겠습니다."

돌처럼 서 있는 윤 비서를 향해 설우가 가볍게 고개 숙였다.

"그동안."

"⋯⋯."

"고생 많으셨습니다."

윤 비서는 어떤 말도 하지 못했다. 그저 왔던 길을 되돌아가는 것밖에는. 마지막이라 할 것도 없이 허무하게 집무실을 나서는데, 재킷 주머니 안쪽에서 진동이 울렸다. 발신자를 확인한 그의 두 눈이 매섭게 좁아 들었다.

[최 전무]

27. 심판대

대망의 날이 찾아왔다. 벌써부터 임원 회의실이 있는 층수는 긴장감에 휩싸였다. 오늘로서 어느 라인에 서야 할지 결판이 나는 날이기도 했다.

"근데 요새 윤 실장이 안 보이던데?"

"소식 못 들었어? 아, 며칠 전에 퇴직 절차 밟았잖아."

"뭐?"

"내가 보기엔 김설우 그것이 목을 자른 거야. 배은망덕한 놈. 아버지뻘이나 되는 윤 실장을 내보낼 줄 누가 알았겠어."

어느 날부터 윤 비서의 모습이 보이지 않았다. 모두 다 설우의 짓이라고 임원들은 암묵적으로 동의하는 바였다. 윤 실장이 어떤 사람이던가. 밑바닥 같은 스펙이었을지언정 선우의 총애를 한 몸에 받을 만큼 지독한 끈기와 능력은 그 누구도 따라올 자가 없었다. 그랬던 사람을 순식간에 회사에서 내쫓다니. 비판하는 목소리가 많아질수록 최 전무는 만족스러운 미소를 숨기지 못했다. 며칠 전이었을 것이다. 윤 비서와 연락이 닿은 게.

'윤 실장님, 윤 실장님도 이제는 회사가 아니라 자신을 생각할 때도 되셨지 않습니까.'

그와 설우의 사이가 엇나가고 있다는 걸 전부터 체감하던 중이었다. 다만 혹시나 싶어 던진 미끼를 그가 붙잡을 거라고는 상상도 못 했다.

'그래서 나한테 원하는 게 뭡니까?'

두서 따윈 필요 없다는 태도가 사뭇 마음에 들었다. 지칠 대로 지쳐 버린 그의 야윈 등을 보며 최 전무는 애달픈 척, 위로를 건넸다. 그렇게 윤 실장의 자리는 공석이 되었다. 그뿐만이 아니었다. 아직 세 자리가 공석이었다. 하나는 김설우의 자리였고, 또 하나는 함 상무, 그리고……

"도착했습니다."

문을 열고 들어온 두 명의 실루엣에 최 전무의 두 눈이 비열하게 휘어졌다.

※

"……이럴 줄 알았지."

모니터를 응시하는 소연의 눈길이 예사롭지 않았다. 닿았다가는 크게 데일 것처럼 눈동자가 불에 활활 타올랐다. 소연이 입술을 잘근 깨물며 자리에서 일어났다. 왠지 모를 비장한 자태에 오 과장은 고개를 갸웃거렸다. 며칠 내내 표정이 안 좋더니. 커피라도 한 잔 사 줘야 하나, 무심코 고민하는데 모든 건 한순간이었다. 사무실을 나갔다 자리로 돌아오는 고 대리를 향해 소연은 단도직입적으로 밀어붙였다.

"너지. 기획안 훔쳐다가 효성에 바친 게."

찬물을 쏟아부은 것마냥 분위기가 싸해졌다. 오 과장을 비롯해 팀원들 모두가 입을 다물지 못했다. 그건 고 대리도 마찬가지였다. 그녀는 불편한 기색을 적나라하게 드러내며 입술을 비틀었다.

"지금 뭐래니?"

"너잖아. 기획안 훔친 범인."

"하. 이 대리, 미쳤어?"

"그래. 이 대리. 갑자기 왜 그래."

오 과장이 삭막해진 분위기를 무마하려 수습에 나섰다. 무엇보다 기획안 도용 문제는 부서에서 언급하지 않기로 약속이 된 터였다. 얼마 전 윗선에서 지시가 떨어졌다. 어찌 됐든 인턴 하나로 인해 일어난 비극, 팀원들에게 그 잘못을 따지는 것은 도가 지나치다는 것이었다.

십년감수가 아닐 수 없었다. 눈칫밥을 먹고 있는 것으로도 모자라 언제 부서가 찢어질지 모르는 상황이었다. 다시 긴급회의가 이루어졌고, 주희 다음으로 괜찮은 아이템으로 여겨졌던 고 대리의 기획안이 채택됐다. 이제 설우와 직접적인 미팅만 이루어지면 되는 상황. 그런데 또다시 부서에 분란이 일어나려고 하자 오 과장은 피가 말랐다.

"가슴에 손을 얹고 한번 생각해 봐. 도대체 왜 그랬니?"

"아, 이 대리. 진짜 왜 그래."

오 과장의 만류에도 소연은 물러날 생각이 전혀 없었다. 고 대리가 혀를 차며 눈을 치켜떴다.

"나, 진짜 어이가 없어서. 증거 있어? 내가 그랬다는 증거 있냐고. 생사람 잡는 것도 정도가 있지. 아, 그래. 서주희가 네 '직속 부하'였다, 이거지? 그새 정이라도 들었나 본데, 너야말로 사리 분간 좀 제대로 해. 1년도 채우지 못한 인턴한테 연민이라도 느끼니? 그럴 만한 신뢰가 있다고 생각해?"

"그러게. 고작 1년도 안 된 친구였는데, 3년이나 함께했던 너보다 왜 신뢰가 가는지 몰라."

"뭐?"

"왜? 찔려?"

"이게 진짜!"

달려드는 고 대리를 오 과장이 막아 세웠다. 그만하라며 소리쳤지만, 소연은 꿈쩍도 하지 않았다. 오히려 차게 식은 눈으로 고 대리를 응시했다.

"증거 있냐고 했지."

그녀는 거칠게 자신의 자리로 돌아갔다. 신경질적으로 모니터를 고 대리를 향해 돌리며 화면을 가리켰다.

"여기 있네, 증거."

팀원들이 눈을 가늘게 뜨며 화면을 바라봤다. 한 아이돌 그룹 멤버의 화보 사진이 대문짝만하게 펼쳐져 있었다.

"이게 뭐 어쨌다는 건데?"

"오늘 아침 효성 측에서 내보낸 홍보 기사야."

"그게 나랑 무슨 관련……."

반박하던 고 대리가 멈칫했다. 뭔가가 번뜩 떠올랐다는 듯. 소연이 그 틈을 놓치지 않고 파고들었다.

"무슨 이유인지 되게 낯설지가 않아? 그치?"

"뭐라는 거야. 생사람 잡지 마."

"그래? 그럼 다른 사람한테 한번 물어볼까? 다솜 씨."

"……네?"

상황을 멀리서 지켜보고 있던 다솜이 화들짝 놀라며 달려왔다. 소연은 미소 지으며 모니터를 가리켰다.

"이거 어디서 많이 본 컨셉 같지 않아?"

말똥말똥, 눈동자를 굴리며 다솜은 뚫어져라 모니터를 주시했다. 스크롤을 천천히 내리기를 잠시.

"……어?"

다솜이 눈을 휘둥그레 뜨며 탄식했다.

"그때……. 모델 강하진이 촬영했던 컨셉이랑 엄청 비슷해요."

"그게 무슨 소리야?"

다른 팀원들이 득달같이 달려와 화보 사진을 확인했다. 그러나 쉽게 알아채는 눈치가 아니었다. 그게 답답했던 다솜은 하나하나 모델의 손동작과 카메라의 위치, 구도를 가리키며 덧붙였다.

"이 손 모양도 그렇고, 카메라 보는 위치는 둘째 치고. 전체적으로 그날 컨셉이랑 완전 비슷하다니까요? 누구 그때 찍은 사진 없어요?"

워낙 화보집과 모델에 관심이 많던 다솜이었기에 한 번에 파악할 수 있었다. 그 열정이 결국 고 대리를 등져 버렸다는 것도 모른 채.

"있어. 찍은 사람."

소연의 말에 다들 그게 누구냐며 재촉을 해 댔다. 그녀가 천천히 고 대리의 곁으로 다가가 턱을 들었다.

"너."

"……."

"네가 그때 찍었잖아."

고 대리의 얼굴이 하얗게 질렸다. 그녀는 입술을 짓씹으며 반박했다.

"진짜 미쳐도 단단히 미쳤구나. 나를 범인으로 몰고 싶어서 작정을 한 것 같은데, 자, 휴대폰. 한번 뒤져 보던가. 그런 사진이 있는지."

휴대폰을 들이미는 당당한 모습에 팀원들은 안도했다. 역시, 아무리 고 대리 성질이 더러워도 이건 아니지. 그 순간 소연이 픽 웃으며 눈썹을 찌푸렸다.

"있겠니? 이미 지웠을 텐데. 있어도 문제지. 네가 그만큼 허술하다는 건데. 그럼 너무 재미없잖아."

소연은 잠시 호흡을 골랐다. 평온하게 받아쳐도, 가슴은 분노로 들썩였다. 주희가 모습을 감춘 지도 2주가 넘어가고 있었다. 몇 번이나 전화해도 결코 연락이 닿을 수 없었다.

그러나 더 화가 나는 건 팀원들의 태도였다. 그래도 몇 개월을 함께한 동료였다. 그런데 그 누구 하나 주희의 입장에 대해 진실을 원하는 사람은 없었다. 그 누구 하나 진심으로 그녀의 말을 들어 주려고 하는 사람은 없었다. 결국은 이 상황이 그저 빨리 넘어가기를, 자신한테만 피해가 오지 않으면 된다는 듯 방관적인 태도를 선보였다.

그녀라고 다를 건 없었다. 아주 잠시나마 주희를 의심하지 않았다면 거짓말일 것이다. 그러다 불현듯 회의감이 들었다. 무엇을 위해 이 부서에 들어왔던가? 전에 있던 부서의 커리어, 명성, 가치. 전부 다 버린 채 이곳에 들어왔던 이유가 무엇이던가?

……사람다운 부서. 사람다운 취급. 결국 그것을 바라고 온 게 아니던가. 하지만 결국 자신도, 팀원들도 다를 게 없었다. 힘 약하고 나약한 인턴을 독 안에 든 쥐 꼴로 만든 셈이었다. 또각, 고 대리에게로 한 발짝 다가간 소연이 비장하게 물었다.

"세트장이라고 CCTV 하나, 없겠어?"

"……."

"어떻게 그것도 미리 지워 볼래? 근데 어쩌니? 이미 내가 연락을 취해서 수집하기가 좀 어려울 텐데."

고 대리의 눈 밑이 얼어붙었다. 아주 미묘한 반응이었지만 소연은 놓치지 않았다.

"거기다 내 두 눈으로도 똑똑히 봐서. 아주 작정하고 찍던데? 처음엔 단순히 강하진 씨 팬이라서 그런가 싶었거든? 근데 그날, 네 조용한 태도도 그렇고. 굳이 한 장만 찍으면 될 걸 여러 각도로 연달아 찍은 이유가 뭘까 싶네?"

이래도 네가 범인이 아닐 수 있냐며 추궁을 가하자 고 대리의 얼굴이 붉게 달아오르기 시작했다. 그녀가 실소를 터트리며 고개를 치켜들었다.

"웃긴 소리 하지 마. 서주희겠지. 서주희가 저것까지 다 찍어서 효성한테 보냈겠지! 걔 아니면 누가……."

"너, 진짜 멍청하구나?"

"……뭐?"

"애초에 주희 씨가 저걸 찍어서 효성한테 보냈다고? 앞뒤가 안 맞잖아. 분명 네 입으로 그랬던 거 기억 안 나? 기획안 도용으로 시끄러웠던 사람이라며. 그랬던 사람이 촬영 컨셉을 효성한테 보냈다? 미치지 않고서야? 그래, 이번 기획안이 2년 전 효성에 있었을 때 본 것들 중 하나였다고 치자. 그럼 촬영 컨셉도 그때 봤어야 했던 거 아니야? 근데 컨셉을 제안한 사람은 우리가 아니라 크리에이터와 감독이었어. 주희 씨가 타임머신을 타지 않는 이상 그것까지 어떻게 알 수 있을까? 아님 주희 씨가 그 사람들을 매수라도 했다는 거야?"

구구절절 파고드는 논리에 고 대리의 얼굴이 붉으락푸르락해졌다. 누군가 이해할 수 없다는 투로 물었다.

"아니, 도대체 고 대리가 왜……. 상황이 안 맞잖아. 고 대리. 너, 이 부서에 합류한 이유가 뭐야? 다 같이 잘되려고 들어온 거 아니었어?"

"그러게요. 단순히 주희 씨를 아니꼽게 봐서라고 하기엔 부서를 망치는 꼴인데. 다른 누군가가 개입된 거라면 모를까."

낮게 읊조리는 소연의 목소리에 팀원들의 표정이 하나같이 일그러졌다. 다른 누군가. 그게 누구일지는 몰라도 전적으로 그것만은 알 수 있었다. 어느 회사든 사내 정치가 존재하는 법. 그렇다는 건…….

"난 아니에요. 난 아니라고요! 지금 3년을 함께한 저를 의심하는 거예요?"

고 대리가 억울하다며 언성을 높였지만 한번 의심이 깃든 눈동자는 쉽게 옅어지지 않았다.

"아, 그리고 하나 더 있어. 너 효성에 아는 지인이 있다고 했지? 그 사람 이름 좀 말해 볼래?"

"그걸 갑자기 왜 묻는데?"

"알고 보니까 내 지인 중에도 효성을 다니는 사람이 있더라고. 그 사람, 거기서 꽤 오래 일했거든. 웬만한 일은 다 알고 있을걸."

듣는 즉시 확인해 보겠다며 강압적인 태도였다. 그때였다. 타이밍도 알맞게 한 남자가 다가왔다. 강욱은 무심한 눈으로 고 대리를 내려다보며 툭, 내뱉었다.

"그러게요. 누군지 궁금하던 참이었는데."

"……."

"나도 효성에 다닌 이력이 있어서."

❋

"아니, 벌써 약속 시간이 15분이나 흘렀는데도 올 생각을 안 해?"

언짢은 목소리가 회의실을 울렸다. 예정대로 임원들을 비롯해 최 전무와 설우, 그리고 함 상무까지 자리에 착석한 상태였다. 단 한 사람. 이 사건의 가장 중심축이라고 할 수 있는 주희만, 회의실에 모습을 드러내지 않았다.

역시 이럴 줄 알았지. 최 전무는 미소를 감추느라 고역이었다. 이미 예견한 바이다. 서주희는 절대 오지 않을 것이다. 아니, 오고 싶어도 올 수 없겠지. 똑같은 악몽의 반복. 공황 장애와 깊은 우울증을 갖고 있던 여자가 버텨 내기란 불가능이었다. 어쩌면 세상에 희망 따위 없다며 철저히 무너져 내렸을지도 모른다.

그 상상만으로 가슴속에서 희열이 치밀었다. 더, 더, 처절하게 부서져라. 다시는 일어서지도 못하게 끝없는 나락으로 떨어져, 죽을 때까지 허우적거린다면 그것만큼 즐거운 것도 없겠지. 애초부터 최 전무가 노린 건 그 부분이었다. 누군가의 타락. 그것만큼 좋은 도구가 있을까.

"김 대표, 자네 지금 우리랑 장난하나?"

잠자코 상황을 지켜보던 현욱이 신경질을 냈다. 오늘 이 자리는 그에게도 좋은 카드였다. 김설우를 끌어내릴 수 있는 아주 좋은 카드. 한 가지 걸리는 게 있다면 강욱이 '효성'에 다닌 이력이 있다는 것이다. 아무렴 상관없었다. 진즉에 관둔 회사와 엮일 이유가 뭐 있겠는가.

"다른 임원들 입장도 생각해 줘야 할 거 아니야. 다들 시간이 남아돌아서 이 자리에 참석한 줄 알아? 안 그런가, 최 전무?"

던져진 바통을 최 전무가 능숙하게 이어받으며 안타깝다는 뉘앙스를 풍겼다.

"김 대표, 미안하지만 우린 할 도리를 다했다고 생각하네. 무엇보다 함 상무는 런칭을 앞둔 상황이라 겨우 시간을 쪼개 참석한 입장이야."

"아닙니다. 전 괜찮습니다."

함 상무가 불편한 기색 없이 대응했다. 그 모습에 임원들이 탄식했다. 자다가 봉변당한 상황이나 마찬가진데, 그는 내내 차분한 태도를 유지했다. 저런 사람이 어떻게 도용을 했다고. 시간만 버렸다며 자리에서 일어나는데, 설우의 시선이 조용히 굳게 닫힌 문을 향했다. 그리고 거짓말처럼 문을 열렸다. 열린 문 뒤에 선 당사자가 꽤나 견고한 눈으로 자신을 소개했다.

"늦어서 죄송합니다. 서주희, 라고 합니다."

✳

한 시간 전.

주희는 긴장감 어린 얼굴로 회사 근처 카페에서 누군가를 기다렸다. 약속된 시간이 되자 한 남자가 카페 문을 열고 들어왔다. 강 팀장이었다. 주희를 발견한 그가 다소 놀란 표정을 지으며 빠른 걸음으로 다가왔다.

"혹시 기다리게 했을까?"

"아닙니다. 제가 약속 시간보다 일찍 도착한 겁니다."

굳이 일어설 필요 없다는 듯 그가 손짓하며 자리에 착석했다. 그 후로는 무거운 침묵이 맴돌았다. 그녀는 묻고 싶은 것이 많았다. 그러나 결국 입 안에 맴도는 것은 하나였다.

강 팀장에게서 연락이 왔던 건 어젯밤이었다. 설우는 그간 하루도 빠짐 없이 퇴근할 때마다 주희의 집을 찾았다. 보고 싶다는 이유를 덧붙이며. 물론 그게 전부가 아니란 걸 알고 있었다. 애써 괜찮은 척해도 괜찮지 않은 마음을 그에게만큼은 숨길 수 없었겠지.

그래도 누군가 곁에 있어 준다는 것. 그것만으로 갈라진 마음 틈새로 한 줄기의 평온이 찾아왔다. 그는 지극정성이었다. 늘 양손에 맛있는 것을 사들고 온 것은 둘째 치고, 주희가 불안할 틈을 주지 않았다. 혼자만 간직하고 있던 추억들을 서슴없이 꺼내었고, 작게 웃음을 터트리면 나 또한 당신의 이야기가 궁금하다며 좋았던 기억만 떠올릴 수 있도록 자연스레 유도했다.

그러나 눈만 붙이면 악몽이 찾아왔다. 그럴 때마다 그는 괜찮다며, 혼자가 아니라며, 아주 잠시 나쁜 꿈을 꾼 거라며 다정하게 속삭여 줬다. 그리고 대망의 오늘이 찾아오기 하루 전, 주희는 설우를 돌려보냈다. 괜찮겠냐는 그의 만류에도 의견을 굽히지 않았다. 혼자만의 시간이 필요했다. 홀로 감정을 정리할 필요가 있었다. 그러던 와중 뜻밖의 상대에게서 연락이 걸려 왔다. 바로 눈앞에 있는 강 팀장이었다.

"내가 많이 미울 거야."

"……."

"나도 한때 서주희 씨와 같은 처지에 놓인 적이 있었지."

주희의 입이 작게 벌어졌다. 강 팀장의 개인적인 이야기는 처음이었다. 그러다 불현듯 소연으로부터 그가 퇴출될 뻔했다는 이야기를 들었던 게 생각났다.

"엄연히 따지면 내 잘못이 아니었어. 처음부터 이 투자 건은 무리고, 미래를 내다봤을 때 회사에 좋지 못하다고 적극적으로 반대했지. 그랬더니 상무님이 날 찾아오시더군."

강 팀장의 얼굴이 복잡미묘했다. 끝내 그의 눈동자에 번진 것은 적적함이었다.

"상무님이 딱 두 마디를 던지시더군. 회사 돈 받고 일하는 주제에 토 달지 말라고. 위에서 하라면 입 다물고 시행하는 게 날 위해서도, 회사를 위해서도 좋은 거라고. 그때 내가 느꼈던 감정은 엄청난 무력감이었지. 마치……."

"……."

"지금의 서주희 씨처럼."

주희는 아무 말도 하지 못했다. 그저 묵묵히 귀 기울이는 것밖에는.

"예상대로 그 투자 건은 무산이 됐어. 그것도 적자만 남긴 채로. 누군가에게는 책임이 돌아가야만 했고, 결국 위에서 시키는 대로 하지 않았던 내가 온전히 떠맡아야 했지."

"……하지만."

주희는 반박하다가도 말을 잇지 못했다. 강 팀장의 입가에 씁쓸한 미소가 맺혀 있었다.

"······그래, 반발심이 일어나기 마련인데, 그조차도 불필요하다는 걸 깨달았지. 추후에 알게 됐어. 그 기획안을 밀어붙인 사람이 지금의 최 전무님이란 걸."

그래서 더 체념할 수밖에 없었다는 강 팀장의 현실에 주희는 아팠다. 괴로웠다. 왜인지 모르겠으나 그의 무력감에 가슴 한구석이 뜨거워졌다. 그렇게 인정하면 안 된다고, 그대로 내버려서는 안 됐다고.

"반년 가까이를 실업자 아닌 실업자로 지내다 보니 가족을 볼 면목이 없더군. 방황으로 하루하루를 보내고 있는데, 어느 날 대표님이 날 찾아왔어."

"······."

"지금의 김 대표님이지."

착각일까. 방금 전까지 어두웠던 그의 낯빛에 빛줄기가 감돈 것은.

"다짜고짜 그러더군. 왜 말 한마디 없이 회사를 떠났냐고. 처음엔 이게 무슨 소린가 싶었어. 내 두 발로 걸어 나갔으면 억울하지도 않을 텐데, 날 내쫓은 건 회사가 아니었나. 멍하니 듣고 있는데, 그제야 그 뜻의 의미를 알 것 같더군."

"······."

"침묵이 우릴 도와주는 것 같아도, 때로는 그것만큼 비극도 없다는 말."

주희는 입술을 꾹 깨물었다. 비스무리한 말을 본 적이 있었다. 어쩌면 이 사회의 비극은 악한 사람들의 거친 아우성이 아니라, 선한 사람들의 소름 끼치는 강한 침묵일지도 모른다고.

"그날, 처음으로 소리쳤지. 필요할 때 날 이용해 놓고, 쓸모가 없으니 버린 건 회사가 아니냐고. 거기서 내가 뭘 어떻게 할 수 있겠냐고."

"······."

"그 모습을 가만히 바라보던 대표님이 자리에서 일어나 어떻게 한 줄 알아?"

주희는 고개를 느리게 저었다.

"허리를 숙이며 사과를 표하셨어. 미안하다고. 죄송하다고. 침묵할 수밖에 없게 만든 회사를 대신해 사과한다고. 자신의 책임도 있다면서 말이지."

목구멍 한구석이 시큰했다. 서주희 씨 잘못이 아니라던 그 남자의 얼굴이 떠올라서.

"그것만이 아니야. 지금의 인테리어 부서를 책임질 수 있는 사람은 강팀장님뿐이라고 말하시는데, 그 굳건한 의지가 가슴 한구석을 아리게 만들더군."

"……."

"주희 씨."

주희가 복잡미묘한 얼굴로 강 팀장을 응시했다.

"주희 씨를 믿지 못한 건 아니야. 사정이 있었어. 하지만 변명은 하지 않을게. 상처 있는 사람한테 또 상처를 줘 버린 입장이 돼 버려서 미안하네."

그가 자리에서 일어나 허리를 숙였다. 주희는 멍하니 바라볼 수밖에 없었다.

"팀장으로서 책임감 있게 상황을 이끌지 못한 점, 정말 미안해."

거기서 끝이 아니었다. 강 팀장은 가방 안에서 종이봉투 하나를 꺼내 내밀었다.

"……이게."

뭐냐는 듯한 시선에 그가 차분하게 덧붙였다.

"주희 씨에게 도움 될 것들이야. 열어 보면 알 거야. 이것 때문에 시간이 좀 걸렸어. 그리고 누군가의 손을 탔기 때문에 정리가 기가 막히게 잘돼 있을 거야."

주희는 황망하게 봉투와 강 팀장을 번갈아 봤다. 그가 부드럽게 미소 지으며 한마디를 건넸다.

"부디, 다시 부서에 돌아오기를 기다리고 있겠네."

✳

"누구 때문에 이 자리가 열린지 모르나?"

언짢다는 음성이 날카롭게 회의실을 메웠다. 회상에서 빠져나온 주희는 제 자리로 추정되는 곳으로 차분히 걸어 들어갔다.

"정리할 게 있어 조금 늦었습니다. 다시 한 번 사과드리겠습니다."

"뻔뻔하긴."

상상한 것보다 더 커다란 냉대였다. 그러나 주희는 무표정이었다. 아니, 그렇게 보이려 죽을힘을 다해 노력하는 중이었다. 그녀의 두 눈이 건너편을 향했다. 뻔뻔스러운 얼굴로 앉아 있는 한 남자. 함 상무를 담아내기가 무섭게 그녀의 눈동자가 낮게 가라앉았다.

"오랜만이군요. 서주희 양."

태연스러운 어투에 손이 바들바들 떨리기 시작했다. 이것이 두려움인지, 아님 그간 쌓아 왔던 분노인지는 알 수 없었다. 단지……. 오늘이 마지막 기회라는 걸. 이날을 끝으로 자신은 어떻게든 제 안의 비극에서, 절망에서 벗어나야만 한다고.

주희는 되새기고 또 되새겼다. 흘긋 고개를 들어 임원들을 차례차례 훑어보았다. 그 누구 하나 그녀를 달갑게 보는 사람은 없었다. 목소리가 흘러나온 것도 아닌데, 비틀린 입은 설우와 제 관계에 대해 불만스러워하는 것처럼 느껴졌다.

골칫덩어리. 불필요한 껍데기. 그 이상 그 이하도 아니었다. 그래도 괜찮다. 주희는 조용히 설우를 바라봤다. 견고하면서 단단한 눈빛. 그것만으로 충분했다. 단 한 사람. 날 믿어 주는 사람이 단 한 명이라도 있다는 거니까.

"그럼 본격적으로 시작하겠습니다."

위원장의 말이 낮게 허공을 갈랐다. 심판대에 오른 사람처럼 주희는 숨을 크게 들이켰다. 예상대로 날아드는 질문은 하나같이 날카로웠다. 그럴 때마다 주희는 차분하게 자신의 입장을 밝혔다.

"이번 프로젝트에 채택된 기획안은 제가 대학교 생활을 할 때부터 큰 뼈대를 잡고 시작한 것이었습니다. 사실적 증거를 위해 자료를 제출하겠습니다."

제출된 USB가 노트북에 꽂아지며 스크린에 문서 파일이 여러 개 나타났다. 스케치부터 캐드까지. 꼼꼼한 자료였지만, 그조차도 못 미덥다는 듯 누군가 반문을 토해 냈다.

"지금의 기획안과는 많은 차이가 있는데?"

"보시다시피 처음 파일을 만들었던 날짜가 지금으로부터 6년 전입니다. 그 긴 시간 동안 트렌드도 변했고, 사람들이 생활하는 패턴 또한 변하지 않았다면 거짓말이겠죠."

시대의 흐름에 걸맞게 다시 재구성했다는 것이 주희의 의견이었다.

"근데 어떻게 효성의 기획안과 이렇게나 비슷할 수가 있는 거지? 일정 부분은 겹칠 수 있겠지만 이 정도면 거의……."

갖다 붙인 거나 마찬가지인데. 읊조리는 임원의 어투가 싸늘했다. 그러자 주희가 고요히 시선을 뻗었다.

"그건."

그리고 여유로운 자태로 앉아 있는 함 상무를 향해 덧붙였다.

"저분이 가장 잘 알고 계시겠죠."

자연스레 시선이 함 상무에게로 쏠렸다. 그는 이 상황이 안타깝다는 듯 한숨을 내쉬었다.

"이런 말씀을 드려 굉장히 송구스럽지만 저야말로 굉장히 난처한 입장입니다. 저희 부서 또한 긴 공백기 끝에 새 제품을 출시하는 터라 다들 예민한 상태죠. 더군다나 이 같은 상황을 윗선은 아직 모르고 계십니다. 괜히 얼굴 붉힐 일을 만들어 봤자 효성에도, 시온에도 좋지 못하니까요. 근데 이런 식으로 나오면 저희도 어쩔 수 없이 소송을 생각할 수밖에는 없습니다."

'소송'이라는 단어가 수면 위로 올라오자 임원들의 표정이 다급해졌다. 승복하냐, 굴복하냐를 떠나서 어찌 됐건 도용은 예민한 문제였다. 분명 언론에 노출이 될 것이 뻔한데, 자칫 기업 이미지에 스크래치라도 간다면…….

"함 상무님의 안타까운 심정 아주 잘 이해합니다. 그래서 저희도 심도 있게 상황을 바라보는 중입니다. 서주희 씨."

최 전무의 측근인 하 상무가 주희를 날카롭게 바라봤다.

"어째서 이력서에는 효성에 관련된 내용이 하나도 없는 거지? 효성은 우리나라에서 알아주는 가구 회사인데, 이걸 적지 않았다? 가산점이 될 수 있는 중요한 포인트인데도? 왜? 그 이유야 뻔하지 않나. 뭔가 켕기는 게 있었던 거지."

그것이 기획안 도용 문제라며 모두가 암묵적으로 동의했다. 주희가 무력하게 상황을 바라보는 것도 잠시.

"……왜 적지 않았냐고요?"

그녀의 표정이 위태로웠다. 주먹을 꽉 쥐고 있던 손이 부들부들 떨리더니, 이내 억누르는 듯한 음성이 터져 나왔다.

"……치욕스러웠으니까요. 할 수만 있다면 전부 다 지워 버리고 싶었으니까요. 전부 다……. 불태워 버리고 싶었으니까요."

다소 거친 고백에 임원들이 당황스러운 표정을 지었다. 주희는 멈추지 못했다. 가슴에 맺힌 응어리가 툭, 터져 버린 것처럼 분노가 콸콸 쏟아져 내렸다.

함 부장을 본다는 것은 그녀에게 고문과도 같았다. 그래도 한 번쯤은 죄책감이란 걸 느낄 줄 알았다. 짧은 순간이라도 좋으니까 반성할 기미가 묻어 나오길 바랐지만, 애초에 부질없는 바람이었다. 주희는 부들부들 떨리는 손으로 종이 한 장을 들어 보였다.

"이건 제가 그동안 정신과를 다니며 치료를 받은 이력을 증명하는 진단서입니다."

시기로는 지금으로부터 딱 2년 전. 효성을 퇴사한 바로 직후였다.

"심하면 일주일에 세 번, 그나마 나아져도 일주일에 한 번씩은 꼭 치료와 약을 처방받아야만 했습니다. 괴롭고 버거웠습니다. 효성이라는 단어만 들어도 치가 떨렸고, 매일같이 악몽을 꾸기가 일쑤였죠. 그랬던 곳을…… 어떻게 이력서에 넣을 수가 있죠?"

상담한 의사가 했던 말이 생생하게 떠오른다. 주희 씨는 현재 공황 장애와 극심한 우울증까지 겹쳐 집중적인 치료가 필요하다고. 나락 같기만 하던 현실 속에서 유일하게 구세주라면 구세주일 수 있는 사람이 의사 선생님이었다. 하지만 그마저도 쉬이 신뢰 관계를 쌓을 수가 없었다. 그만큼 그녀의 절망이 크고, 깊었다.

"……그런데 제가 기획안을 도용했다고요? 가해자가 극심한 우울증에 공황 장애까지 겪을 수 있는 건가요?"

주희가 함 상무를 원망스러운 눈으로 노려봤다. 그는 느긋하게 시선을 들어 올렸다.

"주희 양의 사연은 안타깝지만 저와는 무관한 이야기란 걸 다시 한 번 말씀드립니다. 엄연히 저는 피해자였습니다."

"……뭐라고요?"

어이가 없어서 잠시 눈앞이 흐려졌다. 이성을 찾아야 하는데, 도무지 요동치는 심장이 쉽게 진정되지를 않았다.

"주희 양이 정규직에 누구보다 목말라 있다는 건 나도 잘 알고 있네. 그래도 공과 사는 구분할 줄 알아야지. 자꾸 이런 식으로 나오면……."

함 상무가 재킷 안쪽에서 무언가를 꺼내 들었다. 녹음기였다. 재생 버튼을 누르자 지지직, 소리와 함께 타인의 목소리가 흘러나왔다.

— 진짜 우리 부장님이 고생 많이 하셨지.

주희의 두 눈이 얼어붙었다. 어디선가 들어 본 목소리. 아니, 그게 맞을 것이다. 뒤이어 들린 음성 또한 낯설지 않았다.

— 그러니까요. 솔직히 주희 씨가 워낙 끼를 부렸어야지. 김 대리님한테도 그렇고, 부장님한테도 예쁨 받으려고 설쳐서 이런 사달이 일어난 거 아니에요."

툭. 정지 버튼을 누른 함 상무가 무거운 얼굴로 운을 뗐다.

"이 파일은 2년 전, 기획안 도용 사달로 회사가 시끄러워졌을 때 제가 녹음한 파일입니다. 직원들의 동의하에 녹음하지 못한 게 부끄럽고 송구스럽지만 저도 그땐 살아야 했으니까요. 혹시 저희 회사 직원이 참고인으로 필요하다면 지금 당장 연락할 수도 있습니다. 그리고 주희 양."

"……."

"이런 말 하기 조심스럽지만, 진단서는 얼마든지 조작이 가능하지 않나? 회사를 상대로 피해 보상을 해 달라는 직원들은 내가 여럿 봤지. 그럴 때마다 조사해 보면 다 허위 사실로 밝혀지더군. 굳이 이렇게까지 판을 키우는 이유를 나는 잘 모르겠네."

"지금……!"

주희가 반박하려 자리에서 일어났지만 위원장에 의해 제지가 됐다. 온몸이 떨렸다. 분노와 억울함으로 시야가 뒤집어져 버릴 것 같았다. 더 기가 찬 건 사실적 증거를 제출했는데도, 임원들의 표정이 마뜩잖다는 것이다.

날짜조차 제대로 나오지 않는 녹음 파일을 더 신뢰하고 있다는 게 도무지 믿을 수 없었다. 어쩌면 저들은 그녀가 범인이 되어 주길 바라는 걸지도 모른다. 한 사람의 인생보다 회사의 이윤을 더 중요시 여기는 게 이 바닥이니까.

"그리고 한 가지 파일을 더 제출하죠. 이건 서주희 양이 주장하는 기획안을 반박할 수 있는 문서입니다."

함 상무가 제출한 USB 또한 노트북에 꽂아졌다. 난무하는 파일들 속에 2017년 기획안이라고 적힌 파일이 보인다. 그 속에는 여러 개의 문서들이 있었다. 뼈대를 만든 것부터 시작해 살을 붙여 가는 과정까지 적나라했다.

"한때 이 파일을 인턴 친구들에게 예시용으로 보여 준 적이 있습니다. 아마도 주희 양이 저 중에 하나를 보고 이번 사달을 만든 게 아닐까 싶은데."

"그런 적 없습니다."

주희가 흔들리는 목소리로 반박했다.

"파일을 보여 준 적도, 본 적도 제 기억에는 절대 존재하지 않습니다."

"그렇게 믿고 싶은 게 아니고?"

함 상무를 대변해 하 상무가 껄끄럽게 물었다.

"날짜를 보니 시기가 딱 맞아떨어지는데."

"그렇게 따지면 제가 제출한 파일은 어떻게 되는 거죠? 저는 무려 6년 전입니다."

"아아, 제가 실수를 했군요. 저 옆에 있는 파일을 한 번 클릭해 주시겠습니까?"

단상에 있는 남자가 함 상무의 요구대로 또 하나의 문서를 클릭했다. 그 광경에 임원들의 눈빛이 달라졌다.

"······말도 안 돼."

주희는 경악을 금치 못했다. 2000년대 파일이 주르륵 나열돼 있었다. 그 속에 주희의 것과 비슷한 파일이 숨겨져 있었다.

"저는 밑바닥부터 시작한 인생입니다. 저에겐 기획안이 곧 생명이고 성장의 열쇠였죠. 틈만 나면 아이템을 만들었습니다. 채택이 되든 안 되든 아이디어가 고갈되지 않기 위해 쉬지 않고 달려야 했습니다. 이런 노력을······. 누군가에게 도용당했다는 게 사뭇 억울하군요."

"이런. 함 상무님, 죄송하게 됐습니다."

최 전무 라인에 있는 누군가가 탄식하며 사과를 표했다. 그들이 싸늘하게 주희를 바라보며 화살을 설우에게로 돌렸다.

"김 대표. 이제 어쩔 생각인가? 이래도 이번 프로젝트를 실행할 셈인가?"

주희는 불안한 얼굴로 설우를 쳐다봤다. 그는 고요했다. 깍지 낀 손에 턱을 묻더니 높낮이 없는 음성을 흘렸다.

"참 재미가 없네요."

"······."

"치열한 공방이 오갈 줄 알았더니. 한쪽은 주야장천 말도 안 되는 논리만 펼쳐 대서. 좀 우스워지려고 합니다."

그게 누구를 뜻하는지 애매했다. 그러나 분위기상 주희가 분명했다. 역시 김 대표도 상황 파악은 할 줄 아는 거지. 비릿한 미소가 파도처럼 회의실을 지배하던 찰나였다.

"제출할 자료는 그게 끝입니까?"

함 상무의 두 눈이 잠시 커졌다. 설우가 무표정한 얼굴로 그를 응시했다.

"다시 한 번 묻겠습니다."

"……."

"제출할 자료는 저게 끝입니까?"

"……예. 그렇습니다."

"그렇단 말이죠."

뜻 모를 긴장감이 찾아왔다. 함 상무를 비롯해 최 전무까지도 표정에 날이 섰다. 설우가 느긋하게 몸을 뒤로 젖히며 회의실 입구를 바라봤다.

"그럼 한 분을 더 모시도록 하죠."

예고도 없이 문이 벌컥 열렸다. 한 남자가 묵직하게 그 사이를 가르고 들어왔다. 실루엣을 확인한 사람들 중 현욱의 얼굴이 가장 먼저 얼어붙었다.

"처음 뵙겠습니다. 김강욱이라고 합니다."

그는 이 상황을 이해할 수 없었다. 조급함에 자리를 박찼지만 강욱은 거들떠보지도 않았다.

"아니, 강욱이가 여길 왜 들어와! 이 사건이랑 강욱이는 전혀 관련이 없네."

"관련이 있다면 어떻게 하실 겁니까?"

설우의 서늘한 반박에 임원들이 상황 파악을 하지 못한 채 어리둥절해했다. 유일하게 굳은 사람은 최 전무와 함 상무, 주희가 전부였다. 갑자기 선배가 왜 이곳을 찾아온 걸까. 불길한 감정을 알아챈 모양인지 강욱의 시선이 주희에게 향했다.

"저는 오늘 피해자의 신분으로 이 자리에 참석하게 되었습니다."

피해자? 부사장님 아들이? 아니, 왜? 여기저기서 수군거림이 새어 나왔다.

"2년 전, 효성에서 도용된 기획안의 주인이 저라면 이해가 쉬워질까요."

상상도 할 수 없는 파문이 퍼져 나갔다. 연달아 찬물 세례를 받은 기분. 2년 전 도용 사건의 피해자가 부사장님의 아들이라는 건……. 역시 서주희가 범인이라는 걸 증명하는 것밖에 안 되는데. 생각의 줄기를 뻗어 갈 새도 없이 모두가 그렇게 정답을 내렸다. 그러나 강욱의 서릿발 같은 시선은 주희가 아닌 함 상무에게 꽂혔다.

"함 상무님."

"……"

"웬만하면 자수하시죠."

숨 막히는 정적이 흘렀다. 가장 큰 충격을 받은 사람은 현욱이었다. 한번도 듣지 못한 이야기. 함 상무가 애써 하얗게 질린 낯빛을 숨기며 반박했다.

"……무슨 소린지 잘 모르겠군."

"회피도 적당히 하시죠. 최소한 지금 인정하면 파국으로 치닫는 걸 막을 순 있을 겁니다."

그러니 선택하라는 듯 강욱이 그를 빤히 응시했지만, 되돌아오는 대답은 뻔뻔하기 그지없었다.

"……강욱 군. 같은 피해자인 입장으로서 왜 이러나."

"하."

강욱의 입술이 차게 비틀렸다. 더 지체할 것도 없었다. 강욱은 조용히 단상 위로 다가섰다. 그 와중에 주희에게 시선을 주는 것도 잊지 않았다. 위태롭지만 간신히 버티고 있는 말간 눈동자를 그는 되새기고 또 되새겼다. 어떻게든 지켜야겠다는 일념 하나만으로.

"저는 2년 전, 효성에서 대리직을 맡으며 프로젝트를 준비 중이었습니다. 아무에게도 말하지 않은 그림이었죠. 대학 후배였던 서주희 씨를 제외하곤 말이죠."

자연스레 주희에게 다수의 시선이 쏠렸다. 다시 그녀가 범인으로 몰리는 상황이 연출되나 싶었지만 강욱은 그럴 틈조차 주지 않았다.

"저 또한 서주희 씨가 범인인 줄 알았습니다. 작정하고 그렇게 만든 인간이 있다는 걸 알기 전까지 말이죠."

그게 지금의 함 상무라며 강욱이 꿰뚫듯이 그를 직시했다.

함 상무는 초조한 기색이 역력했다. 애써 평온한 표정을 짓고 있으나 이마 끝에는 식은땀이 송골송골 맺혀 있었다.

"함 상무님. 자료로 제출하신 녹음 파일. 정말로 직원들의 대화를 엿듣다가 녹음한 게 맞습니까?"

"이 신성한 자리에 내가 조작된 사본을 제출하기라도 했다는 건가?"

"그러게 말입니다. 이 신성한 자리에 왜."

뚝 잘린 말꼬리에 모두가 의아한 표정을 지었다. 강욱은 재킷 주머니에서 USB를 꺼내 들었다. 능숙하게 노트북에 연결하자 깔끔하게 정리된 파일이 주르륵, 나열됐다. 그중의 하나를 클릭하기 직전이었다.

"이 영상을 보고도 같은 말을 하실 수 있을지 참 궁금하네요."

망설일 것 없이 강욱의 손가락이 움직였다. 그러자 영상 하나가 스크린에 띄워지며 낯선 남자가 바들바들 떨리는 손끝을 꽉 붙잡으며 이야기를 쏟아 내기 시작했다.

'그땐 나도 어쩔 수가 없었어. 함 상무님이 집에 있는 와이프랑 아이를 들먹이며 협박을 해 왔으니까. 승진하고 싶지 않냐면서. 알잖아. 나 진짜 힘들게 이 회사 입사한 거. 하던 일도 다 실패로 끝나고, 겨우 내가 하고 싶은 일 찾아 입사했는데. 어떻게든 애가 더 크기 전에 자리 잡으려면……. 잠시 뭐에 씌었나 봐. 강욱 씨, 미안해. 내가……. 내가 다 잘못했어. 그 날 이후로 내가 편히 잠을 못 자. 주희 씨가 울면서 회사 떠나는 뒷모습만 생각하면 속이 울렁거려서 미칠 것 같아. 내가 죄인이야. 미안해. 정말 미안해. 두 사람한테 어떻게…….'

강욱은 정지 버튼을 누르며 회의실을 멀거니 바라봤다. 얼굴에 폭탄을 직격으로 맞은 것마냥 얼빠진 임원들의 표정이 볼만했다.

"여러분들에게는 낯선 분일 수도 있겠지만, 함 상무님한테는 익숙한 얼굴일 겁니다. 당연히 그럴 수밖에 없죠. 현재 효성 인테리어 부서의 한 팀장님이니까요. 그리고 한때 제 사수였던 분이죠."

함 상무는 반박하지 못했다. 며칠 전까지 얼굴을 맞대며 회의를 진행한 한 팀장이었다. 그가 자신의 뒤통수를 칠 거라고 상상이나 했을까.

"여기서 끝이면 다행이겠지만, 한 분 더 있습니다. 서주희 씨와 저, 그리고 마지막 피해자이기도 하죠."

강욱은 18분 32초짜리의 녹화 파일을 재생했다. 말라 버린 낙엽보다 퍼석한 목소리가 스피커를 통해 새어 나왔다.

'우리 딸에게 죄가 있다면 뭐든지 열심히 했다는 겁니다.'

이 남자는 또 누구야? 어수선한 분위기 속에서 함 상무는 단번에 남자가 누군지 알아챈 눈치였다. 어떤 얘기가 흘러나올지 짐작한 그의 얼굴이 딱딱하게 굳으며 잠깐 새에 눈 밑이 움푹 꺼져 들어갔다.

'우리 서연이는……. 작은 섬마을에서 태어나 부모 속 한 번 썩이지 않고, 씩씩하게 자라 준 아이였습니다. 입버릇처럼 말했죠. 어머니, 아버지. 제가 꼭 서울로 가서 호강시켜 드릴게요. 효도할게요. 정말로 아이가 스물이 되던 해, 한 회사에 입사를 하게 됐다는 소식을 들었을 때는 믿을 수 없었습니다. 형편이 좋지 못해 대학조차 못 보내 줬으니까요. 꼭 핏덩이를 보내는 기분이었습니다. 다 커 봤자 스물인 애가 뭘 알겠습니까. 가끔씩 전화하면 회사분들이 너무 잘해 주신다고, 곧 월급 타는 날이 다가온다며 틈만 나면 안부를 알려 주곤 했죠. 그걸 그대로 믿는 게 아니었는데……'

잠시 침묵이 흐르며 울먹임이 회의실을 울렸다.

'어느 날부터 아이가 사정이 있다며 집에 못 내려갈 것 같다는 말을 반복했습니다. 많이 아쉬워도 일이 바빠서 그런 거겠지 마음을 다독이곤 했지만, 목에 가시가 걸린 것처럼 뭔가 석연치 않더군요. 그래서 직접 올라가 보려 전화를 걸었지만, 아이와 연락이 닿지 못했습니다. 그때부터 심장이 불안하게 요동치기 시작했습니다. 아이가 살고 있던 곳을 방문했을 때는……'

꼭 비극적인 영화의 예고편을 본 것처럼 분위기가 침전됐다. 남자의 서글픔이 또렷하게 귓가를 파고들었다.

'아이는 없었습니다. 대신 아이의 싸늘한 주검이……'

남자는 말을 잇지 못했다. 긴 세월이 흘러도 그날의 비극은 잊을 수 없다는 듯, 꾹꾹거리며 울음을 토해 냈다.

'아직도 그 순간을 잊지 못합니다. 일어나라고, 아버지 왔다고 아이의 얼굴에 볼을 비비는데, 너무 차가워서, 온기라고는 느낄 수가 없어서.'

남자는 통곡했다. 10년이 흘렀는데도 아이를 잊지 못해서, 보내 주고 싶어도 보낼 수가 없어서. 그 처절한 고통을 들으며 주희는 입을 틀어막았다. 낯설지 않은 장면이었다. 죽음의 문턱에 다다랐던 순간, 그녀를 가장 먼저 발견한 건 다름 아닌 아버지, 현석이었으니까. 그도 이런 심정이었을까. 생사의 갈림길에 서 있는 딸을 보며 이렇게 처절하게 무너져 내렸을까.

'아이의 장례식을 치르고 나서야 알게 됐습니다. 뭔가가 잘못됐다는 걸. 할 수 있는 건 죄다 했습니다. 그랬더니 꼬리가 잡히더군요. 함 과장이라는 새끼와 그 위에 있던 이 부장이란 놈이 우리 딸을……. 우리 딸을……'

뒤이어진 말에 임원들은 경악을 금치 못했다. 남자의 딸은 함 상무가 대리였을 때 회사의 비정규직으로 채용이 됐었다. 그녀는 꿈도 많고, 주희처럼 정규직 전환에 목말라 있었다. 그것이 그녀의 약점이었다.

'틈만 나면 정규직을 들먹이며 종 부리듯이 아이를 써먹었다더군요. 회사 안에서만 그랬더라면 차라리 낫겠습니다. 근데……. 회식은 말할 것도 없고, 접대를 해야 하는 술자리에까지 아이를 불러 협박했답니다. 이것만 하면, 이 자리에만 참석하면 네가 그토록 원하는 정규직을 가질 수 있다면서. 그런데 결국 우리 딸은…… 장난감보다 못한 존재였습니다. 정규직 자리를 꿰차는 사람은 이름 있는 집안의 자식들이었고, 우리 딸은……'

거의 내쫓기다시피 회사를 떠나야 했다. 그 비극으로 아이가 느꼈던 심정은 무엇이었을까. 아마도 세상에 대한 절망이었을 것이다. 커다란 벽이었을 것이다. 아무리 노력해도, 뛰어도 절대 뚫을 수가 없는 벽.

강욱은 조용히 정지 버튼을 눌렀다. 작은 흐느낌이 흘러나왔다. 주희였다. 그녀는 두 손에 얼굴을 묻은 채 울음을 터트렸다. 어느새 설우가 자리에서 일어나 그녀의 곁을 지켰다. 손수건을 꺼내 어깨를 다독이는 손길이 한없이 다정했다.

강욱은 숨을 크게 들이켰다. 그는 딸을 떠나보낸 아버지의 심정을 대변하듯, 여전히 어둠 속을 헤매고 있는 주희를 대신하여 이를 악문 채 말을 내뱉었다.

"이런 비극이 임원분들의 자식들한테 닥친대도, 그때도 뻔뻔하게 피해자를 비난하는 손길을 감당할 수 있겠습니까? 가만히 두고 볼 수 있겠습니까?"

대답하는 사람은 아무도 없었다. 함 상무는 부르르, 떨리는 주먹을 꽉 움켜쥐며 고개를 높이 쳐들었다. 여기서 물러나면 안 된다. 여기서 물러나면 모든 것이 물거품이 되어 버린다. 어떻게 이 자리까지 올라왔는데. 어떻게…….

"뭔가 크게 잘못된 거 같은데…….

"너, 이 개자식!"

임원들의 눈이 휘둥그레졌다. 부사장, 현욱이 테이블 위로 몸을 던지며 그에게 개처럼 달려들었기 때문이다. 그는 벌개진 얼굴을 바짝 들이대며 함 상무의 멱살을 잡아 올렸다.

"감히 이 김현욱이 아들을 건드려? 네가 그러고도 이 바닥에서 살아남을 수 있을 거 같아!"

잠자코 듣는 것도 한계가 있었다. 함 상무의 비리라든가, 주희의 아픔이라든가. 현욱에게는 하등 중요치 않았다. 오직 아들의 기획안을 그가 도용했다는 것. 그것만이 머릿속에 깊이 박혀 사고를 정지시켰다.

그제야 앞뒤가 맞아떨어졌다. 잘 다니던 회사를 갑자기 그만두고, 도피하다시피 외국으로 떠나 버린 아들의 행보가. 그것도 모르고, 안 그래도 상심이 컸을 아들의 등을 제가 또 한 번 밀었다. 말도 지지리도 안 듣는 망아지 같은 놈이라며 몰아붙였다.

"너 때문에, 너란 버러지 같은 놈 때문에!"

"아이고, 부사장님. 자중하십쇼."

"아, 뭐 해. 안 붙잡고!"

누구 할 것 없이 달려든 여럿이 현욱을 막아 세웠지만 인간은 극도의 환경 앞에 초인적인 힘을 발휘한다고 했던가. 현욱은 죽일 듯이 함 상무를 붙잡고 늘어졌다. 그의 몸이 현욱이 잡아끄는 대로 종이 인형처럼 이리저리 나부꼈다. 흔들리는 황망한 눈동자가 최 전무에게 닿았다. 도움을 청하는 눈빛에 최 전무의 입이 짧게 달싹였다.

"그러게. 적당히 했으면 좋았지 않나. 쯧쯧."

"……전, 전무님."

생각지 못한 말에 당황한 함 상무의 입이 슬그머니 벌어졌다. 잘못 들은 거겠지. 전무님이 어떻게 저를……. 어제까지만 해도 걱정 붙들어 매라며 그를 치켜세우던 최 전무였다.

"전무님!"

처절하게 불러도 돌아오는 것은 냉랭한 눈길이었다. 감히 여기가 어디라고 알은체하냐는 듯 최 전무의 눈빛이 살벌했다. 도구로서의 가치가 다한 인간은 더 이상 쓸모가 없는 법이다. 그것이 최 전무의 인생철학이었다.

"적당히들 하시죠."

설우가 나직하게 상황을 정리했다. 그제야 번잡한 동작들이 허공에서 우뚝, 멈추었다.

"서주희 씨."

주희가 힘겹게 고개를 들었다. 설우의 눈빛이 다정하면서 단단했다. 그녀는 파르르, 떨리는 입술을 꽉 깨물며 함 상무를 응시했다.

"……당신을, 절대, 용서하지 않을 거예요."

함 상무가 허망하게 고개를 저었다. 거기서 끝이 아니란 듯 설우가 한 자 한 자 곱씹었다.

"소송이라고 하셨습니까? 어디 한번 제대로 진행해 볼까요. 자진해서 무덤을 파시는 분을 말릴 필요가 있겠습니까."

그는 휴대폰을 꺼내 어디론가 전화를 걸었다. 곧바로 스피커 모드로 전환하자 한 중년 남성의 목소리가 흘러나왔다.

— 예, 대표님.

"안녕하세요. 이 사장님, 한 가지 여쭤보고 싶은 게 있어서요. 몇 주 전에 저희 회사와 똑같은 목재로 제품을 만들기 원한다면서 누군가 접촉을 했다고 하셨죠."

— 아, 그렇다니까, 몇 번을 물어유. 뭐라더라? 효성이라던가. 지네가 더 빨리 나와야 한담서 돈을 두 배로 쳐 줄 테니 서둘러 달라던디. 아이, 듣다 본 게 이상하잖아유? 섬뜩해서, 원. 수상한 김에 녹음까지 해 놨는데. 어떻게? 지금 당장 보내 드려유?

"그럼 저야 감사하죠. 또 연락드리겠습니다."

전화를 끊자 모두가 얼빠진 얼굴로 설우를 응시했다. 함 상무의 코앞까지 다가간 설우가 고개를 숙이며 속삭였다.

"어떠세요? 그토록 바라던 권력을 맛보신 소감이."

"……."

"돈이라면 다 되는 줄 아셨을 텐데. 이 사장님은 누구처럼 돈에 환장한 분이 아니라서요. 접촉한 공장이 한둘이 아니던데. 전부 다 저희 회사의 협력업체더군요. 그분들한테 죄다 연락을 걸어 볼까요?"

함 상무가 멍하니 설우를 지켜보았다. 끝내 그의 고개가 맥없이 추락했다.

"당신이 바라던 권력의 정의가 어떤 건지 모르겠지만, 그게 이 세상의 전부가 아니란 걸 이 기회에 배우는 것도 나쁘지 않죠. 그리고 서주희 씨."

설우가 뒤돌아 주희를 바라봤다. 정확히는 그녀의 손에 들린 황갈색 종이봉투였다.

"그 봉투, 개봉 안 할 겁니까?"

주희는 선뜻 대답하지 못했다. 강 팀장으로부터 받은 봉투. 이미 내용물을 확인한 상태였다.

"괜찮아요. 어차피 한 번쯤 언급할 문제였으니까요."

그제야 주희는 마른침을 삼키며 봉투를 열었다. 판도라의 상자가 열리듯 모두가 숨죽이며 봉투를 응시했다. 또 어디서 폭탄이 터질지 모르는 문제다. 주희는 낮은 목소리로, 그러나 또렷한 발음으로 종이에 적힌 글자들을 읽어 내려가기 시작했다.

"하 상무님, J협력업체와 접대 자리를 만들고, 두 달 전 뇌물을 받은 사실이 있습니다."

"그, 그게 무슨 소리야!"

하 상무가 입을 쩍 벌리며 소리쳤다. 주희는 지체 않고 다음 문장을 읽었다.

"김 상무님, 시온의 협력업체 후보들 중 한 곳과 사적으로 은밀히 거래를 한 바 있습니다."

"아, 아니. 나는 그런 적이 없는데."

현욱의 팔을 붙잡고 있던 김 상무가 다급히 양손을 흔들어 댔다. 주희의 입은 그야말로 거침없이 휘둘러지는 칼이었다. 그녀를 통해 임원들 중 반이 비리를 저지르고 다녔다는 게 밝혀지자 이곳저곳에서 울분 섞인 발악이 터져 나왔다.

"저게 무슨 돼먹지도 않은 소리야!"

"너, 정체가 뭐야!"

"누가 그딴 쓰레기를 쥐여 줬어!"

그때였다. 회의실 문이 벌컥 열리며 누군가 들어왔다. 실루엣의 정체가 드러나기 무섭게 그가 뻬딱한 목소리로 말했다.

"나다. 왜? 불만 있어?"

……선, 선대 회장님이 왜.

그 뒤를 이어 윤 비서가 따라 들어왔다. 성범은 마뜩잖은 얼굴로 회의실을 둘러보더니, 혀를 찼다.

"아주 개판이구먼."

그의 등장에 모두가 몸을 사렸다. 그도 그럴 것이 주주 중에서도 성범의

542

지분이 가장 높은 비율을 차지했다. 당연했다. 돈을 모이면 그때마다 전부 회사 주식에 때려 박으니 독보적일 수밖에.

"왜 기어코 하지 말란 짓을 해. 그게 그렇게도 어려워? 한두 살 먹은 애도 아니고. 귀가 닳도록 주의를 줬는데도 왜 말귀를 못 알아먹냐 말이야!"

그가 지팡이를 위협적으로 휘두르며 소리쳤다. 그는 현욱의 앞으로 걸어가 한숨을 푹 내쉬었다.

"너는 아비란 놈이, 자식이 무슨 일을 당하고 다니는지도 몰라? 네가 그러고도 대표 자리를 꿰찰 자격이 있다고 생각해? 제대로 된 가장 역할도 못 하는 주제에 어떻게 회사를 이끌 수가 있어!"

평소였다면 반박했겠지만, 현욱은 얼굴만 붉힐 뿐이었다. 화살은 하 상무에게로 돌아갔다.

"'J' 업체랑 교류하는 걸 내가 모를 줄 알았어? 아휴, 너 같은 놈을 살아오면서 수십은 봤다. 왜 다 하나같이 머리가 그렇게밖에 못 돌아가. 먹이를 물려면 좀 큰 놈을 물던가, 끼리끼리 어울리는 것도 아니고. 뭐 수준이 그 정도니까 그러겠지. 쯧쯧."

성범은 목록에 적힌 임원들에게 한 명도 빼지 않은 채 쪽을 주었다. 그러던 차였다. 구석에서 몸을 사리던 함 상무를 발견하자 그의 두 눈이 살쾡이처럼 번뜩였다.

"내가 싫어하는 게 딱 세 가지가 있어. 줏대도 없으면서 나대는 놈, 눈치라고는 코빼기도 없는데 설치기까지 하는 놈, 생긴 것도 뭐 같은데 재수까지 없는 놈. 근데 감히 저런 걸 내 회사에 들여?"

성범의 날 선 시선이 임원들을 훑다가 주희에게 닿았다. 주희의 어깨가 긴장으로 경직됐다. 분위기가 살벌했다. 강욱이 그 숨 막히는 정적을 참지 못하며 성범을 막아 세웠다.

"할아버지, 주희는 아무 잘못도 없습니다. 오히려 피해자예요. 믿지 못하시겠다면 탄원서도 제출하겠습니다."

한 시간 전이었을 것이다. 고 대리의 추악한 행실이 드러나며 부서는 또한 번 수렁에 빠졌다. 그 암울한 분위기를 떨치고 나선 사람은 다름 아닌 소연이었다.

'이대로 보고만 있을 거예요? 멍청이처럼 이 폭풍이 지나가기만을 기다리고 있을 거냐고요. 나만 피해 안 받으면 된다 이거예요? 언젠간 우리한테도 일어날지 모르는 일이에요. 우리가 이 부서에 왜 들어왔는데요? 이대로 침묵하면 결국 고 대리, 저거랑 다를 게 없는 거라고요. 오 과장님. 오 과장님 승진 간절하시죠? 과연 이런 식으로 얻어 낸 자리를 사모님이 좋아하실까요?'

오 과장의 눈동자가 여실히 흔들렸다. 깊은 고뇌에 빠져드는가 싶더니, 그는 신경질적으로 책상을 내리치며 명령했다.

'에이씨, 탄원서 가져와!'

그렇게 만들어진 여러 장의 탄원서가 강욱의 손에 들려 있었다.

"인테리어 부서에서 제출하는 탄원서입니다."

주희의 입이 작게 벌어졌다. 당연히 자기를 미워할 거라고 생각했는데……. 성범은 탄원서를 한 장 한 장 읽어 내려갔다. 마지막 장이 그의 손을 거쳤을 때는 속내를 알 수 없는 시선이 주희를 향했다.

그러나 그의 발길은 주희가 아닌 최 전무를 향했다. 모든 건 한순간이었다. 종이 뭉텅이가 날카롭게 최 전무의 얼굴을 때리며 허공에 분산됐다.

"네가 지금 어떤 짓을 저지르려고 했는지 알아?"

성범의 분노에 주변 공기가 냉랭하게 얼어붙었다. 최 전무는 덤덤하게 그를 바라봤다.

"감히……. 감히 이딴 짓을 벌이고도 내가 가만히 있을 줄 알았어? 어떻게 네가……. 어떻게 다른 놈도 아닌 최 전무, 네놈이 내 뒤통수를 치려고 할 수가 있어!"

윤 비서로부터 이미 모든 상황을 보고받은 후였다. 그랬기에 성범은 분노를 억누를 수가 없었다. 어쩌면 아니길 바랐는지도 모른다. 이 모든 일의 원흉이 최 전무가 아니기를. 너만은 절대 변하질 않기를 바랐는데…….

"……회장님이 절 변하게 했다는 생각은 안 하십니까?"

최 전무가 꼿꼿하게 성범을 직시했다.

"25년입니다. 이 회사에 제 인생을 쏟아부은 시간이 무려 25년이라고요. 날 아들처럼 여긴다고 하셨죠? 회장님은 아들을 25년씩이나 같은 자리에서 썩게 만들 수 있습니까?"

"……."

"결국 당신은 날 이용했던 것뿐이야. 사탕발림으로 구슬려 회사의 이윤을 창출하는 게 1순위였을 뿐이라고. 당신한테 배운 걸 그대로 써먹은 것뿐인데, 그게 왜 죄가 되지?"

당연히 잘못됐다며 부정이라도 할 줄 알았다. 그런데 수긍하다 못해 오히려 집요하게 반박하는 최 전무의 태도에 임원들은 얼이 빠졌다. 최 전무가 한 발짝, 성범에게 다가가며 가라앉은 목소리로 되물었다.

"인간답게 살라고? 그게 뭔데? 정의 사회 구현? 말 같지도 않은 소리. 힘없고, 빽 없는 놈은 욕망조차 가지지 말라는 건가? 있는 척 다 하면서 내숭 떠는 건 당신 같은 사람들이야. 정의를 위한 척, 사회를 위한 척. 근데 내가 왜 당신의 먹이 사슬을 고귀하게 만들어 줘야 하는 거지? 결국 나는 제자리일 뿐인데."

대표 자리가 탐이 나는 게 당연했다. 정상에 서고 싶은 게 당연했다. 그것이 인간의 본능적인 욕구였다. 죽을 만큼 노력했다. 죽지 않은 게 다행이었다. 하지만 간신히 원하는 곳에 닿는가 싶다가도 번번이 벼랑 끝으로 밀어 버린 사람은 김성범, 당신이 아니던가.

"선우는……."

성범이 한숨 섞인 목소리로 말끝을 흐렸다.

"……회사와는 인연이 먼 아이였다. 애초에 이 바닥에 발 디딜 생각조차 없던 녀석이었어. 다른 꿈이 있었으니까. 그랬던 아이를 억지로 회사에 집어넣는 건 다름 아닌 나였다."

처음 듣는 이야기에 최 전무의 눈매가 가늘어졌다.

"거기다 몸까지 약해 수시로 김 선생이 집에 드나들었지. 그래 놓고도 웃는 녀석이었어. 내가 진정 혈육 승계를 바랐던 것 같으냐? 나는…… 누구보다도 네가 내 자리를 이어받길 원했다."

최 전무의 눈동자가 얕게 흔들렸다. 성범이 노골적으로 자신에 대한 감정을 표출한 적은 이번이 처음이었다.

"하지만 주주들은 너보다 더 두터운 신뢰를 원했다. 선우는 어쩔 수 없는 선택지에 불과했어. 결국 몸도 못 가눌 정도로 무리한 탓에 쓰러져 버렸지. 그 꼴을 보고도 그 애가 부럽다는 소리가 나와?"

선우는 성범에게 아픈 손가락이었다. 성품이 바르고, 따스한 마음씨를 가진 아이. 어쩌면 그런 면 때문에 더 과하게 아이를 몰아붙였는지도 모른다. 누군가의 부탁을 거절할 녀석이 절대 아니었으니까.

"대표 자리가 공석이 되자 자연스레 네 이름이 주주들의 입에 올랐다. 나는 그대로 밀어붙일 셈이었어. 네가 무리한 투자 건으로 강 팀장을 퇴출시키지만 않았더라면."

이건 또 무슨 소리야? 웅성거림이 크게 회의실을 들썩였다. 강 팀장의 퇴출은 사내에서 꽤나 유명한 이야기였다. 그래서 설우가 인테리어 부서를 만들어 그를 데려와 팀장 자리에 앉혔을 때는, 반발이 이만저만이 아니었다.

"그때부터였다. 너에 대한 신뢰가 무너지기 시작한 건."

그럼에도 성범은 몇 번이나 다시 기회를 줬다. 애석하게도 돌아오는 것은 더욱 욕망에 갈망하는 모습들뿐이었지만.

"너와 설우의 차이가 뭔 줄 알아?"

"……."

"어느 것 하나 과감히 버리지 못한다는 거야. 설우가 과연 이 자리에 쉽게 올라왔을 거라 생각하나? 얻는 것보다 버리는 게 더 많았다. 선우와 다를 게 없는 녀석이지. 근데 최 전무, 너는 양손에 꼭 쥐고서 어떻게든 놓치지 않기 위해 발악하지. 그것이 두 눈을 멀게 만들고, 가장 중요한 것을 망각하게 한다는 걸 아직도 모르겠어?"

최 전무는 애써 성범의 지긋한 시선을 피했다. 그러나 불거진 턱 밑이 위태롭게 떨리는 것까지는 감추지 못했다. 결국 스스로가 스스로를 망쳐버린 꼴이었다. 끝도 없이 부푼 욕망이 그를 집어삼킨 셈이었다.

"……못난 놈."

성범이 휙 돌아서며 중얼거렸다.

"윤 실장."

"예, 회장님."

"회사에 괜찮은 인재들이 넘쳐 나던데."

"네, 맞습니다."

"회사에서 월급 주고, 밥 주고, 꼴에 임원이라고 분수를 모르는 것 같은데, 이제 물갈이할 때가 됐지. 아, 말을 해도 못 알아먹겠다는데 어쩌겠어. 직접 느껴 보는 수밖에."

불길한 직감이 등줄기를 타고 흘러내렸다. 서로가 서로의 눈치를 살피는 사이, 성범이 뒤도 보지 않은 채 명령했다.

"싹 다 잘라 버려."

"회, 회장님!"

성범은 미련 없이 회의실을 빠져나갔다. 임원들이 개떼처럼 따라 나갔다. 한 차례의 폭풍이 몰아친 후였다.

※

주희는 나직한 한숨을 흘리며 거울을 바라봤다. 연달아 터진 상황에 정신이 멍했다. 찬물로 세수를 하고 나서야 어느 정도 상태가 돌아왔다. 그러다 울컥, 감정이 치밀어 올랐다.

"……이제 진짜 괜찮아, 서주희. 네가 해낸 거야. 이겨 낸 거야."

힘겹게 용기를 냈음에도 그것이 또 좌절로 끝날까 봐, 겁이 났다. 매번 그랬으니까. 돌아오는 것은 화살촉보다 날카로운 현실이었으니까. 드디어 그 늪에서 벗어날 수 있다고 생각하자 눈언저리가 뜨거웠다. 겨우 감정을 정리하며 화장실을 나서는데, 뜻밖의 상대가 그녀를 기다리고 있었다.

"못 볼 꼴이라도 본 모양이야?"

더럽다 못해 흉악한 인간. 함 상무였다. 주희는 못 본 척 그를 지나치려

했지만, 손목이 붙잡혔다. 신경질적으로 밀어 내며 쏘아붙였다.

"……뭐 하는 거예요, 지금? 당신, 미쳤어?"

"왜? 나사 하나 빠진 놈 같아? 그럼, 안 미치는 게 이상하지. 근데 어떡하나. 난 다른 놈과는 달라서."

"……비켜요."

"얼굴이 반반해서 좀 예뻐해 줬더니, 이런 식으로 기어오를 줄도 알고."

"아직도 상황 파악이 안 되나 본데, 이렇게 굴어 봤자 어차피 당신은 가해자야. 당신을 도와줄 사람은 아무도 없다고."

"하, 네까짓 게 뭐라고 날 이렇게 만들어. 내가 널 가만히 둘 것 같아?"

주희의 입술이 차게 비틀렸다. 나락으로 떨어진 인간이 발악하는 모습이란 참으로 볼품없었다. 불현듯 회의감이 밀려온다. 고작 이런 인간이 두렵다고. 괴로움으로 뒤척이던 숱한 밤들이 사뭇 억울하기까지 했다. 주희는 어느 때보다 냉랭한 어투로 말했다.

"쓰레기가 쓰레기 취급을 받는 게 왜 억울한데? 재활용도 불가능한 당신 인생을 왜 안쓰럽게 여겨야 하는 건데? 결국 당신 그릇이 그것밖에 안된다는 소리 아니겠어?"

"이게 진짜!"

함 상무가 손을 높이 치켜들었다. 주희는 두 눈을 부릅뜨며 경고했다.

"손대기만 해 봐. 여기서 끝낼 줄 알아? 싹 다 불어 버릴 거야. 회사에서 있었던 일도, 그 후로 내 집까지 찾아와 틈만 나면 협박했던 것도. 그래서 버티지 못해 그 동네를 떠나 버린 치욕스러운 기억까지 전부 싹 다 불어 버릴 거라고. 내가 당신을 어떻게든……."

파도처럼 쏟아 내던 주희의 입술이 다물렸다. 봐선 안 될 것을 본 사람처럼 그녀는 멍하니 중얼거렸다.

"……대표님."

그제야 함 상무가 화들짝 놀라며 뒤를 돌아봤다. 그런데 뭔가가 이상했다. 인간의 것이라고 할 수 없는 냉기가 남자에게서 흘러나왔다. 주희가 불안한 표정으로 설우를 바라봤다. 낯설면서도 낯설지 않은 기시감. 초조하게 한 걸음 다가선 때였다.

설우가 묵직하고 빠르게 다가오더니, 순식간에 함 상무의 목을 졸랐다. 그러고는 아주 가뿐히 그의 몸뚱어리를 들어 올린다. 컥, 컥. 함 상무가 하얗게 질린 얼굴로 발버둥 치며 시선을 내렸다. 그 순간 에메랄드와도 같은 눈동자가 번뜩이며 살벌한 속삭임이 공기를 울렸다.

"너구나?"

"……."

"그 새끼가."

지금 이게……. 주희는 멍하니 들이닥친 상황을 바라봤다. 저건 설우가 아니다. 그의 온기라고는 전혀 느껴지지가 않았다. 녹안의 눈동자가 느릿하게 움직이며 함 상무를 담아냈다. 그는 거의 토악질을 할 것처럼 발악적으로 입을 벌렸다. 당장이라도 눈알과 혀가 뽑힐 것 같았다.

"인간이란 것들은 참 우스워."

"……."

"마치 이 세상에서 존귀한 존재라도 된 것처럼 굴어도."

"……."

"이렇게 손 하나 까딱 못 하잖아?"

커다란 손등에 힘줄이 섰다. 함 상무가 컥, 받은 호흡을 토해 내며 발버둥 쳤다. 그럴수록 목을 옥죄이는 악력은 강력해질 뿐이었다. 녀석이 서늘한 목소리로 씹어뱉었다.

"죽어."

"……."

"죽어 버려."

"……으으."

온몸에 피가 쫙 빠진 것마냥 함 상무의 얼굴이 하얗게 질려 갔다. 그 참혹한 광경을 바라보며 주희는 고개를 저었다. 안 돼, 이대로는 안 돼. 어떻게든 말려야 해. 서둘러 그의 곁으로 다가가는데, 저 멀리서 누군가 쏜살같이 달려오기 시작했다.

"야, 이놈아!"

윤 비서였다. 그는 설우의 오른팔을 매달리다시피 붙잡으며 소리쳤다.

"이 몸이 어떤 몸인 줄 알고! 손 떼, 아, 당장 손 떼라고!"

녀석은 꿈쩍도 하지 않았다. 함 상무를 죽여 버리겠다는 일념 하나만으로 불타올랐다. 함 상무는 생사의 갈림길에 서 있었다. 이마부터 목 뒤쪽까지의 핏줄이 곤두서더니, 이내 눈 안의 실핏줄이 터지며 눈알이 뒤집혔다. 그 순간 주희가 속삭였다.

"브릿지."

그러자 거짓말처럼 녀석의 움직임이 멈추었다.

"……안 돼. 그러면 안 돼."

"……."

"부탁이야."

녀석은 조용히 시선을 틀어 주희를 응시했다. 그녀가 고개를 저으며 갈구했다.

"제발……."

그 간절함이 심장, 어딘가를 건드린 걸까. 녀석이 탁, 하고 손에서 힘을 풀었다. 함 상무의 몸뚱어리가 바닥으로 추락했다. 그는 이미 의식을 놓은 상태였다. 보잘것없는 남자의 얼굴을 응시하던 녀석은 말없이 돌아섰다.

"안 돼! 거기로 가면 안 돼!"

윤 비서가 득달같이 달려와 녀석의 앞을 막아 세웠다.

"저쪽으로 가면 그대로 CCTV에 발각되는 꼴이야. 나중에 저놈이 또 어떤 이유로 협박할 줄 알고."

그래 봤자 건너편은 막다른 길이다. 무심히 윤 비서를 지나치려 했지만, 등 뒤로 다가오는 주희의 발걸음 소리에 녀석이 웅얼거렸다.

"귀찮게."

그러더니 순식간에 고양이로 변해 앞으로 나아갔다. 그 자태를 두 사람은 멍하니 주시했다. 뒤늦게 정신을 차리며 서둘러 뒤따라갔지만, 녀석의 그림자는 흔적도 없이 사라졌다. 그 대신 비상구 계단에 설우가 눈을 감은 채 주저앉아 있었다. 윤 비서가 기겁하며 그의 몸을 부축했다.

"아이고, 대표님. 아니, 버리고 갈 거면 좀 멀쩡한 곳에 던지고 가던가. 왜 찬 바닥에 사람을……."

"……윤 비서님?"

눈을 뜬 설우가 희미하게 중얼거렸다.

"아, 정신 좀 차려 봐요. 키는 멀대같이 커 가지고 무겁기는 또 더럽게 무거워."

"여기가……. 어? 서주희 씨."

주희가 가쁜 숨을 몰아쉬며 설우를 바라봤다. 그의 코앞까지 다가서며 그녀는 주저앉듯 무릎을 굽혔다.

"……다행이야. 진짜 다행이에요."

설우는 상황 파악을 위해 눈살을 찌푸렸다. 분명 주희의 뒤를 따라갔던 것 같은데……. 골몰하는 것도 잠시. 그의 입에서 작은 탄식이 새어 나왔다.

"내가 원할 때 빌려준다더니. 그새를 못 참고."

설우는 손을 뻗어 주희의 머리칼을 부드럽게 쓰다듬었다. 눈물을 머금은 말간 눈동자를 향해 그가 옅게 미소 지었다.

"고생 많았어요."

"……."

"고마워요. 용기 내 줘서."

"……."

"이제 당신은 자유야."

당신은 자유야. 그 말이 수십 번 머릿속에 울려 퍼졌다. 주희는 입술을 말아 물더니, 설우의 품 안으로 달려들었다. 덩달아 윤 비서의 몸도 함께 끌려왔다. 그가 소스라치며 몸을 버둥거렸지만 설우는 두 사람 다 꽉, 품에 안으며 말간 웃음을 터트렸다.

행복했다. 소중한 사람을 지킬 수가 있어서. 그들의 행복을 지킬 수가 있어서. 그로 인해 내가 행복할 수 있어서. 열린 문틈 새로 햇살이 어느 때보다 강렬하게 쏟아졌다.

✳

"주희 씨, 정말 미안해!"

다수의 허리가 90도로 숙여졌다. 그들은 쉬지 않고 주희를 향해 고개를 조아렸다.

"우리가 죽을죄를 지었어."

"미안해. 입이 두 개라도 할 말이 없어."

주희는 난감한 눈치였다. 부서를 방문한 건 단지 강 팀장 때문이었다. 그에게 오늘 있었던 일을 알려 주기 위해서. 슬쩍 설우를 바라보자 그는 미소만 지을 뿐이었다. 하고 싶은 대로 하라는 듯. 그때 누군가 조심스레 주희의 곁으로 다가왔다.

"……주희 씨."

"이 대리님."

소연은 울먹이는 얼굴로 주희의 양손을 붙잡았다.

"……미안해. 많이 힘들었지. 그런 속사정이 있는 줄도 모르고."

"속사정이요?"

그녀가 조용히 귓속말로 속삭였다.

"강욱 씨한테 이야기 들었어."

며칠 전, 소연은 강욱과 개인적인 자리를 만들었다. 그리고 고 대리에게서 느낀 께름칙한 행동들을 모두 다 털어놓았다. 그러자 효성에서 어떤 일이 있었는지, 강욱은 최대한 조심스레 전달했다. 소연은 그 자리에서 눈물을 터트렸다. 모든 것이 비극이었고, 모든 것이 엉망진창이었다.

"미안해. 미안하다는 말밖에 하지 못해서 더 미안해."

주희는 조용히 소연을 응시했다. 쉬지 않고 흘러내리는 눈물과 떨리는 손끝만으로 그녀가 진심인 걸 느낄 수 있었다. 그녀만이 아니었다. 다른 사람들도 죄다 죄인처럼 고개를 수그리고 있었다.

솔직히 그들이 밉지 않았다면 거짓말일 것이다. 그러나 제게 상처가 없고, 그래서 피해자가 아닌 상태에서 그들과 같은 입장이었다면. 과연 선뜻 나설 수 있었을까. 선뜻 나의 무언가를 잃어 가며 남을 도와줄 수가 있었을까.

"감사해요. 탄원서 써 주셔서."

팀원들의 고개가 번뜩 들렸다. 주희가 설핏 미소 지었다.

"오 과장님."

"……어?"

"강욱 선배한테 들었어요. 오 과장님이 먼저 탄원서 쓰자고 말씀해 주셨다면서요."

"아, 아냐. 내가 한 게 뭐 있다고. 이건 다 이 대리랑 강욱 씨가……."

횡설수설하던 오 과장이 폭, 고개를 수그렸다.

"미안하네. 진짜 미안해. 승진에 눈이 멀어서……."

그럼에도 용기 내 줘서 고맙다고, 주희는 슬그머니 미소 지었다. 그러고는 다솜과 유진의 앞으로 다가섰다. 그녀들이 소스라치며 눈동자를 분주히 굴려 댔다. 그러다 유진이 눈치를 살피며 기어들어 가는 목소리로 웅얼거렸다.

"미, 미안해. 주희 씨."

"뭐가 미안한데요?"

"……어?"

"뭐가 미안해서 사과하는 건데요?"

다른 사람들한테는 묻지도 않더니. 왜 우리한테만……. 짐짓 억울한 눈빛이 떠올랐지만 주희는 물러서지 않았다. 이 둘한테는 엄연히 묻고 따져야 하는 것이 있었다. 침묵으로 상황을 일관하며 회피하는 것. 이제는 두 번 다시 하고 싶지 않으니까.

"두 번 물어야지 대답할 거예요? 아님 제 입으로 직접 이야기할까요?"

단도직입적으로 파고들자 다솜이 먼저 우물쭈물거리며 입을 열었다.

"……멋대로 판단하고, 멋대로 오해한 점."

"또요?"

이번에는 유진이 덧붙였다.

"이유 불문하고 뒷이야기 한 거, 정말 미안하게 생각하고 있어요."

"나라고 뒷담화 못 하는 거 아니에요. 하라면 얼마든지 할 수 있어요. 근데."

"……."

"잘못된 걸 아니까 안 하는 거예요. 하고 싶어도 꾹 참는 거라고요. 그 정도 인내심도 없으면서 어떻게 이 바닥에서 버틸 수 있겠어요. 뭐 우리가 내년에도 볼 수 있을지 모르겠지만요."

그녀들이 벙찐 표정을 지었다. 주희는 가차 없이 돌아섰다. 그때 멀리 떨어진 곳에서 상황을 지켜보고 있던 강욱과 눈이 마주쳤다. 가슴이 선득했다. 강욱은 말없이 주희를 내려다봤다. 지나치게 또렷한 그의 눈동자 속에 수많은 감정들이 스쳐 지나간다.

그래서 주희는 선뜻 목소리를 낼 수 없었다. 어쩌면 그를 가장 미워했던 걸지도 모른다. 좋아했던 만큼 배신감도 컸으니까. 하지만 이제는……. 이제는 잘 모르겠다. 미움보다는 서글픔이, 서글픔보다는 서러움이, 서러움보다는 애달픔이 가슴속에 번져 목 끝이 시큰했다.

"나 일이 있어서 또 나가 봐야 하는데."

그런 마음을 알아챈 걸까. 강욱은 스스럼없이 그녀를 대했다. 그는 빠른 손놀림으로 재킷과 자료를 집어 들었다.

"윤주한테 곧 연락 올 거야."

"……."

"잘 받아 둬. 그 녀석이 몇 년 동안 고심해서 고른 선물이니까."

그가 밝게 미소 지으며 돌아섰다. 주희는 끝내 그를 붙잡지 못했다. 무거워진 어깨 위로 설우가 손을 올리며 화제를 전환했다.

"이제 두 사람만 더 사과하면 되겠네요."

두 사람이라니? 주희가 의아함에 몸을 틀자 설우의 시선이 뾰족하게 윤비서를 향했다.

"윤 비서님."

뜨끔. 윤 비서가 화들짝 놀라며 두 사람을 응시했다. 애써 덤덤한 표정을 지었지만, 통할 리 만무했다.

"……무얼요?"

"속 좁게 이러실 거예요?"

"뭐, 뭐요? 속이 좁아? 내가? 내가 속이 좁다고요? 좁았으면 지금까지 버틸……."

"사설이 길어 봤자 좋을 게 없단 걸 아실 텐데요."

윤 비서의 입이 합죽이가 되었다. 그는 주희의 눈치를 살피더니, 정중하게 다가와 고개를 수그렸다.

"……미안합니다."

"아……."

윤 비서의 사과는 전혀 생각지 못했다. 그가 더 낮게 고개를 숙였다.

"모진 말로 상처를 줘서 미안해요."

"아니에요. 윤 비서님은 단지……."

소중한 걸 지키기 위해서 어쩔 수 없는 선택을 했을 뿐이다. 다른 사람은 몰라도 그의 선택에 대해서 주희는 원망할 수 없었다.

"조금 설명을 덧붙이자면 오늘 내가 준 봉투는 윤 비서님의 작품이었어."

어느새 강 팀장이 세 사람 곁으로 다가왔다.

"이런 말 하는 게 주희 씨한테 무슨 의미가 있을까 싶지만, 주희 씨를 잠시 동안 회사에 불러들이지 말자는 것 또한 윤 비서님의 제안이었거든. 앓고 있는 우울증과 공황 장애에 대해 굉장히 조사를 많이 했다고 하면 이해가 되려나?"

주희가 다소 놀란 얼굴로 윤 비서를 바라봤다. 그는 들이닥칠 극단적인 상황을 대비해 사전에 많은 것을 준비했다. 그중에서도 주희와 관련 있는 것들을 집요히 파고들었다. 그리고 한 가지를 알게 됐다.

한 번 겪은 트라우마가 재발될 시엔 치료가 어려워질뿐더러, 그 증상이 전보다 더 극심해질 수 있다는 점. 아무리 대책을 마련해도, 회사를 나올 시엔 그녀는 추악한 환경에 노출될 수밖에 없었다. 최 전무와 그의 무리들이 쉬지 않고 주희를 쪼아 댈 게 분명했다.

"그래서 어떻게든 막으려고 하셨던 것 같은데. 조금 극단적이었다는 게 미스였지만. 그쵸, 윤 실장님?"

윤 비서의 눈동자가 어색하게 굴러갔다. 귀밑이 붉게 물든 것만으로 주희는 그의 진심을 알 수 있었다. 무슨 말을 꺼낼지 고민하던 참이었다. 또 각또각, 날 선 하이힐 소리와 함께 불청객이 등장했다. 마지막으로 그녀가 사과받아야 할 사람. 고 대리와 눈이 마주친 순간 주희의 시선이 싸늘하게 가라앉았다.

"뭘 그렇게 빤히 쳐다봐. 왜? 우습니?"

그녀는 빈털터리였다. 배정받은 자리가 텅 비어 있었다. 감사부가 쓸고 간 흔적이었다. 검은 양복을 입은 남자들이 순식간에 들이닥쳐 고 대리의 책상부터 시작해 그녀가 소지한 휴대폰까지 압수했다. 함 상무와 최 전무의 악행이 낱낱이 밝혀진 시점에서 그녀라고 피해 갈 방도는 없었다. 아니, 그녀에게는 반항할 기회조차 주어지지 않았다. 깃털보다 못한 존재. 그게 현재 그녀에게 주어진 위치였다. 주희는 조용히 그녀를 올려다보며 대답했다.

"아니요."

"……."

"더 처절하게 잃어 봤으면 좋겠어요."

"……."

"이왕 떨어지는 거 바닥 아닌 깊은 나락으로 꺼졌으면 좋겠어. 그래서 희망 따윈 세상에 없다고 절실히 느꼈으면 좋겠어."

고 대리의 눈썹이 사납게 추켜 올라갔다. 주희의 입술이 차게 비틀렸다.

"근데."

"……."

"그것조차 불가능할 거야. 채울 수 없는 욕망에 허덕이는 인생이 얼마나 볼품없는지 모르지. 아무도 당신을 보지 않을 거야. 아무도 당신을 듣지 않을 거야. 왜? 이 사회에서 가장 불필요한 존재가 당신 같은 사람이니까."

고 대리가 온몸을 떨며 주희를 죽일 듯이 노려봤다. 최 전무가 그녀에게 접촉한 것은 단순히 그녀가 가지고 있는 '욕망' 때문이었다. 좀 더 높은 곳으로, 좀 더 넓은 곳으로 갈 수 있다는 그의 제안은 달콤하고, 유혹적이었다. 비상식적인 걸 알면서도 주저하지 않았다. 한 번이라도 그녀가 망설였다면, 한 번이라도 양심에 찔려 주저했다면 상황은 달라졌을까.

주희는 고개를 짧게 저었다. 이런 상상조차 불필요한 짓이다. 스스로 타락한 인간을 안쓰럽게 여길 필요는 전혀 없다.

주희는 고 대리로부터 들었던 말을 그대로 돌려주었다.

"그러니까 적당히 설쳤어야죠. 그럼 이런 사달은 일어나지 않았을 텐데."

"너……!"

"왜요? 억울해요? 억울하면 미친 듯이 발악해 보던가. 할 수만 있다면 죽을 만큼 해 봐."

"……."

"과연 당신 말을 들어 줄까, 내 말을 들어 줄까."

"……."

"이미 한 번 겪어 봤잖아."

고 대리가 이를 사리물며 시선을 뻗었다. 3년을 함께한 사람들에게 동정 따윈 없었다. 그들은 하나같이 경계 섞인 눈빛을 띠우고 있었다. 어서 빨리 이곳을 나가 줬으면 좋겠다는 감정이 그득했다.

"제대로 된 조사를 받은 후에는 그에 걸맞는 조치가 떨어질 겁니다."

설우가 나지막이 내뱉었다. 분에 받친 고 대리를 향해 그는 빙그레 미소 지었다.

"웬만하면 다시는 보지 맙시다. 악취 나는 꼴을 더는 두고 볼 수가 없어서."

악취. 몇 년 동안 시온에 몸을 담으며 그녀가 얻은 타이틀은 참으로 볼품없었다. 그렇게 또 하나의 어둠이 여러 가닥의 빛줄기에 의해 사라지고 있었다.

　예고한 것처럼 비리에 얽힌 임원들 상당수의 목이 잘렸다. 성범은 한 번 뱉은 말은 무조건 지키는 사람이었다. 소문대로 그는 가차 없었다. 임원들이 항의할 기회조차 주지 않았다. 속전속결로 상황을 정리하고, 그들을 내쫓듯이 실업자로 전락시켰다. 그 결과 빈 공석을 채울 수 있는 인재가 필요했고, 주주들의 투표와 동료 직원들의 다양한 인터뷰를 통해 성실하며 리더십 있는 인재들을 발탁했다. 그 이유로 인테리어 부서는 경사 분위기였다.

　"강 팀장님. 축하드려요. 아닌가, 이제 강 상무님이라고 불러 드려야 하나?"

　화기애애한 분위기 속에 강 팀장이 머쓱한 미소로 화답했다.

　"고마워, 다들. 우리 팀원들이 없었다면 꿈도 꾸지 못했을 거야."

　"어머, 팀장님이 저런 말씀도 하실 줄 아시고. 진짜 축하드려요."

　인테리어 부서의 런칭은 성공적으로 이루어졌다. 함 상무가 제출한

USB를 분석한 결과 터무니없는 거짓이란 게 밝혀졌다. 반면 주희가 제출한 USB에서는 단 한 조각의 거짓도 발견되지 않았다. 그것 말고도 증거가 수십 개였다.

거기서부터는 회사가 나섰다. 직접 효성과 접촉해 증거물을 들먹였다. 런칭을 진행할 시엔 소송을 피해 갈 수 없을 거라며 단단히 못을 박는 것도 잊지 않았다. 효성은 순순히 꼬리를 내렸다. 상대는 우리나라에서 알아주는 건설 회사였다. 명백히 도둑이라는 카드까지 그들이 쥐고 있는 판국에 자진해서 무덤을 팔 필요는 없었다. 덕분에 시온은 예정된 런칭일에 성공적으로 신제품을 출시할 수 있었다.

시장의 반응은 첫날부터 심상치 않았다. 어플을 다운받은 숫자가 하루 만에 10만을 넘어가더니 순식간에 100만에 다다랐다. 일인 가구에 중점을 둔 게 큰 포인트였다. 가격 또한 부담스럽지 않은 선이었기에 주문이 쉬지 않고 들어왔다. 거기다 현재 최고 주가를 달리고 있는 여배우 채영과 모델 강하진으로 인한 시너지 효과까지 더해져 수요가 끝을 모르고 치솟았다.

주희는 뿌듯한 눈으로 회사 건물을 바라봤다. 큼지막하게 걸린 두 사람의 광고 포스터가 만족스러웠다. 즐거운 마음으로 회사 로비에 들어서는데, 윤주에게서 전화가 걸려 왔다.

"응. 윤주야."

— 바빠?

"아니. 지금 막 커피 사서 회사 들어가고 있어. 오늘 우리 부서 팀장님이 승진하셨거든."

— 좋은 소식이네. 근데 어떡하냐.

"왜? 무슨 일 있어?"

— 응. 좀 많이 큰일이야.

주희는 걷다 말고 귀를 기울였다. 서둘러 엘리베이터에 올라타려 했지만 하필 마지막 하나 남은 승강기가 CCTV 문제로 운행이 지연되고 있었다. 하는 수 없이 가장 빠르게 내려올 것 같은 곳에 서며 심각한 목소리로 물었다.

"뭔데? 회사에 무슨 일이라도 있어?"

— 그게 말이지. 너한테 줄 선물이 있는데.

"선물?"

불현듯 강욱이 했던 말이 스쳐 지나간다. 그 녀석이 몇 년 동안 고심해서 고른 선물이라던.

"무슨 선물?"

— 지금 당장 인터넷 들어가서 실시간 순위 확인해 보면 알 거야. 아, 그리고.

잠시 뜸을 들이던 윤주는 진심에 젖은 목소리로 속삭였다.

— 정규직 축하해.

뭐라 대답할 새 없이 전화가 끊겼다. 주희는 멍하니 눈을 끔뻑였다. 이내 잔잔한 미소가 둥근 입가에 퍼져 나갔다. 정규직. 그토록 꿈에 그리던 정규직으로 전환된 지도 벌써 한 달이 지나가고 있었다. 여전히 구름을 걷고 있는 기분. 주희는 미소를 감추지 못하며 윤주의 말대로 인터넷 창을 띄웠다. 실시간 검색 순위를 확인한 순간, 그녀의 두 눈이 심상찮게 굳어 갔다.

✻

"그렇게까지 뚱할 필요는 없지 않나요?"

채영은 자신을 맞이하는 설우의 태도가 매우 불만이었다. 강욱에게서 모든 진실을 전해 들은 날 그녀는 엄청난 분노와 배신감에 휩싸였다. 전자는 강욱과 주희가 효성에서 겪은 부당함 때문이었고, 후자는 주희와 결혼을 전제로 사귀고 있다는 이 남자의 이야기가 원인이었다.

솔직히 촬영장에서 두 사람의 관계가 심상찮다는 것을 알고 있었다. 그럼에도 왜 배신감 비슷한 감정을 느꼈는지 알다가도 모를 일이었다. 그로 인해 두 번 다시 김설우의 집무실을 방문하지 않을 거라는 다짐은, 흩날리는 깃털처럼 훨훨 날아가 버리고 말았다. 설우가 무미건조한 얼굴로 대답했다.

"원래 얼굴이 이럽니다."

"나 참, 어이가 없어서. 이젠 웃음도 안 나오네. 좀 성의라도 보이면 누가 잡아먹기라도 한대요? 솔직히 말해 봐요. 김설우 씨, 거짓말 못 하죠? 얼굴에 팍 드러나는 게. 아님 나한테만 일부러 이러는 건가?"

마음대로 해석하라는 듯 설우는 무표정을 유지했다. 그 한결같은 모습에 채영은 진절머리가 나서는 허공에 손을 획획 저었다.

"시공권인가, 뭔가 하는 그거. 그대로 진행해요."

설우의 눈썹이 미묘하게 일그러졌다.

"그대로 진행해도 된다고요. 그 말 전하려고 온 거예요."

두 사람의 결혼이 파토 나며 신축 호텔 시공권을 따내는 것은 물론이고, 암암리에 추진되어 오던 W그룹과의 MOU 또한 자연스레 무산된 지 오래였다. 기진은 설우를 그만큼 괘씸하게 여겼지만 채영은 그 반대였다. 오히려 대놓고 강요했다. 찌질하게 준다고 했던 거 뺏기만 해 보라고, 그럼 다시는 아빠는커녕 이 집구석에 발도 들이지 않을 거라며 협박 아닌 협박을 가했다. 그리고 한 가지를 약속했다. 이제는 조금 연애가 하고 싶어졌다고. 그러니 아빠가 요구하는 상대보다는 내가 원하는 상대를 만나 진지하게 결혼이란 걸 생각해 보겠다고.

물론 쉽게 물러설 기진이 아니었기에 한 가지 조건을 내걸었다. 이번이 진짜 마지막 선이라며 한 남자의 사진을 들이민 것이다. 그렇게 얻은 결과물이었다. 물론 그 과정을 말할 생각 따위 추호도 없다. 그것까지 말하면 진짜 구질구질하잖아. 어차피 제 손을 떠난 일, 가진 자존심에 걸맞게 고개 빳빳이 들고 우아하게 퇴장하는 게 최선이었다.

"아무튼 그렇게 알고 난 그만 가 볼게요."

채영은 서둘러 자리에서 일어났다. 쓸데없는 감정의 싹이 트기 전에 이곳을 벗어나야 했다. 그때 낮은 음성이 그녀의 등 뒤에서 울렸다.

"고마워요."

"……."

"이 선물은 잊지 않도록 하죠."

채영은 대답 대신 조용히 집무실을 빠져나왔다. 무표정한 얼굴로 엘리베이터에 다가선 그녀가 별안간 허리를 굽혔다. 어쩐지 다리가 후들거렸다.

"왜 마지막까지 멋지고 난리야. 지가 백마 탄 왕자도 아니고. 짜증 나게."

그러면서도 강욱이 한 말이 귓가를 떠나가지 않았다.

'형은 주희를 위해서 모든 걸 포기할 각오가 돼 있었어. 나와는 차원이 다르더라. 주희를 의심하지도, 불신하지도 않았어. 그저 지켜야겠다는 일념 하나뿐이었지.'

동화책에서나 나올 법한 이야기였다. 사랑한다는 이유 하나만으로 모든 것을 내어줄 수 있는 남자라……. 간이고 쓸개고 다 빼 줄 것같이 굴어도, 순식간에 식는 게 사랑인데. 불처럼 사랑하다가도 돌아서면 남이 되는 게 연인 관계인데.

채영은 복잡한 감정으로 선글라스를 착용했다. 때마침 엘리베이터가 도착했다. 문이 열리자 중년 남성이 굉장히 성이 난 얼굴로 서 있었다. 흐트러진 넥타이와 씩씩거리는 숨소리가 거칠었다. 채영은 마뜩잖았지만 별생각 없이 올라탔다. 묵묵히 줄어드는 층수 판을 바라보던 찰나였다. 남자의 재킷 안에서 벨 소리가 울렸다. 남자는 신경질적으로 전화를 받았다.

"흥분 좀 하지 마. 태준이가 비리 입학이라니. 말 같지도 않은 소리 하고 있어. 허위 사실 유포죄로 콩밥 먹고 싶지 않으면 그 입 당장 다물라고 해."

"……."

"그리고 효성 좀 그만 들먹거려. 그까짓 회사 내가 더러워서 때려치웠다고 몇 번이나 말해. 이 함남규가 여기서 무너질 것 같아?"

채영의 두 눈이 매섭게 좁아 들었다. 그녀는 선글라스를 슬그머니 내리며 남자를 향해 속삭였다.

"함 부장님?"

함 상무의 고개가 휙 돌아갔다. 경계 섞인 눈빛이 날카롭게 채영을 훑어 내렸다.

"누구시죠?"

"어머, 절 모르세요?"

능글맞고 태연스러운 태도에 함 상무는 더욱 날을 세웠다. 채영은 한숨을 푹 내쉬었다. 그러나 불이 들어오지 않은 CCTV를 발견한 순간, 해사하게 미소 지었다.

"세상에. 하늘도 날 도와주시네."

이 여자가 지금 뭐라는 거야. 함 상무는 별꼴을 다 보겠다며 채영에게서 시선을 거뒀다. 오늘 무조건 최 전무에게 전달할 이야기가 있었다. 김 대표의 실체. 그때 자신이 본 것은 분명 인간의 눈이 아니었다. 목을 조르던 악력은 어땠나. 죽이고 말겠다는 집착뿐이었다. 그러나 최 전무는 벌레 보듯 이야기를 흘려들었다.

그것만이 아니었다. 어떤 정신 나간 기자 한 명이 아들이 다니고 있는 대학 총장의 비리를 터트렸다. 자연스레 뇌물을 준 인물로 함 상무의 이니셜이 언급됐고, 이미 학교에서는 태준이가 그 주인공이라며 떠들썩했다. 불현듯 김강욱이 이를 물며 씹어뱉던 경고가 떠오른다.

'당신은 두말할 것 없고, 당신 자식새끼부터 그 자식이 낳은 새끼마저 짓밟아 줄 거야. 이 세상에 희망 따윈 없다고 절절히 느낄 수 있게 제대로 파멸시킬 거라고.'

주체할 수 없는 분노에 주먹을 꽉 쥔 순간이었다.

"그쪽이 김강욱 기획안만 안 훔쳤어도 이렇게 개판이 되지는 않았을 거야?"

"……."

"그럼 서주희 씨한테 그런 일이 일어나지도 않았을 거고, 내가 김설우한테 쓸데없는 감정을 가질 일도 없었겠지. 그리고 죽기보다 싫은 맞선을 또 나가야 할 일도 없었을 거고."

"……."

"와……. 3연타네. 이거 나, 화나야 하는 거 맞죠? 그쵸?"

채영은 입꼬리를 비죽였다. 함 상무는 경계 태세를 갖추며 날카롭게 쏘아붙였다.

"당신 뭐야."

채영은 웨이브 진 머리를 여유롭게 쓸어내리며 중얼거렸다.

"원장님이 오늘 머리를 제대로 볶아 주셨어. 꼬불꼬불한 게 풍성해지기 딱 좋겠네. 거기다 힐은 또 왜 이렇게 높은 걸 신고 왔대. 아우, 강채영. 예뻐 죽겠어, 정말."

……미친 여자가 분명해. 함 상무는 주춤거리며 뒤로 물러섰다. 채영은 하이힐 한쪽을 벗어 손에 들고는 씨익, 웃어 보였다. 그 웃음이 소름이 돋을 만큼 섬뜩했다.

✳

띵. 1층에 도착한 엘리베이터 문이 열리자 직원들은 경악을 금치 못했다. 한 여자가 헐벗듯이 뛰쳐나와 바닥에 주저앉았다.

"……흑. 도, 도와주세요."

사람들은 말을 잇지 못했다. 여자의 상태가 엉망이었다. 산발이 된 머리부터 상의가 오프 숄더를 입은 것마냥 쇄골까지 내려가 있었다. 얼굴은 벌겋게 달아올라 누군가 손찌검을 한 게 분명했다.

"잠, 잠깐만, 한채영 씨 아니세요?"

"……흑."

"뭐야, 한채영 맞아. 누가, 한채영 씨를 이렇게."

채영은 울먹거리며 엘리베이터 안을 응시했다. 함 상무가 반 기절 상태로 널브러져 있었다. 그의 상태 또한 만만치 않았다. 누군가에게 쥐어뜯긴 것처럼 머리칼이 삐죽하게 솟아 있었고, 얼굴에는 손톱자국이 그어져 있었다. 턱 밑은 하이힐 자국으로 추정되는 것이 연달아 찍혀 있었다. 채영은 눈물로 호소하며 덜덜, 떨리는 손가락으로 함 상무를 가리켰다.

"저 사람이…… 제가 김 대표님과 얽혀 있다는 이유로……."

"저 인간, 그때 그 인간 아니야? 우리 회사 기획안 도용 사건 범인 말이야."

"맞네, 맞아."

"와, 간이 배 밖으로 나왔나. 이거 완전 미친놈 아니야?"

수많은 웅성거림에 함 상무의 동공이 서서히 초점을 되찾았다. 그는 뒤늦게 손을 흔들며 상황을 부정했다.

"아, 아닙니다. 난 아니에요."

그야말로 억울한 입장이었다. 다짜고짜 구석으로 몰아붙여 그의 머리를 쥐어뜯은 사람은 한채영이었다. 그녀는 완전히 막무가내였다. 그만하라고 소리칠수록 더 거세게 하이힐로 정수리를 휘갈기더니, 그것도 모자라 손톱으로 얼굴을 사정없이 긁어내렸다. 그리고 1층에 가까워지자 갑자기 제 머리를 산발로 만드는 게 아닌가. 그뿐인가. 멀쩡한 옷을 찢다 못해 자신의 뺨을 후려치는 손바닥은 섬뜩하기 그지없었다.

"정말 난, 난 아닙니다. 저 여자가 작정하고 날!"

"이놈은 입만 열면 거짓말이야. 여러분, 찍어요. 이거 다 찍어서 제대로 콩밥 먹여야 해."

이곳저곳에서 연달아 플래시가 터졌다. 함 상무는 초상권 침해라며 소리쳤지만, 찌꺼기보다 못한 아우성에 불과했다. 그사이 채영은 옷을 추스르며 남몰래 속삭였다.

"더 찍으세요. 더, 더."

한 사람당 최소 100장 정도면 만족스럽겠다며 입꼬리를 끌어 올렸다. 그 순간 함 상무와 눈이 마주쳤다. 그는 분노를 참지 못하며 달려들었다. 그러나 사람들에 의해 힘 한 번 쓰지 못하고 끌려 나갔다. 그 처절한 발악을 지켜보며 채영은 소리 없는 메시지를 입으로 전달했다. 억울해서 미칠 것 같지? 그러게, 왜 하지 말아야 할 짓을 해서는. 그녀가 싱그럽게 미소 지으며 손을 흔들었다.

"잘 가요. 멀리 안 나갈게요."

이로써 함 상무가 감당해야 할 죄목은 짐짝처럼 불어났다. 기획안 도용, 공갈 협박, 명예 훼손, 비리 입학, 거기다 성추행까지. 이를 전해 들을 기진과 소속사의 반응이 걱정이긴 했지만 지금으로서는 뒷전이었다.

"뭐, 속은 시원하니까. 기분 하나는 끝내주네."

그 어느 때보다 시온을 빠져나가는 그녀의 발걸음이 가벼웠다.

✳

"와, 그 함 상무인가 뭔가 하는 놈 있잖아요. 완전 상습범이에요."

"왜? 또 무슨 일 터졌어?"

"H대학 총장한테 뇌물 바쳐 아들 입학시킨 것도 모자라서……."

부서가 함 상무 이야기로 떠들썩했다. 정작 마지막을 화려하게 장식한 사람은 따로 있었다.

"와, 한채영 씨 어떡하냐? 우는 것 좀 봐. 다행히 옷이 찢어진 사진은 찍히지 않은 것 같은데, 다른 직원들 말 들어 보니까 가관이더라고."

"사람이 미쳐도 곱게 미쳐야 한다고, 함 상무 그 인간은 이제 인생 좋났지."

강욱은 잠시 머리가 지끈거렸다. 한채영이 어디 누구한테 당할 사람이던가. 보지 않고서도 어찌 된 내막인지 짐작이 가고도 남았다. 기어코 사고를 치지. 실시간 검색에는 하루 종일 채영의 이름이 올라왔다. 뒤를 이어 그녀의 엔터테인먼트가 함 상무에게 법적 대응한다는 가사가 떠올랐고, 더불어 H대학교 총장의 뇌물 및 학부모 접대 비리까지 후속 보도를 이어 갔다.

어떻게 세상이 하루도 조용한 날이 없어. 고개를 절레절레 저으며 인쇄물을 받아 내는데, 등 뒤로 인기척이 느껴졌다. 주희가 복잡미묘한 얼굴로 서 있었다. 강욱은 퉁명스러운 목소리로 상황을 일갈했다.

"네 잘못 아니야. 네 탓도 아니고. 쓸데없는 감정에 빠져들 시간 있으면……."

"떠난다면서요."

강욱의 손이 허공에서 멈칫했다.

"그만둔다면서요."

"……"

"도대체 무슨 생각으로……."

"오 과장님이 그새 부셨나 보네. 하여간에 그 입."

"선배."

"맞아. 떠날 거야. 근데 그게 왜?"

그게 너랑 무슨 상관이 있냐며 그의 말투가 차가웠다. 다만 주희를 담은 시선만큼은 여전히 뜨거웠다. 쉽게 식지 못했다. 바라만 봐도 감정이 널뛰기를 하듯 벅차올랐다. 그것이 결국 이 바닥을 뜨는 연유였다. 같은 공간에 머무는 이상 시선이 얽히고, 손끝이 스치고, 호흡이 닿는 순간을 막아내기란 한계가 있었다. 안 된단 걸 아는데도, 하루에도 수십 번씩 부풀어 오르는 감정을 억제하는 탓에 강욱은 혼이 빠질 지경이었다.

그런데 왜 시간이 흐를수록 너는 짙어져만 가는 건지, 왜 더 선명해져만 가는 건지. 상처가 치유될수록 주희는 본연의 모습을 되찾아 갔다. 밝고, 화사하게 웃는 모습이 자주 포착되었고, 누가 부르는 것도 듣지 못한 채 작업에 열중하는 모습을 볼 때면…….

"숨이 턱 막히는 기분이야."

"……방금 뭐라고 했어요?"

"회사에 있으면 숨이 턱 막히는 기분이라고. 전에도 느낀 거지만 어딘가에 얽매이는 건 내 적성에 안 맞아."

주희는 믿지 못하는 눈치였다. 강욱의 존재는 인테리어 부서에 있어 빛줄기였다. 팀원들이 머리를 싸맬 때마다 구세주처럼 나타나 문제를 해결했다. 하지만 주희가 느끼는 의아함은 그 때문이 아니었다. 적어도 즐거워 보였다. 시온에서 일할 때만큼의 그는 꼭 이십 대 초반으로 돌아간 것처럼 열정적이었다. 그랬던 사람이 갑자기 회사를 그만두고 외국으로 떠난다는 건 앞뒤가 맞지 않았다.

"시간이 남으면 따로 커피라도 한잔 할까 싶었는데. 이왕 들킨 거 지금 말하는 것도 나쁘진 않겠네."

그게 무슨 소리냐며 시선을 들자 진솔한 음성이 머리 위로 툭, 떨어졌다.

"미안하다."

"……."

"널 믿어 주지 못해서."

주희의 눈동자가 잘게 흔들렸다. 강욱의 씁쓸한 미소에 가슴 한구석이 시큰해졌다. 그는 여전히 죄책감에서 헤어 나오지 못하고 있었다.

"선배, 있잖아요. 난…… 말이야. 난 더는 선배를……."

"하지 마."

전과 달리 단호한 어투였다. 일순 강욱의 얼굴에 음영이 졌다. 그래서 알 수 없었다. 그가 어떤 표정을 짓고 있는지. 귓가를 파고드는 음성이 한없이 위태로웠다.

"내가 진짜 널……."

어떻게 해 버릴지도 모르니까. 나도 나를 모르겠으니까. 숨죽이듯 내뱉은 속삭임이었지만 그 속에 묻은 절박함이 선명했다. 주희는 멍하니 멀어져 가는 그를 지켜보더니, 숨죽이듯 읊조렸다.

"……미워하지 않아."

"……."

"선배를…… 미워하고 싶지 않아. 그러니까 죄책감 갖지 마요. 선배 탓도, 내 탓도 아니야. 세상이 나빴던 걸 우리에게 화살을 돌리진 마요. 그건 너무…… 슬프잖아."

내 아픔에만 허덕이기 바쁜 적이 있었다. 그 무엇도 들리지 않고, 그 무엇도 보이지 않던 시절이 불과 한 달 전이었다. 기적처럼 그 불구덩이 속에서 빠져나올 수 있었지만, 기적은 저절로 일어난 것이 아니었다.

누군가의 믿음, 누군가의 노력, 누군가의 손길, 누군가의 작은 관심이 있었기 때문에 나타날 수 있는 것이었다. 용기 낼 수 있는 것이었다. 그리고 그 가운데에는 강욱이 있었다. 그녀를 구출하기 위해 죽기 살기로 뛰어다닌 남자. 그럼에도 죄책감으로 말 한마디조차 제대로 건네지 못하는 남자.

"……고마워요. 선배."

강욱의 어깨가 미세하게 움찔거렸다. 그는 억겹의 시간이 흐르는 것처럼 천천히 돌아서 주희를 바라봤다. 눈물을 머금은 그녀의 눈동자가 반달처럼 휘었다.

"도와줘서 고마워. 지켜 줘서 고마워요."

강욱의 턱 밑이 붉어졌다. 어느새 서로의 거리가 가까워졌고, 그는 넘칠 듯한 감정을 조절하느라 호흡을 가쁘게 들이켰다. 그러고는 서로가 처음 만난 그 순간처럼 주희의 머리칼을 부스스, 흩트리며 미소 지었다.

"하여간에 멍청이."

"선배도 만만치 않아요. 나, 그때 진짜로 선배가 또라이인 줄 알았거든."

"……뭐?"

당황하는 그의 표정이 볼만했다. 주희가 참지 못하며 웃음을 터트렸다. 그 맑고 청량한 소리에는 그 어떤 중압감도 느껴지지 않았다. 비로소 자유를 되찾은 기분. 따스한 햇살이 강욱의 얼굴에 부서지듯 내려앉았다. 그의 입꼬리가 부드럽게 말려 올라갔다. 모처럼 편한 미소였다.

✳

"오늘로서 마지막이군요."

묵묵히 책상을 정리하던 최 전무가 고개를 들었다. 열린 문 사이로 설우가 걸어 들어왔다. 깔끔하게 정리된 집무실을 훑는 시선에 최 전무의 입술이 비틀렸다.

"즐거운 구경이라도 난 모양이지."

"설마요. 아시다시피 누가 잘리는 바람에 할 일이 산더미처럼 불어나서요."

"하⋯⋯."

기가 차서 웃음도 나오지 않았다. 무시하며 다시 정리를 강행하는데, 설우가 툭 내뱉었다.

"할아버지께서 간곡히 부탁하시는 걸 거절할 수가 있어야죠."

"⋯⋯."

"마지막 가는 길은 꼭 배웅하라는 당부가 있었습니다."

망할 영감 같으니라고. 작게 뇌까려도 최 전무의 눈에는 알 수 없는 감정이 묻어 나왔다. 그는 짧은 새에 얼굴이 많이 죽어 있었다. 욕망에 허덕이는 자들을 이끌던 회색빛 동공은 색이 바랜 것처럼 흐릿했고, 매끈하던 피부는 시든 이파리처럼 푸석했다.

"처음부터 알고 있었나?"

"뭘 말입니까?"

"처음부터 내가 서주희를 이용해서 뒤통수칠 걸 알고 있었냐는 말일세."

"글쎄요."

브릿지가 인간 형태로 모습을 드러낸 날이었다. 그날, 함께인 강욱과 주희를 번갈아 보는 최 전무의 눈동자에 떠오른 것은 목마른 호기심이었고, 설우는 이를 놓치지 않았다. 물론 그 전부터 경우의 수에 대비해 여러 가지의 방안은 마련하고 있던 차였다. 단지⋯⋯.

"누군가의 소중함을 무너트리는 게 최 전무님의 전략이라면 전략이었겠죠."

"⋯⋯."

"그게 저란 놈에게 향한 것이 미스였지만."

소중한 것을 잃게 되면 이성이 흐려지는 게 대다수다. 분노하고, 울분을 터트리고, 끝내 파도처럼 휩쓸리고 마는. 최 전무가 노린 건 그런 감정이었을 것이다. 이성이 흐려진 틈을 타 상대의 목을 치는 수법. 뻔한 방식일지라도 최 전무가 목표로 잡은 대상들은 번번이 넘어졌다.

하지만 설우는 달랐다. 이미 사랑하는 사람들이 그로 인해 무너지는 것을 여러 번 본 탓이었을까. 감정을 낭비할 틈을 주지 않았다. 그 시간에 최 전무의 뒤를 낱낱이 캐냈다. 그리고 그대로 돌려주었다. 자신의 소중한 것을 앗아 가려 했다면, 저 또한 상대가 가장 존귀하게 여기던 걸 무너트리는 것으로.

"안타깝게 스스로의 무덤을 판 꼴이 됐군요."

최 전무는 말이 없었다. 설우는 전무 이사라고 적힌 명패를 손가락으로 쓸어내렸다.

"이 세상에 결국 남는 게 뭐라고 생각합니까?"

"무슨 대답을 원하는지 모르겠군."

"글쎄요. 이미 답을 알면서 회피하는 건 아닐까, 싶은데."

최 전무는 침묵을 유지했다. 그는 시선을 내리깔며 명패를 바라봤다. 전무 이사. 그의 인생의 반을 차지한 명칭이었지만 결국 손에 쥐어진 것은 아무것도 없었다. 그는 손바닥으로 '전'을 가만히 가려 보았다. 남는 것은 무(無). 이 회사에서 내게 허락된 것은 애초부터 없었던 건가.

그의 입가에 씁쓸한 미소가 번졌다. 어느덧 정리를 마친 그는 조용히 설우를 스쳐 지나갔다. 새삼 야윈 어깨를 보며 설우는 나지막이 속삭였다.

"그동안 수고 많으셨습니다."

"설마 진심으로 하는 소리는 아니겠지."

"그건 듣는 사람의 판단에 맡기도록 하겠습니다."

최 전무가 실없는 미소를 흘리며 다시 걸음을 옮겼다. 문턱에 다다른 순간이었다. 그가 흘긋 고개만 튼 채 미간을 찌푸렸다.

"아참, 오늘 함 상무가 찾아왔어. 대뜸 이상한 소리를 해 대더군."

"이상한 소리요?"

"다짜고짜 김 대표가 인간이 아니라면서 소리치는데, 그 꼴을 눈 뜨고 볼 수가 있어야지."

"……."

"애초에 정상적인 놈을 골랐어야 했는데, 쯧."

쾅, 문이 닫히며 최 전무의 모습이 사라졌다. 설우는 한동안 움직이지 못했다. 놀란 심장을 진정시키기 위해서였을까. 그는 제 왼 손바닥을 들여다보았다. 그 시선이 어쩐지 씁쓸하고, 복잡했다.

✳

"오래 기다렸어요?"

주희가 꽃잎처럼 사뿐히 다가와 설우의 허리를 끌어안았다. 그는 고개를 저으며 그녀를 품에 안았다. 몇 번을 안겨도 질리지 않는 품이었다. 그에게서 묻어 나오는 시원하고 산뜻한 향기가 가슴 언저리를 간지럽힌다.

"뭔가 좀 굉장히 많이 바뀐 듯한데."

"또 뭐가요?"

설우의 표정이 썩 좋지 않았다. 까칠한 음성만큼이나 까만 동공이 예민했다.

"벌써 한 달입니다. 내가 이 자리에서 서주희 씨를 20분 넘게 기다린 게."

"아……. 그게 불만이었어요?"

"그게? 겨우 그걸로 불만이냐는 투로 들리는데."

기다리는 것은 언제나 주희 쪽이었다. 하지만 런칭이 성공적으로 이루어지면서 상황은 손바닥 뒤집듯 달라졌다. 주희는 이제 인테리어 부서에서 없어선 안 될 존재였다. 사소한 것 하나하나 그녀의 손길을 거쳐야 했다. 거기다 직접 보고 느끼는 것만큼 확실한 게 없다는 신념을 내세워 수시로 공장과 미팅을 갖는 게 일상이었다. 그 덕분에 설우는 자연스레 뒤로 밀려나야만 했다.

"이런 말 하면 서운할 수도 있겠지만, 난 되게 좋아요."

설우가 설핏 인상을 찡그렸다. 당당해도 너무 당당한 거 아닌가.

"솔직히 일 끝나고 나서 지치지 않으면 거짓말이거든요. 근데."

"……."

"나무처럼 날, 기다리고 있는 김설우 씨 뒷모습만 발견하면 금세 기분

573

이 좋아져요. 피로가 싹 사라져 버려. 진짜 큰일이에요. 갈수록 더 좋아져
서."

주희가 허리를 끌어안으며 고개를 치켜들었다. 진심 어린 눈망울에 설
우의 광대뼈 부근이 붉게 달아올랐다. 그는 낮게 한숨을 터트렸다.

"큰일은 내 쪽에서 일어나지 않으면 다행이겠네요."

"큰일 나도 괜찮은데."

"……서주희 씨."

"네?"

"여기 회사 근처입니다."

"근데요?"

언제는 회사 근처라면서 손도 잡기를 거부하더니. 알고 있다. 일부러 더
그녀가 짓궂게 나오는 걸. 그녀는 자신이 난감한 표정을 짓는 것을 좋아했
다. 손쓸 새도 없이 구석으로 몰아붙여서는 아무것도 모른다는 얼굴로 그
의 반응을 요모조모 살폈다.

설우는 자포자기하며 대뜸 손을 내밀었다. 주희는 스스럼없이 그 위에
하얀 손을 포개었다. 정해진 순리처럼 맞물린 두 개의 손이 커다란 그의
재킷 주머니 안으로 들어갔다. 주시하는 시선들이 느껴졌지만 개의치 않
았다.

사내 연애의 끝은 비극이라지만 그런 일은 없을 거라던 그의 단호한 부
정 때문일까. 아님 이 손에서 묻어 나오는 온기가 여전히 따뜻해서일까.
그 무엇이 됐든 주희는 좋았다. 깊이를 따질 수 없는 행복에 온몸이 던져
진 기분이었다.

✳

"이제 진짜 봄이 오려나 봐요."

찬 기운으로 가득했던 길가에 조금씩 온기가 묻어 나왔다. 눈이 쌓였던
담장 너머로는 넝쿨진 나뭇가지가 뻗어 나와 봉우리를 머금었고, 누군가

의 손길이 닿은 벽에는 연결된 기차칸처럼 어여쁜 벽화가 이어져 있었다.

"예쁘다."

그림 하나하나를 음미하며 살피던 주희가 잠시 걸음을 멈추었다. 덩달아 설우의 두 다리도 멈추었다. 왜인지 모르겠으나 그녀의 얼굴에 옅은 그림자가 드리워졌다. 그녀는 한 벽화에서 시선을 떼지 못했다. 길고양이가 옹기종기 모여 미소 짓고 있는 그림.

"있잖아요. 브릿지는 어떻게 하면 만날 수 있는 거예요?"

그에게 부탁한 적이 있었다. 브릿지를 만나게 해 주면 안 되냐고. 주희는 틈만 나면 녀석을 그리워했다. 밝은 모습으로 하루하루를 지내다가도, 가끔씩 수심에 젖은 낯빛을 비추곤 했다.

"보고 싶어요?"

"응. 보고 싶어요. 왜 처음부터 알아보지 못했을까, 그 생각만 하면 자꾸 여기가 아픈 거 있죠."

주희는 가만히 왼쪽 가슴에 손을 얹었다. 모든 것이 제자리를 찾아갔다. 비틀렸던 일상도, 힘겨웠던 상처도, 메말랐던 심장도. 단 하나. 녀석과의 관계만은 제외한 채.

"그때 그랬죠? 이제 변할 수가 없게 됐다고."

주희의 부탁에 설우가 내놓은 대답은 간결했다. 더는 녀석의 몸을 빌릴 수가 없다고. 그 이유를 묻고 싶었으나 꾹 참아야만 했다. 듣고 나면 아플 것 같았다. 은연중에 주희는 확신하고 있었다. 녀석이 날 미워해서, 그래서 나타나지 않는 거라고.

"벌써 다 왔네요. 오늘도 고생 많았어요."

주희가 애써 화제를 돌리며 미소 지었다. 그러나 설우는 붙잡은 손을 놓아주지 않았다. 의아함에 눈을 동그랗게 뜨자 그가 달빛을 머금은 것처럼 은은한 시선을 보내왔다.

"서주희 씨."

"……"

"사실은……."

고심 섞인 목소리가 흘러나온 순간이었다. 갑자기 그의 몸이 기우뚱하
더니 주희를 향해 기울어졌다. 무너지듯 주저앉는 상체를 황급히 받아 냈
다. 어깨에 박힌 그의 이마가 왜인지 섬뜩하리만큼 서늘하다.

"……대표님?"

주희가 당황함을 감추지 못하며 그를 불렀지만, 되돌아오는 대답은 없
었다. 불현듯 불길한 직감이 들었다.

"대표님, 장난치지 말아요. 갑자기 왜……."

주희의 낯빛이 파리하게 질려 갔다. 뭔가가 이상하다. 뭔가가 잘못돼도
단단히 잘못됐다. 느껴지지가 않았다. 방금 전까지 혈관을 타고 흐르던 그
의 온기가 피부로 스며들지 않았다. 그리고……. 맥박이 뛰지 않았다.

❋

"아이고, 대표님!"

윤 비서가 허겁지겁 병실 문을 박차고 들어왔다. 병실 내부의 풍경은 그
야말로 비극이었다. 미리 도착한 임 여사의 안색이 거의 졸도하기 직전처
럼 거무죽죽했다. 거기다 주희의 울음소리까지 겹쳐 시야가 온통 회색빛
으로 물들어 가는 것만 같았다.

"이게 대체 어떻게 된 일이래요."

주희가 눈물을 머금으며 고개를 저었다.

"모르겠어요. 갑자기 의식을 잃어서는……."

"내 잘못이야. 다 내 잘못이야. 감히 안도했어. 아니야, 애초부터 고집
만 부리지 않았다면."

임 여사가 허공에 멍하니 중얼거렸다. 그녀는 넋이 나간 상태였다.

"아이, 사모님까지 왜 그럽니까. 진정하세요. 감정적으로 상황을 대해
봤자 좋을 게 없다고요."

"지금…… 진정할 수가 있겠어요? 애가 심장이 뛰지 않는 채로 도착했
다는데, 나 더 이상은……."

임 여사가 말을 잇지 못하며 주저앉았다. 윤 비서와 주희가 허겁지겁 달려와 그녀를 부축했다.

"사모님, 정신 차리세요."

"진짜 돌아 버리겠구먼."

그나마 평온함을 유지하던 윤 비서조차 이 상황이 당혹스럽긴 마찬가지였다. 임 여사에게는 간호사들과 의사의 도움을 받아 빠르게 응급 처치가 내려졌다. 그녀가 떠난 후 주희와 단둘이서 남게 되자 윤 비서는 의식이 없는 설우를 조용히 주시했다.

"윤 비서님. 대표님 잘못되는 거 아니겠죠?"

울먹이는 주희의 음성이 부서질 것처럼 위태로웠다. 설우의 상태를 살피던 윤 비서가 나지막이 중얼거렸다.

"몸에 이상이 있는 건 아닐 겁니다."

"근데 왜……."

다행히도 그의 심장 박동수와 혈압은 정상적이었다. 그렇다면 정답은 하나밖에 없지 않은가. 세상의 상식으로는 절대 해결할 수가 없는 일.

"이 양반과 브릿지, 그 녀석만이 알겠죠."

"브릿지……."

멍하니 중얼거리던 주희가 깜짝 놀라며 설우를 바라봤다. 여전히 그는 고요했다. 꼭 깊은 꿈에 취한 사람처럼.

※

눈앞에 드리워진 회색빛 공간이 낯설지 않다. 이제는 편하기까지 했다. 단지 걸리는 게 있다면 구석에 박혀 벽만 바라보고 있는 녀석의 야윈 등일 것이다.

"거기서 뭐 해."

설우의 부름에 브릿지의 어깨가 움찔거렸다. 고개를 돌리는가 싶었지만, 다시 벽에 시선을 박는다.

"거기서 뭐 하냐니까."

"알 거 없잖아."

뭐 때문에 또 심통이 났을까. 워낙 까칠한 녀석이라 대수롭지 않았지만, 이 순간만큼은 그냥 지나칠 수 없었다. 아마도 직감적으로 느껴진 때문일 것이다.

"어차피 넌 곧 자유가 될 몸인데."

이별의 순간이 다가왔다는 것을.

"안 만날 거야?"

"……."

"한 번은 만날 수 있잖아."

녀석에게는 제 몸을 빌려 고양이로 변할 수 있는 기회가 한 번 더 남아 있었다.

"안 만나도 돼."

녀석이 퉁명스레 대답했다. 설우는 그 모습을 조용히 주시했다. 태연한 척 굴어도 녀석의 손끝이 미세하게 떨리고 있었다.

"어차피 원하는 걸 이룬 마당에 미련 따윈 없어."

마지막 남은 기회는 그저 부스러기에 불과할 뿐이다. 녀석은 원하는 것을 이뤘고, 더는 이생에 미련 따위 가질 필요가 없다. 그러니 조용히 떠나면 된다. 이대로 흔적도 없이 사라져 버리면 이 지긋지긋한 녀석과의 공존도 드디어 막이 내린다.

"그래도 너는 기다렸잖아."

브릿지를 향해 설우가 속삭였다.

"불안해도, 초조해도, 두려워도 같은 자리에서 기다려 줬잖아."

"……."

"이날이 오기만을 손꼽아 기다리면서."

브릿지의 어깨가 파르르 떨렸다. 돌아서는 녀석의 시선이 서글픔으로 일그러졌다. 솔직히 말하면 떠나고 싶지 않았다. 수십 번 수백 번 주희를 찾아다니는 일상이 때로는 지겹고, 화가 나 원망스러울 때도 있었지만 이 순간만큼은 달랐다. 욕심이 났다. 영령의 몸이라도 좋으니까 이 세상에 머무르고 싶었다. 보고 싶었다. 주희를 더 오래도록 눈에 담고 싶었다.

그런데 주희가 상처로부터 멀어질수록, 입가에 환한 미소가 피어날수록 브릿지의 몸은 점점 형태를 잃어 갔다. 이미 반 가까이 몸이 사라진 상태였다.

"이대로 가면 많이 슬퍼할 거야."

"……"

"알고 있잖아. 서주희 씨가 널 많이 보고 싶어 한다는 걸."

브릿지는 쉽게 입을 열지 못했다. 뭔가를 망설이는 듯 녀석의 시선이 초조했다. 그 이유가 뭔지 알 것 같아 설우는 대수롭지 않게 정곡을 찔렀다.

"왜? 갑자기 없던 죄책감이라도 생겨?"

녀석이 주희를 원망하지 않았다면 거짓말일 것이다. 작별 인사조차 없이 떠난 그녀의 흔적을 찾아 정처 없이 떠돌아다녔겠지. 함께 추억을 나눴던 공간에 있다 보면 그녀가 오지 않을까, 틈만 나면 그곳에서 그녀를 기다렸겠지. 눈이 와도, 비가 와도, 아스팔트에 뜨거운 아지랑이가 피어올라도. 그 긴 시간을 보내며 녀석의 심정에는 많은 변화가 일어났을 것이다. 그리움, 애달픔, 서글픔, 그러나 끝내 주희가 자신을 버렸을 거라는 배신감까지.

"……나는."

녀석이 한참의 침묵 끝에 운을 뗐다.

"버려지고 싶지 않았어."

"……"

"……사랑받고 싶었어."

설우는 조용히 녀석의 목소리에 귀를 기울였다. 녀석이 주먹을 꽉 쥔 채 고개를 치켜들었다.

"……귀엽다면서, 예쁘다면서, 멋대로 날 데려가 놓고."

"……"

"몸집이 커질수록 한숨만 내뱉었지. 그게 무슨 의미인지는 그땐 몰랐어. 배가 고파서 울음소리를 내면 돌아오는 건 욕지거리였으니까. 난 알고 싶었어. 묻고 싶었어. 내가 뭘 잘못했는지…….”

녀석이 겪은 학대는 끝내 씻을 수 없는 상처로 각인됐다. 여전히 선명하다. 술에 취한 남자는 구석에 숨어 있는 자신을 사납게 끄집어내 박스 안으로 집어넣었다. 손톱으로 사정없이 박스를 긁어내렸지만 소용없었다. 밥을 주지 않은 탓에 기력이 남아 있질 않았다. 그래서 묻지 못했다.

'내가 뭘 잘못한 거야?'

그 한마디조차 하지 못한 채 '나'는 버려졌다. 그래서 그 이유를 듣지 못했다. 눈을 떴을 땐 한 여자가 어쩔 줄 몰라 하며 녀석을 바라보고 있었다. 마음속에는 이미 깊은 골이 파인 상태였다. 사람만 보면 반사적으로 경계하며 손톱을 내세웠다.

참 이상했다. 그럴수록 여자는 눈물을 흘렸다. 안쓰럽다는 눈빛을 비추며 다음에 또 온다는 말을 건넸다. 그 약속을 지키지 않은 적이 단 하루도 없었다. 어느 날부터는 제게 이름을 붙여 주었다.

'브릿지. 앞으로 네 이름은 브릿지야.'

비가 왕창 쏟아지는 날이었다. 거센 빗줄기를 피하려 비좁은 골목길에 몸을 숨기는데, 마치 저를 찾고 다닌 것처럼 저 멀리서 여자가 허겁지겁 달려오기 시작했다.

'어떡해. 많이 젖었네. 감기 걸리면 안 되는데.'

여자는 준비한 담요와 여분의 우산을 펼치며 먹이를 내려놓았다. 여전히 경계했지만 배가 고픈 탓에 주춤거리며 우산 안으로 들어갔다. 혀에 맛이 느껴지는 순간부터는 허겁지겁 고개를 처박았다. 말끔히 비우고 나서야 여자가 쭈그리며 자신을 바라보고 있단 걸 깨달았다. 눈이 마주친 순간 여자가 흠칫거리며 뒤로 물러났다.

'미안해. 늘 밥만 주고, 먹는 걸 본 적이 없어서. 불편하게 했다면 미안.'

녀석은 말없이 여자의 손등을 응시했다. 여자가 스스럼없이 웃으며 대답했다.

'아, 이거? 작업하다가 베인 건데, 별로 아프지…….'

고마움의 표시였을까.

녀석은 여자의 곁으로 다가가 상처가 생긴 손등을 혀로 핥았다. 여자가 믿을 수 없는 눈빛으로 바라보자, '니야옹.' 작게 옹알거렸다.

'……브릿지.'

'니야옹.'

'어떡해.'

처음으로 그녀의 부름에 화답해 준 날, 그때부터 주희가 특별해진 건지도 모르겠다. 녀석은 그녀의 관심과 보살핌이 좋았다. 따스했고, 잃고 싶지 않았다. 어쩌면 그녀는 다른 인간들과 다르다고 믿고 싶었던 걸지도 모르겠다.

그래서 더 원망했다. 흔적도 없이 사라져 버린 그녀가 미웠다. 그랬는데……. 씻을 수 없는 상처에 괴로워하는 그녀를 볼 때마다 심장 한구석이 시큰했다. 녀석이 적적한 얼굴로 제 왼손을 바라보았다.

"한때 인간이 되고 싶었던 적이 있었어. 그럼 말이라도 통할 수 있으니까. 근데 이 몸도 보잘것없네."

"후회할 텐데."

설우가 녀석의 등 뒤로 다가와 말했다.

"이제라도 알았으면 된 거야."

"…….."

"이제라도 오해를 풀 수 있으면 된 거라고. 만약 이대로 이별한다면, 과연 네 마음이 편할까?"

과거는 잊으라는 듯, 중요한 건 지금이라며. 설우의 위로에 브릿지가 망설이는 표정으로 물었다.

"……내가 밉지 않을까?"

"전혀. 오히려 더 미안해하겠지."

설우가 담백한 미소를 지으며 대뜸 손을 내밀었다.

"그래도 우리 꽤 괜찮은 파트너였던 거 같은데."

"······펴이나."

툴툴거려도 브릿지는 슬그머니 설우의 손을 붙잡았다. 맞닿은 온기를 느끼며 설우는 처음이자 마지막 인사를 건넸다.

"고마워."

녀석은 대답 대신 수묵화처럼 옅게 웃었다. 그리고 조용히 눈을 감았다.

✼

병실에는 적막한 기운이 맴돌았다. 밤늦게까지 설우의 상태를 살피던 주희는 쭈그려 잠이 든 상태였다. 몸을 뒤척이기를 한참. 저도 모르게 눈이 떠졌다. 여전히 창밖은 어둠이 자욱했다. 시간을 확인하니 새벽 세 시.

"······벌써 이렇게 됐네."

다시 눈을 붙이려다가도, 심란한 마음에 잠이 오지 않았다. 하는 수 없이 몸을 일으켜 설우의 상태를 확인하려는데, 그녀의 두 다리가 우뚝 멈추었다. 죽은 듯이 누워 있던 그는 그 어디에도 없었다. 그 대신 달빛을 등진 청회색 고양이 한 마리가 조용히 그녀를 주시하고 있었다.

"······대표님?"

또 몸이 변해 버린 건가, 싶었지만 주희는 직감적으로 알 수 있었다. 뭔가가 달랐다. 그가 아니었다. 알 수 없는 기시감에 조심스레 혀를 굴렸다.

"······브릿지."

기다렸다는 듯 녀석이 화답했다.

"니야옹."

왈칵, 눈물이 쏟아졌다. 발등에 못이 박힌 것처럼 걸음이 떨어지지 않았다. 당장 녀석을 향해 달려가야 하는데, 선뜻 손을 뻗을 수 없었다. 벅차오르는 감정을 감당하기가 버거웠다. 죄스럽고, 미안해서.

'매일매일을 기다렸어요. 서주희 씨가 오기를. 비가 와도 눈이 와도 늘 같은 자리에서 기다렸죠. 고양이로 변해 눈을 뜨면 항상 똑같은 장소였거든요. 그제야 알 것 같더군요. 지하철역과 떨어진 비좁은 골목길, 숲이 가득한 공원, 빛이 꺼져 가는 가로등까지. 전부 다 당신의 흔적이 묻어 있던 곳이란 걸.'

나의 아픔에 허덕이기 바쁜 순간에도 너는 날 찾아다녔겠지. 그 생각 하면 가슴이 저려 미칠 것만 같았다. 그때였다. 브릿지가 풀쩍, 병실 침대에서 뛰어내려 사뿐사뿐 주희에게로 다가왔다. 그러고는 마치 2년 전으로 돌아간 것처럼 그녀의 종아리에 얼굴을 비벼 댔다.

"아……."

주희가 입을 틀어막으며 울음을 삼켰다. 녀석이 고개를 들어 한 번 응얼거렸다.

"니야옹."

주희는 바들바들 떨리는 손으로 녀석의 얼굴 옆을 매만졌다. 그러자 녀석이 거리낌 없이 얼굴을 마구 비벼 댄다. 이 순간만을 기다렸다는 듯 절박하고, 간절한 움직임이었다. 주희가 울음을 터트리며 속삭였다.

"……미안해. 미안해, 브릿지."

널 혼자 두고 가 버려서. 하염없이 기다리게 해서. 그런데 끝내 널 찾아주지 못해서.

"……미안해."

수도꼭지를 틀어 놓은 것마냥 눈물이 주르륵, 흘러내렸다. 그 모습을 지켜보던 녀석이 대뜸 몸을 일으켜 굽힌 주희의 무릎에 양손을 올렸다. 수를 박아 놓은 것처럼 반짝이는 눈동자가 낯설지 않다. 녀석이 할짝거리며 흐르는 눈물을 머금었다. 미워할 법도 한데, 발톱을 내세우며 왜 이제야 왔냐고 달려들 법도 한데. 한결같은 사랑에 가슴이 옥죄였다. 주희는 어린아이처럼 엉엉 울음을 터트리며 브릿지를 감싸 안았다.

"내가 미쳤었나 봐."

왜 널 처음부터 알아봐 주지 못했을까. 조금이라도 더 빨리 알아챘으면 시간들을 터무니없이 흘려보내진 않았을 텐데. 너에게는 억겁 같았던 기다림을 조금은 단축시킬 수 있었을 텐데.

"……얼마나 외로웠을까. 미안해, 브릿지. 정말 미안해."

해 줄 말이 미안하단 말밖에 없어서 더 죄스러웠다. 이럴 때마다 깨닫는다. 어쩌면 세상에서 가장 악한 건 인간일지도 모르겠다고. 앞에서는 웃어도, 돌아서며 칼을 드는 현실. 그런데도 이 녀석들은 늘 한결같다. 오로지 한 사람만을 바라보고 기다린다. 그것이 찰나의 따스함으로 이어진 인연일지언정.

주희는 브릿지를 쓰다듬고, 또 쓰다듬었다. 녀석 또한 쉬지 않고 울음소리를 흘렸다. 어느 정도 감정이 정돈됐을 때, 주희는 애써 밝게 웃으며 녀석을 바라봤다.

"브릿지, 이제 같이 살 수 있어. 더는 널 외롭게 하지 않을게."

무조건 녀석을 데리고 집으로 갈 생각이었다. 하지만 브릿지는 화답해 주지 못했다. 그저 에메랄드빛 보석 같은 눈망울로 빤히 주희를 응시한다. 그 의미가 무엇인지 알 것 같아 주희는 말을 잇지 못했다. 고개를 저으며 부정했다.

"……싫어."

"……."

"헤어지기 싫어."

이제야 만났는데, 이제야 내가 널 온전히 보살필 수가 있게 됐는데. 너로 인해 내 행복을 찾을 수가 있었는데. 어째서…….

"……안 돼."

주희가 믿을 수 없다는 눈으로 시선을 내렸다. 브릿지의 자그마한 두 발이 점점 사라지고 있었다. 꼭 지우개로 흔적을 지우는 것처럼. 주희는 발악적으로 녀석을 꽉 끌어안았다.

"가지 마. 가면 안 돼, 브릿지."

울먹이는 그녀를 향해 녀석이 앞발로 꾹, 어깨를 눌렀다. 눈물로 얼룩진 시야로 녀석이 작게 울어 댔다.

"니야옹."

그게 꼭 마지막 작별 인사 같아서 주희는 입술을 꾹 깨물었다. 쉬지 않고 속삭였다. 널 만나게 된 건 행운이었다고. 잊지 않고 기다려 줘서 고맙다고. 녀석은 그저 대답 없이 주희를 바라만 봤다. 이 순간을 놓치지 않기 위해. 그리고 기적처럼 어떠한 목소리가 주희의 귓가를 울렸다.

고마워, 주희야.

그와 함께 녀석은 아주 평온히 눈을 감았다. 그토록 바라던 주희의 품에서 생을 마감하며 신기루처럼 사라졌다. 주희는 입술을 꽉 깨물었다. 손바닥에 느껴지는 감촉이 더 이상 없었다. 그 공허한 공백에 그녀는 두 눈을 질끈 감았다.

"작별 인사는 잘 했어요?"

어느새 돌아온 설우가 손을 뻗어 주희의 머리를 쓰다듬었다. 그녀가 멍하니 중얼거렸다.

"……아무것도 못 해 줬어요."

"……."

"나는 이제 주위를 돌아볼 수 있는 여유가 생겼는데, 지켜 주지 못했어요. 고맙단 말도 제대로 못 해 줬어."

뚝뚝. 고개 숙인 그녀의 턱 끝으로 눈물이 떨어져 내렸다. 설우가 그녀를 감싸 안으며 부드럽게 다독였다.

"웃으면서 갔어요. 진심으로 행복해 보였어."

주희는 그저 눈물만 흘리었다. 애석하게도 이 남자의 품이 따스해서. 하물며 이 인연조차 브릿지가 만들어 줬다는 생각이 들자 가슴이 미어졌다. 그 마음을 읽기라도 한 걸까. 그가 이마에 살포시 입을 맞추며 녀석의 마지막 바람을 전달했다.

"열심히 행복하기만 하면 돼요."

"……."

"그럼 녀석도 당연히 좋아할 거야."

주희는 입술을 깨물며 고개를 끄덕였다. 그 어느 때보다 보름달이 밝게 빛나며 두 남녀를 포근하게 감싸 안았다.

　　　　　　　　　✻

　회사 로비에 공고문이 대문짝만하게 걸렸다. 게시된 공고의 문구는 간략하고 의사 전달이 확실했다.

　윤 실장님, 빠른 시일 내에 복귀 바람.

　쉬는 와중에도 회사와 관련된 일에선 눈을 떼지 않고 있던 윤 비서는 불만스러운 얼굴로 집무실을 찾아야 했다. 그에 비해 설우는 태평한 자태로 업무를 보는 중이었다.
　"대표라고 멋대로 잘라 놓고, 멋대로 복귀시켜도 된다. 이겁니까?"
　누가 그 할아비에 그 손자 아니랄까 봐. 가차 없이 저를 자른 게 불과 몇 달 전이었다. 그 시간 동안 윤 비서는 평소 선망하던 여행을 맘껏 즐겼다. 국내는 물론, 해외까지 가고 싶은 곳은 죄다 누비고 다녔다.
　"이거 엄연한 갑질입니다?"
　"그 정도 여유 드렸으면 충분히 구미가 당기셨을 텐데요."
　설우가 서류에서 눈도 떼지 않은 채 말했다. 윤 비서가 멈칫하며 설우를 노려봤다. 그가 얄궂게 웃으며 정곡을 찔렀다.
　"온몸이 근질근질하잖아요?"
　아무리 윤 비서가 휴식을 목말라할지언정 그는 천부적으로 타고난 워커홀릭이었다. 단순히 선우에 대한 선망으로 이 바닥에서 20년 넘게 버티기란 쉬운 일이 아니었다. 그는 건축을 좋아하고, 인테리어를 진심으로 사랑할 줄 아는 남자였다.
　"착각도 유분수지. 세상에서 제일 즐거운 게 돈 쓰는 거란 걸 모르나 봅니다? 이래 보여도 적금 통장이 넘쳐 난다고요. 아직 반도 쓰지 못했는데, 이 즐거운 걸 그만두라고요?"
　"그래요? 그럼 오늘 동행은 무리겠네요."
　"무리가 아니라 애초부터 불가능한 사안입니다. 착각하는 것 같아서 말해 주는데, 나는 이 회사의 일원이 아닙니다만? 오라면 오고, 가라면 가는 그런…….”

“오늘 주주 총회가 열리는 날이라서요. 뭐 혼자 우두커니 심판을 받는 것도 나쁘진 않겠죠.”

설우가 무심히 윤 비서를 스쳐 지나갔다. 황망한 표정을 짓던 윤 비서는 깊은 갈등 속에 헤매다가도, 부리나케 설우의 뒤를 쫓았다.

“아, 같이 가요!”

*

완벽한 대표로 선임받기 위해 열린 주주 총회였다. 상황은 생각했던 것보다 순조롭게 진행되었다. 그간 설우가 쌓은 커리어와 회사의 이윤을 창출한 프로젝트까지. 이보다 더 완벽할 수 있을까, 싶을 정도로 탄탄하고 견고한 결과물이 줄기차게 펼쳐졌다. 주주들 사이에서 흘러나오는 이야기를 들으며 윤 비서는 만족스러운 미소를 지었다.

죄다 설우에 관한 덕담이었다. 여기까지 올 수 있었던 건 윤 비서의 보필도 빼놓을 수 없다는 소리도 간간이 새어 나왔다. 반면 설우는 심드렁한 눈빛으로 상황을 바라봤다. 그는 손목시계를 수시로 확인했다. 약속 시간이 가까워지고 있었다.

그런데 이놈의 총회는 도무지 끝이 날 기미가 보이지 않는다. 길어. 길어도 너무 길어. 시침이 정확히 숫자 12를 지나는 순간이었다. 그가 손을 조용히 들어 올렸다. 모두가 의아한 얼굴로 설우를 주시했다.

“혹시 추천도 받습니까?”

갑자기 추천? 다수의 고개가 갸우뚱거렸다. 유일하게 한 사람. 윤 비서만이 딱딱하게 굳어 설우의 뒷모습을 주시했다. 십수 년 그를 보필하며 절실히 깨달은 게 있다면, 독단적인 행동이 이루어질 시엔 반드시 후폭풍이 몰려온다는 것이다.

“저 말고도 회사를 이끌 수 있는 분이 또 있어서요.”

"하하, 지금 여유라도 부리는 건가?"

주주들 중 한 명이 웃음을 터트리며 물었다. 그러나 설우는 진중했다. 그는 불안에 떨고 있는 윤 비서를 향해 빙그레 미소 지었다.

"윤 실장님을 시온의 책임자로서 추천하는 바입니다."

······뭐? 주주들이 얼빠진 얼굴로 윤 비서를 바라봤다. 그는 경악하며 고개를 느리게 저었다. 이런 미친 소리는 귀담아듣지도 말라는 듯.

"아시다시피 이 바닥 혈육 승계로 이어지는 경우가 다분하죠. 근데 진정으로 회사를 생각한다면 그 규율을 타파하는 것도 나쁘진 않다고 봅니다. 그 조건으로 봤을 때 윤 실장님은 바닥부터 시작하신 분입니다. 이분만큼 시온에 대해 빠삭하게 파악하고 있는 분이 또 있을까 싶은데. 안 그렇습니까, 회장님?"

설우가 성범을 향해 물었다. 그는 못 말린다는 듯 웃음을 터트릴 뿐이었다.

"그럼 저는 선약이 있어서 이만."

설우가 옷매무시를 추스르며 자리에서 일어났다. 그 모습을 바라보는 윤 비서의 표정이 허망했다. 그가 고개를 저으며 절박한 심정으로 손을 뻗었다.

······어디 가. 똥을 싸질렀으면 치우고 가야지. 수습은 하고 가야지. 설우는 늘 그랬던 것처럼 철저히 그를 배신했다. 윤 비서가 참지 못하며 절규했다.

"야, 이 김설우!!"

처절한 울부짖음이 한동안 복도가 떠나가도록 울려 퍼졌다.

＊

"금방 도착했네요?"

불쑥 나타난 그의 인기척에 주희의 두 눈이 휘둥그레졌다. 그녀는 액정에 뜬 시간과 설우를 번갈아 보며 놀란 감정을 감추지 못했다.

"오래 걸릴 줄 알았는데, 생각보다 빨리 끝났네요."

"대책을 마련해서 갔거든요."

"대책이요?"

그게 뭐냐고 물어도 설우는 대답해 주지 않았다. 주희는 가만히 회사 꼭대기 층을 바라보았다. 왜인지 모르겠으나…….

"어디서 절규하는 소리, 안 들려요?"

"설마요. 기분 탓이겠죠."

설우가 냉큼 주희의 손을 잡아 앞으로 나아갔다. 오늘 그는 갈 곳이 있다고 했다. 대표로 임명받는 순간부터 얼굴 보기가 더 힘들어질 거라는 말도 덧붙이며. 그래서였을까. 그의 발걸음이 왠지 모르게 다급했다. 마침내 그의 두 발이 멈추었을 때, 주희는 의아한 눈빛으로 물었다.

"……꼭 가 볼 곳이 여기였어요?"

눈앞에 펼쳐진 건 다름 아닌 그의 '집'이었다. 손쓸 새도 없이 그의 손에 이끌리며 신발이 벗겨졌다. 그조차도 기다릴 수 없다는 듯 설우가 가뿐히 주희를 안아 들었다. 그리고 침대 위로 함께 무너졌다. 그녀를 품에 가득 끌어안으며 그가 기분 좋은 숨소리를 내쉬었다.

"……좋다."

"김설우 씨, 나, 지금 굉장히 당황스러운데."

"그래요? 난 이 순간만을 기다렸는데."

서로 바빠진 탓에 제대로 된 데이트조차 쉽지 않았다. 모처럼 여유가 허락된 하루. 무엇을 할까 골몰했지만 고민은 오래가지 않았다. 그저 가득 안고 싶었다. 그녀의 향기를 흠뻑 느끼며 피로에 지친 몸을 녹이고 싶었다.

"되게 고됐나 보네."

"알면 좀 쓰다듬어 주던가."

어린아이 같은 칭얼거림에 주희는 미소를 터트렸다. 까만 머리칼을 쓰다듬자 손가락 사이를 비집고 들어오는 감촉이 한없이 부드럽다. 주희는 저도 모르게 그의 이마에 입을 맞추었다. 그 얄팍한 충동에 설우의 눈 밑이 빳빳하게 굳었다. 그러나 그것도 잠시. 깊어진 눈으로 주희의 이목구비를 요모조모 뜯어보던 그는 넥타이를 느슨하게 풀어 헤치며 물었다.

"우리 같이 살래요?"

"그거 좀 위험한 발언인데."

"같이 사는 게?"

몰라서 묻는 건가. 그러기엔 전혀 모르는 눈치다. 귓가를 적시는 그의 숨소리가 탁해졌다는 것을. 주희는 능숙하게 그의 목에 두 팔을 걸치며 속삭였다.

"단순히 같이 사는 걸로 끝은 아닐 거니까."

순식간에 서로의 거리가 가까워졌다. 코끝이 닿으며 햇살이 부서지듯 두 사람을 파고들었다. 그래서 더 적나라하게 느낄 수 있었다. 짙어진 눈매에 담긴 그의 욕망이 무엇인지. 그리고 그걸 해소시켜 줄 여자는 단 한 명뿐이란 걸.

"안아 줘요."

"……."

"벅찰 만큼."

그는 파도처럼 들이닥쳤다. 틈이라고는 느껴지지 않을 정도로 그녀를 꽉 끌어안았다. 그 변함없는 뜨거움에 취하며 주희는 잠시 눈을 감았다.

참 신기한 일이었다. 이 남자의 품에만 안기면 모든 것이 멈춰 버린 듯한 착각이 드는 건. 어쩌면 내일은 더 치열한 삶을 살지도 모른다. 끝이 없는 일에 치이고 치여 어깨가 무거워질지도 모른다. 그래도 상관없다. 이 잠깐의 기억이, 이 단 하나의 품이 그녀를 가득 품어 줄 거니까. 행복하게 만들어 줄 거니까.

— 나를 품어 줘 fin.

작가 후기

보다 따스한 글을 쓰고 싶었고, 보다 희망이 있는 글을 쓰고 싶었습니다.
팍팍하고 버석한 삶 속에 조금이나마 기쁨을 전해 드렸다면 그것만으로 행복할 거 같습니다.

항상 행복하셨으면 좋겠습니다.
진심으로.

2019년 12월
차해솔 올림

1판 1쇄 찍음 2019년 12월 23일
1판 1쇄 펴냄 2019년 12월 31일

지은이 차해솔
펴낸이 정 필
펴낸곳 (주)뿔미디어

기획 · 편집 박경희, 권지영, 문지현
표지 디자인 우 물

출판등록 2002년 9월 11일 (제1081-1-132호)
주소 경기도 부천시 소향로 17, 303(두성프라자)
전화 032)651-6513 팩스 032)651-6094
E-mail scarlets2012@daum.net
비북스 http://b-books.co.kr

ISBN 979-11-90547-11-6 03810